47 CONTOS DE JUAN CARLOS ONETTI

JUAN CARLOS ONETTI

47 contos

Tradução
Josely Vianna Baptista

COMPANHIA DAS LETRAS

Copyright © 1993 by Herdeiros de Juan Carlos Onetti
Copyright da introdução © 1994 by Antonio Muños Molina

Título original
Cuentos completos (1933-1993)

Capa
Jeff Fisher

Preparação
Maria Cecília Caropreso
Mirtes Leal

Revisão
Valquíria Della Pozza
Otacílio Nunes

Dados Internacionais de Catalogação na Publicação (CIP)
(Câmara Brasileira do Livro, SP, Brasil)

Onetti, Juan Carlos, 1909-1994
47 contos / Juan Carlos Onetti ; tradução Josely Vianna Baptista. — São Paulo : Companhia das Letras, 2006.

Título original : Cuentos completos (1933-1993)
ISBN 85-359-0937-0

1. Contos uruguaios I. Título.

06-8394 CDD-u863

Índice para catálogo sistemático:
1. Contos : Literatura uruguaia u863

[2006]
Todos os direitos desta edição reservados à
EDITORA SCHWARCZ LTDA.
Rua Bandeira Paulista 702 cj. 32
04532-002 — São Paulo — SP
Telefone (11) 3707-3500
Fax (11) 3707-3501
www.companhiadasletras.com.br

Sumário

Sonhos realizados

Um convite aos contos de Juan Carlos Onetti

Antonio Muñoz Molina (1994)

Em 1975, quando Juan Carlos Onetti exilou-se na Espanha, seu nome era muito menos familiar para os admiradores da literatura latino-americana que os de García Márquez, Julio Cortázar ou Mario Vargas Llosa. Era difícil que mesmo leitores de Carpentier, Rulfo e Borges, um pouco mais sofisticados, conhecessem a obra de Onetti, ou que tivessem, ao menos, referências precisas sobre ela. Naquela época, os leitores espanhóis alimentavam-se, com entusiasmo e uma certa inveja, de romances escritos no espanhol da América, sobre os quais tinham, ou tínhamos, porque nesse caso a terceira pessoa é de uma desonestidade insustentável, uma idéia geral determinada pela leitura de *Cem anos de solidão*, *A casa verde* e *O jogo da amarelinha*. Os romances sul-americanos deviam ser torrenciais, esmagadores em sua extensão, em sua complexidade e em seu virtuosismo técnico, de um barroquismo entre colonial e selvagem que, no juízo de Carpentier, era a única forma de expressar a realidade desses países: o chamado realismo mágico. Nesse panorama, Borges já era uma irregularidade, com seus argumentos cerebrais e sua propensão às ambientações nórdicas, com seu laconismo e sua ironia, tão distantes dos arroubos tropicais e gramaticais de Carpentier, ou dos tapetes voadores e dos ciganos feiticeiros de García Márquez.

A tardia descoberta de Onetti trouxe consigo uma surpresa semelhante à dos contos de Borges. Suas narrativas eram tão radicalmente despojadas de cor local quanto as de Franz Kafka, com as quais não deixam, por vezes, de guardar certo parentesco. Quanto ao barroquismo, aparentemente obrigatório, prescrito por Carpentier, não havia nem rastro dele naquelas páginas que eu começava a freqüentar por volta dos vinte anos, com a ávida ilusão e a nervosa felicidade dos achados absolutos. Os heróis de Onetti não dissertavam adequadamente sobre *jazz* nos cafés de Paris, não fundavam nações nem cruzavam cordilheiras, não voavam pelos ares nem se perdiam em selvas ou labirintos simbólicos: os heróis de Onetti eram os mais pacíficos, os mais preguiçosos, os mais inúteis do mundo. Só faziam fumar, de preferência deitados de costas na cama, fumar e inventar coisas, contar lorotas e apaixonar-se por mulheres sensuais e perdidas, por mulheres pintadas que bebiam nos cafés ou por moças angelicais cuja perfeição e doçura ninguém podia merecer.

Pouco tempo depois de chegar a Madri, Onetti concedeu uma entrevista à televisão. Eu a vi por acaso, e não exagero ao dizer, depois de quase vinte anos, que aquela entrevista foi o início de uma influência decisiva em minha vida. Eu nunca ouvira ninguém falar de literatura com a falta de ênfase, com o misto de paixão recatada e desapego, não totalmente fictício, com que falava aquele homem de sobrenome italiano e voz tão demorada quanto os gestos. Diante da retumbância espanhola (os escritores espanhóis que, naquela época, apareciam na televisão tinham o aspecto de governantes civis, ou de mantenedores de jogos florais), aquele homem mostrava uma naturalidade um pouco ausente, cansada e cortês. Eu andava, então, com a doença que o próprio Onetti chamou de literatose, uma doença a que sempre sucumbem os aspirantes a escritor, os fervorosos artistas adolescentes das províncias, e em virtude da qual o sujeito transforma a literatura em sua religião, seu absolutismo e seu martírio, inclinando-se a preferir os escritores mais obviamente literários e a imaginar esse ofício como uma espécie de sina ou sacerdócio místico. A todo esse lixo romântico eu somava, na época, a paixão por um livro excelente de Mario Vargas Llosa, *A orgia perpétua,* no qual a figura de Flaubert transforma-se em símbolo do escritor anacoreta, disciplinado, quase de gabinete, indiferente a tudo que não seja sua obra, preso a ela como a uma tirania laboral de que extrai, após desesperada e dolorosa destilação, algumas linhas geniais. Mas aquele sujeito na televisão estava dizendo justamente o contrário: que só escrevia quando tinha vontade, que tanto passava dois dias seguidos escrevendo como três meses sem fazê-lo, que escrevia de qualquer jeito, de noite, na cama, em pequenos papeizinhos que depois perdia entre os cigarros e os livros, e que sua mulher reunia: o ofício do escritor, em suas palavras, solucionava-se nos fatos comuns da vida.

Imediatamente saí à procura de livros daquele homem, Onetti. Mas não era fácil encontrá-los. Por fim consegui, no Círculo de Lectores, um volume de contos, e pouco depois uma edição argentina de *A vida breve*. *El astillero*, milagrosamente publicado na coleção Libros TVE, eu subtraí sem remorso da estante de um conhecido, que possuía a coleção completa e intacta, aritmética, alinhada numa única prateleira, no mesmo móvel de fórmica que ocupava uma parede inteira e no qual estava embutido o aparelho de TV.

Desde então, não parei de ler Onetti: em cerca de vinte anos essa é uma das poucas coisas que não mudaram em minha vida. Deixei de gostar da maioria dos livros que me apaixonavam e perdi, felizmente, quase todos os entusiasmos políticos que então me idiotizavam, detesto quase todos os filmes que venerava naqueles anos, mudei de amigos, de cidades, de trabalhos e de lealdades sentimentais, de modo que um dos poucos traços que me unem a quem fui e já não sou é a leitura de Juan Carlos Onetti, e praticamente a única coisa que continua me acompanhando, de todas as que possuía nos tempos em que comecei a lê-lo, é esse exemplar de seus *Contos completos* que adquiri no Círculo de Lectores: um livro de capa preta, de letra bem pequena e folhas que estão ficando amareladas, assinado e datado na primeira página com aquela ambição de propriedade com que se entesouravam, então, os poucos livros que se podia comprar, num tempo que, visto de agora, quase parece outra época: *dezembro, 1975*.

Li muitas vezes cada um desses contos. Alguns deles não se limitaram a influenciar minhas idéias sobre literatura e a moldar minha própria forma de escrever e de imaginar a ficção: "O inferno tão temido", "A face da desgraça", "A casa na areia", "Bem-vindo, Bob", "Um sonho realizado" fazem parte não só de minha herança literária, mas de minha própria vida, que acompanharam, amarguraram, alimentaram, servindo-me para entender o que estava vendo fora dos livros, para conhecer a ternura e temer a desolação. Cada um desses contos foi mudando à medida que eu mudava, modificou-se conforme meu estado de espírito, conforme os lugares em que eu os lia, conforme as vicissitudes de minha vida e de minha própria experiência de escritor. Aos vinte anos, deitado na cama de um quarto de pensão, desvelado e fumando — atitude, como se vê, canonicamente onettiana —, lia "O inferno tão temido" e ficava devastado, com a intensidade de aniquilamento com que os livros podem golpear-nos nessa idade. A cada leitura o entusiasmo foi idêntico, sem jamais conhecer a decepção, e sim, justamente, a alegria inversa de comprovar que esses contos não só continuavam a me agradar, como me agradavam muito mais que antes, que podia adentrá-los muito mais profundamente à medida que adentrava minha própria vida. Palavras como amor, compaixão, ternura, gratidão e piedade teriam para mim significados muito diferentes se não as houvesse lido muitas vezes em Onetti: a leitura de seus contos é uma experiência íntima e decisiva, uma presença delicada e permanente em minha vida, em meu modo de ver o mundo e de imaginar e escrever livros.

Mas não estou contando essas coisas para falar de mim mesmo, e sim para definir, por meio de meu testemunho de leitor, o tipo de atração exercida pela literatura de Juan Carlos Onetti, ou o tipo de leitura fiel e de atenção apaixonada que exige. Há escritores que admiramos como se admira um edifício ou uma estátua, com reverência, mas sem intimidade: são os escritores que parecem dirigir-se a nós em público, como se fizéssemos parte da multidão que os escuta de um modo não muito diferente de como se pode escutar um astro de ópera. Com Onetti ocorre o contrário: não se trata, apenas, do fato de que, ao lê-lo, nossa tendência seja pensar que essas palavras foram escritas apenas para nós, mas de que assistimos, com despudor, milagrosamente, a uma narrativa que existiria do mesmo modo se ninguém a conhecesse nem a escutasse. Intuições semelhantes podem ser encontradas na pintura ou na música: há canções, e sinfonias, e quadros, que se exibem enfaticamente diante do espectador, que o adulam, que desejam descaradamente seduzi-lo, maravilhá-lo ou constrangê-lo. Os retratos de Van Dyck, por exemplo, ou certos sinfonismos montanhosos do século XIX. Os reis e os aristocratas ingleses retratados por Van Dyck nos olham de cima, do alto de sua hierarquia absolutista, de seu desprezo: quando é Velázquez quem pinta, um rei que é dono do mundo aparece tão sozinho e vulnerável ou tão digno quanto um mendigo ou um bufão. Velázquez é grande porque respeita e sugere o segredo humano de seus personagens: eles nos olham e parece que se olham num espelho, do jeito que alguém se olha quando sabe que está sozinho. Na música de Fauré, nas "Variações Goldberg", nos solos de piano de Bill Evans, na voz de Bessie Smith ou de Dinah Washington, parece que estamos surpreendendo um milagre que não precisava de nós nem de nenhuma testemunha para existir. Essas formas supremas da arte criam ao seu redor uma espécie de espaço íntimo, feito uma redoma de vidro na qual é preciso encerrar-se a sós para compreendê-las: delimitam o espaço e o tempo em torno de si mesmas.

Com Onetti dá-se o mesmo. A atenção normal, sempre um pouco distraída, que dedicamos aos livros, mesmo a alguns dos que mais gostamos, não nos serve perante os dele. Ao ler Onetti é preciso que se tensionem as destrezas usuais da leitura a um grau máximo, como se ouve uma música na qual não há uma única nota que não importe, ou como se vive um encontro memorável do qual se quer aproveitar sem distração cada segundo: suas páginas nunca se esgotam, e cada frase volta a surgir com tal delicadeza e poder, com uma intensidade tão arrebatadora, ou tão insuportável, que temos sempre a impressão de que a lemos pela primeira vez. Ler Onetti não é difícil, como reza uma superstição idiota: exige apenas o que a leitura sempre deveria exigir, uma atenção incessante, um ensimesmamento que cancele qualquer outro ato, que suprima o mundo exterior. A melhor ou a única maneira de lê-lo é deitado na cama, com muito tempo pela frente, com absoluta predisposição à solidão e à preguiça. Aprenderemos a descobrir sentimentos inéditos, estados de espírito que farão parte do repertório comum de nossa vida, mas que terão, sempre, a tonalidade do estilo de Onetti: conheceremos a doçura triste, o desengano iludido, o desespero tranqüilo, a compaixão cruel, os prazeres da mentira e as potestades furiosas da verdade; perceberemos as coisas a trancos, em fragmentos, sob uma luz oblíqua, modificadas ou falseadas pela lembrança, melhoradas pelo esquecimento, como essas estátuas antigas que a intempérie aperfeiçoou; a juventude nos estremecerá com seu milagre, tão imediato e sutil quanto o da pulsação de um músculo, e a velhice nos causará nojo e terror e pena. Encontraremos as palavras exatas e atrozes do desengano ("Imaginem vocês o crescente sofrimento, a ânsia de fugir, a repugnância impotente, a submissão, o ódio") e as que nomeiam o enlevo do amor e sua promessa de sofrimento e felicidade: "Pega-o traiçoeiramente, como algumas mortes. E nada mais pode ser feito, nem espernear, nem tentar destruir. Porque não se sabe se é uma coisa que o acertou de fora ou se já a levava adormecida dentro de você, que chegou a pensar que estava morta para sempre. E então o que acontece? Pois você a levava dentro de si e sem nenhum aviso num minuto ela salta e se derrama por todo seu corpo e é preciso aceitar e, o que é pior, alimentá-la e fazer com que suas forças cresçam a cada dia, e obrigá-la a fazê-lo sofrer ainda mais".

Lendo Onetti, vamo-nos transformando, sem perceber, em algum de seus personagens.

Um homem sozinho num quarto, deitado na cama, ou em pé atrás de uma janela, ou debruçado numa sacada; um homem e uma mulher que caminham preguiçosamente pela rua imaginando coisas; alguém, homem ou mulher, sentado à mesa de um bar, junto das vidraças que dão para uma praça, que costuma ser a praça de uma cidade fluvial e provinciana chamada Santa María; alguém deitado à sombra, no mirante de uma casa na frente do mar, vendo uma figura aproximar-se ao longe; alguém que conta a outra pessoa uma história, geralmente artificiosa: com nomes diversos, com peripécias anteriores ou posteriores sutilmente monótonas, essas figuras de gente solitária que quase não faz outra coisa senão observar e olhar ou atribuir-se, a sós ou diante de outros, vidas falsas constituem os pontos de partida em torno dos quais se desenvolvem as narrativas de Juan Carlos Onetti, sejam elas romances ou contos, tanto faz: as divisões acadêmicas, as minúcias sobre os gêneros, sobre o maior e o menor, em quase nenhum outro autor tornam-se tão inúteis como em Onetti, em parte porque ele sempre cultivou, com a mesma lealdade, o romance e o conto, e em parte, sobretudo, porque em ambos os casos alcançou perfeita regularidade e mestria.

Há uma terceira razão: os contos de Onetti pertencem, como seus romances, a um mesmo espaço imaginário, são fragmentos desse grande livro de livros que ele leva meio século escrevendo e que seus leitores fiéis percebem estar dotado de todos os pormenores e simultaneidades e repetições da realidade. Um conto pode prenunciar em muitos anos o futuro ou o passado de um personagem que conhecemos num romance. Quem leu, por exemplo, *A vida breve*, tem, ao adentrar "A casa de areia", a fascinante sensação de já ter estado no local desse relato: de voltar a essa praia, de ver e ouvir novamente o dr. Díaz Grey. Quando em 1986 foi lançado, depois de sete anos de silêncio, *Presencia y otros cuentos*, livro tratado pela crítica espanhola com perfeito desdém, o leitor não habitual de Onetti encontrava um personagem solitário e sórdido, exilado em Madri, maduro, à beira da velhice, alguém que aludia, por alto, à propriedade perdida de um jornal e que se consagrava, muito onettianamente, a construir um sonho ditado pela nostalgia e pelo desejo e urdido com os materiais menos promissores da realidade. No fim de algumas páginas, o nome desse personagem, dito quase ao acaso, devolvia-o por inteiro, além de vincular esse tão breve conto a toda a ficção anterior de Onetti: aquele homem exilado em Madri, fugitivo de uma ditadura militar, que sente saudade de uma mulher presa, talvez assassinada, é ninguém menos que Jorge Malabia, o adolescente literário e patético que usava boina e fumava cachimbo em *Junta-cadáveres* e em "O álbum", o jovem já embrutecido pela vida adulta, pelos cavalos e revólveres, que aparece vingativamente em "A morte e a menina"; de repente, as referências internas davam a esse conto, "*Presencia*", tão dolorosamente atual em sua condição de testemunha do desterro e do terror político, profundidades espaciais e temporais, criando ressonâncias na memória dos personagens e dos leitores, de modo que sua breve leitura era ao mesmo tempo uma leitura de todos os livros de Onetti e também um contraponto à atemporalidade de Santa María e a sua possível condição de mundo fechado, ou disso que hoje em dia se chama, com reiterado pedantismo, de "território mítico" (há romancistas que decidem estabelecer um território mítico como quem decide comprar um lote).

Em "Tão triste como ela", que é, sem dúvida, a história de amor e ressentimento mais angustiosamente triste que já se escreveu em espanhol, a absoluta falta de referências externas, e mesmo, quase, de nomes (não sabemos como se chamam a protagonista nem seu marido: tampouco sabemos em que cidade ou em que país fica aquela casa cercada de muros, com seu jardim ferozmente entregue às escavadoras e ao cimento), é desmentida, ou nuançada, por um detalhe menor, por uma informação aparentemente neutra: "Embora ela tivesse nascido ali, na velha casa afastada da água das praias que havia batizado, sob um pretexto qualquer, o velho Petrus". Para o leitor habituado, essas poucas palavras situam a história, sem necessidade de descrições ou explicações, numa das paisagens de Santa María, a zona à beira do rio onde Jeremías Petrus construiu seu fracassado estaleiro e a casa elevada sobre pilares de cimento onde vivia reclusa sua filha, Angélica Inês. Assim, quase sem dizer nada, Onetti confere uma dimensão muito mais ampla à claustrofobia de "Tão triste como ela", e nos devolve, inteira, a lembrança de *El astillero*, e com ela a de Larsen ou Junta-cadáveres, a de sua aparição em Santa María, sua queda e seu derradeiro regresso...

Os contos de Onetti postulam, pois, seus romances, e se confundem no próprio tecer e destecer de sua imaginação narrativa, mas é possível assinalar-lhes um parentesco ainda mais estreito com os romances, um grau ainda maior de negação das categorias e dos gêneros: os romances de Onetti costumam constituir-se em torno de pontos ou eixos de máxima intensidade que se mantêm muito flexivelmente unidos entre si, justapondo-se ou entrecruzando-se sem nunca se dissolverem numa história única, num único ponto de vista. Em cada romance há uma polifonia não só de vozes, mas também de diferentes narrativas, nascidas, talvez, como idéias para contos, mas que se foram acrescentando umas às outras conforme as leis e as afinidades secretas que se revelam como que por si mesmas no processo de invenção. De modo que, se é possível, e necessário, ler os contos como capítulos de um romance, pode-se igualmente distinguir nos romances as unidades menores e autônomas que se misturam num fluxo maior, e esse é um dos prazeres mais excitantes de sua leitura: parece que *A vida breve* ou *Junta-cadáveres* ou *Deixemos falar o vento* escrevem-se sozinhos enquanto nós os lemos; parece que os ensaios e as incertezas da narrativa são nossos, que nós mesmos, pelo veneno da leitura, transfiguramo-nos em personagens de Onetti e sonhamos suas vidas como se fossem nossas, ou como se não fossem de ninguém, do mesmo modo que eles sonham a vida de outros ou os vêem viver a partir de uma distância e de uma imobilidade que são exatamente a distância absoluta e a imobilidade preguiçosa e cismadora do leitor.

A pluralidade fragmentária do livro nos sugere que é assim que se percebem verdadeiramente as coisas, com um misto de conhecimento, esquecimento e adivinhação, sem a rigidez tão impostora, mas tão reconfortante, dos romances perfeitamente concluídos e fechados; o ar de casualidade, as descontinuidades, as histórias reveladas pela metade, as informações tardias que muito tempo depois dão sentido a uma história já contada, equivalem em literatura a essas linhas e manchas da pintura que só chegam a existir, como paisagens ou rostos, na retina e na imaginação visual do espectador: é em nossa imaginação que terminam de ser escritos os romances de Onetti, e só nossa atenção ativa, nossa devoção, nossa familiaridade gradual revelam-nos pouco a pouco as ressonâncias internas, as semelhanças, os lados ocultos entre histórias e personagens que transformam a totalidade dos livros de Onetti em páginas de uma só narrativa, que tem algo do *Livro de areia* de Borges e também de *Comédia humana* e Enciclopédia do mundo.

"Em literatura", diz o narrador num conto de Onetti, "tempo se escreve sempre com maiúscula." Santa María é não só uma destilação como um mapa do tempo e do espaço. Tem a morosidade do tempo fóssil das cidades de província, o ritmo pesado em que transcorrem as águas turvas do rio e em que se sucedem as visitas da lancha, a majestade solene e um pouco austera dos ciclos agrários. Onetti, leitor fervoroso dos romances do comissário Maigret, conhece como ninguém um recurso admirável de Simenon, o das repetições de hábitos, lugares e gestos, o de sugerir em cada romance coisas que ocorreram em outros e que o leitor irá instintivamente procurar nos que ainda não leu. O comissário Maigret não é tão intensamente verdadeiro pela astúcia com que investiga os crimes, cujas chaves, ao fim e ao cabo, esquecemos poucas horas depois de terminar um romance. O que nos agrada em Maigret, como em nossos amigos, ou melhor, o que o torna semelhante a nós, é o fato de reconhecermos seus costumes, de os sabermos tão fielmente que poderíamos escrever mais de uma das páginas que estamos lendo: a limpeza sombria das tabernas de manhã, os sanduíches e os canecos de cerveja que sobem fora de hora da cervejaria Dauphine, o andar lento, seguro e aparentemente casual do comissário ao seguir alguém por uma provinciana rua francesa.

Algo muito parecido nos acontece com o mais constante dos heróis de Juan Carlos Onetti, o dr. Díaz Grey, que aparece e desaparece nos contos e nos romances como certas pessoas aparecem e desaparecem ao longo de nossas vidas, tão invariável quanto o comissário Maigret, quase intocado pelo tempo desde que Juan Maria Brausen o pôs em Santa María e em seu consultório médico, nascido do nada, da arbitrariedade de seu criador, como Adão e Maigret e o juiz Gavin Stevens ou o caixeiro-viajante V. K. Ratliff, de Faulkner, com uma idade que beira sempre os cinqüenta anos, com um passado que se limita a alguns traços inexatos, e dotado de uma consciência de si mesmo, de sua condição de personagem, de criatura de Brausen, que não é mais precária ou temerosa que a consciência de temporalidade de qualquer um de nós: "Duvidava, desinteressado, de seus anos. Brausen pode ter-me feito nascer em Santa María com trinta ou quarenta anos de passado inexplicável, para sempre ignorado".

Onetti disse, certa vez, que conhecia tão bem o comissário Maigret que tinha certeza de poder identificá-lo se o visse de costas na rua. O mesmo ocorre conosco em relação ao dr. Díaz Grey: nós o reconheceríamos sem ver seu rosto, apenas pelo modo como olha pela janela de seu consultório, do outro lado da mesa, desabotoando o jaleco branco com um ar quase litúrgico. Mas também sabemos exatamente o que ele vê, ainda que Onetti não nos diga: concordamos com Onetti e com Brausen que Santa María é um dos lugares mais familiares de nossa imaginação.

A um leitor distraído pode parecer que Santa María, cidade inexistente, corresponde ao tempo imóvel ou circular dos mitos, mas essa é outra das expectativas que Onetti prefere sutilmente frustrar, embora algumas vezes pareça cumpri-las. Em literatura tempo se escreve com maiúscula porque quase sempre se escreve sobre o tempo e se trabalha com ele do mesmo modo como o oleiro trabalha com a argila, ou o fotógrafo com os processos químicos de fixação da luz. Mas a maneira de Onetti *tratar* o tempo — e utilizo o verbo em seu sentido de operação material — ignora toda linearidade e desordena essa aparência de quietude numa pluralidade de presentes, passados e futuros que terminam por existir simultaneamente.

Não se trata de uma vontade de barroquismo, ou de malabarismo técnico, mas de uma tentativa de contar as coisas como são, que é quase sempre como as recordamos ou as imaginamos, ou como decidimos que devem ser. Não há na consciência uma linearidade absoluta do tempo, do mesmo modo que o olhar não obedece às leis geométricas da perspectiva. Aos personagens de Onetti, como às pessoas reais, pode-se aplicar aquele ditame de Pascal segundo o qual ninguém vive de maneira estável no presente. Todo o mundo habita tempos misturados, uma encruzilhada de expectativas e lembranças que se confundem no agora e que muitas vezes o desfiguram ou o apagam. Nesse sentido, poderíamos dizer que o jogo de afirmação e negação do presente é um dos nervos vitais da narrativa de Onetti, em correspondência com seu outro jogo mais apreciado, o de afirmação e negação do real. Daí que os fatos, nos contos, quase nunca se apresentem com alguma ambição ou alguma aparência de objetividade, de acontecimentos neutros que o leitor presencia tão sem mediação como a vida que tem diante de si: dentro dos contos quase sempre há alguém que conta ou alguém que recorda — freqüentemente, o dr. Díaz Grey —, e os mecanismos da memória, da palavra, da invenção involuntária, da ignorância parcial, da pura desfiguração do tempo, são uma parte da matéria contada.

Onetti é desses escritores que, dotados de uma percepção muito singular e poderosa do mundo e de suas próprias faculdades, são inconfundíveis desde as primeiras linhas que publicam e *estão* plenamente em qualquer coisa que escrevam, de uma carta ao diretor de um jornal (arte em que Onetti é mestre sutil) a um romance de quinhentas páginas. Seu primeiro conto, escrito aos vinte e tantos anos, "Avenida de Mayo-Diagonal Norte-Avenida de Mayo", é, não obstante todas as imperfeições que lhe possam ser atribuídas retrospectivamente, tão Onetti quanto *Deixemos falar o vento*. Em "Um sonho realizado", que é de 1941, encontramos, já em estado de perfeição, a imagem do mundo e as noções do tempo e do relato que se desdobrarão com incansável e maravilhosa força narrativa ao longo de várias décadas.

Um velho isolado num asilo de pobres, ex-diretor ou produtor teatral arruinado muitas vezes, com uma peruca grotesca e uma dentadura postiça que ele não tira nem para dormir, encontra na biblioteca do asilo um exemplar de *Hamlet*, e esse achado dispara nele a lembrança de algo que aconteceu muitos anos antes. Há, pois, um primeiro grau de mediação, o da memória do homem que foge do miserável presente da velhice para um passado distante. Na lembrança, porém, ele não se transforma em protagonista, mas em personagem secundário e narrador da vida de outros, da chegada, numa capital de província ainda inominada, mas na qual já reconhecemos Santa María, de uma mulher extravagante e, sem dúvida, perturbada, ridícula no anacronismo de seu penteado e de seu vestuário, perdida na confusão do tempo: "aquele ar de rapariga de outro século que tivesse ficado dormindo e agora acordasse um pouco despenteada, meio envelhecida, mas prestes a alcançar sua idade a qualquer momento, repentinamente, e a quebrar-se ali em silêncio, desmoronando, roída pelo trabalho sigiloso dos dias". Essa mulher, que no conto não tem nome, é portadora de um enigma e de uma história, ou de um sonho. O enigma é o de sua origem, do motivo de seu descaminho e de sua biografia até o momento. Como tantos outros personagens de Onetti, que possui como ninguém a suprema virtude de escrever não escrevendo, de usar o silêncio como um pintor as áreas de tela nua, essa mulher é feita mais do que não se diz que do que se diz dela. Quanto ao sonho, não chega a ser, tampouco, uma história, primeiro porque os sonhos se perdem ao serem contados, e, depois, porque ela não confere sentido às coisas triviais que nele ocorrem.

Mas ela quer ver seu sonho realizado, literalmente, num teatro, em todos os detalhes, transformado num espetáculo a que ela assistirá como se costuma assistir aos sonhos, como testemunha alheia e, simultaneamente, como ator. Os sonhadores de Onetti costumam ter uma temível resolução: querem ver os sonhos consumados, querem com eles dar forma ao mundo, regê-lo em virtude de normas imaginárias de modo tão severo como se estivessem aplicando o Código Civil. Juan María Brausen, deitado num apartamento de Buenos Aires, inventou Santa María e inventou também, a partir de si mesmo, um personagem falso que se tornava real do outro lado da tão frágil parede que o separava do apartamento contíguo. Em "*Presencia*", um conto escrito e publicado na Espanha no início dos anos 80, o Jorge Malabia expulso de Santa María que sobrevive amargurado e culpado em Madri paga um detetive particular inapresentável não para que cumpra a impossível tarefa que diz ter-lhe dado como encargo, a de encontrar uma mulher que está presa ou morta do outro lado do oceano, mas para que confira um certo grau de materialidade e de realidade ao sonho de encontrá-la que ele mesmo traçou para si. Muitos anos antes, quando era um adolescente, no conto intitulado "O álbum", Malabia pedia à mulher desconhecida com quem se deitava que lhe contasse histórias fabulosas de caçadas e viagens: exigia relatos de sonhos com uma avidez mais intensa que a do desejo, exigia-os tão autoritariamente que ficou decepcionado ao comprovar que todas aquelas histórias que a desconhecida lhe contou eram verdadeiras.

Além do amor, a tarefa preferida por um número considerável de personagens de Onetti é a de inventar, contar mentiras e ouvi-las, dotar-se de falsas vidas por meio da credulidade daquele que escuta; às vezes, porém, o propósito da narração é outro, exatamente o oposto: quando se conta, pode-se alcançar uma verdade que de outro modo seria inacessível, uma identidade mais certa ou mais profunda que a estabelecida pelas aparências e, mesmo, uma amarga forma de absolvição. Em "A face da desgraça", o homem atormentado pelo remorso de não ter sabido evitar o suicídio de seu irmão salva-se transitoriamente graças à aparição do amor, que em Onetti sempre tem algo de epifania íntima e de prodígio: na praia, de noite, deitado junto da garota que acaba de abraçar, esse homem lhe conta de sua culpa e da história do irmão, e ao contar começa a compreender o que antes lhe estava negado, a possibilidade de absolvição. Em *A vida breve*, Brausen sentava-se nas noites de verão diante de uma folha de papel e intuía que o ato de escrever poderia, de algum modo misterioso, salvá-lo.

É o que busca a mulher de "Um sonho realizado": ser salva ou absolvida pela repetição de um sonho, recuperar e celebrar um instante de obscura felicidade, alguns minutos puros e milagrosos de presente, em todos os seus detalhes, sem imprecisões, intangíveis, a salvo da corrupção, do desengano e do esquecimento, com todo o luxo da materialidade e do acaso: assim a negação transformou-se gradualmente em afirmação, e eis que os tons sombrios da mentira, da memória e da decadência ocultavam uma celebração da vida e do tempo em estado de máxima pureza.

Sempre é assim em Onetti. A leitura apressada ou a simples rotina intelectual tendem a sugerir que em seu mundo só existem o desespero e o horror, um mundo de bares sórdidos e mulheres decadentes, de crueldades ruins e lentas, de escuridão e amargura. A princípio, quando eu começava a lê-lo, era isso que me tocava mais cruamente, as doses indiscutíveis de toxicidade que há na obra de Onetti, sobretudo em alguns contos. Às três da madrugada, nas noites febricitantes de leitura dos vinte anos, eu lia "O inferno tão temido" e uma parte de mim não podia suportar, negava-se a continuar lendo mas, ainda assim, prosseguia, e na manhã seguinte o despertar, devido à insônia, tinha um ressaibo de luz suja e de ressaca. Das páginas de "Bem-vindo, Bob", bem como de alguns capítulos de *A vida breve* ou de *Junta-cadáveres*, saía-se com cheiro de gim de má qualidade, de cinzas frias e de lençóis sujos e suados na roupa.

Dava um pouco mais de trabalho diferenciar, em meio àquelas rigorosas representações do inferno, as rajadas de beleza; era preciso aguçar o ouvido para perceber uma linha melódica que transcorria quase oculta mas que, à medida que nos adestrávamos, tornou-se tão necessária e tão comovente para nós como a felicidade que dão, sem aviso prévio, algumas canções. Em Onetti há uma permanente fúria moral, uma raiva indomável contra a desrazão do tempo e a desonestidade e a covardia que degradam os homens, mas a seiva da qual se alimenta essa fúria é o entusiasmo pelo não corrompido, o agradecimento pelos dons que algumas vezes a vida nos concede. Em parte alguma eu vi esse tipo de gratidão contada como em duas linhas de "A face da desgraça"; ninguém mais, senão Onetti, sabe usar desse modo a precisão e o pudor: "Um ajudou o outro a desnudar-se do imprescindível e tive de repente duas coisas que nunca merecera: seu rosto abatido pelo choro e a felicidade sob a lua, a certeza desconcertante de que nunca haviam entrado nela".

Quando lemos palavras como essas compreendemos o sentido e o valor dos sonhos que inventam em solidão ou que, sem cansaço, contam-se mutuamente os personagens de Onetti. A qualidade de impostores, contistas ou sonhadores — abrigando nesta perigosa palavra tanto suas significações mais altas quanto as mais vulgares — é o traço que os define, e não são mais memoráveis em virtude da qualidade ou da originalidade de seus sonhos, mas da veemência com que se atrevem a cuidar deles e a levá-los a cabo, imperturbáveis diante da realidade, até diante da desgraça, do ridículo e da ruína, sempre dispostos a reviver do fracasso e do tédio no mesmo instante em que lhes é oferecida uma ínfima promessa de plenitude. O sonho de Jeremías Petrus de construir um porto e um grande estaleiro às margens pantanosas do rio é tão admirável, desmedido e trágico quanto o sonho de Larsen, ou Junta-cadáveres, que consiste na fundação de um prostíbulo perfeito.

Em "Bem-vindo, Bob", o jovem que mais tarde irá corromper-se para ingressar, gordo e embotado, nas maldades da vida adulta sonha em transformar-se em arquiteto para criar uma cidade utópica ao longo da costa de Santa María. Em "Jacob e o outro", o apócrifo príncipe Orsini quer obstinadamente pôr em prática o sonho e a mentira do campeão mundial de luta, Jacob van Oppen. Quanto a Brausen, sonhou toda a cidade e cada vida e pensamento e emoção de cada um de seus habitantes, e na praça principal há uma estátua dele, de bronze, que o dr. Díaz Grey fita da janela de seu consultório enquanto abotoa o jaleco branco ou se despoja dele como de uma veste eclesiástica...

Aqui o círculo se fecha, e quem nos resta, agora, quem estava por trás de tudo, dos personagens, de suas cidades, suas paixões, suas grosserias, seus heroísmos, suas imposturas generosas ou medíocres, é o mais onettiano de todos os sonhadores de Onetti, o homem insone e preguiçoso que foi inventando todas essas histórias ao longo de mais de meio século, que as foi sonhando enquanto as escrevia, como que levado por um impulso interior a elas mesmas, sem muita premeditação, mas com uma persistência invulnerável ao desânimo, aos períodos de indiferença e de adversidade. Em Buenos Aires, em Montevidéu, em Madri, esse homem que quase nunca dorme e já não se levanta da cama e não pára de fumar e de ler romances policiais é o deus pai por quem o próprio Brausen foi criado, a inteligência oculta que rege e presencia a vida dos personagens, com uma atenção particular e única para com cada um deles, como a que nos diziam que nos dedicava o pai eterno da teologia católica. Escrever é, em grande parte, um sonho voluntário, ao mesmo tempo abandonado e metódico, a sensação de que assistimos à história que estamos imaginando enquanto a contamos. Nós, leitores de Juan Carlos Onetti, aprendemos que alguns sonhos podem transformar-se em verdade: cada um dos contos deste livro, por exemplo, é um sonho realizado.

47 CONTOS DE JUAN CARLOS ONETTI

Avenida de Mayo-Diagonal Norte-Avenida de Mayo

Atravessou a avenida, numa pausa do tráfego, e saiu andando pela Florida. Um arrepio de frio estremeceu-lhe os ombros e, de imediato, a resolução de ser mais forte que o ar viajante o fez retirar as mãos do abrigo dos bolsos, inflar a curva do peito e erguer a cabeça, em divina busca no céu monótono. Poderia enfrentar qualquer temperatura; poderia viver mais lá embaixo, para além de Ushuaia.

Os lábios estavam se afinando com o mesmo propósito que amiudava os olhos e quadriculava a mandíbula.

Obteve, primeiro, uma exagerada visão polar, sem cabanas nem pingüins; abaixo, branco e duas manchas amarelas, e acima o céu, um céu de quinze minutos antes da chuva.

Depois: Alasca — Jack London —, as peles grossas escamoteavam a anatomia dos homens barbudos; as botas altas os transformavam em bonecos impossíveis de tombar, apesar da fumaça azul dos longos revólveres do capitão da Polícia Montada, e ao se agachar, acachapando-se instintivamente, o vapor de sua respiração falsificava uma auréola para o chapéu hirsuto e as barbas castanhas, sujas. Tangas's expunha sua dentadura às margens do Yukon; seu olhar se estendia como um braço forte para segurar os troncos que viajavam rio abaixo. A espuma repetia: Tangas's é de Sitka: Sitka, bela como um nome de cortesã.

Na Rivadavia um automóvel quis detê-lo; mas uma enérgica manobra deixou-o para trás, junto com um ciclista cúmplice. Como troféus da vitória fácil, levou duas luzes do carro ao desolado horizonte do Alasca. De modo que na metade da quadra não teve muito trabalho para eludir o cálido ambiente que sustentavam no cartaz os ombros potentes de Clark Gable e os quadris de *la* Crawford; sentiu-se, apenas, impelido a alçar até o intercílio as rosas que a estrela dos olhos grandes exibia no meio do peito. Três noites ou três meses atrás sonhara com a mulher que tinha rosas brancas em lugar de olhos. Mas a lembrança do sonho foi somente um relâmpago para sua razão; a lembrança deslizou rápido, com um esboço de vôo, como a folha que a rotativa acaba de parir, e acomodou-se, quieta, sob as outras imagens que continuaram caindo.

Instalou as luzes roubadas do carro no céu que se copiava no Yukon, e a marca inglesa do carro fez ressoar o ar seco da noite nórdica com enérgicos *What* que não estavam encerrados na câmara em surdina, mas que espoucaram como tiros no azul frio que separava os pinheiros gigantes, para depois subirem como rojões até o branco estelar das Rochosas.

Quando Brughtton se agachou, cobrindo a fogueira enorme com o corpo, e ele, Víctor Suaid, ergueu-se com o Coroner pronto para disparar, uma mulher fulgurou os olhos e um crucifixo entre a pele do mantô, tão perto dele que seus cotovelos se tocaram.

No mistério das costas, o colete de Suaid marcou dois profundos equadores no impulso da inspiração com que tentou incrustar no cérebro o perfume da mulher e a própria mulher, misturada ao frio seco da rua.

Entre as duas levas de pessoas que transitavam, a mulher logo virou um rastro que subia e descia, da sombra para a luz das lojas e de novo para a sombra. Restou, porém, o perfume em Suaid, arejando suave e definitivamente a paisagem dos homens; e das margens do Yukon nada restou além da neve, uma tira de neve da largura da calçada.

— A América do Norte comprou o Alasca da Rússia por sete milhões de dólares.

Anos atrás, essa informação teria suavizado a caneta do major Astin na aula de geografia. Mas agora não passou de pretexto para um novo devaneio.

Fez crescer, dos lados da tira de neve, duas alas de soldados a cavalo. Ele, Alexandre Ivã, Grão-duque, marchava entre os soldados, junto de Nicolau II, limpando a cada passo a neve das botas na borda de um capote de peles.

O Imperador caminhava balançando-se, como aquele inglês, segundo chefe de tráfego da Central. As pequenas botas brilhavam ao passo marcial, que era agora a única expressão possível de sua mobilidade.

— Stálin acabou com a seca no Volga.

— Alegria para os barqueiros, Majestade!

O canino de ouro do Czar confortou-o. Nada tinha a menor importância — energia, energia —, os peitorais contraídos sob o feixe dos cordões e da grande cruz, das velhas barbas de Verchenko, o conspirador.

Parou na Diagonal, onde o Boston Building dormia sob o céu cinzento, defronte do estacionamento.

María Eugenia, naturalmente, pôs-se em primeiro plano com o vôo de suas saias brancas.

Só a vira de branco uma vez; anos atrás. Tão bem fantasiada de colegial, que os dois pontaços simultâneos que os seios davam no tecido, ao se chocarem com a pureza do grande laço de fita preto, faziam da menina uma mulher madura, cética e cansada.

Teve medo. A angústia começou a escalar seu peito, com breves golpes, até os arredores da garganta. Acendeu um cigarro e apoiou-se na parede.

Estava com as pernas acorrentadas pela indiferença e sua atenção ia-se dobrando, como o velame do barco que ancorou.

Com o silêncio do cinema de sua infância, as letras de luz navegavam nos trilhos do anúncio: ONTEM NA BASILÉIA — CALCULA-SE EM MAIS DE DUAS MIL AS VÍTIMAS.

Virou a cabeça com raiva.

— Que se danem todos!

Sabia que María Eugenia estava vindo. Sabia que teria de fazer alguma coisa, e seu coração perdia totalmente o compasso. Ter de debruçar-se sobre aquele pensamento o aborrecia; e também saber que, por mais que atordoasse seu cérebro em todos os labirintos, muito antes de ir embora para descansar encontraria María Eugenia numa encruzilhada.

Esboçou, porém, automaticamente um gesto de fuga:

— Por um cigarro... eu iria até o fim do mundo...

Vinte mil cartazes proclamaram seu plágio na cidade. O homem de penteado e dentes perfeitos estendia às pessoas sua mão vermelha, com o maço mostrando — ¼ e ¾ — dois cigarros, como canhões de um destróier mirando o tédio dos transeuntes.

— ... até o fim do mundo.

María Eugenia vinha com seu vestido branco. Antes que se tornassem fisionomia os planos do rosto, entre as vertentes de cabelos pretos, quis deter o ataque. O nível do medo roncou junto das amígdalas:

— Fêmea!

Desesperado, subiu até as letras de luz que iam saindo, uma a uma, com suavidade de bolhas, da parede preta:

O CORREDOR MC CORMICK BATEU O RECORDE MUNDIAL DE VELOCIDADE EM AUTOMÓVEL

A esperança deu-lhe forças para desalojar de um só golpe a fumaça, unindo o *o* da boca com a paisagem.

DADE EM AUTOMÓVEL — HOJE EM MIAMI

O jato de fumaça escondeu em oportuna camuflagem a cútis áspera da parede e do piso quadriculado, o corpo ficou ali. O cigarro entre os dedos anunciava o suicídio com um fio lento de fumaça.

HOJE EM MIAMI ALCANÇANDO UMA VELOCIDADE MÉDIA

Sobre a areia de ouro, entre gritos enérgicos, Jack Ligget, o *manager*, polia e repolia as peças brilhantes do motor. O carro, com nome de ave de cetraria, parecia um gafanhoto gigante e preto, sustentando, incansável, com duas patinhas adicionais, a lâmina de barbear da proa.

Os retorcidos tubos de órgão, a bombordo e a estibordo, deram vinte e vinte detonações simultâneas, uma a uma, que se foram em nuvenzinhas lentas. Com a linha das rodas na altura das orelhas, começou a corrida. Cada estampido adquiria ressonâncias de júbilo em seu crânio e a velocidade era o espaço entre os dois rastros, transformado numa viborazinha que dançava no ventre.

Olhou para o rosto de Mc Cormick, pele escura ajustada sobre ossos finos. Sob o elmo de couro, atrás dos óculos grotescos, os olhos estavam duros de coragem e, no sorriso sedento de quilômetros que estirava levemente sua boca, filtrou-se a ordem breve, condensada num verbo no infinitivo.

Suaid inclinou-se sobre o farol e empurrou o carro no tranco. Arremeteu até que o vento se tornou rugido, e na navegação as rodas tocavam suavemente o solo, que as despedia rápido, como a roleta faz com a bola de marfim. Arremeteu até que sentiu doer no ventre a viborazinha, fina e rígida feito uma agulha.

Mas a imagem era forçada, e a inutilidade desse esforço evidenciou-se, certeira, sem subterfúgios possíveis.

A fuga se apagou como se estivesse sob um aguaceiro, e Suaid ficou com a cara meio afundada no chão, os braços gesticulando em movimentos precisos de semáforo.

— Esconder-me...

Mas colocou-se debaixo de si mesmo, como se o solo fosse um espelho e seu último eu a imagem refletida.

Fitava os olhos velados e a terra úmida na concavidade do esquerdo. O nariz quase chato na ponta, como o das crianças que olham por detrás das vidraças, e os maxilares tascando a dura e lisa lâmina da angústia. O ralos cabelos loiros riscavam a testa e a mancha da barba no pescoço ia-se arroxeando.

Fechou os olhos com força e tentou afundar; mas as unhas deslizaram no espelho. Vencido, largou o corpo, entregue, sozinho, na esquina da Diagonal.

Era o centro de um círculo de serenidade que se ampliava apagando os prédios e as pessoas.

Então se viu, pequeno e solitário, no meio daquele sossego infinito que seguia se estendendo. Lembrou-se, com carinho, de Franck, o último soldado de brinquedo que ele quebrara; na lembrança, o boneco tinha uma perna só e o enegrecido U dos bigodes destacava-se sob o olhar distante.

Olhava-se de montes de metros de altura, observando com simpatia o corte familiar dos ombros, o vão da nuca e a orelha esquerda amassada pelo chapéu.

Desabotoou lentamente o paletó, esticou as pontas do colete e outra vez deslizou os botões pelos talhos das casas. No fim da vagarosa operação, ficou triste e sereno, com María Eugenia dentro do peito.

Mas as crostas de indiferença que tinham protegido sua inquietude estavam caindo, e o mundo exterior começava a alcançá-lo.

Sem necessidade de pensar nisso, iniciou o retorno pela Florida. A rua, deserta de devaneios, perdera a dentadura de Tangas's e a barba loira de Sua Majestade Imperial.

A claridade das vitrines e as grandes luzes suspensas nas esquinas davam uma atmosfera de intimidade à calçada estreita. Imaginou um salão do século passado, tão refinado que os homens não precisavam tirar o chapéu.

Apertou o passo e quis apagar um sentimento indefinido, com um quê de fraqueza e ternura, que começava a insinuar-se.

Com uma metralhadora em cada beco dava para varrer toda essa ralé.

Era a hora do anoitecer no mundo inteiro.

Na Puerta del Sol, em Regent Street, no Boulevard Montmartre, na Broadway, em Unter den Linden, em todos os lugares mais concorridos de todas as cidades, as multidões se aglomeravam, iguais às de ontem e às de amanhã. Amanhã! Suaid sorriu, com um ar de mistério.

As metralhadoras dissimulavam-se nas varandas, nas bancas de jornais, nas cestas de flores, nos terraços. Eram de todos os tamanhos e estavam todas limpas, com uma risca de luz fria e alegre nos canos polidos.

Owen fumava, jogado na poltrona. Sob o ângulo formado por suas pernas, a janela deixava passar o pisca-pisca dos primeiros anúncios luminosos, os ruídos amortecidos da cidade que se aquietava e a lividez do céu.

Suaid, junto ao transmissor telegráfico, espreitava a passagem dos segundos com um sorriso maligno. Mais que as detonações das metralhadoras, esperava que o momento decisivo agitasse os músculos faciais de Owen, tornando transparentes as emoções por trás da córnea dos olhos claros.

O inglês continuou fumando, até que um estalido do relógio anunciou que o pequeno martelo se levantava para dar o primeiro golpe daquela série de sete, que se multiplicariam, de forma inesperada e milionária, sob os sinos de todos os céus do Ocidente.

Owen levantou-se e jogou o cigarro.

— *Ya*.

Suaid caminhava, com um frêmito de nervosa alegria. Ninguém sabia, na Florida, como era estranhamente literária sua emoção. As mulheres altas e o porteiro do Grand também ignoravam as ramificações que adquiria em seu cérebro o "*Ya*" de Owen. Porque "*Ya*" podia ser espanhol ou alemão; e daí surgiam caminhos impensados, caminhos onde a incompreensível figura de Owen se dividia em mil formas diferentes, muitas delas antagônicas.

Diante do trânsito da avenida, quis que as metralhadoras cantassem velozmente, entre bolas de fumaça, seu rosário de contas alongadas.

Mas não conseguiu e virou-se para contemplar a Florida.

Estava cansado e calmo, como se tivesse chorado durante muito tempo. Mansamente, com um sorriso agradecido para María Eugenia, saiu andando em direção aos vidros e às luzes policrômicas que cobriam a rua com seu pulsar rítmico.

(*La Prensa*, Buenos Aires, 1933)

O obstáculo

Foi parando devagar, com receio de que a brusca interrupção dos passos desequilibrasse violentamente o conjunto de ruídos misturados ao silêncio. Silêncio e sombras numa franja que corria do rugido surdo da usina acesa até as quatro janelas do clube, mal fechadas para as risadas e o tilintar dos copos. Também, às vezes, para as tacadas na mesa de bilhar. Silêncio e sombras crivados pelo tremor dos grilos na terra e o das estrelas no céu alto e negro.

Já deviam ser dez horas, não havia perigo. Virou à direita e entrou no bosque, caminhando com cuidado sobre o crepitar das folhas, enquanto segurava o paletó nas costas, os braços cruzados no peito. Escuro e frio; mas sabia o caminho de cor e a boca entreaberta aquecia seu peito, deslizando longas pinceladas mornas sob a camisa de listras cinza.

Ao lado da porteira caiada parou outra vez. Ali começava a calçada de tijolos suavemente quadriculada que ia até a Direção, sob uma perigosa luz de lampiões. Se me virem, vou dizer que não estava conseguindo dormir. Não vão me dizer nada. Que saí para tomar um ar. Boleou a perna sobre o tecido, mas um pensamento o aquietou, montado no arame. Como tudo estava mudado! Há dez anos... Não pensou mais; porém vieram lembranças rápidas, nítidas e familiares à força de serem sempre as mesmas... A manhã de verão em que o levaram à escola... O escritório do diretor, o homem gordo que o observa com carinho por trás dos óculos e lhe dá palmadinhas nas costas.

— Você tem cara de bom, neguinho — e rindo, porque ele era tão pequeno e frágil. — Você não vai fugir, não é?

Girou a outra perna e permaneceu sentado. E eu não fugi mesmo. Mas quando ele se aposentou e veio o alemão... Sorriu. Quando trouxeram o alemão... Balançou-se no arame, vendo a fuga no entardecer, o refúgio dos canaviais, os homens inclinados sobre ele, revezando-se para surrá-lo.

Filhos-da-...

Tremeu ao ruído da voz e continuou caminhando rapidamente entre as árvores. Filhos duma égua. E todos eram iguais. Tropeçou num tronco e espiou ao redor, abrindo os olhos. A valeta, o tronco de eucalipto, a lança do velho portão... Não, mais à frente. Seguiu. O caso era lembrar quando é que puseram a calçada de tijolos e os lampiões e a cerca de arame. Estava certo de que tudo fora feito junto com o novo prédio da Direção: mas agora tinha a impressão de estar vendo o professor de ginástica olhando o trabalho na calçada. E como o professor viera muito depois de inaugurado o novo prédio... Cheirou o tabaco e ergueu-se, abraçado de costas a uma árvore... Sim, lá estavam. Via os rostos se avermelharem frouxamente perto dos cigarros. Assoviou devagar, dois breves e um longo. Responderam e cruzou em linha reta até reunir-se com os outros, que esperavam no chão.

— Oi, Negro.

— Salve.

— Chegou agora?

Barreiro estava sentado, as mãos entrelaçadas sobre os joelhos. O Flaco fumava estendido no pasto, rosto virado para o céu, cigarro plantado entre os lábios. Olhou para eles distraído e depois para as janelas do clube. Sabe-se lá a que horas vão se cansar de jogar. Já no chão, continuou pensando com prazer no salão do clube onde as vozes se elevavam entre a flutuante fumaça azulada, nas macias poltronas de couro e no retrato enorme em cima da lareira. E a calçada de tijolos e a fileira de luzes suspensas sobre a rua não estavam lá quando fizeram a casa do diretor. Com certeza; entretanto, continuava vendo o professor de ginástica, com o chapéu de fazenda branca e as mãos nos bolsos, dizendo alguma coisa aos homens que construíam a calçada. Deu de ombros e jogou o gorro sobre os olhos.

— Me dê um cigarro.

Com dificuldade, o Flaco enfiou a mão no bolso da calça, estendeu-lhe o maço e voltou a ficar como antes, a bituca num canto da boca, os olhos entreabertos mirando o alto. Barreiro lhe passou o fogo:

— E aí? Vai ser hoje à noite?

Acendeu e tragou com força, aquecendo-se na fumada áspera.

— Sim; quando apagarem as luzes do clube nós saímos.

— E não seria melhor atravessar a granja direto até a estrada?

— Não, vamos pelo riacho.

O outro cruzou novamente as mãos sobre as pernas... Cuidadosamente, o Flaco apanhou o cigarro e jogou-o longe. Virou a cabeça para ver a brasa extinguir-se. Depois cuspiu, cruzou as mãos sob a nuca e riu suavemente.

— Olhe, Negro... E se esta noite o diretor resolvesse torná-lo capataz da usina... E você passando fome por aí...

Voltou a rir enquanto cruzava as pernas.

— Não tem perigo... Vão escolher para capataz o puxa-saco do Fernández. Ouvi o engenheiro dizendo isso esta tarde.

Barreiro olhou-o com um sorriso de simpatia:

— Então... você vem com a gente?

— Claro... Já me enrolaram bastante.

O Flaco riu de novo e, sem saber por quê, o Negro teve vontade de pisar na cara dele; mas não disse nada e continuou fumando, observando entre a névoa da fumaça os quadriláteros amarelos na fachada do clube. Seria ótimo estar lá dentro, sentar numa poltrona com os pés em cima da mesa e pedir alguma coisa forte para beber. Fazer carambolas e carambolas, sem errar nenhuma, até enjoar. Jogar baralho, ele e o diretor contra o médico e o engenheiro. Uma partida de truco cego em que as mãos se encheriam de flores e de trinta e oito. Mas melhor do que tudo isso seria se atracar com os empregados, as luzes e as garrafas. Filhos duma égua...

Entrando em seu ódio repentino, o riso do Flaco tinha algo de ofensa pessoal. Esperou, apertando os dentes.

— Já soube que o Forchela está mal? — girou a cabeça rápido, olhando o rosto pálido e malévolo do outro.

— Que se dane!

O Flaco voltou a rir, agora à larga, seu peito estremecendo a trancos. Murmurou:

— Mas que jeito você tem de tratar o seu... — o Negro se ergueu de um salto, o olhar fixo na cara que ia amassando debaixo da botina.

— Eu o quê, você disse?

Não lhe importava o que dissessem; não lhe importava o que ele mesmo dissesse. Mas sabia que o Flaco caçoava dele pelas costas e percebia que era movido por um despeito amargo.

— Vamos, vamos... Não vão brigar agora — interferiu Barreiro, temendo que a pendenga fizesse a fuga fracassar —. Estive de tarde no hospital. Forchela está delirando.

Mordeu o cigarro com raiva e cravou os olhos nas janelas. Não sairiam até a meia-noite. Se o enfermeiro o deixasse entrar...

Barreiro espichou os braços, bocejando. Depois deitou-se.

— Por que não vai dar uma volta pelo hospital?

O outro frisou, com a voz rouca:

— Claro. É preciso se despedir dos amigos.

O Negro deu alguns passos, vacilando, tentando adivinhar o pensamento dos outros. Disse com força:

— Eu? E o que me importa?... — Vestiu o paletó, acrescentando, entre os dentes: — Vou é dar uma volta. Exato, até a meia-noite...

Ainda esperou um pouco; um movimento, uma frase de protesto e desconfiança que lhe servisse para auto-afirmar-se. Para entender por que agora estava frágil e inquieto. Mas não o ajudaram e teve de sair outra vez entre as árvores, olhando carrancudo as folhas quietas que, de trecho em trecho, algum farol filtrado entre os galhos lustrava suavemente.

Fazia dez anos. Tudo estava mudado, e o professor de ginástica gastava placidamente a manhã luminosa proseando com os pedreiros. Atrás dos vidros brilham, simpáticos, os olhos do diretor, enquanto bate em seu ombro. "Você não vai fugir...".

Sacudiu a cabeça para submergi-la em outros pensamentos. Dentro de duas horas estarão correndo na terra úmida, escorregando entre os tubos forrados das canas. Buenos Aires. Pensou na cidade e ficou desconcertado, arranhando a superfície áspera da porteira.

Porque por trás do nome havia o baixo de Flores, os jornais vendidos na praça, a esquina do Banco Español, o primeiro cigarro e o primeiro furto no armazém. Havia a infância, nem triste nem alegre, mas com um semblante inconfundível de vida diferente, estranha, que já não podia ser compreendida por inteiro. Mas havia também a Buenos Aires dos relatos dos rapazes e dos empregados, das fotografias dos jornais pesados de domingo. Das quadras de futebol, da música dos salões de tiro ao alvo em Leandro Alem.

Pensativo, pedalava no arame e uma vibração deslizava rápida entre as sombras. Não conseguia juntar as imagens, entender que a cidade continha as duas coisas. Às vezes, Buenos Aires era o povo rodeando a barraca vermelha que levantavam, nas tardes de sábado, em San José de Flores; outras, uma rua ladeada de cartazes coloridíssimos e luzes movediças, por onde o povo passeava rindo e conversando em voz alta. E sempre havia, junto à porta cordial da casa de tiro ao alvo, um marinheiro loiro e bêbado com uma rosa prisioneira entre os dentes.

Um rumor de passos sacudiu-o e Barreiro, já junto dele, não lhe deu tempo para assustar-se.

— Olhe, Negro.

Falava rápido, o cigarro na boca, os punhos cravados na cintura, traduzindo obscuramente algo de decisão e desafio.

— Estou lhe avisando que, se você ficar, nós vamos embora do mesmo jeito.

— Claro que vamos. Nós três. Por que isso agora?

Barreiro balançou a cabeça e desviou o olhar:

— Não, por nada. Só estava falando. Que vamos do mesmo jeito.

O Negro deu de ombros. Engasgou-se com um monte de palavras e um ódio feroz, incompreensível. Enquanto Barreiro subia na porteira para olhar o clube, ele respirou com ânsia, entrecerrando os olhos.

— Quando é que aqueles caras vão embora?...

Barreiro ajustou o cinto e se afastou sem fazer barulho, embrenhando-se, lento, na escuridão.

O Negro ficou olhando até o fim a risca branca do pescoço que seguia, deslizando sob as árvores. Passou as pernas por cima do arame e continuou andando na noite.

Parou, indeciso, aspirando um vago odor de desinfetante. Como um esqueleto de museu, a pérgula do pavilhão A. Pensou que teria de cruzar a grande sala e que os rapazes que ainda não estivessem dormindo o veriam passar. Vergonha de que soubessem que ele tinha vindo perguntar por Forchela a uma hora dessas. Os olhares de mofa e os gracejos grosseiros atariam suas pernas. Apoiou-se nos lenhos onde se enredavam os roseirais. Uma flor, a última, escondia as pétalas amareladas contra a ripa branca. Já que iam rir, que fosse ele o primeiro. Cruzaria a sala com um sorriso cínico, a rosa, alta, na mão.

Colheu-a e subiu os três degraus. No *hall*, o enfermeiro lia sentado num banco, enquanto chupava o mate com um ronquido.

— Olá, Negro. O que faz por aqui a esta hora?

— Nada... Me mandaram ver se as ferramentas estavam guardadas e pensei...

O enfermeiro tirou os óculos e olhou-o um momento, detendo-se na mão que apertava o gorro e a flor. Mas, apesar do convite explícito que havia no rosto do rapaz, não riu. Talvez não soubesse. Largou o jornal e levantou-se com um ar cansado.

— Já lhe contaram do Forchela? Se quiser vê-lo... Difícil que passe desta noite.

Seguiu-o entre as fileiras de camas, sem ver nada, sustentando no rosto um ar idiota e escondendo maquinalmente a rosa no bolso da calça. Dentre os cobertores cinzentos das camas saltaram palavras para ele; mas todas caíam sem tocá-lo, como se vencidas no ar por falta de peso.

Sozinho na saleta, ao pé da cama, tentou lutar contra o torpor que o envolvia. Apoiou-se nas barras e sorriu para a cabeça no travesseiro. O outro ajeitou as cobertas, tomou o pulso do doente e levantou-se, dizendo:

— Se não tiver o que fazer, fique aqui um pouquinho. Estou preparando um remédio na farmácia.

O Negro moveu a cabeça, concordando; mas não entendia nada, olhando aterrorizado para o rosto magro e avermelhado que Forchela movia compassadamente, ajudando-se a respirar. Restava algo do rapaz nos cabelos claros, nos dentes onde a luz traçava uma listra, talvez na testa arredondada. No mais, porém, era o rosto de um homem velho, de um homem repugnante avelhantado pelo vício.

Olhava fixamente, hipnotizado por um medo estranho, com receio de falar e de mover-se, esperando, diante da idéia de que o outro fosse acordar, para sorrir-lhe com a boca acesa e murcha, para fitá-lo, também, com seus olhos de vidro.

Fez um esforço e conseguiu se afastar da cama, dando passos silenciosos pelo chão ladrilhado. Em vão procurou algo em que se deter na parede limpa, de azulejos. Junto à janela entreaberta, o ar da noite serviu para aferrá-lo à idéia da fuga. Antes de o sol raiar estariam passando diante das cavalariças, a duas quadras do caminho. Ao amanhecer, na esquina do armazém... Mas depois se virou, temeroso de dar as costas, certo de que, caso se descuidasse, o moribundo ia sorrir, erguer a cabeça, as pálpebras, as mãos magras e crispadas. Coisas frias e terríveis, pois a morte já entrara em seu corpo, e qualquer movimento poderia derramá-la no quarto.

Aproximou-se da cama, despendurou o cartão. Nome: Pedro Panón. Argentino. Diagnóstico. Não entendia as estranhas palavras traçadas em letra redonda nem a ziguezagueante linha preta que mostrava a febre. Então suspirou, juntando as sobrancelhas, tranqüilizado na covardia de poder brincar que estava absorto na indecisa linha quebrada, analisando cuidadosamente o estado do enfermo. Não passou de um instante; pois logo intuiu um novo e angustiante significado naquele nome escrito no cartão. O nome que designava o corpo imóvel na cama e que, no entanto, já não era Pedro Panón nem ninguém. Voltou a pendurar o gráfico, o peito repleto de um desassossego implacável, movendo os olhos como um animal em perigo. Suspirou e foi se aproximando da cabeça.

Sim; era preciso ter coragem de avançar até que a cabeça ficasse sob seus olhos para contemplá-la atentamente, com fria curiosidade. E então, em seu mistério, o rosto fazia um invisível gesto de apelo no cômodo silencioso. Era preciso ir ver.

Recobrou a confiança ao reconhecê-lo com mais nitidez; a testa, e também os olhos. Chegou a sorrir para ele, a esboçar um afago com a mão. Mas de repente percebeu que era preferível não ver nada do rosto do rapaz, aquele em que o lençol cerceava o queixo. Era monstruoso comprovar que os traços que ainda resistiam à doença, os que continuavam sendo de seu amigo, estavam unidos neste rosto a traços estranhos e repugnantes. E nunca mais poderiam separar-se, para sempre fundidos uns nos outros no calor da febre. Recuou para ir embora; então a cara de velho do travesseiro moveu-se levemente para os lados, paralisando-o. Podia ouvi-lo respirar mais rápido pelo nariz trêmulo, enquanto duas linhas de saliva se estiravam nos cantos da boca. Já não podia ir embora. Encolheu o corpo até sentar-se na cadeira de ferro, as mãos juntas sobre o ventre, e ficou olhando calmamente o perfil magro, a cabeça rapada jogada para a frente.

— E aí? Ele continua tranqüilo? Volto logo.

Apagou-se da porta o jaleco branco do enfermeiro. Acomodou o corpo na cadeira, outra vez sozinho com o rosto anguloso do travesseiro, compreendendo, de súbito, que era inútil continuar lutando, que estava preso na saleta do moribundo, que não iria embora naquela noite nem nunca. Barreiro e o Flaco partiriam se esgueirando na noite rumo aos restolhais do rio, alcançariam os potreiros antes do amanhecer e o sol ia encontrá-los longe, caminhando velozes pela estrada. E de noite estariam na cidade do marinheiro bêbado, passariam pela rua das luzes dançarinas. Ele não podia ir; tinha de assistir até o final o misterioso rito da morte.

Ergueu-se, sempre olhando para o nariz vermelho do enfermo, para a baba da boca retorcida. Mordeu lentamente o insulto mais sujo e um pensamento varreu seu rosto como uma sombra de sorriso. A imagem dos outros, livres, correndo encurvados pelo campo anoitecido ardia-lhe, persistente, no peito.

— Não vão me...

No *hall*, cruzou com o enfermeiro. Murmurou alguma coisa e saltou os degraus. Começou a trotar pelo caminho de terra, olhando fixo para as janelas do clube ainda amarelas de luz.

Continuava olhando para a cabeça quando a luz da manhã já estendia panos azulados nos vidros. Estava mais pálida e o ar saía e entrava pausadamente, sem incomodá-la, com um tênue assovio. Também se tornara mais pesada e agora afundava até as orelhas numa depressão do tecido, como se a nuca tivesse passado a noite em obstinado trabalho de escavação. E a doença em retirada ia lhe mostrando novamente o rosto familiar do rapaz, ao qual a luz intensa da manhã acabava de limpar as manchas de febre.

— Bom dia. Como está o doente?

O terno cinza e os óculos de ouro do diretor. Era estranho que não tivesse ouvido o automóvel. Atrás, um par de rostos de funcionários. Alguém apagou a luz já inútil. O enfermeiro na porta, por um instante. Entre as nuvens do sono, quase insuportável agora, viu quando rodearam a cama e se inclinaram, falando em voz baixa. Pela janela entrava uma corrente de ar que estremecia o cartão da linha preta quebrada, e um rumor de passos rápidos. O médico entrou, abotoando o jaleco, grossas gotas de água brilhando nos cabelos. Tomou entre os dedos, por um momento, o fraco pulso caído sobre a colcha. Depois levantou uma das pálpebras da cabeça, que continuava embranquecendo. Não recordava se o médico dissera "é triste" ou "está feito" ao diretor, que acariciava a boca com os dedos, a cabeça inclinada sobre o peito. Levantou-a e dirigiu-se a ele, pondo a mão em seu ombro.

— Quero lhe agradecer; portou-se como um homem. Nós os encontramos há uma hora, entre os juncos do rio.

Fez uma pausa. O Negro aproveitou para divertir-se com a idéia da surra que os outros deviam ter levado e das que os esperavam, durante algumas noites, na cela do pavilhão correcional.

— Além disso, foi muito nobre sua atitude de não querer ir se deitar, para ficar cuidando de seu pobre companheiro. Eu impus aqui uma disciplina de ferro porque era preciso. Mas também sei premiar os que merecem. Acabo de falar com o engenheiro. O posto de capataz na usina é seu. Começará a trabalhar na segunda. E agora vá dormir, pois você está precisando.

O Negro disse "obrigado" e sorriu, confuso. Os funcionários não sabiam se destinavam seus rostos enrijecidos de importância ao corpo na cama, à fuga que haviam impedido ou à generosidade do diretor. Foi embora pensando que este falava como o padre e, já na porta, cumprimentou o dia com um rancoroso:

— Mas que filho duma égua!

Mas que filho duma égua!, murmurou sem saber para quem, enquanto se levantava apertando os rins doloridos. Os outros seguiam adiante, misturando-se, por instantes, com a noite que caía rapidamente. Contra o céu enegrecido os corpos, prolongados nas ferramentas de trabalho, formavam estranhos desenhos retintos. O guarda vigiava a fila de regresso, percorrendo-a a cavalo, levantando o rebenque grosso que levava pendurado no punho.

O Negro agachou-se novamente entre as rodas procurando o porquê do trator estragado. As mãos cheias de graxa tanteavam o frio do ferro. Acho que... Já é noite e não temos luz. Viu-se novamente a caminho do cemitério, meio corpo endurecido pelo peso do ataúde. Nem que estivesse cheio de chumbo. O dia inteiro sem dormir. Com a lembrança, voltou a cravar-se-lhe uma agulhada nos rins. Moveu os quadris e, com muito custo, afrouxou uma porca com a torquês. E depois os discursos, de pé no frio, morto de cansaço, tonto de sono. Esticou o braço, trazendo a talhadeira. Fez uma alavanca, empurrando com todas as forças. Inútil. Então fechou os olhos, desolado e imóvel, de quatro, junto à lâmina de aço da máquina. E o pior não era o cansaço, nem o sono, mas aquela angústia surda que desde ontem se agitava, lenta, em seu peito. Aquilo que o sufocava sem um momento de trégua e que lhe era impossível conhecer.

O bafo quente do cavalo acariciou sua nuca e a voz robusta caiu como um jorro.

— O que é que está havendo? Ainda não conseguiu arrumar isso?

Respondeu sem se mover:

— Não sei. Sem luz...

Ouviu o outro desmontando. Só então abriu os olhos e levantou-se.

— Acho que não é a porca. Vai ser preciso tirar a lâmina.

O outro ficou de cócoras, virando a cabeça para ver melhor. O Negro lançou os olhos sonolentos no fundo da paisagem, onde os companheiros já não passavam de uma nuvem negra e alongada. Depois olhou para baixo. Foi então que sossegou em seu peito a angústia persistente e uma paz imensa apoderou-se, violenta, de sua alma. Agora tudo estava claro e simples; e ainda que não pudesse explicar nem a si mesmo a causa de seu repentino contentamento, finalmente sabia o que era preciso fazer. Como se alguém, invisível no quieto anoitecer gelado, vertesse a verdade em seus ouvidos.

O homem resmungou entre os aros pretos das rodas. Aproximou-lhe a mão em que se balançava, como um sinal, o rebenque coroado de prata.

— Tem um fósforo aí?

Uma alegria simples o firmou nas pernas, intumescendo os músculos de seu braço.

— Sim. Tome.

A talhadeira brilhou em rápida viagem circular e golpeou a cabeça inclinada do homem, junto à curva escura das suíças. Nada mais foi preciso, porque o corpo se aquietou sob a máquina, enovelado, talvez, para que o calor fosse saindo devagar, avaramente. Abriu a mão e a ferramenta desapareceu no solo. Esfregou lentamente o dorso da mão, na qual alguma coisa acabara de respingar, no pano da calça. Levantou a cabeça para o céu dilatado e então a noite precipitou-se, irrefreável, na paisagem, vibrando misteriosa nos astros, nos cães distantes e no barulho de cavilhas dos charcos.

A noite estava vindo. Afastou-se rapidamente do trator e foi a seu encontro. Correu em linha reta, ágil e alegre, certo de que a angústia ficava ali, esfriando sobre a rotunda terra preta. A grande noite incompreensível e secreta vinha veloz em sua busca e deslizava sob seu corpo incansável. Mergulhou entre os fios do alambrado e continuou correndo. Saltou a valeta e o espelho fragmentado de seu fundo e continuou a toda. Agora os pés golpeavam loucamente o pasto umedecido, atraindo vertiginosamente o umbuzeiro junto do poço. Correu alguns metros em arco e virou à direita, arrastando a longa sombra de lua que acabava de nascer-lhe. O cansaço sacudia ferozmente seu peito, abrindo-lhe os lábios sobre os dentes apertados; mas continuou correndo, correndo, empilhando minutos e metros, como se aquela felicidade selvagem que surgira de chofre o levasse, veloz, pela mão, fendendo a noite de gelo. Entrou correndo no milharal; depois tropeçou, perdendo-se, de bruços, na sombra.

Girou com os braços em cruz. Uma dor ardente no queixo acordou-o e ele abriu os olhos para uma pequena lua redonda, já alta no céu. Ergueu-se com cuidado e pôs-se à escuta. Nada. De joelhos, espichou a cabeça e olhou em redor. Ninguém. Levantou-se e continuou andando, mancando um pouco, a pequena sombra circular tremendo atrás dele. Entre os arames que bordejavam o caminho fixou-o um canto de galo, subindo entrecortado na noite. Depois, jovialmente, tomou impulso no arame e cruzou a valeta. Como uma língua pálida sob a lua, o caminho partia na noite. Tirou a mão do bolso com a rosa seca e áspera; jogou-a de um lado, longe, esfregando depois os dedos entre si para separar os restos da flor. Então apertou o passo e se foi pelo caminho, em busca da noite próxima, que lhe reservava uma espera de dez anos na rua enfeitada de luzes, com o rastilho de detonações do salão de tiro ao alvo, o riso alto de suas mulheres, o marinheiro loiro e cambaleante.

(*La Nación*, Buenos Aires, 1935)

O possível Baldi

Baldi parou na ilha de cimento de onde se desviavam, velozes, os veículos, esperando o apito final do guarda, mancha escura sobre a guarita branca. Sorriu pensando em si mesmo, barbudo, o chapéu jogado para trás, as mãos nos bolsos da calça, uma delas fechando os dedos em torno dos honorários de "Antonio Vergara-Samuel Freider". Tinha um ar jovial e tranqüilo, balançando o corpo sobre as pernas abertas, fitando, sereno, o céu, as árvores do Congresso, as cores dos coletivos. Seguro diante do problema da noite, já resolvido por meio da barbearia, do jantar, da sessão de cinema com Nené. E cheio de confiança em seu poder — a mão apertando as notas —, porque uma mulher loira e estranha, parada a seu lado, tocava-o de vez em quando com seus olhos claros. E se ele quisesse...

Os carros pararam e ele atravessou, alcançando a praça. Continuou andando, sempre calmo. Uma cesta de flores recordou-lhe o gradil de Palermo, o beijo entre jasmins da última noite. A cabeça despenteada da mulher caía em seu braço. Depois o beijo rápido na esquina, a ternura na boca, o interminável olhar brilhante. E esta noite, também esta noite. Sentiu, de imprevisto, que era feliz; tão claramente, que quase parou, como se sua felicidade estivesse passando ao lado e ele pudesse vê-la, ágil e fina, cruzando a praça a passos rápidos.

Sorriu para a água trêmula da fonte. Junto à grande menina adormecida em pedra, deu uma moeda de cobre ao homem andrajoso que não chegara a pedi-la. Gostaria, agora, de uma cabeça de menino para acariciar quando passasse. Mas os meninos brincavam mais à frente, correndo no retângulo de pedregulho avermelhado. Só conseguiu virar-se inflando os músculos do peito, pisando forte na grade que filtrava o vento quente do metrô.

Seguiu em frente, pensando no afago agradecido dos dedos de Nené em seu braço quando lhe falasse daquele golpe de felicidade que ela trouxera, e na necessidade de um certo preparo para que se possa embalar a felicidade. Iam se lançar na fundação da Academia da Ventura — um projeto que imaginava magnífico, com um arrojado edifício de vidro saltando de uma cidade ajardinada, cheia de bares, colunas niqueladas, orquestras junto a praias de ouro, e milhares de cartazes cor-de-rosa, onde sorriam mulheres de olhos ébrios —, quando notou que a mulher estranha e loira de um momento antes caminhava a seu lado, apenas alguns metros à direita. Virou a cabeça, fitando-a.

Pequena, com um longo impermeável verde-oliva amarrado na cintura como se a estivesse quebrando, as mãos nos bolsos, uma gola de camisa de tênis, o laço vermelho da gravata cobrindo-lhe o peito. Caminhava devagar, batendo os joelhos na fazenda do abrigo com um tênue rumor de tenda sacudida pelo vento. Duas mechas de cabelos avermelhados saíam do chapéu sem abas. O perfil afinado e todas as luzes cintilando nos olhos. Mas o segredo da pequena figura estava nos saltos muito altos, que a forçavam a caminhar com lenta majestade, ferindo o solo num ritmo invariável de relojoaria. E rapidamente, como se espantasse pensamentos tristes, a cabeça girava para a esquerda jorrando um olhar para Baldi e voltava a olhar para a frente. Duas, quatro, seis vezes, ele a olhava, fugaz.

De repente, um homem baixo e gordo, com longos bigodes retintos. Preso pela boca torcida à orelha semi-oculta da mulher, seguindo-a insistente e murmurante nas direções enviesadas que ela tomava para afastá-lo.

Baldi sorriu e olhou para o alto do edifício. Já eram oito e quinze. O pincel sedoso no salão da barbearia, o terno azul sobre a cama, o salão do restaurante. Em todo caso, às nove e meia poderia estar em Palermo. Abotoou rapidamente o paletó e caminhou até se aproximar da dupla. Tinha a face enegrecida pela barba e o peito cheio de ar, um pouco inclinado para a frente como se o peso dos punhos o desequilibrasse. O homem dos bigodes compridos girou os olhos em rápida inspeção; depois os deteve, com ar de profundo interesse, na esquina distante da praça. Afastou-se em silêncio, a passos miúdos, e foi sentar-se num banco de pedra, com um suspiro de descanso satisfeito. Baldi ouviu-o assoviar, alegre e distraído, uma musiquinha infantil.

Mas lá estava a mulher, colada a seu rosto com os grandes olhos azuis, o sorriso nervoso e inquieto, os vagos obrigada, obrigada, senhor... Algo de subjugado e seduzido delatava-se nela e impeliu-o a não tirar o chapéu, a apertar os lábios, a mão tocando levemente a aba.

— Não tem de quê — e deu de ombros, como se estivesse acostumado a pôr em fuga homens insolentes e bigodudos.

— Por que fez isso? Desde que vi o senhor, eu...

Interrompeu-se, aturdida; mas agora estavam caminhando juntos. Até atravessar a praça, disse Baldi a si mesmo.

— Não me chame de senhor. O que estava dizendo? Desde que me viu...

Notou que as mãos que a mulher movia no ar, em gesto de espremer limões, eram brancas e finas. Mãos de dama com essa roupa, com esse impermeável em noite de lua.

— Oh! Você vai rir de mim.

Mas era ela quem ria, entrecortadamente, a cabeça trêmula. Compreendeu, pelos *r* suaves e pelos *s* sibilantes, que a mulher era estrangeira. Alemã, talvez. Sem saber por quê, isso o incomodou e quis cortar.

— Muito me alegro, senhorita, de ter podido...

— Sim, não importa que você ache graça. Desde que o vi esperando para atravessar a rua, compreendi que não era um homem como os outros. Tem alguma coisa estranha em você, tanta força, alguma coisa ardente... E essa barba, que o torna tão orgulhoso...

Histérica e literata, suspirou Baldi. Devia ter feito a barba esta tarde. Mas sentia a viva admiração da mulher; fitou-a de soslaio, com olhos frios de exame.

— Por que pensa isso? Por acaso me conhece?

— Não sei, essas coisas a gente sente. Os homens, o jeito de usar o chapéu... não sei. Alguma coisa. Pedi a Deus que fizesse você falar comigo.

Continuaram caminhando numa pausa durante a qual Baldi pensou em todas as etapas que ainda devia vencer para chegar a tempo em Palermo. Tornaram-se raros os automóveis e os transeuntes. Chegavam os ruídos da avenida, os gritos isolados, e já sem convicção, dos vendedores de jornais.

Pararam na esquina. Baldi procurava a frase de adeus nos letreiros, nos focos e no céu de lua nova. Ela rompeu o silêncio com breves rumores de riso filtrados pelo nariz. Riso de ternura, quase de pranto, como se abraçasse fortemente uma criança. Depois ergueu um olhar temeroso.

— Tão diferente dos outros... Empregados, patrões, chefes de escritórios... — as mãos se expressavam, rápidas, enquanto acrescentava: — Se fizesse a gentileza de ficar por alguns minutos. Se quisesse me falar de sua vida... Eu sei que tudo isso é tão fora do comum!

Baldi voltou a acariciar as notas de Antonio Vergara contra Samuel Freider. Sem saber se por vaidade ou pena, decidiu-se. Tomou o braço da mulher e, tosco, sem olhar para ela, sentindo impassível os maravilhados e agradecidos olhos azuis apoiados em seu rosto, ele a foi levando para a esquina da Victoria, onde a noite era mais forte.

Uns faróis vermelhos cravados no ar escurecido. Estavam arrumando a rua. Uma cerca de madeira rodeando máquinas, tijolos, pilhas de sacos. Apoiou os cotovelos na paliçada. A mulher parou, indecisa, deu uns passos curtos, as mãos nos bolsos da capa de gabardine, olhando com atenção para o rosto endurecido que Baldi inclinava sobre o empedrado desfeito. Depois se aproximou, recostada nele, olhando com forçado interesse as ferramentas abandonadas sob a barraca de lona.

Evidente que a paliçada rodeava o Forte Coronel Rich, sobre o Colorado, a *x* milhas da fronteira de Nevada. Mas ele era Wenonga, aquele da pena solitária sobre o crânio oleoso? Ou Mão Sangrenta, ou Cavalo Branco, chefe dos sioux? Porque se estivesse do outro lado das ripas com pontas em formato de flor-de-lis — que cara faria a mulher se ele pulasse por cima das madeiras? —, se estivesse cercado pelo tapume, seria um branco defensor do forte, Búfalo Bill de botas altas, luvas de mosqueteiro e bigodes desafiantes. Claro que isso não servia, que não estava pensando em assustar a mulher com histórias para crianças. Mas estava lançado, e apertou a boca com segurança e força.

Afastou-se bruscamente. Outra vez, sem fitá-la, os olhos fixos no fim da rua como na outra ponta do mundo:

— Vamos.

E depois, quando viu que a mulher obedecia, dócil e esperando:

— Conhece a África do Sul?

— A África...?

— Sim. A África do Sul. Colônia do Cabo. O Transvaal.

— Não. É... muito longe, não é?

— Longe...! Oh, sim, alguns dias daqui!

— Ingleses, lá?

— Sim, principalmente ingleses. Mas tem de tudo.

— E você esteve?

— Sim, estive! — seu rosto se balançava sopesando as lembranças. — Em Transvaal... Sim, quase dois anos.

— *Then, do you know English?*

— *Very little and very bad.* Pode-se dizer que o esqueci completamente.

— E o que fazia lá?

— Um ofício estranho. Na verdade, eu não precisava conhecer idiomas para trabalhar.

Ela caminhava movendo a cabeça para Baldi e para a frente, como quem está para dizer alguma coisa e vacila; mas não dizia nada, limitando-se a mover nervosamente os ombros azeitona. Baldi olhou-a de soslaio, sorrindo de seu ofício sul-africano. Já deviam ser oito e meia. Sentiu tão forte a urgência do tempo que era como se estivesse estendido na poltrona da barbearia cheirando o ar perfumado, olhos fechados, enquanto a espuma morna ia se espessando em sua face. Mas lá estava a solução; agora a mulher teria de ir embora. Abertos os olhos espantados, afastando-se rápido, sem palavras. Com que então, homens extraordinários, hein...?

Parou diante dela e arqueou-se para aproximar seu rosto.

— Não precisava saber inglês, porque as balas falam uma língua universal. No Transvaal, África do Sul, dediquei-me a caçar negros.

Ele sentiu que a bota que avançava no Transvaal afundava no ridículo. Mas os dilatados olhos azuis continuavam pedindo com tão ansiosa humildade, que quis continuar como que se atirando.

— Sim, um cargo de responsabilidade. Sentinela nas minas de diamantes. Num lugar solitário. Rendido a cada seis meses. Mas um emprego conveniente; pagamento em libras. E, apesar da solidão, nem sempre maçante. Às vezes, negros querendo fugir com diamantes, pedras sujas, bolsinhas com pó. Havia a cerca elétrica. Mas também havia eu, a fim de me distrair derrubando negros ladrões. Muito divertido, isso eu lhe garanto. Pam, pam, e o negro terminava a carreira com uma cambalhota.

Agora a mulher franzia o cenho, fazendo com que seus olhos passassem diante do peito de Baldi sem tocá-lo.

— E você matava negros? Assim, com um fuzil?

— Fuzil? Ah, não. Os negros ladrões são caçados com metralhadoras. Da marca Schneider. Duzentos e cinqüenta tiros por minuto.

— E você...?

— Eu mesmo, claro! E com muito gosto.

Agora sim. A mulher tinha se afastado e olhava em torno, a boca entreaberta, respirando agitada. Divertido se chamasse um guarda. Mas virou-se com timidez ao caçador de negros, pedindo:

— Se quisesse... Poderíamos sentar um pouco na pracinha.

— Vamos.

Enquanto atravessavam, fez uma última tentativa:

— Não sente um pouco de nojo? De mim, do que lhe contei? — com um tom zombeteiro que supunha irritante.

Ela sacudiu a cabeça, enérgica:

— Ah, não. Acho que você deve ter sofrido muito.

— Não me conhece. Eu, sofrer por causa dos negros?

— Antes, quero dizer. Para conseguir encarar uma coisa dessas, aceitar esse emprego.

Era provável que ainda lhe estendesse a mão sobre a cabeça, murmurando a absolvição. Vamos ver até onde agüenta a sensibilidade de uma preceptora alemã.

— Na casinha tinha telégrafo para avisar quando um negro morria por imprudência. Mas às vezes eu estava tão aborrecido que não avisava. Estragava o aparelho para justificar a demora se a inspeção viesse e tomava o corpo do negro por companhia. Durante dois ou três dias eu o via apodrecer, tornar-se cinzento, inchar. Levava até ele um livro, o cachimbo, e lia; às vezes, quando encontrava um parágrafo interessante, lia em voz alta. Até que minha companhia começava a feder de um modo inadequado. Então eu consertava o aparelho, comunicava o acidente e ia passear do outro lado da casinha.

Ela não sofria suspirando pelo pobre negro se decompondo ao sol. Sacudia a triste cabeça inclinada para dizer:

— Pobre amigo! Que vida! Sempre tão sozinho...

Até que ele, já sentado num banco da pracinha, renunciou à noite e tomou gosto pelo jogo. Rapidamente, com um estilo nervoso e intenso, continuou criando o Baldi das mil caras ferozes que a admiração da mulher tornava possível. Da mansa atenção dela, estremecida contra seu corpo, extraiu o Baldi que gastava em aguardente, numa taberna de marinheiros de pulôver — Marselha ou Le Havre —, o dinheiro de amantes magras e com a maquiagem borrada. Do marulho que simulavam as nuvens no céu cinzento, o Baldi que embarcou no *Santa Cecilia* certo meio-dia, com dez dólares e um revólver. Do vento breve que fazia dançar o pó de uma casa em construção, o grande ar arenoso do deserto, o Baldi alistado na Legião Estrangeira que regressava aos povoados com uma cabeça de mouro, trágica, espetada na baioneta.

E assim foi, até que o outro Baldi ficou tão vivo que conseguiu pensar nele como num conhecido. Mas então, sem aviso, uma idéia fixa o deixou paralisado. Um pensamento o rendeu, em desconsolo, junto à capa de gabardine da mulher já esquecida.

Comparava o mentido Baldi consigo mesmo, com este homem tranqüilo e inofensivo que contava histórias às Bovary da praça Congreso. Com o Baldi que tinha uma namorada, um escritório de advocacia, o sorriso respeitoso do porteiro, o maço de notas de Antonio Vergara contra Samuel Freider, cobranças de dívidas. Uma lenta vida besta, como todo mundo. Fumava rapidamente, cheio de amargura, os olhos fixos no quadrilátero de um canteiro. Surdo para as vacilantes palavras da mulher, que acabou por calar-se, dobrando o corpo para encolher-se.

Porque o dr. Baldi não fora capaz de pular, um dia, no convés de uma barcaça carregada de sacos ou madeiras. Porque não se animara a aceitar que a vida é outra coisa, que a vida é o que não se pode fazer em companhia de mulheres fiéis nem de homens sensatos. Porque fechara os olhos e estava rendido, como todos. Empregados, patrões, chefes de escritórios.

Jogou o cigarro e levantou-se. Apanhou o dinheiro e pôs uma nota sobre os joelhos da mulher.

— Tome. Quer mais?

Acrescentou uma nota maior, sentindo que a odiava, que daria qualquer coisa para não tê-la encontrado. Ela segurou as notas com a mão para defendê-las do vento:

— Mas. Eu não disse... Eu não sei... — inclinando-se para ele, mais azuis do que nunca os grandes olhos, desiludida a boca. — Já vai embora?

— Sim, tenho coisas a fazer. Adeus.

Voltou a acenar com a mão, com o gesto seco que teria feito o possível Baldi, e partiu. Poucos passos depois, porém, voltou e aproximou o rosto barbudo da mímica esperançosa da mulher, que segurava no alto as duas notas, girando o pulso. Falou com o rosto ensombrecido, fazendo as palavras soarem como insultos.

— Esse dinheiro aí eu ganhei fazendo contrabando de cocaína. No Norte.

(*La Nación*, Buenos Aires, 1936)

Excursão

Via apequenar-se, lentamente, o último vagão de carga do trem que se afastava entre duas extensas linhas verdes, segregando a dupla esteira dos trilhos, fulgurantes sob o sol da tarde. Estava quase sozinho na plataforma da estação. Ao fundo, um homem de blusa azul ia rolando alguns volumes até as balanças. Alguém conversava na sala de espera, invisível atrás dos vidros esmerilados.

— ... no começo reclamavam da comida. Mas ela já melhorou bastante...

Diante dele, do outro lado das vias, uma fileira de chalés, jardins, os torrões da rua. Ao longe, no céu azul, um trecho verde-escuro de eucaliptos. À direita a praça deserta, a igreja de tijolos, velha e severa, com o enorme disco do relógio.

— ... este médico de agora é muito bom, ele se preocupa muito... Elena estava me contando que quando entra na sala...

O aspecto do povoado o entristecia. Pagara quarenta centavos de peso por aquele pedaço de papel cujas arestas acariciava no bolso. Ida e volta, de segunda, quarenta centavos. Talvez a cidade fosse a causa de sua tristeza. Uma pequena evasão, algumas horas esquecido das casas de comércio, dos apressados homens da rua, das músicas dos cafés, das multidões dos espetáculos...

Mas não era lá que ele queria ir. Não ia encontrar o que procurava nas velhas casas de pedra que rodeavam a praça; na fila de carros em escombros; no grupo que discutia diante do armazém de paredes rosadas. Não, não era aquilo. Ele queria campo. Comprara quarenta centavos de campo e ia caminhar até encontrá-lo.

— ... eu disse a ele que olhasse direito, que ia se arrepender...

Girou uma cruz horizontal de madeira e seguiu por uma rua em declive. De um lado, uma enorme casa de campo, com árvores despontando sobre o muro. Vez por outra conseguia ver lá dentro, pelos grandes portões de madeira. Uma área extensa de gramado cinzento rodeado de pinheiros; bancos de pedra junto da fonte sem água. Mas do outro lado havia, atrás das cinco linhas de arame que os separavam, um princípio de campo. Um pasto amarelecido curvado pela brisa e, depois dele, os enormes retângulos das lavouras. A casa enegrecida e velha ao lado do poço de tijolos, a carroça descansando sobre os paus. Aproximou-se dos arames arrancando um longo talo, que começou a mascar lentamente. Alguém cantava; uma voz estrangeira de mulher. Continuou caminhando devagar, as mãos afundadas nos bolsos da calça, o chapéu para trás, a testa suarenta a descoberto.

A voz aguda e alegre se aproximava dele, vinda das espessas trepadeiras como se fosse uma simples saudação da natureza.

— ... *todos dormem em minha canção*
que a montanhaaa repete...

Talvez não fosse possível viver ali para sempre. Mas quando começasse a insinuar-se a primavera... Fugir da cidade, enfiar-se numa casinha qualquer, perdida na encosta da coxilha que se azulava na distância. Sozinho. Fazer a comida com as próprias mãos, cuidar das plantas... Via-se, meio corpo nu, botas altas, o rosto bronzeado dentro da barba. De que iria precisar? De um cavalo, talvez de um cão, de um rifle, de seu cachimbo, livros. Trabalhar de manhã no que quisesse; dulçor de uvas, pele de pêssego, aroma de plantas e terras sob o sol. Deixar o cavalo levá-lo longe, jogando-se para descansar na sombra que achasse propícia. Fazer correr o animal suado, cabelos soltos no ar, a camisa aberta, excitando-se com o golpear dos cascos. Desencilhar com as primeiras estrelas na pureza do céu, na boca um ríctus de cansaço feliz. A poltrona junto da noite camponesa, repleta de estremecimentos, que se estendia pela terra em descanso, abandonado nas dobras do terreno, nas poças vidradas pela brancura dos caminhos, silenciosas de lua. O cachimbo e um livro. Absoluta solidão da alma, fantástica liberdade de todo seu ser, purificado e virgem como se estivesse começando a divisar o mundo. Paz; não paz de trégua, mas total e definitiva. Paz como doçura deslizando nas veias, enquanto o sono ia relaxando seu corpo na poltrona e os olhos preguiçosos deixavam o livro para seguir a curva dos escaravelhos em redor da luz amarelada.

Junto à portinhola meio inclinada, dois meninos loiros contemplavam-no, curiosos. O mais velho acariciava o chão com os pés sujos, descalços, enquanto o outro, com uma camisa branca que se adivinhava recém-lavada, nuas as pernas e o ventre, erguia até ele os grandes olhos azuis, como duas flores da trepadeira que envolvia firmemente a cerca. Descobriu a mulher que cantava. Usava um lenço vermelho na cabeça e seus braços nus e bronzeados se moviam sem trégua sobre a tina.

Sorriu alegremente, como se a cena que se revelara a ele de imprevisto, repleta de poesia distante e primitiva, tivesse sorrido primeiro, e ele agora retribuísse. Sentiu o próprio sorriso, simples como um traço, estirando sua boca. Uma leve sensação de sossego levantou-se em sua alma, suavemente, suavemente, como sobe pelos céus a grande lua cheia cor de laranja.

Andava pela terra seca, pisando o rastro deixado por pesadas carroças. Carroças carregadas de verduras e frutas, que passavam cambaleando em direção à cidade assim que o dia começava a esboçar um raiozinho de luz no horizonte. Carroças com três cavalos velhos e fornidos, com o condutor dormitando na boléia e um lampião avermelhado balançando entre as rodas.

Sentou-se no passeio de grama, sob a sombra furta-cor de uma fileira de árvores. Jogou o chapéu para o lado e fez um travesseiro com o paletó. A última lembrança que guardou, antes de ir depois de olhar o céu luminoso, foram seus sapatos opacos de pó.

Nuvenzinhas de contornos indecisos, transformadas a cada instante, rolavam pelo céu como novelos de fumaça. Formavam, às vezes, bandadas de cisnes curvando lentamente os longos pescoços. Outras, pássaros fabulosos; alvos veleiros de vento em popa; cavaleiros de lances medievais; mãos enormes com excesso de dedos; desgrenhados perfis femininos; ameias de cidades enevoadas sob a neblina do amanhecer; bosques de lanças em tempos de gesta; figuras graciosas dançando à beira-mar, flutuando suavemente imaculados véus.

Afrouxou a gravata com um gesto maquinal e inspirou o ar forte e áspero. A vida era esta. Todo o resto, mentira. Monstruosa mentira a civilização, a falsa e sórdida civilização de mercadores. Tão tosca a mentira que bastava encher, por um momento, os pulmões e o cérebro com a atmosfera de um pedaço de campo para que ela se revelasse. Mentira os edifícios grotescos com o pisca-pisca dos sangrentos anúncios luminosos. Mentira a superfície polida das ruas. Mentira os trens velozes e trepidantes. Mentira as fábricas de chaminés audazes, sujando os subúrbios noite e dia. Mentira as máquinas brilhantes, mostrando sem pudor suas entranhas de aço. Mentira os calmos saraus familiares sob o dourado lustre elétrico da sala de jantar. Mentira o jogo estúpido dos elevadores, quicando incansáveis no térreo para depois subir até o nono e o vigésimo segundo e cair novamente. Mentira as edições especiais das gazetas, com suas grosseiras manchetes retintas. Mentira os movimentos compassados dos guindastes elétricos sobre os navios cargueiros. Mentira a chuva metálica das máquinas de escrever nos escritórios. Mentira a multidão nas ruas, nos ginásios de esportes, nos hipódromos, nos teatros, nas manifestações eriçadas de estandartes, nos lentos passeios crepusculares pelas ruas da moda. Tudo isso mentira desprezível, uma farsa habilmente dirigida. *Pioneers*, progresso, cultura, diretores, honestidade comercial, homens austeros, mulheres honestas... Riu sem maldade nem ódio, sob a transparência do céu redondo.

O vento movia seus cabelos como um afago de dedos distraídos. Sim, meu camarada. Na cidade não se vivia. Produzia-se dinheiro, ganhava-se dinheiro, comprava-se, vendia-se... A verdade estava ali, na natureza. Nos frutos das árvores, nos úberes das vacas, no mel dos favos. Ter força para fugir da cidade, romper com ela de vez. Reintegrar-se à terra preta, ao pasto verde, ao céu azul. Ir arrancando por partes, dia a dia, as crostas que a cidade fora secretando sobre sua alma, lavar no ar límpido a imundície urbana. E um belo dia levantar-se intacto, puro, forte, diante da paisagem luminosa e expandida. Ser ele mesmo, integralmente. Recordar o Jason cem por cento da infância, sem urbanidade, sem falsos modos corteses, sem convenções, sem influência, sem literatura. A cabeça limpa, o coração alegre, ardorosa a audácia nos testículos.

Espantou um inseto da face e acariciou o rosto com a mão. Sim; mais audácia nos testículos. A cidade ia castrando os homens, neutralizando sua virilidade, domesticando suas almas. Era nascer e a cidade pegava o sujeito e o ia moldando a seu talante.

Sim; levantar-se no campo ao amanhecer, nu, bronzeado, musculoso, cheio de uma singela alegria animal explodindo em gargalhadas. Forte e alegre, nu e musculoso... Sentia o vento tocar seu rosto como uma tela fina. Moveu-se um pouco, esfregando as costas na terra, sorvendo o ar com força.

Via entre sonhos uma paisagem ensolarada na manhã, perto de uma praia. Telhados brilhantes e, ao fundo, o mar com os estranhos desenhos das correntes. Pelo larguíssimo bulevar corriam automóveis pequenos, bem pequenos. E um barco cinza, no mar...

Virou-se de lado, aspirando calmamente o cheiro da terra. Algo se internara em seus pulmões e o foi deixando escapar pouco a pouco. Algo de perfume e prado, terra úmida, um vento muito suave, o frescor da sombra e o cochicho das folhas mais altas das árvores. Sorriu apenas. Ele era um menino dormindo e ele era o pai inclinado sobre o leito, sem respirar, contemplando aquele sorriso feliz, inocente, tranqüilo... Sim; era isso, exatamente. Seu corpo nu no meio da paisagem, como se ele fosse o centro da natureza, o núcleo criador. E como se toda a natureza, as árvores rumorosas, a coxilha de lombo curvado, a terra dos caminhos tortuosos, estivesse fluindo dele, de seu corpo nu e musculoso sob a curva matemática do céu. Nu no centro da paisagem. A imagem do corpo moreno, aquietado numa atitude repleta de sossego e naturalidade. Plenitude; uma paz que era quase preguiça, com o coração contente e uma vontade de abandonar-se para sempre. Relaxava os dedos com refinada lentidão, até que o corpo se soltou suavemente, como um barco que se põe na água. A multidão rodeava o barco embandeirado e branco de marinheiros. Com um vestido lilás e um amplo chapéu de palha, Virginia Cras quebrava uma garrafa contra a proa. Alguém cantava com voz melancólica um canto de outros climas. Seu corpo desliza pelos trilhos lisos, bem devagar, sob o sol que abrasa seus mamilos e coxas e o torna transparente como o ar, e ele nada no ar com movimentos fáceis e graciosos. Flutua sem esforço nas manchas prateadas das correntes marinhas. No terraço há música e mesinhas com toalhas quadriculadas. O campeão de boxe olha para o mar, distraído, enquanto os risos das mulheres se quebram com ruído de copos. Se tocassem um *blues* ela ia notar sua tristeza. Olhou demoradamente para a flor que ela levava nos cabelos. Uma rosa branca junto da orelha. Enquanto dançavam notou que a flor não recendia a nada e que os cabelos eram retintos, brilhantes, desenhando *esses* e círculos como a penugem do ventre. Do terraço viam-se os arranha-céus e o mar, um barco cinza e as amplas manchas das correntes marinhas, formadas pelas escamas dos peixes prateados.

Atrás dele ficara o aterro. O solo arenoso terminava ali, e agora tinha de caminhar com cuidado entre as pedras de arestas afiadas. Junto à borda da canteira, cortada quase verticalmente, um homem, de costas, batia no chão com uma sonora picareta. Uns vinte metros abaixo continuavam o verde dos pastos e os quadrados das plantações, nos flancos do amplo caminho asfaltado. Caminhou devagar e sentou-se para fumar sobre uma pedra cortada em cubo. Os golpes se repetiam, ritmados, terminando em vibrações alegres, como chispas de um rojão. Estava cansado e satisfeito. Olhou com simpatia a silhueta robusta do homem, o cinto de tecido amarelo, a camisa cinza. Sem tê-lo ouvido, continuava trabalhando ritmadamente, volteando com firmeza e habilidade a picareta reluzente. Aproveitou uma pausa e gritou:

— Ei, companheiro... Quer um cigarro?

O outro se virou, apoiado no cabo da ferramenta, enquanto passava o dorso da mão pela testa. Deu de ombros com um sorriso e disse devagar:

— Vamos lá...

Encontraram-se a meio caminho. O homem observou atentamente o cigarro e encaixou-o num canto da boca. Jason acendeu um fósforo e o outro juntou as mãos ao redor da chama, defendendo-a do vento. Tinha os dedos lisos, avermelhados, como se feitos de madeira. Depois se ergueu soltando um jato de fumaça e, com os polegares calçados na cintura, olhou para baixo.

— O sol está brabo...

Dilatou o peito, fazendo a fumaça sair pelo nariz:

— Você tem horas, por acaso...?

— Não; mas devem ser...

Interrompeu-o, enquanto esfregava a nuca com a mão aberta:

— Logo mais devem chegar os caminhões. É a última viagem.

Um pouco incomodado, procurou um caminho para conversar:

— Você trabalha sozinho?

— Sim; agora sim... Estou afrouxando um pouco as pedras — explicou sorrindo.

— Pagam bem?

O homem voltou a sorrir, dando de ombros com indiferença:

— O que quer que paguem...

Tinha razão. O que quer que paguem? Sentiu crescer sua simpatia pelo homem grandalhão e por seu gesto resignado e cético. Houve um silêncio, no qual uma bandada de gritos longínquos revoluteou. Como se resumisse uma longa conversa, Jason disse com naturalidade, mirando a faixa do caminho:

— Dia virá em que degolaremos todos eles...

Com o cigarro entre os lábios, o homem comentou:

— Quem sabe...

Pressentiu uma poderosa força oculta no tom opaco e cansado da voz. Observou o rosto largo do homem, escurecido pelo sol; os olhos pequenos e claros; a linha firme da boca. De todo aquele corpo maciço, em repouso, fluía uma sensação de maturidade, de autoconfiança.

Notou um rápido olhar receoso e o homem abstraiu-se novamente na distância. Compreendeu que não conseguiria mais nada.

— Bom, companheiro, até mais ver.

— Até.

Continuou caminhando junto à borda. O homem tinha desconfiado; possivelmente por culpa de seu terno. Na verdade, afugentara-o como se ele fosse um cachorro; e talvez tivesse razão. Ele se vestia como os outros. As mesmas palavras, os mesmos modos. Era razoável que o outro tivesse desconfiado e, mesmo, caçoado. Agora entendia a maliciosa atenção com que ele examinara a marca do cigarro; e via que todos os gestos do homem, até sua imobilidade, tinham estado ensombrecidos por idêntica malícia.

Sentiu outra vez os golpes rítmicos na pedra, saltando velozes para o céu. Parou, tirando o chapéu. Um automóvel corria ao longe, pelo caminho branqueado de sol. Corria, negro e pequeno como um inseto, até esconder-se na curva, atrás das alamedas. Passou o olhar pelo caminho tortuoso e sentiu-se bruscamente golpeado por um pensamento. De repente, sem prever, encontrava-se diante da palavra que a estrada escrevia para ele. Partir. Uma vida livre como jamais sonhara. Deixar tudo para trás, definitivamente, para sempre. Dúvidas, vacilações, tristezas. Todo o seu passado de ensaios e buscas ficaria na cidade. Jogado como um cavalo morto de imprevisto no meio da jornada. Sentia seu coração saltar do peito, como se os golpes alegres da picareta encontrassem eco em seu interior. Tinha a impressão de que toda a sua vida não passara da lenta preparação daquele momento. Todas as suas meditações, o prólogo daquela simples idéia. Ir embora. Jason, o vagabundo, sobre a via pública. Os milharais de ouro, os riachos rápidos, os menininhos sujos dos sítios, as tropas com seus mugidos, a fruta roubada de noite, a sede satisfeita de borco, o sono coberto por estrelas trêmulas, o despertar com uma língua de sol no rosto. Tudo isso era o caminho amplo e sem atalhos. Isso era partir, ter a sinceridade de ir embora, romper com sua vida estúpida e sem cor. Traçar com a mão um grande e redondo adeus para a lembrança de seus dias e sair em busca de outros.

Ouviu o caminhão subir, fatigoso, pelo flanco da canteira. O homem jogou a ferramenta e endireitou-se, as mãos nos rins. Depois acenou com o braço para os que chegavam.

— Podiam ter demorado mais, porra...

O verde das alamedas e dos prados parecia vibrar à luz do sol; lá embaixo, bem longe, uma casa branca se alongava numa esguia coluna de fumaça.

(Do romance *Tiempo de abrazar, Marcha,* 1940)

Os meninos no bosque

Uma canção sem palavras, sem nada além dos jogos da boca risonha. Havia uma música rápida e singela, trança de cantos, cirandas e fandangos que foram abandonados numa outra tarde — outra, ainda, além do sonho e de seu país —, quando os meninos viram, espantados, como se tornava fixo o olho bilioso da igreja. Piscou, sorridente e maternal, a grande esfera do relógio, sobre a fuga berrante dos aventais e dos grandes laços que partiam acariciando o ar. Numa outra tarde, quando se perderam como cachorrinhos friorentos aquelas músicas de crianças que agora faziam o canto sem palavras. Canção.

Cantava a menina da casa com pássaros no gradil preto. Emoldurada na porta desse aposento nu onde a noite se encerrava, cantava piscando os grandes olhos verdes, no ritmo dos requebros do vestido ardente e vermelho. Adejavam no repique as amplas franjas das botas.

Ainda que arestada pela tarde do extravio de suas três músicas — a que dava voltas; aquela outra que saltava como uma bola num jato d'água de um salão de tiro, indo e vindo a terceira: pêndulo, berço, cavalo, o cepilho, recendendo à palavra "bosque", das carpintarias —, ainda que triste, era bailarina a canção. Sem palavras, falava do anzol de prata no mar; da menina filha do cravo e da rosa; do caixão de cristal e de ouro onde Mambrú viaja morto entre seus quatro oficiais, frio e branco, surdo para o pio pio, pio pio pá do passarinho sobre a tampa.* Filha da tristeza; mas segue em giros rápidos, a canção.

Cantava e ria para ele, erguendo os dedos finos em arabescos rumo ao baixo lintel cor de ginja. Ele estava contra a parede, crucificando-se no sonho empapelado para tomar impulso, uma das mãos no crepúsculo da janela, a outra aberta sobre o gesso quebrado. Apoiava-se medindo a distância entre ele e ela, as largas tábuas do piso onde afundava um reflexo de luz. E todo o quarto que os separava, o ar confinado que a levava a fazer seus meneios no umbral e ele a recostar-se no papel veloso da parede, adensava-se com algo que atravessava os vidros e que não podia saber de onde vinha nem o que era. Algo sossegado e recôndito, para sempre perdido e recluso, como o segredo e a boca de um morto.

A canção subindo lenta, ar com sono; caindo, vertiginosa, crepitando na saraivada das botas.

A menina que ele via recostar-se e sorrir-lhe na sacada da casa do outro quarteirão — a casa que tinha um grande pássaro preto estendido e espetado nos ferros da porta, feria o piso luzidio com as estranhas botas de veludo e lhe sorria entre as palavras sem voz de canto, piscando os olhos pesados, oferecendo-se e gracejando com coleios de cintura.

Apoiou-se nas mãos e saltou, sentindo, com o ostensivo desejo, a certeza do novo fracasso. Outra vez, como nas três intentonas anteriores, ficou junto dela, rodeou-a, curvou-a até o chão e teve de levantar-se, ofegante e irritado, porque estava em cima de Coco.

Sempre com o vestido vermelho e dançando as botas no ar, o garotinho, no chão, olhava para ela, sorria adejando os longos cílios, entregando-se espalhafatoso e cínico ao canto.

Com um ritmado crepitar de grilos, a canção; e outra vez emoldurada na porta vermelhusca, os braços da menina retomavam as malhas desgarradas de sua rede e — requebros, oferecimento e gracejo — a dança continuava.

* "Mambrú" (forma popular de "Marlborough") é o título de uma canção composta pelos franceses durante a guerra da Independência, por ocasião da suposta morte de seu inimigo John Churchill, duque de Marlborough. Difundiu-se na Espanha por influência dos Bourbon e hoje é uma das canções infantis mais populares da Argentina. (N. T.)

Fora assim que sonhara e não conseguia entender — três vezes — o escamoteio da garota da sacada. Lembrava agora — cochilando no calor da cama via mais claro do que nunca, com a espiral e o anzol do frágil cachinho negro — o lunar que ela tinha no pescoço, única coisa que lhe mantinha a graça quando se virava para rir sem motivo com a amiga, ou quando ela olhava para o fim da rua, onde nunca havia nada digno de seu olhar.

Também não conseguia saber por que era acanhada e triste a atmosfera do aposento sonhado; nem — isto nunca, nunca poderia saber — por que ela embaixo dele era Coco sorrindo feito uma mulher pintada e ordinária.

Abriu os olhos e logo os fechou, contente de que nada mais houvesse entrado além do jorro de sol repleto de uma poeirinha prateada e lenta, e da água estremecida do garrafão com uma mosca presa. Pensou que era outono e que este sol devia estar lá fora, adormecido e amarelado num limpo céu de seda. Ocre das árvores, praças com velhos e babás, um ar palpável e parecendo quieto para sempre. Mas o zumbido da mosca na garrafa ia fazendo, aos trancos, dando bruscos pedaços de paisagem, o último verão.

Era uma tarde do verão recente, na praia, com um sol se abrindo e se fechando em leque, papéis sujos e amassados, garrafas vazias, trançados maciços de arbustos que davam sombra para a preguiça da sesta. Tremiam, arqueadas, as linhas brancas das ondas indo e vindo. Branca, tremelicantes os mil triângulos dos galhardetes — frescor e vento —, oscilava, subia, descia, a balsa da escola de natação. Ao fundo — a oitocentos metros do quebra-mar da praia mansa, diziam os programas dos torneios —, a sombra escura da ilha. Árvores achatadas, o ponto cinza do farol, estilo *over*, peito, o *crawl* rítmico e desenvolto de uma índia nua em águas transparentes. Mares do Sul. E ele deitado de costas no canto deserto da praia, fingindo o sono para depois ficar contente por ter dormido, sem roupas nem teto, sozinho, animal sobre aquela areia de cor tostada.

Abandonou de repente, friorento, frio o verão pela lembrança do entardecer com nuvens, o regresso costeando o cais, de cara para o vento desagradável.

Estava desperto. Já deviam ser dez horas, porque o sol lambia o pé da mesa. Firmou as cobertas sobre a cabeça e ergueu os joelhos; reconhecia as três zonas de cheiro de seu corpo: a áspera, a adocicada e a aguda, e sacudia-se como um cachorro molhado, misturando-as. Estava, era, sozinho. E o cheiro, única coisa que percebia, era outra vez ele mesmo limitando, defendendo sua solidão. Melhor que cheirar a sabão. Não importava que ao longe estivesse a biblioteca, a mesa com três livros amarelos e o dicionário grosso e azul; a risca de pó na estante; as cortinas presas brutalmente na porta pelas cabeças pretas dos percevejos. E também o pai lendo o jornal no escritório, mamãe indo e vindo por motivos incompreensíveis e o vestido preto com gola de renda, um círculo de círculos. Depois — talvez ainda não fossem dez horas —, a voz de Clara no pátio lendo o livreco de direito.

Mas não; estava, era, sozinho. E tinha algo em que pensar, uma coisa que havia para hoje e que o faria feliz desde já. Acabava de perdê-la; mas logo ia lembrar-se daquela pequena, tão doce felicidade de hoje. Sim; era algo que tinha a ver com um velho gordo descabelado e três iniciais com seus pontinhos, três letras finas, graciosas e inclinadas. Três, talvez um G e... O velho de paletó fez uma careta, um gesto obsceno com os dedos e foi-se embora com a letras finas e a ventura do dia. Perdida.

Já não tinha fé nem esperança, frio e furioso entre as mantas. Não tinha forças para suplicar desesperado — como tantas vezes ao apagar a luz ou ao acordar — para que seus olhos ardentes e úmidos se abrissem diante de algo desconhecido. Outras coisas, outras pessoas; ainda que fosse num dos misteriosos quartos de cima do bordel de Lorenzo. Poder, manhã dessas, assombrar-se ante o inesperado, entre um cobertor esburacado e um colchão endurecido e magro.

Atravessou as cobertas e o odor, já apagado, a voz ronronante de Clara vindo do pátio e o rangido da poltrona. Outra vez, fugaz, o velho das três iniciais fez uma pirueta. Vencido, derrubados os muros que defendiam a solidão em sombras do corpo aconchegado, ergueu um braço e afastou os cobertores. Rendeu-se aos ruídos e às imagens que eles traziam, a casa, a vida circundante.

Sentou-se na cama, bocejando até doer, coçando a cabeça com fúria. A água do garrafão estremeceu. Com a mandíbula apoiada no punho ficou olhando a mosca até que a viu quieta com um brilho de prata na cabeça e as patinhas duras e esticadas. Por que diabo nunca pude tê-la enquanto estava sonhando e transformava-se em Coco? Ficou sem pensar, adormecidos os olhos no retrato de Einstein da parede defronte até que bateram no vidro.

— Onze horas, Raucho.

Mamãe.

— Sim, já vou.

Meteu-se entre as cobertas, de cara para o teto. Um nojo, tudo. Até que eu não me agüente mais de raiva — eu ou eles —, não me levanto. Bateram em sua raiva, na tristeza da solidão imposta e da solidão inalcançável, as badaladas de um relógio. Quis se cobrir, pular da cama, pensar em outra coisa.

Dam, dam, dam, davam as badaladas redondas da igreja ao entardecer, estremecendo o ar do grande pátio de pedras do colégio e do galpão do refeitório abandonado. Lá fora, na sinuosa rua arborizada, era Carnaval, soavam matracas e músicas. Os graves sinos da tarde tinham aberto seus grandes círculos sobre ele, que estava em cima da Chonga sobre a mesa comprida de pernas em A. Quando ela gemia entre os dentes apertados e ele se remexia furioso, alcançando o que sempre devia fugir, os sinos misturaram a tristeza dos céus escurecidos e a tristeza infinita de Deus com a angústia de sua ternura e de sua fúria.

Acordeons soavam na esquina do armazém, passavam ligeiros carros de risos e apitos. E aquilo — ele, ela — ficara unido para sempre com as badaladas límpidas e austeras que ainda batiam em sua cabeça.

Franziu o rosto, revolvendo o trago espesso das lágrimas.

Gumes de sombras retintas cortavam as grandes cerâmicas do corredor. Olhou as pedras do pátio onde mulheres gordas e arregaçadas lavavam roupa junto do tanque amarelo. Acima, as ripas vermelhas da varanda, as portas manchadas dos quartos, camisetas e cuecas compridas pingando no pátio.

Num desses cômodos mora a mãe de Ros. Sorriu outra vez. O dr. Ros. Pensava na mãe; branca e enrugada. Devia estar dormindo num desses quartuchos fedorentos, cansada de velar sobre a cadeira anã que ficava atrás da porta do saguão do conventilho.

Meteu dois dedos na boca e assoviou. Mas agora, rindo, sem colarinho e despenteado, vinha Lorenzo sobre as manchas de água cinzenta nas pedras.

— Já comeu?

Deu de ombros e continuou rindo.

— Aonde você vai?

— Não sei. Vamos dar uma volta. Por aí.

Começaram a caminhar pela calçada respirando o sol que lhe batia em cheio.

— Maravilha.

— Sim. Como você notou? Vamos até a estrada de ferro.

Passavam veículos cheios, pessoas apressadas; um monte de crianças correndo pela rua. Sob a folhagem ocre de uma árvore defronte reverberava um viveiro de canários.

— E a velha?

— Que velha?

— A de Ros.

— É... deve estar dormindo.

— Seu besta. Se eu digo: e a velha? é para que me fale dela.

— Ah.

O negro da esquina já estava bêbado. Riam a boca esburacada e os olhos turvos sob o gorro seboso. Fitava o céu apontando com o dedo.

Raucho insinuou, ao passar:

— Por que você não se mete...?

Viraram, caminhando rápido pela rua inclinada. Lá embaixo, os galpões quadrados e os trilhos sinuosos. Lorenzo apanhou os cigarros. Pararam um instante para acendê-los e Lorenzo disse:

— Você viu? Está sempre assim. Sempre bêbado e contente, rindo para o alto. O bom céu de Deus.

— O bom Deus do céu.

— E o céu do bom Deus.

— Sim, sei disso. Gosto muito de encontrá-lo, e até quando penso nele me sinto bem.

— E em troca você lhe deu esse conselho. É um bronco mesmo. Existe o dedo do Senhor. Mas esse aí é o dedo encardido e puro do homem de boa vontade que apanha e devolve o sinal.

Raucho deu de ombros, enquanto olhava rapidamente a ponta do cigarro que não acendera direito.

— Bah, eu já lhe disse isso. Mas, pra variar, estou com raiva. E ultimamente essa coisa toda: pega e devolve a mensagem... Já é hora de não falarmos mais nessas bobagens; nem de brincadeira.

Lorenzo mostrou novamente os dentes, em silêncio. Cruzaram, em diagonal, o terreno arenoso. As sacadas com grandes F. C. C. nos telhados oblíquos. Cor, não havia; mas quem sabe houvesse um adjetivo para nomear e ajudar a compreender a cor do céu. Um que fosse ao mesmo tempo cristalino, azulado e sedoso, mas também outra coisa, mais céu, mais profunda e pura.

Caminhavam devagar, afundando na areia grossa e morna. Uma locomotiva, locomotivazinha, repousava sobre os desvios fazendo uma sombra tormentosa com as esgarçadas formas da fumaça. Antes de jogar-se no chão, Lorenzo riu:

— O quê? A empregada se esqueceu de passar manteiga nas torradas para acompanhar o chocolate? Deitou-se junto de Raucho, escarranchado, balançando as pernas no ar.

— Cem chibatadas na sola dos pés!

— Imbecil. Todo esse orgulho e morando num pardieiro... É verdade que é sujo, muito sujo; mas também não é para tanto.

— Sujo e com fedor de privada. É imundo; mas reconheço que não o ganhei por merecimento, como você também não tem culpa se colocam água-de-colônia em seu lenço.

Acima o céu com riscas de luz, recém-lustrado. Maravilha abandonar-se na areia suja, morna de sol amarelo. Hóstia. A máquina tremia novamente, correndo até se meter no tijolo da sacada, voltando com apitos e requebros nas curvas, como se estivesse brincando. Não muito longe, deviam gritar crianças com cachorro.

Um dos dois cantou, lento, três ou quatro frases de uma coisa qualquer. Voz de olhos fechados, com a luz quente amolgada nas pálpebras. E logo não se soube qual deles tinha cantado; tudo foi esquecido numa repentina placidez que era como um amplo silêncio cujas bordas limavam, infrutuosamente, as crianças e o cão, pessoas invisíveis e a locomotivazinha nervosa.

No segundo cigarro, Raucho perguntou:

— Você leu o livro?

— Sim, alguns trechos. Crônica policial. Eu também tenho de matar alguém, mas, como não sou louco, não por um desses rolos. Eu tenho de matar... Duas coisas: primeiro, outro dia apareceu o tal sujeito, o doutor. Trazia dinheiro e começou a insultar a velha por sua folgada profissão noturna na cadeira petiça, tricotando uns xales que nunca terminam e abrindo e fechando a porta de um negócio. Foi uma briga danada. Um detalhe: na outra noite eu fui lá; vi que a velhinha inventou um sistema com barbante e mola para abri-la sem se incomodar. Quando um cliente sai, empurra com o chinelo. Bom, pensei que o conventilho estava vindo abaixo. No fim ela o despachou e gritava, agarrada ao corrimão. "Algum dia vou ter prata, muita prata. Então vou montar o maior bordel da cidade, com um letreiro luminoso: Grande bordel Ros, Grande bordel doutor Ros".

Raucho degustava, friamente, como um quadro, o que o outro ia contando. Olhava com vagar para a face sulcada da velha, trágica, os olhos ferozes, negro o convulso oco da boca. As mãos gastas pareciam quebrar-se nos ferros da escada, segurando o roupão sujo e mal recheado sobre o pátio de pedras. Detinha-se novamente nas luzes dos olhos, na velha face vincada entre os cabelos brancos e soltos com manchas parecidas com nicotina.

— E o velho?

— Muito bem — Lorenzo riu um riso breve. — Não o vi, mas agora lembro que pensei nele. Ótimo você ter perguntado. É preciso fabricar um velho impassível, na cama, largado, bêbado, com os olhos enormes e a barbicha loira.

— Ora, vá passear! Não sei que bobagem queria que eu ficasse ouvindo você contar sobre um assassinato. Além do quê, por demais comentado, já.

— Calma, meninos... Imaginem que um honrado secular...

— Como você imaginava o honrado secular?

— Não me lembro; ou, acho, que de cartola e como seu pai, quando vinha buscá-lo.

— Ah... Não, não é vaidade: você é tão sujo e fedorento quanto seu bordel. Me desculpe, reconheço que não era vaidade.

— Calma, meninos. Bem, continuando... Isso, o rolo da outra tarde entre a velha e o doutor é o ponto número um. Agora vem o segundo. Não vejo bem qual a relação com o outro; mas precisei dos dois, como se me apoiasse nos dois, para saber por que tenho de matar alguém.

— Ah! Não se abale: o Rengo vai pela ponte com outro.

— Que se dane. Eu ia pela rua e à minha frente caminhava um gordo. Devagar; e bufando, porque estava quente. Senti meu sangue ferver e me lembrei do carro blindado com a torre de metralhadoras. Não brinca! Mas o negócio é o seguinte: percebi que aquele sujeito me tirava o ar, litros de um ar que é meu, entende? E todos os bestas que suavam, arrastando as patas pela rua, faziam a mesma coisa; ocupavam meu ar e o engoliam, sem pedir licença, aqueles panacas, roncando.

Romperam a luz três homens com ferramentas no ombro. Viram, lá na ponte, um grupo de meninas de azul com as malas do colégio. Os uniformes roçavam o céu, estirando sobre o outro seu azul grave e noturno. Mais para cá, finas estrias de nuvens subiam cautelosas pela enorme curva serena. O cão latiu perto — deve ser um *fox terrier*, e com manchas pretas junto do focinho — e ouviram-no ser chamado do outro lado da rua.

— Compreendi que era a coisa mais simples do mundo. Tenho de matar por nojo.

— Mas que grande animal. E por isso você me veio com toda a história do letreiro luminoso e do gordinho da rua. Que é bem possível que fosse menos asno que você.

Fumaram um instante em silêncio, estremecidos por um tênue vento frio. Lá vêm as nuvens amolando...

— Andei pensando na Chonga — murmurou Raucho.

As meninas iam para o colégio em seu azul de noite. Lembrou-se do cheiro de couro e de merenda — tangerinas com folhinhas pequenas e retintas, ou pão, doce e queijo — das grandes malas penduradas nas bicicletas. Se eu me apressar talvez consiga vê-la, Lorenzo.

— Agarrar um sujeito pelo pescoço...

Ria, e um pouco de ar brincou de leve em seus cabelos pousados sobre a testa.

— Andei pensando...

Sempre a mesma coisa: os sinos e não poder saber por que nunca mais quis.

— Complicam as coisas. Mas no fundo é o nojo e outro instinto de posse. Disse posse do ar porque é como Deus, tudo, está em tudo. Mas você percebe? Que sejam guardados o dinheiro, as casas, os automóveis. Mas os animais nos livros, as paisagens, as mulheres, calcule quantos estão sujando esta manhã, com o sol, as nuvenzinhas, o arco do túnel com a ponte, as gurias que vão para o colégio.

— Já deve ser uma hora, por aí.

Queria dizer que à uma hora a dupla fila azul começa a entrar no colégio. Lá estão as irmãs com as mãos no rosário do peito, junto da grande porta ovalada. Nossa Senhora do Perpétuo Socorro entrelaça no alto seus dedos de pedra. Tem uma garota que é a única diferente. Uniforme azul, a mala e o laço e as tranças. Mas eu manjo aqueles olhos girando, conheço aquela boca atrevida e os suspiros e aquele jeito dela de ranger os dentes.

Uma das mãos no pescoço, porque tem de ser com uma só mão. Assim a gente percebe que não precisa gastar mais do que a metade da força e a metade do nojo. Um pouquinho mais do que quando se torce a goela de um frango.

— As aulas começam hoje, né?

— De novo com isso? É, hoje. Talvez por isso você deu de pensar na Chonga. Bem; posso escutar outra vez a história das badaladas.

— Sempre penso nela. Mas fazia tempo que não me dava tanta raiva.

— Bem, esta noite tenho dinheiro. Vou ter oito pesos. Vamos comemorar a raiva.

— Não, obrigado.

Enquanto ele ria, alegre, Raucho olhou, de través, sua grande boca branca cheia de dentes.

— Temos tempo até a noite. Além do mais, não sou eu; o assunto é com outro.

— Claro. E como o outro é mais sujo, mais forte... Mas é diferente. Não tem importância, mesmo que esta noite eu saísse com você e os oito pesos. Trata-se de mim, do que acontecer lá.

— Você está apaixonado.

— Não. Se eu não tivesse ouvido sinos... nem me lembraria.

— Bem. Pense, então, devagarinho, naquela tarde no pátio coberto do colégio. Devagarinho. E dam dam. Os sinos. E daí?

— Vá pro inferno.

Apertava fortemente os olhos, mordendo-se para sustentar as redondas bochechas flamejantes, as duas curvas luminosas e úmidas dos olhos da Chonga embaixo dele.

— Pense, bem, que naquela tarde, quando... Certo: poesia. Você, ela e os sinos da capela. Pense em quantas bestas deviam estar sujando sua tarde. Era sábado e os gordos de pijama se sentavam à porta com as mulheres e falavam de eleições e de futebol. Sábado inglês, pense.

Espicaçava-o a lembrança do refeitório com grandes planos de sombra e a mesa sinuosa. Lagarta; agora sim entendia a mesa: lagarta com pernas em A.

— Como é fácil! Muito natural imaginar um gordo barrigudo montado numa cadeira diante da porta. Pelado, o pescoço com rugas. Veja seus pulsos peludos, os bigodes quadrados. Às vezes limpa a garganta e cospe. Cospe três ou quatro vezes porque brinca que o cuspe tem de passar do meio-fio. A coisa tem suas dificuldades.

A risada o fez sentar-se e tossir a fumaça.

— Estão me acompanhando, meninos? E com a cusparada número cinco — um pouquinho mais e teria chegado — os sinos começam a tocar. Você e a Chonga. Esses sinos são de vocês. Mas o gordo também pode ouvi-los e usá-los; para qualquer besteira; ninguém pode impedi-lo.

Mas os altos sinos infundiram-lhes a tristeza de uma paisagem quieta e gelada, momento agudo e terrível que era como um olhar fixo, claro e morto. E também a pureza dos sinos se dera com eles abraçados na sombra. Pensava em paragens remotas e indiferentes, rostos da terra pensativos ou impassíveis.

Ia e vinha a pequena locomotiva entre alaridos, serpenteando. Ao parar, enquanto os êmbolos volteavam indecisos, preparando a marcha a ré, a chaminé soprava sua fumaça de lã de carneiro em montes redondos. O grande olho apagado perseguia no céu o rebanho cambiante. Na areia tostada, sombras cálidas mesclando negrores sujos com ouros recônditos. Os galpões com o berrante vermelho lambido nas chapas de ferro; casas, casinhas, chalés de cartão perdidos numa paisagem mal pintada. Girava o gesto curvo e atijolado da ponte.

Alegre e sem cansaço a pequena máquina resfolegava. Disparava veloz, rindo no arquejo, ajudando-se com os molinetes do êmbolo, o olho grosso e redondo aberto para os caprichos da fumaça.

— Como se matar fosse a solução. Pois eu lhe digo que não adianta nada.

— A solução! Por favor: não existe solução. Já lhe disse que o gênio descobriu que se mata por nojo. Nem solução nem problema a solucionar.

— Além do mais, o senhor ladra demais.

— Na sua frente; porque o senhor não é orgulhoso nem egoísta. Mas também vou morder. Olhe: quanto a isso estou seguro e tranqüilo. Preste atenção na ponte, faça literatura com a curva e com a pedra. Certo: eu sou assim.

— Mas matar... Qualquer bruto mata.

— Mas não por nojo. E não é o meu caso; problema sempre há, e depois de matar continua havendo. Você também fala do eu e do outro, do puro e da besta. Todo dia ri, ou mostra os dentes; é o garoto-propaganda do creme dental. Mas nunca está contente. E então?

— Bah. Ninguém está contente.

— Mas é diferente. Nós percebemos; e se não viramos uns idiotas de repente, sempre vamos saber que temos nojo e por quê. O problema é esse. Pensar em todos os anos que nos aguardam sem que estejamos contentes, e vivendo entre dois bilhões de bestas com cheiro de ovelha.

— E de porco. Dê um tiro em si mesmo, se não gostar. Não há outra saída; a não ser que você também acabe cheirando a ovelha, galinheiro, cachorro ou senhora limpa e de chinelo. Sem ter a alma com um desses cheiros domesticados não se pode estar contente. Ninguém pode.

— Tem certeza?

— Ninguém.

— Porque eu, eu procuro, sinto que deve existir uma alegria... Pura, selvagem. Alegria alegre. Um pouco animal, mas consciente, e um pouco de estar sozinho. Entende? Mesmo que não entenda. Eu a procuro, resisto apenas para continuar procurando.

— Li te ra tu ra.

— E deve estar escondida em alguma coisa da vida. Se não existisse eu não poderia procurá-la.

— Literatura, meninos. Você vai acabar encontrando qualquer coisa e vai ficar contente também. Alegria pura, selvagem, animal. Sim, sim. Mas vai feder a ovelha e não vai sentir o cheiro. Como os outros. A única maneira de ser leal e decente é não transigir. Não se alegrar, estar sempre enojado e contra tudo. Que venham os anos; vou andar arrastando as patas, mas sempre alerta; só de olhar reconheço a nojeira de tudo. Quando quiserem me enganar vou cavar, e cavar. Tenho fé na imundície e vou cavar até encontrá-la. Daí fico tranqüilo e mostro os dentes.

— Creme dental. Para mim tanto faz. Mas então, para quê? Você vai viver entre as pessoas, mostrando a dentadura, descobrindo dois mil motivos para matar? Poderia escrever um livro sobre isso. Dois mil motivos. Desafogo, libertação; e você vai economizar o sangue e a sombra.

— Bem, é isso. Dê um tiro em si mesmo. A carne é triste e você já leu todos os livros. Põe uns óculos de lentes grossas, se castra e se dá um tirinho. Mas eu pretendo continuar rindo. E vou fazer todo o mal que puder; o que é outra solução.

— Outro dia eu estava pensando: não será possível ficar contente dedicando-se apenas a si mesmo? A si mesmo, e tendo alguma coisa boa para fazer.

— História. Isso é masturbação. Masturbação, meninos!, como gritava o padre Puig. E isso não pode.

— Masturbação, você diz?

— O padre. Para mim é a santíssima. Escute: quando há uma revolução qualquer; quantos sujeitos a aproveitam para isso? Matar, incendiar, deitar-se à força com mulheres que tomam banho todo dia e se perfumam com Murray entre as pernas. Só maldade, mais nada. Quebrar e sujar.

O céu estendido e a luz derramada sorrindo para a fuga de nuvens. Raucho via a oportunidade de abandonar-se ao sol, flutuar, mergulhar em si mesmo até tocar — lento, suave — sua ternura intacta e agora meio ensolarada. Tepidez. Mas em outro céu brusco e nublado, entre massas de uma luz fria e fosca que gesticulava, pausada, havia seu pensamento fixo e obstinado. Sujo, entediante, desgostoso. Mas era seu pensamento. Perguntou, com uma voz lisa:

— Você não se masturba, agora...

— Diga a santíssima; é melhor. Não, não consigo. E o senhor?

— Eu sim. Mas não por isso; não para gozar.

— Entendo. Você faz isso para aperfeiçoar a alma. Continue contando enquanto eu olho o irmãozinho sol e a irmãzinha nuvem. Já leu São Francisco?

— Um dia eu contei para minha irmã.

— Linda, Clara.

— Linda. Houve um tempo em que brincávamos e ela era minha irmã de verdade.

Calou-se por um momento, sabendo que falar era como desnudar-se para olhos faiscantes e maliciosos; que logo estaria com raiva e arrependido, odiando Lorenzo por ter escutado. Mas sentia um amargo prazer ao ver a imagem suja se remexendo perversamente no céu nublado e acre; e era preciso que ele a fustigasse com palavras exatas e frias; que suportasse sem piscar a forma grosseira se remexendo sem vergonha. Era preciso aceitar e mostrar tudo o que fosse seu.

— Na outra noite estivemos conversando. Estava alegre e boa; achei que era como antes, que ia me entender. Falamos de muitas coisas e então eu contei. Ficou vermelha: Você é um degenerado e se continuar vou chamar o papai.

— Muito bem, bravo! Mas o quê, como foi que lhe contou? Que terá feito Caim... Você nunca pensou, se Abel tivesse sido mulher...?

— Ficou falando de arte e de sexualidade. Dessa história da sublimação. Claro que repetia as burradas que o professor disse. Mas estava alegre, e me olhava e me chamava de Rauchito, como quando éramos amigos. Um momento, sim: tinha uma pulseira enfiada no braço e a fazia soar, às vezes, numa taça. Lembro disso. Eu me enganei e lhe disse assim: a masturbação é o grande momento de minha vida. Intelectualmente, se você me entende. Então ela me insultou.

— Bravo! Mas que negócio é esse de grande momento?

— Sim. Nunca gozo. Mas penso em alguma coisa e então a vejo mais claramente do que nunca: percebo coisas que a seco me escapam. Fico mais inteligente.

— Você parece um doido varrido, meu filho. Já imaginou uma Academia resolvendo problemas com seus métodos?

Um vento suave, leve e frio deslizou pelo silêncio. Ouviram a locomotiva partindo. Raucho esticou os braços.

— Vamos?

Levantaram-se na paisagem abandonada. Entrecerrou os olhos, quase sorrindo. A areia, os trilhos retintos, as nuvens se desfranjando longe do sol, e divisou ao meio-dia um céu de uma doçura como só vi com lua.

Subiam, inclinados, a ribanceira com tufos de arbusto. Viram o sol na rua, longo, deitado, explodindo no sifão azul que uma garota de pernas nuas segurava.

Volteou o braço com o livro, riscando o cinza de sesta do quarto. Do canto da grande cama tilintante, pôs-se a olhar o vermelho dos ladrilhos ainda úmidos, o papel azul e novo que forrava a mesa com o bronze do aquecedor. Olhava. E enquanto isso sentia que seu rosto era redondo, que seus pômulos cresciam, e a fuga oblíqua e brusca dos olhos em direção às têmporas. O raio de luz da porta entreaberta se abria e se dividia no lavatório de ferro com o disco aquietado da água. Ele estava diante de seu rosto e da paisagem cotidiana do quarto em sesta, atento como se diante de revelações imprevistas: a grande boca estendia a sombra doce e fresca, os pontos de luz nos vidros esticavam a risca dos olhos.

O homem do livro é um pobre homem.

Abriu a mão e a levou ao peito. Então ouviu, de repente, como se estivessem começando todos juntos, os ruídos. Sorriu. Mas se alguém leva a batuta: que alma chagada e leprosa!

Chapinhavam as mãos vermelhas das mulheres no tanque; um pássaro, pássaros redobravam adejando os arames; tremia o ar acima, com a voz profunda e maledicente e com a outra, aflautada, queixosa e xingadora. Marrom e verde azedo, as duas vozes sem pausa, misturadas, destroçando-se na disputa. Ao fundo, o inverossímil gramofone com a trompeta de campânula.

Todos me pedem que cante
e meu canto é um pranto.

Blackie cantava com voz aberta num disco alisado pelo atrito. Debaixo do móvel, a capa maculada de moscas. E o homem, gordo, envolto num guardapó, tomando mate, sua alma escondida a vida toda atrás do vidro fumê dos óculos.

Voltavam a água, a roupa e as histórias sujas das lavadeiras. Acima se agitava, tormentoso, o trançado das vozes de ódio (como se eriçava o serrote da voz limão na outra voz, enorme tronco sépia).

E no meio de tudo, deitado na cama que era o centro de tudo, ele ria alto, por seu segredo de abril, um riso entre toda imundície. E porque pensara — sentindo seu riso calado — numa flor branca, lírio retorcido e curvo, alçando sua curva ali, no meio dos ruídos sujos.

Deve ser leproso e cheio de chagas, o demônio da batuta.

E vinha, flutuando acima de tudo aquilo e serpeando, afundando, o apito desolado de alguma locomotiva. Longe, longe, longe.

Parou de rir e sentou-se na cama. Olhou para o tiquetaque do relógio na mísula da Virgem. Ela saiu e fechou a porta devagar porque eu fingia estar dormindo. Usava um vestido preto e brilhoso.

Parado, olhava o relógio e a Virgem. Zumbia ao redor do silêncio escurecido do cômodo a tarde ensolarada do prostíbulo. A Virgem curvada sobre o menino de batinha, o despertador abaulado e redondo. É tudo uma porcaria. Mas se alguém, por engano, a chamasse de senhora...

O rosto afilado da mãe, os olhos puros tocando o menino. Se alguém a visse com o vestido preto, redonda, o cabelo embranquecido. Que lhe dissesse boa tarde, senhora: perdão, senhora; entre, senhora.

Sério, acompanhava as frases imaginadas com curtas reverências.

Fechou-a devagar, como se também para ele alguém fingisse estar dormindo na grande cama do canto.

Quando a porta era fechada, suprimia o mundo familiar, a casa onde havia Papai, Mamãe, Clarita, a empregada e o gato pardo que roncava fingidas asmas numa poltrona.

Avançava lento e ladino até o muro cinzento, a única nódoa da foto descabelada. Albert Einstein, em rápido autógrafo preto cuja desconcertante análise não revelava o gênio. Volta o rosto de olhos duros e luminosos, aparentando surpresa. Ninfa do Congo, fugia pela esquerda a anca lustrosa do violino.

Acendia um cigarro e começava o estranho rito. Aproximava-se até conseguir o rente *vis-à-vis* do carrasco com o réu. Dando-lhe uma e outra banana com o braço, pausadamente :

— Vou afogá-lo, gatinho. Vou ser maior do que você, maior. Daqui a cem anos não vai sobrar teoria nem violino, nem melena de algodão. Daqui a cem anos, bichano, pobre gatinho, eu, eu, eu... Eu, gatinho.

Antes da cama, da rua ou do regresso ao livro, murmurava dois ou três "cachorro judeu". Estava contente de ter o nariz curvo e grandes orelhas audazes. Só que encontrava no "cachorro judeu" uma fonética sonora, uma imposição de mastigá-lo inchando a boca como se estivesse preparando a brutal cusparada.

Casas traçadas com um carvão de pulso inseguro vêm correndo em direção à esquina. Sobre o gume embotado da pedra, o farol curva seu corpo em dança, víbora de ferro arqueada para o salto. Duas casas novas esmagam o muro descascado onde negreja a porta anã e se abatem galhos de limoeiro. Defronte, a vitrine empapelada do armazém se enche de moscas. Aponta o céu com nuvens e folhagem o negro de pileque; sorri, babando, infantilizado e em êxtase. O dedo levantado flutua sobre o flauteio dos desocupados melancólicos que entram e saem, mais tristes e amargos, do Bar, Café e Bilhares.

Lentos, vão chegando os donos da esquina. Encostam-se, preguiçosos, no muro, na árvore retorcida, sentam-se com ar de cães, com sono, enfileirados no meio-fio. A velha vizinha da frutaria apanha uma cadeira de taboa. Cruza as mãos; e os olhos azuis-celestes, sempre com uma chaminha para morrer, piscavam curiosos para os saguões e para o casal da sacada. As persianas do Conservatório despontam um nariz afilado que fareja, com afã, até a noite.

A população da esquina se adensa; entre as vozes, a tarde forma uma constelação de pontas de charutos, o guarda dos mil nomes chega e passeia, lento, torcendo a cara desconfiada. Salta de improviso o refrão estridente da mulher encurvada que vende jornais. As pessoas acampadas na esquina se insultam entre risadas, com palavras que atiçam a raiva do guarda.

— Bigodes de arame.

— Perna de cama.

— Sete cabeças.

Indiferente, a tarde se desbota e desce sobre a visão do negro bêbado, das formas amontoadas na esquina, do guarda bigodudo que se afasta devagar, a orelha estendida para trás.

A velhinha recém-penteada que sorri na cadeira e o lampião retorcido e cego coincidem olhando a ruela em diagonal. Observam-na seguir, tortuosa e amarela de plátanos, desempedrada e suja, até chocar-se com sua carga de barracões sórdidos e pardieiros toscos na grande parede caiada do Asilo.

— Vontade de falar, os babões. Pois se no domingo com dez homens eles levaram três gols nossos. O que é que eles querem? Onde vão parar com esse timeco?

— Claro. E olhe que o juiz...

— Se com o juiz e tudo nós marcamos três gols.

— Claro...

Do chão, entrelaçando as mãos contra os joelhos, Raucho viu a carreira de Coco entre o bonde e o carro. E eu que já ia embora, ia deixá-lo sozinho com estas bestas.

Plantou-se ofegante, rindo alegre e suave:

— Olá. Escapei por pouco.

Raucho ergueu a vista para o rosto corado, os cabelos úmidos com o amplo repartido que a mãe desenhara para ele. Rengo cuspiu para o lado enquanto procurava fósforos.

— Que louco... Um dia um caminhão pega você e quebra sua cabeça.

O beiço torto de Tarzán resmungou algo. Algo, brutal e mastigado entre a voz fanhosa, que a Rengo pareceu inoportuno:

— Shs... Não assuste os pirralhos.

Coco — "eu não tenho medo"— continuava rindo, as mãos afundadas nas pequenas calças, indo e vindo, com saltos e fantásticos passos de dança de marionetes.

Sabe-se lá por que sonhei com ele ontem de noite no chão, de vermelho, esperneando com as botas.

— E no domingo que levem bolsas para trazer os gols. E nenhum juiz vai lhes valer, hein? Melhor não darem uma de espertos.

— Claro. Vamos levar a torcida em três caminhões.

Olhava fixamente o óvalo rosa e afinado, procurando nele a cabeça orgulhosa e longa da garota da sacada. Nada. Talvez o nariz, curto e aberto, levemente virado para cima. Tampouco. A não ser que a relação consistisse em algo que não é ela nem é Coco, a esteira que deixam no ar ao se mover, essa angústia fina da cabeça para um lado, a luz nos olhos de mel.

Lorenzo estava sentado no meio-fio. E de repente foram seus olhos que Raucho viu, cintilando em alerta, apontando para a dobra da esquina. Fez que sim com a cabeça e olhou.

Rengo cochichava junto do gorro azul de Tarzán; ouvia-se o sussurrar rouco e o charuto saltava na ponta da boca.

— É... fale pra ele — terminou o negro, afastando-se.

Indolente, sempre rindo, Lorenzo se aproximou da parede. Do chão, Raucho o cortou:

— Tem certeza?

Inclinado, Lorenzo desfazia e amarrava o laço do sapato. Não respondeu; mas Raucho sentiu a afirmação no repentino aprumo que amadurecia o corpo. Como se fosse um homem e pesasse mais, amplo, enrijecido por aquela súbita energia. Quanto a ele, estava sereno e frio, sem medo nem entusiasmo, disposto a tudo e querendo que acontecesse quanto antes. Vou sujar minhas mãos.

A mão se afastou do sapato de Lorenzo e deslizou entre Raucho e a parede.

Rengo deu alguns passos, beirando a calçada, olhando para o céu como se sua cabeçorra rapada pudesse entender algo do fim da tarde. Depois encarou Coco de cima:

— Vamos à Academia? Tem luta hoje.

Piscou alegre, duvidando:

— Hoje? — olhava em torno, procurando o apoio dos outros.

— Se estou dizendo que tem...

Tarzán estufava o peito para as figuras abandonadas na pedra. Os olhos duros desafiavam sua quietude e seu silêncio.

Como se fosse se coçar, assoviando, Raucho levou a mão às costas; as unhas bateram na parede, nos tijolos, e por fim as pontas dos dedos localizaram o cabo oblongo da navalha.

— Se tem luta, eu vou.

Aproximou-se do rapaz sentado:

— Você vem, Raucho?

Recostado na árvore, Rengo resmungou, breve:

— Não; nem o Lorenzo. Eles têm mais o que fazer.

Como se tivesse sido chamado por uma voz doce, Lorenzo sacudiu a cabeça fazendo saltar a mecha da testa. Levantando-se, Raucho viu sua risada cheia de dentes apertados, os olhos mansos e brilhantes. Viu como estendia o braço com o canivete aberto. Então pulou rápido, pegando Coco pelo ombro, atraindo seu gesto espantado, o corpo trêmulo, até colocá-lo entre o brilho curto das lâminas.

— O primeiro que tocar nele...

Teve a incômoda sensação de ter-se excedido; Lorenzo ria:

— E se ninguém for? Vai ser melhor.

Rengo girou rápido, espiando a solidão. Com o corpo encolhido, aproximava-se o negro.

— Moleques de mer...

Sussurrou o riso de Lorenzo; os olhos grandes imploravam com as palavras:

— Você se anima, macaco? Venha cá. Abro um buraco nas suas tripas.

O outro parou, fazendo bico em sinal de desprezo. Olhou para Rengo com um convite rápido. Mas viu que ele, tranqüilo, com as mãos nos bolsos, ia seguindo a marcha dos dois homens pela calçada defronte. Insinuante, Lorenzo voltou a pedir:

— E aí? Vamos ou não vamos?

Bruscamente, Tarzán bateu as costas na parede.

— Atenção!

Não se viraram. Da esquina vinha o passo lento do cavalo.

— A polícia.

Raucho guardou a navalha e empurrou Coco. Os três atravessaram, devagar e tranqüilos, enquanto soavam os cascos do animal no empedrado. Uma voz rouca lhes disse adeus da esquina:

— Cuidado com eles...

Dobraram. Rua abaixo, Raucho soltou Coco e recolheu a mão, estranhamente envergonhado.

— Quer a navalha?

— Pode ficar com ela. Eu queria que o negro trombudo tivesse se aproximado — sorria, olhando o ar quieto e azulado. — Teria descido o braço na barriga dele.

Fitava Raucho com os olhos abertos, inquisitivamente doces. O menino, ereto, rebolava adiante.

— Não acha que podia ter passado por legítima defesa? Dizem que o amor e a fortuna... Talvez esta tenha sido a oportunidade.

— Bah. Se nós voltarmos à esquina...

— Vamos?

Raucho parou e aproximou-se do sorriso do outro, das sobrancelhas em ângulo que sustentavam o convite. Seus olhos ardiam de um choro rancoroso. Aproximou, lento, o peito e o rosto contraído.

— Olhe para mim. Você me conhece, sabe que não tenho medo. Mas se eu voltar agora para aquela imundície, vou morrer de nojo. Ou degolar todo mundo; e também essa porqueira que não pergunta nada.

Lorenzo olhou de esguelha e deu de ombros.

— E se...

Pararam na outra esquina. A tarde rolava pela rua inclinada, empoçando sombras desbotadas, planos de luz amarela, um frio fervor de cães e grilos.

— Não vá direto para casa. Vão nos procurar separadamente. Poderia acompanhar Coco e voltar mais tarde. Será que ele percebeu?

Raucho olhou o menino que subia no meio-fio para depois pular na rua, com os pés juntos. Sua bunda desbordava das calças e um sinal escuro, profundo e doce assinalava a nuca.

— Não sei. É estranho ele não ter falado nada. E se tivermos acabado com a tarde dele?

De repente Lorenzo voltou atrás no riso. Entrecerrava os olhos, medindo Raucho e Coco. "Seria estupendo" e "o salvador". Raucho o via reconquistar o riso, curvar-se em gargalhadas, junto à vitrine do bazar recém-iluminado. Aproximou-se, reto, batendo no peito.

— O que foi? Não quero que você dê risada; não vá rir agora.

Depois, Lorenzo decidiu-se por um sorriso fino, por uns olhos ternos e umedecidos, que levantou. Foi afundando a mão no bolso do canivete. Raucho o fitava, triste e com raiva. Este filho-da-puta tem olhos de gazela. Agüentou imóvel outra gargalhada da cabeça redonda e oscilante. Houve uma voz contida que perguntava, solicitude ou desafio. Pensou que a luz das nuvens cinzentas era desânimo que chovia nele. Entrecerrou os olhos. Triste. Alguma coisa tem de acontecer; alguma coisa como eu morrer ou pisotear a cara do Lorenzo. Então encontrou novamente os olhos, tão abertos e fraternais, já com dó do que a mão da navalha pudesse fazer. Notou que havia um mesmo desespero nos dois e disse:

— Não. Nada.

Lorenzo saiu, andando rápido ao lado dos saguões. Coco saltava ao lado da árvore, abraçando seu tronco com formas ágeis e estranhas.

— Que vamos fazer agora, Rauchito?

Era o que ele também se perguntava, vendo Lorenzo ir embora; um dedo roçando a parede, a cabeça baixa, abandonados o corpo e os movimentos como se acreditasse estar sozinho e na noite.

Vou até a esquina porque em casa eu sufoco. Preciso ir. Os sujeitos da esquina eu posso odiar. Papai, Mamãe, Clarita. Se o velho fosse um pistoleiro, Mamãe uma alcoviteira, pelo menos, e Clara saísse para passear, devagarinho, todos os dias a essa hora. Se eu pudesse odiá-los, e não me deixassem preso e mudo por serem tão bons e me amarem. Se eu pudesse deixar uma carta suja e ressentida para eles. Numa carta deixaria toda a sujeira e o rancor, na mesinha de Mamãe, metade do envelope coberto com as flores da toalha verde. Ou se um deles — meu Deus! — amanhecesse enlouquecido, dedicado a coisas absurdas e secretas. Eu olharia para o louco sorrindo e nos entenderíamos, sempre juntos pelos cantos escuros da casa, felizes, rindo e rindo, do escândalo dos outros dois e da família e das velhas emperiquitadas que chegam de visita.

Quando Coco bateu em seu braço lembrou que se esquecera dele, que quase o obrigava a correr para resistir à velocidade de suas pernadas.

— Vamos entrar para ver o banco do morto?

Olhou os ferros negros e curvos no portão do parque. O caminho avermelhado ia se estreitando até cravar-se na alameda ocre. No céu cinzento, grossos arcos de nuvens rosadas; e na valeta de água quieta, entre folhas e as listras dos canaviais.

— Que morto?

— Não sabia? O que encontraram esta manhã. Matou-se num banco ao lado das rosas. Sabe o louco barbudo que anda com os cães? Ele o viu esta manhã cedinho e pensou que estivesse dormindo. Eu ouvi quando ele estava contando isso no café da estação. O homem tinha se coberto com o chapéu. Será que de vergonha?

— Vergonha do quê?

— O louco, dizia. Da família. E então diz que um cachorrinho preto que o louco tem começou a cheirar o sangue e o louco saiu correndo. De verdade, estou dizendo. Não acredita?

— E o que me importa? O que é que vamos ver, afinal, se já o levaram?

— O banco. Todos os meninos vieram esta tarde, mas não me deixaram vir. E aí?

Foram entrando, indo sobre as folhas secas que beiravam a valeta. Coco se adiantava, correndo, escarvando entre os capins da margem, esticando o corpo para arrancar as cascas que se soltavam dos troncos. Voltava no trote, rindo.

— Por que aconteceu isso com o Tarzán e o Rengo?

— Ah! Não sabe, pombinha...

O outro negava, os lábios finos, o corpo encolhido, fazendo dançar os olhos fugidios.

— Não sabe, hein?

— É... Nós íamos à Academia...

Que vontade feroz de enchê-lo de pontapés. E quem sabe um dia eu tenha um filho assim. Acendeu um cigarro. A sombra empalidecia o menino; tornava mais grave a boca franzida, o arco fino das sobrancelhas. Tossiu e começou a olhar para outra coisa.

— Olhe. Estou sendo claro.

Rolaram sinos, ao longe. Elevava o corpo como se tentasse vencer a altura de Coco e levar vantagem nas coisas que estava falando.

— Lembra o loiro dos ingleses, aquele carnaval no baile?

— Era... maricas, né?

— Sim, uma porcaria. Bem, ia acontecer a mesma coisa com você.

— Comigo? Aqueles asquerosos...

Deu de ombros, coquete e petulante. Continuaram em silêncio graças a um repentino perfume de flores. Madressilvas ou jasmins.

Mas Raucho os transformava numa velha brancura lunar nunca vista, ouvida numa música cujo nome desconhecia. Límpida e serena, com uma tristeza lacerante de grande noite de dezembro; e alguém seguia, sozinho e lento, caminhando por ruelas desertas onde alçavam vôo os violinos, saindo da sombra dos velhos muros para tocar a margem e penetrar na zona misteriosa do reflexo branco, dos calados espaços de claridade onde soavam os pianos severos, lentos, empolados por um obstinado pé nos pedais.

— E você com isso?

— Como?

— Claro; se eu tivesse ficado a fim. Você também; andou com o loiro dos ingleses e Juan José.

Parando, farejou o perfume já remoto e olhou ao redor, os pedaços de céu e de nuvem entre os galhos. Riu, breve. Sim; eu tinha esquecido — ia pela rua a noite de lua — que sou um porco sujo.

— Olhe só: não sei se você está entendendo. O loiro e Juan José já eram assim. Você não; você é meu amigo. Além disso... mas que animal! Você não percebeu que o Rengo e o outro são podres, que só de olhar para você...?

Coco disparou, saindo das árvores.

— O banco.

Aproximaram-se, entre uma sombra lilás que parecia molhada.

— Está vendo? Não tem nada. Um banco como outro qualquer.

Era de mármore, sujo e sem encosto. Coco o rodeava, lento e alerta.

— Não tem sangue, né?

Com cara de medo, ele se agachava, arrastando um dedo pelas bordas gastas. Raucho riu alto e falso.

— O que foi? É só um banco. A gente senta nele, cruza as pernas e fuma, na maior tranqüilidade.

O menino olhava nervoso, mãos juntas, com olhares curtos e temerosos. Sentou-se ao lado dele e riu novamente.

— Pensou que eu estava com medo.

Pela calçada seguia uma mulher com uma trouxa de roupa e uma menina a tiracolo, trotando com a cabeça virada, remexendo no bolso da saia azul-celeste. Na rua, alta, um bonde acendeu as luzes e partiu.

Sexta, sábado. Quatro dias e na segunda começam as aulas. Estou no parque, a noite vem, um homem se matou aqui. Isso tudo destila um mistério que eu — sozinho — entendo. Outra vida rodeando a vida. Magia, bruxaria, espanto, feitiçaria. Sobrevida onde me movo melhor do que aqui; e eu sozinho, porque disso não dá para falar com ninguém.

— Me dá um cigarro, Rauchito?

— Não tenho.

Ouvia-o resmungar, enfarruscado. Se falar comigo assim de novo, jogo ele na água. E na segunda começam as aulas. Os delicados conflitos dos advogados, dos donos de armazém e dos donos de casa. Procedimentos no civil. A sobrevida e uma placa de bronze parafusada na porta.

— E se a gente fosse até o bosque?

São de bronze as correntes de relógio dos homens que se matam nos parques. Vestem-se de preto, a corrente brilha em seu estômago e têm um jornal da tarde dobrado no bolso.

— E o louco dos cachorros disse que ele se matou como?

— Esse aí? Com um tiro no coração. Sim. Tinha um revólver pequeninho, pequeninho como se fosse de brinquedo. Depois veio o louco com um guarda.

— Sei.

Continuou com o revólver pequeno, cabo de nácar, de um gracioso modelo para bolsas. Com uma corrente de bronze não é possível, porém, morrer de amor. Mas sem a corrente, ainda que não se possa tirá-la... Jogou longe o cigarro e recostou-se no banco. Não porque o juiz não queira; o juiz me faz rir. Não é possível porque o homem está vestido de preto, com a corrente e o jornal dobrado. Não é possível tocar. Levam-no, estripam-no e o enterram; mas agora não podem mais tocá-lo. E quando ela vai até a delegacia lhe mostram o revólver e começa a chorar sem ruído, encurvada num banco de madeira em que está esperando no pátio das delegacias. Um guarda moreno a observa até que ela explode de angústia e as duas almas se abraçam nos anjos, mundo sem correntes de bronze nem revolverezinhos.

Era o além. Além do Cruzeiro do Sul e da Santíssima que os levou. Na segunda eu vou ser um bom menino e começar a estudar.

— O louco dizia que ele estava deitado como se estivesse dormindo.

— Vamos ver; levante-se. Deitado assim? Esticado e sem se mexer.

— Mas você não está com a cara coberta.

O menino ria, divertido, olhando o corpo grande e imóvel. Chovia o silêncio, grave, ferido pelos insetos da valeta.

— Não está vestido de preto.

Acima, na rua, rodou um calhambeque com *erres* tremelicantes. Vozes fortes se altercaram do outro lado do parque. Depois tudo começou a morrer, brasas na água, no canto de sombra violeta onde estavam o banco quieto e o corpo cinzento e quieto.

— Não. E você não tem um revólver.

Aproximou-se, fitando os olhos brancos, o fio dos dentes à mostra. Estremecia nas copas um revôo de pássaros.

— Não...

O menino começou a bater furiosamente no rosto sem expressão.

— Não, não... Levante-se.

— Está louco? Estava bem, antes. Quando tiver um terno preto vou vir uma noite dessas.

— E vai se matar? E eu aviso o louco dos cachorros?

Ria, já tranqüilo, ainda batendo nele de brincadeira.

— Ficou com medo?

— Vamos até o bosque, está bem?

— Tudo bem. Mas antes me diga: ficou com medo que eu tivesse morrido?

— Ora, eu sabia. Olhe: se tivesse trazido o estilingue, ia acertar uns passarinhos.

— Outro dia. Vamos, deve ser tarde.

Mas Coco se aproximou de seu peito, ajeitando sua gravata.

— Não seja malvado. Não é tarde.

Afastou-o, pegando-o pelos ombros, cravando-lhe os olhos maus e desconfiados.

— Por que fala comigo assim, hein? Por que fala desse jeito?

— Mas não estou falando de nenhum jeito.

Tinha uma voz aberta, lenta e distraída. Voltou à gravata, ao pescoço, aos braços. Raucho olhou para o céu e para a cabeça negra e lustrosa. Já era noite. A pele suave e o odor da blusa o tornavam bom e terno. Rapidamente, como a sombra crescesse, o carinho e uma desesperada necessidade de se proteger iam tomando conta dele.

— Escute. Você não estava percebendo. Mas havia meses que eu e Lorenzo estávamos protegendo você daqueles bestas. Não queríamos que você ficasse sozinho nunca. Me lembro de uma noite de chuva em que não jantamos porque você tinha ido ao cinema com seu irmão e vieram me contar que o Rengo estava esperando vocês na esquina. E outra vez, quando jogamos contra o Liceu...

Deteve-se, frio, outra vez sujo, como se estivesse aferrado pelo espanto. Ele falara; e suas palavras e as lembranças que elas traziam aumentaram sua mansa alegria. Estava se salvando na única coisa limpa de sua vida: sua tarefa de afastar Coco dos homens imundos da esquina. E enquanto se reanimava com aquilo, quase reconciliado com tudo e consigo mesmo, orgulhoso do grama de pureza que defendera obstinadamente, como uma chama entre as palmas curvadas, Coco aventurava a mão em direção a seu corpo, na sombra.

Levantou-se pesadamente, tremendo de raiva e de nojo. Afastou um punho, lento, medindo com os olhos entrecerrados a cara de Coco, o pequeno nariz arrebitado em que ia bater.

Se matá-lo, eu me salvo. Arrebento a cara dele e saio correndo.

Coco, sem compreender, continuava perto, os olhos brilhando no rosto purpúreo, respirando com dificuldade pelo nariz oferecido e tão semelhante ao da menina risonha da sacada.

Um golpe seco e eu fujo. Enrijecia o braço, o rosto, a alma. Tem de ser logo. Inclinou o torso, firmando-se nas pernas, apertando os olhos apequenados. Os mesmos que queriam ir embora dali, enredados no coleio de um corpo vermelho, de uma garota que golpeava com botas vermelhas o chão luzidio do sonho de ontem à noite. Toda minha força, eu inteiro no golpe. Preciso ir embora correndo. Corria da parede nua até a oferta da boca com riso e canção da garota da casa com pássaro. Mordeu uma onda de choro, com raiva. Caía, molengo, o braço. Ficou imóvel por um momento, isolado de tudo, sem pensamentos. Depois, suavemente, sorriu na sombra.

A água verde e apodrecida da valeta invadia tudo; água lodosa eram o céu, a alameda, o ar fresco e silencioso que o rodeava. No meio da água viscosa se inclinava, por fim, sobre a menina vermelha e dançarina.

Seguiam, costeando a valeta. A noite, pousada nas árvores, tornava-as negras e gigantes.

Esmagava folhas, juncos, papéis rasgados. Mole, um sapo bateu nele duas vezes e prolongou, em fuga, seu traço escuro entre o relvado. Ao longe, em frente, soavam os bondes ocultos pelo aterro; ao longe, nas bordas do grande círculo que os rodeava, ululavam cães nas chácaras. Passavam, prateando-se, lentas nuvens escuras diante da lua cornuda. E ali, à direita, com um braço tocando as entranhas da noite, alongava-se, lento e repetido, o metal das rãs.

— Não pensar — pensava.

Abraçava-se, ferrenho, à indiferença, amargo, frio, mas já sem tristeza. Um perfeito porco; sujo e porcalhão. Isso; mas agora totalmente e para sempre. Já não há, não tenho chama para abrigar.

Caminhava rápido, tentando alcançar a rua. Silhuetas escuras andavam pela trilha arenosa, delatavam-se estralando sobre as folhas mortas na outra margem. Não pensar, pensava. E mais: não existo eu nem existe o outro, preciso contar a Lorenzo, acabaram-se as lutas e vou rápido, sem me cansar, seco e frio. Uma buzina de automóvel, freios, apitos. Outra vez a prataria da valeta. Um cachorro vagabundo se esticava para beber, virou e disparou em direção às árvores. E acho que perdi minha outra vida mágica. Penso na música; e na ruela, alpendre, grades e nicho, é só uma lâmina, gravura a meia-tinta, que se sabe morta e por onde não é possível passear, nem desenroscar o agudo dos violinos nem saltar no mistério da lua. Tudo perdido. Frio e seco, caminhar com largos passos iguais, procurando cansar-se, sabendo que não será possível cansar-se mesmo andando até o alvorecer.

Ouviu o ruído surdo dos passos esmagando as ervas daninhas. Divisou uma sombra rolando entre a sua e a mais escura da sarjeta. Depois Coco, quase surpreso, de fato. Viu-o pequeno e redondo, esfalfando-se para não ficar para trás, os ombros estreitos, cortando com breves corridas o balanço cadenciado do corpo. Recordou aquela brancura no bosque escuro. Quase sem alterar a marcha foi se aproximando. Não pensar, também isto tem de ser sem pensar. Nem vingança, nem ódio, nem nada. Frio. Rápido, inclinou-se; com um brutal golpe de peito derrubou-o, dobrado, com as pernas nuas e abertas dando tesouradas, de cabeça para baixo pelo metro de margem em declive que tocava as águas. Ouviu-o gritar, chapinhar e depois um choro fácil e desconsolado, choro de criança que fecha os olhos quadriculando uma enorme boca negra.

Continuou com os grandes passos regulares. Não há água para afogar-se. Caminhar, ir, fugir do que estava atrás. Perdeu o angustiado pranto em "a". Caminhar.

Deteve-o um apito de trem longo e sinuoso. Não pensar. Não... Prosseguiu e parou novamente. Mas o que fazer para não ser tomado pela angústia, pela ansiedade desesperada. Vibrava, entrecortado, o apito da máquina. Continuou, mais devagar. Não pensar, pensava.

Pensava em seu erro de um momento antes. Não: não estava perdida a sobrevida, a aura misteriosa que bordava tudo. Poderia ficar vazio de todas as coisas, menos daquilo; talvez ali estivessem sua expiação e seu castigo. Teria de continuar vivendo a outra vida marginal e fantástica, tremendo com a fina angústia dos trens distantes, atravessado pelas mensagens inefáveis dos seres e das coisas, pelos graves segredos da terra e do céu.

Uma buzina elevou-se, tensa, à esquerda, além do parque. O terror o deteve.

— A noite.

Olhava em torno, pequeno, fera encurralada. Outra e outra e outra. Saltava um bosque de sirenas uivantes, à sua esquerda, sob o telhado aceso da cidade. Abatido, ficou sentado à sombra, frouxa a cabeça nos joelhos. Murmurou para ouvir-se...

— Guerra... Ou o rei está morto.

Depois, apertando os olhos, fez a noite negra, total. Raucho estava curvado, abraçando-se, amplas as costas sob a treva lerda e o plano da cidade.

Noite total e negra quando começaram a saltar lanternas no escuro. Feixes de um vermelho sangrento deslizando em leque por um céu cor de fígado que elas mesmas vão traçando. Entre a sombra e o ar, espessos e quentes, os moradores dos andares altos se aproximam, cautelosos, das janelas. Suam, boquiabertos, silenciados pela angústia que não nomeiam. Esperam o retorno da luz; a enlouquecida tormenta; algo que vem além de tudo, além do que conhecem e daquilo que é possível pensar.

E de repente, no silêncio tremendo, no ar pesado e negro que arranham, afiadas, as lanternas, salta uma buzina. Solitária, distante para todos, subindo em curtos tremores de choro escondido. Unânimes, à beira das desgarradas janelas inúteis, arracimados, ansiosas as bocas de peixes, homens e mulheres pensam no choro da mulher velha e enlutada. Uma mulher de cabelos de chuva, derrubada, uiva interminável e estremecida.

Até que sobem outras vizinhas, e outras, uma selva de mastros desesperados em busca do céu invisível. Choram, lentas, persistentes. Como outro vento quente, o medo corre e arqueja pela cidade. O espanto da morte; alguém que foi como Deus e agora está esticado, duro e frio, comprido, numa deserta praça do mundo obscuro.

E saem os carros de bombeiros correndo desbocados pelas ruas cegas, entrelaçando sinetas ao grito dos trens de carga. Uivam figuras encarapitadas nas cercas. O terror e a loucura estouram sua tormenta no ar tenso. A primeira, uma sombra se descola da última fila de janelas de um arranha-céu. Os braços abertos, tombam seu corpo e seu grito. Gritos e corpo chovem, berrando seu medo ou acalmando-se, quietos e apavorados. Caem, machucam-se, a boca nos joelhos, virando os olhos imensos e exaltados. Caem, amontoam-se na noite sem fim, compreendendo, por fim, o grito feroz das buzinas, espreitando a visão do corpo longo e frio, as mãos rígidas sobre o peito, o insuportável resplendor de peste que envolve os pés do grande morto, magros, amarelos de luz de círio.

O homem do bocejo no divã ficou com os olhos na janela, claros, molhados e sorridentes. Fumando, falou, e também ria com a boca. O silêncio do outro atraiu seus olhos e então virou a cabeça.

Viu-o de pé, de camisa, segurando o queixo com o punho para olhar melhor e pensar no quadro que brilhava, inconcluso. A mão livre demolhava, distraída, os pincéis no caco de aguarrás.

De sua preguiça estendida, o homem falou:

— E aí?

Sem deixar o quadro, a cabeça inclinada para proporcionar-se a luz conveniente, foi respondendo:

— Pensava no quadro e na mentira; na mentira cínica e visível. E você, que me diz da mentira?

— A mentira assim, em geral?

Mas o homem dos pincéis não lhe deu tempo. Levantou um deles e apontou para a tela. A luz da manhã tremia na lágrima que se foi alongando na ponta.

— Ali, à direita, tem alguma coisa ruim; alguma coisa que salta aos olhos como um gato. Ruim em todo o quadro, desequilíbrio. Preciso mentir uma mancha escura, completamente mentirosa. Sim; tem outra saída. Preste atenção: minto nesse ângulo da direita para poder dizer a verdade com o quadro.

Semicerrando as pálpebras, enxugava maquinalmente os pêlos sedosos do pincel. Olhava para a tela com desgosto, o leque de luz roendo figuras e os trabalhados contornos vegetais. Sim: um tom escuro, hora indecisa, algo recôndito e misterioso. Completamente falso. Negro de noite em beco. Procurava na paleta lembranças de penumbra, negros calados e pensativos vistos em céus e mulheres.

De novo na janela, o outro murmurou:

— *Red dogs*! Lembra-se dos cães vermelhos da inglesa de Gauguin?

Depois da campainha e dos grandes letreiros do cinema, mulheres altas e prateadas girando na vitrine. Lorenzo parou. Em atitude idêntica — convite amável, assombro levemente idiota —, sustentavam as roupas de seda. Verde, rosa, verde Nilo, preto. Também na vitrine — diáfano e escorregadio, fantasma que vaporizava o reflexo — viu-se sem gravata, a mecha de cabelos sobre o olho. Sorriu, mas o pequeno Lorenzo indistinto não conseguiu mostrar-lhe os dentes. Então sentiu, impetuoso, o cansaço das quadras percorridas. Começou a sentir pena do espectro de vidro: pena por ele ser descabelado e fraco, cansado, triste e sem gravata. Agora sim: liberto do fundo esverdeado de uma saia que partia em silêncio, a imagem mostrou os dentes brancos, a boca aberta no sorriso rancoroso. Vamos dizer umas indecências para as mulheres. O outro aceitou, saindo do vidro.

Parou sob a tabuleta da esquina, as mãos penduradas na cinta, um salto encostado na parede. Todas as mulheres passaram altas e distantes; e ele não podia balizar o desfile com os palavrões agora dispostos em ordem. Deixava que elas fossem, satisfeito e triste porque não o fitavam, observando-as com um sorriso pequeno e acuado como ele.

Longos carros escuros, ônibus, as duas alas da multidão. Iam acendendo os faróis sobre a rua, rosas no azul. E ali na esquina, na área aberta por sua repentina humildade, na atmosfera que o retraía e que ele mesmo examinava curioso, entravam e saíam, passavam as mulheres. Russa, veloz, enorme penteado maciço. Mais lenta, amarela, magra, loira, um sorriso amargo nos caninos amarelos, a mão anelada alçou-se para olhar a pulseira. Alguém espera, impaciente, por mim no Richmond, por mim. Verde, nariz em gancho, também absinto nos olhos.

(Aqui o texto se interrompe; é a última página do caderno.)

Um caderno escolar de papel pautado, 17 x 21,5 cm, marca Rosita, de 40 folhas. Título na capa: *Pequeno ensaio sobre o adjetivo e sobre a composição chamado "Os Meninos no Bosque" e escrito por J. C. Onetti em abril de 1936.*

(Do romance *Tiempo de abrazar*, *Marcha*, 1940)

Convalescença

Era quase meio-dia e o homem me orvalhava de areia, arrastando-a com o pé descalço. Eu me virava, sonolenta, espreguiçando à sombra do rosto inclinado e sorridente. O homem estava sempre mudando ou alterando um pouco seus trajes de banho. Mas o rosto agudo permanecia igual e incompreensível, sorrindo para mim. Lembrando intensamente um animal conhecido. E ao mesmo tempo, seguindo sem esforço o contorno do rosto, havia ali uma expressão de inteligência humana e maliciosa.

Só no final de abril, longe, num outono destemperado, pude perceber como aquele rosto era semelhante ao de um fauno pequeno e jovial.

Estendida na ribanceira coberta de relva, não conseguia divisar os limites do hotel e das rochas. A praia se reduzia a um triângulo cujas pontas se cravavam com firmeza no horizonte.

Certa manhã, o mar estava azul, grave, levantando repentinas ondas contra a areia. As três garotas passeavam pela margem, devagar. Só me chegavam os risos, sem concerto, miúdos risos líquidos, com a mesma música das águas ao amanhecer, na remota ponta rochosa.

Só a certa hora, ao alvorecer, podia ouvir-se a música. De qualquer outro ponto em que me situasse, eu a sentia aproximar-se obliquamente, nervosa, com o mesmo andar enviesado dos cavalos de raça que passeavam na areia ao alvorecer.

As cores das malhas das três garotas pareciam, sob o sol enfurecido, frias e estranhas. Vestiam azul-escuro as duas das pontas, calças azuis e camiseta branca a mais alta, que ia a passos largos entre as amigas, afastando-se um trecho para logo ser alcançada.

Eu gostaria de vestir as garotas com alaranjados e amarelos, vermelhos violentos. Mas depois descobri que os azuis profundos das malhas e a brancura da camiseta correspondiam-se com o mar, numa réplica amistosa que só garotas na manhã podiam proporcionar. Avistei-as, na volta, passeando na orla de pequenina e mansa onda, com o som das risadas, manchas de água e de luz nos pés descalços, que ao arrastar iam formando com as cores de seus trajes.

Da barraca do clube alemão, próxima e invisível, veio uma voz masculina. Arrulhou, alegre e misterioso, um riso de mulher. E em seguida, entre gargalhadas:

— Não olhe onde o sol não olhou...!

Podia imaginar-me sozinha até as dez. Pelo caminho retorcido entre tamariscos aproximavam-se passos e uma voz saxã. Logo desembocavam à minha direita e tomavam posse de seu pedaço de praia, cravando-lhe um enorme guarda-sol colorido. O homem era loiro ou grisalho, atlético, com uma risada que parecia dizer: "Que beleza, pela manhã, na praia, o ar e o sol, não?". Sua risada sempre terminava, levemente, em pergunta. A mulher não respondia. Tirava a roupa do menino e depois o incitava a persegui-la, engatinhando. Usava calças curtas, brancas sobre o maiô, e óculos escuros. Avançava em linha reta para o mar, as mãos nas costas. Era visível sua fé na alma da água. Avançava, sempre reta, até a margem para saudar o mar e prestar-lhe algum tributo.

Uma vez o homem chamou a mulher de calças brancas: "Tuca". O meio-dia estava próximo e, quando o nome soou, as gaivotas iniciaram seu vôo de reconhecimento, guinchando sobre o trecho deserto de praia.

Quando chegava a hora de bronzear minhas costas, procurava despedir-me da praia com um rápido olhar. Uma nova e poderosa sabedoria mandava agora em meu corpo e era forçoso obedecer. Ficava com o rosto escondido entre os cotovelos, passando então ao mundo dos afiados capins amarelecidos e das formigas. Mas jamais pude entender a atividade dos insetos, suas corridas indecisas, eternamente procurando. Sorria para eles, soprando uns poucos grãos de areia para cobri-los e vê-los ressuscitar, na terceira tentativa, dentre os mortos.

Atrás e acima de mim o mar resfolegava, mais forte então, balançando e afundando as insignificantes vozes humanas que procuravam reconstruir para mim a praia perdida. E quando já não era possível suportar o sol nos ombros e nos rins, uma sombra vinha de qualquer parte.

— Estava dormindo?

Então eu levantava o queixo arenoso para cumprimentar. Todas as tardes, ao anoitecer já me esquecera da cara do vizinho de praia. Agora, de manhã, voltava a conhecê-lo. O riso, alongando seus olhos, prometia revelar a chave do rosto, o signo que permitiria lembrar dele para sempre.

— Como está se sentindo hoje?

Eu sempre me sentia bem, embora um pouco menos quando ele se aproximava. Eu o via como um mensageiro de mil coisas que me aborrecia recordar. Chegava sempre o momento em que, estirado, o corpo apoiado nos cotovelos, o homem sorria para o próprio pé em movimento e murmurava:

— Sabe o que ele me diz na carta de hoje?

— Eduardo? Uma carta por dia! Às vezes penso que é você que as inventa.

— Se quiser vê-las... de longe, claro. Ele não fala só de você.

— Não. Nem de longe. Mas será que não entende o que significa não se relacionar com ninguém? Nem com homem nem com mulher, em parte alguma do mundo. Não há nada além da praia e de mim.

— Obrigado.

— Ora. Você não existe, como indivíduo. Está na praia, simplesmente.

— Bem. Você não quer mais escrever para ele?

— Não posso. Veja: sou feliz. O que posso dizer ao Eduardo?

Ele fazia um trejeito irônico e se calava. Antes de ir embora, insistia:

— Claro que Eduardo é inteligente e pode entender isso. Mas você já está boa. Precisa voltar. Se fabricar complicações de antemão...

Despedia-o com um aceno da mão e me deitava novamente.

Certa manhã em que o guarda-sol colorido foi armado mais cedo, pude conhecer o segredo da mulher de bermudas brancas. Caminhava para o mar, como sempre, com as mãos unidas nas costas. Segura da solidão àquela hora, traiu-se: vi-a oferecer ao mar as pernas, o movimento das pernas em marcha. De quatro, o menino tinha parado e contemplava, imóvel, com um pequeno e confuso espanto, os passos da mãe. Compreendi a qualidade marinha daqueles passos, um pouco entrecortados, repentinamente velozes, com a marcha disparada dos crustáceos. Suspensos, em suaves movimentos dos quais a totalidade das pernas participava, como curvas de peixe na luz. Acariciando o ar com calma, até não passar de puro contato. E em seguida o mar rodeava as pernas, subindo, e era então que se quebrava com mais força, com um ronco de bicho que reconhece depois de farejar.

Lembro que tive, desde então, um grande carinho pela marcha daquelas pernas magras.

Já pressentira, antes, aquela liberdade, o sentimento de liberdade com que a praia me invadia nas manhãs iluminadas.

Era como se alguém afrouxasse habilmente todos os nós. Sentia-me instalada num tempo remoto, segura em minha terra despovoada, antes da tribo e dos primeiros deuses.

Uma embarcação passava entre a ilha e o horizonte. Ouvia um pássaro bicar a madeira de uma árvore. Naquela manhã, a última, o homem me disse:

— Olá. Estava dormindo, não é? Bem, distinta e prezada senhorita... Acontece que... A carta de hoje... Um ultimato, mocinha. Inadiável. Dá um prazo para lhe telefonar até a uma da tarde. Faça o que achar melhor. Notou as nuvens à esquerda? Temporal. Quem diz isso é um velho lobo do mar. Deve lhe restar uma meia hora de prazo. Tenho certeza de que vai se arrepender. De qualquer modo, você já está curada. Mais dia menos dia terá de voltar. E então? Já está relampejando do lado do hotel. Não é bom você se resfriar.

Levantou-se, rindo, olhando as nuvens que se aproximavam. Antes de sair, sorriu novamente. Sua face, então, só revelou um ar zombeteiro e mesquinho, um desprezo agressivo. Eu tinha certeza de que ele ia telefonar para Eduardo.

Levantei-me um pouco depois, enrolando-me no roupão. Lembro-me de ter olhado o céu escurecido e, depois, a praia. Sustentou meu olhar, e devolveu-o, o mar, a margem úmida e lisa, a mulher das calças brancas, o menino, os prados humildes e alongados. Tudo aquilo, tão antigo e obstinadamente limpo, tudo aquilo que me alimentara com sua substância, dia após dia.

Enquanto esperava a ligação na cabine telefônica, já no hotel, ouvia o barulho dos trovões e as primeiras pancadas de chuva nas vidraças. A voz de Eduardo começou a repetir, longínqua: "Alô, alô... Quem? Alô...". Por trás da voz, além do rosto que a voz formava, pensei perceber o zumbido da cidade, o passado, a paixão, o absurdo da vida do homem.

Do carro, indo para a estação, jogada entre as malas, procurei o pedaço de praia onde havia vivido. A areia, as cores amigas, a alegria, tudo estava afundado numa água suja e espumante. Lembro-me da sensação de que meu rosto envelhecia rapidamente, enquanto, surda e cautelosa, a dor da doença voltava a morder-me o corpo.

(*Marcha*, Montevidéu, 1940)

Um sonho realizado

O chiste fora inventado por Blanes; vinha ao meu escritório — na época em que eu tinha escritório, e também ao café quando as coisas estavam indo mal e deixara de tê-lo — e, parado sobre o tapete, com o punho apoiado na escrivaninha, a gravata de lindas cores presa à camisa com um alfinete de ouro e aquela cabeça — quadrada, barbeada, com olhos escuros que não conseguiam manter a atenção por mais de um minuto e logo se abaixavam, como se Blanes estivesse prestes a dormir ou recordasse algum momento limpo e sentimental de sua vida que, naturalmente, nunca pudera ter —, aquela cabeça sem uma única partícula supérflua erguida contra a parede coberta de retratos e cartazes deixava-me falar e comentava, arredondando a boca: — Porque você, naturalmente, arruinou-se levando o *Hamlet*. Ou também: — Sim, já sabemos. Sempre se sacrificou pela arte e se não fosse esse seu amor enlouquecido por *Hamlet*...

E eu passei uma porção de anos agüentando tanta gente miserável, autores e atores e atrizes e donos de teatro e críticos de jornais e a família, os amigos e os amantes de todos eles, todo esse tempo perdendo e ganhando um dinheiro que Deus e eu sabíamos que era necessário que voltasse a perder na próxima temporada, com aquela gota d'água na cabeça pelada, aquele punho nas costelas, aquele trago agridoce, aquele chiste de Blanes não inteiramente compreendido:

— Sim, claro. As loucuras a que o levaram seu desmedido amor por *Hamlet*...

Se na primeira vez eu lhe tivesse perguntado pelo sentido daquilo, se lhe houvesse confessado que sabia tanto de *Hamlet* quanto do dinheiro que uma comédia pode dar desde sua primeira leitura, o chiste teria terminado. Mas tive medo da multidão de gozações não nascidas que minha pergunta precipitaria e só fiz uma careta e o mandei passear. E desse modo pude viver vinte anos sem saber o que era o *Hamlet*, sem tê-lo lido, mas sabendo, pelo propósito que via no rosto e no balanço da cabeça de Blanes, que o*Hamlet* era arte, arte pura, a grande arte, e sabendo, também, porque fui me imbuindo disso sem perceber, que era, além do mais, um ator ou uma atriz, neste caso sempre uma atriz com uns quadris ridículos, vestida de preto com roupas justas, uma caveira, um cemitério, um duelo, uma vingança, uma mocinha que se afoga. E também William Shakespeare.

Por isso, quando agora, só agora, com uma peruca loira repartida no meio que prefiro não tirar nem para dormir e uma dentadura que nunca me caiu completamente bem e que me faz assoviar e falar fazendo careta, que encontrei na biblioteca deste asilo para gente de teatro arruinada a que dão um nome mais apresentável, aquele livro tão pequeno encadernado em azul-escuro onde havia umas fundas letras douradas que diziam *Hamlet*, sentei-me numa poltrona sem abrir o livro, resolvido a jamais abrir o livro e a não ler uma única linha, pensando em Blanes, em que assim me vingava das gozações dele, e na noite em que Blanes foi me encontrar no hotel de alguma capital de província e, depois de me deixar falar, fumando e olhando para o teto e para as pessoas que entravam no salão, ressaltou os lábios para dizer-me, diante da pobre louca:

— E pensar que... Um sujeito como você se arruinou por causa do *Hamlet*.

Encontrara-o no hotel para que interpretasse um personagem num rápido disparate que se chamava, se não me engano, *Sonho realizado*. No elenco daquela loucura havia um galã sem nome e esse galã só podia ser feito por Blanes porque, quando a mulher veio me ver, não restávamos ali senão ele e eu; o resto da companhia tinha conseguido fugir para Buenos Aires.

A mulher aparecera no hotel ao meio-dia e, como eu estivesse dormindo, tinha voltado na hora que, para ela e para todo mundo naquela província quente, era a do fim da sesta, e na qual eu ficava no lugar mais fresco do restaurante, comendo um redondo bife à milanesa e tomando vinho branco, a única coisa boa que se podia tomar ali. Não vou dizer que à primeira vista — quando se deteve no halo de calor da porta encortinada, dilatando os olhos na sombra do restaurante, e o garçom apontou minha mesa e em seguida ela começou a andar em linha reta para mim com remoinhos da saia — eu adivinhei o que havia dentro da mulher, nem aquela coisa como uma faixa molenga e fofa de loucura, que fora desenrolando, arrancando com puxões suaves, como se fosse uma atadura colada a uma ferida, de seus anos passados, solitários, para vir me enfaixar com ela, como uma múmia, eu e alguns dos dias passados naquele lugar chato, abarrotado de gente gorda e malvestida. Mas havia, sem dúvida, algo no sorriso da mulher que me deixava nervoso e era-me impossível manter os olhos em seus pequenos dentes irregulares exibidos como os de uma criança que dorme e respira com a boca aberta. Tinha o cabelo quase grisalho penteado em tranças enroscadas e seu vestido correspondia a uma velha moda; mas não era o que teria posto uma senhora nos tempos em que foi inventado, e sim o que, aliás, teria usado nesse então uma adolescente. Usava uma saia que ia até os sapatos, desses que são chamados de botas ou botinas, longa, escura, que se ia abrindo enquanto ela andava e se encolhia e voltava a tremer no passo seguinte. A blusa era rendada e justa, com um grande camafeu entre os seios pontudos de garota, e a blusa e a saia se uniam e estavam divididas por uma rosa na cintura, que talvez fosse, pensando bem, artificial, uma flor de corola grande e cabeça baixa, com o talo eriçado ameaçando o estômago.

A mulher tinha cerca de cinqüenta anos e o que era inesquecível nela, percebo agora quando a relembro caminhando em minha direção no restaurante do hotel, era aquele ar de rapariga de outro século que tivesse ficado dormindo e agora acordasse um pouco despenteada, meio envelhecida, mas prestes a alcançar sua idade a qualquer momento, repentinamente, e a quebrar-se ali em silêncio, desmoronando, roída pelo trabalho sigiloso dos dias. E o sorriso era ruim de se ver porque, diante da ignorância da mulher do risco do envelhecimento e da morte súbita em cujas bordas se situava, a gente pensava que aquele sorriso conhecia, ou, pelo menos, os dentinhos expostos pressentiam, o repugnante fracasso que os ameaçava.

Agora tudo aquilo estava de pé na penumbra do restaurante, então pousei desajeitadamente os talheres ao lado do prato e levantei-me. "É o senhor Langman, o empresário do teatro?" Inclinei a cabeça sorrindo e convidei-a a sentar-se. Não quis beber nada; separados pela mesa, olhei disfarçadamente sua boca com a forma intacta e a pouca pintura, ali justamente no centro onde a voz, meio espanhola, cantarolara ao resvalar entre os gumes irregulares da dentadura. Dos olhos, pequenos e quietos, que se esforçavam para ampliar-se, não pude deduzir nada. Seria preciso esperar que ela falasse e, pensei comigo, qualquer forma de mulher e de existência que suas palavras evocassem combinaria com seu curioso aspecto e o curioso aspecto ia desvanecer-se.

— Queria ver o senhor por causa de uma apresentação. Queria lhe dizer que tenho uma peça de teatro...

Tudo indicava que ia continuar, mas ela parou e esperou minha resposta; entregou-me a palavra com um silêncio irresistível, sorrindo. Estava tranqüila, as mãos enlaçadas na saia. Afastei o prato com o bife à milanesa pela metade e pedi um café. Ofereci-lhe cigarros e ela meneou a cabeça, abrindo um pouco o sorriso, o que queria dizer que não fumava. Acendi o meu e comecei a falar, tentando me livrar dela sem violências, mas logo e de uma vez por todas, ainda que com um estilo cauteloso que me era imposto não sei por que motivo.

— Senhora, é uma verdadeira pena... Nunca a estreou, não? Naturalmente. E como se chama a sua peça?

— Não, não tem nome — respondeu. — É tão difícil de explicar... Não sei o que o senhor pensa. Claro, podemos dar-lhe um título. Podemos chamá-la de *O sonho, O sonho realizado, Um sonho realizado*.

Compreendi, sem sombra de dúvida, que estava louca e me senti mais confortável.

Bem; *Um sonho realizado*, o nome não é ruim. Sempre tive interesse, digamos, pessoal, desinteressado, num outro sentido, em ajudar os que estão começando. Dar novos valores ao teatro nacional. Embora eu deva dizer que o que se colhe, senhora, não são agradecimentos. Muitos devem a mim o primeiro passo, senhora, muitos dos que hoje cobram direitos inacreditáveis na rua Corrientes e ganham os prêmios anuais. Já não se lembram de quando vinham quase suplicar-me...

Até o garçom do restaurante conseguia entender, do canto junto à geladeira onde espantava as moscas e o calor com o guardanapo, que aquele bicho estranho não se interessava por uma sílaba do que eu estava dizendo. Lancei-lhe um último relance, com um olho só, do calor da xicrinha de café, e disse:

— Enfim, a senhora deve estar sabendo que a temporada aqui foi um fracasso. Tivemos de interrompê-la e só permaneci aqui por alguns assuntos pessoais. Mas na semana que vem eu também irei a Buenos Aires. Me enganei mais uma vez, paciência. Este ambiente não está à altura, e apesar de eu ter me resignado a fazer uma temporada com sainetes e coisas do gênero... já sabe no que deu. De modo que... Bem, podemos fazer uma coisa, senhora. Se puder fornecer-me uma cópia de sua peça, eu verei se em Buenos Aires... São três atos?

Teve de responder, mas só porque eu, devolvendo-lhe o jogo, calei-me e fiquei inclinado para ela, esfregando a ponta do cigarro no cinzeiro. Pestanejou:

— O quê?

— Sua peça, senhora. *Um sonho realizado*. Três atos?

— Não, não são atos.

— Ou quadros. Hoje em dia há o costume de...

— Não tenho nenhuma cópia. Não é uma coisa que eu tenha escrito — continuava a dizer. Era a hora de escapulir.

— Vou lhe deixar meu endereço em Buenos Aires e quando a tiver escrito...

Vi que ela ia se encolhendo, dobrando o corpo; mas a cabeça elevou-se com o sorriso fixo. Esperei, certo de que iria embora; mas logo depois ela moveu a mão diante do rosto e continuou falando.

— Não, não é nada do que o senhor está pensando. É um momento, uma cena, por assim dizer, e lá não acontece nada, como se nós representássemos esta cena aqui no restaurante e eu fosse embora e não acontecesse mais nada. Não — respondeu —, não é questão de argumento, há algumas pessoas numa rua e as casas e dois automóveis que passam. Lá estamos eu e um homem e uma mulher qualquer que sai de uma loja que fica ali na frente e lhe dá um copo de cerveja. Não há mais pessoas, só nós três. O homem atravessa a rua e vai até onde a mulher está saindo de sua porta com a caneca de cerveja e depois volta para junto da mesma mesa, perto de mim, onde estava no começo.

Calou-se por um momento e agora o sorriso não era para mim nem para o armário com as toalhas de mesa que se entreabria na parede do restaurante; depois concluiu:

— Entende?

Consegui me safar porque lembrei-me do teatro intimista e lhe falei disso e da impossibilidade de fazer arte pura nestes ambientes e que ninguém iria ao teatro para isso e que talvez só eu, em toda a província, poderia compreender a qualidade daquela obra e o sentido dos movimentos e o símbolo dos automóveis e a mulher que oferece uma caneca de cerveja ao homem que atravessa a rua e volta para junto dela, para junto da senhora.

Ela me olhou, e seu rosto mostrava algo parecido ao que havia no de Blanes quando era obrigado a me pedir dinheiro e me falava do *Hamlet*: um pouco de pena e o resto só deboche e antipatia.

— Não é nada disso, senhor Langman — disse-me. — É uma coisa que eu quero ver, e que ninguém mais veja, nada de público. Só eu e os atores. Quero vê-la uma vez, mas que essa vez seja tal e qual vou lhe dizer, e só é preciso fazer o que eu disser e mais nada. Entende? Então me diga, por favor, quanto dinheiro vamos gastar nisso e eu o darei ao senhor.

Já não adiantava falar de teatro intimista nem de qualquer dessas coisas ali, frente a frente com a mulher louca que abriu a bolsa e tirou duas notas de cinqüenta pesos — "com isto o senhor contrata os atores e cobre os primeiros gastos e depois me diz de quanto mais vai precisar". — Eu, que tinha fome de grana, que não podia sair daquele maldito buraco até que alguém de Buenos Aires respondesse a minhas cartas e me mandasse alguns pesos. Então lhe abri o melhor de meus sorrisos e fiz que sim com a cabeça várias vezes, enquanto guardava o dinheiro dobrado em quatro no bolso do colete.

— Perfeitamente, senhora. Acho que estou entendendo o tipo de coisa que... — Enquanto falava não queria olhar para ela porque estava pensando em Blanes e também na cara da mulher. — Vou dedicar a tarde a este assunto e se pudermos nos ver... Esta noite? Perfeitamente, aqui mesmo; já teremos o ator principal e a senhora poderá nos explicar claramente esta cena e vamos acertar tudo para que *Sonho, Um sonho realizado...*

Talvez fosse simplesmente porque estava louca; mas também podia ser que ela compreendesse, como eu compreendia, que eu não poderia roubar-lhe os cem pesos e por isso não quis me pedir recibo, isso nem lhe passou pela cabeça e ela saiu depois de estender-me a mão, a saia dando um quarto de volta em sentido inverso a cada passo, saindo ereta da penumbra do restaurante para ingressar no calor da rua como se voltasse à temperatura da sesta que havia durado uma porção de anos e na qual conservara aquela juventude impura que estava sempre prestes a desfazer-se, podre.

Encontrei Blanes num cômodo desarrumado e escuro, com paredes de tijolos mal rebocados atrás de plantas, esteiras verdes, atrás do calor úmido do entardecer. Os cem pesos continuavam no bolso de meu colete, mas enquanto eu não falasse com Blanes, enquanto não conseguisse a ajuda dele para dar à mulher louca o que ela pedia em troca do dinheiro, eu não podia gastar um centavo. Acordei-o e esperei pacientemente que ele tomasse banho, que se barbeasse, voltasse a deitar-se, levantasse de novo para beber um copo de leite — o que significava que estivera bêbado no dia anterior — e, outra vez na cama, acendesse um cigarro; pois ele se negou a ouvir-me antes disso e mesmo quando aproximei aqueles restos de poltrona de toucador em que estava sentado, inclinando-me com um ar sério para lhe fazer a proposta, deteve-me, dizendo:

— Mas olhe só esse teto!

Era um teto de telhas, com duas ou três vigas esverdeadas e umas folhas de cana-da-índia que não sei de onde vinham, compridas e ressecadas. Dei uma olhada para o teto e ele apenas riu e moveu a cabeça.

— Bem. Diga lá — disse depois.

Expliquei-lhe o que era e Blanes me interrompia a todo instante, rindo, dizendo que era tudo mentira minha, que alguém, de gozação, me mandara a mulher. Depois perguntou de novo o que era aquilo e não tive saída senão liquidar a questão oferecendo-lhe metade de tudo o que a mulher me pagara, uma vez deduzidos os gastos, e lhe respondi que, na verdade, não sabia o que era nem de que se tratava nem que diabo queria de nós aquela mulher. Mas que já me dera cinqüenta pesos e que isso significava que podíamos ir embora para Buenos Aires ou que pelo menos eu poderia partir, se ele quisesse continuar dormindo ali. Ele riu e depois ficou sério, e dos cinqüenta pesos que eu disse ter conseguido adiantados quis vinte imediatamente. Então tive de lhe dar dez, e depois me arrependi, porque naquela noite quando veio ao restaurante do hotel já estava bêbado e sorria, torcendo um pouco a boca, e com a cabeça inclinada sobre o baldinho de gelo começou a dizer:

— Você não se emenda. O mecenas da rua Corrientes e de qualquer rua do mundo onde um bafejo de arte... Um homem que se arruinou cem vezes por causa do *Hamlet* vai se arriscar desinteressadamente por um gênio ignorado e de espartilho.

Mas quando ela chegou, quando a mulher saiu de trás de mim toda vestida de preto, de véu, uma sombrinha minúscula pendurada no pulso e no pescoço um relógio com corrente, e cumprimentou-me e estendeu a mão para Blanes com aquele sorriso um pouco apaziguado pela luz artificial, ele deixou de amolação e disse apenas:

— Finalmente, senhora; os deuses a guiaram até Langman. Um homem que sacrificou mundos e fundos para apresentar corretamente o *Hamlet*.

Ela pareceu, então, caçoar de nós, olhando um pouco para um e para outro; depois ficou séria e disse que tinha pressa, que nos explicaria o assunto de modo a que não restasse espaço para a menor dúvida e que voltaria apenas quando tudo estivesse pronto. Sob a luz suave e limpa, o rosto da mulher, e também o que brilhava em seu corpo, partes do vestido, as unhas na mão sem luva, o cabo da sombrinha, o relógio e sua corrente, pareciam voltar a ser eles mesmos, libertos da tortura do dia luminoso; senti, de imediato, uma relativa confiança, e a noite toda não voltei a pensar que ela estava louca, esqueci que algo cheirava a vigarice em tudo aquilo e uma sensação de negócio normal e freqüente deixou-me inteiramente tranqüilo. Embora eu não tivesse que me incomodar com nada, pois lá estava Blanes, correto, sempre bebendo, conversando com ela como se já tivessem se encontrado duas ou três vezes, oferecendo-lhe um copo de uísque, que ela trocou por uma xícara de chá de tília. De modo que o que ela devia contar-me foi contando a ele, e eu não quis me opor porque Blanes era o primeiro ator, e quanto mais entendesse a obra, tanto melhor as coisas sairiam. O que a mulher queria que representássemos era isto (para Blanes, falou com outra voz e, mesmo sem encará-lo, mesmo baixando os olhos ao falar, eu percebia que agora ela o contava de um modo pessoal, como se confessasse qualquer coisa íntima de sua vida que, antes, ela me revelara como quem conta a mesma coisa num escritório, por exemplo, para pedir um passaporte ou coisa assim):

— No cenário há casas e calçadas, mas tudo confuso, como se fosse uma cidade e tivessem amontoado tudo aquilo para dar a impressão de uma grande cidade. Eu saio, a mulher que vou representar sai de uma casa e senta-se no meio-fio, perto de uma mesa verde. Junto da mesa há um homem sentado num banco de cozinha. Esse é o seu personagem. Está de pulôver e de gorro. Na calçada da frente há uma quitanda com caixas de tomate na porta. Então aparece um automóvel cruzando o cenário e o homem, você, se levanta para atravessar a rua e eu me assusto pensando que o carro vai atropelá-lo. Mas você passa antes do veículo e chega à calçada do outro lado no momento em que está saindo uma mulher vestida com traje de passeio e um copo de cerveja na mão. Você o bebe de um trago e volta assim que um automóvel passa, agora subindo, a toda velocidade; e você volta a passar no tempo exato e senta-se no banco de cozinha. Enquanto isso eu estou deitada na calçada, como se fosse uma menina. E você se inclina um pouco para acariciar-me a cabeça.

A coisa era fácil de fazer, mas eu lhe disse que o inconveniente estava, pensando bem, naquele terceiro personagem que saía de sua casa a passeio com o copo de cerveja.

— Caneco — disse-me ela. — Um caneco de barro com asa e tampa.

Então Blanes assentiu com a cabeça e lhe disse:

— Claro, e também com algum desenho pintado.

Ela disse que sim, e parecia que essa frase de Blanes a deixara muito contente, feliz, com aquela cara de felicidade que só uma mulher pode ter e que me dá vontade de fechar os olhos para não vê-la quando me aparece pela frente, como se a boa educação obrigasse a isso. Voltamos a falar da outra mulher e Blanes acabou estendendo a mão dizendo que já sabia do que precisava e que não nos preocupássemos mais. Não pude deixar de pensar que a loucura da louca era contagiosa, porque quando perguntei a Blanes com que atriz ele contava para aquele papel ele me disse que com a Rivas, e embora eu não conhecesse nenhuma com esse nome não quis dizer nada, porque Blanes estava me olhando furioso. Então ficou tudo acertado, os dois acertaram tudo e eu não tive de perder tempo pensando na cena; depois saí em busca do dono do teatro e aluguei-o por dois dias pagando o preço de um, mas dando-lhe minha palavra de que não entraria ninguém além dos atores.

No dia seguinte consegui um homem que entendia de instalações elétricas, e por uma diária de seis pesos me ajudou também a mover e repintar um pouco os bastidores. De noite, depois de trabalhar cerca de quinze horas, ficou tudo pronto e, suando e em mangas de camisa, fui comer uns sanduíches com cerveja enquanto escutava, sem dar ouvidos, causos populares que o homem me contava. O homem fez uma pausa e disse:

— Hoje eu vi seu amigo bem acompanhado. Esta tarde, com aquela senhora que esteve no hotel ontem à noite com vocês. Aqui tudo se sabe. Ela não é daqui; dizem que costuma aparecer no verão. Não gosto de me intrometer, mas eu vi os dois entrando num hotel. É, engraçado... verdade que o senhor também mora num hotel. Mas o hotel onde eles entraram esta tarde era diferente... Daqueles, sabe?

Quando Blanes chegou, pouco depois, eu lhe disse que só estava faltando a famosa atriz Rivas, e também resolver o assunto dos automóveis, porque só se conseguira um, que era do homem que ajudara e que o alugaria por alguns pesos, além de dirigi-lo ele mesmo. Mas eu tinha uma idéia para solucionar aquilo, porque como o carro era um caco com capota, bastava fazer com que passasse primeiro com a capota baixa e depois levantada, ou ao contrário. Blanes não respondeu nada porque estava completamente bêbado, e eu nem sequer podia imaginar onde é que ele conseguira o dinheiro. Ocorreu-me, depois, que talvez tivesse tido a cara-de-pau de receber dinheiro diretamente da pobre mulher. Essa idéia me envenenou e continuei comendo os sanduíches em silêncio enquanto ele, bêbado e cantarolando, percorria o cenário colocando-se em posições de fotógrafo, de espião, de boxeador, de jogador de rúgbi, sempre cantarolando, com o chapéu caído sobre a nuca e olhando para todos os lados, de todos os lados, vasculhando sabe-se lá que diabo. Como a cada momento eu me convencia mais de que ele se embebedara com dinheiro roubado, quase, daquela pobre mulher doente, não queria falar com ele e quando acabei de comer os sanduíches mandei o homem buscar mais meia dúzia e uma garrafa de cerveja.

No fim das contas, Blanes se cansara de fazer piruetas; a bebedeira indecente tocou seu lado sentimental e ele veio sentar-se perto de onde eu estava, numa caixa, com as mãos nos bolsos da calça e o chapéu nos joelhos, observando com olhos turvos, imóveis, o cenário. Passamos um tempo sem dizer nada e vi que ele estava envelhecendo e que os cabelos loiros estavam descoloridos e ralos. Não lhe restavam muitos anos para continuar fazendo o galã nem para levar senhoras aos hotéis, nem para nada.

— Eu também não perdi tempo — disse de repente.

— Sim, posso imaginar — respondi sem interesse.

Sorriu, ficou sério, ajeitou o chapéu e levantou-se novamente. Continuou falando comigo enquanto ia e vinha, como me vira fazer tantas vezes no escritório, lotado de fotos com dedicatórias, ditando uma carta à garota.

— Estive investigando a mulher — disse. — Parece que a família ou ela mesma teve dinheiro e depois ela precisou trabalhar como professora. Mas ninguém, viu?, ninguém diz que ela é louca. Que sempre foi um pouco estranha, sim. Mas não louca. Não sei por que vim falar com você, oh pai adotivo do triste Hamlet, com os beiços lambuzados de manteiga do sanduíche... Falar disso com você.

— Eu, pelo menos — disse-lhe tranqüilamente —, não fico espionando a vida alheia. Nem costumo dar em cima de mulheres meio estranhas. — Limpei a boca com o lenço e virei-me para olhá-lo, chateado. — E também não me embebedo sabe-se lá com que dinheiro.

Ele ficou com as mãos às costas, de pé, olhando-me por sua vez, pensativo, e continuou dizendo coisas desagradáveis, mas qualquer um podia notar que estava pensando na mulher e que não me insultava de coração, e sim para fazer algo enquanto pensava, algo que não me deixasse perceber que ele estava pensando naquela mulher. Virou-se para mim, abaixou-se e depois se levantou com a garrafa de cerveja e foi bebendo o que restava sem pressa, com a boca fixa no gargalo, até esvaziá-la. Deu outros passos pelo palco e sentou-se novamente, com a garrafa entre os pés e cobrindo-a com as mãos.

— Mas eu falei com ela, que esteve me contando — disse. — Eu queria saber o que era tudo isso. Porque não sei se você entende que não se trata apenas de embolsar o dinheiro. Eu lhe perguntei o que era isso tudo que íamos representar e então soube que estava louca. Está interessado em saber? É tudo um sonho que teve, entende? Mas a maior loucura é que ela diz que esse sonho não significa nada para ela, que não conhece o homem que estava sentado de pulôver azul, nem a mulher da caneca, e que tampouco morou numa rua parecida com esta palhaçada que você fez. E por quê, então? Diz que enquanto dormia e sonhava com isso era feliz, mas não é feliz a palavra, e sim outro tipo de coisa. É por isso que quer ver tudo novamente. E, apesar de ser uma loucura, tem algo de razoável. E também me agrada que não haja nenhuma vulgaridade de amor nisso tudo.

Quando fomos nos deitar, ele parava na rua a todo instante — havia um céu azul e muito calor —, para agarrar-me pelos ombros e pelas lapelas e perguntar se eu entendia, não sei o quê, algo que ele também não devia entender muito bem, porque não conseguia explicar direito.

A mulher chegou ao teatro às dez em ponto e usava o mesmo traje preto da outra noite, com a corrente e o relógio, o que me pareceu ruim para aquela rua de bairro pobre que havia no palco e para jogar-se no meio-fio, enquanto Blanes acariciava seus cabelos. Mas dava na mesma: o teatro estava vazio; não havia ninguém na platéia além de Blanes, sempre bêbado, fumando, vestido com um pulôver azul e um gorro cinza dobrado sobre uma orelha. Viera cedo acompanhado de uma moça, a que devia aparecer na porta do lado da quitanda para dar-lhe a caneca de cerveja; uma moça que também não se encaixava no tipo de personagem, o tipo que eu imaginava, claro, porque só o diabo poderia saber como era na realidade; uma moça triste e magra, malvestida e toda pintada que Blanes arranjara em algum boteco, poupando-a de andar na rua por uma noite e, na certa, lançando mão de uma história absurda para trazê-la. Porque ela começou a andar com ares de prima-dona e ao vê-la esticar o braço com a caneca de cerveja dava vontade de chorar ou de botá-la pra fora aos trancos. A outra, a louca, vestida de preto, ao chegar ficou um instante olhando o cenário com as mãos juntas diante do corpo e pareceu-me imensamente alta, muito mais alta e magra do que eu imaginara até então. Depois, sem dizer uma palavra a ninguém, tendo sempre, ainda que mais fraco, aquele sorriso de doente que me dava nos nervos, cruzou o palco e se escondeu atrás da coxia por onde devia sair. Eu a seguira com os olhos, não sei por quê, meu olhar tomou exatamente a forma de seu corpo alongado vestido de preto e colado nele, cercando-o, e acompanhou-o até que a borda do pano de boca separou o olhar do corpo.

Agora era eu quem estava no centro do palco e como tudo estava em ordem e já passava das dez, levantei os cotovelos para avisar, com um bater de palmas, os atores. Mas foi então que, sem que eu percebesse bem o que estava ocorrendo, comecei a descobrir coisas e o que era aquilo em que estávamos metidos, ainda que nunca conseguisse dizê-lo, tal como se conhece a alma de uma pessoa sem que as palavras sirvam para explicá-la. Preferi chamá-los por sinais e quando vi que Blanes e a moça que ele trouxera se puseram em movimento para ocupar seus lugares, escapuli para trás das cortinas, onde o homem já estava sentado ao volante de seu carro velho que começou a sacudir-se com um barulho tolerável. Dali, encostado numa caixa, tentando me esconder porque eu não tinha nada a ver com o disparate que ia começar, vi como ela saía da porta da casinhola, movimentando o corpo como uma garota — os cabelos espessos e quase grisalhos, soltos nas costas, amarrados sobre a omoplata com uma fita clara —, dando uns passos largos que eram, sem dúvida, da moça que acabava de arrumar a mesa e aparece um instante na rua para ver a tarde cair e ficar quieta sem pensar em nada; vi como sentava-se perto do banco de Blanes e segurava a cabeça com a mão, firmando o cotovelo nos joelhos, descansando a ponta dos dedos sobre os lábios entreabertos com o rosto virado para um lugar distante que estava além de mim mesmo e também da parede que eu tinhas às costas. Vi como Blanes se levantava para atravessar a rua e como fazia isso matematicamente antes do automóvel, que passou soltando fumaça com sua capota alta e logo desapareceu. Vi como o braço de Blanes e o da mulher que vivia na casa defronte se uniam por meio da caneca de cerveja e como o homem a bebia de um trago e deixava o recipiente na mão da mulher, que mergulhava novamente, lenta e sem fazer barulho, em seu vestíbulo. Vi, outra vez, o homem do pulôver azul atravessar a rua um momento antes de passar um rápido automóvel de capota dobrada que terminou sua corrida a meu lado, desligando então o motor, e enquanto a fumaça azulada da máquina se soltava, divisei a garota do meio-fio que bocejava e terminava por estender-se nos tijolos, a cabeça sobre um braço que escondia os cabelos e uma perna encolhida. O homem do pulôver e do gorro inclinou-se, então, e acariciou a cabeça da garota, começou a acariciá-la e a mão ia e vinha, enredava-se nos cabelos, esticava a palma pela testa, apertava a fita clara do penteado, voltava a repetir seus afagos.

Desci do banco, suspirando, mais tranqüilo, e avancei pelo palco na ponta dos pés. O homem do automóvel seguiu-me, sorrindo intimidado, e a garota magra que Blanes trouxera consigo voltou a sair de seu saguão para unir-se a nós. Fez-me uma pergunta, uma pergunta curta, uma só palavra sobre aquilo, e eu respondi, sem deixar de olhar para Blanes e para a mulher deitada; a mão de Blanes, que continuava acariciando a testa e a cabeleira esparramada da mulher, sem cansaço, sem perceber que a cena terminara e que aquela última coisa, a carícia nos cabelos da mulher, não podia continuar para sempre. Com o corpo inclinado, Blanes acariciava a cabeça da mulher, alongava o braço para percorrer com os dedos a extensão da cabeleira grisalha, da testa até as pontas que se abriam sobre os ombros e sobre as costas da mulher estendida no chão. O homem do automóvel continuava sorrindo, tossiu e cuspiu para o lado. A garota que dera a Blanes a caneca de cerveja começou a caminhar para o local onde estavam a mulher e o homem inclinado, acariciando-a. Então eu me virei e disse ao dono do automóvel que podia levá-lo, assim iríamos embora cedo, e caminhei junto dele, metendo a mão no bolso para dar-lhe alguns pesos. Alguma coisa estranha estava ocorrendo à minha direita, onde estavam os outros, e quando tentei pensar nisso topei com Blanes, que tirara o gorro e tinha um desagradável cheiro de bebida e me deu um murro nas costelas, gritando:

— Não percebe que ela está morta, pedaço de besta.

Fiquei sozinho, abatido pelo golpe, e enquanto Blanes ia e vinha pelo palco, bêbado, parecendo enlouquecido, e a moça da caneca de cerveja e o homem do automóvel se curvavam sobre a mulher morta, compreendi o que era aquilo, o que a mulher procurava, o que Blanes, bêbado, estivera procurando no palco na noite anterior, e que ainda parecia procurar, indo e vindo com suas pressas de louco: compreendi tudo claramente, como se fosse uma dessas coisas que aprendemos para sempre desde pequenos e que depois as palavras não conseguem explicar.

(*La Nación*, Buenos Aires, 1941)

Mascarada

María Esperanza entrou no parque pelo caminho de tijolos que ia até o lago entre sombras de árvores e desviava justo ao alcançar a margem, esbarrando na luz dos refletores, no dorso totalmente negro das pessoas que olhavam as lanchas deslizando com bandeirolas e música, nos dançarinos na ilha artificial. Estava cansada e os saltos, altos como nunca, causavam-lhe uma dor que ardia como ferida nos tendões dos tornozelos. Parou; mas não era ali, ela sentia, sem saber por quê, que não era, e além do mais tinha medo daqueles rostos absortos, sérios ou sorridentes, medo por serem rostos tão semelhantes ao seu sob a pintura violenta, branca, vermelha e preta com que o cobrira, medo de que os rostos olhassem compreendendo sua fraternidade e depois a olhassem com ódio por estar fazendo algo que não devia ser feito quando se tem um rosto assim, quando se tivera, poucas horas antes, um rosto sem pintura e limpo diante do espelho, luminoso, alegre, com os cabelos despenteados pingando e sem pudor.

Caminhou pela margem do lago que fendia a sombra e a alameda, com a música da dança na ilha vibrando no ar que rondava seu colo. Sentou-se num banco e tirou os calcanhares dos sapatos, fechando os olhos, inflando a face ao suspirar, feliz e sonolenta ao entregar-se ao que a noite encerrava, uma música distante e um perfume de flores. Mas veio-lhe a lembrança daquela espantosa coisa negra que sucedera horas antes, logo depois da presença de seu rosto limpo no espelho, e a face maliciosa da lembrança, da ordem de procurar homens e trazer dinheiro, ameaçava tocar seu coração, assustar seu corpo frouxo sobre o banco. Levantou-se, caminhando agora para o lado do parque que dava no bulevar.

À medida que se aproximava das luzes e começava a divisar os cartazes luminosos do circo e as luzes coloridas dos quiosques, e a música de balé no lago morria a suas costas enquanto as marchas e os tangos dos cafés se aproximavam de sua face, ia aprumando o corpo, alongando os passos, tornando-os mais lentos e imitando o andar ensaiado antes de sair. Também mostrava agora a última cabeça contemplada no espelho, altiva, com as sobrancelhas arqueadas e a promessa de um sorriso.

Já estava entre os ruídos da outra área do parque, ensurdecida pela mistura de músicas, risos, chamadas aos garçons, frases repetidas pelos garçons nos balcões. Ainda lhe restava, imediatamente antes da luz intensa e do bulício, uma sombra de árvore de onde podia onde olhar os tablados e suas cortinas recolhidas. Um trio vestido de marinheiro sapateava num palco.

A mulher, pequena, movia-se entre os dois gigantes. Um dos homens tinha um semblante claro e triste de onde pendia o nariz; o outro era magro, de testa estreita e cabelos pretos e oleosos, e toda sua cabeça, seu próprio corpo estreito ao balançar-se mostravam um incurável, um ativo ressentimento com a vida. Ela era loira e sorria acalorada, vermelha, sorria com dentes de criança, sacudindo os cabelos, marcando de um modo exagerado o compasso com os braços, os pés e os quadris, sorria, com um facho de luz branca queimando-lhe, implacável, o rosto, roendo-lhe o nariz com sua brancura.

À direita, um homem de fraque apresentava ao público um macaco encolhido sobre uma mesa, vestido de *groom*, enquanto outro macaco, maior, triste, com movimentos pesados, piscava os olhos apertando um acordeom entre os braços, tirando sempre a mesma nota, o mesmo sopro que soava definitivo. O homem de fraque falava fazendo caretas com voz enrouquecida e as pessoas gargalhavam, sempre de acordo, sem que María Esperanza, rindo encostada numa árvore, com a mão apertando um nó da casca, pudesse saber se riam do homem, do que o homem dizia ou de um dos macacos.

À esquerda, mais ao longe, atrás de uma fileira de lâmpadas brancas e azuis

— um azul tão triste, tão desagradável como ela nunca vira, como jamais julgara que um azul pudesse ser —, sobre uma música de piano que parecia girar, sempre a se repetir, uma mulher vestida de homem, de gorro e lenço vermelho no pescoço, cantava com voz incompreensível, fumando, olhando para um lado e para o outro como se acompanhasse a viagem de suas palavras no ar e quisesse saber até onde podiam chegar, até onde conseguia empurrá-las e sobre que cabeça de espectador iam cair, embaixo de que mesa e em que porção de terra com relva amarfanhada terminavam. Sobre o palco distante a mulher vestida de homem não tinha rosto. María Esperanza apoiou as costas na árvore, o nó nas vértebras. Não conseguia entender nada do que a mulher estava cantando, mas uma ou outra palavra solta da festa noturna trazia-lhe uma felicidade triste como a de um momento atrás, perdida na sombra do banco. O céu estava negro, e ao olhá-lo sentiu um ar frio vindo da praia, um ar que podia acabar com sua energia e entregá-la definitivamente ao desconsolo, ela e seu corpo, contemplados pelo rosto malicioso da lembrança em que não devia pensar.

Deixou a árvore e começou a andar entre as mesas. Ao dar um passo ninguém a olhava, e ao mover a outra perna todas as cabeças se voltavam para mirá-la, todos os sorrisos, os olhos brilhantes, os rostos suados giravam para ela, mas já no passo seguinte avançava sozinha, sem ser vista por ninguém. Parou. Parou indecisa diante da mesa de um homem gordo de bigodes retintos que bebia uma caneca de cerveja sem olhar para ela, observando por cima da espuma da cerveja o sapateado no palco. Estava sozinha como se tivesse trazido a árvore consigo, como se escondesse o perfil da casca cortada e a mão pudesse apoiar-se, esquecida, no nó de borda lustrosa.

Uma mulher moveu um chapéu de flores ao inclinar-se sorrindo e logo depois as três caras dos sapateadores a estavam olhando, todos os rostos voltados para ela, e por mais que caminhasse, sem perder, oh, graças a Deus, aquele andar amorosamente ensaiado, sempre acabava pisando desajeitadamente no local onde a luz era mais forte, para onde convergiam as luzes coloridas, os olhares de todas as pessoas sentadas às mesas, das que passeavam sem pressa, sozinhas, em dupla, com crianças, sem pressa pelo parque na noite fresca de verão. María Esperanza fechou os olhos, sentiu a boca crispada, voltou a abri-los e avançou para a mesa do homem gordo que bebia sua cerveja e que a notou de repente, fazendo cara de bonzinho enquanto com dois dedos movia um pouco o nó da gravata, puxava as pontas do colete, afastava sobre a mesa a caneca de cerveja.

Sempre a olhá-la com uma expressão bondosa, tão bondosa que ela sussurrou que não e passou ao largo, o corpo roçando uma fileira de juncos de folhas afiadas que repetiram, arrastando-o, um sussurro.

Um escândalo de aplausos ressoou à esquerda, enquanto a mulher vestida de homem se inclinava, o gorro na mão, os cabelos espalhados quase tocando as pequenas lâmpadas brancas e azuis, daquele azul repugnante que era capaz de deixar María Esperanza doente, de desalinhá-la agora mesmo, suando, sentindo como a pintura de seu rosto amolecia e como a dor que lhe causavam os saltos fincava-se como uma farpa nos tornozelos. E depois vieram novamente os aplausos, todo mundo começou a fitá-la e a cantora de toadas que apareceu dando uma volta pelo palco depois dos sapateadores, caminhando rapidamente enquanto a orquestra tocava um *paso doble*, pôs a mão na cintura e cantou, rindo, observando-a, deu mais dois ou três passos e voltou a cantar para ela enquanto um frêmito de alegria deslizava pelas cabeças do público nas mesas. Abandonou, então, a parede de juncos e aproximou-se de um homem alto, magro, que fumava sem se mover, com um chapéu de palha jogado na nuca, parando quando estava prestes a tocá-lo, de olhos fitos em seu rosto. O homem continuou fumando e seus olhos pequenos e tristes olhavam sempre para a frente. Ela girou rapidamente e seguiu reto, mas agora com seu andar de todos os dias, lento, as mãos soltas, até a mesa do homem gordo que estava bebendo uma segunda caneca de cerveja, abandonada assim que a viu chegar para repetir o sorriso bondoso, até que ela sentou-se a seu lado na mesinha de ferro. Viu que, por um instante, o homem gordo a olhou com seu semblante bondoso. Depois ensombreceu-o para chamar o garçom, voltou a sorrir — aquela doçura densa de xarope que parecia explicar que ela, María Esperanza, era filha de um homem gordo de bigodes pretos que tomava cerveja no parque numa noite fresca de verão —, tomou-lhe uma mão do regaço, levou-a, sempre coberta pela sua, até a mesa e fez-lhe uma pergunta, um riso, outra pergunta, ao todo duas perguntas que ela não conseguiu compreender.

Mas compreendeu, mais feliz, ela e a multidão que não tem como entender, que poderia cumprir com a negra, espantosa lembrança, com a ordem breve de procurar homens e voltar com dinheiro.

(*Apex*, Montevidéu, 1943)

Bem-vindo, Bob

A H.A.T.

É certo que a cada dia estará mais velho, mais distante do tempo em que se chamava Bob, dos cabelos loiros caindo na têmpora, do sorriso e dos olhos luzidios de quando entrava silencioso na sala, murmurando um cumprimento ou movendo um pouco a mão perto da orelha, e ia sentar-se sob a lâmpada, perto do piano, com um livro ou simplesmente quieto e à parte, abstraído, olhando-nos durante uma hora sem nenhuma expressão no rosto, movendo os dedos de vez em quando para segurar o cigarro e sacudir as cinzas da lapela de seus ternos claros.

Igualmente distante — agora que se chama Roberto e se embriaga com qualquer coisa, protegendo a boca com a mão suja quando tosse — do Bob que tomava cerveja, apenas dois copos na mais longa das noites, com uma pilha de moedas de dez sobre sua mesa da cantina do clube, para gastar na jukebox. Quase sempre sozinho, ouvindo jazz, o rosto sonolento, contente e pálido, movendo apenas a cabeça para cumprimentar-me quando eu passava, seguindo-me com os olhos pelo tempo que eu ali permanecesse, pelo tempo que me fosse possível suportar seu olhar azul incansavelmente fixo em mim, mantendo sem esforço o desprezo intenso e a ironia mais suave. Mas também com algum outro rapaz, aos sábados, alguém tão raivosamente jovem quanto ele, com quem conversava sobre solos, trompetes e coros e sobre a cidade infinita que Bob construiria na costa quando fosse arquiteto. Ao me ver passar ele parava para fazer-me o breve cumprimento sem tirar os olhos de meu rosto, derramando palavras apagadas e sorrisos por um canto da boca para o companheiro que, por fim, também me olhava, duplicando em silêncio o desprezo e a ironia.

Às vezes eu me sentia forte e tentava mirá-lo: apoiava o rosto na mão e fumava sobre meu copo olhando-o sem pestanejar, sem descuidar de meu rosto, que devia manter-se frio, um pouco melancólico. Naquela época, Bob era muito parecido com Inés; podia ver algo dela em seu rosto através do salão do clube, e talvez numa dessas noites eu o tenha olhado como olhava para ela. Mas quase sempre preferia esquecer os olhos de Bob e me sentava de costas para ele e ficava observando as bocas dos que falavam em minha mesa, às vezes calado e triste para que ele soubesse que havia em mim algo mais do que aquilo que imaginara, algo próximo dele; às vezes me ajudava com uns copos e pensava "meu caro Bob, vá contar a sua irmãzinha", enquanto acariciava as mãos das garotas que estavam sentadas à mesa comigo ou puxava um assunto qualquer, para que elas rissem e Bob ouvisse.

Mas, não importa o que eu fizesse, nem a atitude nem o olhar de Bob mostravam, naquela época, qualquer alteração. Só recordo isso como prova de que ele registrava minhas comédias na cantina. Uma noite, em sua casa, eu estava esperando Inés na sala, junto do piano, quando ele entrou. Usava um impermeável fechado até o pescoço, as mãos nos bolsos. Cumprimentou-me com um meneio de cabeça, olhou em torno e depois avançou pelo aposento como se, com o breve gesto, tivesse me eliminado: vi-o mover-se, girando em redor da mesa, sobre o tapete, andando sobre ele com seus sapatos amarelos de borracha. Tocou uma flor com o dedo, sentou-se na beira da mesa e pôs-se a fumar olhando para a floreira, o perfil sereno voltado para mim, um pouco inclinado, frouxo e pensativo. Imprudentemente — eu estava de pé, recostado no piano —, bati com a mão esquerda numa tecla grave e então fui obrigado a repetir o som a cada três segundos, olhando para ele.

Por ele eu só sentia ódio e um vergonhoso respeito, e continuei afundando a tecla, cravando-a com covarde ferocidade no silêncio da casa, até que repentinamente vi-me de fora, observando a cena como se estivesse no alto da escada ou na porta, vendo e sentindo Bob, silencioso e ausente junto ao fio de fumaça de seu cigarro que subia tremendo; sentindo-me, alto e rígido, meio patético, meio ridículo ali na penumbra, batendo a cada exatos três segundos na tecla grave com o dedo indicador. Pensei, então, que não estava fazendo o piano soar por uma bravata incompreensível, mas que o estava chamando; que a nota profunda que meu dedo fazia renascer obstinadamente à beira de cada última vibração era, por fim encontrada, a única palavra mendicante com que poderia pedir tolerância e compreensão a sua juventude implacável. Ele continuou imóvel até que Inés bateu a porta do quarto antes de descer para reunir-se comigo. Então Bob empertigou-se e veio caminhando com preguiça até o outro extremo do piano, apoiou um cotovelo, olhou-me por um momento e depois disse com um belo sorriso: "Esta noite é uma noite de cama ou de uísque? Ímpeto de salvação ou salto no abismo?".

Eu não podia responder nada, não podia arrebentar sua cara com um soco; parei de tocar e fui retirando a mão do piano lentamente. Inés estava no meio da escada quando ele me disse, enquanto se afastava: "Bem, pode ser que você improvise".

O duelo durou três ou quatro meses, e eu não podia deixar de ir ao clube durante as noites — lembro-me, a propósito, que havia campeonato de tênis naquela época —, pois quando eu ficava algum tempo sem aparecer por ali Bob cumprimentava meu regresso aumentando o desdém e a ironia em seus olhos e se acomodava no assento com um esgar feliz.

Quando chegou o momento em que eu não poderia desejar outra solução senão casar-me com Inés quanto antes, Bob e sua tática mudaram. Não sei como soube de minha necessidade de casar-me com sua irmã e de como eu abraçara aquela necessidade com todas as forças que me restavam. Meu amor por aquela necessidade abolira o passado e toda ligação com o presente. Não reparava, então, em Bob; mas pouco tempo depois lembrei-me de como ele havia mudado naquela época, e um dia permaneci imóvel, de pé numa esquina, insultando-o entre os dentes, compreendendo que seu rosto deixara de ser irônico e agora me enfrentava com seriedade e intenso cálculo, como quem encara um perigo ou uma tarefa complexa, como quem tenta pesar o obstáculo e medi-lo com as próprias forças. Mas eu já não lhe dava importância e cheguei mesmo a pensar que em seu rosto imóvel e fixo nascia a compreensão do que era fundamental em mim, de um velho passado de limpeza que a adorada necessidade de casar-me com Inés sacava do fundo de anos e de episódios para aproximar-me dele.

Depois vi que estava esperando a noite; mas só vi isso quando, naquela noite, Bob chegou e veio sentar-se à mesa onde eu estava sozinho e dispensou o garçom com um sinal. Esperei um momento, observando-o, era tão parecido com ela quando movia as sobrancelhas; e a ponta do nariz, como em Inés, achatava-se um pouco quando falava. "Você não vai se casar com Inés", disse depois. Olhei-o, sorri, afastei o olhar. "Não, não vai se casar com ela porque uma coisa dessas pode ser evitada se há alguém realmente disposto a fazer isso." Voltei a sorrir. "Há alguns anos", disse-lhe, "isso me deixaria com muita vontade de me casar com Inés. Agora tanto faz. Mas posso ouvi-lo; se quiser me explicar..." Endireitou a cabeça e continuou a me olhar em silêncio; talvez tivesse as frases prontas e esperasse que eu completasse a minha para dizê-las. "Se quiser me explicar por que não quer que eu me case com ela", perguntei lentamente e recostei-me na parede. Vi em seguida que eu nunca suspeitara quanto e com quanta resolução ele me odiava; seu rosto estava pálido, com um sorriso preso e apertado com lábios e dentes. "Seria preciso dividir em capítulos", disse, "e uma noite não seria suficiente."

"Mas pode-se dizer em duas ou três palavras. Você não vai se casar com ela porque você é velho e ela é jovem. Não sei se tem trinta ou quarenta anos, não importa. Mas você é um homem feito, quer dizer, desfeito, como todos os homens de sua idade, quando não são extraordinários." Chupou o cigarro apagado, olhou para a rua e voltou a olhar-me; minha cabeça estava apoiada na parede e continuava esperando. "Claro que você tem motivos para pensar que é extraordinário. Pensar que salvou muitas coisas do naufrágio. Mas não é verdade." Comecei a fumar, de perfil para ele; aborrecia-me, mas não acreditava nele; provocava-me um ódio morno, mas eu tinha certeza de que nada me faria duvidar de mim mesmo depois de ter conhecido a necessidade de casar-me com Inés. Não; estávamos na mesma mesa e eu era tão limpo e tão jovem quanto ele. "Você pode estar enganado", disse-lhe. "Se quiser citar algo do que está desfeito em mim..." "Não, não", falou rapidamente, "não sou tão criança. Não entro nesse jogo. Você é egoísta; é sensual de um modo sujo. Está amarrado a coisas miseráveis, e são as coisas que o arrastam. Não vai a lugar nenhum, não quer isso realmente. É isso, mais nada; você é velho e ela é jovem. Não devo nem pensar nela diante de você. E você pretende..." Também agora eu não podia partir-lhe a cara, então resolvi prescindir dele, fui até a jukebox, marquei qualquer coisa e pus uma moeda. Voltei devagar ao assento e fiquei ouvindo. A música não era muito forte; alguém cantava docemente no interior de grandes pausas. A meu lado, Bob estava dizendo que nem mesmo ele, alguém como ele, era digno de olhar Inés nos olhos. Pobre menino, pensei, admirado. Ficou dizendo que naquilo que ele chamava de velhice a coisa mais repugnante, o que determinava a decomposição ou o que talvez fosse símbolo de decomposição era pensar por conceitos, englobar as mulheres na palavra mulher, pressioná-las sem cuidado para que pudessem moldar-se ao conceito formado por uma pobre experiência. Mas — dizia ainda — a palavra experiência tampouco era exata. Já não havia experiências, apenas costumes e repetições, nomes murchos para ir pondo nas coisas e, um pouco, para criá-las. Ficou dizendo mais ou menos isso. Eu pensava mansamente se ele cairia morto ou se daria um jeito de matar-me, ali mesmo e no ato, se eu lhe contasse as imagens que ele me suscitava ao dizer que nem mesmo ele merecia tocar Inés com a ponta de um dedo, o pobre menino, ou beijar a barra de seus vestidos, o rastro de seus passos ou coisas do gênero. Após uma pausa — a música terminara e o aparelho apagou as luzes aumentando o silêncio —, Bob disse "só isso", e saiu com o andar de sempre, seguro, nem rápido nem lento.

Se naquela noite o rosto de Inés se revelou nas feições de Bob, se em algum momento a fraternal semelhança aproveitou a armadilha de um gesto para dar-me Inés em vez de Bob, foi aquela, então, a última vez que vi a garota. É verdade que duas noites depois do encontro habitual estive com ela novamente, e ao meio-dia, em novo encontro imposto por meu desespero, inútil, sabendo de antemão que todo recurso de palavra e presença seria inútil, que todas as minhas torturantes súplicas morreriam de maneira espantosa, como se nunca tivessem existido, dissolvidas no enorme ar azul da praça, sob a folhagem de um verde aprazível nos meados da boa estação.

As pequenas e rápidas partes do rosto de Inés que Bob me mostrara naquela noite, ainda que dirigidas contra mim, ligadas à agressão, participavam do entusiasmo e da inocência da garota. Mas como falar com Inés, como tocá-la, como convencê-la através da repentina mulher apática dos dois últimos encontros? Como reconhecê-la ou, ao menos, evocá-la olhando a mulher de longo corpo rígido na poltrona de sua casa e no banco da praça, com a mesma rigidez resoluta mantida em dois horários diferentes e nas duas paragens? A mulher de pescoço tenso, os olhos perdidos na distância, a boca morta, as mãos plantadas no regaço. Eu a olhava e era "não", sabia que era "não" todo o ar que a esteve rodeando.

Nunca soube qual foi a história que Bob escolheu para fazer aquilo; em todo caso, tenho certeza de que não mentiu, de que então nada — nem Inés — podia fazê-lo mentir. Não vi mais Inés, nem sua forma vazia e enrijecida; soube que se casou e que não mora mais em Buenos Aires. Na época, em meio ao ódio e ao sofrimento eu gostava de imaginar Bob imaginando meus feitos e escolhendo a coisa exata ou o conjunto de coisas que foi capaz de matar-me em Inés e matá-la para mim.

Agora faz mais ou menos um ano que vejo Bob quase todos os dias, no mesmo café, cercado pelas mesmas pessoas. Quando nos apresentaram — hoje se chama Roberto —, compreendi que o passado não tem tempo e que o ontem se junta ali com a data de dez anos atrás. Perduravam em seu rosto gastos vestígios de Inés, e um movimento da boca de Bob bastou para que eu visse outra vez o alongado corpo da garota, seus passos calmos e desenvoltos, e para que os próprios inalterados olhos azuis voltassem a fitar-me sob um frouxo penteado cruzado e preso por uma fita vermelha. Ausente e perdida para sempre, podia conservar-se viva e intacta, definitivamente inconfundível, idêntica ao que lhe era essencial. Mas era trabalhoso esmiuçar o rosto, as palavras e os gestos de Roberto para encontrar Bob e poder odiá-lo. Na tarde do primeiro encontro esperei durante horas que ficasse sozinho ou saísse para falar com ele e esmurrá-lo. Quieto e silencioso, espiando, às vezes, seu rosto ou evocando Inés nas janelas brilhantes do café, compus ardilosamente as frases de insulto e encontrei o tom paciente em que iria dizê-las, escolhi o local de seu corpo onde dar o primeiro golpe. Mas ele foi embora ao anoitecer na companhia dos três amigos, e resolvi esperar, como ele esperara anos atrás, a noite propícia em que estivesse sozinho.

Quando voltei a vê-lo, quando iniciamos esta segunda amizade que agora espero que nunca termine, deixei de pensar em toda forma de ataque. Ficou decidido que nunca lhe falaria de Inés nem do passado e que, em silêncio, eu manteria tudo aquilo vivo dentro de mim. É só o que faço, quase todas as tardes, diante de Roberto e dos rostos familiares do café. Meu ódio se conservará aceso e novo enquanto eu puder continuar vendo e ouvindo Roberto; ninguém sabe de minha vingança, mas eu a vivo, gozosa e enfurecida, dia após dia. Falo com ele, sorrio, fumo, tomo café. Todo o tempo pensando em Bob, em sua pureza, sua fé, na audácia de seus sonhos passados. Pensando no Bob que amava a música, no Bob que planejava enobrecer a vida dos homens construindo uma cidade de ofuscante beleza para cinco milhões de habitantes, ao longo da costa do rio; o Bob que não conseguia mentir nunca; o Bob que proclamava a luta de jovens contra velhos, o Bob dono do futuro e do mundo. Pensava, minucioso e plácido, em tudo isso diante do homem de dedos sujos de tabaco chamado Roberto, que leva uma vida grotesca, trabalhando em algum escritório hediondo, casado com uma mulher a quem chama de "minha senhora"; o homem que passa estes longos domingos afundado na poltrona do café, espiando jornais e apostando em corridas por telefone.

Ninguém jamais amou uma mulher com a força com que amo sua ruindade, sua maneira definitiva de estar afundado na vida suja dos homens. Ninguém ficou arrebatado de amor como eu diante de seus fugazes sobressaltos, dos projetos sem convicção que um destruído e distante Bob lhe dita algumas vezes e que só servem para que meça com precisão até onde está emporcalhado para sempre.

Não sei se algum dia, no passado, dei as boas-vindas a Inés com tanta alegria e amor como hoje dou diariamente as boas-vindas a Bob no tenebroso e fedorento mundo dos adultos. É ainda um recém-chegado e de vez em quando sofre suas crises de nostalgia. Eu o vi choroso e bêbado, insultando-se e jurando o iminente regresso aos dias de Bob. Posso garantir que então meu coração transborda de amor e se torna sensível e carinhoso como o de uma mãe. No fundo sei que ele nunca irá embora porque não tem para onde ir; mas me torno delicado e paciente e tento consolá-lo. Como esse punhado de terra natal, ou essas fotografias de ruas e monumentos, ou as canções que gostam de trazer consigo os imigrantes, vou construindo para ele planos, crenças e manhãs diferentes que têm luz e o sabor do país de juventude de onde ele chegou há algum tempo. E ele aceita; protesta, sempre, para que eu redobre minhas promessas, depois acaba dizendo que sim, com um sorriso crispado e acreditando que algum dia irá regressar ao mundo das horas de Bob e fica em paz no meio de seus trinta anos, movendo-se sem desgosto nem tropeço entre os cadáveres pavorosos das antigas ambições, das formas repulsivas de sonhos que se foram gastando sob a pressão distraída e constante de tantos milhares de pés inevitáveis.

(*La Nación*, Buenos Aires, 1944)

A longa história

Capurro estava em mangas de camisa, apoiado no parapeito da varanda, vendo como o desbotado sol da tarde levava a sombra de sua cabeça até a beira do caminho que, entre plantas, unia a estrada e a praia ao hotel. A garota pedalava no caminho, perdeu-se atrás de um chalé de telhado suíço, logo depois apareceu de novo, mantendo o ritmo compassado dos pedais, o corpo agora ereto no selim, movendo as pernas com fácil lentidão, com tranqüila arrogância, as pernas cobertas com meias cinza, grossas, lanudas, as pernas que mostravam seus joelhos. Freou a bicicleta rente à sombra da cabeça de Capurro e seu pé direito, afastando-se do veículo, apoiou-se para manter o equilíbrio ao pisar no capim raquítico, meio amarelado, e depois sacudiu os cabelos da testa e olhou para o homem imóvel. Usava um pulôver escuro e uma saia cor-de-rosa. Fitou-o com calma e atenção, como se a mão bronzeada que afastava os cabelos das sobrancelhas bastasse para velar seu prolongado exame, oferecendo o corpo contra a paisagem que se aplacava na tarde, os dentes no cansaço, os cabelos alvoroçados e aquela luz do suor e da fadiga que recolhia o reflexo do anoitecer para cobrir-se e destacar-se feito máscara fosforescente na penumbra. Depois largou a bicicleta na grama e olhou novamente para ele, enquanto suas mãos tocavam a cintura afundando os polegares sob o cós da saia, então desviou o olhar e perfilou a cabeça, sem seios, ainda ofegante, os olhos voltados para o ponto da tarde onde o sol ia se pôr. De repente, sentou-se na grama, tirou os sapatos e sacudiu-os, segurando um por um os pés nus nas mãos, friccionando-os e mexendo os dedos curtos, deixando ver por sobre os ombros os pés avermelhados, revirando-se no ar fresco. Calçou-se novamente, levantou-se e ficou, por um momento mais, girando o pedal com golpes rápidos do pé, até repetir seu movimento duro e apressado, então virou-se, com uma expressão desafiante, para o homem que a olhava, o rosto recuando na luz escassa, com um desafio de todo seu corpo desdenhoso, fazendo com que dele participassem o brilho niquelado da bicicleta, as formas e os matizes das árvores, como se tudo que a rodeava fosse segregado por ela. Montou novamente e pedalou atrás das hortênsias, atrás dos bancos pintados de azul.

Dentro do quarto, Capurro lavou-se demoradamente, abandonando os dedos na água ensaboada enquanto se espiava no espelho, quase às escuras, imóvel até que distinguiu o rosto magro e branco sem sorriso e parou para olhar-se, desinteressado, enquanto alguém passava pelo jardim arrastando alguma coisa e cantando a meia-voz. Enxugou as mãos e foi buscar a mala debaixo da cama, arrastou-a com o pé e procurou sem olhar, afastou roupas e dois pequenos livros e finalmente apanhou o jornal dobrado. Na poltrona, perto das persianas abertas, mirou o título: SUICIDA-SE O CAIXA FUGITIVO, e as manchas pretas e cinza da fotografia do homem que olhava com uma cara assustada, começando a rir sob o bigode de pontas caídas, sentindo — outra vez com a mesma força dos dias anteriores — que estava preso para sempre num mundo particular e estreito, sem mais amizade ou presença ou possibilidade de diálogo que o que pudesse dar-lhe aquele fantasma de bigodes lânguidos. Arturo assoviou no jardim, trepou no parapeito e pulou na luz da sacada vestido com o roupão de banho, sacudindo a cabeça molhada enquanto cruzava o quarto, vendo, de passagem, o gesto de Capurro escondendo o jornal dobrado entre a perna e a poltrona, e resmungou: "Sempre o fantasma". Fechou as persianas, acendeu a luz e desnudou-se, de pé sobre a cama.

— E a barriga crescendo — disse, enquanto passava a toalha nos ombros. — Não pensei que você fosse capaz de uma coisa dessas, de curtir o remorso como se o tivesse matado. E não me pergunte de novo se num mundo de vinte dimensões você é culpado por ele ter dado um tiro em si mesmo.

Parado sobre o tapete, pressionava o ventre com suavidade.

— Vou embora esta noite, preciso me apressar — continuou dizendo. — Mas você nunca lhe disse que se desse um tiro, nunca lhe disse que roubasse para comprar pesos chilenos e trocá-los por liras e as liras por francos e os francos por coroas e as coroas por dólares e os dólares por libras e as libras por águias e as águias por anáguas de seda amarela e triciclos. Não lhe disse nada disso, não o aconselhou a roubar. Portanto...

Flexionava as pernas enquanto metia a toalha, feito uma bola, sob os braços.

— Vai embora esta noite? — perguntou Capurro.

— Claro, às nove. Estou vendendo saúde.

Vestiu as calças e começou a abotoá-las diante do espelho.

— Além do mais — disse —, não faz sentido. Um dia eu também me encerrei com um fantasma. Mas um fantasma com bigodes de arame?! Os fantasmas não saem do nada, saem da substância fantasmagórica. Se você quer chamar de substância fantasmagórica um caixa de cooperativa com bigode de general russo...

Capurro recostou a cabeça na poltrona e olhou para o teto nu.

— Eu tenho culpa nisso tudo. A culpa de ter-lhe falado com entusiasmo, de ter-lhe dito coisas de uma tal maneira que ele não teve dúvidas de que se usasse os dez mil pesos do caixa ia ficar rico.

— Você está louco — disse Arturo, e vestiu o paletó assoviando, olhou-se de longe, penteando-se, no espelho; depois acendeu um cigarro e pôs o pé no assento de uma cadeira. — Tudo isso é idiotice complicada. Excesso de sutileza. Mas vou lhe dizer uma coisa que poderia curá-lo se você fosse tão sutil quanto eu. Ele usou direitinho o dinheiro roubado, usou-o exatamente como você disse que devia fazer?

— Ele? — Capurro levantou-se rindo. — Ora. Quando veio me ver já não dava pra fazer nada. No começo até comprou bem, mas depois se assustou e andou fazendo bobagem. Um belo arranjo de divisas com cavalos de corrida e roleta.

— Está vendo? Atestado de irresponsabilidade. Espero você lá embaixo.

Inspecionou sua carteira e saiu assoviando e, enquanto se afastava, Capurro pensou no homem que passara pelo jardim, arrastando algo, uma longa mangueira, talvez, qualquer coisa pesada e flexível que fazia o pedregulho soar e que arranhava o gramado, devagar, quando ele estava olhando seu rosto velho afundado no espelho.

Assim que comeu a fruta, sentado diante de Arturo no restaurante, percebeu a garota diante de uma janela, inclinada para o ar tormentoso da noite, com um punhado de cabelos movidos pelo vento sobre a testa e sobre os olhos, com suaves áreas de sardas — agora, sob o tubo de luz insuportável do restaurante — nas faces e no nariz, enquanto seus olhos aquosos fitavam distraídos a sombra do céu, os braços nus cruzados sobre o vestido de noite, amarelo, cada ombro protegido por uma das mãos.

Um homem velho estava sentado junto dela e conversava com a mulher que tinha diante de si, jovem, de costas brancas e carnudas voltadas para Capurro, com uma rosa no penteado sobre a orelha; e ao mover-se, falando, o pequeno círculo branco da flor entrava e saía do perfil distraído da garota, e quando a mulher ria, jogando a cabeça para trás, a pele de suas costas brilhava, e o rosto da garota ficava abandonado na noite.

Capurro queria ficar em paz ao lado da garota e cuidar de sua vida enquanto a olhava, fumando, até que houve um momento em que ela levantou os olhos, sem separar os braços cruzados, movendo levemente a cabeça, do céu até o rosto do homem. Ela voltou a fitá-lo como antes, no jardim, com os mesmos olhos calmos e desafiantes, com idêntica provocação desdenhosa. Como ele, que suportava os olhos da garota e voltava os seus para a cabeça juvenil, fugindo dali para escarafunchar a tormenta da noite, para aderir a seu olhar a intensidade do céu e derramá-la, impô-la àquele rosto de menina que o observava imóvel e inexpressivo, entregando a seu rosto sério e cansado de homem a doçura e a humildade adolescente das faces sardentas e do colo, na paisagem enegrecida do jardim, atrás da janela.

Arturo sorria, fumando o cigarro.

— Você não a tinha visto antes? — perguntou.

— Uma vez. Esta tarde no jardim. Antes de você voltar do banho.

— Flechada no coração — disse Arturo movendo a cabeça. — Bem. E a juventude, a inexperiência. Bela história; mas tem quem a conte melhor. Espere.

O garçom se aproximou e recolheu os pratos e a fruteira.

— Café? — perguntou. Era pequeno, com a cara escura, de macaco.

— Bem — disse Arturo sorrindo. — Isso que chamam de café. Mas este senhor quer saber das excursões de bicicleta da senhorita da janela.

Capurro desabotoou o paletó e olhou para a garota, mas sua cabeça já havia girado em direção à janela e a manga preta do homem de óculos sentado junto dela cortava diagonalmente seu vestido amarelo, e depois a cabeça com flor da mulher das belas costas inclinou-se cobrindo o rosto sardento, deixando apenas, como um rastro entre seus próprios cabelos escuros e a orelha do homem de óculos, uma borda grossa de cabelos avermelhados da garota, pesados, graves nas pontas, flamejantes na crista que recebia a luz.

— Nada mau — Arturo seguia com o garçom. — Este senhor se interessa por ciclismo e gostaria de saber se a senhorita... Me diga. O que acontece de noite quando papai e mamãe vão dormir ou não querem se dar por vencidos?

O garçom se balançava sorrindo, a fruteira vazia na altura do ombro, revirando os olhos oblíquos.

— Ora, nada — disse. — Você sabe. À meia-noite a senhorita foge de bicicleta e às vezes vai até a mata, às vezes até as dunas. — Tinha conseguido ficar sério, sem malícia no rosto, e falava como se repetisse: — O que posso dizer? Você sabe. Que volta despenteada e sem pintura, que uma vez a encontrei e me deu dois pesos sem dizer nada, apenas colocou-os em minha mão. Agora, os viajantes e aqueles rapazes ingleses que estão no Atlantic e que vêm aos sábados para dançar dizem que sempre tem alguém esperando por ela e que nunca é o mesmo. Mas eu não digo nada porque não vi.

Arturo riu, batendo na coxa do garçom.

— Aí está — disse.

— E então, dois cafés? — disse o garçom, voltou a sorrir e saiu.

— Bem — disse Arturo. — Um projeto de vida mais interessante do que se masturbar com um fantasma bigodudo.

Ao deixar a mesa, a garota voltou a olhar para Capurro, do alto, uma das mãos ainda enrolada no guardanapo, fugazmente, enquanto o ar da janela movia como um badalo de bronze a mecha de cabelos sobre a testa.

Na galeria, com a mala e o casaco no braço, Arturo bateu-lhe no ombro.

— A gente se vê em uma semana. Bons passeios de bicicleta.

Pulou no jardim e caminhou em direção ao grupo de carros diante do pátio do hotel. Quando Arturo cruzou as luzes, Capurro apoiou-se no parapeito da varanda e farejou o ar. Voltou ao quarto e fumou jogado na cama, escutando a música que chegava, intermitente, do restaurante do hotel onde já deviam estar dançando àquela hora. Encerrou na mão o calor do cachimbo e foi escorregando num sonho lento, num mundo engordurado e sem ar onde avançava com enorme esforço, boquiaberto, rumo à saída onde dormia a luz indiferente do dia, inalcançável, enquanto o tiroteio regular bramava na sombra que lhe cobria as costas. Acordou suando e foi sentar-se novamente na poltrona, respirando o ar de temporal, com cheiro de mar lerdo e quente. Quase sem se mover arrancou o jornal de baixo de seu corpo e olhou o título e a foto desbotada. Atirou o jornal sobre a mesa, terminou de fumar o cachimbo, vestiu um terno velho, o impermeável, apagou a luz do quarto e pulou da varanda para a terra fofa do jardim e para o vento que fazia grossos *esses* rodeando-lhe a cintura. Depois resolveu cruzar o gramado até pisar o pedaço de terra onde a garota estivera sentada de tarde, os pés nas mãos e as nádegas achatadas contra o chão. A mata estava a sua esquerda, os médanos à direita, tudo negro e o vento fustigando seu rosto. Ouviu um barulho e logo viu o luminoso sorriso do garçom, a cara de macaco pegada a seu braço.

— Que pena — disse o garçom. — Deixou ela escapar.

Teve vontade de bater nele, mas depois sossegou as mãos que arranhavam dentro dos bolsos do impermeável e arquejou na direção do mar, imóvel, os olhos entreabertos, decidido e com pena de si mesmo.

— Faz uns dez minutos, por aí, que saiu — continuou o garçom. Mesmo sem olhar para ele, Capurro sabia que o outro deixara de sorrir e virava a cabeça para a esquerda. — O que pode fazer agora é esperar que ela volte. Se lhe der um bom susto...

Capurro desabotoou lentamente, sem se virar, seu impermeável, tirou uma nota do bolso da calça e passou-a para o outro. Viu outra vez o sorriso do garçom e adivinhou ao redor do sorriso sua cara ordinária de macaco, os olhos pequenos voltados para as têmporas, seu cinismo distraído. Esperou até não notar mais os passos do outro indo para o hotel, depois inclinou a cabeça, os pés firmes na terra elástica e na relva onde ela estivera, embalado por aquela lembrança: o corpo da garota e seus movimentos na tarde remota, protegido de si mesmo e de seu passado por uma agora imorredoura atmosfera de crença e esperança sem destino, respirando no ar quente onde tudo estava esquecido.

Cruzou o bosque de eucaliptos lentamente, apalpando as árvores sob o vento, fechando os olhos para defendê-los das picadas da areia no rosto. Tudo estava às escuras e não conseguiu encontrar a chama do farol da bicicleta da garota nem o ponto de brasa de algum cigarro de algum homem que fumasse sentado nas folhas secas encostado num tronco, com as pernas encolhidas, cansado, úmido, satisfeito. Estava agora no final da mata, na praia, a cem metros do mar e diante das dunas. Sentia as mãos feridas e parou para lamber os dedos, observando uma luz que oscilava dentro da água. Caminhou em direção ao rumor do mar, pisou a areia endurecida da margem e então virou à direita, em busca das dunas, o mar no flanco esquerdo de seu corpo. Nenhuma luz, nenhum movimento na sombra, nenhuma voz levada pelo vento. Abandonou a margem e começou a subir e descer as dunas, resvalando na areia fria que entrava em seus sapatos, afastando os arbustos com as pernas, quase correndo, feliz e com raiva, excitado como se nunca mais pudesse parar, rindo nessa noite de vento, subindo e descendo a toda as diminutas montanhas, caindo de joelhos e soltando o corpo até conseguir respirar sem dor, o rosto voltado para o movimento da água. Estava sozinho em tudo o que era possível saber do mundo, continuou andando triste e fatigado como se todos os pensamentos de desânimo tivessem conseguido alcançá-lo na areia e, escorregando, caindo de joelhos, erguendo-se encurvado, procurou sem ânimo o caminho de volta para o hotel, pensando em sua cara, mais presumidamente triste no espelho do banheiro.

Voltou a dormir meio vestido sobre a cama como fizera na areia, a boca aberta, sentindo que caía no sono e na tormenta que desabava, golpeado pelos trovões, imerso e sempre sedento no ruído raivoso da chuva.

Era novamente manhã de verão na galeria do hotel. Terminou de fazer a barba e saiu para olhar a paisagem refrescada pela chuva, enquanto espalhava no rosto, com as duas mãos, os resíduos perfumados do talco. Viu três crianças correndo perto da quadra de tênis e compreendeu que sua angústia podia misturar-se, sem violência, à manhã. Um Ford azul roncava subindo a encosta, atrás do chalé do telhado vermelho, depois despontou no caminho e passou diante dele, seguindo até a porta do hotel. Viu um policial descer, um homem extraordinariamente alto com um terno de riscas largas e um jovem vestido de cinza, loiro, sem chapéu, que via sorrir a cada frase, segurando o cigarro com dois dedos diante da boca. O gerente do hotel desceu a escada vagarosamente e aproximou-se deles, enquanto o garçom da tarde anterior saía detrás de uma coluna da escadaria, em mangas de camisa, fazendo brilhar sua cabeça retinta. Todos falavam com poucos gestos, quase sem sair do lugar onde os pés estavam apoiados, e o gerente tirava um lenço do bolso interno do paletó, passava-o nos lábios e voltava a guardá-lo profundamente para, em poucos segundos, extraí-lo com um movimento rápido e amarfanhá-lo e movê-lo outra vez sobre a boca. As crianças tinham-se sentado à sombra, contra a rede da quadra. Capurro entrou para buscar seu cachimbo e, ao retornar à galeria, ao perceber seus próprios movimentos, a morosidade com que desejava viver e executar cada gesto, como se procurasse acariciar com as mãos os gestos que estas haviam feito, sentiu que era feliz na manhã, que podia haver outros dias esperando por ele em algum lugar. Viu que o garçom olhava para o chão e que os outros quatro homens levantavam a cabeça para ele.

O jovem loiro jogou o cigarro longe; Capurro então foi abrindo os lábios num sorriso e, movendo a cabeça, cumprimentou o gerente, e depois, antes que este pudesse responder-lhe, antes que se inclinasse, sempre olhando para a galeria, batendo com o lenço na boca, levantou a mão e repetiu o cumprimento. Voltou ao quarto para acabar de se vestir, pôs uma flor branca na casa de seu terno de flanela. Ficou um pouco no restaurante, vendo os hóspedes tomarem o café-da-manhã, e depois decidiu beber um gim, apenas um, no balcão do bar, comprou cigarros e desceu até o grupo que esperava ao pé da escada. O gerente cumprimentou-o outra vez e Capurro notou que a mandíbula dele tremia, de leve, rapidamente. Disse algumas palavras e ouviu-os conversar, e o jovem loiro veio para o seu lado e tocou-lhe no braço; estavam todos em silêncio e ele e o jovem loiro se olharam e sorriram. Capurro lhe ofereceu um cigarro e ele o acendeu sem afastar os olhos de seu rosto; depois deu três passos, retrocedendo, e voltou a olhá-lo. Deu-lhe as costas, andou até a primeira árvore do caminho e apoiou-se nela com o ombro. Tudo aquilo tinha um sentido e, sem compreendê-lo, Capurro sentiu que estava de acordo e moveu a cabeça assentindo. Então o homem alto disse:

— Vamos até a praia no Ford?

Capurro se adiantou e foi sentar-se ao lado do assento do chofer. O homem alto e o loiro sentaram-se atrás. Capurro pôde ver o gerente falando com o garçom, balançando a cabeça para os lados. Guardara o lenço e volta e meia levantava a mão até o pescoço. O policial sentou-se ao volante e deu partida no carro. E saíram rodando na manhã calma; Capurro sentia o cheiro do cigarro que o rapaz estava fumando, sentia o silêncio e a quietude do outro homem, a ânsia preenchendo esse silêncio e essa quietude. Quando chegaram à praia, o carro atracou ao lado de um monte de pedras cinzentas que separavam o caminho da areia. Desceram, ergueram as pernas para passar as pedras e caminharam até o mar. Capurro andava ao lado do rapaz loiro.

— Que dia — disse o rapaz.

— Se não tivesse chovido teríamos morrido de calor — respondeu Capurro alguns passos depois.

Pararam à margem. Estavam os quatro em silêncio, com as gravatas sacudidas pelo vento. Acenderam cigarros novamente.

— O tempo não está firme — disse Capurro.

— Vamos? — respondeu o loiro.

O homem do terno de riscas esticou um braço até tocar o peito do rapaz e disse com voz grossa:

— Veja bem. Daqui até as dunas. Quase duas quadras.

O outro assentiu em silêncio e depois deu de ombros, como se aquilo não tivesse importância. Sorriu novamente e olhou para Capurro.

— Vamos — disse Capurro, e todos voltaram, mudos, até o automóvel. Quando iam subir, o homem alto os deteve.

— Não — disse. — Ali adiante.

Defronte havia uma casa e um galpão de tijolos com manchas de umidade. O galpão tinha telhado de zinco e letras pretas pintadas acima da porta. Esperaram enquanto o policial entrava na casa ao lado e voltava com uma chave. Capurro virou-se para olhar o meio-dia já próximo sobre a praia, o policial separou o cadeado aberto e todos entraram na sombra e no frio. As vigas estavam besuntadas de alcatrão e do teto pendiam pedaços de aniagem. Enquanto caminhavam, Capurro sentia o galpão crescer, maior a cada passo, afastando-se a longa mesa montada sobre cavaletes que estava no centro. Olhou a forma estendida, imaginando "quem ensinaria aos mortos a atitude da morte". Havia uma estreita poça d'água no chão e gotejava de um canto da mesa. Um homem descalço, com a camisa aberta sobre o peito avermelhado, aproximou-se pigarreando e pôs a mão numa ponta da mesa de tábuas, deixando que seu curto indicador se cobrisse, brilhante, com a água que não parava de manar. O homem alto esticou o braço e descobriu o rosto que estava sobre as tábuas dando um puxão na lona. Capurro olhou para o ar, para o braço riscado do homem que ficara estirado contra a luz da porta sustentando a beirada com ilhoses da lona. Olhou de novo, com um esgar tristonho, para o loiro sem chapéu.

— Olhe aqui — disse o homem alto.

Foi vendo que o rosto da garota estava torcido para trás e que parecia que a cabeça arroxeada, com manchas de um roxo avermelhado sobre um delicado roxo azulado, acabaria rolando, desprendendo-se de uma hora para a outra se alguém falasse forte, se alguém batesse no chão com os sapatos ou, simplesmente, se o tempo passasse.

Mas a cabeça com os cabelos endurecidos, o nariz achatado, a boca escura, as pontas alongadas para baixo, soltas, pingando, permanecia imóvel, invariável seu volume no ar sombrio com cheiro de fossa, mais duro a cada passo seu olhar pelas maçãs do rosto e pela testa e pelo queixo que não se decidia a cair. Falavam-lhe, um após o outro, o homem alto e o loiro; como se estivessem jogando, golpeando alternadamente a mesma pergunta. Depois o homem alto largou a lona, deu um salto e sacudiu Capurro segurando-o pelas lapelas; mas não acreditava no que estava fazendo — bastava ver seus olhos redondos — e, quando Capurro deu um sorriso cansado, o outro lhe mostrou rapidamente os dentes, com ódio, e abriu a mão.

— Bem. Já basta — disse Capurro, e todos se calaram, enquanto o canto da mesa continuava pingando. Olhou o jovem loiro que esperava com o cigarro entre os dedos diante do peito, dirigiu o rosto para a morta e parou, observando as aniagens que pendiam do teto. Para contar-lhes ele tinha apenas uma história longa, entrecortada, cheia de momentos brilhantes e misteriosos, que nada tinha a ver com aquilo que interessava aos homens de pé no galpão, olhando sua boca, que talvez também não tivesse relação com nada concreto que ele pudesse imaginar. Fez a cada um deles um breve gesto de amizade e virou-se para sair, pensando que fossem detê-lo a cada passo, mas depois ouviu que os homens o seguiam sem tocá-lo, sem lhe fazer nenhuma outra pergunta, sem pressa, como se tivesse acabado de contar-lhes a longuíssima história e todos caminhassem a esmo, meio inclinados pelo cansaço de escutar, escutando agora o sussurro intermitente que a história sem medidas ia fazendo dentro da cabeça de cada um.

(*Alfar*, Montevidéu, 1944)

Regresso ao Sul

Quando ficou sozinho num canto do café, Óscar pensou novamente na cabeça pálida do tio Horacio na maca, que parecia ter aceitado de vez a expressão de leve interesse e cortesia com que se mascarava ao ouvir falar de pessoas e coisas que estiveram no sul de Buenos Aires ou que cruzaram essa zona estrangeira que, desde o Carnaval de 1938, começava na rua Rivadavia. Tio Horacio erguia as sobrancelhas e quase sorria para esperar o fim daquelas conversas. Recordando seu rosto morto, era outra vez impossível adivinhar em que sentido e com que intenção o ódio e o desprezo agiam sobre as imagens e os seres do bairro Sul, qual fora a deformação obtida ou — talvez não passasse disto — em que tom de luz o ódio e o desprezo envolviam, para o tio Horacio, as proscritas paisagens do Sul.

No primeiro sábado de Carnaval de 38, tio Horacio e Perla passearam por Belgrano depois do jantar; saíram do apartamento e caminharam devagar pelas ruas Tacuarí e Piedras, de braço dado. Óscar soube que tinham ido beber cerveja num café alemão e que tinham conversado lá até depois da meia-noite. Quando retornaram, ela ficou dando voltas à toa pela casa, cantarolando uma música de Albéniz, e logo depois foi se deitar. Tio Horacio ficou sentado um instante perto da mesa onde Óscar estudava. Parecia cansado e tirou o colarinho. Brincava com o relógio, metendo um dedo no bolso do colete, e olhava pensativo para a mesa, nas pausas, entre as perguntas distraídas. Óscar viu-o sorrir suavemente, depois ouviu um breve riso quando ele se levantou e ficou um instante de pé, com as pernas bem separadas, meneando a cabeça. Depois suspirou, fez uma última pergunta sobre livros e provas e subiu para o quarto.

No domingo não saíram de casa; durante todo o dia moveram-se entediados e tranqüilos pelo calor da casa, malvestidos, procurando os cantos frescos e sombrios, onde marcavam sua presença com grossos jornais da manhã, revistas e livros surrados, de data antiga. Quando Óscar saiu ao anoitecer, tio Horacio estava sozinho na escrivaninha contando umas gotas de remédio. "Ela quer ir e ele não quer pressioná-la falando de sua doença", pensou Óscar, "ou ela quer ir e ele vai procurar um meio de pressioná-la fazendo com que saiba, sem que ele o diga, que está doente outra vez."

Na segunda-feira de Carnaval passaram o dia todo juntos e fora de casa; Óscar os viu de noite, novamente amigos; tio Horacio falou de muitas coisas, um pouco excitado e feliz, com a testa suando e ofegante ao sorrir. Na terça, Óscar chegou à rua Belgrano ao anoitecer; tio Horacio estava sozinho, perto de uma janela, a camisa solta, os óculos suspensos dos dedos pela armação, e a quinta edição de um jornal junto aos pés descalços. Cumprimentaram-se, e Óscar não viu nada além de sono em seu rosto. Depois não conseguiu entender — porque aquilo parecia de um desconhecido qualquer e não tinha nenhuma relação com tio Horacio —, quando encontrou em cima da toalha da copa, perto do copo de leite e do sanduíche de presunto que Perla lhe deixava todas as noites, uma carta escrita com tinta muito azul, desdobrada, presa com o centro de mesa, com quatro dobras bem marcadas. O leite, o sanduíche e a carta tinham sido postos ali por tio Horacio, pelo homem que estava junto da janela do outro quarto; queria inteirá-lo, sem perguntas, de que Perla tinha ido embora com perdões, esquecimento, felicidade e o irrenunciável direito à realização da própria vida. Não falaram mais de Perla; quando Óscar voltou de madrugada, a carta não estava sobre a mesa, e tio Horacio continuava espiando pela janela a noite quente de Carnaval, ainda leve no rosto o ar de bondoso tédio que haveria de assinalá-lo até o final.

Nos tempos da Belgrano, o filho de Horacio, Walter, ia visitá-los poucas vezes; mas quando se mudaram para uma pensão na Paraná com a Corrientes começou a aparecer quase todas as noites muito bem-vestido, perfumado, com o longo cabelo endurecido e brilhante jogado na nuca. Óscar ouvia o barulho dos saltos de seus sapatos no corredor e depois via surgir sua cara branca, feita de uma matéria exangue e envelhecida, muito mais velha do que ele, como se Walter a tivesse emprestado para que outro homem a gastasse em anos repletos de misérias, de olhares sem nobreza e de esgares de sorrisos falsos e vacilantes.

— Olá, como vai? — dizia por cima da lâmpada o rosto solitário entre a parede escura e o terno preto. Cumprimentava tio Horacio e começava a passear entre a sacada e a cama, contando histórias de gente do teatro e da rádio, do dinheiro que ia ganhar na temporada, de ganhos fabulosos no Hipódromo de La Plata. Construía o esqueleto de sua vida e Óscar, sobre os livros, começava a preenchê-lo e cobri-lo, sem dó, com machucaduras, rostos abjetos, mulheres sem chapéu, com longos vestidos de cores deprimentes, que balbuciavam sobre mesinhas quadradas e sob música, sempre sob música de *bandoneón* ou trompete, ou povoando, de penhoar, nas horas de sesta, o pátio da pensão.

O muro da rua Rivadavia foi levantado graças a Walter. Não se animou a dizê-lo diretamente ao velho; estava atrás de tio Horacio e falou dirigindo-se a Óscar, que colocava a gravata diante do espelho.

— Vi Perla num café da Avenida. Não me disse nada em especial, mas está bem.

Depois, em outras noites, souberam que Perla saíra com um homem que tocava violão num café espanhol, e o rosto escuro e oleoso do amante de Perla tornou-se, para Óscar, inseparável da lembrança da mulher. Tio Horacio não fez comentários, e não parecia estar sabendo da proximidade noturna de Perla, cinco quadras ao sul. Óscar soube que ele ouvira Walter porque nos passeios noturnos, quando saíam para tomar um cafezinho em algum lugar, começou a vir pela rua Paraná até a Rivadavia, onde se abria a Praça do Congresso e para onde olhava com a mesma curiosidade noite após noite; depois dobrava à esquerda e continuavam conversando pela Rivadavia indo em direção ao leste. Quase toda noite; pela Paraná, pela Montevideo, pela Talcahuano, pela Libertad. Sem nunca tocar no assunto, Óscar soube que a cidade e o mundo de tio Horacio terminavam em balizas infranqueáveis na rua Rivadavia; e todos os nomes de ruas, estabelecimentos e lugares do bairro Sul foram suprimidos e logo esquecidos. De modo que quando alguém falava seus nomes perto dele, tio Horacio piscava e sorria, sem compreender, mas disfarçando, esperando pacientemente que a história ou os personagens atravessassem a Rivadavia e ele pudesse situá-los.

Assim estavam no ano de 38, e assim continuaram em 39, até o início da guerra, os dois se batendo sem violência quase todas as noites contra o muro da Rivadavia, sabendo por Walter que a Avenida "estava cheia de gente bem e que no outro dia um toureiro andava por ali". Sabiam, também, que toda semana inauguravam um novo café, com canções e música; em todos eles Óscar instalava o violonista ao lado de uma Perla remoçada e loquaz, que bebia chá de camomila e batia as mãos no compasso. "É por causa da guerra da Espanha", comentava Walter.

Mas a guerra da Espanha terminara havia muito tempo, e por muitos meses a Avenida de Mayo foi para Óscar — e ele pensava que também para tio Horacio — dez quadras ladeadas por cafés barulhentos na noite, com homens e mulheres vultosos tomando cerveja nas calçadas, enquanto à luz do dia muitos toureiros iam e vinham com passo apressado. E nas poucas vezes em que Óscar atravessou sozinho de noite a Rivadavia e viu uma Avenida de Mayo reconhecível, voltou sem dizer uma palavra a tio Horacio e logo esqueceu o que vira. Era certo, pois, que dentro de tio Horacio continuava paralisada a visão fantástica do território perdido, onde Perla conversava e ria e onde era freqüente que houvesse uma Perla em cada café ruidoso, perto de um toureiro, perto de um homem de cabelo retinto, inclinado sobre um violão.

A última vez em que tio Horacio esteve doente, o médico o fitou com olhos apáticos ao dar-lhe a injeção. "Não se sabe quanto — disse depois. — Talvez viva mais que você." Óscar dizia que sim, mas Walter não queria acreditar e murmurava com o cigarro na boca — a boca um pouco torta por causa do cigarro, o perfil alto, tal como Óscar o via atrás das janelas dos cafés: — "Um dia ele nos dá um susto".

O susto chegou numa noite em que os três saíram para caminhar, tio Horacio no meio, num sábado no início do verão. Tio Horacio andava devagar, falando, com todas as letras, da organização dos produtores de trigo do Canadá, e Óscar o vigiava de esguelha, enquanto Walter, sapateando, os ombros delgados para a frente, assentia, balançando a cabeça onde o pequeno chapéu mostrava o lado esquerdo do penteado brilhante. Sempre balançava a cabeça assim quando tio Horacio começava a repetir, em tom familiar e sem ênfase, o que havia lido em livros e revistas. Óscar pensava em Walter, tomando mate nos entardeceres da pensão, entre os gritos e a preguiça das mulheres que arrastavam suas chinelas, com camisolas manchadas de batom, repetindo com voz séria os artigos que seu pai lhe transmitira alguns dias antes sobre a distribuição de produtos no pós-guerra, a lapidação de diamantes e a onda de crimes sexuais nos Estados Unidos.

Tio Horacio ia falando de Manitoba e reduzindo *bushels* a quilos na esquina da Talcahuano com a Rivadavia e, sem se interromper, sem um gesto de aviso, sem nada que revelasse que sabia o que estava fazendo, continuou andando e falando, cruzou o muro invisível da Rivadavia e chegou à outra calçada. Parou um instante para respirar com lentidão e depois continuou andando devagar, percorrendo a quadra curta que levava à Avenida de Mayo. Por cima e por trás de tio Horacio, Óscar trocou olhares com Walter e viu como o outro lhe dava um sorriso, um sinal de alegria, como se acabasse de saber que seu pai não estava mais doente.

Durante as duas quadras em que caminharam pela avenida, tio Horacio disse que o único país digno de total respeito entre os que estavam enfronhados na guerra era a China. Mencionou alguns nomes geográficos, alguns nomes de generais e chefes e uma profecia sobre o futuro da Ásia. Diante do terceiro café com música, tio Horacio parou e olhou sorrindo para dentro. "Bem", disse, "vamos tomar alguma coisa." Outra vez se olharam às suas costas, e como Walter agora sorria francamente, prestes a comentar o que estava acontecendo, Óscar se acalmou e iniciou a entrada no pequeno salão, onde uma vitrola tocava *Capricho árabe*.

Tio Horacio pediu três cervejas, olhou um pouco ao redor e começou a falar da industrialização dos países coloniais. Numa pausa, Walter disse: "Tem pouca gente esta noite. Podíamos ir ali na frente...". Mas tio Horacio continuou falando, com ar distraído e bondoso. Quando trouxeram a cerveja ficou um momento inclinado, com o copo encostado na boca, sem beber, imóvel, os olhos baixos. Óscar olhou para Walter, que examinava o fundo do salão, ajeitando os punhos da camisa; não conseguiu encontrar seus olhos e jogou-se para trás, observando tio Horacio e esperando. Esperou até que ele bebeu um trago, deixou o copo sobre a mesa e se apoiou no escosto da cadeira, a boca aberta para falar, e começou a escorregar do assento. Walter deu um pulo, colocou-se atrás do pai e tentou levantá-lo pelas axilas. Entre o garçom e um homem que se aproximou da mesa, Óscar inclinou-se para afrouxar o nó da gravata do velho. Viu que a cabeça girava com esforço, pendia para um ombro e voltava a levantar-se. Então Walter gritou:

"Vá correndo buscar as gotas."

Óscar saiu a toda do café, conseguiu um táxi e foi até a esquina da Paraná com a Corrientes buscar o remédio; não queria pensar em nada, apenas recordava tio Horacio atravessando a rua Rivadavia e perguntando com voz paciente, sem pressionar, certo de que ele mesmo poderia dar em seguida a resposta exata: "E qual é o segredo da força dos agricultores canadenses?".

Óscar disse ao chofer que esperasse e subiu correndo a escada. Não havia ninguém no vestíbulo; começava a boa estação e era sábado, todos deviam ter saído. Entrou no quarto e viu Perla sentada na cama, um braço afastado do corpo, a mão afundada na colcha, o peito bem mais saliente do que quando morava em Belgrano, talvez, no todo, mais gorda, muito pintada. A mulher sorriu, inclinando a cabeça como as meninas; era o gesto de sempre para tio Horacio, o gesto de ganhar discussões, fazer-se perdoar, levá-lo para a cama.

— Como vai? — disse ela, e baixou a cabeça sem deixar de sorrir, quase até tocar o ombro com a face.

Óscar não respondeu nada e por um momento se esqueceu do remédio, do carro de praça que aguardava, de tio Horacio escorregando na cadeira. Tirou o chapéu e apoiou-se na mesa diante dela, fitando-a. Depois também sorriu, porque Perla disse:

— O que houve? Está assustado de me ver, não é? Parece que não se alegrou muito — começou a levantar a cabeça. — Horacio saiu? Eu queria vê-lo...

Óscar pôs o chapéu novamente, foi buscar o frasquinho na caixa de remédios e, enquanto o revirava, falou:

— Está lá, num café da Avenida, tendo um ataque.

Ouviu-a levantar-se, caminhar de um lado para o outro e afirmar várias vezes que era impossível. Repetia: "Logo agora"; e Óscar não soube o que queria dizer. Encontrou o frasco e disse:

— Tenho um táxi esperando para ir ao café; se quiser vir, se apresse.

Na primeira corrida não conversaram; Óscar estava com o corpo inclinado, olhando para a rua por cima do braço do chofer, com o frasquinho apertado entre os joelhos. Quando chegaram ao café, a vitrola tocava um *paso doble*, e a mesa estava vazia, com um garçom de pé, ao lado, comentando com alguém de uma mesa vizinha, enquanto movia a esmo o guardanapo.

— Já o levaram — disse o garçom. — Estava piorando, e ligamos daqui mesmo e o levaram. Não sei para onde. Devem tê-lo levado para a Esmeralda, 66. Vou perguntar ao patrão se ele sabe.

O patrão não sabia, mas falaram na rua com o vigia, e ele disse que haviam levado tio Horacio para a Esmeralda, 66.

— Como ele estava? — perguntou Perla.

— Não sei — disse o vigia. — Estava mal. Quando eu cheguei, desmaiou de vez.

Seguiram em outro carro até o pronto-socorro, e nesta segunda corrida Perla exibiu um lenço na mão e começou a chorar, a cabeça outra vez inclinada, como se ao lado houvesse alguém a quem pedir alguma coisa.

No pronto-socorro deixaram-nos entrar de imediato, guiaram-nos por um corredor, caminharam por um labirinto feito de biombos e depois entraram numa sala grande, onde Walter puxava, desconcertado, os punhos da camisa, e tio Horacio estava morto, deitado na maca.

Na última corrida da noite Perla abandonou-se num canto do assento, a longa mão aberta contra o lenço que lhe cobria o rosto. O automóvel seguia em baixa velocidade pela Esmeralda, e quando, numa esquina, ela baixou a mão, Óscar viu seus olhos vermelhos e o nariz inchado; a boca, pintada e bem-feita, com um pouco de penugem sob o nariz, continuava tranqüila, um pouquinho para a frente, com a expressão que servia a Óscar para identificá-la quando a recordava, igual à boca dos retratos que tio Horacio mantinha escondidos numa gaveta da escrivaninha.

— Mandaram-me embora como se eu fosse... — começou a resmungar a mulher.

— Não; mandaram-na embora como fizeram com todos. Não havia nada a fazer ali.

— Eu queria ficar.

Óscar preferia suportar o ruído que ela fazia quando chorava a ouvi-la falar. Perla recostou-se novamente no assento, agora sem chorar, a mão enrolando o lenço na saia. Óscar recordava a cabeça de tio Horacio na maca e Walter girando ao redor, com o perfume do cosmético, o terno de*compadrito*, os punhos brancos da camisa escondendo seus pulsos, repetindo, parando para procurar inutilmente outra frase, as mesmas palavras que Perla dissera: "Logo agora...". A enfermeira escrevia de pé num canto, e o médico enxugava as mãos do outro lado da sala.

— Escute — disse Perla. — Você já tomou as providências?

Ele a olhou em silêncio e, sob a luz que entrava cortando seus rostos, viu-a tremer de raiva.

— Ah — disse Óscar um momento depois —, o besta do Walter vai tomar conta de tudo.

— Coitado do Walter — disse ela. — Ficou muito abalado.

Óscar se virou para olhar a rua, pensando: "providências" e "abalado"... Ainda por cima está gorda como uma vaca.

— Você sempre o mesmo — disse ela com amargura e fraqueza. — Parece que não se importa muito. Já Walter...

— Pode ser — disse Óscar. — Tem razão; Walter, sim.

Mandou o carro parar na Paraná com a Corrientes, enquanto ela meneava a cabeça e repetia o ruído do pranto. Óscar esperou um momento e depois lhe disse que desceria ali, mas que se ela quisesse continuar podia lhe dar dinheiro para o táxi. Ela disse que não e, enquanto Óscar pagava ao chofer, ficou esperando recostada na parede, mais gorda do que antes, imersa na sombra com seu vestido claro; depois ficaram se olhando em silêncio, e ele sentiu o perfume que vinha em ondas sem força do peito de Perla, que subia e descia junto ao saguão vazio.

Depois Óscar entrou no café e foi procurar o canto solitário, pensando em qual seria a frase que talvez a mulher tivesse esperado, parada e imóvel, diante dele, até que se despediram sem dizer nada e pôde vê-la de costas, afastando-se em direção à Avenida, rumo ao muro invisível da Rivadavia, de regresso ao Sul.

(*La Nación*, Buenos Aires, 1946)

Esbjerg, na costa

Ainda bem que a tarde ficou menos fria e que às vezes o sol, aguado, ilumina as ruas e os muros; porque a esta hora devem estar caminhando em Puerto Nuevo; junto ao barco ou fazendo hora de um cais a outro, do quiosque da prefeitura ao quiosque dos sanduíches. Kirsten, corpulenta, sem salto alto, um chapéu afundado nos cabelos amarelos; e ele, Montes, baixo, amolado e nervoso, espiando a cara da mulher, aprendendo sem querer nomes de barcos, acompanhando, distraído, as manobras com os cabos.

Posso imaginá-lo passando os dentes pelo bigode enquanto pesa sua vontade de empurrar o corpo camponês da mulher, engordado na cidade e no ócio, e derrubá-lo nessa faixa de água, entre a pedra molhada e o ferro negro das embarcações onde há rumor de fervura e raros espaços onde alguém possa manter-se à tona. Sei que estão ali porque Kirsten veio hoje ao meio-dia procurar Montes no escritório e eu os vi sair caminhando no rumo de Retiro, e porque ela veio com sua cara de chuva; uma cara de estátua no inverno, cara de quem dormiu debaixo de chuva e não fechou os olhos. Kirsten é gorda, sardenta, rija; talvez já tenha cheiro de birosca, de rede de pescador; e talvez venha a ter o odor arraigado de estábulo e de nata que, imagino, deve haver em seu país.

Mas outras vezes têm de ir ao cais à meia-noite ou ao amanhecer, e acho que quando os apitos dos barcos deixam que Montes escute como ela avança pelas pedras, arrastando seus sapatos de homem, o pobre-diabo deve sentir que se está embrenhando na noite de braço dado com a desgraça. Aqui no jornal aparecem os anúncios das partidas de barcos deste mês, e eu seria capaz de jurar que consigo ver Montes suportando a imobilidade desde que o navio toca o apito e começa a mover-se até que fica tão pequeno que não vale a pena continuar olhando; às vezes movendo os olhos — para perguntar, e novamente perguntar, sem jamais entender, sem que ninguém responda — para a face carnuda da mulher que deve estar se aquietando, contraída durante bocados de hora, triste e fria como se chovesse em seu sonho e tivesse esquecido de fechar os olhos, muito grandes, quase bonitos, tingidos com aquela cor de água de rio nos dias em que o barro não está mexido.

Fiquei sabendo da história, sem entendê-la direito, naquela manhã em que Montes veio contar que tinha tentado me roubar, que escondera de mim várias apostas do domingo para bancá-las por conta própria, e que agora não podia pagar o que ganharam dele. Não me interessava saber por que ele tinha feito isso, mas ele estava furioso por ter de me contar, e eu tive de escutá-lo enquanto pensava na sorte, tão amiga de seus amigos, e somente deles, e, principalmente para não me enfezar, já que, no fim das contas, se aquele imbecil não tivesse tentado me roubar, os três mil pesos teriam de sair do meu bolso. Xinguei-o até que não consegui encontrar palavras novas e lancei mão de tudo que me ocorreu para humilhá-lo, até que ficou evidente que ele era um coitado, um amigo sujo, um canalha e um ladrão; e também ficou evidente que ele estava de acordo, que não via nenhum inconveniente em reconhecer isso diante de qualquer um, se algum dia me desse na telha ordenar-lhe que o fizesse. E desde aquela segunda-feira também ficou estabelecido que cada vez que eu insinuasse que ele era um canalha, indiretamente, mesclando a alusão a qualquer conversa, estando nós em qualquer circunstância, ele haveria de compreender no mesmo instante o sentido de minhas palavras e fazer-me saber com um sorriso breve, só movendo o bigode para o lado, que me entendera e que eu estava certo. Não combinamos isso com palavras, mas é assim que acontece desde então. Paguei os três mil pesos sem dizer nada e deixei-o uma semana sem saber se eu iria ajudá-lo ou persegui-lo; depois o chamei e disse que sim, que aceitava a proposta e que ele podia começar a trabalhar em meu escritório por duzentos pesos mensais que não receberia. E em pouco mais de um ano, menos de um ano e meio, teria pago o que devia e estaria livre para ir procurar uma corda onde se pendurar. Claro que não trabalha para mim; Montes já não me servia para nada, pois era impossível que continuasse cuidando das apostas nas corridas. Tenho este escritório de arrematações e penhoras para ficar mais tranqüilo, para poder receber pessoas e usar os telefones. Então ele começou a trabalhar com Serrano, que é meu sócio em algumas coisas e tem o escritório pegado ao meu. Serrano lhe paga o salário, ou o paga a mim, e o mantém todo dia da alfândega aos depósitos, de uma ponta a outra da cidade. Não me convinha que alguém soubesse que um empregado meu não era tão seguro quanto um guichê do hipódromo; assim ninguém fica sabendo.

Acho que ele me contou a história, ou quase toda, no primeiro dia, segunda-feira, quando veio me ver, com o rabo entre as pernas, a cara verde e um brilho de suor gelado, nojento, na testa e nos flancos do nariz. Deve ter me contado o resto das coisas depois, nas poucas vezes em que nos falamos.

Começou junto com o inverno, com esses primeiros frios secos que levam todos a pensar, sem que notemos que estamos pensando, que o ar fresco e limpo é um ar de bons negócios, de escapadas com os amigos, de projetos enérgicos; um ar luxuoso, talvez seja isso. Ele, Montes, voltou para casa num anoitecer desses e encontrou a mulher sentada ao lado do estufa de ferro e olhando o fogo que ardia dentro dele. Não vejo qual a importância disso; mas ele contou assim e ficou repetindo. Ela estava triste e não quis dizer por quê, e continuou triste, sem vontade de falar, naquela noite e por mais uma semana. Kirsten é gorda, pesada e deve ter uma pele muito bonita. Estava triste e não queria lhe dizer o que estava acontecendo. "Não tenho nada", dizia como dizem todas as mulheres em todos os países. Depois dedicou-se a encher a casa com fotografias da Dinamarca, do rei, dos ministros, de paisagens com vacas e montanhas ou como quer que sejam. Continuava dizendo que não tinha nada, e o imbecil do Montes ficava imaginando isso e aquilo sem nunca dar com a coisa. Depois começaram a chegar cartas da Dinamarca; ele não entendia uma palavra e ela lhe explicou que escrevera para uns parentes distantes e que agora as respostas estavam chegando, embora as notícias não fossem muito boas. Ele disse brincando que ela queria ir embora, e Kirsten negou. E naquela noite ou em outra muito próxima tocou seu ombro quando ele estava começando a dormir e ficou insistindo em que não queria ir embora; ele começou a fumar e lhe deu razão em tudo enquanto ela falava, como se estivesse dizendo palavras de memória, da Dinamarca, da bandeira com uma cruz e um caminho no bosque por onde se ia à igreja. Tudo isso e desse jeito, para convencê-lo de que era inteiramente feliz com a América e com ele, até que Montes dormiu em paz.

Por um tempo, continuaram chegando e saindo cartas, e de repente uma noite ela apagou a luz quando estavam na cama e disse: "Se você deixar, vou lhe contar uma coisa, e você tem de ouvir sem dizer nada". Ele disse que sim, e se manteve estirado, imóvel ao lado dela, deixando cair cinza de cigarro na dobra do lençol com a atenção desperta, como um dedo no gatilho, esperando que aparecesse um homem naquilo que a mulher ia contando. Mas ela não falou de nenhum homem e, com a voz rouca e macia, como se tivesse acabado de chorar, disse-lhe que podiam deixar as bicicletas na rua, ou as lojas abertas quando iam à igreja ou a qualquer lugar, porque na Dinamarca não há ladrões; disse que as árvores eram maiores e mais velhas que as de qualquer outra parte do mundo, e que tinham cheiro, cada árvore um cheiro inconfundível, que se mantinha único mesmo misturado aos outros cheiros do bosque; disse que as pessoas acordavam de manhãzinha quando os pássaros marinhos começavam a guinchar e ouvia-se o barulho das espingardas dos caçadores; e lá a primavera vai crescendo escondida debaixo da neve até saltar de repente e invadir tudo como uma inundação e as pessoas ficam comentando o degelo. Esse é o tempo, na Dinamarca, de maior movimento nas aldeias de pescadores. Ela também repetia: *Esbjerg er nœr ved kysten*, e isso era o que mais impressionava Montes, ainda que não entendesse nada: diz ele que isso o contagiava com a vontade de chorar que havia na voz de sua mulher quando ela estava contando tudo isso, em voz baixa, com essa música que as pessoas fazem sem querer quando estão rezando. Uma e outra vez. Isso que ele não entendia o acalmava, deixava-o morrendo de pena da mulher — mais pesada que ele, mais forte —, e queria protegê-la como se fosse uma menininha perdida. Deve ser, acho, porque a frase que ele não conseguia entender era a coisa mais distante, mais estrangeira, aquilo que vinha da parte desconhecida dela. Daquela noite em diante começou a sentir uma pena que crescia, e crescia, como se ela estivesse doente, pior a cada dia, sem possibilidade de cura.

Foi assim que ele começou a pensar que poderia fazer uma coisa grande, uma coisa que faria bem a ele mesmo, que o ajudaria a viver e lhe serviria de consolo durante anos. Teve a idéia de conseguir dinheiro para pagar a viagem de Kirsten à Dinamarca. Andou se informando, quando ainda não pensava realmente em fazer isso, e soube que dois mil pesos seriam suficientes. Não percebeu, depois, que estava dentro dele a necessidade de conseguir os dois mil pesos. Deve ter sido assim, sem saber direito o que lhe estava acontecendo. Conseguir os dois mil pesos e contar a ela numa noite de sábado, na sobremesa de um restaurante caro, enquanto tomavam a última taça de um bom vinho. Contar e ver no rosto dela, um pouco afogueado pela comida e pelo vinho, que Kirsten não acreditava nele; que pensava, por um instante, que ele estava mentindo, para depois passar às lágrimas e à decisão de não aceitar. "Já vai passar", diria ela; e Montes insistiria até convencê-la, e convencê-la também de que não estava querendo separar-se e que estaria aqui esperando por ela o tempo que fosse preciso.

Certas noites, quando pensava, no escuro, nos dois mil pesos, no modo de consegui-los, na cena em que estariam sentados num reservado do Scopelli, num sábado, e em que ele, com a cara séria e os olhos alegrinhos, começava a contar-lhe, sua primeira pergunta era em que dia ela queria embarcar; certas noites em que ele estava sonhando o sonho dela, à espera do sono, Kirsten voltou a falar na Dinamarca. Na verdade, não era a Dinamarca; só uma parte do país, um pedaço bem pequeno de terra onde ela tinha nascido, aprendido uma língua, onde dançara pela primeira vez com um homem e vira morrer alguém que amava. Era um lugar que ela perdera como se perde algo que não se esquece. Contava-lhe outras histórias, embora quase sempre repetisse as mesmas, e Montes pensava ver no quarto os caminhos por onde ela andara, as árvores, as pessoas e os animais.

Muito robusta, disputando a cama com ele sem saber, a mulher estava de cara para o teto, falando; e ele sempre certo de saber como o nariz se arqueava sobre a boca, como os olhos se fechavam um pouco em meio às rugas finas e como o queixo de Kirsten estremecia quando ela pronunciava as frases com a voz entrecortada, feita com a profundidade da garganta, um pouco maçante de se ficar ouvindo.

Então Montes pensou em créditos nos bancos, em empréstimos, e chegou a pensar que eu mesmo poderia dar-lhe o dinheiro. Num sábado ou domingo viu-se pensando na viagem de Kirsten quando estava com Jacinto em meu escritório atendendo a telefonemas e recebendo apostas para as corridas de Palermo ou de La Plata. Há dias fracos, com apenas mil pesos de apostas; mas às vezes aparece um lance alto e o dinheiro não só alcança como ultrapassa os cinco mil. Ele devia me telefonar, antes de cada corrida, e me dizer como estavam as jogadas; se havia muito risco — às vezes sente-se isso —, eu tratava de cobrir-me repassando apostas a Vélez, Martín ou Vasco. Ocorreu-lhe que podia não me avisar, que podia esconder-me três ou quatro das apostas mais pesadas, fazer frente, ele sozinho, a um milhar de bilhetes e jogar, se tivesse coragem, a viagem de sua mulher contra um tiro na cabeça. Podia fazer isso, caso se animasse; Jacinto não tinha como ficar sabendo quantos bilhetes eram apostados em cada telefonema. Montes me disse que ficou pensando nisso durante um mês; parece razoável; parece que um sujeito como ele deve ter hesitado e sofrido muito antes de começar a suar de nervosismo entre os toques dos telefones. Mas eu apostaria alto em que nisso ele está mentindo; apostaria em que ele o fez num momento qualquer, que se decidiu de repente, teve um surto de confiança e começou a me roubar tranqüilamente ao lado da besta do Jacinto, que não desconfiou de nada, que só comentou depois: "Bem que eu disse que eram poucos boletos para uma tarde como aquela". Tenho certeza de que Montes teve um palpite e que sentiu que ia ganhar e que não havia planejado isso.

Foi aí que começou a embolsar apostas que se transformaram em três mil pesos e passou a zanzar suando e desesperado pelo escritório, olhando as planilhas, olhando o corpo de gorila com camisa de seda pura de Jacinto, olhando pela janela a Diagonal que começava a se encher de carros à noitinha. Foi aí, quando começou a perceber que estava perdendo e que os dividendos iam crescendo, centenas de pesos a cada golpe de telefone, que ficou suando esse suor especial dos covardes, oleoso, um pouco verde, gelado, e que estampava na cara quando, ao meio-dia da segunda-feira, finalmente teve força nas pernas para voltar ao escritório e falar comigo.

Contou a ela antes de tentar me roubar; contou que ia acontecer algo muito importante e muito bom; que haveria um presente para ela que não podia ser comprado, nem era uma coisa concreta que se pudesse tocar. De maneira que depois sentiu-se obrigado a falar com ela e a contar-lhe a desgraça; e não foi no reservado do Scopelli, nem tomando um *chianti* importado, mas na cozinha de casa, chupando a bombilha do mate enquanto o rosto redondo dela, de perfil e corado pelo reflexo, olhava o fogo saltar dentro do fogão de ferro. Não sei quanto choraram; depois disso ele combinou de me pagar com o emprego e ela conseguiu trabalho.

A outra parte da história começou quando ela, tempos depois, habituou-se a ficar fora de casa durante horas que nada tinham a ver com seu trabalho; atrasava-se quando marcavam encontro e às vezes se levantava tarde da noite, vestia-se e saía sem uma palavra. Ele não se animava a dizer nada, nem se animava a dizer muito, nem a peitá-la, porque vivem do que ela ganha e seu trabalho com Serrano não dá nada além de uns trocados que lhe pago de vez em quando. Ele então calou a boca e aceitou sua vez de chateá-la com seu mau humor, um mau humor diferente, que se soma ao que os assaltou desde a tarde em que Montes tentou me roubar e que acho que não vai abandoná-los até a morte. Desconfiou e ficou se enchendo de idéias estúpidas até que um dia a seguiu e a viu ir ao porto e arrastar os sapatos pelas pedras, sozinha, e ficar muito tempo rígida, olhando para o lado da água, próxima, mas à parte das pessoas que vão se despedir dos viajantes. Como nas histórias que ela contara, não havia nenhum homem. Dessa vez conversaram, e ela explicou; Montes também insiste em outra coisa que não tem importância: teima, como se eu não pudesse acreditar, que ela lhe explicou tudo com voz natural e que não estava triste nem com ódio nem confusa. Disse que sempre ia ao porto, a qualquer hora, para olhar os barcos que saem para a Europa. Ele teve medo por ela e quis lutar contra isso, quis convencê-la de que o que estava fazendo era pior do que ficar em casa; mas Kirsten continuou falando com voz natural, e disse que isso lhe fazia bem e que deveria continuar indo ao porto para ver como os barcos partem, para dar algum aceno ou simplesmente olhar até cansar os olhos, quantas vezes pudesse.

E ele acabou se convencendo de que tem o dever de acompanhá-la, que assim vai pagando à prestação a dívida que tem com ela, como está pagando a que tem comigo; e agora, nesta tarde de sábado, como em tantas noites e meios-dias, com bom tempo, às vezes com uma chuva que se junta à que sempre está regando o rosto dela, vão juntos para lá de Retiro, caminham pelo cais até que o barco parte, misturam-se um pouco com as pessoas com capotes, malas, flores e lenços e, quando o barco começa a se mover, depois do apito, ficam rígidos e olham, olham até não mais poder, cada um pensando em coisas bem diferentes e ocultas, mas de acordo, sem o saber, na desesperança e na sensação de que estamos sozinhos, sempre um assombro quando paramos para pensar.

(*La Nación*, Buenos Aires, 1946)

A casa na areia

Quando Díaz Grey aceitou, indiferente, o fato de ter ficado sozinho, deu início ao jogo de reconhecer-se na única lembrança que nele quis permanecer, movediça, já sem data. Via as imagens da lembrança e via a si mesmo ao transportá-la e corrigi-la para evitar que morresse, consertando os desgastes de cada despertar, sustentando-a com imprevistas invenções, enquanto encostava a cabeça na janela do consultório, enquanto tirava o jaleco ao anoitecer, enquanto se entediava sorridente nas noitadas no bar do hotel. Sua vida, ele mesmo, já não passavam daquela lembrança, a única digna de evocação e de correções, de que, vez por outra, seu sentido fosse falsificado.

O médico desconfiava que, com os anos, ia acabar acreditando que a primeira parte memorável da história anunciava tudo o que, com diversas variantes, aconteceu depois; ia acabar admitindo que o perfume da mulher — que durante toda a viagem o alcançava, do banco dianteiro do automóvel — continha e cifrava todos os acontecimentos posteriores, aquele que ele agora recordava, desmentindo-o, aquele que talvez só atingisse a perfeição na velhice. Descobriria então que Colorado, a espingarda, o sol violento, a lenda do anel enterrado, os premeditados desencontros no chalé carcomido e mesmo o fogaréu final já estavam naquele perfume de marca desconhecida que certas noites, agora, conseguia sentir na superfície de bebidas adocicadas.

Depois da viagem pela costa, no começo da lembrança, o carro saiu da estrada e foi subindo, lento e inseguro, até que Quinteros o parou e desligou os faróis. Díaz Grey não quis saber da paisagem; sabia que a casa estava rodeada de árvores, bem alta sobre o rio, isolada entre as dunas. A mulher não deixou o assento; eles se afastaram. Quinteros lhe passou as chaves e as notas dobradas. Talvez a luz do isqueiro que ela aproximou do cigarro tocasse, fugaz, seus perfis.

— Não se mexa e não perca a paciência. Pela praia, à direita, chega-se ao povoado — disse Quinteros. — E, acima de tudo, não faça nada. Vamos ver o que acontece. Não tente me ver nem me ligar. Combinado?

Díaz Grey subiu até a casa, fingiu que tentava esconder seu terno branco enquanto ziguezagueva entre as árvores. O carro pegou a estrada e foi aumentando a velocidade até misturar o ruído do motor ao do mar, até deixá-lo sozinho escutando o mar, os olhos fechados, repetindo obstinadamente que estava vivendo num mês do outono, recordando as últimas semanas empregadas quase exclusivamente em assinar receitas para morfina no consultório novo de Quinteros, em olhar disfarçadamente a inglesa amante de Quinteros — Dolly ou Molly —, que as guardava no bolso e colocava notas de dez pesos num canto da mesa, sem entregá-los diretamente, sem nunca falar com ele, sem mostrar, sequer, que o via e que estava seguindo o movimento rápido e obediente da mão de Díaz Grey sobre o bloco de receitas.

Os dias de sol que se repetiram na praia antes que Colorado chegasse transformaram-se na lembrança de um só, de extensão normal, mas no qual cabiam todos os acontecimentos: um dia de outono quase quente, no qual poderiam ter entrado, de mais a mais, sua própria infância e uma infinidade de desejos que nunca se realizaram. Não precisava acrescentar um só minuto para ver-se conversando com os pescadores no canto esquerdo da praia, desmembrando caranguejos para as iscas; para ver-se percorrendo a margem em direção ao povoado; ao armazém onde comprava comida e se embriagava, soltando um monossílabo a cada frase afirmativa do dono. Estava, nesse mesmo dia quase ardente, banhando-se na completa solidão da praia, inventando, entre tantas outras coisas, um tronco carcomido balançado pelas ondas e um terceto de gaivotas guinchando no alto. Estava subindo e escorregando nas dunas, perseguindo insetos entre as barbas dos arbustos, intuindo o lugar onde seria enterrado o anel.

E além do mais, enquanto isso acontecia, Díaz Grey bocejava na varanda do chalé, estirado na cadeira de praia, uma garrafa do lado, uma revista velha sobre as pernas; enferrujada, inútil e vertical contra o caule da trepadeira, a espingarda descoberta no galpão.

Díaz Grey estava com a garrafa, seu desencanto, a revista e a espingarda quando Colorado surgiu dentre as árvores e foi subindo até a casa, o paletó pendurado num ombro, as grandes costas encurvadas. Díaz Grey esperou que a sombra do outro lhe tocasse as pernas; então levantou a cabeça e olhou os cabelos revoltos, as faces magras e sardentas; foi tomado por uma mescla de piedade e repulsa que se conservaria inalterada na lembrança, mais forte que toda vontade da memória ou da imaginação.

— O doutor Quinteros me mandou aqui. Eu sou o Colorado — anunciou com um sorriso; com um braço apoiado no joelho, ficou esperando as espantosas modificações que seu nome iria impor à paisagem, à manhã que começava a declinar, ao próprio Díaz Grey e seu passado. Era muito mais corpulento que o médico, mesmo assim, encolhido, construindo sua prematura corcunda. Mal conversaram; Colorado mostrou o fio dos dentes diminutos, como os de um menino, gaguejou e foi desviando os olhos para o rio.

Díaz Grey pôde continuar imóvel, tão solitário como se o outro não tivesse chegado, como se não tivesse estendido o braço e aberto a mão para deixar cair o paletó, como se não tivesse se agachado para sentar-se na varanda, as pernas suspensas, o torso excessivamente curvado em direção à praia. O médico lembrou-se do histórico clínico de Colorado, da empolada descrição de sua mania incendiária escrita por Quinteros, na qual este semi-idiota ruivo, manejador de fósforos e galões de petróleo nas províncias do Norte, aparecia tentando identificar-se com o sol e opondo-se a sua imolação nas trevas maternais. Talvez agora, olhando os reflexos na água e na areia, evocasse, poetizados e imperiosos, os fogaréus que confessara a Quinteros.

— Aqui não se come? — perguntou Colorado no fim da tarde. Então Díaz Grey lembrou-se de que o outro estava ali, curvado, a cabeça redonda inclinada para a areia que redemoinhos de vento começavam a levantar. Mandou-o entrar na casa e comeram, tentou embebedá-lo para averiguar algo que não lhe interessava: se tinha vindo esconder-se ou vigiá-lo. Mas Colorado quase não conversou enquanto comia; bebeu todos os copos que lhe foram oferecidos e foi se deitar, descalço, num dos cantos da casa.

Então começaram os dias de chuva, um período de névoas que se enredavam e pendiam, velozmente murchas, das árvores, às vezes apagando, outras fazendo reviver as cores das folhas amassadas na areia. "Ele não está", pensava Díaz Grey, vendo o corpo encolhido e silencioso de Colorado, vendo-o andar descalço, sacudir a umidade com os ombros, estremecer como um cachorro molhado.

Com um braço meio esticado, um sorriso que revelou a longa espera de um milagre impossível, Colorado tomou posse da espingarda. Começou a dobrar-se, noite após noite, sobre ela junto da lamparina, para manusear e engraxar, caviloso e lerdo, parafusos e molas; pelas manhãs adentrava a neblina com a arma no ombro ou suspensa contra uma perna.

O médico andou procurando restos de caixotes, papéis, trapos, catou alguns galhos secos e, certa noite, acendeu a lareira. As chamas iluminaram as mãos que se dobravam sobre a espingarda aberta; Colorado por fim ergueu a cabeça e olhou para o fogo, fixamente, sem nada além da expressão distraída de quem se ajuda a sonhar com a oscilação da luz, a suave surpresa das chispas. Depois levantou-se para corrigir a posição das lenhas, manejando-as sem cuidado; voltou a sentar-se na pequena cadeira de cozinha que escolhera e retomou a espingarda. Muito antes que o fogo se apagasse, saiu para inspecionar a noite, onde a névoa ia-se transformando em chuvisco e já soava sobre o telhado. Voltou sacudindo o frio, e o médico pôde vê-lo passar com indiferença rente ao resplendor das brasas que avermelhava seu rosto ensopado, jogar-se na cama para logo dormir, o rosto contra a parede, abraçado à espingarda. Díaz Grey jogou um pano sobre seus pés enlameados, afagou com umas palmadinhas sua cabeça e deixou-o dormir, transformado em cão, sentindo-se sozinho novamente durante outros dias e noites, até que veio uma manhã de sol intermitente. Então desceram até a praia — Colorado viu-o sair e seguiu-o, parando para mirar a espingarda nos poucos pássaros que era capaz de imaginar, trotando depois até quase alcançá-lo — e percorreram a margem rumo ao povoado. Com uma sacola de praia cheia de comidas e bebidas, voltaram sob um céu já intratável; o médico pôde ver os largos pés descalços de Colorado calcando os diversos lugares em que seria enterrado o anel.

Choveu o dia todo, e Díaz Grey levantou-se para acender a lamparina um minuto antes de ouvir o ruído do motor na estrada. Aqui têm início os momentos que alimentam o resto da lembrança e lhe conferem um sentido variável; e assim como todos os dias e as noites anteriores à chegada de Colorado se transformaram num único dia de sol, este trecho de lembrança estendeu-se e foi se renovando num entardecer chuvoso, vivido dentro da casa.

Ouviu-os conversar enquanto subiam para o chalé, reconheceu a voz de Quinteros, adivinhou que a mulher que parava para rir era a mesma; olhou para Colorado, imóvel e mudo, abraçando os joelhos na cadeirinha; colocou a lamparina sobre a mesa, acesa em meio aos que adentravam.

— Olá, olá — disse Quinteros. Sorria, exagerando seu contentamento; tocou o ombro da mulher, como se a guiasse para cumprimentar. — Acho que se conhecem, não?

Ela deu-lhe a mão e mencionou numa pergunta o tédio e a solidão. Díaz Grey reconheceu o perfume, soube que ela se chamava Molly.

— As coisas estão quase acertadas — disse Quinteros. — Você logo voltará ao algodão e ao iodo, com um diploma imaculado. Não tive outro remédio senão mandar-lhe este animal; espero que não se incomode, que você possa suportá-lo. Não tive outro jeito; cuidado com os fósforos.

Molly foi até o canto onde Colorado fazia seu assento gemer, embalando-se. Tocou sua cabeça e agachou-se para lhe fazer perguntas inúteis, dando ela mesma as óbvias respostas. Díaz Grey compreendeu, emocionado, que ela fora capaz de descobrir, com um só olhar, talvez pelo cheiro, que Colorado fora transformado em cão. Inclinou-se, ajustando a mecha da lamparina, para esconder seu rosto de Quinteros.

— Eu estou muito bem. As melhores férias da minha vida. E Colorado não me incomoda; não fala, está apaixonado pela espingarda. Posso continuar assim indefinidamente. Se quiserem comer alguma coisa...

— Obrigado — disse Quinteros. — Só mais alguns dias, tudo está se ajeitando. — Ela continuava encolhida junto do sorriso de Colorado, o impermeável varrendo o chão. — Mas acho que vou estragar suas férias. Há algum inconveniente em que Molly fique aqui por alguns dias? É bom tirá-la de circulação.

— Por mim não — replicou Díaz Grey; afastou rapidamente da lamparina o tremor de sua mão. — Mas ela, morar aqui...

Afastou-se da mesa, apontando para as paredes do quarto com os braços, entrou e saiu da zona de perfume.

— Vai se ajeitar — disse Quinteros. — Não é verdade que vai se ajeitar? Dois ou três dias.

— Colorado pode cantar para mim.

— Ela pode explicar tudo, se quiser — disse Quinteros. — Despediu-se logo depois e os dois desceram abraçados, lentamente, apesar de a chuvar estar molhando e alisando os cabelos da mulher.

Agora Quinteros desaparece até o final da lembrança; no imóvel, único entardecer chuvoso, ela escolhe o canto onde colocará sua cama, orienta Colorado na tarefa de esvaziar o pequeno quarto voltado para o oeste. Quando o quarto está arrumado, a mulher tira o impermeável, calça umas sandálias de praia; modifica a posição da lamparina sobre a mesa, impõe um novo estilo de vida, serve vinho em três copos, corta o baralho e tenta explicar tudo sem outro meio que um sorriso, enquanto alisa os cabelos umedecidos. Jogam várias partidas; o médico começa a compreender o rosto de Molly, os olhos azuis e inquietos, o que há de dureza em sua larga mandíbula, a facilidade com que consegue alegrar sua boca e logo torná-la inexpressiva. Comem alguma coisa e voltam a beber; ela se despede para deitar-se; Colorado arrasta sua cama para junto da porta do quarto da mulher e se deita, a espingarda sobre o peito, um calcanhar roçando o chão para que Díaz Grey saiba que não está dormindo. Voltam a jogar baralho até o momento em que ela bebe demais e deixa cair as cartas que Colorado acaba de lhe passar, abrindo levemente os dedos, de maneira mais definitiva que se as lançasse com violência sobre a mesa, estabelecendo assim que não voltarão a jogar.

Colorado se levanta, recolhe as cartas e começa a atirá-las no fogo da lareira. Só resta, pensa o médico, acariciar Molly ou conversar com ela; encontrar e dizer uma frase limpa mas que aluda ao amor. Estende o braço e toca seus cabelos, afasta-os da orelha, solta-os, volta a levantá-los. Colorado põe sobre a mesa a sombra da espingarda, segura agora pelo cano. Díaz Grey levanta os cabelos e solta-os, imaginando a cada vez o golpe suave que ela deve sentir na orelha.

Colorado está falando acima de suas cabeças, agita a espingarda e sua sombra; repete o nome de Quinteros, termina e recomeça a mesma frase, dando-lhe um sentido mais transparente ou confuso, conforme Molly o encare ou baixe os olhos. A espingarda golpeia o pulso de Díaz Grey e o empurra contra a mesa.

— Não pode fazer isso — grita Colorado.

Díaz Grey volta a afastar os cabelos da orelha com dedos que mal consegue esticar; Molly levanta as mãos e as une sobre seu bocejo. Então Díaz Grey sente a dor no pulso e pensa, já sem compensações, que pode estar quebrado. Ela põe a mão no peito de um e de outro. Colorado volta a sentar-se na cadeirinha, junto à lareira apagada, e Díaz Grey acaricia a dor que lhe sobe pelo braço, empurra a mão dolorida contra a boca de Molly, que recua, resiste e se abre. Então chega o momento em que o médico resolve matar Colorado e rebaixa-se ao ponto de esconder uma faca de peixe entre a camisa e o ventre e passear diante do outro até que a lâmina fria se amorna. Até que Molly avança, da porta, de alternados cantos do aposento, estende os braços e acusa a si mesma, alude a uma fatalidade imprecisa e pessoal.

O médico, livre da faca, está deitado na cama, fumando; ouve o tamborilar do chuvisco no telhado, na superfície da tarde imóvel. Colorado passeia diante da porta de Molly, a espingarda imprestável no ombro, quatro passos, meia-volta, quatro passos.

O barulho da água torna-se furioso no telhado e na folhagem, gasta-se; agora eles andam no silêncio expectante, esquadrinhando, das portas e janelas, a paisagem cinzenta, remedando gestos de estátua na varanda, um braço esticado, todos os sentidos juntos no dorso da mão. Pelo menos ela e Díaz Grey. Colorado pressente a tragédia e caminha em círculos, dentro do quarto; arrasta um gemido e a culatra da arma contra o chão. O médico espera que a velocidade de sua marcha aumente, torne-se frenética, assuste Molly, amaine.

Quando Díaz Grey inicia suas viagens entre o galpão e a lareira, carregando tudo o que pode ser queimado, o outro continua passeando, ofegante, ensaia uma canção que ela não quer ouvir mas que finge acompanhar com um movimento da cabeça. Encostada no batente da porta, parece ao mesmo tempo mais alta e mais frágil, com as calças de praia e o pulôver de marinheiro. Colorado arrasta os pés e canta; ela balança a cabeça com astúcia e esperança, enquanto Díaz Grey acende os fósforos, enquanto as labaredas se levantam e estalam no ar. Sem olhar para trás, sem tentar saber o que está havendo, Díaz Grey entra no quarto de Molly. Estendido na cama, repete a meia-voz a canção que Colorado trauteava, olha para os dedos de Molly na fivela do cinto, cala-se ao adivinhar que a alcovitagem corresponde ao silêncio. A chuva volta a ressoar e as nuvens se esgarçam, sustentam a luz triste da eterna tarde de mau tempo. De face para a janela, vêem Colorado afastar-se, cruzar diagonalmente a praia até pisar a margem, a franja de areia e água que delimita uma linha de areia endurecida.

— Molly — Díaz Grey diz. Sabe que é preciso suprimir as palavras para que cada um possa enganar a si mesmo, acreditar na importância do que estão fazendo e atrair para eles a sensação, agora relutante, do que é perdurável. Mas Díaz Grey não consegue deixar de chamá-la.

— Molly — repete, inclinado sobre seu último cheiro. — Molly.

Agora Colorado está ereto, rígido junto à lareira fria, com a espingarda apoiada nos dedos de um pé. Ela senta-se à mesa e bebe; Díaz Grey vigia Colorado, sem deixar de ver os dentes de Molly, manchados de vinho, exibidos num esgar reiterado que nunca tenta ser um sorriso. Ela deixa o copo, estremece, fala em inglês com ninguém. Colorado continua montando guarda diante do fogo morto quando ela pede um lápis e escreve alguns versos, obriga Díaz Grey a olhá-los e guardá-los para sempre, haja o que houver. Há tanto desespero na parte do rosto da mulher que ele se anima a olhar, que Díaz Grey move os lábios como se lesse os versos e guarda o papel com cuidado enquanto ela flutua entre o ardor e o pranto.

— Eu o escrevi, é meu — mente ela. — É meu e seu. Quero lhe explicar o que diz, quero que o saiba de cor.

Paciente e enternecida, obriga-o a repetir, corrige-o, anima-o:

Here is that sleeping place,
Long resting place
No stretching place,
That never-get-up-no-more
Place
Is here.

Vão procurar Colorado. De braço dado, seguem o caminho que o viram fazer antes, em outro momento da tarde desagradável; descem assediando-se passo a passo; caminham em diagonal até a margem e continuam a pisá-la até o povoado, até o armazém. Díaz Grey pede um copo de vinho e se apóia no balcão; ela desaparece dentro da venda, grita e murmura no cantinho do telefone. Traz, ao regressar, um sorriso novo, um sorriso que deixaria o médico temeroso se o surpreendesse dirigido a outro homem.

Voltam pelo mesmo caminho sob o chuvisco miúdo que ressurge para enfrentá-los. Ela pára.

— Não encontramos Colorado — diz, sem olhar para ele. Levanta a boca para que Díaz Grey a beije e lhe deixa um anel na mão ao separar-se. — Com isto podemos viver meses, em qualquer lugar. Vamos apanhar minhas coisas.

Enquanto apressam o passo pela orla, Díaz Grey procura em vão a frase e o tipo de olhar que gostaria de deixar para Colorado. Agora sim há, perto da costa, um tronco apodrecido que as ondas levantam e afundam; há um terceto de gaivotas e seu escândalo revoluteando no céu.

Ela vê o automóvel antes de Díaz Grey e sai correndo, escorregando na areia. O médico a vê subir numa duna, os braços abertos, perder o pé e desaparecer; fica sozinho diante do pequeno deserto da praia, os olhos magoados pelo vento. Gira para protegê-los e acaba por sentar-se. Então — às vezes no fim da tarde, outras no meio dela — cava um poço na areia, joga o anel e o cobre; faz isso oito vezes, nos lugares que Colorado pisou, nos que ele mesmo havia assinalado com um único olhar. Oito vezes, sob a chuva, enterra o anel e se afasta; caminha até a água, tenta enganar seus olhos olhando os médanos, as árvores raquíticas, o telhado da casa, o automóvel e o declive. Mas sempre volta em linha reta, sem hesitar, até o exato local do enterramento; afunda os dedos na areia e toca o anel. Deitado de cara para o céu, descansa, deixa-se molhar pela chuva e se despreocupa; lentamente inicia o caminho até a casa.

Colorado está estendido junto à lareira apagada, mascando devagar; tem um copo de vinho na mão. Ela e Quinteros murmuram velozmente, face a face, até que Díaz Grey avança, até que é impossível negar que estão ouvindo seus passos.

— Olá — diz Quinteros, e sorri, estendendo-lhe o braço; ainda está de chapéu, desconfortável.

Díaz Grey arrasta uma cadeira e senta-se perto de Colorado; acaricia-lhe a cabeça e lhe dá palmadinhas, cada vez mais fortes, esperando que se enfureça para dar-lhe um soco na mandíbula. Mas o outro continua mascando, mal se vira para olhar; então Díaz Grey deixa sua mão descansar sobre os cabelos avermelhados e olha para ela e para Quinteros.

— Está tudo acertado — diz Quinteros. — O benefício da dúvida, para repetir as palavras do juiz. Se você estava preocupado, espero que agora... Ainda que, naturalmente, possam ficar aqui quanto quiserem.

Aproxima-se e se inclina para dar-lhe outras notas dobradas. Quando Molly termina de pintar-se e de abotoar o impermeável até o pescoço, Díaz Grey se levanta e abre sob a luz, sob o rosto da mulher, a mão com o anel na palma. Sem palavras — e agora é preciso aceitar que a cena está situada no final da tarde —, ela segura seus dedos e os vai dobrando, um a um, até esconder o anel.

— Até quando você quiser — diz Quinteros, da porta. Díaz Grey e Colorado ouvem o ronco do motor que se afasta, seu silêncio, o murmúrio do mar.

Aqui termina, na lembrança, a longa tarde chuvosa iniciada quando Molly chegou à casa na areia; o tempo pode ser utilizado novamente para medir.

Tão dramaticamente como se quisesse convencer-se de que compreendeu tudo antes de Díaz Grey, Colorado levanta-se e dirige para a porta, para a chuva que cede, um rosto humanizado pela surpresa e pela angústia. Toca o médico pela primeira vez, agarra seu braço e parece fortalecer-se com o contato; depois se levanta e sai correndo da casa.

Díaz Grey abre a mão, aproxima-se da luz para olhar o anel e soprar os grãos de areia que grudaram nele; deixa-o sobre a mesa, bebe lentamente um copo de vinho, como se fosse bom, como se ainda tivesse no que pensar. Há tempo, diz a si mesmo; tem certeza de que Colorado não precisa de ajuda. Quando decide sair encontra, examina com indiferença o último momento que pode ser incorporado à tarde brumosa: uma franja de luz avermelhada estira-se muito alta sobre o rio. Acende um cigarro e caminha para o lado da casa onde fica o galpão; pensa com indolência que o anel acabou sendo guardado, o papel com os versos deixado sobre a mesa, que talvez o deliberado cinismo baste para limpá-lo do arremedo da paixão e de seu ridículo.

Quando Díaz Grey, no consultório diante da praça da cidade provinciana, entrega-se ao jogo de conhecer a si mesmo mediante essa lembrança, a única, é obrigado a confundir a sensação de seu passado em branco com a de seus ombros frágeis; a da cabeça de cabelos loiros e ralos, reclinada contra o vidro da janela, com a sensação da solidão admitida de chofre, quando já era insuperável. Também é obrigado a supor que sua vida meticulosa, seu próprio corpo privado de luxúria, suas crenças frouxas, são símbolos da cafonice essencial da lembrança que se empenha em manter há anos.

No final preferido para sua lembrança, Díaz Grey deixa-se cair num dos lados da casa, sobre a areia molhada. O frenesi de Colorado, que empilha galhos, papéis, tábuas, pedaços de móveis contra a parede de madeira do chalé, faz com que ria às gargalhadas, tussa e se revire; quando respira o cheiro de querosene imobiliza o outro com um assovio imperioso e aproxima-se dele, escorregando sobre a umidade e sobre as folhas, tira do bolso a caixa de fósforos e a sacode junto do ouvido enquanto avança e escorrega.

(*La Nación*, Buenos Aires, 1949)

O álbum

Eu a vi quando estava na porta do jornal, encostado na parede, embaixo de uma placa com o nome de meu avô, Agustín Malabia, fundador. Viera trazer um artigo sobre a colheita ou sobre a limpeza das ruas de Santa María, uma dessas bobagens irresistíveis que meu pai chama de editoriais e que, uma vez impressas, tornam-se maciças, ventiladas apenas por cifras, pesando sensivelmente na terceira página, sempre acima e à esquerda.

Era um domingo de tarde úmido e quente no início do inverno. Ela vinha do porto ou da cidade com a bagagem leve de avião, envolta num casaco de peles que devia sufocá-la, passo a passo contra as paredes brilhantes, contra o céu aquoso e amarelado, um pouco rígida, desolada, como se a fossem aproximando de mim o entardecer, o rio, a valsa ofegando na praça da banda, as garotas que giravam aos pares em torno das árvores peladas.

Agora caminhava pelos lados do Berna, mais jovem, menor dentro do casaco solto, com uma curiosa agilidade nos pés que não era transmitida às pernas, que não alterava sua dureza de estátua de cidade.

Vázquez, o da revenda, chegou pelo corredor e ficou a meu lado, vendome olhar, limpando as unhas com um canivete, também prestigiado, indistintamente, pelas duas palavras do nome de meu avô. Acendi o cachimbo esperando o momento de atravessar a rua em diagonal e passar, talvez, bem rente à mulher, certificar-me de sua idade e me enfiar no automóvel batendo a porta, o novo, que meu pai me deixara trazer. Mas ela parou na esquina, ocultando com a cabeça, com a ponta do gorro de lã, a caneca desbotada que levantava, no cartaz da cervejaria, um gringo bigodudo. Parou com os joelhos juntos, sem intenção de fazer isso, simplesmente porque o impulso que a havia arrastado rua acima acabava de morrer.

— Deve estar um pouco louca da cabeça — disse Vázquez. — Faz uma semana que está no hotel, no Plaza; veio sozinha, dizem que carregada de baús. Mas todo dia de manhã e de tarde passa com essa maleta indo e vindo pelo cais, a qualquer hora, nos horários em que não chegam nem saem balsas nem lanchas.

— É feia, já deve ter uns bons aninhos — disse, e bocejei.

— Depende do ponto de vista, Jorgito — ponderou com suavidade. — Mais de um pagaria pra ver — tocou-me o ombro em despedida e atravessou diagonalmente, quase como eu planejava fazer, cinza e pequeno, com o andar herdado de seu amigo Junta, tentando apoiar sobre o asfalto lodoso a rotundidade de um peso que não tinha. Passou bem perto da mulher na esquina do Berna, sem mover o pescoço para olhá-la, e entrou no estabelecimento.

Eu sabia que não era por mim — e talvez por ninguém, nem sequer por ela mesma — que a mulher havia sossegado na calçada, imóvel e ocre no centro da tarde de domingo, passivamente agregada ao calor, à umidade, à nostalgia sem objeto. Mas me mantive imóvel, sem deixar de olhar para ela, até que o cachimbo estertorou vazio no exato momento em que ela teve de adiantar um pé e descer, continuar avançando em direção ao hotel pelo deserto da esquina que nos havia separado e reunido, a passos curtos e fáceis, que se propunham apenas a marcar o transcurso do tempo, atravessando desenvolta o tremor do bumbo, a ousadia do clarinete, o princípio da noite e os odores fracos, reticentes, de suas antecipações da morte.

No dia seguinte, de manhã, pensei que Vázquez tinha mentido ou exagerado, ou que a mulher já não estava em Santa María. Vim para a cidade no primeiro ônibus para mandar trocar as cordas da raquete, convenci Hans de que era capaz de ele morrer se espalhasse que cortara meu cabelo numa segunda de manhã, com a porta da barbearia fechada, ele e eu cochichando entre brilhos de metais e espelhos na penumbra, comprei tabaco para o cachimbo e caminhei até o porto.

A mulher não estava lá nem veio, a balsa chegou com pouca gente, com sacos de trigo ou milho, com um ônibus desbotado e velho. Fumei passeando e depois sentado no cais, as pernas suspensas sobre a água. Às vezes, apenas com o perfil, espiava o movimento nos paralelepípedos e no portão do edifício vermelho da alfândega; não soube o que seria preferível estar fazendo ou pensando quando a mulher e a pequena mala, e talvez novamente o casaco de peles, o gorro de lã, se aproximassem para surpreender-me de costas. A balsa apitou e se afastou do cais à uma em ponto. Ainda esperei, faminto, enjoado com o cachimbo. Os sacos e o ônibus tinham ficado no cais; meu pai escrevia um editorial sobre "Precisamos importar trigo?" (As até ontem tradicionalmente férteis terras de Santa María) ou sobre a "Valiosa contribuição para os transportes da Província" (O labor progressivo empreendido de forma decidida por nossa comunidade).

Quase apoiada no horizonte, diminuta, a balsa se imobilizara. Já não me lembrava da mulher nem da mala, nem sentia amor ou curiosidade por aquele chamado, aquela alusão que eu a vira situar no ar que nos separava, entre a esquina do Berna e a do *El Liberal*. Desesperado e com fome, tragando o gosto de fósforo do cachimbo, eu ia pensando: "Uma medida inconsulta, aprovada de forma inexplicável pela autoridade que nos governa, acaba de autorizar a entrada de vinte e sete *bushels* e meio de trigo pelo porto de Santa María. Com a mesma independência de critério que pusemos em jogo para aplaudir a obra que o novo Conselho tem realizado, devemos hoje levantar, condenatória, nossa voz insuspeita".

Da Nueva Itália liguei para mamãe e disse que almoçaria na cidade para poder chegar ao colégio na hora. Tinha certeza de que a mulher fora rechaçada ou dissolvida pela imbecilidade de Santa María, simbolizada com exatidão nos artigos de meu pai: "Uma verdadeira afronta, não hesitemos em dizer, feita pelos senhores conselheiros aos austeros e abnegados trabalhadores das colônias circunvizinhas que fecundaram com seu suor, geração após geração, a invejável riqueza de que desfrutamos".

Quando saímos da aula, Tito insistiu que tomássemos um vermute no Universal (não quis ir ao Plaza com medo de encontrar-se com o pai) e para me fazer acreditar numa história de amor com sua prima em segundo grau, a professora; insistiu em detalhes plausíveis, respondeu a minhas perguntas com habilidade, estava claro que estivera preparando com tempo a confidência. Fiquei sério, fiquei triste, indignei-me:

— Olhe — disse-lhe, procurando encarniçado seus olhos —, você deve se casar com ela. Não tem desculpa; mesmo que sua prima não queira. Se é verdade o que me disse, deve se casar. Apesar de tudo; embora a coitada tenha os tornozelos grossos como coxas, embora franza a boca como uma velha solteira.

Tito começou a rir meneando a cabeça, e estava para me dizer que era tudo brincadeira quando me levantei e o fiz corar de medo, de dúvida.

— Não quero nem posso vê-lo mais até que você esteja comprometido. Pague você, que me convidou.

Só me arrependi durante três passos, cruzando a calçada do café, enquanto escondia os cadernos e o livro de inglês no bolso do impermeável. Gordinho, corado, presunçoso, servil, talvez agora com os olhos úmidos, idiota, meu amigo. O tempo continuava úmido, morno nos vãos das esquinas, indeciso sob a sombra dos pátios, quente depois de duas quadras de marcha. Enquanto descia para o porto, fiquei feliz à minha revelia, comecei a cantarolar a marcha inominada que coroa as bandas de música na praça, imaginei um perfume de jasmins, lembrei-me de um verão já muito antigo em que as chácaras lançaram toneladas de jasmins na cidade e descobri, parando por um momento, que já possuía um passado.

Do alto enjardinado do bulevar, eu a vi: a silhueta crescendo do outro lado da orla, à medida que ela avançava para a bruma da água, mostrando e confundindo a valise e o casaco de inverno. Ia e vinha enquanto eu fumava o cachimbo; às vezes parava sobre os grandes paralelepípedos do cais, junto à margem, olhando a névoa e o trecho distante, limpo, que continha as ruínas rosadas do palácio de Latorre; mas eu sabia que não esperava nada, que estava mentindo. As lanchas atracavam e voltavam a adentrar o rio, mas ela não movia a cabeça para localizar os apitos, não espiava os apagados grupos de passageiros. Estava lá pequena e dura, olhando a grande nuvem esbranquiçada apoiada nas ondas, inventando surpresas, aproximações. Começava a escurecer e a refrescar quando se cansou e deu meia-volta, observando se tudo ficava em ordem antes de cruzar, em linha reta, o cais.

Segui-a até o hotel, acreditando que ela — sem se virar, sem me olhar — sentia minha presença meia quadra atrás, e que eu lhe era útil, ajudava-a a subir as ruas, a viver. Caminhava adormecida, distraída, como fizera na tarde anterior pelos lados do Berna e pelas bandas do domingo e da música nostálgica que Fitipaldi regia na praça sem outra ajuda que o vaivém de seus olhos furiosos. Mas agora eu a via parar em cada vitrine das duas quadras ao redor da praça: olhava, o ombro direito contra o vidro, torcendo levemente a cabeça, gastando exatamente meio minuto em cada uma, o perfil indiferente na agressividade das luzes que iam sendo acesas, despreocupada de que lhe mostrassem anáguas, pacotes de erva, varas de pescar, peças de tratores.

Finalmente entrou no Plaza; eu continuei andando até o clube, coloquei fumo no cachimbo, olhei a névoa que um vento frio começava a esgarçar justo sobre a praça, e voltei. Estava sentada num banquinho do balcão, diante de uma taça diminuta que olhava sem tocar, as duas mãos protegendo a valise que havia acomodado na saia. Sentei-me de costas para uma janela, longe do balcão, e comecei a revisar os cadernos e as anotações. Ela continuava quieta, recolhida, hipnotizada pelo ponto de ouro da taça. Talvez me visse pelo espelho, talvez estivesse me vendo desde que cheguei ao porto com o cachimbo entre os dentes e um passado recém-descoberto. Li no caderno: *Why, thou wert better in thy grave that to answer with by uncovered body this extremity of the skies.* E era verdade que ela me via pelo espelho, porque quando levantei os olhos não precisou virar a cabeça antes de segurar a pequena taça com os dedos, descer do banquinho e vir por um caminho reto que construiu miraculosamente entre as mesas, sustentando o líquido intacto contra o peito, a valise afastada sem esforço do invisível jogo dos joelhos.

Sentou-se e pôs a taça exatamente no centro da mesa; e como o garçom ainda não me atendera, ninguém podia saber se era dela ou minha. Fixou nela os olhos baixos e eu comecei a conhecer seu rosto, a ficar muito apreensivo, enquanto escondia o caderno de inglês. Ficou, com seu gorro de lã — franjado, velho, mal tricotado — inclinado, sem graça sobre a orelha, tranqüila e séria, como se meditasse antes de resolver-se de uma vez por todas, como se fosse imprescindível que as coisas começassem com uma paródia de meditação. Percebi que a única coisa que realmente importava em seu corpo — apesar de minha fome, da fome de Tito, de todas as vorazes fomes dos amigos — era seu rosto redondo, escuro, jovem e gasto, as pálpebras torcidas em direção aos pômulos, a grande boca petulante. Depois bebeu de um trago o conteúdo da taça, olhando-me, e já estava sorrindo outra vez quando a pousou na mesa: um constante sorriso furioso, ao mesmo tempo desvalido e possessivo como um olhar, como se me estivesse mirando também com os dentes, com a adelgaçada linha vermelha, a penugem e as rugas que os rodeavam.

— Posso tratá-lo sem cerimônia? — disse-me. — Há muitos anos marcamos encontro para esta tarde. Não é mesmo? Não importa quando, porque está vendo que não pudemos esquecer disso e aqui estamos, pontuais.

O rosto, e também a voz. Quando o garçom veio, ela pediu outra dose e eu não quis nada; pus-me a trabalhar no cachimbo, ruborizado, abandonando-me, certo de que ela não estava caçoando, de que as explicações eram desnecessárias. O rosto, sempre, e aquela voz que agia como seus pés, livre e ignorada, persuasiva, sem recorrer a pausas.

Mas tudo isso é um prólogo, porque a verdadeira história só começou uma semana depois. Também é prólogo minha visita a Díaz Grey, o médico, para conseguir que me apresentasse ao viajante de um laboratório que se estabelecera, com meia dúzia de frasqueiras repletas de amostras de remédios, no primeiro andar do hotel, no mesmo corredor do hotel onde ficava o quarto da mulher; e meu encontro com o viajante, e como seu repousado cinismo, sua camisa de seda arregaçada, sua pequena boca úmida humilharam sem dó, num meio-dia desses, em seu quarto em desordem, as frases aprendidas de cor que eu tratei de repetir com indolência. Antes de me dizer que sim, ficou rindo, quase sem ruído, de meias, jogado na cama, chupando um charuto, contando-me lembranças sujas. Descemos juntos e explicou ao gerente que eu iria todas as tardes a seu quarto para ajudá-lo a copiar à máquina uns relatórios: "Dê-lhe uma chave"; apertou-me a mão com força, sério, como a um homem de sua idade, com um estranho orgulho nos olhos pequenos e felizes.

Não quis inventar outra mentira para meus pais; repeti a história dos relatórios à máquina que o viajante me encomendara, despreocupando-me com o dinheiro que teria de ganhar e mostrar. Todas as tardes, quando as aulas terminavam — e às vezes antes, quando eu conseguia escapar —, eu entrava no hotel, cumprimentava com um sorriso quem estivesse atrás da caixa registradora e subia pelo elevador ou pela escada. O viajante — Ernesto Maynard, diziam as plaquinhas dos mostruários — estava percorrendo as farmácias da costa; nos primeiros dias gastei muito tempo examinando os tubos e os frascos, lendo as promessas e as ordens das bulas no papel de seda, subjugado por seu estilo impessoal, às vezes obscuro, mesuradamente otimista. Encostado na porta, escutava depois o silêncio do corredor, os barulhos do bar e da cidade. Aconteceu.

A mulher sempre fingia estar dormindo e acordava com um pequeno sobressalto, com variáveis nomes masculinos, deslumbrada com os restos de um sonho que nem minha presença nem qualquer realidade poderiam compensar. Eu estava faminto e minha fome se renovava e não conseguia imaginar-me sem ela. No entanto, a satisfação dessa fome, com todas as suas pensadas e inevitáveis complicações, logo se transformou, para a mulher e para mim, num preço que precisávamos pagar.

A verdadeira história começou num anoitecer gelado, quando ouvíamos a chuva e cada um estava imóvel e encolhido, esquecido do outro. Havia uma faixa estreita de luz amarela na porta do banheiro e eu reconstruía a solidão dos faróis na praça e no bulevar, os fios perpendiculares da chuva sem vento. A história começou quando ela disse de repente, sem se mover, quando a voz subiu e ficou na penumbra, meio metro acima de nós:

— Que importa que esteja chovendo, mesmo que chova assim cem anos isto não é chuva. Água que cai, mas não chuva.

Também houvera, antes, o grande sorriso invisível da mulher, e é certo que ela não falou até que o sorriso se formou inteiramente e ocupou todo seu rosto.

— Apenas água que cai, e é preciso dar-lhe um nome. Por isso neste lugarejo ou cidade chamam de chuva a água que cai; mas é mentira.

Não desconfiei, nem mesmo quando surgiu a palavra Escócia, daquilo que estava começando: a voz caía suave, ininterrupta, sobre meu rosto. Explicou-me que só é chuva a que cai sem utilidade e sem sentido.

— O castelo ficava em Aberdeen e era tão velho que o vento andava pelos corredores, salões e escadas. Havia mais vento ali do que na noite lá fora. E a chuva, que nos amontoara durante vários dias junto de uma lareira alta como um homem, e que acabou por nos atrair para as janelas quebradas. Então não conversávamos, ficávamos de manhã até a noite rodeando o salão, cada nariz contra o vidro de uma janela, quietos como as figuras de pedra de uma igreja. Até que no terceiro dia, se não me engano, MacGregor anunciou que não estava mais chovendo, que começaria a nevar, que os caminhos iam ficar fechados e que cada um podia pensar o que quisesse, se isso seria melhor ou pior que a chuva.

Esta foi a primeira história; voltou a contá-la algumas vezes, quase sempre porque eu lhe pedia quando estava aborrecido com o calor da Índia ou do acampamento de Amatlán. Talvez ninguém no mundo saiba mentir assim, pensava eu. Ou talvez ninguém tenha caçado raposas até que ela caiu na risada, balançando a cabeça, lutando sem energia com uma lembrança de desbotada vergonha, para amarrar sem demora o cavalo numa árvore e esconder-se com um lorde ou um sir ou o secundogênito de um lorde num pavilhão em ruínas, refestelar-se no ineludível enxergão de folhas, enquanto girava ao redor deles, na paisagem chinfrim de esplendoroso frio que ela acabava de fazer — ali, a meu lado, sem esforço, com um prazer impessoal e divino —, a primeira caça à raposa que estremeceu a terra, o afinado frenesi que ela ia dirigindo com palavras ambiciosas e murchas: pompa, trela, casaca, floresta, sabujo, a inútil violência, uma pequena morte parda.

E no centro de cada mentira estava a mulher, cada história era ela mesma, perto de mim, indubitável. Já não me interessava ler nem sonhar, tinha certeza de que quando fizesse as viagens que planejava com Tito, as paisagens, as cidades, as distâncias, o mundo todo me apresentaria faces sem significado, retratos de rostos ausentes, irrecuperavelmente despojados de uma realidade verdadeira.

A fome presente, sempre; mas ouvi-la era o vício mais meu, mais intenso, mais gostoso. Porque nada era comparável ao deslumbrante poder que ela me concedia, o dom de vacilar entre Veneza e o Cairo algumas horas antes do encontro, hermético, astutamente vulgar entre os doze pobres garotos que viam palavras desconcertantes irem se formando no quadro-negro e na boca de mister Pool; nada podia substituir os regressos ansiados que me bastava pedir sussurrando para ter, nunca iguais, alterados, sempre aperfeiçoados.

Tínhamos ido de Nova York a San Francisco — pela primeira vez, e o que ela descrevia desiludiu-me por sua semelhança com um anúncio de bebidas numa das revistas estrangeiras que chegam ao jornal: uma reunião numa peça de hotel, as enormes janelas sem cortinas abertas sobre a cidade de mármore sob o sol; e a história era quase um plágio da do hotel Bolívar, em Lima —, tínhamos acabado de "chorar de frio na costa leste e antes que se passasse um dia, incrível, estávamos tomando banho de mar na praia", quando o homem apareceu.

Era largo e baixo e eu só quis me inteirar das poucas coisas que hoje continuam bastando para armá-lo e sustentá-lo: as sobrancelhas grossas, o colarinho da camisa brilhante e listrado, uma pérola, o corte inovador das lapelas. Talvez também, embora desnecessários, seu pequeno, persistente sorriso em meia-lua, suas mãos peludas sobre a mesa como coisas trazidas para exibir e pressionar e que não esqueceria ao partir. Estavam sentados perto do restaurante, às sete da noite. Ela se inclinava sobre as taças e o cinzeiro, um fio de fumaça cortava-lhe a face; sob as sobrancelhas negras do homem havia um plácido rubor, a vacilação de interromper um elogio exaltado.

Peguei o elevador e fui me fechar no quarto de Maynard; jogado na cama, fumando o cachimbo, escutei os ruídos do corredor, li um texto sobre vitórias dramáticas e parciais sobre o mal de Parkinson e soube que a anemia perniciosa é uma doença de loiras de olhos azuis. Até que, de repente, ocorreu-me que ela podia subir na companhia do homem, seus passos rápidos, ignorantes do chão e da meta, escoltados por saltos graves, lentos, masculinos. Desci. Estavam na mesa e continuavam pensando nas mesmas coisas, o rosto dela em direção às sobrancelhas retintas, as do homem em direção às mãos depositadas na toalha.

Atravessei a praça sem ciúme, triste e irritado, inventando pressentimentos de desgraça. Virei na Urquiza e fui até a loja de ferragens. Montado numa escada, vestido até os tornozelos pelo guarda-pó cinza-ferro, cinza-pó, o balconista tinha uma caixa de madeira nos joelhos e examinava buracos de porcas de parafuso para saber se a rosca girava para a esquerda ou para a direita. Quando terminava de estudá-las, classificava-as.

A vclha cstava atrás do balcão, com um lenço preto nos ombros, solene, mesquinha, muito mais míope que na semana anterior.

— Tito está lá em cima estudando — não respondeu a meu cumprimento, não me convidou a subir, ficou me olhando como se desconfiasse que eu tinha culpa por seu cabelo grisalho me dar nojo. Então tive de desperdiçar meu sorriso, um fulgor, uma forma especial de ingenuidade com dois pontos diminutos de insolência nos olhos. Lutou um pouco:

— Por que não sobe?

— É só um instantinho, obrigado. Quero ver com ele umas anotações.

Atravessei o pátio, vi atrás de uma porta a irmã de Tito passando roupa; o frio estava imóvel, um gato preto esquivou-se em silêncio de meu pontapé e de meu cuspo. Tito escondeu sob o travesseiro a revista que estava lendo e me fez sinais de segredo e carinho antes de procurar no guarda-roupa e mostrar-me a garrafa de pinga.

— Aí está, mas só tenho um copo.

Estava contente, gordinho, aturdido. Majestoso, um pouco melancólico, aceitei com um gesto, compartilhei sua baba, coloquei o cotovelo sobre a devastada toalha de plástico da mesa, acendi o cachimbo devagar.

— Estive lendo o poema outra vez — disse e levantou o copo gorduroso, enfeitado de flores, comprado para escovas de dentes ou infusões de ervas. — E mesmo que você ache, não é ruim. Tem muita fumaça aqui. Quer que eu abra a janela?

Em Santa María, quando a noite vem, o rio desaparece, vai recuando sem ondas na sombra como um tapete sendo enrolado; compassadamente, o campo invade pela direita — nesse momento estamos todos voltados para o norte —, ocupa-nos o leito do rio. A solidão noturna na água ou em sua margem pode oferecer, imagino, a lembrança, ou o nada, ou um futuro voluntário; a noite da planície que se estende pontual e indômita só permite que nos encontremos conosco mesmos, lúcidos e no presente.

— Isso não é um poema — disse-lhe com doçura. — Você faz seu pai pensar que está estudando e se tranca para ler uma revista porca que eu mesmo lhe emprestei. Não é um poema, é a explicação de que tive um motivo para escrever um poema e não consegui fazê-lo.

— Estou dizendo que é bom — bateu de leve na mesa com o punho, rebelde, emocionante.

Quando a noite vem ficamos sem rio e as sirenes que vibram no porto transformam-se em mugidos de vacas extraviadas e as tormentas na água soam como um vento seco entre os trigais, sobre colinas acidentadas. Que cada homem fique sozinho e se olhe até apodrecer, sem memória nem manhã; essa face sem segredos por toda a eternidade.

— E sua irmã vai-se casar com o balconista da loja de ferragens, não este ano, claro, mas quando seu velho não tiver outro remédio senão lhe dar a permissão. E você algum dia vai para trás do balcão, não para se altercar com o balconista pela irmã, como seria justo e poético, como eu faria, mas para evitar que os dois, de conluio, comecem a roubá-lo.

Ofereceu-me o copo com um sorriso tolerante, bondosamente cínico. Bebi um trago enquanto procurava me lembrar do que tinha vindo fazer no sótão, junto dele, meu amigo. Aproximei um fósforo do chio do cachimbo. Tinha vindo para pensar, ao amparo incompreensível de Tito, que não tinha ciúmes do homem das sobrancelhas e da pérola; que ela não me olhara nem poderia me olhar com aquela inflamada necessidade de humilhação que eu vislumbrara ao cruzar o bar; que só temia, verdadeiramente, perder peripécias e geografias, perder a bodega licenciosa de Nápoles onde ela fazia amor sobre música de bandolins; o estúdio de São Paulo onde ela ajudava de algum modo um homem trombudo e contrito a corrigir a arquitetura das zonas temperadas e das quentes. Não medo da solidão; medo de perder uma solidão que eu habitara com uma sensação de poder, com uma espécie de ventura que os dias já não me poderiam dar nem compensar.

Houve a tarde seguinte, sem sinal do homem, sem que ela ou eu aludíssemos ao desencontro do dia anterior. (Também era parte de minha felicidade evitar as perguntas razoáveis: saber por que ela estava em Santa María, por que percorria o cais com a valise.) Talvez ela tenha sido mais protetora naquela tarde, mais exigente, mais minuciosa. O que é certo é que ela não esteve, não foi nomeada, não abraçou nenhum homem na história prolongada sobre o Reno, num barco que viajava com mau tempo de Mainz a Colônia. E as outras convicções são duvidosas: a intenção de seu sorriso na penumbra, a intensidade alarmante do frio, o amor temeroso com que ela prolongava os detalhes da viagem, sua vontade de suprimir o essencial, de confundir os significados. De qualquer modo, deu-me apenas coisas que eu já conhecia de cor: uma balsa sobre o rio, gente loira e impávida, a sempre frustrada esperança de uma catástrofe definitiva.

E enquanto eu me vestia, acomodava a boina e tentava reorganizar rapidamente minha confiança na imbecilidade do mundo, também perdoei-lhe, de qualquer modo, o fracasso, fiquei trabalhando num estilo de perdão que refletisse minha turbulenta experiência, minha entediada maturidade.

Lembro-me dela despenteada e conformada, deixando-me partir, ajudando-me a ir embora, despedindo meu corpo magro, meu jeito lerdo, meus ouvidos.

E assim como ao dizer adeus à mulher na tarde da viagem tempestuosa sobre o Reno eu estava separando-me de minha mãe, encontrei-me com meu pai no dia seguinte, às seis da tarde. Estava sentado junto ao balcão do bar, vigiando a entrada com um perfil corado e entusiasta, certo de que me capturaria ao passar, um pouco bêbado, chamando-se, então, Ernesto Maynard. Só precisou mover um polegar para me atrair.

— Como vai? — disse com minha voz mais grossa; acomodei-me a seu lado, pus em ordem sobre minhas pernas os livros e a caderneta, aceitei a bebida que ele quis.

Bebemos em silêncio, pausados. Depois ele apenas colocou a mão em meu ombro, sem domínio, sem piedade. Vou continuar me lembrando dele com amor por muitos anos, mordendo o havana a meu lado, afastando-o para fitar com seus olhos satisfeitos e pequenos o comprimento e a cor da cinza, grosso e seguro, procurando, com sua grosseira, simples cabeça, a fórmula que não ferisse demais mas que contivesse, ao mesmo tempo, aquela amargura que fortalece e ensina.

— Bem, ela sumiu do mapa. Conheço a história toda. Eu, enfiado no quarto do hotel ou viajando pela costa, convencendo médicos, dentistas, farmacêuticos e curandeiros. Posso vender qualquer coisa, sempre soube disso, desde que era menor do que você, é um dom. Trabalhando duro. Mas nunca me escapou uma pilhéria, eu as adivinho antes que comecem a se formar; todos os chifres, todos os abortos, todos os calotes. Deixou uma carta pedindo que guardem seu baú, que vai voltar para buscá-lo e pagar o saldo da conta, uns trezentos pesos. Apenas o baú; e deve estar cheio de pedras, ou de roupas velhas ou de contas de outros hotéis. Eu também sabia que às seis e quinze você ia chegar ao hotel. Esperei-o para dizer, sem rodeios, que essa mulher não volta mais e que não importa que não volte. E que não é possível que você viva como todos esses pobres sujeitos que compram as camisas, ou que as têm compradas pelas esposas, em La Moderna e escolhem os ternos no catálogo da Gath y Chaves. Esperando que chovam mulheres e negócios, ou sem esperar mais nada. Você precisa dar o fora. Algum dia, escute o que eu lhe digo, você vai me agradecer.

Agradeci-lhe e saí, sabendo de verdade, pela primeira vez, que não tinha com quem ficar. Naquela noite tentei refazer o mundo, cada lugar que ela me dera, cada fábula. Deixei de me lembrar de seu rosto quando a luz surgiu na janela.

E também não adiantava pedir dinheiro emprestado. Fui de manhã ao banco e deixei apenas cinco pesos em minha conta de poupança; fui à loja de Salem e empenhei o relógio que herdara de meu irmão (muda e melodramática, minha cunhada o soltou do pulso de meu irmão morto). Antes do meio-dia fiquei plantado diante da caixa registradora do hotel, cheio de dinheiro, de poder, de uma obscura necessidade de ofensa e desgaste. Expliquei que a mulher me enviara os trezentos pesos para resgatar o baú; deram-me um recibo, fizeram-me assinar outro: "Por Carmen Méndez". Acertei com Tito para que levássemos o baú à garagem da loja de ferragens quando seus pais dormissem. Passei o dia inteiro pensando no doutor Díaz Grey, imaginando que estava fazendo tudo isso por ele, pelo impreciso prestígio do cavalheirismo que ele representava no povoado, pequeno, bem-vestido, desterrado, exagerando com ternura a manqueira que apoiava na bengala.

E assim, esgotado e orgulhoso, vinte e quatro horas depois que a mulher deixou Santa María, fechei-me com Tito na garagem e abrimos uma garrafa enquanto conversávamos sobre noites de casamentos e repercussões de mortes, sentados no baú, golpeando-o suavemente com os saltos. Quando a garrafa estava pela metade e ele me pediu que não falássemos mais do corpo de sua irmã, quebrei o cadeado e fomos tirando roupas sujas e imprestáveis, sem perfume, com cheiro de usadas, de suor e de clausura, revistas velhas, dois livros em inglês e um álbum com capas de couro e as iniciais C. M.

De cócoras, envelhecido, tentando manejar o cachimbo com evidente soberba, vi as fotografias em que a mulher — menos jovem e mais crédula à medida que ia passando, enraivecido, as páginas — cavalgava no Egito, sorria para jogadores de golfe num prado escocês, abraçava atrizes de cinema num cabaré da Califórnia, pressentia a morte na nevasca de Rouen, tornava reais, infamava cada uma das histórias que me contara, cada tarde que passei amando-a e ouvindo-a.

(*Sur*, Buenos Aires, 1953)

História do Cavalheiro da rosa e da Virgem grávida que veio de Liliput

I

Num primeiro momento, nós três pensamos que conhecíamos o homem desde sempre, de trás para a frente. Tínhamos tomado cerveja morna na calçada do Universal, no começo de uma noite no final do verão; o ar se punha em alerta ao redor dos plátanos e os trovões ostentosos ameaçavam aproximar-se por sobre o rio.

— Vejam — sussurrou Guiñazú, recuando na cadeira de ferro. — Olhem, mas não olhem demais. Pelo menos não olhem com avidez e, de qualquer maneira, tenham a prudência de duvidar. Se olharmos com indiferença, é capaz que a coisa dure, que eles não se dissipem, que em algum momento venham sentar-se aqui, pedir alguma coisa para o garçom, beber, existir, realmente.

Estávamos suados e maravilhados, olhando para a mesa diante da porta do café. A garota era pequenina e completa; usava um vestido justo, aberto no peito, no estômago e numa coxa. Parecia muito jovem e decidida a ser feliz, era-lhe impossível fechar o sorriso. Apostei que tinha bom coração e predisse-lhe algumas tristezas. Com um cigarro na boca, ansiosa e ampla, uma das mãos no penteado, parou junto à mesa e olhou em torno.

— Vamos supor que esteja tudo em ordem — disse o velho Lanza. — Próxima demais da perfeição para ser uma anã, segura e demagógica demais para ser uma menina disfarçada de mulher. Até para nós ela olhou, talvez a luz a ofusque. Mas o que vale é a intenção.

— Podem continuar olhando — permitiu Guiñazú —, mas não falem, ainda. Talvez sejam tal como nós os vemos, talvez seja verdade que estão em Santa María.

O homem tinha modos, e estes coincidiam, inquietos e variáveis, no propósito de mantê-lo vivo, sólido, inconfundível. Era jovem, esguio, altíssimo; era tímido e insolente, dramático e alegre.

Hesitação da mulher; depois moveu a mão com um gesto de desdém para as mesas na calçada e seus ocupantes, para o rebuliço da tormenta, o planeta sem primores nem surpresas que acabava de pisar. Deu um passo, aproximando uma cadeira da garota para ajudá-la a sentar-se. Sorriu para cumprimentá-la, afagou seus cabelos e depois as mãos, enquanto descia devagar até tocar seu próprio assento com a calça cinza, muito estreita nas panturrilhas e nos tornozelos. Com o mesmo sorriso que dava à garota e que lhe ensinara a copiar, virou-se para chamar o garçom.

— Já caiu uma gota — disse Guiñazú. — A chuva está ameaçando desde a madrugada e vai cair justamente agora. Vai apagar, dissolver o que estávamos vendo e já estávamos começando a aceitar. Ninguém vai querer acreditar.

O homem ficou com a cabeça voltada para nós por um momento, olhando-nos, talvez. Com o cacho escuro e lustroso que diminuía sua testa, com o anômalo terno de flanela cinza no qual o alfaiate pregara uma pequena rosa dura, com sua indolência alerta e esperançosa, com uma amizade pela vida mais velha do que ele.

— Mas pode ser — insistiu Guiñazú — que os outros habitantes de Santa María possam vê-los e estejam desconfiados ou, ao menos, com medo e ódio, antes que a chuva os apague de uma vez. Pode ser que alguém que passe ache-os estranhos, bonitos e felizes demais, e dê o alarme.

Quando o garçom chegou, custaram a pôr-se de acordo; o homem acariciava os braços da garota, dando sugestões pacientemente, dono do tempo e repartindo-o com ela. Inclinou-se sobre a mesa para beijar-lhe as pálpebras.

— Agora vamos parar de olhar para eles — aconselhou Guiñazú.

Eu ouvia a respiração do velho Lanza, a tosse que nascia de cada tragada no cigarro.

— É mais sensato esquecê-los, não ter como prestar contas a ninguém.

Veio o pé-d'água e lembramos que tínhamos deixado de ouvir os trovões sobre o rio. O homem tirou o paletó e o colocou sobre as costas da garota, quase sem precisar se mover, sem deixar de venerá-la e dizer-lhe com o sorriso que viver é a única felicidade possível. Ela deu uns puxões nas lapelas e fixou olhando, divertida, as rápidas manchas escuras que se espalhavam pela camisa de seda amarela que o homem introduzira no aguaceiro.

A luz do U de Universal refulgia na umidade da rosinha hierática e mesquinha que alargava a casa do paletó. Sem deixar de olhar para o marido — eu tinha acabado de descobrir as alianças nas mãos unidas sobre a mesa —, ela girou a cabeça para roçar a flor com o nariz.

No saguão onde fomos nos abrigar, o velho Lanza parou de tossir e fez uma piada sobre o cavalheiro da rosa. Caímos na risada, isolados do casal pelo estrondo da chuva, acreditando que a frase servia para definir o rapaz e que já começávamos a conhecê-lo.

2

Tudo o que fomos descobrindo sobre eles não teve interesse para mim senão depois de um mês, mais ou menos, quando o casal se instalou em Las Casuarinas.

Soubemos que tinham estado no baile do Club Progreso, mas não quem os convidou. Alguns de nós olhando a garota dançar a noite toda, pequenina e vestida de branco, sem nunca se esquecer, quando se aproximava do longo e obscurecido balcão do bar onde seu marido conversava com os sócios mais velhos e importantes, sem se esquecer de sorrir para ele com um fulgor tão terno, tão espontâneo e regular, que era impossível não perdoá-la.

Quanto a ele, lânguido e longo, lânguido e entusiasta, outra vez lânguido e com o privilégio da ubiqüidade, dançou somente com as mulheres que podiam falar com ele — embora não o fizessem — da incompreensão dos maridos e do egoísmo dos filhos, de outros bailes com valsas, *one-steps* e o *pericón* final, com limonadas e *cléricots* aguados.

Dançou somente com elas e só se permitiu inclinar alguns segundos sobre filhas e solteiras o alto corpo vestido de escuro, a cabeça bonita, o sorriso sem passado nem prevenções, a confiança na felicidade imortal. E tudo isso, com distração cortês e de passagem. Elas, as virgens e as jovens esposas de Santa María — conta o observador —, as que de acordo com o breve vocabulário feminino ainda não tinham começado a viver e as que tinham deixado prematuramente de fazê-lo e ruminavam, desconcertadas, o rancor e o desencanto, pareciam estar ali apenas para estender-lhe, sem falta, uma ponte entre mulheres e homens maduros, entre a pista de dança e os incômodos banquinhos do bar penumbroso onde se bebia com lentidão e se falava da lã e do trigo. Conta o observador.

Dançaram juntos a última música e mentiram com firmeza e em uníssono para livrar-se dos convites para jantar. Ele saiu se curvando, paciente e contido, sobre as mãos velhas que apertava sem atrever-se a beijar. Era jovem, magro, forte; era tudo o que tencionava ser e não cometeu erros.

Durante o jantar, ninguém perguntou quem eram e quem os convidara. Uma mulher esperou um silêncio para recordar o ramo de flores que a garota exibira do lado esquerdo do vestido branco. A mulher falou com parcimônia, sem opinar, nomeando simplesmente um ramo de lilases-da-índia, preso ao vestido por um broche de ouro. Arrancado, talvez, de uma árvore em qualquer rua solitária ou no jardim da pensão, do quarto ou do buraco em que estiveram vivendo durante os dias subseqüentes ao Victoria e que nenhum de nós conseguiu descobrir.

3

Quase todas as noites, Lanza, Guiñazú e eu conversávamos sobre eles no Berna ou no Universal, quando Lanza terminava de revisar as provas do jornal e se aproximava de nós mancando, lento, bondoso, moribundo, pisando as manchas de sol que tinham caído, mesmo sem vento, das tipuanas.

Era um verão úmido e eu estava, naquela época, à beira da salvação, quase aceitando que começara a envelhecer; quase. Reunia-me com Guiñazú e falávamos da cidade e de suas mudanças, de testamentos e doenças, de estiagens, de cornos, da pavorosa rapidez com que aumentavam os desconhecidos. Eu esperava a velhice, e talvez Guiñazú esperasse a riqueza. Mas não falávamos do casal na hora variável em que Lanza saía do *El Liberal*. Chegava coxo e mais magro, terminava de tossir e de xingar o diretor e toda a raça dos Malabia, pedia um café de aperitivo e esfregava o lenço encardido nos óculos. Naqueles tempos eu olhava e ouvia mais Lanza que Guiñazú, tentava aprender a envelhecer. Mas não adiantava; essa e mais duas coisas não podem ser tomadas de outro.

Alguém, qualquer um de nós, mencionava o casal, e os outros iam acrescentando o que podiam, sem que ninguém se preocupasse com que fosse pouco ou muito, como verdadeiros amigos.

— Dançam, são dançarinos, isso nós podemos afirmar, e não é possível dizer outra coisa, se juramos dizer somente verdades para descobrir ou para formar a verdade. Mas não juramos nada. De modo que as mentiras que cada um de nós possa oferecer, sempre que sejam de primeira mão e que coincidam com a verdade que nós três pressentimos, serão úteis e bem-vindas. O Plaza já não é suficientemente moderno e luxuoso para eles. Falo dos forasteiros em geral, e me alegro que seja assim. Quanto a estes, vieram de balsa e foram diretamente para o Victoria, para quartos com banheiro e sem refeição. Podemos imaginá-los abraçados na borda — olhando com interesse e desamor, defendendo-se dos perigos do desdém e do otimismo — desde que o barco começou a empinar sobre a corredeira do meio do rio e virou para Santa María. Mediam cada metro dos edifícios de mais de um andar, calculavam a extensão do campo de operações, previam pontos frágeis e emboscadas, avaliavam a intensidade de um de nossos meios-dias de verão. Eles, ele com o braço esquerdo amparando a quase totalidade do corpo da anã pensativa e ela olhando para nós como um menino pensativo, mordendo as pétalas das rosas que ele desceu para comprar no cais de Salto. Eles, depois, rodando até o Victoria no carro de modelo mais novo que conseguiram encontrar na fila buliçosa do embarcadouro; seguidos uma hora depois pelo calhambeque carregado de malas e de um baú. Traziam uma carta para o gordo, amaneirado bisneto de Latorre; e é forçoso que tenham sabido desde a tarde do primeiro dia que nós não o conhecíamos, que não estávamos interessados, que tentávamos esquecê-lo e segregá-lo do mito latorrista, construído com impaciência, candura e malícia pelos homens nostálgicos e sem destino de três gerações. Souberam, em todo caso, que o bisneto estava na Europa. "Não importa", disse ele, com seu rápido sorriso exato. "É um lugar simpático, podemos ficar aqui por algum tempo."

De modo que ficaram, mas já não pôde ser no Victoria. Deixaram os dois quartos com banheiro, esconderam-se com sucesso e só pudemos vê-los na refeição única e noturna no Plaza, no Berna e nos restaurantes da costa, muito mais pitorescos e baratos. E assim foi, uma semana ou dez dias, até o baile do Club Progreso. E depois, uma pausa em que pensamos tê-los perdido para sempre, na qual descrevemos com algum engenho sua chegada ao porto de qualquer outra cidade costeira, confiados e um pouco envaidecidos, um pouco displicentes pela monótona regularidade dos triunfos, para continuar representando *A vida sempre será bela* ou a *Farsa do amor perfeito*. Mas nunca nos pusemos de acordo quanto ao nome do empresário, e empenhei-me em opor a todas as teorias vulgares uma interpretação teológica não mais absurda que o final desta história.

A pausa terminou quando soubemos que estavam vivendo, ou que dormiam, pelo menos, numa das casinhas de telhado vermelho da praia, uma da dúzia que Specht comprara — pelo preço que quis, mas à vista — do velho Petrus, quando teve início a paralisia do estaleiro e, melancólicos, começamos a dizer que nenhuma locomotiva correria pelos trilhos que haviam feito metade do caminho, um quarto e mais um quarto, entre El Rosario e Puerto Astillero. Dormiam na casinha da Vila Petrus, da meia-noite às nove da manhã. O chofer de Specht — Specht era, então, presidente do Club Progreso — os trazia e os levava. Nunca soubemos onde tomavam o café-da-manhã; mas as outras três refeições eles faziam na casa de Specht, diante da praça velha, circular, ou praça Brausen, ou praça do Fundador.

Soube-se também que nunca assinaram um contrato de aluguel pela casa da praia. Specht não estava interessado em falar de seus hóspedes e tampouco em fugir do tema. Confirmava, no clube:

— Sim, eles nos visitam todo dia. Distraem-na. Como não temos filhos...

Pensamos que a sra. Specht, se quisesse falar, poderia dar-nos a chave do casal, sugerir-nos definições e adjetivos. Os que inventávamos não chegavam a nos convencer. Eram, ela e ele, demasiado jovens, temíveis e felizes para que o preço e o porvir consistissem no que se oferece aos empregados: casa, comida e algum dinheiro no bolso que a sra. Specht os obrigava a receber sem que pedissem.

Talvez essa fase tenha durado uns vinte dias. Naquela época o verão foi alcançado pelo outono, permitiu-lhe alguns céus vidrados no crepúsculo, meios-dias silenciosos e rígidos, folhas planas e tingidas nas ruas.

Durante aqueles vinte dias, o rapaz e a pequena chegavam à cidade todas as manhãs às nove, trazidos pelo carro de Specht do frescor da praia ao estio preterido na velha praça. Podíamos vê-los — eu não tive dificuldade — sorrindo para o chofer, para o cheiro de couro do automóvel, para as ruas e para seu minguado tráfego matinal; para as árvores da praça e para os que surgiam por cima das cercas, para os ferros e os mármores da entrada da casa, para a criada e para a sra. Specht. Sorrindo depois, o dia todo, o mesmo sorriso de irmandade com o mundo, menos puro e convincente o dela, com dimensões e brilhos levemente equivocados. E, contudo, sendo úteis da manhã até o regresso, inventando tarefas, consertando móveis, limpando as teclas do piano, preparando na cozinha algumas das receitas que ele sabia de cor ou improvisava. E eram úteis, principalmente, modificando os vestidos e os arranjos da sra. Specht, celebrando depois as mudanças com interjeições discretas e plausíveis. Eram úteis prolongando os saraus até o primeiro bocejo de Specht, concordando com ele nos lugares-comuns desiludidos e imortais ou limitando-se a ouvir com avidez proezas autobiográficas. (Ela, não inteiramente, claro; ela sussurrando em duo com a sra. Specht a plana música de fundo — modas, compotas e desventuras — que convém aos temas épicos da conversa masculina.)

— Não o cavalheiro da rosa — propôs Lanza —, mas sim o *chevalier servant*. Dito sem desprezo, provavelmente. Veremos.

Soube-se que Specht os botou para fora sem violência na manhã seguinte a uma festa que deu em sua casa. Como sempre, o chofer chegou naquele domingo às nove ao chalé da praia; mas em vez de apanhá-los entregou uma carta, quatro ou cinco linhas definitivas e corteses escritas com a letra clara e sem pressa que se desenha nas madrugadas. Botou-os para fora porque tinham se embebedado; porque encontrou o rapaz abraçado à sra. Specht; porque lhe roubaram um jogo de colheres de prata gravadas com os escudos dos cantões suíços; porque o vestido da pequena era indecente num peito e num joelho; e, finalmente, porque no fim da festa dançaram juntos como marinheiros, como comediantes, como negros, como prostitutas.

A última versão acabou se tornando verdadeira para Lanza. Certa madrugada, depois do jornal e do Berna, viu-os num dos cafés da rua Caseros. Era o fim de uma noite quente e úmida, e a porta do estabelecimento estava aberta, sem a cortina de veludo, sem promessas nem armadilhas. Parou para disfarçar e acender um cigarro e viu-os, sozinhos na pista, cercados pelo híbrido fascínio das poucas pessoas que restavam nas mesas, dançando qualquer coisa, um fragor, uma vertigem, um prólogo da cópula.

— Porque aquilo devia ter, na certa, um nome qualquer que não passa de um eufemismo. E aquilo tampouco passava de dança tribal, de rito de esponsais, dos giros e pausas com que a namorada rodeia e flerta com o macho, das ofertas que se interrompem para irritar a demanda. Só que aqui era ela quem se deixava estar, um pouco entorpecida, com os movimentos amarrados, friccionando o chão com os pés e sem descolá-los, balançando o corpo diminuto e exuberante, perseguindo o homem com seu paciente sorriso deslumbrado e com as palmas das mãos, que levantara para proteger-se e mendigar. E era ele quem dançava em redor, quebrando a cintura ao afastar-se e vir, prometendo e retificando com o rosto e com os pés. Dançavam assim porque havia outros ali, mas dançavam só para eles mesmos, em segredo, protegidos de toda intromissão. O rapaz tinha a camisa aberta até o umbigo; e todos nós podíamos ver nele a felicidade de estar suando, um pouco bêbado e em transe, a felicidade de ser contemplado e de fazer-se esperar.

4

Então, pela primeira vez e como estava previsto, tiveram de aproximar-se de nós. No meio de uma certa manhã o homem chegou ao escritório de Guiñazú, de banho tomado e cheirando a lavanda, enrolando nos dedos uma nota de cinqüenta pesos dobrada ao comprido.

— Não posso pagar mais, pelo menos à vista. Me diga se dá para pagar uma consulta.

"Disse a ele que se acomodasse enquanto pensava em vocês, incerto de que fosse o próprio. Recostei-me na poltrona e ofereci-lhe um café, sem responder, pedindo licença para assinar uns papéis. Mas quando senti que minha antipatia sem motivo não podia sustentar-se e que ela estava sendo substituída pela curiosidade e por uma forma quase impessoal de inveja; quando admiti que o que qualquer um chamaria de insolência ou descaro podia ser outra coisa, extraordinária e quase mágica por sua estranheza, compreendi, sem dúvida nenhuma, que meu visitante era aquele sujeito da camisa amarela e da rosinha na lapela que víramos naquela noite de chuva na calçada do Universal. A bem dizer, ainda que eu persista na antipatia: um homem congenitamente convencido de que a única coisa que importa é estar vivo e, conseqüentemente, convencido de que qualquer coisa que lhe caiba viver é importante e boa e digna de ser sentida. Disse-lhe que sim, que por cinqüenta pesos, preço de amigo, podia lhe dizer, com um cálculo aproximado de meses, que pena ele poderia esperar de códigos, fiscais e juízes. E o que podia tentar para que a pena não fosse cumprida. Queria ouvi-lo e, sobretudo, queria pegar a nota verde que ele enrolava distraído nos dedos, como se estivesse certo de que, comigo, bastava mostrá-la.

"Desdobrou, por fim, a nota e colocou-a sobre a escrivaninha; guardei-a na carteira e falamos, por um minuto, de Santa María, de panoramas e do clima. Contou-me uma história sobre a carta que trouxera para Latorre e perguntou-me se seria possível ele ficar morando no chalé da praia — ele e ela, claro, tão jovem e esperando um bebê —, apesar do desentendimento com Specht, apesar de não existir outra coisa a não ser o que ele chamava de um contrato verbal de aluguel.

"Pensei um pouco e decidi dizer-lhe que sim; expliquei lentamente quais eram seus direitos, citando números e datas de leis, casos que estabeleciam jurisprudência. Aconselhei-o a depositar em juízo uma soma razoável a título de aluguel e a intimar Specht para o fechamento do contrato existente, verbal e de fato.

"Vi que essas palavras lhe agradavam; movia a cabeça concordando, com um meio sorriso prazenteiro, como se ouvisse sua música preferida, distante, bem executada. Pediu-me, desculpando-se por não ter entendido, que repetisse uma ou duas frases. Mas só isso, não exibiu nenhum verdadeiro entusiasmo ou alívio, infelizmente. Porque quando dei por terminada a pausa e disse-lhe com voz sonolenta que tudo o que eu dissera anteriormente correspondia fielmente à teoria do direito aplicável ao caso, mas que, na suja prática de Santa María, seria suficiente que Specht falasse por telefone com o chefe do Destacamento para que ele e a jovem senhora que esperava nenê fossem transferidos do chalé para um ponto qualquer situado a duas léguas do limite da cidade, começou a rir e olhou-me como se eu fosse seu amigo e acabasse de contar uma piada memorável. Parecia tão entusiasmado que peguei a carteira para devolver-lhe os cinqüenta pesos. Mas ele não caiu na armadilha. Tirou do bolso dianteiro da calça um relojinho de ouro que era chamado, em certa época, de *châtelaine*, lamentou ter compromissos e ensejou que aquela conversa de negócios pudesse algum dia transformar-se no diálogo de uma verdadeira amizade. Apertei sua mão com força, suspeitando que estava em dívida com ele por coisas mais importantes que os cinqüenta pesos que acabava de extorquir-lhe."

5

Então eles sumiram, foram vistos misturados com viajantes nos sábados do Club Comercial, novamente não se soube deles, e ressurgiram de repente, instalados em Las Casuarinas.

Muito perto de nós e do escândalo, desta vez. Porque Guiñazú era advogado de dona Mina Fraga, a dona de Las Casuarinas; eu a visitava quando o dr. Ramírez não estava em Santa María, e Lanza havia terminado de polir, no inverno anterior, um necrológio intitulado Dona Herminia Fraga, de exatos sete centímetros de coluna, lamentoso, embora ambíguo, e que aludia principalmente às virtudes colonizadoras do finado pai de dona Mina.

Perto do escândalo porque dona Mina, entre a puberdade e os vinte anos, fugira três vezes. Partiu com um peão de estância e o velho Fraga a trouxe de volta a rebencaços, segundo a lenda, que acrescenta a morte do sedutor, seu enterro furtivo e um acordo financeiro com o delegado de 1911. Partiu, não com, mas atrás do mágico de um circo que era apropriadamente feliz com sua vocação e com sua mulher. A polícia a trouxe de volta, a pedido do mágico. Partiu, nos dias da quase revolução de 16, com um vendedor de remédios para animais, um homem bigodudo, afetado e decidido que fizera bons negócios com o velho Fraga. Esta foi a mais longa de suas ausências, e ela voltou sem ser chamada nem trazida.

Nessa época Fraga estava terminando Las Casuarinas, um casarão na cidade, para dar como dote à filha e porque estava farto de viver na estância. Falou-se então de uma crise religiosa da moça, de sua entrada num convento e de um padre inverossímil que se negou a propiciar o plano porque não acreditava na sinceridade de dona Mina. O certo é que Fraga, que lembrava, sem orgulho, jamais ter pisado numa igreja, mandou erigir uma capela em Las Casuarinas antes de terminar a casa. E quando Fraga morreu, a moça arrendou a preços os mais altos possíveis a estância e todos os campos herdados, instalou-se em Las Casuarinas e transformou a capela em quartos para hóspedes ou jardineiros. Durante quarenta anos, foi passando de um nome a outro, de Herminia a dona

Herminita e a dona Mina. Terminou na velhice, na solidão e na arteriosclerose, nem vencida nem saudosista.

Ali estavam, então, os amantes caídos do céu de uma tarde de tempestade sobre nós. Instalados como se para sempre na capela de Las Casuarinas, repetindo agora, dia e noite, em condições ideais de palco, de público e de bilheteria, a obra cujo ensaio geral haviam feito na casa de Specht.

Las Casuarinas fica bem afastada da cidade, no rumo norte, acima do caminho que leva à costa. Ali os viu Ferragut, o escrivão sócio de Guiñazú, certa manhã de domingo. Os três e o cachorro.

— Chovera desde a madrugada; um par de horas de água e de vento. De maneira que às nove o ar estava limpo e a terra um pouco úmida, escura e cheirosa. Deixei o carro na parte alta do caminho e os vi quase em seguida, como num quadro pequeno, desses com moldura larga e dourada, imóveis e surpreendentes enquanto eu descia na direção deles. Ele ao fundo, com uma roupa azul de jardineiro, feita, eu poderia jurar, sob medida; ajoelhado diante de um roseiral, olhando-o sem tocá-lo, dando sorrisos de comprovada eficácia contra as formigas e os pulgões; rodeado, em benefício do autor do quadro, pelos atributos de sua condição: a pá, o rastelo, o podão, a máquina de cortar grama. A moça estava sobre um colchonete de jardim, com um chapéu de palha que quase lhe tocava os ombros, com uma grande barriga pontuda, sentada em postura de lótus, as pernas cobertas por uma ampla saia colorida, lendo uma revista. E junto dela, numa poltrona de vime com toldo, dona Mina sorria para a glória matutina de Deus, o asqueroso cachorro peludo na saia. Todos estavam em paz e tinham graça; cada um desempenhava com inocência seu papel no recém-criado paraíso de Las Casuarinas. Parei, intimidado, no portãozinho de madeira, sabendo-me indigno e intruso; mas a velha mandara me chamar e agora estava movendo a mão e franzindo o rosto para me enxergar. Estava fantasiada com um vestido sem mangas, aberto no peito. Apresentou-me à garota — "uma filhinha"—, e quando o sujeito terminou de ameaçar as formigas e veio, balançando-se e armando um sorriso, dona Mina começou a rir, melindrosa, como se lhe tivesse dito um galanteio lúbrico. Ricardo era o nome do sujeito. Estivera arranhando a terra até sujar as unhas e agora olhava para elas preocupado, mas sem perder a fé: "Vamos salvar quase tudo, dona Mina. Como eu lhe disse, foram plantados juntos demais. Mas não importa". Não importava, tudo era fácil; ressuscitar roseirais secos ou transformar água em vinho.

— Desculpe — disse Guiñazú. — Mas ele sabia que você era o escrivão, que a velha o chamara, que existe uma coisa chamada testamento?

— Sabia, estou seguro disso. Mas isso também não importava.

— Ele sim deve estar seguro.

— E quando a velha passou o cão agônico e remelento para a garota que continuava apoiando as nádegas nos calcanhares e apanhou, às cegas, a bengala para levantar-se e ir comigo até a casa, o sujeito deu um salto e inclinou-se para ela a fim de oferecer-lhe o braço. Iam adiante, bem devagar; ele lhe explicava, à medida que a ia inventando, a idiossincrasia do desconhecido que havia plantado os roseirais; ela parava para rir, para beliscá-lo, para bater nos olhos com um lencinho. Na escrivaninha o sujeito entregou-a a mim sentada e pediu licença para continuar conversando com as formigas.

— Bem — sondou Guiñazú, brincando com o copo. — Talvez Santa María tenha razão em condenar o que está ocorrendo em Las Casuarinas. Mas se o dinheiro, em vez de ir para qualquer parente do campo, vai caber ao jardineiro *amateur* e à dama de companhia e à criança que ainda não nasceu... Quanto pode viver a velha? — perguntou-me.

— Não se pode dizer. De dois a cinco anos, acho. Desde que está com hóspedes abandonou a dieta. Para o bem ou para o mal.

— Sim — continuou Guiñazú —, eles podem ajudá-la. — Voltou-se para Ferragut: — Tem muito dinheiro? Quanto?

— Tem muito dinheiro — disse Ferragut.

— Obrigado. Modificou o testamento neste domingo?

— Confessou-me, porque esteve falando comigo o tempo todo em tom de confissão, que era a primeira vez em sua vida que se sentia querida de verdade. Que a anã grávida era mais bondosa com ela do que qualquer filha imaginável, que o sujeito era o melhor, mais fino e compreensivo dos homens e que, se a morte viesse buscá-la agora, teria, ela, dona Mina, a felicidade de saber que o repugnante cão incontinente ficaria em boas mãos.

Lanza começou a rir convulsivamente, engasgando-se com sons tristonhos. Fitou-nos e acendeu um cigarro.

— Temos pouco do que nos alimentar — disse. — E tudo se declara valioso. Mas essa é uma velha história. Só que, raras vezes, não sei por quê, deu-se de maneira tão perfeita. De modo que no testamento anterior, diga-me, deixava a fortuna para padres ou parentes.

— Para parentes.

— E essa manhã modificou o testamento.

— E essa manhã modificou o testamento — replicou Ferragut.

6

Viviam em Las Casuarinas, desterrados de Santa María e do mundo. Mas em certos dias, uma ou duas vezes por semana, vinham às compras na cidade no inseguro Chevrolet da velha.

Os antigos moradores, como eu, podiam evocar então a remota e breve existência do prostíbulo, os passeios que as mulheres faziam às segundas-feiras. Apesar dos anos, das modas e da demografia, os habitantes da cidade continuavam os mesmos. Tímidos e envaidecidos, obrigados a julgar para ajudar-se, sempre julgando por inveja ou medo. (O importante a dizer desta gente é que está desprovida de espontaneidade e de alegria; que só consegue produzir amigos mornos, bêbados inamistosos, mulheres que perseguem a segurança e são idênticas e intercambiáveis como gêmeas, homens vigaristas e solitários. Falo dos de Santa María; talvez os viajantes tenham comprovado que a fraternidade humana é, nas coincidências miseráveis, uma verdade assombrosa e decepcionante.)

Mas o desprezo indeciso com que os habitantes olhavam o casal que percorria uma ou duas vezes por semana a cidade varrida e progressista era de essência distinta da do desprezo que tinham empregado, anos atrás, para medir os passos, as pausas e os giros das duas ou três mulheres da casinha na costa que brincaram de ir às compras nas tardes de segunda-feira durante alguns meses. Porque todos sabíamos um par de coisas do rapaz lânguido sorridente e da mulher em miniatura que aprendera a equilibrar sobre os saltos altos a barriga crescente, que avançava pelas ruas do centro, não muito devagar, jogada para trás, com a nuca apoiada na mão aberta do marido. Sabíamos que estavam vivendo do dinheiro de dona Mina; e ficou estabelecido que, nesse caso, o pecado era mais sujo e imperdoável. Talvez porque se tratasse de um casal e não apenas de um homem, ou por ser o homem jovem demais, ou porque os dois eram-nos simpáticos e demonstravam não estar inteirados.

Mas também sabíamos que o testamento de dona Mina fora modificado; de modo que, ao vê-los passar, somávamos ao desdém uma tímida e calculada oferta de amizade, de compreensão e tolerância. Depois se veria o porquê, quando fosse necessário.

O que se viu então foi a festa de aniversário de dona Mina. Guiñazú a viu por nós.

Disseram — e diziam-no mulheres velhas e ricas, que foram convidadas e apresentaram suas desculpas — que era impossível dona Mina fazer aniversário em março. Até se ofereceram para mostrar fotografias esverdeadas, imagens conservadas da infância respeitável de dona Mina, onde ela devia estar ocupando o centro, a única menina sem chapéu, no jardim inconcluso de Las Casuarinas, em sua festa de aniversário, entre meninas com gorros peludos, com casacos de lapelas, golas e alamares de peles.

Mas não mostraram as fotografias nem foram. Apesar de o rapaz ter prometido que iriam ou, pelo menos, ter feito o possível para que fossem. Mandou imprimir uns convites num macio papel amarelo com letras pretas em relevo. (Lanza revisou as provas.) Durante três ou quatro dias percorreram as ruas da cidade e os caminhos das casas de campo num tílburi misteriosamente desencavado. Com aros de borracha nova, recém-pintado de verde-escuro e de preto-claro, com um gigantesco cavalo de estátua, gordo, asmático, um animal de arado ou de nora que agora arrastava o casal, enfurecido, baboso e prestes a ter um treco. E eles passavam com uniforme de distribuidores de convites, erguidos sem rigidez atrás da rotunda garupa do animal, com seus gêmeos, distraídos sorrisos, com o açoite inútil.

— Mas não conseguiram nada, ou muito pouco — contou-nos Guiñazú. — Talvez, ocorre-me agora, se ele tivesse conseguido ser visto e ouvido por todas as velhas em cuja casa ia mendigar... A verdade é que naquele sábado não conseguiram atrair ninguém, homem ou mulher, com direito indiscutível de ser nomeado nas colunas sociais do *El Liberal*. Cheguei mais perto das nove que das oito, e já havia gente com garrafas plantada na obscuridade do jardim. Subi a escadaria sem ânimo, ou com vontade de acabar logo com tudo aquilo, respirando a ternura da lenha queimada em algum local próximo, ouvindo a música que vinha de dentro, a música nobre, afinada e orgulhosa que não fora feita nem era tocada para mim nem para nenhum dos habitantes da casa ou do jardim.

No vestíbulo escuro uma mulatinha de avental e coifa surgiu diante do monte de chapéus e casacos de mulheres. Pensei que a haviam fantasiado e posto ali para anunciar em voz alta os visitantes.

Primeiro, por acaso, porque ele estava perto da cortina de bombazina e naftalina, vi o sujeito, o rapaz, o homem da rosinha na lapela. Depois cruzei a gentalha endomingada e fui cumprimentar dona Mina. Ela mal cabia na poltrona de pés retorcidos, recém-estofada; não deixou de acariciar o focinho do cão fedorento. Tinha rendas nas mãos e no decote. Disse-lhe duas palavras de cortesia e dei um passo atrás; então vi rapidamente os olhos, os dela e os da anã perfeita, sentada no tapete, a cabeça apoiada na poltrona. Os da grávida tinham uma expressão de doçura estúpida, de felicidade física inalterável.

Os olhos da velha fitavam-me, dizendo algo, certos de que eu não era capaz de descobrir do que se tratava; caçoando de minha incompreensão e também, antecipadamente, do que pudesse compreender equivocando-me. Os olhos, estabelecendo comigo, por um instante, uma desdenhosa cumplicidade. Como se eu fosse um menino; como se ficasse nua diante de um cego. Os olhos ainda brilhantes, sem renúncia, acossados pelo tempo, faiscando por um segundo sua desforra impessoal entre as rugas e os penduricalhos.

O rapaz da rosa ficou pondo discos durante mais meia hora. Quando se cansou ou sentiu-se seguro, foi buscar a anã grávida, levantou-a e começaram a dançar no meio da sala, rodeados pelo espontâneo retrocesso dos demais, decididos a viver, a suportar com alegria, a prescindir de esperanças concretas. Ele se balançando com preguiça, intercalando os pés no tapete vinoso e rafado; ela ainda mais lenta, milagrosamente não alterada, realmente, pela enorme barriga que ia crescendo a cada giro da dança sabida de cor, que podia bailar sem erros, surda e cega.

E nada mais houve até o final, até a construção exasperada do monumento vegetal que dá interesse a esta história e a despoja de sentido. Nada realmente importante até a pira multicor e túrgida, agoniante, de intenção desconhecida, queimada em três dias pela geada de maio.

Lanza e Guiñazú tinham visto muito mais, tinham estado, em duas ou três ocasiões, mais próximos que eu do coração enganoso do assunto. Mas coube a mim a imprestável revanche de ir a Las Casuarinas às três da manhã; que o rapaz viesse buscar-me com o gigantesco cavalo arquejante na noite azul e fria; que me ajudasse a abrigar-me com uma distraída cortesia desprovida de ofensa; que antecipasse no caminho — enquanto xingava carinhosamente o cavalo e ia exagerando a atenção às rédeas — o final que estivéramos prevendo e talvez desejando, pela simples necessidade de que aconteçam coisas.

As ancas do cavalo resfolegante movendo-se compassadas sob a lua, o ruído cavo do trote, disposto a levar-me a qualquer parte. O rapaz ia olhando o caminho deserto com a esperança de descobrir perigos e obstáculos, as mãos protegidas por grossas luvas velhas, desnecessariamente afastadas do corpo.

— A morte — disse. Olhei seus dentes raivosos; o nariz bem-feito demais; a expressão adequada à noite de outono, ao frio que atravessávamos, a mim, ao que ele supunha encontrar na casa. — De acordo. Mas não o medo, nem o respeito, nem o mistério. O asco, a indignação por uma injustiça definitiva que faz, por sua vez, que todas as injustiças anteriores não importem e se transformem em imperdoáveis. Estávamos dormindo e a campainha nos acordou; eu colocara um despertador do lado da cama. Tentava sorrir e tudo parecia ir bem por sua vontade e com sua permissão, como sempre. Mas tenho certeza de que não nos via, esperando com todo o semblante algum ruído, alguma voz. Aprumada sobre os travesseiros, desejando ouvir algo que nós não podíamos dizer. E como a voz não chegava, começou a mover a cabeça, a inventar um idioma desconhecido para falar com qualquer outro, tão velozmente que era impossível que a atendessem, antecipando-se as respostas, defendendo-se de ser interrompida. Pessoalmente, acho que estava disputando algo com uma amiga da juventude. E depois de uns dez minutos de murmúrio vertiginoso tornou-se indubitável que a amiga, quase uma menina, estava sendo derrotada e que ela, dona Mina, ia ficar para sempre com o entardecer glicinoso e jasminoso, com o homem de pálpebras lentas, encaracolado, um bastãozinho de jacarandá na axila. Pelo menos, foi o que entendi, e continuo acreditando nisso. Nós a cercamos de bolsas de água quente, fizemos que tomasse as pílulas, encilhei o cavalo e vim buscá-lo. Mas era a morte. Não há mais nada a fazer senão assinar o atestado de óbito e solicitar, amanhã, a autópsia. Porque toda Santa María está condenada a pensar que eu a envenenei, ou que nós, minha mulher, o feto e eu, a envenenamos para receber sua herança. Mas, por sorte, como você poderá comprovar quando abrir seus intestinos, a vida é muito mais complicada.

A mulherzinha, vestida de luto, como se tivesse trazido na bagagem roupas pretas novas prevendo aquela noite, acendera velas junto à cabeça desconcertada de dona Mina, espalhara um punhado de violetas prematuras e pálidas sobre os pés da cama e esperava por nós, de costas e ajoelhada, com o rosto entre as mãos e em cima da colcha branca e barata, trazida, talvez, do quarto da empregada.

Continuaram morando na casa, e como dizia Lanza no Berna, espiando a cara de Guiñazú — mais fina, naqueles dias, mais matreira e profissional —, ninguém poderia botá-los para fora enquanto não se abrisse o testamento e ficasse demonstrado que existia alguém com o direito de despejá-los, ou que era deles o direito de partir depois de tê-la vendido. Guiñazú lhe dava razão e sorria.

— Não há pressa. Como testamenteiro, posso esperar três meses para levar o testamento a juízo. A não ser que apareça algum parente com pretensões razoáveis. Entrementes, eles continuam morando na casa; e são dessas pessoas raras que se dão bem em qualquer lugar, que melhoram os lugares ou que lhes dão sentido. Todos concordamos nisso. Eu os tenho visto descer para ir às compras toda semana, como sempre, e até pude averiguar como estavam se virando para continuar comprando. Mas não falei com eles e não há motivo para pressa. É provável que tenham tomado por conta própria a sala grande de Las Casuarinas e a estejam transformando em museu para perpetuar a memória de dona Mina. Creio que dispõem de vestidos, chapéus, sombrinhas e botinas suficientes para ilustrar essa vida prócer da guerra do Paraguai até nossos dias. E talvez tenham descoberto maços de cartas, daguerreótipos e bigodeiras, pílulas para aumentar o busto, uma caneta-tinteiro de marfim lavrado e ampolas de afrodisíaco. Com esses elementos, se souberem usá-los, conseguirão fazer com que qualquer visitante do museu possa reconstruir facilmente a personalidade de dona Mina, para orgulho de todos nós, constrangidos pela história à pobreza de um único herói, Brausen, o Fundador. Nada nos apressa.

(Mas eu desconfiava que o desejo o apressava, a impura esperança de que o rapaz da rosa voltasse a visitar o escritório para pedir a abertura do testamento ou a sucessão. Que o esperava para desforrar-se do confuso encanto que o rapaz lhe impôs na manhã em que foi visitá-lo e lhe pagou cinqüenta pesos por nada.)

— Nada nos apressa — continuava Guiñazú; e no momento, aparentemente, nada os apressa. Porque, para os de Santa María, a maldição tácita que exilou de nossas imundícies coletivas há meio século a imundície pessoal de dona Mina ficou sem efeito e sem causa a partir da noite do velório. Desde então, depois do luto, os mais discretos de nós, os chacreiros e os comerciantes voluntariosos, e até as famílias que descendem da primeira imigração, começaram a gostar do casal sem peias, com toda a vontade que tinham de gostar deles. Começaram a oferecer-lhes suas casas e créditos ilimitados. Especulando com o testamento, claro, fazendo prudentes ou audazes investimentos de prestígios e mercadorias, apostando em favor do casal. Mas, além disso, insisto, fazendo tudo isso com amor. E eles, os dançarinos, o cavalheiro da rosa e a virgem grávida que veio de Liliput, demonstram estar à altura das novas circunstâncias, na altura exata desta preamar de carinho, indulgência e adulações que a cidade levanta para atraí-los. Compram o imprescindível para comer e ser felizes, compram lã branca para o bebê e biscoitos especiais para o cão. Agradecem os convites e não podem aceitá-los porque estão de luto. Imagino-os de noite na sala grande, sem ninguém para quem dançar, perto do fogo e rodeados pelas primeiras peças desordenadas do museu. Em troca de escutá-los, eu devolveria com prazer ao sujeito os cinqüenta pesos dos honorários e poria outra nota em cima. Em troca de escutá-los, de saber quem são, de saber quem e como somos nós para eles.

Guiñazú não nos disse uma palavra sobre o testamento, sobre as modificações ditadas pela velha a Ferragut, até que chegou o momento exato em que teve vontade de fazê-lo. Talvez tenha se cansado de esperar a visita do rapaz, a confissão tácita que o autorizaria a julgá-lo.

Teve vontade de fazê-lo num abafado meio-dia de outono. Almoçou conosco, pôs sobre o parapeito da janela do Berna a pasta castanha que comprara antes de se formar e que está sempre nova, como se tivesse sido feita com o couro de um animal jovem e ainda vivo, sem marcas de litígios, corredores de tribunais, sujeiras transportadas. Cobriu-a com o chapéu e disse-nos que estava levando o testamento para depositá-lo em juízo.

— E que se cumpra a justiça dos homens — riu. — Perdi muito tempo, distraí-me imaginando as cláusulas que poderia ter ditado a justiça divina. Tentando adivinhar como seria este testamento se Deus o tivesse ordenado em vez de dona Mina. Mas quando pensamos em Deus pensamos em nós mesmos. E o Deus que eu posso pensar — insisto em que dediquei muito tempo ao problema — não teria feito melhor as coisas, conforme se verá muito em breve.

Nós o vimos caminhar para a praça e atravessá-la apressado, alto e sem reclinar os ombros, com a pasta segura por dois dedos, certo de que levava a juízo, para nós, para toda a cidade, o melhor, o que tínhamos feito por merecer.

Começamos a saber das coisas no dia seguinte, logo cedo. Soubemos que Guiñazú esteve tomando café e conhaque com o juiz, que conversaram por um momento e ficaram se olhando, graves e suspirantes, como se dona Mina tivesse acabado de morrer e como se aquela morte lhes importasse. O juiz, Canabal, era um homem corpulento, de olhos frios e inchados, um pouco fanhoso e a quem eu, exagerando, proibira de beber álcool desde o fim do ano. Moveu em cima do testamento a cabeça pesada, mostrando-se desolado à medida que virava as páginas com um único dedo experiente. Depois levantou-se arfando e acompanhou Guiñazú até a porta.

— Se esta colheita também for perdida, vamos nos divertir — disse um dos dois.

— E agora que estão dando o trigo ao Brasil quase de graça — disse o outro.

Mas antes que a porta se fechasse Guiñazú começou a rir, com uma risada sem prólogo, feita toda de gargalhadas maduras.

— O cachorro! — gritava. — A frase em que fala, aquela muito ordinária e cínica, do amor e do cão. Como eu gostaria de ver a cara deles! E acho que vou vê-las neste mesmo escritório. Pensavam estar com tudo em cima e agora... o cão e quinhentos pesos!

Guiñazú voltou a entrar no quarto e sorriu em silêncio. Canabal limpava o rosto com um lenço enlutado.

— Desculpe — arfou —, mas jamais, em toda a minha vida, mesmo como advogado de porta de xadrez, eu vi algo tão cômico. O cão e quinhentos pesos.

— Pensei a mesma coisa — disse Guiñazú com tolerância. — E Ferragut também está impaciente para ver a cara deles. E é verdade que o assunto me pareceu cômico — continuou sorrindo até chegar à janela aberta sobre a rua estreita e retilínea, embelezada pela umidade e pelo som amarelo, sobre a música crapulosa e infantil que subia da loja de rádios e discos. — Mas se levarmos em conta que a finada deixa uma fortuna...

— Por isso mesmo — disse Canabal, e voltou a rir.

— Uma fortuna para umas primas e sobrinhas que talvez nunca a tenham visto e que certamente a odiavam, e várias dezenas de milhares para gente que ninguém sabe quem é e que será preciso perseguir com editais por todo o país... Se levarmos em conta, senhor juiz, que o casal esteve cuidando dela e fazendo-a feliz durante meses, e que ela estava certa — como nós estamos, sem outra prova que a sórdida experiência — de que o casal estava crente que ia levar sua herança. Se admitirmos que a velha pensava nisso quando chamou Ferragut para determinar que o rapaz, a anãzinha e o feto irão receber em pagamento ao anteriormente exposto quinhentos pesos para situar-se a vida toda à margem de toda dificuldade econômica...

— Mas, Guiñazú — disse o juiz, cheirando o perfume seco e triste de seu lenço. — Se eu estava rindo justamente por isso, homem. Aí está a graça: na reunião de todas as coisas que você acaba de enumerar.

"Não tem cor nos olhos, pensou Guiñazú. Só tem brilho e convexidade; poderia passar horas olhando sem pestanejar, com uma folhinha de rosa colada na córnea."

— Mas já não acho graça nisso — continuou Guiñazú. — A história é cômica demais, monstruosamente cômica. Então, acabei por levá-la a sério. Por desconfiar do que parece óbvio. Por exemplo, antes que eu me vá, pense no cão; me diga amanhã por que ela o deixou para ele e não para as primas milionárias.

Fechou teatralmente a porta e escutou quase em seguida as gargalhadas de Canabal, as perguntas babosas que se fazia em voz alta para continuar rindo.

Soubemos também que Guiñazú — que deixara de encontrar-nos no café e no Berna — visitou Las Casuarinas no dia seguinte. Soubemos que tomou chá no jardim com o casal, que inspecionou as defesas de aniagem e de lata contra geadas e formigas inclinadas nas estacas dos roseirais.

Soubemos, quando Guiñazú quis falar, quando chegou o inverno e Las Casuarinas ficou deserta e os habitantes de Santa María se esqueciam do frio e da geada para comentar a história equívoca e imortal do testamento, soubemos que naquela tarde úmida de outono Guiñazú antecipou a entrega legal do cão moribundo e diarréico, e de cinco notas de cem pesos.

Mas, na realidade, éramos obrigados a suspeitar muito antes de que Guiñazú desse o cão e o dinheiro. Tivemos de supô-lo na mesma manhã de domingo em que alguém veio nos contar que a anã se acomodara para esperar, entre pilhas de malas e caixas redondas de chapéus, escarranchada para dar espaço ao feto de onze meses e ao peludo cão remelento, na escadaria do porto, diante do ancoradouro da balsa.

A dupla entrega devia ser conhecida desde o momento em que outro veio nos contar que o rapaz, no amanhecer daquele mesmo dia, na boléia insegura da carruagem de Las Casuarinas, golpeando o cavalo por capricho, andou percorrendo as chácaras e comprando flores. Não tinha preferências, pagava do cinto sem discutir, acomodava os ramos debaixo da capota, dizia que sim a um copo de vinhote e subia de novo na boléia. Entrou e saiu dos caminhos de terra, parou para abrir e fechar porteiras, obrigou o animal a galopar sob o círculo imperfeito da lua, entre cachorros magros, malhados e invisíveis, enfrentou lanternas e desconfianças, chegou a sentir-se fraco e sem um peso, faminto e com sono, privado da fé inicial e da memória de qualquer propósito.

Era de manhã quando o cavalo parou, sonolento, junto ao muro do cemitério. O rapaz afastou as mãos dos joelhos para proteger-se do cheiro nauseante dos quilos de flores que oprimia a capota e ficou pensando em mulheres, madrugadas, enquanto esperava as badaladas da capela que abririam o portão do cemitério.

Talvez tenha subornado o guardião, com sorrisos ou com promessas, com o cansaço e o desespero obcecado de seu corpo e de seu rosto, mais velho e narigudo. Ou talvez o guardião tenha sentido o que nós — Lanza, Guiñazú e eu — acreditávamos saber: que morrem jovens os que amam demais os deuses. Deve tê-lo cheirado, indeciso, despistado um momento pelo perfume das flores. Deve tê-lo tocado um momento com sua bengala até reconhecê-lo e tratá-lo como amigo, como hóspede.

Porque deixaram-no entrar com a carruagem, guiá-la puxando pela queixada fumegante do cavalo até o sepulcro cheio de colunas, com um anjo negro de asas quebradas e com datas e exclamações metálicas.

Porque viram-no de pé e de joelhos na boléia, e depois de pé sobre a terra fofa, negra e sempre úmida, sobre o gramado irregular e impetuoso, bracejando sem pausas, ofegando pelo esgar decidido e fatigado que lhe descobria os dentes, para transladar aos punhados as flores cortadas, da carruagem à tumba, um monte e outro, sem perdoar nem uma pétala nem uma folha, até devolver os quinhentos pesos, até levantar a montanha insolente e desconjuntada que expressava para ele e para a morta o que nós nunca pudemos saber com certeza.

(*Entregas de la Licorne*, Montevidéu, 1956)

O inferno tão temido

A primeira carta, a primeira fotografia, foi-lhe entregue no jornal, entre a meia-noite e a hora do fechamento. Estava batendo à máquina, com um pouco de fome, meio enjoado pelo café e pelo tabaco, aplicado com familiar satisfação ao andamento da frase e ao dócil surgimento das palavras. Estava escrevendo "Cabe destacar que os senhores delegados nada viram de suspeito e nem mesmo de incomum na consagradora vitória de Play Boy, que soube tirar partido da raia de inverno, dominando feito flecha no momento decisivo", quando viu a mão vermelha e manchada de tinta do editor de Notícias Partidárias entre seu rosto e a máquina, oferecendo-lhe o envelope.

— Esta é para você. Sempre confundem a correspondência. Nem uma maldita circular dos clubes, depois eles vêm chorar, quando as eleições estão se aproximando e nenhum espaço lhes parece suficiente. E já é meia-noite, me diga agora como quer que eu preencha essa coluna.

O envelope trazia seu nome, Seção Turfe, *El Liberal*. A única coisa estranha era o par de selos verdes e o carimbo da Bahia. Terminou o artigo quando subiam da oficina para reclamá-lo. Estava fraco e contente, quase sozinho no excessivo espaço da redação, pensando na última frase: "Voltamos a afirmar, com a objetividade com que há anos pautamos todas as nossas asseverações. Dedicamo-nos ao público aficionado". O negro, ao fundo, revirava envelopes no arquivo e a mulher madura da Coluna Social tirava lentamente as luvas em seu cubículo de vidro, quando Risso abriu, descuidado, o envelope.

Trazia uma foto, no formato de um cartão-postal; era uma foto pardacenta, com pouca luz, na qual o ódio e a sordidez se aglutinavam nas margens sombrias, formando grossas franjas indecisas, como um relevo, como gotas de suor rodeando uma face angustiada. Pego de surpresa, não conseguiu entender direito, mas soube que daria qualquer coisa para esquecer o que vira.

Guardou a fotografia no bolso e saiu, vestindo o sobretudo, enquanto a da Coluna Social deixava, fumando, seu cubículo de vidro com um leque de papéis na mão.

— Olá — disse ela —, veja você, o sarau só acabou agora.

Risso a fitava, de cima. O cabelo claro, tingido, as rugas do pescoço, a papada que caía redonda e pontiaguda como uma barriguinha, as diminutas, excessivas alegrias que enfeitavam sua roupa. "Ela também é uma mulher. Estou vendo o lenço vermelho em seu pescoço, as unhas violeta nos dedos velhos e sujos de tabaco, os anéis e as pulseiras, o vestido que lhe deu em pagamento um modista e não um amante, os saltos intermináveis, talvez tortos, a curva triste da boca, o entusiasmo quase frenético que impõe aos sorrisos. Tudo será mais fácil se me convencer de que ela também é uma mulher."

— Parece uma coisa planejada. Quando eu chego você sai, como se estivesse sempre correndo de mim. Está fazendo um frio polar lá fora. Eles me deixam o material, como prometido, mas nem um único nome, nem uma legenda. Adivinhe, cometa um engano, publique um disparate fantástico. Não conheço outros nomes a não ser os dos noivos, e graças a Deus. Fartura e mau gosto, é isso que havia. Receberam os amigos numa brilhante recepção na casa dos pais da noiva. Gente bem não se casa mais aos sábados. Prepare-se. Está fazendo um frio polar lá na rua.

Quando Risso se casou com Gracia César, todos nós nos unimos no silêncio, abolidos os vaticínios pessimistas. Naquela época, ela observava, dos cartazes do El Sótano, Cooperativa Teatral, dos muros tornados vetustos pelo final do outono, os habitantes de Santa María. Às vezes intacta, com bigodes de lápis, outras vezes dilacerada por unhas rancorosas, pelas primeiras chuvas, girava um pouco a cabeça para olhar a rua, alerta, um pouco desafiante, um pouco iludida pela esperança de convencer e de ser compreendida. Delatada pelo brilho sobre os lacrimais imposto pela ampliação fotográfica dos Estúdios Orloff, havia também em seu rosto a farsa do amor para a vida toda, cobrindo a busca decidida e exclusiva da felicidade.

Isso era bom, deve ter pensado ele, era desejável e necessário, coincidia com o resultado da multiplicação dos meses de viuvez de Risso pela soma de inumeráveis madrugadas idênticas de sábado em que estivera repetindo com acerto atitudes corteses de espera e familiaridade no prostíbulo da costa. Um brilho, o dos olhos do cartaz, ligava-se à frustrada destreza com que ele voltava a dar o nó na sempre lustrosa e triste gravata de luto, diante do espelho ovalado e móvel do quarto do prostíbulo.

Casaram-se, e Risso pensou que bastava continuar vivendo como sempre, mas dedicando a ela, sem pensar, sem quase pensar nela, a fúria de seu corpo, a enlouquecida necessidade de absolutos que o possuía nas longas noites.

Ela imaginou em Risso uma ponte, uma saída, um começo. Atravessara, virgem, dois noivados — um diretor, um ator —, talvez porque para ela o teatro fosse um ofício, além de um jogo, e pensava que o amor devia nascer e conservar-se à parte, não contaminado pelo que se faz para ganhar dinheiro e esquecimento. Tanto com um como com outro foi condenada a sentir, nos encontros nas praças, no bulevar ou no café, o cansaço dos ensaios, o esforço de adequação, a vigilância da voz e das mãos. Pressentia o próprio rosto sempre um segundo antes de qualquer expressão, como se pudesse olhá-lo e apalpá-lo. Atuava animada e incrédula, media, forçosamente, sua farsa e a do outro, o suor e o pó do teatro que cobriam, inseparáveis, os sinais da idade.

Quando a segunda fotografia chegou, de Assunção e com um homem visivelmente diferente, Risso receou, sobretudo, não ser capaz de suportar um sentimento desconhecido que não era ódio nem dor, que morreria com ele sem nome, que se parecia com a injustiça e a fatalidade, com o primeiro medo do primeiro homem sobre a terra, com o niilismo e o princípio da fé.

A segunda fotografia foi-lhe entregue pelo colega da seção Policial, numa noite de quarta-feira. Decidiu rasgar o envelope sem abri-lo, guardou-o e, mal tivera início a manhã da quinta-feira, enquanto sua filha o esperava na sala da pensão, permitiu-se um rápido olhar ao cartão, antes de rasgá-lo sobre a privada: também aqui o homem estava de costas.

Mas tinha olhado muitas vezes a foto do Brasil. Conservou-a durante um dia inteiro e de madrugada ficou imaginando que era uma piada, um erro, um absurdo passageiro. Isso já lhe acontecera, várias vezes acordara de um pesadelo, sorrindo servil e agradecido para as flores das paredes do quarto.

Estava jogado na cama quando tirou o envelope do paletó e a foto do envelope.

— Bom — disse em voz alta —, tudo bem, é verdade, é isso aí. Não tem importância nenhuma, mesmo que eu não tivesse visto nada eu saberia que acontece.

(Ao tirar a fotografia com o disparador automático, ao revelá-la no quarto escurecido, sob o brilho vermelho e alentador da lâmpada, é provável que ela tenha previsto esta reação de Risso, este desafio, esta recusa em liberar-se no furor. E que também tenha previsto, ou apenas desejado, com poucas, mas conhecidas esperanças, que ele desenterrasse da ofensa flagrante, do espantoso ultraje, uma mensagem de amor.)

Voltou a proteger-se antes de olhar: "Estou sozinho e estou morrendo de frio numa pensão da rua Piedras, em Santa María, numa madrugada qualquer, sozinho e arrependido de minha solidão como se tivesse procurado por ela, orgulhoso como se a tivesse merecido".

Na fotografia a mulher sem cabeça, que cravava ostensivamente os calcanhares na beira de um divã, aguardando a impaciência do homem obscuro, agigantado pelo inevitável primeiro plano, devia ter certeza de que não era preciso mostrar o rosto para ser reconhecida. No verso, sua letra calma dizia: "Lembranças da Bahia".

Na noite correspondente à segunda fotografia, pensou que podia compreender a totalidade da infâmia e, mesmo, aceitá-la. Mas soube que estavam fora de seu alcance a deliberação, a persistência, o organizado frenesi com que a vingança se cumpria. Mediu sua desproporção, sentiu-se indigno de tanto ódio, de tanto amor, de tanta vontade de fazer sofrer.

Ao conhecer Risso, Gracia teve ocasião de conhecer muitas coisas atuais e futuras. Adivinhou sua solidão vendo seu queixo e um botão do colete; adivinhou que estava amargurado, não vencido, e que precisava de uma vingança e não queria tomar conhecimento disso. Domingos a fio ela ficou observando na praça, antes da função, com cuidadoso cálculo, o rosto carrancudo e apaixonado, o chapéu sebento abandonado na cabeça, o grande corpo indolente que ele começava a deixar engordar. Pensou no amor, naquela primeira vez em que ficaram a sós, ou no desejo, ou no desejo de atenuar com sua mão a tristeza dos pômulos, da face do homem. Também pensou na cidade, em que a única sabedoria aceitável era a de conformar-se a tempo. Tinha vinte anos e Risso, quarenta. Começou a acreditar nele, descobriu intensidades da curiosidade, disse a si mesma que só se vive verdadeiramente quando cada dia traz sua surpresa.

Durante as primeiras semanas se fechava para rir sozinha, impôs-se adorações fetichistas, aprendeu a diferenciar os estados de ânimo pelos odores. Foi se orientando para descobrir o que havia por trás da voz, dos silêncios, dos gostos e das atitudes do corpo do homem. Amou a filha de Risso e modificou seu rosto, exaltando as semelhanças com o pai. Não deixou o teatro porque o Município acabava de subvencioná-lo e agora ela tinha em El Sótano um salário garantido, um mundo separado de sua casa, de seu quarto, do homem frenético e indestrutível. Não tentava afastar-se da luxúria, queria descansar e esquecê-la. Fazia planos e os cumpria, estava certa da infinitude do universo do amor, certa de que cada noite lhes ofereceria um assombro diferente e recém-criado.

— Tudo — insistia Risso —, absolutamente tudo pode nos acontecer e vamos estar sempre contentes e nos amando. Tudo; o que Deus inventar ou o que nós mesmos inventarmos.

Na realidade nunca tivera uma mulher antes, e acreditava fabricar o que agora lhe estavam impondo. Mas não era ela quem impunha, Gracia César, cria de Risso, segregada dele para completá-lo, como o ar para o pulmão, como o inverno para o trigo.

A terceira foto demorou três semanas. Também vinha do Paraguai e não chegou ao jornal, mas à pensão, e foi trazida pela empregada no fim de uma tarde em que ele acordava de um sonho no qual fora aconselhado a defender-se do pavor e da demência conservando toda futura fotografia na carteira e tornando-a anedótica, impessoal, inofensiva, mediante uma centena de distraídos olhares diários.

A empregada bateu à porta e ele viu o envelope suspenso sobre as tabuinhas da persiana, começou a perceber como destilava na penumbra, no ar sujo, sua condição nociva, sua ameaça vibrátil. Da cama, olhava-o como se ele fosse um inseto, um bicho venenoso que, a um descuido, um erro propício, se pudesse esmagar.

Na terceira fotografia ela estava sozinha, empurrando com sua brancura as sombras de um quarto mal iluminado, com a cabeça dolorosamente jogada para trás, para a câmera, os ombros meio cobertos pelos negros cabelos soltos, robusta e quadrúpede. Tão inconfundível agora como se tivesse se deixado fotografar em qualquer estúdio e tivesse posado com o mais terno, significativo e oblíquo de seus sorrisos.

Agora Risso só sentia uma pena irremediável dela, dele, de todos os amantes que já haviam amado no mundo, da verdade e do erro de suas crenças, do simples absurdo do amor e do complexo absurdo do amor criado pelos homens.

Mas rasgou também essa fotografia e soube que não poderia olhar e continuar vivendo. Mas, no plano mágico em que haviam começado a se entender e a dialogar, Gracia era obrigada a saber que ele rasgaria as fotos assim que chegassem, cada vez com menos curiosidade, com menos remorso.

No plano mágico, todos os grosseiros ou tímidos homens urgentes não passavam de obstáculos, ineludíveis adiamentos do ato ritual de escolher na rua, no restaurante ou no café aquele mais crédulo ou inexperiente, aquele que podia prestar-se, sem desconfiança e com um orgulho ridículo, à exposição diante da câmera e do disparador, àquele menos desagradável entre os que conseguissem acreditar naquela memorizada argumentação de caixeiro-viajante.

— É que nunca tive um homem assim, tão único, tão distinto. E, com essa vida de teatro, não sei onde vou estar amanhã nem se verei você de novo. Quero vê-lo ao menos numa fotografia, quando estivermos longe um do outro e eu sentir saudade.

E depois do quase sempre fácil convencimento, pensando em Risso ou deixando para pensar nisso na manhã seguinte, cumprindo o dever que se impusera, dispunha as luzes, preparava a câmera e acendia o homem. Se pensava em Risso, evocava um episódio passado, voltava a ralhar com ele por não lhe ter batido, por tê-la afastado de vez com um pálido insulto, um sorriso inteligente, um comentário que a misturava a todas as outras mulheres. E sem compreender; demonstrando, apesar de noites e frases, que jamais compreendera.

Sem excesso de esperanças, movimentava-se no sempre sórdido e abafado quarto de hotel, medindo distâncias e luzes, corrigindo a posição do corpo entrevado do homem. Obrigando, com um expediente qualquer, isca, mentira semvergonha, que a cara cínica e desconfiada do homem da vez se virasse para ela. Tentava sorrir e provocar, imitava os estalidos de língua que se fazem aos recémnascidos, calculando a passagem dos segundos e, ao mesmo tempo, a intensidade com que a foto aludiria a seu amor com Risso.

Mas como nunca pôde saber, como ignorava, mesmo, se as fotografias chegavam ou não às mãos de Risso, começou a intensificar as evidências das fotos e transformou-as em documentos que pouco tinham a ver com eles, Risso e Gracia.

Chegou a permitir e ordenar que os rostos emaciados pelo desejo, estupidificados pelo velho sonho masculino da posse, enfrentassem o buraco da câmera com um sorriso duro, com uma encabulada insolência. Achou que era preciso deixar-se escorregar de costas e introduzir-se na fotografia, fazer com que sua cabeça, seu nariz curto, seus grandes olhos impávidos, do nada do além da foto descessem para integrar a sujeira do mundo, a torpe, equivocada visão fotográfica, as sátiras do amor que jurara mandar regularmente a Santa María. Mas seu verdadeiro erro foi mudar o endereço dos envelopes.

A primeira separação, aos seis meses de casamento, foi bem-vinda e exageradamente angustiosa. El Sótano — agora Teatro Municipal de Santa María — ascendeu a El Rosario. Ali ela reiterou o mesmo velho jogo alucinante de ser uma atriz entre atores, de acreditar no que acontecia no palco. O público entusiasmava-se, aplaudia, ou não se deixava levar. Pontualmente, imprimiam-se programas e críticas; e as pessoas aceitavam o jogo e o prolongavam até o fim da noite, falando do que tinham visto e ouvido, e pago para ver e ouvir, conversando com certo desespero, com certo entusiasmo esporeado, sobre atuações, cenários, solilóquios e enredos.

De modo que o jogo, o remédio, alternadamente melancólico e inebriante, que ela iniciava aproximando-se devagar da janela que caía sobre o fiorde, estremecendo e murmurando para toda a sala: "Talvez... mas eu também levo uma vida de lembranças que permanecem estranhas para os outros", também era aceito em El Rosario. Sempre caíam cartas do baralho em resposta ao que ela lançava, o jogo se formalizava e já era impossível distrair-se e olhá-lo de fora.

A primeira separação durou exatos cinqüenta e dois dias, nos quais Risso tentou imitar a vida que levara com Gracia nos seis meses de casamento. Ir à mesma hora ao mesmo café, ao mesmo restaurante, ver os mesmos amigos, repetir no bulevar silêncios e solidões, caminhar de volta para a pensão sofrendo, obcecado, as antecipações do encontro, revirando na testa e na boca imagens excessivas que nasciam de lembranças consumadas ou de ambições irrealizáveis.

Eram dez ou doze quadras, agora sozinho e mais lento, através de noites incomodadas por ventos tépidos e frios, sobre o fio inquieto que separava a primavera do inverno. Serviram-lhe para medir sua necessidade e seu desamparo, para saber que a loucura que compartilhavam tinha, ao menos, a grandeza de carecer de futuro, de não ser meio para nada.

Quanto a ela, acreditara que Risso dava um lema ao amor comum quando sussurrava, com vivo espanto, apreensivo:

— Tudo pode acontecer e sempre estaremos felizes e nos amando.

A frase já não era um juízo, uma opinião, não expressava um desejo. Era-lhe ditada ou imposta, era uma comprovação, uma velha verdade. Nada do que eles fizessem ou pensassem poderia fragilizar a loucura, o amor sem saída nem alterações. Todas as possibilidades humanas podiam ser utilizadas e tudo estava condenado a servir de alimento.

Pensou que fora deles, fora do quarto, estendia-se um muro desprovido de sentido, habitado por seres que não importavam, povoado de fatos sem valor.

E então só pensou em Risso, neles, quando o homem começou a esperá-la na porta do teatro, quando a convidou e a conduziu, quando ela mesma começou a tirar a roupa.

Era a última semana em El Rosario e ela achou que seria inútil falar daquilo nas cartas a Risso; porque o episódio não estava separado deles e ao mesmo tempo não tinha nada a ver com eles; porque ela agira como um animal curioso e lúcido, com certa pena do homem, com certo desdém pela pobreza daquilo que estava somando a seu amor por Risso. E quando voltou a Santa María, preferiu esperar até uma véspera de quinta-feira — porque às quintas-feiras Risso não ia ao jornal —, até uma noite sem tempo, até uma madrugada idêntica às vinte e cinco que já haviam vivido.

Começou a contar-lhe antes de se desvestir, com o orgulho e a ternura de ter inventado, simplesmente, uma nova carícia. Apoiado na mesa, em mangas de camisa, ele fechou os olhos e sorriu. Depois a fez tirar a roupa e pediu que repetisse a história, agora de pé, movendo-se descalça sobre o tapete e quase sem sair do lugar, de frente e de perfil, batendo-lhe nas costas e balançando o corpo enquanto o apoiava numa perna e na outra. Às vezes ela via o rosto comprido e suado de Risso, o corpo pesado se apoiando na mesa, protegendo com os ombros o copo de vinho, e às vezes só os imaginava, distraída, pelo afã de fidelidade no relato, pela alegria de reviver aquela peculiar intensidade do amor que sentira por Risso em El Rosario, ao lado de um homem de rosto esquecido, ao lado de ninguém, ao lado de Risso.

— Bem; agora vista-se de novo — disse ele, com a mesma voz atônita e rouca que repetira que tudo era possível, que, para eles, tudo seria.

Ela estudou seu sorriso e vestiu-se. Por um momento os dois ficaram observando os desenhos da toalha, as manchas, o cinzeiro com o pássaro de bico quebrado. Depois ele terminou de se vestir e saiu, dedicou sua quinta-feira, seu dia livre, para conversar com o dr. Guiñazú, para convencê-lo da urgência do divórcio, para esquivar-se de antemão das entrevistas de reconciliação.

Houve depois um tempo longo e doentio no qual Risso queria tê-la novamente e odiava simultaneamente o sofrimento e o nojo de qualquer reencontro imaginável. Depois decidiu que precisava de Gracia, e agora um pouco mais do que antes. Que a reconciliação era necessária e que estava disposto a pagar qualquer preço, desde que sua vontade não interferisse, desde que fosse possível voltar a tê-la durante as noites sem dizer que sim nem mesmo com seu silêncio.

Voltou a reservar as quintas-feiras para passear com a filha e para ouvir a lista de profecias cumpridas que a avó repetia nas tertúlias. De Gracia, teve notícias cautelosas e vagas, e começou a imaginá-la como uma mulher desconhecida, cujos gestos e reações deviam ser adivinhados ou deduzidos; como uma mulher preservada e solitária entre pessoas e lugares, que lhe era predestinada e à qual teria de amar, talvez desde o primeiro encontro.

Quase um mês depois do princípio da separação, Gracia espalhou endereços contraditórios e partiu de Santa María.

— Não se preocupe — disse Guiñazú. — Conheço bem as mulheres e já esperava algo assim. Isso configura abandono do lar e simplifica a ação que não poderá ser lesada por uma evidente manobra protelatória que comprova a insensatez da parte demandada.

Aquele era um começo úmido de primavera, e muitas noites Risso voltava caminhando do jornal, do café, dando nomes à chuva, avivando seu sofrimento como se soprasse uma brasa, afastando-o de si para vê-lo melhor e, inacreditável, imaginando atos de amor nunca vividos para em seguida pôr-se a recordá-los com desesperada cobiça.

Risso destruíra, sem olhar, as três últimas mensagens. Sentia-se agora, e para sempre, no jornal e na pensão, como um bicho na toca, como uma fera que ouvisse os tiros dos caçadores ricocheteando na boca do covil. Só podia salvar-se da morte e da idéia da morte forçando-se à quietude e à ignorância. Agachado, agitava os bigodes e o focinho, as patas; só podia esperar que a fúria alheia se esgotasse. Sem permitir-se palavras ou pensamentos, viu-se forçado a começar a entender; a confundir a Gracia que procurava e escolhia homens e poses para as fotos com a moça que havia planejado, muitos meses atrás, vestidos, conversas, maquiagens, carícias em sua filha para conquistar um viúvo aplicado ao desconsolo, este homem que ganhava um salário mixo e que só podia oferecer às mulheres uma atônita, leal, incompreensão.

Começara a acreditar que a moça que lhe escrevera longas e exageradas cartas nas breves separações estivais do noivado era a mesma que procurava levá-lo ao desespero e aniquilá-lo enviando-lhe as fotografias. E chegou a pensar que o amante que conseguiu respirar na obstinação sem consolo da cama o cheiro sombrio da morte, sempre está condenado a perseguir — para ele e para ela — a destruição, a paz definitiva do nada.

Pensava na moça que passeava de braço dado com duas amigas nas tardes do bulevar, vestida com os amplos e adamascados vestidos de fazenda rígida que inventava e impunha a lembrança, e que atravessava a abertura do *Barbeiro* que coroava o concerto dominical da banda para fitá-lo por um segundo. Pensava naquele relâmpago em que ela fazia girar sua expressão enfurecida de oferta e desafio, em que lhe mostrava de frente a beleza quase varonil de um rosto pensativo e capaz, em que o escolhia, atordoado pela viuvez. E pouco a pouco ia admitindo que aquela era a mesma mulher nua, um pouco mais gorda, com certo ar de aprumo e de cabeça assentada, que lhe mandava fotografias de Lima, Santiago, Buenos Aires.

Por que não, chegou a pensar, por que não aceitar que as fotografias, sua trabalhosa preparação, sua remessa pontual, originavam-se do mesmo amor, da mesma capacidade de nostalgia, da mesma congênita lealdade.

* * *

A fotografia seguinte chegou-lhe de Montevidéu; nem no jornal nem na pensão. E não chegou a vê-la. Estava saindo, certa noite, do *El Liberal* quando escutou a manqueira do velho Lanza perseguindo-o nos degraus, a tosse estremecida a suas costas, a inocente e ardilosa frase do prólogo. Foram jantar no Baviera; e, depois, Risso poderia jurar que já sabia que o homem descuidado, barbudo, doente, que punha e tirava, na sobremesa, um cigarro úmido da boca funda, que não queria olhá-lo nos olhos, que desfiava comentários óbvios sobre as notícias que a UP enviara ao jornal durante o dia, estava impregnado de Gracia, ou do frenético aroma absurdo que o amor destila.

— De homem para homem — disse Lanza com resignação. — Ou de velho que não tem outra felicidade na vida senão aquela, discutível, de continuar vivendo. De um velho para você; e eu não sei, porque nunca se sabe, quem é você. Sei de alguns fatos e ouvi comentários. Mas já não me interessa perder tempo acreditando ou duvidando. Tanto faz. A cada manhã comprovo que continuo vivo, sem amargura ou gratidão. Arrasto por Santa María e pela redação uma perna doente e a arteriosclerose; lembro-me da Espanha, corrijo provas, escrevo e às vezes falo demais. Como esta noite. Recebi uma fotografia sórdida e não há dúvidas de quem a mandou. Também não consegui adivinhar por que me escolheram. No verso diz: "Para ser doada à coleção Risso", ou coisa parecida. Chegou no sábado e fiquei dois dias pensando se lhe entregava ou não. Cheguei a pensar que seria melhor lhe contar, porque mandar-me isso é loucura sem atenuantes e talvez seja bom você saber que ela está louca. Agora você está ciente; só lhe peço licença para rasgar a fotografia sem mostrá-la.

Risso disse que sim e naquela noite, mirando até de manhã a luz do lampião da rua no teto do quarto, compreendeu que a segunda desgraça, a vingança, era essencialmente menos grave do que a primeira, a traição, mas também muito menos suportável. Sentia seu longo corpo exposto como um nervo à dor do ar, sem amparo, sem poder inventar-se um alívio.

A quarta fotografia não dirigida a ele foi jogada sobre a mesa pela avó de sua filha, na quinta-feira seguinte. A menina tinha ido dormir e a foto estava novamente dentro do envelope. Caiu entre o sifão e a doceira, ao comprido, de atravessado e tingido pelo reflexo de uma garrafa, mostrando entusiastas letras em tinta azul.

— Compreenderás que depois disto... — gaguejou a avó. Remexia o café e olhava para o rosto de Risso, procurando em seu perfil o segredo da imundície universal, a causa da morte de sua filha, a explicação para tantas coisas de que desconfiara sem ter coragem de acreditar nelas. — Irás entender — repetiu com fúria, com a voz ridícula e envelhecida.

Mas não sabia o que era preciso entender e Risso também não entendia, ainda que se esforçasse, olhando o envelope que parecia enfrentá-lo, com um canto apoiado na borda do prato.

Lá fora a noite estava pesada e as janelas abertas da cidade misturavam ao mistério leitoso do céu os mistérios das vidas dos homens, seus anseios e costumes. Virado na cama, Risso achou que estava começando a compreender, que, como uma doença, como um bem-estar, a compreensão surgia nele, liberta de sua vontade e da inteligência. Dava-se, simplesmente, do contato dos pés com os sapatos até as lágrimas que lhe chegavam às faces e ao pescoço. A compreensão dava-se nele, e ele não estava interessado em saber o que era que estava compreendendo, enquanto recordava ou estava vendo seu choro e sua quietude, a prolongada passividade do corpo na cama, o arqueamento das nuvens na janela, cenas antigas e futuras. Via a morte e a amizade com a morte, o presunçoso desprezo pelas regras que todos os homens tinham concordado em acatar, o assombro autêntico da liberdade. Fez em pedaços a fotografia sobre o peito, sem afastar os olhos do alvor da janela, lento e destro, com receio de fazer barulho ou de parar. Depois sentiu o movimento de um ar novo, talvez respirado na infância, que ia enchendo o quarto e se estendia com inocente preguiça por ruas e edifícios desprevenidos, para esperá-lo e dar-lhe proteção amanhã e nos próximos dias.

Esteve conhecendo até de madrugada, como se fossem cidades que lhe pareceram inalcançáveis, o desinteresse, a ventura sem causa, a aceitação da solidão. E quando acordou, ao meio-dia, quando afrouxou a gravata e o cinto e o relógio de pulso, enquanto caminhava até o pestilento cheiro de tormenta da janela, invadiu-o pela primeira vez um carinho paternal para com os homens e para com o que os homens haviam feito e construído. Decidira averiguar o endereço de Gracia, chamá-la ou ir morar com ela.

Naquela noite, no jornal, foi um homem lento e feliz, agiu como um recém-nascido desajeitado, completou sua cota de laudas com as distrações e erros que se costuma perdoar a um forasteiro. A grande notícia era a impossibilidade de que *Ribereña* corresse em San Isidro, porque estamos em condições de informar que o favorito do *stud* El Gorrión hoje amanheceu manifestando dores numa das pernas dianteiras, evidenciando inflamação no tendão, o que dá uma idéia clara do problema que sofre a entidade.

— Lembrando que ele fazia a seção de Hípica — contou Lanza —, a gente tenta explicar aquela desorientação comparando-a com a do homem que jogou o salário com base num dado que lhe passaram e que foi confirmado pelo tratador, pelo jóquei, pelo dono e pelo próprio cavalo. Porque embora ele tivesse, conforme se saberá, os mais excelentes motivos para estar sofrendo e para engolir sem mais todos os comprimidos de soníferos de todas as farmácias de Santa María, o que ele esteve me mostrando meia hora antes de fazê-lo não foi outra coisa senão o juízo e a atitude de um homem logrado. Um homem que estivera seguro e a salvo e que não está mais, e não consegue explicar a si mesmo como isso pôde acontecer, que erro de cálculo causou a derrocada. Porque em momento algum ele chamou de égua a égua que andou espalhando aquelas fotografias vulgares por toda a cidade, e nem mesmo aceitou caminhar pela ponte que eu lhe estendia, insinuando, sem acreditar nela, a possibilidade de que a égua — nua em pêlo e empinada como preferiu divulgar-se, ou mimando no palco os problemas ováricos de outras éguas tornadas famosas pelo teatro universal —, a possibilidade de que estivesse doida varrida. Nada. Ele se equivocara, e não quando se casou com ela, mas em outro momento que não quis nomear. A culpa era dele, e nosso encontro foi inacreditável e espantoso. Porque ele já me havia dito que ia matar-se e já me convencera de que era inútil e também grotesco e outra vez inútil eu argumentar para salvá-lo. E falava comigo friamente, sem dar ouvidos a meus apelos para que se embriagasse. Ele se equivocara, insistia; ele e não a maldita ordinária que mandou a fotografia para a pequena, no Colégio de Freiras. Talvez pensando que a madre superiora fosse abrir o envelope, ou desejando, quem sabe, que o envelope chegasse intocado às mãos da filha de Risso, certa, desta feita, de estar atingindo Risso naquilo que ele tinha de verdadeiramente vulnerável.

(*Ficción*, Buenos Aires, 1957)

A face da desgraça

Para Dorotea Muhr — Ignorado cão da ventura.

I

Ao entardecer fiquei em mangas de camisa, apesar do estorvo do vento, apoiado no parapeito da varanda do hotel, sozinho. A luz levava a sombra de minha cabeça até a beira do caminho de areia que, entre arbustos, une a estrada e a praia ao casario.

A garota apareceu pedalando no caminho para logo se perder atrás do chalé suíço, vazio, que mantinha o cartaz de letras negras em cima da caixa de correspondência. Era-me impossível não olhar para o cartaz ao menos uma vez por dia; apesar de sua face castigada pelas chuvas, pelas sestas e pelo vento do mar, mostrava um brilho perdurável e exibia: *Mi descanso*.

Um momento depois a garota surgiu novamente sobre a franja arenosa cercada de mato. Tinha o corpo vertical sobre o selim, movia as pernas com fácil lentidão, com tranqüila arrogância, as pernas cobertas com meias cinzas, grossas, lanudas, eriçadas por galhinhos de pinheiro-bravo. Os joelhos eram espantosamente redondos, bem-acabados, em relação à idade que o corpo mostrava.

Freou a bicicleta bem rente à sombra de minha cabeça, e seu pé direito, separando-se do veículo, apoiou-se para manter o equilíbrio ao pisar no curto relvado morto, meio castanho, agora na sombra de meu corpo. Depois afastou os cabelos da testa e olhou-me. Usava um pulôver escuro e uma saia cor-de-rosa. Fitou-me com calma e atenção, como se a mão bronzeada que separava os cabelos das sobrancelhas bastasse para esconder seu exame.

Calculei que nos separavam vinte metros e menos de trinta anos. Descansando nos antebraços, sustentei seu olhar, mudei o local do cachimbo entre os dentes, continuei olhando para ela e para a pesada bicicleta, para as cores de seu corpo esguio contra o fundo da paisagem de árvores e ovelhas que esmaecia na tarde.

Repentinamente triste e enlouquecido, olhei o sorriso que a garota oferecia ao cansaço, os cabelos duros e alvoroçados, o delgado nariz curvo que se movia com a respiração, o ângulo infantil em que os olhos tinham sido impostados no rosto — e que nada tinha a ver com a idade, já estava ali desde sempre e até a morte —, o excessivo espaço que concediam à esclerótica. Olhei aquela luz do suor e da fadiga que recolhia o último resplendor ou o primeiro do anoitecer para cobrir-se e destacar-se feito máscara fosforescente na escuridão próxima.

A garota largou com suavidade a bicicleta sobre os arbustos e olhou-me novamente enquanto suas mãos tocavam a cintura com os polegares afundados no cinto da saia. Não sei se ela usava cinto; naquele verão todas as garotas usavam cintos largos. Depois olhou em redor. Agora estava de perfil, com as mãos juntas nas costas, sempre sem seios, respirando ainda com curioso cansaço, o rosto voltado para o ponto da tarde onde o sol ia se pôr.

Sentou-se bruscamente no gramado, tirou as sandálias e sacudiu-as; segurou um por um os pés nus nas mãos, friccionando os dedos curtos e movendo-os no ar. Por sobre seus ombros estreitos eu a via agitar os pés sujos e avermelhados. Vi-a esticar as pernas, apanhar um pente e um espelho do grande bolso com monograma colocado sobre o ventre da saia. Penteou-se descuidada, quase sem me olhar.

Calçou-se novamente, levantou-se e ficou por um momento girando o pedal com golpes rápidos do pé. Reiterando um movimento duro e apressado, girou em minha direção, ainda sozinho na varanda, sempre imóvel, fitando-a. O perfume das madressilvas começava a subir e a luz do bar estirou manchas pálidas no gramado, nos espaços de areia e no caminho circular para automóveis que rodeava o terraço.

Era como se já nos tivéssemos visto, como se nos conhecêssemos, como se tivéssemos guardado lembranças agradáveis. Olhou-me com uma expressão desafiante enquanto seu rosto ia se perdendo na luz escassa; olhou-me com um desafio de todo seu corpo desdenhoso, do brilho niquelado da bicicleta, da paisagem com chalé de telhado suíço e ligustros e eucaliptos jovens de troncos leitosos. Foi assim por um segundo; tudo o que a rodeava era segregado por ela e por sua atitude absurda. Montou novamente e pedalou por trás das hortênsias, por trás dos bancos vazios pintados de azul, mais rápida entre as filas de carros diante do hotel.

2

Esvaziei o cachimbo e fiquei olhando a morte do sol entre as árvores. Já sabia, talvez demais, quem era ela. Mas não queria nomeá-la. Pensava no que me estava esperando no quarto do hotel até a hora do jantar. Tentei medir meu passado e minha culpa com a vara que acabava de descobrir: a garota esguia e de perfil contra o horizonte, sua idade tenra e impossível, os pés róseos que a mão havia golpeado e pressionado.

Junto da porta do quarto encontrei um envelope da gerência com a conta da quinzena. Ao apanhá-lo surpreendi-me agachado, aspirando o perfume das madressilvas que já tenteava no quarto, sentindo-me expectante e triste, sem causa nova que pudesse indicar com o dedo. Ajudei-me com um fósforo para reler o *Avis aux passagers* emoldurado na porta e acendi novamente o cachimbo. Fiquei muitos minutos lavando as mãos, brincando com o sabão, e olhei-me no espelho do banheiro, quase às escuras, até que consegui distinguir o rosto magro e branco — talvez o único branco entre os hóspedes do hotel —, mal barbeado. Era meu rosto, e as mudanças dos últimos meses não tinham verdadeira importância. Alguém passou pelo jardim, cantando a meia-voz. O costume de brincar com o sabão, descobri, nascera com a morte de Julián, talvez na mesma noite do velório.

Voltei ao quarto e abri a mala depois de tirá-la com o pé de baixo da cama. Era um rito imbecil, era um rito; mas talvez fosse melhor para todos que eu me ativesse fielmente a essa forma de loucura até gastá-la ou ser gasto. Procurei sem olhar, afastei roupas e dois pequenos livros e finalmente apanhei o jornal dobrado. Conhecia a crônica de cor; era a mais justa, a mais errônea e respeitosa entre todas as publicadas. Aproximei a poltrona da luz e fiquei olhando sem ler o título negro de página inteira, que começava a desbotar: *Suicida-se caixa fugitivo*. Abaixo da foto, das manchas cinza que formavam o rosto de um homem olhando o mundo com uma cara de espanto, da boca esboçando um sorriso sob o bigode de pontas caídas. Lembrei-me da esterilidade de ter pensado na garota, minutos antes, e no possível começo de uma frase qualquer que repercutisse num âmbito diferente. Este, o meu, era um mundo particular, estreito, insubstituível. Não cabiam ali outra amizade, presença ou diálogo senão os que pudessem ser segregados daquele fantasma de bigodes lânguidos. Às vezes ele me permitia escolher entre Julián e O Caixa Fugitivo.

Qualquer um aceita que pode influenciar, ou ter influenciado, o irmão caçula. Mas Julián era — há um mês e alguns dias — cinco anos e pouco mais velho que eu. Sem embargo, devo escrever sem embargo. Posso ter nascido, e vivido, para arruinar sua condição de filho único; posso tê-lo obrigado, por meio de minhas fantasias, minha displicência e minha tão escassa responsabilidade, a transformar-se no homem que veio a ser: primeiro no pobre-diabo orgulhoso da ascensão, depois no ladrão. Também, claro, no outro, no defunto relativamente jovem que todos olhamos mas que só eu podia reconhecer como irmão.

Que me resta dele? Uma série de romances policiais, uma ou outra lembrança de infância, roupas que não posso usar porque ficam justas e curtas em mim. E a foto no jornal sob o longo título. Desprezava sua aceitação da vida; sabia que era um solteirão por falta de ímpeto; passei tantas vezes, e quase sempre vagando, diante do salão onde o barbeavam diariamente. Irritava-me sua humildade e custava-me acreditar nela. Sabia que recebia uma mulher, pontualmente, todas as sextas-feiras. Era muito afável, incapaz de incomodar, e desde os trinta anos seu colete exalava um cheiro de velho. Cheiro que não se pode definir, que se ignora de onde provém. Quando duvidava, sua boca formava um ríctus igual ao de nossa mãe. Livre dele, jamais teria chegado a ser meu amigo, jamais o teria escolhido ou aceito para isso. As palavras são belas, ou tentam ser, quando tendem a explicar algo. Todas essas palavras são, de nascença, disformes e inúteis. Era meu irmão.

Arturo assoviou no jardim, pulou o parapeito da varanda e logo estava no quarto, vestido com um robe, sacudindo a areia da cabeça enquanto atravessava para ir ao banheiro. Vi-o enxaguar-se na ducha e escondi o jornal entre a perna e o encosto da poltrona. Mas ouvi-o gritar:

— Sempre o fantasma.

Não respondi e voltei a acender o cachimbo. Arturo veio assoviando do banheiro e fechou a porta que dava para a noite. Estirado numa das camas, pôs a roupa de baixo e continuou a vestir-se.

— E a barriga continua crescendo — disse. — Quase não almocei, fui nadando até o quebra-mar. E o resultado é que a barriga continua crescendo. Eu teria apostado qualquer coisa em que, dentre todos os homens que conheço, com você isso não poderia acontecer. E acontece, e acontece seriamente. Faz mais ou menos um mês, não é?

— Sim. Vinte e oito dias.

— Contados nos dedos — continuou Arturo. — Você me conhece bem. Digo isso sem desprezo. Faz vinte e oito dias que aquele infeliz atirou em si mesmo e você, ninguém menos que você, curtindo o remorso. Como uma solteirona histérica. Porque há solteironas de todo tipo. Não dá pra acreditar.

Sentou-se na beira da cama para enxugar os pés e calçar as meias.

— Sim — disse eu. — Se deu um tiro em si mesmo era, evidentemente, pouco feliz. Não tão feliz, pelo menos, como você neste momento.

— Sempre se embromando — tornou Arturo. — Como se você o tivesse matado. E não me pergunte de novo... — deteve-se para olhar-se no espelho — não me pergunte de novo se em algum lugar de dezessete dimensões você é o culpado por seu irmão ter-se dado um tiro.

Acendeu um cigarro e estendeu-se na cama. Levantei-me, pus um almofadão sobre o jornal tão rapidamente envelhecido e comecei a passear no calor do quarto.

— Como já disse, vou-me embora esta noite — disse Arturo. — O que está pensando fazer?

— Não sei — repliquei suavemente, desinteressado. — Por ora, fico por aqui. O clima ainda está quente.

Ouvi Arturo suspirar e escutei como seu suspiro se transformava num silvo de impaciência. Levantou-se, jogando o cigarro na privada.

— Acontece que meu dever moral me obriga a lhe dar uns trancos e levá-lo comigo. Sabe que lá é diferente. Quando você estiver bem bêbado, de madrugada, bem distraído, tudo terá acabado.

Encolhi os ombros, só o esquerdo, e reconheci um movimento que Julián e eu tínhamos herdado sem possibilidade de escolha.

— Vou-lhe dizer outra vez — disse Arturo, pondo um lenço no bolso do peito. — Digo-lhe, repito, com um pouco de raiva e com o respeito a que me referi antes. Você disse ao infeliz do seu irmão que se desse um tiro para escapar da armadilha? Disse a ele que comprasse pesos chilenos para trocá-los por liras e as liras por francos e os francos por coroas bálticas e as coroas por dólares e os dólares por libras e as libras por anáguas de seda amarela? Não, não balance a cabeça. Caim no fundo do buraco. Quero um sim ou um não. Embora eu não precise de resposta. Você, e é só isso que importa, o aconselhou a roubar? Nunca, jamais. Você não é capaz disso. Já lhe disse isso muitas vezes. E não vai descobrir se é um elogio ou uma reprimenda. Você não lhe disse para roubar. Portanto...

Sentei-me novamente na poltrona.

— Já falamos disso tudo muitas vezes. Você vai embora esta noite?

— Claro, no ônibus das nove e tanto. Restam-me cinco dias de licença e não penso em continuar juntando saúde para dá-la ao escritório.

Arturo escolheu uma gravata e começou a dar-lhe o nó.

— É que não faz sentido — disse outra vez diante do espelho. — Eu admito que já me encerrei com um fantasma. A experiência sempre acabou mal. Mas com seu irmão, como você está fazendo agora... Um fantasma com bigodes de arame. Nunca. O fantasma não sai do nada, claro. Neste caso, saiu da desgraça. Era seu irmão, já sabemos. Mas agora esse fantasma de cooperativa com bigodes de general russo...

— Falando sério, nos instantes finais? — perguntei em voz baixa; não o fiz pedindo nada: só queria cumprir e até hoje não sei com quem ou com o quê.

— Nos instantes finais — disse Arturo.

— Pois sei bem qual é o motivo. Não disse a ele, nem a sombra de uma insinuação, que usasse o dinheiro da cooperativa para o negócio de câmbios. Mas quando lhe expliquei, certa noite, só para animá-lo, ou para que sua vida fosse menos maçante, mostrando que havia coisas que podiam ser feitas no mundo para se ganhar dinheiro e gastá-lo, além de receber o salário no fim do mês...

— Sei — disse Arturo, sentando-se na cama com um bocejo. — Nadei demais, já não sirvo para façanhas. Mas era o último dia. Conheço toda a história. Agora me diga, e o advirto de que o verão está acabando, o que é que você pode remediar ficando trancado aqui? Que culpa, me diga, você tem se o outro cometeu uma loucura?

— Eu tenho culpa nisso tudo — murmurei com os olhos semicerrados, a cabeça apoiada na poltrona; pronunciei as palavras lentas e isoladas. — Sou culpado de meu entusiasmo, talvez de minha mentira. Sou culpado de ter falado a Julián, pela primeira vez, de uma coisa que não podemos definir e que se chama mundo. Culpado de tê-lo feito pensar — não estou dizendo acreditar — que, se ele aceitasse os riscos, isso que chamei de mundo passaria a existir para ele.

— E daí? — disse Arturo, olhando de longe seu penteado no espelho. — Irmão. Tudo isso é uma idiotice complicada. Bem, a vida também é uma idiotice complicada. Um dia desses esta fase vai passar; então vá me visitar. Agora vista-se e vamos tomar um drinque antes de jantar. Preciso sair cedo. Mas, antes que me esqueça, quero dar-lhe um último argumento. Talvez sirva para alguma coisa.

Tocou-me um ombro e procurou-me com os olhos.

— Escute — disse. — No meio de toda essa complicada e feliz idiotice, seu irmão Julián usou direitinho o dinheiro roubado, empregou-o de total acordo com as asneiras que você andou lhe dizendo?

— Ele? — levantei-me, perplexo. — Por favor. Quando veio me ver já não dava pra fazer nada. No começo, tenho quase certeza, comprou bem. Mas depois se assustou e fez coisas inacreditáveis. Não conheço bem os detalhes. Foi algo assim como um arranjo de títulos com divisas, de vermelho e preto com cavalos de corrida.

— Está vendo? — disse Arturo assentindo com a cabeça. — Atestado de irresponsabilidade. Dou-lhe cinco minutos para se vestir e meditar. Espero você no balcão.

3

Tomamos uns drinques enquanto Arturo se empenhava em encontrar na carteira a fotografia de uma mulher.

— Não está aqui — disse por fim. — Eu a perdi. A foto, não a mulher. Queria mostrar para você porque tem algo inconfundível, que poucos descobrem. E, antes de ficar louco, você entendia dessas coisas.

E lá estavam, pensava eu, as lembranças da infância que iriam nascendo e aumentando em clareza durante os dias futuros, semanas ou meses. Lá estava também a ardilosa, talvez deliberada, deformação das lembranças. Lá estaria, no melhor dos casos, a escolha que não fora feita por mim. Era preciso ver-nos, fugazmente ou em pesadelos, vestidos com roupas ridículas, brincando num jardim úmido ou brigando num quarto. Ele era mais velho, porém mais fraco. Fora tolerante e bom, aceitava arcar com minhas culpas, mentia docemente sobre as marcas no rosto causadas por meus golpes, sobre uma xícara quebrada, sobre uma volta para casa muito tarde. Era estranho que tudo aquilo ainda não tivesse começado durante o mês de férias de outono na praia; talvez, sem querer, eu estivesse detendo a corrente com as crônicas de jornal e a evocação das duas últimas noites. Numa delas Julián estava vivo, na seguinte, morto. A segunda noite não tinha importância e todas as suas interpretações tinham sido despistadas.

Era seu velório, a mandíbula começava a pender-lhe, a venda da cabeça envelheceu e tornou-se amarela muito antes do amanhecer. Eu estava muito ocupado oferecendo bebidas e comparando a semelhança das lamentações. Cinco anos mais velho que eu, Julián há tempos passara dos quarenta. Nunca pedira nada importante da vida; talvez, quem sabe, que o deixassem em paz. Ia e vinha, como fazia desde menino, pedindo licença. Essa permanência na terra, não espantosa mas longa, prolongada por mim, não lhe servira nem para dar-se a conhecer. Todos os sussurrantes e lânguidos bebedores de café ou uísque concordavam em julgar e lamentar o suicídio como um erro. Porque com um bom advogado, com o preço de um par de anos na cadeia... De mais a mais, todos achavam despropositaI e grotesco o final, que começavam a farejar, em vista do delito. Eu agradecia e movia a cabeça; depois passeava entre o vestíbulo e a cozinha, carregando bebidas ou copos vazios. Tentava imaginar, sem dado algum, a opinião da mulherzinha ordinária que visitava Julián todas as sextas e segundas-feiras, dias em que seus clientes escasseavam. Perguntava-me sobre a verdade invisível, nunca manifestada, de suas relações. Perguntava-me qual seria o julgamento dela, atribuindo-lhe uma inteligência impossível. O que ela, que sobrepujava a circunstância de ser prostituta todos os dias, poderia pensar de Julián, que aceitou ser ladrão durante poucas semanas mas não conseguiu suportar, como ela, que os imbecis que ocupam e formam o mundo conhecessem sua falha. Mas não veio durante toda a noite, ou pelo menos não distingui um rosto, uma insolência, um perfume, uma humildade que lhe pudessem ser atribuídos.

Sem se mover do banquinho do balcão, Arturo conseguira a passagem e o assento no ônibus. Nove e quarenta e cinco.

— Há tempo de sobra. Não consigo encontrar a foto. Hoje é inútil continuarmos conversando. Outra rodada, garçom.

Eu já disse que a noite do velório não tinha importância. A anterior é muito mais curta e difícil. Julián poderia ter-me esperado no corredor do apartamento. Mas já estava pensando na polícia e preferiu dar umas voltas debaixo de chuva até que viu luz em minha janela. Estava encharcado — era um homem nascido para usar guarda-chuva e se esquecera dele — e espirrou várias vezes, com desculpas, com desdém, antes de sentar-se perto do aquecedor elétrico, antes de usar minha casa. Toda Montevidéu conhecia a história da Cooperativa e pelo menos a metade dos leitores de jornais desejava, distraidamente, que não se falasse mais do caixa.

Mas Julián não tinha aturado uma hora e meia debaixo de chuva para ver-me, despedir-se com palavras e anunciar-me o suicídio. Tomamos uns drinques. Ele aceitou o álcool sem alarde, sem objeção:

— Logo agora... — murmurou, quase rindo, levantando um dos ombros.

No entanto, viera para dizer-me adeus a seu modo. Era inevitável a lembrança, pensar em nossos pais, na casa de campo da infância, agora demolida. Enxugou os longos bigodes e disse, preocupado:

— É curioso. Sempre pensei que você sabia e eu não. Desde menino. E não acho que se trate de um problema de caráter ou de inteligência. É outra coisa. Tem gente que se acomoda instintivamente no mundo. Você sim e eu não. Sempre me faltou a fé necessária — acariciava as mandíbulas não barbeadas. — Não se trata tampouco de que eu tenha tido de adaptar-me a deformações ou vícios. Não havia *handicap*; não que eu soubesse, pelo menos.

Parou e virou o copo. Enquanto levantava a cabeça, essa que hoje vejo diariamente, de um mês para cá, na primeira página do jornal, mostrou-me os dentes saudáveis e sujos de tabaco.

— Mas — prosseguiu, enquanto se levantava — seu arranjo é muito bom. Devia dá-lo a outro. O fracasso não é seu.

— Às vezes dão certo, outras não — disse. — Não vá sair com essa chuva. Pode ficar aqui para sempre, o tempo que quiser.

Apoiou-se no encosto da poltrona e ficou caçoando, sem me olhar.

— Com essa chuva. Para sempre. O tempo que quiser — aproximou-se e tocou-me um braço. — Desculpe. Haverá contrariedades. Sempre há contrariedades.

Já saíra. Ficou a dizer-me adeus com sua presença sempre encolhida, com os cuidados bigodes bondosos, com a alusão a todo o passado morto e enterrado que o sangue, não obstante, era e é capaz de fazer durante alguns minutos.

Arturo estava falando de fraudes nas corridas de cavalos. Olhou para o relógio e pediu ao *barman* a última dose.

— Agora com mais gim, por favor.

Então, sem escutar, surpreendi-me ligando meu irmão morto à garota da bicicleta. Dele não quis recordar a infância nem a passiva bondade; e sim, unicamente, o sorriso empobrecido, a atitude humilde do corpo durante nosso último encontro. Se é que se pode dar esse nome ao que permiti que ocorresse entre nós quando veio encharcado a meu apartamento para me dizer adeus de acordo com seu próprio cerimonial.

Eu nada sabia da garota da bicicleta. Mas então, repentinamente, enquanto Arturo falava de Ever Perdomo ou da má exploração do turismo, senti que me chegava à garganta uma onda da velha, injusta, quase sempre equivocada piedade. Não restava dúvida de que eu a amava e queria protegê-la. Não podia adivinhar de quê ou contra quê. Procurava, com raiva, cuidá-la dela mesma e de qualquer perigo. Eu a vira insegura e desafiante, eu a vira levantar a orgulhosa face de desgraça. Isso pode durar mas sempre se paga prematuramente, de maneira desproporcional. Meu irmão pagara com excesso de simplicidade. No caso da garota — que talvez eu jamais visse de novo —, as dívidas eram diferentes. Mas ambos, por caminhos tão diversos, coincidiam numa ansiada aproximação da morte, da experiência definitiva. Julián, não sendo; a garota da bicicleta, procurando ser tudo e com pressa.

— Mas — disse Arturo —, mesmo que lhe demonstrem que todas as corridas estão arranjadas, você continua jogando do mesmo jeito. Veja só: bem agora que estou para ir parece que vai chover.

— Certamente — respondi, e fomos para o restaurante. Logo depois eu a vi.

Estava perto de uma janela, respirando o ar tormentoso da noite, com um punhado de cabelos escuros e ásperos movidos pelo vento sobre a testa e sobre os olhos; com áreas de sardas suaves — agora, sob o tubo de luz insuportável do restaurante — nas faces e no nariz, enquanto os olhos infantis e aquosos olhavam distraídos a sombra do céu ou as bocas de seus companheiros de mesa; com os magros e fortes braços nus diante do que se podia aceitar como um vestido de noite amarelo, cada ombro protegido por uma das mãos.

Um homem velho estava sentado junto dela e conversava com a mulher que tinha diante de si, jovem, de costas brancas e carnudas voltadas para nós, com uma rosa silvestre no penteado, sobre a orelha. Ao mover-se, o pequeno círculo branco da flor entrava e saía do perfil distraído da garota. Quando a mulher ria, jogando a cabeça para trás, brilhante a pele das costas, o rosto da garota ficava abandonado contra a noite.

Falando com Arturo, eu ficava olhando para a mesa, tentando adivinhar de onde provinha seu segredo, sua sensação de coisa extraordinária. Eu queria ficar para sempre em paz ao lado da garota e cuidar de sua vida. Olhava-a fumar com o café, os olhos cravados na boca lenta do homem velho. Fitou-me de repente, como antes no caminho, com os mesmos olhos calmos e desafiantes, acostumados a contemplar ou a supor o desdém. Com um desespero inexplicável fiquei suportando os olhos da garota, voltando os meus para a cabeça juvenil, longa e nobre; fugindo do inapreensível segredo para escarafunchar na tormenta da noite, para conquistar a intensidade do céu e derramá-la, impô-la àquele rosto de menina que me observava, imóvel e inexpressivo. O rosto que deixava fluir, sem propósito, sem saber, em meu rosto sério e gasto de homem, a doçura e a humildade adolescente das faces violáceas e sardentas.

Arturo sorria, fumando um cigarro.

— Até tu, Brutus? — perguntou.

— Eu também o quê?

— A menina da bicicleta, a menina da janela. Se eu não precisasse ir embora já...

— Não estou entendendo.

— Essa, a do vestido amarelo. Você não a tinha visto antes?

— Uma vez. Esta tarde, da varanda. Antes de você voltar da praia.

— O amor à primeira vista — assentiu Arturo. — E a juventude intacta, a experiência coberta de cicatrizes. É uma bela história. Mas, confesso, tem quem a conte melhor. Espere.

O garçom se aproximou para recolher os pratos e a fruteira.

— Café? — perguntou. Era pequeno, com uma escura cara de macaco.

— Bem — sorriu Arturo —, isso que chamam de café. Também chamam de senhorita a garota de amarelo junto da janela. Meu amigo está muito curioso; quer saber algo sobre as excursões noturnas da menina.

Desabotoei o paletó e busquei os olhos da garota. Mas sua cabeça se voltara para o lado e a manga preta do homem ancião cortava em diagonal o vestido amarelo. Depois o penteado com flor da mulher inclinou-se, cobrindo o rosto sardento. Só restou da garota um pouco dos cabelos retintos, metálicos na crista que recebia a luz. Eu me lembrava da magia dos lábios e do olhar; magia é uma palavra que não consigo explicar, mas que agora inevitavelmente escrevo, sem possibilidade de substituí-la.

— Nada mau — Arturo prosseguia com o garçom. — Este senhor, meu amigo, se interessa por ciclismo. O que acontece de noite quando papai e mamãe, se é que o são, vão dormir?

O garçom se balançava sorrindo, a fruteira vazia na altura do ombro.

— Nada — disse por fim. — Você sabe. À meia-noite a senhorita sai de bicicleta; às vezes vai até o bosque, às vezes até as dunas — conseguira ficar sério e repetia sem malícia: — O que posso dizer? Não sei mais nada, embora se fale por aí. Nunca fui olhar. Que volta despenteada e sem pintura. Que uma noite em que eu estava de plantão e a encontrei ela colocou dez pesos em minha mão. Os rapazes ingleses que estão no Atlantic falam muito. Mas eu não digo nada porque não vi.

Arturo riu, batendo numa perna do garçom.

— Aí está — disse, como se se tratasse de uma vitória.

— Desculpe — perguntou ao garçom. — Qual seria a idade dela?

— Da senhorita?

— Por vezes, esta tarde, ela me fez pensar numa criança; agora parece mais velha.

— Disso eu sei com certeza, senhor — disse o garçom. — Segundo o registro, tem quinze, completou-os há alguns dias. E então, dois cafés? — inclinou-se antes de sair.

Eu tentava sorrir sob o olhar alegre de Arturo; minha mão com o cachimbo tremia no canto da toalha.

— De qualquer modo — disse Arturo —, dando certo ou não, é um projeto de vida mais interessante do que viver trancado com um fantasma bigodudo.

Ao deixar a mesa, a garota olhou-me novamente, agora do alto, uma das mãos ainda enrolada no guardanapo, fugazmente, enquanto o ar da janela agitava os cabelos rígidos da testa e eu deixava de acreditar no que o garçom contara e Arturo aceitava.

Na galeria, com a mala e o casaco no braço, Arturo bateu-me no ombro.

— A gente se vê em uma semana. Apareço no café Jauja e vou encontrá-lo numa mesa saboreando a flor da sabedoria. Bem, longos passeios de bicicleta.

Pulou no jardim e dirigiu-se para o grupo de carros estacionados diante do terraço. Quando Arturo cruzou as luzes acendi o cachimbo, apoiei-me no parapeito da varanda e farejei o ar. A tormenta parecia distante. Voltei ao quarto e fiquei largado na cama, ouvindo a música que chegava, intermitente, do restaurante do hotel, onde talvez já tivessem começado a dançar. Encerrei na mão o calor do cachimbo e fui escorregando para um sonho lento, num mundo engordurado e sem ar, onde fora condenado a avançar, com enorme esforço e sem desejos, boquiaberto, rumo à saída onde dormia a intensa luz indiferente da manhã, inalcançável.

Acordei suando e fui sentar-me novamente na poltrona. Nem Julián nem as lembranças infantis tinham aparecido no pesadelo. Deixei o sonho esquecido na cama, respirei o ar de tormenta que entrava pela janela, com cheiro de mulher, lerdo e quente. Quase sem me mover arranquei o papel de baixo de meu corpo e olhei o título, a esmaecida foto de Julián. Deixei cair o jornal, vesti um impermeável, apaguei a luz do quarto e pulei da varanda para a terra fofa do jardim. O vento formava pequenos *esses* grossos e rodeava minha cintura. Preferi cruzar o gramado até pisar o pedaço de areia onde a garota estivera de tarde. As meias cinza crivadas de galhinhos de pinheiro-bravo, depois os pés nus nas mãos, as magras nádegas achatadas contra o chão. O bosque ficava à minha esquerda, os médanos à direita; tudo negro e agora o vento fustigando meu rosto. Ouvi passos e depois vi o luminoso sorriso do garçom, a cara de macaco pegada a meu ombro.

— Que azar — disse o garçom. — Deixou-o.

Tive vontade de bater nele, mas sosseguei as mãos que arranhavam dentro dos bolsos do impermeável e arquejei na direção do rumor do mar, imóvel, os olhos semicerrados, decidido e com pena de mim mesmo.

— Faz uns dez minutos, por aí, que saiu — continuou o garçom. Sem olhar para ele, soube que deixara de sorrir e virava a cabeça para a esquerda. — O que pode fazer agora é esperar que ela volte. Se lhe der um bom susto...

Desabotoei lentamente o impermeável, sem me virar; tirei uma nota do bolso e passei-a ao garçom. Esperei até não ouvir mais os passos do garçom indo para o hotel. Depois inclinei a cabeça, os pés firmes na terra elástica e na relva onde ela estivera, embalado por aquela lembrança, o corpo da garota e seus movimentos na tarde remota, protegido de mim mesmo e de meu passado por uma agora imorredoura atmosfera de crença e esperança sem destino, respirando no ar quente onde tudo estava esquecido.

4

Vi-a de repente, sob a exagerada lua de outono. Ia sozinha pela orla, desviando-se das rochas e das poças brilhantes e crescentes, empurrando a bicicleta, agora sem o ridículo vestido amarelo, com calças justas e casaco de marinheiro. Nunca a vira antes com essas roupas e seu corpo e seus passos não tinham tido tempo de tornar-se familiares para mim. Mas a reconheci de imediato e cruzei a praia quase em linha reta em direção a ela.

— Boa noite — disse.

Um instante depois ela se virou para olhar meu rosto; parou e girou a bicicleta para o lado da água. Fitou-me por um tempo com atenção e tinha algo solitário e desamparado quando voltei a cumprimentá-la. Agora me respondeu. Na praia deserta sua voz guinchava como a de um pássaro. Era uma voz desagradável e alheia, tão separada dela, do belo semblante triste e magro; parecia ter acabado de aprender um idioma, um tema de conversa em língua estrangeira. Estendi um braço para segurar a bicicleta. Agora eu estava olhando para a lua e ela protegida pela sombra.

— Para onde você estava indo? — disse, e acrescentei: — Criança.

— Para lugar nenhum — soou com dificuldade a voz estranha. — Gosto de passear de noite pela praia.

Pensei no garçom, nos rapazes ingleses do Atlantic; pensei em tudo que perdera para sempre, sem ter culpa, sem ser consultado.

— Dizem... — disse eu. O tempo havia mudado: nem frio nem vento. Ajudando a garota a segurar a bicicleta na areia à margem do rumor do mar, senti uma espécie de solidão que ninguém me havia permitido antes; solidão, paz e confiança.

— Se você não tiver outra coisa para fazer, dizem que, aqui perto, tem um barco transformado em bar e restaurante.

A voz dura repetiu com alegria inexplicável:

— Dizem que aqui perto tem um barco transformado em bar e restaurante.

Ouvi-a respirar com fadiga; depois acrescentou:

— Não, não tenho nada para fazer. É um convite? E assim, com esta roupa?

— É. Com essa roupa.

Quando parou de me olhar vi seu sorriso; não estava caçoando, parecia feliz e pouco afeita à felicidade.

— Você estava na mesa do lado com seu amigo. Seu amigo foi embora esta noite. Mas meu pneu furou quando saí do hotel.

Irritou-me que se lembrasse de Arturo; tirei o guidão de suas mãos e fomos caminhando pela margem, até o barco.

Duas ou três vezes eu disse uma frase morta; mas ela não respondia. Voltavam a crescer o calor e o ar de tormenta. Senti que a menina se entristecia a meu lado; espiei seus passos firmes, a decidida verticalidade do corpo, as nádegas de garoto que a calça vulgar apertava.

Lá estava o barco, orçado e sem luzes.

— Não tem barco, não tem festa — disse. — Peço desculpas por tê-la feito caminhar tanto para nada.

Ela havia parado para olhar o cargueiro adernado sob a lua. Ficou assim por um momento, as mãos nas costas como se estivesse sozinha, como se tivesse se esquecido de mim e da bicicleta. A lua descia até o horizonte de água ou subia dali. De repente a garota se virou e veio em minha direção; não deixei a bicicleta cair. Pegou meu rosto entre as mãos ásperas e o foi movendo até colocá-lo na luz.

— O quê? — roncou. — Você falou. Outra vez.

Quase não podia vê-la, mas me lembrava dela. Lembrava-me de muitas outras coisas para as quais ela, sem esforço, servia de símbolo. Começara a querê-la e a tristeza começava a sair dela e a derramar-se sobre mim.

— Nada — disse. — Não tem barco, não tem festa.

— Não tem festa — disse outra vez, e agora vislumbrei o sorriso na sombra, branco e breve como a espuma das pequenas ondas que chegavam até poucos metros da margem. Beijou-me sem aviso; sabia beijar e senti seu rosto rígido, úmido de lágrimas. Mas não soltei a bicicleta.

— Não tem festa — disse outra vez, agora com a cabeça inclinada, cheirando meu peito. A voz era mais confusa, quase gutural. — Eu precisava ver seu rosto — e levantou-o de novo contra a lua. — Precisava saber que não estava enganada. Entende?

— Sim — menti; e então ela pegou a bicicleta de minhas mãos, montou e fez um grande círculo sobre a areia úmida.

Quando voltou para meu lado, apoiou-se com uma das mãos em minha nuca e voltamos para o hotel. Afastamo-nos das rochas e desviamos para o bosque. Não foi ela quem fez isso, nem eu. Parou junto dos primeiros pinheiros e deixou a bicicleta cair.

— O rosto. Outra vez. Não quero que se chateie — suplicou.

Olhei docilmente para a lua, para as primeiras nuvens que surgiam no céu.

— Alguma coisa — disse com sua voz estranha. — Quero que diga alguma coisa. Qualquer coisa.

Pôs a mão em meu peito e ficou na ponta dos pés para que seus olhos de menina se aproximassem de minha boca.

— Gosto de você. E não adianta. E é outra sorte de desgraça — disse eu depois de um momento, falando quase com a mesma lentidão que ela.

Então a garota murmurou "coitadinho" como se fosse minha mãe, com sua voz esquisita, agora terna e vingativa, e começamos, alvoroçados, a nos beijar. Um ajudou o outro a desnudar-se do imprescindível e tive de repente duas coisas que nunca merecera: seu rosto abatido pelo choro e a felicidade sob a lua, a certeza desconcertante de que nunca haviam entrado nela.

Sentamo-nos perto do hotel sobre a umidade das rochas. A lua estava encoberta. Ela começou a atirar pedrinhas; às vezes caíam na água com um barulho exagerado; outras, mal se afastavam de seus pés. Não parecia perceber.

Minha história era grave e definitiva. Eu a contava com uma séria voz masculina, furiosamente decidido a dizer a verdade, sem me preocupar com que ela acreditasse ou não.

Todos os fatos acabavam de perder seu sentido e só poderiam ter, dali para a frente, o sentido que ela quisesse dar a eles. Falei, claro, de meu irmão morto; mas agora, desde aquela noite, a garota se transformara — retrocedendo para cravar-se como uma longa agulha nos dias passados — no tema principal de meu conto. De vez em quando eu a ouvia mover-se e dizer-me que sim com sua curiosa voz malformada. Também era forçoso aludir aos anos que nos separavam, afligir-se com excesso, fingir uma desolada crença no poder da palavra *impossível*, mostrar um discreto desânimo diante das lutas inevitáveis. Não quis fazer-lhe perguntas e as afirmações dela, nem sempre colocadas na pausa exata, tampouco pediam confissões. Não restava dúvida de que a garota me libertara de

Julián, e de muitas outras ruínas e escórias que a morte de Julián representava e trouxera à superfície; não restava dúvida de que eu, desde uma meia hora atrás, precisava dela e continuaria precisando.

Acompanhei-a até as proximidades da porta do hotel e nos separamos sem dizer nossos nomes. Enquanto se afastava pensei ter visto os dois pneus da bicicleta cheios de ar. Talvez ela tivesse mentido sobre aquilo, mas não importava mais. Nem sequer a vi entrar no hotel e eu mesmo passei na sombra, de largo, diante da galeria que levava a meu quarto; segui com dificuldade até os médanos, querendo não pensar em nada, por fim, e esperar a tempestade.

Caminhei até as dunas e depois, já longe, voltei em direção ao bosque de eucaliptos. Andei lentamente entre as árvores, entre o vento retorcido e seu lamento, sob os trovões que ameaçavam alçar-se do horizonte invisível, fechando os olhos para defendê-los das picadas da areia no rosto. Tudo estava às escuras e — como tive de contar várias vezes, depois — não avistei nenhum farol de bicicleta, supondo que alguém os usasse na praia, nem mesmo o ponto de brasa de um cigarro de alguém que caminhasse ou descansasse sentado na areia, sobre as folhas secas, apoiado num tronco, com as pernas encolhidas, cansado, úmido, satisfeito. Esse tinha sido eu; e, embora não soubesse rezar, andei dando graças, negando-me a aceitar, incrédulo.

Estava agora no final das árvores, a cem metros do mar e diante das dunas. Sentia as mãos feridas e parei para lambê-las. Caminhei em direção ao rumor do mar até pisar a areia úmida da margem. Não vi, repito, nenhuma luz, nenhum movimento na sombra; não ouvi nenhuma voz que dividisse ou deformasse o vento.

Abandonei a margem e comecei a subir e descer as dunas, escorregando na areia fria que entrava chispando em meus sapatos, afastando os arbustos com as pernas, quase correndo, com raiva e com uma alegria que me perseguira durante anos e que agora me alcançava, excitado como se nunca mais pudesse parar, rindo nesta noite de vento, subindo e descendo a toda as diminutas montanhas, caindo de joelhos e soltando o corpo até conseguir respirar sem dor, o rosto virado para a tormenta que vinha da água. Depois foi como se também me dessem caça todos os desânimos e renúncias; procurei durante horas, sem entusiasmo, o caminho de volta para o hotel. Então encontrei o garçom e repeti o ato de não falar com ele, de colocar dez pesos em sua mão. O homem sorriu e eu estava bastante cansado para acreditar que ele entendera, que todo o mundo, de uma vez por todas, entendia.

Voltei a dormir meio vestido na cama como fizera na areia, ouvindo a tempestade que finalmente se resolvera, golpeado pelos trovões, imerso, sedento, no ruído colérico da chuva.

5

Terminara de fazer a barba quando ouvi no vidro da porta que dava para a varanda o golpe dos dedos. Era bem cedo; soube que as unhas dos dedos eram longas e estavam pintadas com ardor. Sem largar a toalha, abri a porta; era fatal, lá estava ela.

Tinha os cabelos tingidos de loiro e talvez aos vinte anos tivesse sido loira; usava um *tailleur* de cheviote que os dias e os ferros de passar tinham apertado contra o corpo, e um guarda-chuva verde, com cabo de marfim, talvez jamais aberto. Das três coisas, duas eu lhe adivinhara — ou supusera sem erro — ao longo da vida e no velório de meu irmão.

— Betty — disse ao virar-se, com o melhor sorriso que conseguiu.

Fingi que nunca a havia visto, que não sabia quem era. Tratava-se, apenas, de um modo de polidez, de uma forma contorcida da delicadeza que já não me interessava.

"Esta era" — pensei —, "não será nunca mais, a mulher que eu distinguia, sem nitidez, por trás dos vidros sujos de um café de subúrbio, roçando os dedos em Julián nos longos prólogos das sextas ou das segundas-feiras."

— Desculpe — disse — por vir de tão longe para incomodá-lo a esta hora. Principalmente neste momento em que você, como o melhor irmão de Julián... Ainda agora, juro, não consigo aceitar que esteja morto.

A luz da manhã a envelhecia e deve ter parecido outra coisa no apartamento de Julián, e mesmo no café. Eu fora, até o fim, o único irmão de Julián; nem melhor nem pior. Estava velha e parecia fácil aplacá-la. Tampouco eu, apesar de tudo que vi e ouvi, apesar da lembrança da noite anterior na praia, aceitava totalmente a morte de Julián. Só quando inclinei a cabeça e convidei-a, com o braço, a entrar em meu quarto, descobri que usava chapéu e o enfeitava com violetas frescas, rodeadas de folhas de hera.

— Pode me chamar de Betty — disse, e escolheu para sentar-se a poltrona que escondia o jornal, a foto, o título, a crônica indecisamente crapulosa. — Mas era questão de vida ou morte.

Não restavam rastros da tormenta e a noite podia não ter acontecido. Olhei o sol na janela, a mancha amarelada que começava a buscar o tapete. No entanto, era indubitável que eu me sentia diferente, que respirava o ar com avidez; que tinha vontade de caminhar e de sorrir, que a indiferença — e também a crueldade — pareciam-me formas possíveis da virtude. Mas tudo era confuso e só pude compreender isso um instante depois.

Aproximei-me da poltrona e ofereci minhas desculpas à mulher, àqueles desusados modos da indecência e do infortúnio. Apanhei o jornal, gastei alguns fósforos e o fiz dançar aceso por cima da varanda.

— Coitado do Julián — disse ela, a minhas costas.

Voltei ao centro do quarto, acendi o cachimbo e sentei-me na cama. Descobri repentinamente que era feliz e tentei calcular quantos anos me separavam de minha última sensação de felicidade. A fumaça do cachimbo incomodava meus olhos. Desci-o até os joelhos e fiquei olhando com alegria aquele lixo na poltrona, aquela maltratada imundície que se recostava, inconsciente, sobre a manhã recém-nascida.

— Coitado do Julián — repeti. — Disse isso muitas vezes no velório, e depois. Já me cansei, tudo tem um limite. Esperei-a no velório e você não apareceu. Mas, entenda, graças a este trabalho de esperá-la eu sabia como você era, podia encontrá-la na rua e reconhecê-la.

Examinou-me, desconcertada, e voltou a sorrir.

— Sim, acho que entendo — disse.

Não era muito velha, ainda estava longe de minha idade e da de Julián. Mas nossas vidas tinham sido muito diferentes e o que me oferecia, da poltrona, não passava de gordura, de uma cara enrugada de nenê, de sofrimento e rancor dissimulado, da sujeira da vida para sempre grudada em suas faces, nos ângulos da boca, nas olheiras rodeadas de sulcos. Tinha vontade de bater nela e de enxotá-la.

Mas fiquei quieto, voltei a fumar e lhe falei com voz doce:

— Betty. Você me deu permissão para chamá-la de Betty. Disse que se tratava de um assunto de vida ou morte. Julián está morto, fora do problema. O que mais, ou então, quem mais?

Recostou-se então na poltrona de cretone descolorido, sobre o forro de grandes flores bárbaras, e ficou-me olhando como se fosse um possível cliente: com o inevitável ódio e com cálculo.

— Quem morre agora? — insisti. — Você ou eu?

Relaxou o corpo e começou a preparar uma cara emocionante. Fitei-a, admiti que podia convencer; e não só Julián. Atrás dela estendia-se a manhã de outono, sem nuvens, a pequena glória oferecida aos homens. A mulher, Betty, virou a cabeça e foi abrindo um sorriso de amargura.

— Quem? — disse para o armário. — Você e eu. Não se engane, o assunto está apenas começando. Há promissórias com sua assinatura, sem fundos, dizem, aparecendo agora no tribunal. E minha casa, o único bem que tenho, está hipotecada. Julián me garantiu que não passava de uma oferta; mas a casa, a casinha, está hipotecada. E é preciso pagar logo. Se quisermos salvar alguma coisa do naufrágio. Ou se quisermos nos salvar.

Pelas violetas no chapéu e pelo suor no rosto, eu pressentira que era inevitável escutar, mais cedo ou mais tarde na manhã de sol, uma frase como essa.

— Sim — disse —, acho que tem razão, que temos de nos unir e fazer alguma coisa.

Há muitos anos eu não sentia tanto prazer com a mentira, a farsa e a maldade. Mas voltara a ser jovem e não tinha de dar explicações nem a mim mesmo.

— Não sei — disse sem cautela — quanto você sabe de minha culpa, de minha intervenção na morte de Julián. De qualquer modo, posso lhe assegurar que nunca o aconselhei a hipotecar sua casa, sua casinha. Mas vou lhe contar tudo. Estive com Julián há uns três meses. Um irmão jantando num restaurante com seu irmão mais velho. E se tratava de irmãos que não se viam mais do que uma vez por ano. Acho que era aniversário de alguém; dele, de nossa mãe morta. Não me lembro e não importa. A data, qualquer que seja, parecia desanimá-lo. Falei-lhe de um negócio de câmbios de moedas; mas nunca lhe disse para roubar dinheiro da Cooperativa.

Ela deixou passar um tempo ajudando-se com um suspiro e esticou os saltos altos até o quadrilátero de sol no tapete. Esperou que a olhasse e voltou a sorrir, agora se parecia com qualquer aniversário, o de Julián ou o de minha mãe. Era a ternura e a paciência, queria me guiar sem tropeços.

— Menino! — murmurou, a cabeça sobre um ombro, o sorriso no limite da tolerância. — Há três meses? — bufou enquanto dava de ombros. — Menino, Julián roubava da Cooperativa há cinco anos! Ou quatro. Eu me lembro. Você lhe falou, meu filhinho, de um arranjo com dólares, não? Não sei quem fazia anos naquela noite. E não estou faltando com o respeito. Mas Julián me contou tudo e eu não conseguia conter seus acessos de riso. Nem chegou a pensar no plano dos dólares, se era bom ou ruim. Ele roubava e jogava nos cavalos. Ia bem ou ia mal. Há cinco anos, desde antes de eu conhecê-lo.

— Cinco anos! — repeti, mascando o cachimbo. Levantei-me e fui até a janela. Havia restos de água na relva e na areia. O ar fresco não tinha nada a ver conosco, nem com ninguém.

Em algum quarto do hotel, acima de mim, a garota devia estar dormindo em paz, escarranchada, começando a mover-se diante do insistente desespero dos sonhos e dos lençóis quentes. Eu a imaginava e continuava a querê-la, amava sua respiração, seus cheiros, as supostas alusões à lembrança noturna, a mim, que pudessem caber em seu estupor matinal. Voltei pesadamente da janela e fiquei olhando sem nojo nem pena aquilo que o destino havia colocado na poltrona de meu quarto de hotel. Acomodava as lapelas do *tailleur* que, no fim, talvez não fosse de cheviote; sorria para o ar, esperava meu regresso, minha voz. Senti-me velho e com poucas forças. Talvez o ignorado cão da ventura estivesse lambendo meus joelhos, minhas mãos; talvez só se tratasse do outro; que estava velho e cansado. Mas, de qualquer modo, vi-me obrigado a deixar o tempo passar, a acender de novo o cachimbo, a brincar com a chama do fósforo, com seu ronco.

— Para mim — disse — está tudo perfeito. Certamente Julián não usou um revólver para fazê-la assinar a hipoteca. E eu nunca assinei uma promissória. Se falsificou a assinatura e conseguiu viver assim durante cinco anos — creio que você disse cinco —, teve o suficiente, vocês dois tiveram o suficiente — olho-a, penso nela, e pouco me importa que a tirem da casa ou a enterrem na prisão. — Eu jamais assinei uma promissória para Julián. Infelizmente para você, Betty, e o nome me parece inadequado, sinto que já não lhe cai bem, não há perigos nem ameaças que funcionem. Não podemos ser sócios em nada; e isso é sempre uma tristeza. Acho que é mais triste para as mulheres. Vou até a galeria fumar e ver como a manhã avança. Ficarei muito grato se você sair em seguida, se não fizer muito escândalo, Betty.

Saí, dedicado a insultar-me em voz baixa, a procurar defeitos na prodigiosa manhã de outono. Ouvi, bem distante, o insolente xingamento que ela fez soar a minhas costas. Ouvi, logo depois, a batida da porta.

Um Ford pintado de azul apareceu perto do casario.

Eu era pequeno e aquilo me pareceu imerecido, organizado pela pobre, incerta imaginação de um menino. Desde a adolescência eu mostrara meus defeitos, sempre tinha razão, estava disposto a conversar e a discutir, sem reservas nem silêncios. Já Julián — e comecei a ter simpatia por ele, e outra forma muito diferente da compaixão — tinha enganado todos nós durante muitos anos. Este Julián que eu só pudera conhecer depois de morto ria de mim, levemente, desde que começou a confessar a verdade, a levantar seus bigodes e seu sorriso, no caixão. Talvez continuasse rindo de todos nós um mês depois de sua morte. Mas não adiantava nada eu inventar o rancor ou a decepção.

Eu ficava irritado, sobretudo, com a lembrança de nosso último encontro, com a gratuidade de suas mentiras, por não conseguir entender por que tinha ido me visitar, correndo riscos, para mentir pela última vez. Porque por Betty eu só sentia pena ou desprezo; mas eu estava acreditando na história dela, estava convencido da incessante sujeira da vida.

Um Ford pintado de azul roncava subindo a encosta, atrás do chalé de telhado vermelho; despontou no caminho e passou na frente da varanda, seguindo até a porta do hotel. Vi descer um policial, com seu desbotado uniforme de verão, um homem extraordinariamente alto e magro com um terno de riscas largas e um jovem vestido de cinza, loiro, sem chapéu, que via sorrir a cada frase, segurando o cigarro com dois dedos esticados diante da boca.

O gerente do hotel desceu a escada vagarosamente e aproximou-se deles, enquanto o garçom da noite anterior saía de trás de uma coluna da escadaria, em mangas de camisa, fazendo brilhar a cabeça retinta. Todos falavam com poucos gestos, quase sem sair do lugar onde os pés estavam apoiados, e o gerente tirava um lenço do bolso interno do paletó, passava-o nos lábios e voltava a guardá-lo profundamente para, em poucos segundos, extraí-lo com um movimento rápido e amarfanhá-lo e movê-lo sobre a boca. Entrei para conferir se a mulher tinha ido embora; e ao voltar para a galeria, ao perceber meus próprios movimentos, a morosidade com que desejava viver e executar cada ato, como se procurasse acariciar com as mãos o que estas haviam feito, senti que era feliz na manhã, que podia haver outros dias me esperando em algum lugar.

Vi que o garçom olhava para o chão e que os outros quatro homens erguiam a cabeça e dirigiam-me semblantes de distraída observação. O jovem loiro jogou o cigarro longe; então fui abrindo os lábios até sorrir e, movendo a cabeça, cumprimentei o gerente, e depois, antes que este pudesse responder-me, antes que se inclinasse, sempre olhando para a galeria, batendo com o lenço na boca, levantei a mão e repeti meu cumprimento. Voltei ao quarto para acabar de vestir-me.

Fiquei um pouco no restaurante, olhando os outros hóspedes tomarem o café-da-manhã, e depois decidi beber um gim, apenas um, no balcão do bar, comprei cigarros e desci até o grupo que aguardava ao pé da escada. O gerente cumprimentou-me outra vez e notei que sua mandíbula tremia um pouco, rapidamente. Disse algumas palavras e ouvi-os conversar; o jovem loiro veio até mim e tocou-me no braço. Estavam todos em silêncio e o loiro e eu nos olhamos e sorrimos. Ofereci-lhe um cigarro e ele o acendeu sem afastar os olhos de meu rosto; depois deu três passos, retrocedendo, e voltou a me olhar. Talvez nunca tivesse visto a cara de um homem feliz; comigo acontecia o mesmo. Deu-me as costas, caminhou até a primeira árvore do jardim e apoiou-se nela com um ombro. Tudo aquilo tinha um sentido e, sem compreendê-lo, soube que estava de acordo e movi e cabeça assentindo. Então o homem altíssimo disse:

— Vamos de carro até a praia?

Adiantei-me e fui me instalar ao lado do assento do chofer. O homem alto e o loiro sentaram-se atrás. O policial chegou sem pressa ao volante e pôs o carro em marcha. Logo rodávamos velozmente na manhã calma; eu sentia o cheiro do cigarro que o rapaz estava fumando, sentia o silêncio e a quietude do outro homem, a ânsia preenchendo esse silêncio e essa quietude. Quando chegamos à praia, o carro atracou junto de um monte de pedras cinzentas que separavam o caminho de areia. Descemos, passamos por cima das pedras levantando as pernas e caminhamos para o mar. Eu ia ao lado do rapaz loiro.

Paramos à margem. Nós quatro estávamos em silêncio, com as gravatas sacudidas pelo vento. Voltamos a acender cigarros.

— O tempo não está firme — disse.

— Vamos? — respondeu o jovem loiro.

O homem alto do terno de riscas esticou um braço até tocar o rapaz no peito e lhe disse, com voz grossa:

— Preste atenção. Daqui até as dunas. Duas quadras. Nem muito mais nem muito menos.

O outro assentiu em silêncio, dando de ombros como se aquilo não tivesse importância. Sorriu novamente e fitou-me.

— Vamos — disse, e comecei a andar até o automóvel. Quando eu ia subir, o homem alto me deteve.

— Não — disse. — É ali, cruzando.

Em frente havia um galpão de tijolos com manchas de umidade. O telhado era de zinco e tinha letras escuras pintadas acima da porta. Esperamos enquanto o policial voltava com uma chave. Virei-me para olhar o meio-dia já próximo sobre a praia; o policial separou o cadeado aberto e todos entramos na sombra e no inesperado frio. As vigas brilhavam, pretas, suavemente besuntadas de alcatrão, e do teto pendiam pedaços de aniagem. Enquanto caminhávamos na penumbra cinzenta senti o galpão crescer, maior a cada passo, afastando-me da longa mesa montada sobre cavaletes que estava no centro. Olhei a forma estendida, imaginando quem ensinaria aos mortos a atitude da morte. Havia uma estreita poça d'água no chão e gotejava de um canto da mesa. Um homem descalço, com a camisa aberta sobre o peito vermelho, aproximou-se pigarreando e pôs a mão numa ponta da mesa de tábuas, deixando que seu curto indicador se cobrisse, brilhante, com a água que não parava de manar. O homem alto esticou o braço e descobriu o rosto que estava sobre as tábuas dando um puxão na lona. Olhei para o ar, para o braço riscado do homem que ficara estirado contra a luz da porta sustentando a beirada com ilhoses da lona. Olhei de novo, com um esgar tristonho, para o loiro sem chapéu.

— Olhe aqui — disse o homem alto.

Fui vendo que o rosto da garota estava torcido para trás e parecia que a cabeça arroxeada, com manchas de um roxo avermelhado sobre um delicado, anterior roxo azulado, acabaria rolando, desprendendo-se de uma hora para outra, se alguém falasse forte, se alguém batesse no chão com os sapatos ou, simplesmente, se o tempo passasse.

Do fundo, invisível para mim, alguém começou a recitar com voz rouca e ordinária, como se falasse comigo. Com quem mais?

— As mãos e os pés, cuja epiderme está ligeiramente branqueada e enrugada na extremidade dos dedos, apresentam, ainda, na ranhura das unhas, uma pequena quantidade de areia ou de limo. Não há ferimento nem escoriação nas mãos. Nos braços, e particularmente em sua parte anterior, acima do punho, há várias equimoses superpostas, dirigidas transversalmente e resultantes de uma pressão violenta exercida nos membros superiores.

Não sabia quem era, não queria fazer perguntas. Tinha somente, repetia-me, como única defesa, o silêncio. O silêncio por nós. Aproximei-me um pouco mais da mesa e fiquei apalpando a dureza dos ossos da testa. Talvez os cinco homens esperassem algo mais; e eu estava disposto a tudo. A besta, sempre no fundo do galpão, enumerava agora com sua voz vulgar:

— A face está manchada por um líquido azulado e sanguinolento que fluiu pela boca e pelo nariz. Depois de tê-la lavado cuidadosamente, observamos em torno da boca extensa escoriação com equimose, e a impressão das unhas fincadas nas carnes. Há dois sinais análogos embaixo do olho direito, cuja pálpebra inferior está fortemente contundida. Além das marcas de violência que foram executadas manifestamente enquanto ela estava viva, notam-se no rosto numerosos lanhos, pontuados, sem vermelhidão, sem equimose, com simples dessecamento da epiderme e produzidos pela fricção do corpo contra a areia. Vê-se uma infiltração de sangue coagulado de cada lado da laringe. Os tegumentos estão invadidos pela putrefação e neles podem distinguir-se vestígios de contusões ou equimoses. O interior da traquéia e dos brônquios contém uma pequena quantidade de um líquido turvo, escuro, não espumoso, misturado com areia.

Era um bom responso, tudo estava perdido. Inclinei-me para beijar-lhe a testa e depois, por piedade e amor, o líquido avermelhado que borbulhava entre seus lábios.

Mas a cabeça com os cabelos endurecidos, o nariz achatado, a boca escura, alongada em forma de foice com as pontas para baixo, soltas, pingando, permanecia imóvel, invariável seu volume no ar sombrio com cheiro de fossa, mais duro a cada passo de meu olhar pelas maçãs do rosto e pela testa e pelo queixo que não se decidia a cair. Falavam-me, um depois do outro, o homem alto e o loiro, como se estivessem jogando, golpeando alternadamente a mesma pergunta. Depois o homem alto largou a lona, deu um salto e sacudiu-me, segurando-me pelas lapelas; mas não acreditava no que estava fazendo — bastava ver seus olhos redondos — e, quando lhe dei um sorriso cansado, mostrou-me rapidamente os dentes, com ódio, e abriu a mão.

— Compreendo, adivinho, você tem uma filha. Não se preocupem: assinarei o que quiserem, sem ler. O divertido é que estão enganados. Mas não tem importância. Nada, nem mesmo isto, é realmente importante.

Antes da luz violenta do sol, parei e perguntei com voz adequada ao homem alto:

— Serei curioso, e peço perdão: você acredita em Deus?

— Vou lhe responder, claro — disse o gigante —, mas antes, se quiser, não é útil para o sumário de culpa, é, como no seu caso, pura curiosidade... Você sabia que a garota era surda?

Tínhamos parado exatamente entre o renovado calor do verão e a sombra do galpão.

— Surda? — perguntei. — Não, só estive com ela ontem de noite. Nunca me pareceu surda. Mas não se trata mais disso. Eu lhe fiz uma pergunta: você prometeu respondê-la.

Os lábios eram muito finos para chamar de sorriso a careta que o gigante fez. Voltou a me olhar sem desprezo, com triste assombro, e persignou-se.

(*Alfa*, Montevidéu, 1960)

Jacob e o outro

I. CONTA O MÉDICO

Meia cidade deve ter estado ontem de noite no Cine Apolo, vendo o lance e também participando do tumultuado final. Eu estava me chateando na mesa de pôquer do clube e só intervim quando o porteiro anunciou-me a ligação urgente do hospital. O clube tem apenas uma linha telefônica; mas quando saí da cabine todos já estavam mais por dentro da notícia do que eu. Voltei à mesa para trocar as fichas e pagar as apostas perdidas.

Burmestein não se movera; babou um pouco mais no havana e disse-me, com sua voz grossa e uniforme:

— Desculpe, mas em seu lugar eu ficaria para aproveitar a sorte. Resumindo, você pode assinar o atestado de óbito aqui mesmo.

— Acho que ainda não — respondi, rindo. Olhei para minhas mãos enquanto manuseavam fichas e notas; estavam tranqüilas, um pouco cansadas. Dormira apenas algumas horas na noite anterior, mas isso já era quase um hábito; bebera dois conhaques durante a noite e água mineral no jantar.

O pessoal do hospital conhecia meu carro e todos os seus achaques de cor e salteado. A ambulância, portanto, estava me esperando na porta do clube. Sentei-me ao lado do galego e só ouvi seu cumprimento; ele aguardava em silêncio, por respeito ou emoção, que eu desse início ao diálogo. Comecei a fumar e não falei até que viramos na Curva de Tabárez e a ambulância entrou na noite de primavera do caminho de cimento, noite branca e de vento, fria e morna, com nuvens alvoroçadas que roçavam o moinho e as árvores altas.

— Herminio — disse eu —, qual é o diagnóstico?

Vi a alegria que o galego tentava esconder, imaginei o suspiro com que celebrava o retorno ao habitual, aos velhos ritos sagrados. Começou a falar, com o mais humilde e sutil de seus tons; compreendi que o caso era sério, ou perdido.

— Eu mal o vi, doutor. Carreguei-o do teatro para a ambulância, levei-o ao hospital a uns noventa ou cem por hora porque o menino Fernández me apurava e também porque era meu dever. Ajudei a descê-lo e depois me ordenaram que fosse buscá-lo no clube.

— O Fernández, certo. Mas quem está de plantão?

— O doutor Rius, doutor.

— Por que Rius não opera? — perguntei em voz alta.

— Bem — disse Herminio, e ganhou tempo desviando-se de uma poça cheia de água brilhante. — Já deve ter começado a operar, acho. Mas se o senhor estiver do lado dele...

— Você carregou e descarregou. É o bastante. Qual é o diagnóstico?

— Ora, doutor... — sorriu o galego com carinho. Começávamos a ver as luzes do hospital, a brancura das paredes sob a lua. — Ele não se movia nem se queixava, começava a inchar como um balão, costelas no pulmão, uma tíbia exposta, concussão quase certa. Mas caiu de costas em cima de duas cadeiras e, me perdoe, o assunto deve estar na coluna. Se há ou não há fratura.

— Morre ou não morre? Você nunca se enganou, Herminio.

Enganara-se muitas vezes, mas sempre com desculpas.

— Desta vez não vou falar — meneou a cabeça enquanto freava.

Troquei de roupa e estava começando a lavar as mãos quando Rius entrou.

— Se quiser trabalhar — disse —, terá tudo pronto em dois minutos. Não fiz quase nada porque não há nada a fazer. Morfina, de qualquer modo, para que ele e nós fiquemos tranqüilos. Só atirando uma moedinha no ar para saber por onde convém começar.

— Tanto assim?

— Politraumatizado, coma profundo, palidez, pulso filiforme, grande polipnéia e cianose. O hemitórax direito não respira. Colapsado. Crepitação e angulação da sexta costela direita. Macicez na base pulmonar direita com hipersonoridade no ápex pulmonar. O coma se torna cada vez mais profundo e acentua-se a síndrome de anemia aguda. Há possibilidade de rompimento de artérias intercostais. Percebe? Eu o deixaria em paz.

Então recorri à minha gasta frase de medíocre heroísmo, à lenda que me cerca como a de uma moeda ou medalha circunscreve a efígie e que talvez continue ligada a meu nome alguns anos depois de minha morte. Mas naquela noite eu não tinha mais vinte e cinco nem trinta anos; estava velho e cansado e, diante de Rius, a frase tantas vezes repetida não passava de uma blague familiar. Disse-a com a nostalgia da fé perdida, enquanto calçava as luvas. Repeti-a, escutando-me, como um menino que cumpre com a fórmula mágica e absurda que lhe permite entrar ou permanecer no jogo.

— Comigo, os doentes morrem na mesa.

Rius riu, como sempre, apertou-me um braço e saiu. Mas quase em seguida, enquanto eu tentava averiguar qual era o cano quebrado que pingava nas pias, veio para me dizer:

— Irmão, está faltando algo no quadro. Não lhe falei da mulher, não sei quem é ela, que ficou chutando, ou tentou chutar o iminente cadáver na sala do cinema e que se aproximou da ambulância para cuspir nele quando o galego e Fernández o carregavam. Esteve rondando por aqui e mandei que a botassem para fora; mas ela jurou que vai voltar amanhã e que tem o direito de ver o defunto, talvez para cuspir nele sem pressa.

Trabalhei com Rius até as cinco da manhã e pedi um litro de café para ajudar-nos a esperar. Às sete, Fernández apareceu no consultório com a cara de desconfiança que Deus lhe impõe para enfrentar os grandes acontecimentos. O rosto estreito e infantil então entrecerra os olhos, inclina-se um pouco com a boca na defensiva e diz: "Alguém está me logrando, a vida não passa de uma vasta conspiração para me enganar".

Aproximou-se da mesa e ficou ali de pé, branco e torto, sem falar conosco.

Rius deixou de divagar sobre enxertos, absteve-se de olhá-lo e passou a mão no último sanduíche do prato; depois limpou os lábios com um papel e perguntou ao tinteiro de ferro, com águia e dois depósitos secos:

— E então?

Fernández respirou para ouvir-se e pôs a mão sobre a mesa; movemos as cabeças e vimos nele o desconcerto e a suspeita, a magreza e o cansaço. Idiotizado pela fome e pelo sono, o rapaz ergueu-se para continuar fiel à mania de alterar a ordem das coisas, do mundo em que podemos entender-nos.

— A mulher está no corredor, num banco, com uma garrafa térmica e um chimarrão. Esqueceram-se e ela conseguiu passar. Diz que não se importa de esperar, que precisa vê-lo. Ele.

— Sim, irmãozinho — disse lentamente Rius; reconheci em sua voz a malignidade habitual das noites de fadiga, a excitação que gradua com destreza. — Trouxe flores, pelo menos? O inverno está acabando e cada valeta de Santa María deve estar cheia de ervas. Queria quebrar a cara dela e logo mais vou pedir permissão ao chefe para dar uma volta pelos corredores. Mas nesse meio-tempo aquela égua poderia visitar o defunto e atirar-lhe uma florzinha e depois uma cusparada e depois outra flor.

O chefe era eu; de modo que perguntei:

— O que houve?

Fernández acariciou rapidamente o rosto magro, comprovou sem esforço a existência de todos os ossos que Testut lhe havia prometido, e ficou me olhando como se eu fosse o responsável por todos os logros e enganos que saltavam para surpreendê-lo com misteriosa regularidade. Sem ódio, sem violência, descartou Rius, manteve seus olhos suspicazes em meu rosto e recitou:

— Melhoria do pulso, da respiração e da cianose. Recupera esporadicamente a lucidez.

Aquilo era muito mais do que eu esperava ouvir às sete da manhã. Mas não tinha base para a certeza; então limitei-me a agradecer movendo a cabeça e fitei, por minha vez, a águia de bronze do tinteiro.

— Dimas chegou há pouco — disse Fernández. — Já lhe passei tudo. Posso ir?

— Sim, claro — Rius se jogara sobre o encosto da poltrona e começava a sorrir, olhando-me; talvez nunca tivesse me visto tão velho, talvez nunca tivesse gostado tanto de mim como naquela manhã de primavera, talvez estivesse averiguando quem era eu e por que gostava de mim.

— Não, irmão — disse quando ficamos sozinhos. — Comigo, qualquer farsa; mas não a farsa da modéstia, da indiferença, da indecência que se traduz sobriamente por "cumpri com meu dever mais uma vez". Você fez isso, chefe. Se essa besta ainda não embarcou, não embarca mais. Se no clube o aconselharam a limitar-se a um atestado de óbito — é o que eu teria feito, com muita morfina, claro, se você por qualquer motivo não estivesse em Santa María —, eu o aconselho agora a dar ao sujeito um atestado de imortalidade. Com a consciência tranqüila e a assinatura endossada pelo doutor Rius. Faça isso, chefe. E roube depois do laboratório um coquetel de soníferos e vá dormir por vinte e quatro horas. Eu me encarrego de atender o juiz e a polícia, comprometo-me a organizar as cusparadas da mulher que está esperando no corredor, tomando chimarrão.

Levantou-se e veio dar-me uma palmadinha nas costas, uma vez só, mas demorando o peso e o calor da mão.

— Está bem — disse-lhe. — Você decidirá se é preciso mandar me acordar.

Enquanto tirava o avental, com uma lentidão e uma dignidade que não provinham exclusivamente do cansaço, admiti que o sucesso da operação, das operações, importava-me tanto quanto o cumprimento do velho sonho irrealizável: consertar com minhas próprias mãos, e de uma vez por todas, o motor de meu velho automóvel. Mas não podia dizer isso a Rius porque ele entenderia sem esforço e com entusiasmo; não podia dizer a Fernández porque, felizmente, não iria acreditar em mim.

De modo que calei a boca e na viagem de volta na ambulância ouvi com equanimidade os palavrões de admiração do galego Herminio e aceitei com meu silêncio, diante da história, que a ressurreição que acabava de ocorrer no Hospital de Santa María não teria sido alcançada nem pelos próprios médicos da capital.

Decidi que meu carro podia amanhecer outra vez diante do clube e pedi que a ambulância me levasse até em casa. A manhã, furiosamente branca, recendia a madressilvas e começava a respirar-se o rio.

— Estavam atirando pedras e dizendo que iam botar fogo no teatro — disse o galego quando chegamos à praça. — Mas a polícia apareceu e não houve mais pedras, a não ser as que eu já mencionei.

Antes de tomar as pílulas compreendi que nunca poderia conhecer a verdade daquela história; com boa sorte e paciência talvez ficasse sabendo da metade correspondente a nós, os habitantes da cidade. Mas era preciso conformar-se, aceitar como inalcançável o conhecimento da parte que trouxeram consigo os dois forasteiros e que levariam, de maneira diversa, incógnita e para sempre.

E no mesmo instante, com o copo d'água na mão, lembrei-me de que tudo aquilo começara a mostrar-se para mim quase uma semana antes, num domingo nublado e quente, enquanto observava, de uma janela do bar do hotel, o ir e vir na praça.

O homem agitado e simpático e o gigante moribundo atravessaram diagonalmente a praça e o primeiro sol amarelado da primavera. O menor levava uma coroa de flores, uma coroazinha de parente distante para um velório modesto. Avançavam indiferentes à curiosidade que despertava a besta lenta de dois metros; sem pressa, mas resoluto, o agitado marchava com uma dignidade irrenunciável, com um elevado sorriso diplomático, como se estivesse sendo escoltado por uma guarda de honra, como se alguém, um camarote com bandeiras e homens sérios e mulheres velhas, estivesse a sua espera em algum lugar. Soube-se que deixaram a coroazinha, entre caçoadas de meninos e alguma pedrada, ao pé do monumento a Brausen.

A partir daqui as pistas se embaralham um pouco. O pequeno, o embaixador, foi até o Berna alugar um quarto, tomar um aperitivo e discutir os preços sem paixão, distribuindo chapeladas, reverências e convites baratos. Tinha entre quarenta e quarenta e cinco anos, o tórax largo, a estatura mediana; nascera para convencer, para criar o clima úmido e caloroso em que floresce a amizade e aceitam-se as esperanças. Nascera também para a felicidade, ou ao menos para acreditar nela obstinadamente, contra vento e maré, contra a vida e seus erros. Nascera, sobretudo, e isso é o mais importante, para distribuir cotas de alegria a todo o mundo possível. Com uma astúcia natural, invencível, sem jamais descuidar seus objetivos pessoais, sem se preocupar demais com o incontrolável futuro alheio.

Esteve ao meio-dia na redação do *El Liberal*, e voltou de tarde para entrevistar-se com o sujeito da seção de Esportes a fim de obter o anúncio gratuito. Abriu o álbum com fotografias e recortes de jornal amarelados, com grandes títulos em idiomas estrangeiros; exibiu diplomas e documentos reforçados nas dobras com papéis colados. Sobre a velhice das lembranças, sobre os anos, a melancolia e o fracasso, passeou seu sorriso, seu amor incansável e sem compromisso.

— Está melhor do que nunca. Com uns quilinhos a mais, talvez. Mas é justamente por isso que estamos fazendo essa turnê sul-americana. No ano que vem, no Palais de Glace, ele vai conquistar o título novamente. Ninguém pode ganhar dele, nem europeu nem americano. E como poderíamos pular Santa María nessa turnê que é o prólogo de um campeonato mundial? Santa María! Que costa, que praia, que ar, que cultura!

O tom da voz era italiano, mas não exatamente; havia sempre, nas vogais e nos *esses*, um som insituável, um amistoso contato com a complicada extensão do mundo. Percorreu o jornal, brincou com os linotipos, abraçou os tipógrafos, ficou improvisando seu assombro ao pé da rotativa. Ganhou, no dia seguinte, o primeiro título, frio mas gratuito: "Ex-campeão de luta em Santa María". Visitou a redação durante todas as noites da semana e o espaço dedicado a Jacob van Oppen foi crescendo diariamente até o sábado do desafio e da luta.

Naquele meio-dia de domingo em que os vi desfilando na praça com a coroazinha barata, o gigante moribundo ficou meia hora de joelhos na igreja, rezando diante do altar novo da Imaculada; dizem que se confessou, juram tê-lo visto bater no peito, presumem que introduziu depois, vacilante, um rosto enorme e infantil, úmido de pranto, na luz dourada do átrio.

2. CONTA O NARRADOR

Os cartões diziam Comendador Orsini e o homem conversador e inquieto distribuiu-os sem avareza por toda a cidade. Conservam-se exemplares, alguns deles autografados e com adjetivos.

Desde o primeiro — e último — domingo, Orsini alugou a sala do Apolo para os treinos, a um peso a entrada às segundas e terças, metade disso às quartas, e a dois pesos às quintas e sextas-feiras, quando o desafio foi formalizado e a curiosidade e o patriotismo dos santa-marienses começaram a lotar o Apolo. Naquele mesmo domingo foi pregado na praça nova, com a devida licença municipal, o cartaz de desafio. Numa foto antiga o ex-campeão mundial de luta de todos os pesos mostrava o bíceps e o cinturão de ouro; agressivas letras vermelhas concretizavam o desafio: 500 pesos 500 para quem subir no ringue e não for jogado de costas em 3 minutos por Jacob van Oppen.

Uma linha abaixo o desafio era esquecido e prometia-se uma exibição de luta greco-romana entre o campeão — voltaria a sê-lo em menos de um ano — e os melhores atletas de Santa María.

Orsini e o gigante tinham entrado no continente pela Colômbia e vieram descendo via Peru, Equador e Bolívia. O desafio foi aceito em poucas cidades e van Oppen sempre conseguiu liquidá-lo num tempo medido em segundos, já no primeiro abraço.

Os cartazes evocavam noites de calor e de gritaria, de teatros e de barraquinhas, de espectadores acaboclados e bêbados, de admiração e de risos. O juiz levantava um braço, van Oppen retornava à tristeza, pensava ansioso na garrafa de álcool violento que o esperava no quarto do hotel, e Orsini sorria, avançando sob as luzes brancas do ringue, tocando com um lenço ainda mais branco o suor da testa:

— Senhoras e senhores... — era o momento de agradecer, de falar de reminiscências imorredouras, de dar vivas ao país e à cidade. Durante meses, essas lembranças comuns foram formando, para eles, a América; e num dia ou numa noite qualquer, já longe dali, antes de um ano, poderiam falar dela e reconhecê-la sem esforço, sem mais ajuda que três ou quatro momentos reiterados e devotos.

Na terça ou na quarta Orsini trouxe o campeão, de carro, até o Berna, depois da quase deserta sessão de treino. A turnê se transformara, agora, num trabalho rotineiro e havia pouca diferença entre o cálculo dos pesos a serem ganhos e o dos pesos que ganhavam. Mas Orsini considerava indispensável, para o bem-estar mútuo, manter sua proteção sobre o gigante. Van Oppen sentou-se na cama e bebeu da garrafa. Orsini apanhou-a delicadamente e trouxe do banheiro o copo de plástico que usava de manhã para enxaguar a dentadura. Repetiu, amistoso, a velha frase:

— Sem disciplina não há moral — falava o francês como falava o espanhol, seu sotaque nunca era definitivamente italiano. — A garrafa está aqui e ninguém vai roubá-la de você. Mas, se beber num copo, é diferente. Há disciplina, há cavalheirismo.

O gigante moveu a cabeça para fitá-lo; os olhos azuis estavam turvos e parecia usar a boca entreaberta para ver. "Dispnéia outra vez, angústia", pensou Orsini. "É melhor ele tomar um pifão e dormir até amanhã." Encheu o copo com pinga, bebeu um gole e estendeu a mão para van Oppen. Mas o animal inclinou-se para tirar os sapatos e depois, arquejando, segundo sintoma, levantou-se e ficou examinando o quarto. De início, com as mãos na cintura, olhou as camas, o tapete inútil, a mesa e o teto; depois caminhou para conferir com o ombro a resistência das portas, a do corredor e a do banheiro, a resistência da janela que dava para lugar nenhum.

"Lá vai ele de novo", continuou Orsini, "da última vez foi em Guayaquil. Deve ser um negócio cíclico, mas não consigo entender o ciclo. Uma noite dessas ele me estrangula, e não de ódio; mas porque estou à mão. Ele sabe, sabe que eu sou o único amigo."

O gigante voltou lentamente, descalço, para o centro do quarto, com um sorriso de escárnio e desprezo, os ombros um pouco arqueados para a frente. Orsini sentou-se perto da mesa bamba e pôs a língua no copo de pinga.

— *Gott* — disse van Oppen, e começou a balançar-se mansamente, como se ouvisse uma música distante e intermitente; usava o pulôver preto, justo demais, e as calças de vaqueiro que Orsini lhe comprara em Quito. — Não. Onde estou? O que estou fazendo aqui? — com os enormes pés firmes no piso, movia o corpo, olhava a parede por cima da cabeça de Orsini.

— Estou esperando. Estou sempre esperando num lugar que é um quarto de hotel de um país de negros fedorentos e eu sempre esperando. Me dê um copo. Não estou com medo; e o pior é que ninguém vai aparecer.

Orsini encheu o copo e ergueu-se para aproximá-lo. Examinou-lhe o rosto, a histeria da voz, tocou-lhe nas costas em movimento. "Ainda não", pensou, "logo mais."

O gigante bebeu o copo de pinga e ficou tossindo sem inclinar a cabeça.

— Ninguém — disse. — O *footing*, as flexões, os assaltos, Lewis. Essa é pelo Lewis; ao menos ele viveu e foi um homem. A ginástica não é um homem, a luta não é um homem, nada disso é um homem. Um quarto de hotel, o ginásio de esportes, índios sebentos. Fora do mundo, Orsini.

Orsini fez outro cálculo e levantou-se com a garrafa de aguardente. Encheu o copo que van Oppen sustentava contra a barriga e passou a mão no ombro e na bochecha do gigante.

— Ninguém — disse van Oppen. — Ninguém — gritou. Tinha os olhos desesperados, depois rancorosos. Com um sorriso de troça e sabedoria, esvaziou o copo.

"Agora", pensou Orsini. Deu-lhe a garrafa na mão e começou a golpeá-lo na coxa, com os quadris, para guiá-lo até a cama.

— Alguns meses, algumas semanas — disse Orsini. — Mais nada. Depois todos virão, estaremos com todos. Nós chegaremos lá.

Escarranchado na cama, o gigante bebia da garrafa e resfolegava sacudindo a cabeça. Orsini acendeu o abajur e apagou a luz do teto. Sentado novamente junto da mesa, ajeitou a voz e cantou suavemente:

Vor der Kaserne
vor dem grossen Tor
steht eine Laterne.
Und steht sie noch davor
wenn wir uns einmal widersehen,
bei der Laterne wollen wir stehen
wie einst, Lili Marlen
wie einst, Lili Marlen.

Disse a canção uma vez e meia, até que van Oppen pôs a garrafa no chão e começou a chorar. Então Orsini levantou-se com um suspiro e um insulto carinhoso e andou na ponta dos pés até a porta e o corredor. Como nas noites de glória, desceu a escada do Berna secando a testa com o lenço impoluto.

3

Descia a escada sem encontrar ninguém com quem trocar sorrisos e chapeladas, mas com o semblante afável, em guarda. A mulher, que tinha esperado horas, decidida e sem impaciência, afundada numa poltrona de couro do *hall*, sem ligar para as revistas da mesinha, fumando um cigarro atrás do outro, levantou-se e o enfrentou. O príncipe Orsini não tinha escapatória, e tampouco a procurava. Ouviu o nome, tirou o chapéu e inclinou-se rapidamente para beijar a mão da mulher. Pensava em que favor podia lhe fazer, disposto a tudo o que ela pedisse. Era pequena, intrépida e jovem, bem morena e com um nariz curto em forma de gancho, os olhos muito claros e frios. "Judia, ou algo assim", pensou Orsini. "Está linda." Sem demora o príncipe ouviu uma linguagem tão concisa que lhe soava quase incompreensível, quase inaudita.

— Aquele cartaz lá na praça, os anúncios no jornal. Quinhentos pesos. Meu noivo vai lutar com o campeão. Mas hoje ou amanhã, amanhã é quarta-feira, vocês têm que depositar o dinheiro no Banco ou no *El Liberal*.

— *Signorina* — o príncipe deu um sorriso e meneou um gesto desolado. —

Lutar com o campeão? Você fica sem noivo. E eu sentiria tanto que uma senhorita tão bonita...

Mas ela, pequena e agora mais decidida, esquivou-se sem esforço dos galanteios qüinquagenários de Orsini.

— Esta noite vou até o *Liberal* para aceitar o desafio. Vi o campeão na missa. Está velho. Precisamos dos quinhentos pesos para nos casar. Meu noivo tem vinte anos e eu vinte e dois. Ele é o dono do armazém de Porfilio. Vá lá e converse com ele.

— Mas, senhorita — disse o príncipe, ampliando o sorriso. — Seu noivo, um felizardo, se me permite, tem vinte anos. O que fez até hoje? Comprar e vender.

— Também esteve no campo.

— Oh, o campo — sussurrou extasiado o príncipe. — Mas o campeão dedicou toda a sua vida a isso, à luta. Que ele tem alguns anos a mais que seu noivo? Concordo plenamente, senhorita.

— Trinta, pelo menos — disse ela, sem necessidade de sorrir, confiada na frieza de seus olhos. — Eu o vi.

— Mas trata-se de anos que dedicou a aprender como se quebram, sem esforço, costelas, braços, ou como se tira, suavemente, uma clavícula do lugar, como se desloca uma perna. E se você tem um noivo saudável de vinte anos...

— Foi feito um desafio. Quinhentos pesos por três minutos. Esta noite vou até o *Liberal*, senhor...

— Príncipe Orsini — disse o príncipe.

Ela balançou a cabeça, sem perder tempo com a blague; era pequena, bonita e compacta, com um coração de ferro.

— Fico alegre por Santa María — sorriu o príncipe, com outra reverência. — Será um grande espetáculo esportivo. Mas a senhorita irá ao jornal em nome de seu noivo?

— Sim, ele me deu um papel. Vá vê-lo. Armazém Porfilio. Conhecido por turco. Mas é sírio. Tem o documento.

O príncipe compreendeu que era inoportuno beijar-lhe a mão novamente.

— Bem — gracejou —, solteira e viúva. A partir de sábado. Um destino muito triste, senhorita.

Ela estendeu-lhe a mão e caminhou para a porta do hotel. Era dura como uma estaca, tinha apenas a graça indispensável para que o príncipe continuasse a observá-la de costas. De repente a mulher se deteve e voltou.

— Solteira não, porque com esses quinhentos pesos vamos nos casar. Viúva também não, porque esse campeão está muito velho. É maior que o Mario, mas não pode com ele. Eu o vi.

— De acordo. Você o viu sair da missa. Mas eu lhe garanto que, quando a coisa começa pra valer, ele é uma besta; e juro que conhece o ofício. Campeão do mundo e de todos os pesos, senhorita.

— Bem — disse ela com um repentino cansaço. — Já lhe disse, armazém de Porfilio Hermanos. Esta noite vou lá no *Liberal*; mas amanhã estarei, como sempre, no armazém.

— Senhorita... — voltou a beijar-lhe a mão.

Era evidente que a mulher buscava um acordo. De modo que Orsini foi ao restaurante e pediu um guisado de carne com massa; depois, fazendo contas, chupando sua piteira com anel de ouro, vigiou o sono, os grunhidos e os movimentos de Jacob van Oppen.

Prestes a dormir sobre o silêncio da praça, concedeu-se vinte e quatro horas de férias. Não era conveniente apressar a visita ao turco. Além do mais, pensou, enquanto apagava a luz e interpretava os roncos do gigante: "Já sofreu bastante, Senhor, já sofremos; e não vejo motivo para pressa".

No dia seguinte Orsini assistiu ao despertar do campeão, providenciou aspirinas e água quente, ouviu satisfeito os palavrões de van Oppen debaixo do chuveiro, escutou com júbilo a transformação dos ruídos grosseiros numa versão quase submarina de "Yo tenía un camarada". Como todos os homens, decidira mentir, mentir para si mesmo e confiar. Organizou a manhã de van Oppen, a caminhada a passo lento pela cidade, com o enorme torso coberto pelo pulôver de lã com a grande letra azul no peito, o C que significava, para qualquer idioma e alfabeto concebível, Campeão Mundial de Luta de Todos os Pesos. Acompanhou-o, a passos largos, até a rua que levava, inclinada, ao bulevar. Ali, para os raros curiosos das oito da manhã, reiterou uma das cenas da velha farsa. Parou para tirar o chapéu e enxugar a testa, sorriu com o sorriso admirado do bom perdedor e deu umas palmadinhas nas costas de Jacob van Oppen.

— Mas que homem — murmurou para ninguém; e sua cabeça inclinada, seus braços vencidos, sua boca ansiosa de ar repetiram para toda Santa María: mas que homem.

Van Oppen seguiu com a mesma velocidade discreta, os ombros rumo ao futuro, a mandíbula caída, em direção ao bulevar; virou depois para a fábrica de conservas, costeando o espanto de pescadores, de vadios, de empregados do *ferry*; era grande demais para que alguém se atrevesse a caçoar dele.

Talvez as zombarias, nunca ditas em voz alta, cercassem todo dia o príncipe Orsini, suas roupas, seus modos, sua boa educação inadequada. Mas ele apostara em ser feliz e só podia tomar conhecimento das coisas agradáveis e boas. No *El Liberal*, no Berna e no Plaza teve o que ele chamaria, na lembrança, de coletivas de imprensa; bebeu e conversou com alguns curiosos e desocupados, contou anedotas e mentiras atrozes, exibiu uma vez mais os recortes de jornais, amarelados e quebradiços. Um dia, sem sombra de dúvida, as coisas tinham sido assim: van Oppen campeão do mundo, jovem, com uma chave de braço insuperável, com viagens que não eram exílios, assediado com ofertas que podiam ser recusadas. Mesmo fora de moda, desbotadas, lá estavam as fotografias e as palavras dos jornais, firmes em sua proximidade com as cinzas, irrefutáveis. Nunca bêbado, depois do quarto ou quinto copo, Orsini acreditava que os testemunhos do passado garantiam o futuro. Não precisava de nenhuma mudança pessoal para habitar comodamente o impossível paraíso. Nascera com cinqüenta anos de idade, cínico, bondoso, amigo da vida, favorável a que as coisas andassem. O milagre só exigia a transformação de van Oppen, seu regresso aos anos anteriores à guerra, ao ventre rijo, à pele brilhante e, de manhã, à esclerótica límpida.

Sim, a futura turca — uma mulherzinha, com todo o respeito, simpática e ferrenha — estivera no *El Liberal* para formalizar o desafio. O chefe da seção de Esportes já tinha fotos de Mario fazendo ginástica, mas essas fotografias deflagaram um discurso sobre liberdade de imprensa, democracia e livre direito à informação. Também sobre patriotismo, contava o da Esportes:

— E o turco teria quebrado nossas cabeças, a minha e a do fotógrafo, no fim das contas, se a noiva não interferisse e o acalmasse com palavras. Ficaram cochichando nos fundos da loja, e depois o turco saiu, não tão grande, acho, como van Oppen, mas muito mais bruto, mais perigoso. Bom, você entende disso melhor do que eu.

— Entendo — sorriu o príncipe. — Pobre rapaz. Não é o primeiro — passeou sua tristeza em cima das batatas fritas e das azeitonas do Berna.

— O homem estava furioso, mas se conteve e vestiu as calças curtas para ir pescar e dedicou-se a fazer ginástica sob o sol; toda a que Humberto, o fotógrafo, quis ou andou inventando, só por vingança e para desforrar-se do susto que tomara. E o tempo todo ela sentada num barril, como se fosse a mãe ou a professora, fumando, sem dizer uma palavra mas olhando para ele. E quando a gente pensa que ela não mede nem um metro e meio, não pesa nem quarenta quilos...

— Conheço a senhorita... — assentiu Orsini com nostalgia. — E já vi tantos exemplos... Ah, a personalidade é uma coisa misteriosa; não sai dos músculos.

— Não seria para publicar, claro — disse o da seção de Esportes —, mas vão fazer o depósito?

— O depósito? — o príncipe, piedoso, abriu as mãos. — Hoje à tarde, amanhã de manhã. Depende do Banco. O que acha, amanhã de manhã, no *El Liberal*? Será uma boa propaganda, e gratuita. Resistir três minutos a Jacob van Oppen... Como eu sempre digo — mostrou os molares dourados e chamou o garçom —, o esporte de um lado, o negócio do outro. O que é que um sujeito pode fazer, o que é que nós podemos fazer, se no final desta turnê de entretenimento de repente aparece um suicida. E se, além disso, o ajudam.

4

A vida sempre fora difícil e bela, insubstituível, e o príncipe Orsini não tinha os quinhentos pesos. Conhecia a mulher, pressentia um adjetivo exato para defini-la e levá-la ao passado; agora começava a pensar no homem que a mulher representava e escondia, no turco que aceitara o desafio. Então deu férias à displicência e à ventura e, ao cair da noite, depois de mentir para o campeão, de vigiar seu ânimo e seu pulso, saiu andando em direção ao armazém Porfilio Hermanos, com o álbum amarelo debaixo do braço.

Primeiro o umbuzeiro carcomido, depois o lampião pendurado na árvore e seu círculo de luz intimidada. Depois os cães ladradores e os gritos de contenção: pule, quieto, deite. Orsini cruzou a primeira luz, pôde ver a lua redonda e aguada, alcançou o letreiro do armazém e entrou, respeitoso. Um homem de bombachas e alpargatas terminava seu gim no balcão e se despedia. Ficaram sozinhos, ele, príncipe Orsini, o turco e a mulher.

— Boa noite, senhorita — voltou a rir Orsini com uma reverência. A mulher estava sentada numa poltrona de palha, tricotando, afastou os olhos das agulhas para olhá-lo, mover a cabeça e, talvez, sorrir. "Camisolinhas", pensou Orsini, indignado; "está grávida, está fazendo o enxoval do bebê, por isso quer se casar, por isso quer me roubar os quinhentos pesos."

Avançou direto para o homem, que tinha parado de encher sacos de papel com erva e o esperava, bocó, do outro lado do balcão.

— Foi dele que eu lhe falei — pronunciou a mulher. — O empresário.

— Empresário e amigo — corrigiu Orsini. — Depois de tantos anos...

Estreitou a mão aberta e rígida do homem, adiantou o braço esquerdo para bater-lhe nas costas.

— Às ordens — disse o armazeneiro, e levantou os grossos bigodes pretos para mostrar os dentes.

— Muito prazer, muito prazer — mas já respirara o cheiro acre e mortiço da derrota, já calculara a juventude sem desgaste do turco, a maneira perfeita em que tinha distribuídos pelo corpo os cem quilos de peso. "Não tem nem um grama de gordura, nem um grama de inteligência ou sensibilidade; não há esperanças. Três minutos; pobre Jacob van Oppen."

— Vim por causa dos quinhentos pesos — começou Orsini, sondando a densidade do ar, a pobreza da luz, a hostilidade do casal. "Não é contra mim; é contra a vida." — Venho tranqüilizá-los; amanhã, quando receber um depósito da capital, o dinheiro ficará guardado no *El Liberal*. Mas também queria falar de outras coisas.

— Já não falamos de tudo? — perguntou a moça. Era pequena demais para a poltrona movediça de palha; as agulhas resplandecentes com que tricotava, compridas demais. Podia ser boa ou má; agora escolhera ser implacável, superar uma obscura e longa postergação, ir à forra. À luz da lâmpada, o desenho do nariz era perfeito e os olhos claros brilhavam como vidro.

— Tudo, é verdade, senhorita. Não penso em dizer nada que já não tenha dito. Mas considerei meu dever dizê-lo diretamente. Dizer a verdade ao senhor Mario — sorria repetindo os cumprimentos com a cabeça; a truculência mal vibrava, profunda e em surdina. — Por isso lhe peço, patrão, que sirva uma rodada para nós três. Por minha conta, claro; peçam o que quiserem.

— Ele não bebe — disse a mulher, sem pressa, sem levantar os olhos do tecido, aninhada em seu clima de gelo e de ironia.

A besta peluda atrás do balcão terminou de fechar um pacote de erva e virou-se lentamente para olhar a mulher. "O peito de um gorila, dois centímetros de testa, nunca teve expressão nos olhos", anotou Orsini. "Nunca pensou de verdade, nem sofreu, nem imaginou que o amanhã pode ser uma surpresa ou que pode não chegar."

— Adriana — borbotou o turco, mantendo-se imóvel até que a mulher levantou os olhos. — Adriana, eu, vermute, sim, bebo.

Ela lhe sorriu rapidamente e deu de ombros. O turco arredondava a boca para tomar o vermute aos golinhos. Apoiado no balcão, com o calorento chapéu verde jogado na nuca, roçando o embrulho do álbum, buscando inspiração e simpatia, o príncipe falou de colheitas, de chuvas e estiagens, de métodos de exploração e de linhas de transporte, da beleza envelhecida da Europa e da juventude da América. Improvisava, distribuindo presságios e esperanças, enquanto o turco assentia em silêncio.

— O Apolo esteve cheio hoje de tarde — atacou o príncipe, de repente —; desde que se soube que você aceitou o desafio, todos querem ver o treino do campeão. Para que não o incomodassem demais, aumentei o preço das entradas; mas as pessoas continuam pagando. Agora — começou a separar os papéis que envolviam o álbum —, gostaria que desse uma olhada nisso — acariciou a capa de couro e levantou-a. — Quase tudo está em outra língua, mas as fotos ajudam. Veja se entende. Campeão do mundo, cinturão de ouro.

— Era campeão do mundo — esclareceu a mulher, fazendo ranger a poltrona de palha.

— Oh, senhorita — disse Orsini sem se virar, exclusivamente para o turco, enquanto movia as páginas de recortes cariados. — Será campeão de novo em menos de seis meses. Um erro do juiz, a Federação Internacional de Luta já interveio... Veja os títulos, oito colunas, primeiras páginas, veja as fotografias. Isto é um campeão, olhe; não há quem possa com ele em todo o mundo. Não há ninguém que possa agüentá-lo por três minutos sem ser jogado de costas. Ora: só um minuto já seria um milagre. O campeão da Europa não conseguiria isso, não conseguiria isso o campeão dos Estados Unidos. Estou falando sério, de homem para homem; vim vê-lo porque quando falei com a senhorita entendi o problema, a situação.

— Adriana — corrigiu o turco.

— Isso — disse o príncipe. — Entendi tudo. Mas as coisas sempre têm solução. Se você subir ao ringue do Apolo no sábado... Jacob van Oppen é meu amigo e essa amizade só tem um limite; essa amizade desaparece quando soa o sino e ele começa a lutar. Então não é meu amigo, não é um homem; é o campeão do mundo, tem que ganhar e sabe como fazer isso.

Dezenas de viajantes tinham parado o Ford diante do armazém de Porfilio Hnos., a fim de sorrir para os finados proprietários ou para Mario, para tomar um trago, exibir mostruários, catálogos e listas, vender açúcar, arroz, vinho e milho. Mas o príncipe Orsini se empenhava, entre sorrisos, palmadinhas amistosas e distinções compassivas, em vender ao turco uma mercadoria estranha e difícil: o medo. Alertado pela presença da mulher, avisado pelas lembranças e pelo instinto, limitou-se a vender a prudência, a tentar o acordo.

Ainda restava ao turco meio copo de vermute; levantou-o para molhar a boca pequena e rosada, sem beber.

— São quinhentos pesos — disse Adriana da poltrona. — Já é hora de fechar.

— Você disse... — começou o turco; a voz e o pensamento tentavam compreender, aproximar-se da equanimidade, separar-se de três gerações de estupidez e cobiça. — Adriana, primeiro preciso abaixar a erva. Você estava dizendo que se eu subir no palco do Apolo no sábado...

— É. Se você subir, o campeão vai lhe quebrar algumas costelas, algum osso; vai derrubá-lo de costas em meio minuto. Daí nada de quinhentos pesos; embora talvez você tenha de gastar muito mais com os médicos. E quem vai cuidar do negócio enquanto você estiver no hospital? Tudo isso sem falar no desprestígio, no ridículo — Orsini considerou que o momento era oportuno para a pausa e a meditação; pediu um gim, espiou o rosto impassível do turco, seus movimentos preocupados; ouviu uma risadinha da mulher, que deixara o tricô sobre as coxas.

Orsini bebeu um gole de gim e começou a embrulhar lentamente o álbum desmantelado. O turco cheirava a vermute e tentava pensar.

— E não quero dizer, com isto — murmurou o príncipe em voz baixa e distraída —, não quero dizer que você não seja mais forte que Jacob van Oppen. Entendo muito disso, dediquei minha vida e meu dinheiro a descobrir homens fortes. Além disso, como me disse inteligentemente a senhorita Adriana, você é muito mais jovem que o campeão. Mais vigor, mais juventude; escrevo e assino embaixo. Se o campeão — é só um exemplo — comprasse este negócio, em seis meses sairia pedindo esmola. Já você ficará rico em menos de dois anos. Porque você, amigo Mario, entende do negócio, e o campeão não — o álbum já estava embrulhado; pousou-o no balcão e apoiou-se nele para prosseguir com o gim e a conversa. — O campeão, por sua vez, entende de como quebrar ossos, de como dobrar os joelhos e a cintura para imobilizá-lo no tapete. Assim se diz, ou se dizia. O colchão. Cada qual em seu ofício.

A mulher se levantara e apagou uma luz, num canto; agora estava de pé, com o tricô entre o ventre e o balcão, pequena e dura, sem olhar para nenhum dos homens.

O turco examinou seu rosto e depois grunhiu:

— Você disse que se eu subir no palco do Apolo no sábado...

— Disse? — perguntou Orsini com surpresa. — Acho que só dei um conselho. Em todo caso, se você retirar o desafio, podemos tentar um acordo, uma compensação. Podemos conversar.

— Quanto? — perguntou o turco.

A mulher levantou a mão e foi cravando as unhas no braço peludo da besta; quando o homem virou a cabeça para olhá-la, disse:

— Nem mais nem menos que quinhentos pesos, certo? Não vamos perdê-los. Se você não for lá no sábado, toda Santa María vai ficar sabendo que ficou com medo. Eu mesma vou contar, casa por casa, pessoa por pessoa.

Não falava com paixão; continuava com as unhas cravadas no braço, mas conversava com o turco com paciência e humor, como a mãe conversa com o filho, ralha com ele e o ameaça.

— Um momento — disse Orsini; ergueu uma das mãos e com a outra levou à boca o copo de gim até esvaziá-lo. — Também já pensei nisso. Nos comentários do povo, da cidade, se você não for ao Apolo no sábado. Mas pra tudo tem um jeito — sorriu para os rostos hostis da mulher e do homem, aumentou a cautela na voz. — Por exemplo... Vamos supor, então, que você vá, que suba no ringue. Não tente enfurecer o campeão, porque isso seria fatal para o que planejamos. Você sobe no ringue, reconhece o primeiro abraço do campeão, que já está sabendo, deixa que ele o jogue de costas e sai limpo, sem um arranhão.

A mulher cravava outra vez as unhas no gigantesco braço peludo; com um latido, o turco afastou-a.

— Entendo — disse depois. — Vou e perco. Quanto?

De repente, Orsini admitiu a suspeita que o rondava desde o início da conversa: a de que, qualquer que fosse o acordo que conseguisse fazer com o turco, a mulherzinha magra e obstinada o desmancharia no restante da noite. Compreendeu, sem sombra de dúvida, que Jacob van Oppen estava condenado a lutar no sábado com o turco.

— Quanto... — murmurou, enquanto acomodava o álbum debaixo do braço. — Podemos falar de cem, de cento e cinqüenta pesos. Você sobe no ringue...

A mulher deu um passo atrás no balcão e espetou as agulhas no novelo de lã. Olhava para o chão de terra e cimento e sua voz soou tranqüila e sonolenta.

— Precisamos de quinhentos pesos e ele vai ganhá-los no sábado sem truques, sem arranjos. Não existe homem mais forte, ninguém pode dobrá-lo. Muito menos esse velho acabado, por mais campeão que tenha sido. Vamos fechar?

— Preciso abaixar a erva — disse o turco novamente.

— Bem, então é isso — disse Orsini. — Veja quanto foi e me veja uma última dose — pôs uma nota de dez pesos sobre o balcão e acendeu um cigarro. — Vamos comemorar; vocês também estão convidados.

Mas a mulher voltou a acender a luz do canto e instalou-se na poltrona de palha para continuar tricotando e para fumar; e o turco só serviu um copo de gim. Começou, bocejando, a levar os sacos de erva, empilhados contra a parede, até o alçapão do porão.

Sem saber por quê, Orsini jogou um de seus cartões em cima do balcão. Ficou mais dez minutos no armazém fumando e bebendo o gosto de pão do gim, olhando com assombrado terror, com os olhos nublados, suando, o trabalho metódico do turco com os sacos, vendo que os movia com tanta facilidade, com tão visível esforço quanto ele, príncipe Orsini, moveria um maço de cigarros ou uma garrafa.

"Pobre Jacob van Oppen", meditou Orsini. "Ficar velho é um bom ofício para mim. Mas ele nasceu para ter sempre vinte anos; e agora, em compensação, quem os tem é esse gigante filho de uma égua que vive girando ao redor do mindinho desse bagulho grávido. Agora os tem esse animal, ninguém pode tirá-los para restituí-los, e ele os seguirá tendo no sábado de noite no Apolo."

5

Da redação do *El Liberal*, quase ao lado da seção de Esportes, o príncipe ligou para a capital, reclamando a transferência urgente de mil pesos. Usou o telefone direto para evitar a curiosidade da telefonista; mentiu aos gritos diante da redação, povoada por jovens magros e bigodudos, por uma ou outra senhorita fumando com piteira. Eram sete da noite; quase foi grosseiro quando se tornou evidente o titubeio do homem que o escutava no outro telefone, num quarto distante que não podia ser imaginado, careteando seu desconcerto em qualquer cubículo da grande cidade, num anoitecer de outubro.

Cortou a comunicação com um sorriso de tolerância e tédio.

— Finalmente — disse, soprando o lenço de linho. — Amanhã de manhã teremos o dinheiro. Contratempos. Amanhã ao meio-dia farei o depósito na administração. Na administração me parece mais sério, não?... Eis o garçom. Se alguém quiser pedir algo para refrescar-se...

Agradeceram-lhe, uma ou outra máquina de escrever interrompeu seu ruído; mas ninguém aceitou o convite. O sujeito da Esportes inclinava sobre a mesa os óculos grossos enquanto marcava fotografias.

Apoiado numa mesa, fumando um cigarro, Orsini observou os homens debruçados sobre as máquinas e o trabalho. Soube que já não existia para eles, que não estava na redação. "E tampouco amanhã", pensou com tênue tristeza, sorridente e resignado. Porque tudo fora adiado para a noite de sábado, e a noite de sexta começava a crescer, no fim de um crepúsculo avermelhado e doce, fora dos vitrôs do *El Liberal*, no rio, sobre a primeira sombra que cercava as sirenes graves das barcaças.

Atravessou a indiferença e a desconfiança, obrigou o sujeito da Esportes a estreitar-lhe a mão.

— Espero que amanhã seja uma grande noite para Santa María; que vença o melhor.

Essa frase não seria reproduzida no jornal, não serviria de suporte para sua cara sorridente e bondosa. Do saguão do Apolo — Jacob van Oppen, Campeão do Mundo, treina aqui das 18 às 20h, três pesos a entrada —, ouviu os murmúrios do público e as batidas dos pés do campeão sobre o ringue improvisado. Van Oppen não podia lutar, quebrar ossos ou arriscar que quebrassem os seus. Mas podia pular corda, infinitamente, sem cansaço.

Sentado no estreito escritório da bilheteria, Orsini revisou o borderô e fez as contas. Sem considerar a noite triunfal de sábado, platéias a cinco pesos, a visita a Santa María deixava algum lucro. Orsini pagou um café e pôs sua assinatura ao pé das planilhas depois de contar o dinheiro.

Ficou sozinho no escritório escuro e malcheiroso. Alcançava-o o ruído compassado dos pés de van Oppen na madeira.

— Cento e dez animais de queixo caído porque o campeão está pulando corda, como pulam, e melhor, todas as meninas nos pátios das escolas.

Lembrou-se de van Oppen jovem, ou, ao menos, ainda não envelhecido; pensou na Europa e nos Estados Unidos, no verdadeiro mundo perdido; tentou se convencer de que van Oppen era tão responsável pela passagem dos anos, pela decadência e pela repugnante velhice como por um vício que tivesse adquirido e aceito. Tentou odiar van Oppen para se proteger.

"Devia ter conversado com ele antes, numa dessas caminhadas pelo bulevar que faz com passinhos de mulher gorda; ontem ou hoje de manhã; conversar ao ar livre, o rio, árvores, o céu, tudo isso que os alemães chamam de natureza. Mas chegou a sexta-feira: a noite de sexta-feira."

Apalpou suavemente as notas no bolso e levantou-se. Lá fora, pontual e morna, esperava-o a noite de sexta-feira. Os cento e dez imbecis gritavam dentro do cine-teatro; o campeão devia ter começado o número final, a sessão de ginástica em que todos os músculos cresciam e transbordavam.

Orsini caminhou lentamente até o hotel, as mãos nas costas, procurando detalhes da cidade para recordar e despedir-se, para misturá-los com os de outras cidades distantes, para unir tudo e continuar vivendo.

O balcão do bar do hotel prolongava-se até tocar o da recepção. Enquanto tomava um drinque com muita soda, o príncipe preparou sua batalha. Ocupar uma colina pode ser mais importante do que perder um parque de munições. Pôs algumas notas sobre o balcão e pediu a conta dos dias passados no hotel.

— É por causa de amanhã, me desculpe, para evitar apuros. Amanhã, quando a luta terminar, temos de sair de automóvel, à meia-noite ou de madrugada. Hoje falei por telefone, do *El Liberal*, e soube que há novos contratos. Todo mundo quer ver o campeão, é compreensível, antes do torneio na Antuérpia.

Pagou com uma gorjeta exagerada e subiu para o quarto com uma garrafa de gim debaixo do braço para fazer as malas. Havia uma preta, velha, de Jacob, que não podia ser tocada; havia, além disso, aquela porção de objetos impressionantes — roupões, pulôveres, tensores, cordas, sapatos com forro de pele — no palco do Apolo. Mas tudo isso poderia ser recolhido depois, sob um pretexto qualquer. Acabou de fazer suas malas e as que Jacob não havia declarado sagradas; estava debaixo do chuveiro, bufando de alívio, barrigudo e decidido, quando ouviu bater a porta do quarto. Além do rumor da água, ouviu passos e silêncio. "É a noite de sexta; e eu nem sei se é melhor embebedá-lo antes ou depois de falar com ele. Ou antes e depois."

Jacob estava sentado na cama, com as pernas cruzadas, olhando com uma alegria infantil a marca da sola de seus sapatos, a palavra *Champion*; alguém, talvez o próprio Orsini, dissera certa vez, brincando, que esses sapatos eram fabricados exclusivamente para uso de van Oppen, para lembrá-lo e render-lhe homenagem em milhares de pés alheios.

Enrolado no roupão de banho, pingando, Orsini entrou no quarto, jovial e falador. O campeão tinha passado a mão na garrafa de gim e depois de tomar um trago continuou olhando para o sapato sem escutar Orsini.

— Por que você já arrumou as malas? A luta é amanhã.

— Para ganhar tempo — disse Orsini. — Comecei a arrumá-las por isso. Mas depois...

— É às nove? Mas sempre começa mais tarde. E depois dos três minutos tenho de fazer malabarismo e levantamento de pesos. E também comemorar.

— Bom — disse Orsini, olhando a garrafa inclinada contra a boca do campeão, contando os tragos, calculando. — Claro que vamos comemorar.

O campeão deixou a garrafa e ficou esfregando a sola de borracha branca do sapato. Sorria, misterioso e incrédulo, como se estivesse ouvindo uma música distante e não ouvida desde a infância. De repente ficou sério, pegou com as duas mãos o pé com a marca que aludia a ele e baixou-a lentamente até colocar a sola contra o tapete estreito junto da cama. Orsini viu o ríctus breve e seco que permanecera no lugar do desvanecido sorriso; foi-se aproximando, hesitante, da cama do campeão e levantou a garrafa. Enquanto fingia beber conferiu, pelo ruído e pelo peso, que restavam dois terços do litro de gim.

Imóvel, derrubado, com os cotovelos apoiados nas pernas, o campeão rezava:

— *Verdammt, verdammt, verdammt.*

Sem fazer barulho, Orsini arrastou os pés no chão; de costas para o campeão, com um bocejo, tirou o revólver de seu paletó pendurado na cadeira e guardou-o no bolso do roupão. Depois sentou-se na cama e esperou. Nunca tivera necessidade do revólver, nem sequer de mostrá-lo, diante de Jacob. Mas os anos lhe ensinaram a prever as ações e reações do campeão, a estimar sua violência, seu grau de loucura e também o ponto exato da bússola que marca o começo da loucura.

— *Verdammt* — continuou rezando Jacob. Encheu os pulmões de ar e levantou-se. Juntou as mãos na nuca e balançou o tórax, pesadamente, descendo pela esquerda e pela direita até a cintura.

— *Verdammt* — gritou, como se olhasse alguém desafiando-o; depois refez o sorriso desconfiado e começou a tirar a roupa. Orsini acendeu um cigarro e pôs a mão no bolso do roupão, os nós quietos contra o frio do revólver. O campeão tirava o pulôver, a camiseta, as calças, os sapatos com sua marca; tudo ia batendo no ângulo do armário e da parede e formando um monte no chão.

Apoiado na cama e nos travesseiros, Orsini procurava outras cóleras, outros prólogos, e queria compará-los com o que estava vendo. "Ninguém lhe disse que vamos embora. Quem pode ter dito a ele que vamos embora esta noite?"

Jacob vestira o *slip* de combate. Levantou a garrafa e bebeu a metade do resto. Depois, mantendo o sorriso de mistério, de alusões e lembranças, começou a fazer ginástica esticando e dobrando os braços enquanto dobrava os joelhos para agachar-se.

"Toda essa carne", pensava Orsini, com o dedo no gatilho do revólver; "os mesmos músculos, ou mais, dos vinte anos; um pouco de gordura no abdômen, nas costas, na cintura. Branco, inimigo temeroso de sol, de gringo e de mulher. Mas esses braços e essas pernas têm a mesma força de antes, ou mais. Os anos não passaram por ali; mas sempre passam, sempre procuram e encontram um lugar para entrar e ali permanecer. Prometeram a todos nós, de golpe ou gaguejando, a velhice e a morte. Este pobre-diabo não acreditou em promessas; portanto, o resultado é injusto."

Iluminado pela última luz da sexta-feira na janela e pela luz que Orsini tinha deixado no banheiro, o gigante brilhava de suor. Terminou a sessão de ginástica jogando-se de costas no chão e quicando nas mãos. Depois fez um breve e lento aceno com a cabeça para o monte de roupas junto do armário. Ofegante, voltou a beber da garrafa, levantou-a no ar cinzento e, sem deixar de olhá-la, foi-se aproximando da cama ocupada por Orsini. Ficou de pé, enorme e suado, respirando com esforço e ruído, com uma boquiaberta expressão furiosa de cabo a rabo. Continuava olhando a garrafa, procurava explicações no rótulo, na forma redonda e secreta.

— Campeão — disse Orsini recuando até tocar a parede, levantando uma perna para empunhar o revólver mais comodamente. — Campeão. Precisamos pedir outra garrafa. Precisamos comemorar desde já.

— Comemorar? Eu sempre ganho.

— Sim, o campeão sempre ganha. E também vai ganhar na Europa.

Orsini levantou-se na cama e foi-se ajudando com as pernas até ficar sentado, a mão sempre afundada no bolso do roupão.

Diante dele se abriam as coxas enormes de Jacob, os músculos contraídos. "Nunca houve pernas melhores do que estas", pensou Orsini com medo e tristeza. "Basta que ele desça a garrafa para me esmagar; para arrebentar uma cabeça com o fundo de uma garrafa é preciso menos de um minuto." Levantou-se devagar e foi, mancando, exibindo um sorriso paternal e feliz, até o outro canto do cômodo. Apoiou-se na borda da mesinha e ficou um momento com os olhos entreabertos, ciciando uma fórmula católica e mágica.

Jacob não se movera; continuava de pé ao lado da cama, agora dando-lhe as costas, a garrafa sempre no ar. O quarto estava quase na penumbra, a luz do banheiro era fraca e amarela.

Manobrando com a mão esquerda, Orsini acendeu um cigarro. "Nunca passei por uma prova dessas."

— Podemos comemorar agora mesmo, campeão. Comemoramos até de madrugada e às quatro pegamos o ônibus. Adeus, Santa María. E muito obrigado, que as coisas até que não foram assim tão mal para nós.

Branco, ampliado pela sombra, Jacob desceu lentamente o braço com a garrafa e fez o vidro soar contra um joelho.

— Vamos embora, campeão — acrescentou Orsini. "Agora está pensando. Talvez compreenda em menos de três minutos."

Jacob girou o corpo como se estivesse numa piscina de água salgada e dobrou-o para sentar-se na cama. Os cabelos ralos mas ainda sem cãs assinalavam na noite a inclinação da cabeça.

— Temos contratos, contratos verdadeiros — continuou Orsini —, se viajarmos para o sul. Mas tem de ser logo, tem de ser no ônibus das quatro. Hoje de tarde falei por telefone, lá do jornal, com um empresário da capital, campeão.

— Hoje. Agora é sexta-feira — disse Jacob lentamente, sem ebriedade na voz. — Então, a luta é amanhã de noite. Não podemos ir às quatro.

— Não tem luta, campeão. Não tem problema. Vamos às quatro; mas primeiro vamos comemorar. Vou pedir outra garrafa agora mesmo.

— Não — disse Jacob.

Orsini voltou a imobilizar-se contra a mesa. Da pena que sentia do campeão, tão exacerbada e sofrida durante os últimos meses, passou a compadecer-se do príncipe Orsini, condenado a cuidar, a mentir e a se aborrecer como uma babá com a criança que lhe coube em sorte para ganhar a vida. Depois sua pena tornou-se despersonalizada, quase universal. "Aqui, numa cidadezinha da América do Sul que só tem nome porque alguém quis levar adiante o costume de batizar qualquer amontoado de casas. Ele, mais perdido e esgotado do que eu; eu, mais velho e mais alegre e mais inteligente, vigiando-o com um revólver que nem sei se funciona, disposto a mostrar o revólver, se for preciso, mas certo de que nunca apertarei o gatilho. Pena da existência dos homens, pena de quem combina as coisas desse jeito infame e absurdo. Pena da gente que precisei enganar apenas para continuar vivendo. Pena do turco do armazém e de sua noiva, de todos os que não têm verdadeiramente o privilégio de escolher."

De longe vinha, intermitente, o piano do conservatório; apesar da hora, sentia-se o calor crescer dentro do cômodo, nas ruas arborizadas.

— Não entendo — disse Jacob. — Hoje é sexta-feira. Se aquele louco não quer mais o desafio, preciso fazer a exibição do mesmo jeito, a cinco pesos a entrada.

— Aquele louco... — começou Orsini; da pena passava à raiva e ao ódio. — Não; somos nós. Não temos interesse no desafio. Vamos embora às quatro.

— O homem quer lutar? Não se arrependeu?

— O homem quer lutar e não lhe dão permissão para se arrepender. Mas nós vamos embora.

— Sem lutar, antes de amanhã?

— Campeão — disse Orsini. A cabeça de Jacob se movia, pendente e negadora.

— Eu fico. Amanhã às nove estarei esperando por ele no ringue. Vou estar sozinho?

— Campeão — repetiu Orsini, enquanto se aproximava da cama; tocou, carinhoso, no ombro de Jacob e levantou a garrafa para tomar um pequeno trago. — Vamos embora.

— Eu não — disse o gigante, e começou a levantar-se, a crescer. — Vou estar sozinho no ringue. Me deixe a metade do dinheiro e vá embora. Me diga por que quer fugir, por que quer que eu também fuja.

Esquecido do revólver, sem deixar de apertá-lo, o príncipe falava contra o arco das costelas do campeão.

— Porque há contratos nos esperando. Porque o lance de amanhã não é uma luta, é um desafio estúpido.

Sem demonstrar pressa, Orsini se afastou até a janela, até a cama de Jacob van Oppen. Não se atrevia a acender a luz, não tinha ânimo para conquistar com sorrisos e trejeitos.

Preferiu a sombra e a persuasão dos tons de voz. "Talvez seja melhor acabar com tudo isso agora mesmo. Sempre tive sorte, sempre apareceu algo novo e muitas vezes melhor do que o recém-perdido. Não olhar para trás, deixá-lo como a um elefante sem dono."

— Mas fomos nós que lançamos o desafio — dizia a voz de Jacob, surpresa, quase rindo. — Sempre somos nós que o lançamos. Três minutos. Nos jornais, nas praças. Dinheiro para quem aguentar três minutos. E eu sempre ganhei, Jacob van Oppen sempre ganha.

— Sempre — disse Orsini; de repente, sentiu-se fraco e desgostoso; pôs o revólver sobre a cama e juntou as mãos entre os joelhos nus. — O campeão sempre ganha. Mas também, todas as vezes, eu vi antes o homem que aceitou o desafio. Três minutos sem ser jogado de costas no tapete — recitou. — E nunca ninguém durou meio minuto, e eu sabia disso muito antes de o sino tocar. "Não posso lhe dizer que uma vez tive sucesso ameaçando e que também paguei para que a coisa não durasse mais de trinta segundos; mas talvez eu não tenha outro remédio senão contar-lhe." E também agora cumpri com meu dever. Fui ver o homem que aceitara o desafio, pesei-o e medi-o. Com os olhos. Por isso fiz as malas, por isso meu conselho é pegarmos o ônibus das quatro.

Van Oppen estava estirado no chão, a cabeça apoiada na parede, entre a mesa-de-cabeceira e a luz do banheiro.

— Não estou entendendo. E esse aí, esse dono de armazém de uma cidade qualquer, que nunca viu uma luta, esse aí vai ganhar de Jacob van Oppen?

— Ninguém pode ganhar uma luta do campeão — pronunciou Orsini com paciência. — Mas não se trata de uma luta.

— É um desafio — exclamou Jacob.

— Isso mesmo. Um desafio. Quinhentos pesos se agüentar de pé três minutos. Eu vi o homem — Orsini fez uma pausa e acendeu outro cigarro; estava tranqüilo e desinteressado; era como contar uma história a um menino para ajudá-lo a dormir, era como cantar "Lili Marlen".

— E esse aí agüenta três minutos comigo? — desdenhou van Oppen.

— Bom. É um animal. Vinte anos, cento e dez quilos; eu calculei a olho, mas nunca me engano.

Jacob dobrou as pernas até ficar sentado no chão. Orsini ouviu-o respirar.

— Vinte anos — disse o campeão. — Eu também tive vinte anos, e não era tão forte como agora, sabia menos.

— Vinte anos — repetiu o príncipe, transformando o bocejo em suspiro.

— E isso é tudo? Não há mais nada? Quantos homens de vinte anos eu derrubei em menos de vinte segundos? E por que esse imbecil duraria três minutos?

"É isso", pensava Orsini, com o cigarro na boca; "tão simples e terrível como descobrirmos de repente que uma mulher não nos agrada e ficarmos impotentes e compreendermos que nada pode ser corrigido ou aliviado com explicações; tão simples e terrível como contar a verdade a um doente. Tudo é simples quando acontece com os outros, quando nos mantemos alheios e podemos compreender e lamentar, repetir consolos."

O pianinho do conservatório desaparecera no calor da noite retinta; ouviam-se grilos, girava, muito mais longe, um disco de jazz.

— Vai durar três minutos comigo? — insistiu Jacob. — Eu também vi. Vi fotografias no jornal. Um bom corpo para mover barris.

— Não — replicou Orsini, sincero e equânime. — Ninguém pode resistir três minutos ao campeão do mundo.

— Não entendo — disse Jacob. — Então não entendo. Tem alguma outra coisa?

— O homem não pode agüentar três minutos. Mas tenho certeza de que agüenta mais de um. E hoje, coisa passageira mas indiscutível, o campeão do mundo não tem fôlego para lutar mais de um minuto.

— Eu? — Jacob se ajoelhara, apoiando-se nos punhos. — Eu?

— Sim — disse Orsini; falava com suavidade e indiferença, diminuindo a importância do assunto. — Quando terminarmos esta turnê de treino, tudo vai mudar. Também será preciso cortar o álcool. Mas hoje, amanhã, sábado de noite em Santa María ou como quer que se chame este fim de mundo, Jacob van Oppen não pode se atracar e agüentar o tranco por mais de um minuto. O peito de van Oppen não pode; os pulmões não podem. E essa besta não se deixa derrubar num minuto. Por isso temos de pegar o ônibus das quatro da manhã. As malas estão feitas, paguei a conta do hotel. Tudo acertado.

Orsini ouviu o grunhido e a tosse à sua esquerda, foi medindo a extensão do silêncio no quarto. Pegou o revólver novamente e aqueceu-o entre os joelhos.

"No fim das contas", pensou, "é curioso ter feito tantos rodeios, ter tomado tantas precauções. Ele sabe disso melhor do que eu, e faz tempo. Mas talvez tenha sido justamente por isso que escolhi rodeios e busquei precauções. E cá estou eu, na minha idade, tão lamentável e ridículo como se tivesse dito a uma mulher que o amor acabou e estivesse esperando, com apreensões e curiosidade, a reação, as lágrimas, as ameaças."

Jacob dobrara o corpo; mas a franja de luz do banheiro revelava, na cabeça jogada para trás, o brilho do choro. Orsini guardou o revólver e foi até o telefone para pedir outra garrafa. Ao passar, roçou o cabelo cortado a zero do campeão e voltou para a cama. Levantando as pernas, podia sentir contra as coxas o peso rotundo de sua barriga. Do homem ajoelhado chegava até ele o rumor de um arquejo, como se van Oppen tivesse chegado ao epílogo de uma jornada de treino ou de uma luta particularmente longa e difícil.

"Não é o coração", lembrou Orsini, "não são os pulmões. É tudo; um metro e noventa e cinco de homem que começou a envelhecer."

— Não, não — disse em voz alta. — Só um descanso no caminho. Em alguns meses tudo voltará a ser como antes. A qualidade; isso é o definitivo, isso é o que nunca se pode perder. Mesmo que se queira, mesmo que se empenhe em perdê-la. Porque na vida de todo homem há períodos de suicídio. Mas isso se supera, isso se esquece.

A música de baile fora-se fortalecendo à medida que a noite crescia. A voz de Orsini vibrava, satisfeita, demorando-se, na garganta e no céu da boca.

Bateram à porta e o príncipe caminhou silencioso para receber a bandeja com a garrafa, os copos e o gelo. Deixou-a na mesinha e preferiu montar numa cadeira para continuar a noitada e a lição de otimismo.

O campeão se sentara na sombra, no chão, encostado na parede; já não se ouvia sua respiração; só existia para Orsini por meio de sua enorme, indubitável presença acachapada.

— Isso, a qualidade — reatou o príncipe. — Quem é que a tem? Nascemos com qualidade ou morremos sem qualidade. Não à toa todos inventam para si mesmos um epíteto imbecil e cômico, umas palavrinhas, para que sejam postas nos cartazes. O Búfalo de Arkansas, o Triturador de Lieja, o Miúra de Granada. Mas Jacob van Oppen só se chama, além disso, o Campeão do Mundo. Qualidade.

O discurso de Orsini desfaleceu no silêncio e no cansaço. O príncipe encheu um copo, pôs a língua dentro e levantou-se para levá-lo ao campeão.

— Orsini — disse Jacob. — Meu amigo, o príncipe Orsini.

Van Oppen apertava os joelhos com as mãos grandes; como os dentes de uma armadilha, os joelhos prendiam a cabeça inclinada. Orsini deixou o copo no chão depois de arrastá-lo pela nuca e pelas costas do gigante.

— Um trago, campeão — murmurou, doce e paternal. — Sempre faz bem.

Levantava-se com uma careta, tocando o cansaço na cintura, quando sentiu os dedos dele se fechando em seu tornozelo, pregando-o no chão. Ouviu a voz lenta, alegre, despreocupada e preguiçosa de Jacob:

— Agora o príncipe toma todo o trago de um só trago.

Orsini jogou o corpo para trás para manter o equilíbrio. "Era só o que me faltava; que esta besta pense que eu quero botá-lo pra dormir ou envenená-lo." Foi-se agachando devagar, apanhou o copo e bebeu-o rapidamente, sentindo que os dedos de Jacob se afrouxavam em seu tornozelo.

— Tudo bem, campeão? — perguntou. Agora via os olhos do outro, um pedaço de sorriso levantado.

— Tudo, príncipe. Um copo cheio para mim.

Com as pernas separadas, procurando não cambalear, Orsini foi até a mesinha e encheu novamente o copo. Apoiou-se para acender um cigarro e viu, na pequena luz do isqueiro, que suas mãos tremiam de ódio. Voltou com o copo, o cigarro na boca, um dedo no gatilho do revólver escondido no roupão. Cruzou a franja de luz amarela e viu Jacob de pé, branco e enorme, balançando-se com suavidade.

— Saúde, campeão — disse Orsini, oferecendo a bebida com o braço esquerdo.

— Saúde — repetiu de cima a voz de van Oppen com um tênue rasto de excitação. — Eu sabia que iam chegar. Estive na igreja pedindo que chegassem.

— Sim — disse Orsini.

Houve uma pausa, o campeão suspirou, a noite lhes trouxe gritos e aplausos do salão de baile distante, um rebocador chamou três vezes no rio.

— Agora — pronunciou Jacob com dificuldade — o príncipe entorna outro copo. Nós dois somos bêbados. Mas eu não bebo esta noite porque é sexta-feira. O príncipe tem um revólver.

Durante um segundo, com o copo no ar e mirando o umbigo de van Oppen, Orsini inventou-se uma biografia de humilhação perpétua, saboreou o gosto do asco, soube que o gigante não estava sequer desafiando-o, que só lhe oferecia um alvo para o revólver preparado no bolso.

— Sim — disse, depois de um segundo; cuspiu o cigarro e voltou a tragar o gim. O estômago lhe subia no peito enquanto jogava o copo vazio na cama, enquanto retrocedia com dificuldade para deixar o revólver sobre a mesa.

Van Oppen não mudara de lugar; ainda se balançava na penumbra, com debochada lentidão, como se imitasse a ginástica clássica para os músculos da cintura.

— Estamos loucos — disse Orsini. De nada lhe serviam as lembranças, o leve fervor da noite de verão que tocava a janela, os planos futuros.

— "Lili Marlen", por favor — aconselhou Jacob.

Apoiado na mesinha, Orsini abandonou o cigarro que pensara em acender. Cantou com a voz meio em surdina, com uma última esperança, como se nunca tivesse desempenhado outro ofício senão cantarolar as palavras imbecis, a música fácil, como se nunca tivesse feito outra coisa para ganhar a vida. Sentia-se mais velho que nunca, encolhido e barrigudo, alheio a si mesmo.

Houve um silêncio e depois o campeão disse "obrigado". Entontecido e frágil, tateando atrás do cigarro que deixara sobre a mesa, junto do revólver, Orsini viu aproximar-se o grande corpo esbranquiçado, cuja idade a penumbra atenuava.

— Obrigado — repetiu van Oppen, quase tocando-o. — De novo.

Atônito, indiferente, Orsini pensou: "Já não é uma canção de ninar, já não o obriga a se embebedar, a chorar, a dormir". Voltou a pigarrear e começou:

— *Vor der Kaserne, vor dem grossen Tor...*

Sem necessidade de mover o corpo, o campeão levantou o braço e golpeou a mandíbula de Orsini com a mão aberta. Uma velha tradição o impedia de usar os punhos, salvo em circunstâncias desesperadas. Com o outro braço sustentou o corpo do príncipe e o estirou na cama.

O calor da noite e da festa fizera-o abrir as janelas. A música de jazz do baile parecia estar nascendo agora no hotel, no centro do quarto semi-escuro.

Era uma cidade erguida em torno do rio, em setembro, a mais ou menos cinco centímetros ao sul do equador. Acordei sem dores, na manhã do quarto do hotel, repleta de luz e de calor. Jacob massageava meu estômago e ria para ajudar na saída dos insultos que terminaram num só, repetido até que não consegui mais fingir o sono e me aprumei:

— Velho porco — em alemão puríssimo, quase em prussiano.

O sol lambia agora o pé da mesinha, e pensei com tristeza que nada podia ser salvo do naufrágio. Pelo menos — começava a lembrar —, era isso o que convinha ser pensado e a essa tristeza deviam ajustar-se meu rosto e minhas palavras. Van Oppen previu alguma coisa, pois me fez engolir um copo de suco de laranja e me pôs um cigarro aceso na boca.

— Velho porco — disse ele, enquanto eu enchia os pulmões de fumaça.

Era a manhã do sábado, ainda estávamos em Santa María. Movi a cabeça e olhei-o, fiz um rápido balanço do sorriso, da alegria, da amizade. Vestira o terno cinza-claro, os sapatos de antílope, equilibrava o *Stetson* na nuca. Pensei, de repente, que ele tinha razão, que definitivamente a vida sempre tem razão, sem que importassem as vitórias ou as derrotas.

— Sim — disse, afastando-lhe a mão —, sou um velho porco. Os anos passam e as coisas pioram. Hoje tem luta?

— Tem — balançou a cabeça com entusiasmo. — Disse-lhe que iam voltar e voltaram.

Traguei o cigarro e me estirei na cama. Bastou ver seu sorriso para compreender que Jacob, mesmo que lhe quebrassem a espinha na noite quente de sábado que qualquer um podia prever, tinha ganho. Precisava ganhar em três minutos; mas eu queria mais. Sentei-me na cama e fiquei esfregando a mandíbula.

— Tem luta — disse —, o Campeão decide. Mas, infelizmente, o *manager* já não tem nada a dizer. Nem uma garrafa nem um soco bastam para acabar com tudo.

Van Oppen começou a rir e o chapéu caiu sobre a cama. Sua risada fora esquecida pelos anos, era a mesma.

— Nem um soco, nem uma garrafa — insisti. — O caso é que o Campeão não tem fôlego, por ora, para suportar uma luta, um esforço verdadeiro, que dure mais de um minuto. Esse é o caso. O Campeão não poderia dobrar o turco. O Campeão vai morrer de uma morte misteriosa aos cinqüenta e nove segundos. Veremos na autópsia. Acho que podemos, pelo menos, combinar isso.

— Combinado. Não mais de um minuto — assentiu van Oppen; alegre outra vez, jovem, impaciente. A manhã enchia agora todo o quarto, e eu me sentia humilhado por meu sono, por meus reparos, por meu roupão com o peso do revólver descarregado.

— E ocorre — disse lentamente, como se quisesse vingar-me — que não temos os quinhentos pesos. De acordo, todo mundo sabe, o turco não pode ganhar. Mas precisamos fazer, e já é sábado, o depósito de quinhentos pesos. Só temos dinheiro para as passagens e para uma semana na capital. E depois seja o que Deus quiser.

Jacob apanhou o chapéu e voltou a rir. Movia a cabeça como um pai sentado no banco do parque junto a seu pequeno filho desconfiado.

— Dinheiro? — disse sem perguntar. — Dinheiro para fazer o depósito? Quinhentos pesos?

Deu-me outro cigarro aceso e pôs o pé esquerdo, que é mais sensível, sobre a mesinha. Desfez o nó do sapato cinza, descalçou-se e veio mostrar-me um rolo de notas verdes. Era dinheiro de verdade. Deu-me cinco notas de dez dólares, e ainda fez farol.

— Mais?

— Está bom assim — disse eu. — Dá e sobra.

Muito dinheiro voltou para o sapato; entre trezentos e quinhentos dólares.

De modo que ao meio-dia troquei o dinheiro; e como o campeão tinha desaparecido — não houve pulôveres com iniciais nem trotezinhos pelo bulevar naquela manhã —, fui ao restaurante do Plaza e almocei como um cavalheiro, como há tempos não acontecia. Tive um café feito em minha mesa e licores apropriados e um havana muito seco, mas fumável.

Completei a refeição com uma gorjeta de bêbado ou de ladrão e liguei para o hotel; o Campeão não estava; os restos da tarde eram frescos e alegres, Santa María ia ter sua grande noite. Deixei com o porteiro o número do jornal para que Jacob combinasse comigo a ida ao Apolo, e pouco depois estava sentado à mesinha do arquivo, com o sujeito da Esportes e mais outros dois. Mostrei o dinheiro:

— Para que não haja nenhuma dúvida. Mas prefiro entregá-lo pessoalmente, no ringue. Caso van Oppen sofra um colapso e morra; ou caso eu tenha de contribuir com os gastos do velório do turco.

Jogamos pôquer, perdi e ganhei, até me avisarem que van Oppen estava no cinema. Faltava uma longa meia hora para as nove; mas vestimos os paletós e pegamos uns automóveis antigos, para percorrer as poucas quadras da cidadezinha que nos separavam do cinema, para realçar o carnaval, o ridículo.

Entrei pela porta de trás e fui até o quarto lotado de cartazes e fotografias, furiosamente invadido por um cheiro de mictório e de grude rançoso. Lá estava Jacob: com o *slip* azul-celeste, cor dedicada a Santa María, e o cinturão de Campeão do Mundo que brilhava como ouro, fazendo flexões. Bastou-me vê-lo — os olhos pueris, limpos e sem nada; a breve curva do sorriso — para entender que não queria falar comigo, que não desejava prólogos, nada que o separasse do que havia decidido ser e recordar.

Sentei-me num banco, sem ouvir se ele respondia ou não a meu cumprimento, e fiquei fumando. Agora, neste momento, dentro de alguns minutos, chegava o fim da história. Desta, a do Campeão Mundial de Luta. Mas haveria outras, haveria também uma explicação para *El Liberal*, para Santa María e cidades vizinhas.

"Passageira indisposição física" me agradava mais do que "excesso de treino provocou o fracasso do Campeão". Mas amanhã não publicariam o C maiúsculo e talvez nem mesmo o discutível título. Van Oppen continuava fazendo flexões e eu combatia o cheiro de amoníaco acendendo um cigarro no outro, sem esquecer que a limpeza do ar é a primeira condição para um ginásio.

Jacob subia e descia como se estivesse sozinho, movia os braços na horizontal, parecia, ao mesmo tempo, mais magro e mais pesado. Através da catinga, à qual se estava incorporando seu suor, eu tentava ouvi-lo respirar. O ruído da sala também invadia o quarto malcheiroso. Talvez o campeão tivesse fôlego para um minuto e meio, nunca para dois ou três. O turco permaneceria de pé até que o sino soasse, com seus enfurecidos bigodes pretos, com as calças pudicas até metade da perna que eu imaginava — e não me enganei —, com a noiva pequena e dura uivando de triunfo e de raiva junto às tábuas do palco do cine Apolo, junto ao tapete careca que continuarei chamando de colchão. Não havia esperanças, nunca resgataríamos os quinhentos pesos. O ruído de chusma da sala cheia e impaciente ia crescendo.

— É preciso ir — disse ao defunto que fazia calistenia. Eram nove horas em ponto em meu relógio; saí do mau cheiro e andei pelos corredores escuros até chegar à bilheteria. Antes das nove e quinze terminara de revisar e assinar o borderô. Voltei ao quarto hediondo — a gritaria anunciava que van Oppen já estava no ringue —, fiquei em mangas de camisa depois de guardar o dinheiro no bolso de uma calça e fiz o percurso inverso pelos corredores, até entrar na sala e subir no palco. Fui aplaudido e insultado, agradeci com reverências e sorrisos, certo de que no Apolo havia mais de setenta pessoas que não tinham pago entrada. Pelo menos, eu jamais veria a cor dos cinqüenta por cento correspondentes.

Tirei o roupão de Jacob, cruzei o ringue para cumprimentar o turco e só tive tempo para outro par de palhaçadas.

O sino soou e agora era impossível não respirar e entender o cheiro da multidão que lotava o Apolo. O sino soou e deixei Jacob sozinho, muito mais sozinho e definitivamente do que o deixara em tantas madrugadas, em esquinas e bares, quando eu começava a ficar com sono e me aborrecer. O pior era que, naquela noite, enquanto me afastava dele para sentar-me numa platéia privilegiada, não estava dormindo nem me sentia aborrecido. O primeiro sino era para limpar o ringue. O segundo para que se iniciasse a luta. Besuntado, quase jovem, sem mostrar os quilos, Jacob foi girando, encurvado, até ocupar o centro do ringue e esperou com um sorriso.

Abriu os braços e esperou o turco, que parecia ter aumentado. Esperou-o sorrindo até que ele chegou perto, deu um passo atrás e de repente avançou para deixar-se abraçar. Contra todas as regras, Jacob manteve os braços altos durante dez segundos. Depois firmou as pernas e girou; pôs uma das mãos nas costas do adversário e a outra, também o antebraço, contra uma coxa. Eu não estava entendendo aquilo e continuei sem entender durante o exato meio minuto que durou a luta. Então vi que o turco saía voando do ringue, atravessando com esforço os uivos dos santa-marienses, e desaparecia no fundo escuro da platéia.

Ele voara, com os grandes bigodes, com a absurda flexão das pernas que buscavam no ar sujo apoio e estabilidade. Vi-o passar perto do teto, entre os refletores, agitando as mãos. Não tínhamos chegado aos cinqüenta segundos e o campeão ganhara, ou não, dependendo do ponto de vista. Subi ao ringue para ajudá-lo a vestir o roupão. Jacob sorria como um menino, não ouvia os gritos e os insultos do público, o crescente clamor. Estava suado, mas pouco; e quando ouvi sua respiração soube que sua fadiga vinha dos nervos e não do cansaço.

Logo começaram a cair sobre o ringue pedaços de madeira e garrafas vazias; eu tinha meu discurso completo, meu exagerado sorriso para estrangeiros. Mas os projéteis continuavam caindo e os gritos não me deixariam falar, de qualquer modo.

Então os milicos se moveram com entusiasmo, como se não tivessem feito outra coisa desde o dia em que conseguiram emprego, comandados ou não, souberam distribuir-se e organizar-se e começaram a quebrar cabeças com os cassetetes flamantes, até que só restamos no Apolo o campeão, o juiz e eu sobre o ringue, os milicos na sala, o pobre rapaz morto, de vinte anos, pendurado sobre duas cadeiras. E foi então que, ninguém soube de onde, muito menos eu, apareceu perto do turco uma mulher pequenininha, a noiva, e empenhou-se em chutar e cuspir no homem que perdera, o outro, enquanto eu felicitava Jacob sem fazer alarde e já surgiam pela porta os enfermeiros ou médicos carregando a maca.

(*Doubleday*, Nova York, 1961)

Tão triste como ela

Para M. C.

Querida Tãotriste:

Entendo que, apesar das inefáveis e inumeráveis conjunções, já é hora de agradecermos nossa intimidade dos últimos meses e despedir-nos. Todas as vantagens serão suas. Acho que nunca nos entendemos de verdade; aceito minha culpa, a responsabilidade e o fracasso. Tento me explicar — só para nós, claro — invocando a dificuldade que é navegar entre duas águas durante X páginas. Também aceito, por merecidos, os momentos felizes. Em todo caso, me desculpe. Nunca olhei seu rosto de frente, nunca lhe mostrei o meu.

J. C. O.

Havia anos, que podiam ser muitos ou confundir-se com o ontem nos raros momentos de felicidade, ela estivera no quarto do homem. Pode-se imaginar que quarto; um banheiro em ruínas e sujo, um elevador trêmulo; da casa, só recordava isso. Foi antes do casamento, poucos meses antes.

Tinha vontade de ir, queria que alguma coisa acontecesse — a mais brutal, a mais anêmica e decepcionante —, qualquer coisa útil para sua solidão e para sua ignorância. Não pensava no futuro e sentia-se capaz de negá-lo. Mas um medo que não tinha nada a ver com a antiga dor forçou-a a dizer não, a defender-se com as mãos e com a rigidez das coxas. Só conseguiu, só aceitou, o gosto do homem queimado de sol e de praia.

Sonhou, ao amanhecer, já separada e longe, que caminhava sozinha numa noite que podia ter sido outra, quase nua com sua camisola curta, carregando a mala vazia. Estava condenada ao desespero e arrastava os pés descalços pelas ruas arborizadas e desertas, lentamente, com o corpo ereto, quase desafiante.

O desengano, a tristeza, a anuência à morte só podiam ser suportados porque, por capricho, o gosto do homem renascia em sua boca em cada beco em que pedia e ordenava isso. Os passos doloridos iam se tornando lentos até a quietude. Então, seminua, cercada pela sombra, pelo simulacro do silêncio, por um par distante de faróis, parava para absorver o ar, ruidosa. Carregada com a mala sem peso, saboreava a lembrança e seguia caminhando de volta.

Viu de repente a lua enorme subindo entre o casario acinzentado, preto e sujo; era mais prateada a cada passo e dissolvia rapidamente os bordos sanguinolentos que a haviam sustentado. Passo a passo, compreendeu que não avançava com a mala para lugar algum, cama alguma, quarto algum. A lua era agora monstruosa. Quase nua, com o corpo reto e os pequenos seios perfurando a noite, seguiu em frente para mergulhar na lua desmesurada que continuava crescendo.

O homem estava mais magro a cada dia e seus olhos cinzentos perdiam a cor, aguando-se, já distantes da curiosidade e da súplica. Nunca pensara em chorar e os anos, trinta e dois, ensinaram-lhe, ao menos, a inutilidade de todo abandono, de toda esperança de compreensão.

Olhava-a sem franqueza ou mentira todas as manhãs por cima da mesa repleta, capenga, do café-da-manhã, que instalara na cozinha para a felicidade do verão. Talvez a culpa não fosse inteiramente sua, talvez seja inútil saber de quem foi, quem ainda a tem.

Às escondidas, ela mirava seus olhos. Se é que se pode dar o nome de mirada à cautela, ao relâmpago frio, a seu cálculo. Os olhos do homem, sem delatar-se, tornavam-se maiores e mais claros a cada vez, a cada manhã. Mas ele não tentava escondê-los; só queria esquivar-se, sem ser grosseiro, do que os olhos estavam condenados a perguntar e a dizer.

Tinha na época trinta e dois anos e ia se estendendo, das nove às cinco, pelos escritórios de um lugar enorme. Amava o dinheiro, desde que fosse muito, assim como outros homens sentem atração por mulheres altas e gordas, tolerando que sejam velhas, sem ligar para isso. Acreditava também na felicidade dos cansativos fins de semana, na saúde que descia do céu para todos, no ar livre.

Estava aqui e ali, pressentia o domínio sobre qualquer forma de alegria, de tentação. Amara a pequena mulher que lhe dava comida, que dera à luz uma criança que chorava sem parar no andar de cima. Agora olhava para ela com espanto: era, fugazmente, algo pior, mais baixo, mais morto que uma desconhecida cujo nome nunca chegamos a saber.

Na hora irregular do café-da-manhã o sol entrava pelas janelas altas; os perfumes do jardim se complicavam na mesa, ainda desfalecidos, como o fácil princípio de uma suspeita. Nenhum deles podia negar o sol, a primavera; no limite, a morte do inverno.

Poucos dias depois da mudança, quando ninguém pensara, ainda, em transformar o jardim selvagem e emaranhado numa sucessão tumular de aquários, o homem levantou-se de madrugada e esperou o dia raiar. Com as primeiras luzes, pregou uma lata na araucária e distanciou-se com o pequeno revólver nacarado pendendo da mão. Levantou o braço e só conseguiu ouvir os golpezinhos falhos do percussor. Voltou para casa com uma exagerada sensação de ridículo e mau humor; sem cuidado, sem respeito pelo sono da mulher, jogou a arma num canto do armário.

— Que foi? — murmurou ela, enquanto o homem começava a tirar a roupa para entrar no banho.

— Nada. As balas estão enferrujadas, não faz nem um mês que as comprei, e fui logrado, ou então o revólver pifou. Era de minha mãe ou de minha avó, está com o gatilho frouxo. Não gosto que você fique sozinha aqui, de noite, sem nada para se defender. Mas vou cuidar disso hoje mesmo.

— Não tem importância — disse a mulher, enquanto caminhava descalça para buscar o menino. — Tenho bons pulmões e os vizinhos podem me ouvir.

— Sei disso — disse o homem, rindo.

Olharam-se, carinhosos e brincalhões. A mulher ficou esperando o ruído do carro e dormiu novamente, com o menino pendurado no peito.

A empregada entrava e saía e nem sempre era possível saber por quê. A mulher estava acostumada, já não acreditava na súplica dos olhos do homem, tantas vezes entrevista, como se o olhar, a expressão, o úmido silêncio não importassem mais que a cor da íris, a inclinação herdada das pálpebras. Ele, por sua vez, era incapaz, agora, de aceitar o mundo; nem os negócios, nem a filha inexistente, com freqüência esquecida, com freqüência viva, persistente, rígida, diferente apesar das premeditadas bebedeiras, dos negócios ineludíveis, das companhias e das solidões. É provável, também, que nem ela nem ele acreditassem mais, totalmente, na realidade das noites, em suas felicidades breves e previsíveis.

Não tinham nada a esperar das horas em que estavam juntos, mas tampouco aceitavam essa pobreza. Ele continuava brincando com o cigarro e o cinzeiro; ela passava manteiga e geléia no pão torrado. Nessas manhãs ele não tentava, na verdade, olhar para ela; limitava-se a mostrar-lhe os olhos, como um mendigo quase desinteressado, sem fé, que exibisse uma chaga, um coto.

Ela falava dos restos do jardim, dos fornecedores, do menino rosado no quarto de cima. Quando o homem se cansava de esperar a frase, a palavra impossível, movia-se para beijar-lhe a testa e deixava instruções para os pedreiros que construíam os aquários.

O homem comprovava todos os meses que estava mais rico, que suas contas nos bancos iam crescendo sem esforço nem propósitos. Não conseguia inventar um destino certo, ambicionado, para o dinheiro novo.

Até as cinco ou seis da tarde vendia peças de reposição de automóveis, de tratores, de qualquer tipo de máquina. Mas a partir das quatro usava o telefone, paciente e sem rancor, para se garantir contra a angústia, para garantir uma mulher numa cama ou na mesa de um restaurante. Contentava-se com pouco, com o que lhe fosse estritamente necessário: um sorriso, um afago na face que pudesse ser confundido com ternura ou compreensão. Depois, claro, os atos do amor, meticulosamente pagos com roupas, perfumes, objetos inúteis. Pagos, também — o vício, o domínio, a noite inteira —, com a resignação às conversas volúveis e tolas.

Na volta, de madrugada, ela respirava os cheiros ordinários, indisfarçáveis, e espiava seu rosto ossudo que perseguia, tão equivocado, a serenidade. O homem não trazia nada para lhe contar. Olhava a fileira de garrafas no armário e escolhia, ao acaso, uma delas. Afundado na poltrona, calmo, com um dedo entre as páginas de um livro, bebia diante do silêncio dela, diante de seus simulacros de sono, diante de seus olhos imóveis e fixos no teto. Ela não gritava; por algum tempo tentou entender, sem desprezo, quis aproximá-lo de parte da pena que sentia de si mesma, de sua vida e de seu final.

Nos meados de setembro, de início imperceptivelmente, a mulher começou a se conformar, a acreditar que a existência simplesmente é, como uma montanha ou uma pedra são, que não somos nós que a fazemos, que nem um nem outro a faziam.

Ninguém, ninguém pode saber como e por que começou essa história. O que tentamos contar teve início numa tarde quieta de outono, quando o homem sombreou o crepúsculo ainda ensolarado do jardim e parou para olhar ao redor, para farejar a relva, as últimas flores dos arbustos raquíticos e selvagens. Ficou imóvel por um momento, a cabeça inclinada para o lado, os braços pendidos e parecendo mortos. Depois avançou até a sebe de espinho-de-jerusalém e dali começou a medir o jardim com passos regulares, contidos, de mais ou menos um metro cada um. Caminhou de sul a norte, depois de leste a oeste. Ela o observava, protegida pelas cortinas do primeiro andar; qualquer coisa fora da rotina podia ser o nascimento de uma esperança, a confirmação da desgraça. O menino berrava sobre o entardecer; ninguém poderia afirmar, tampouco, se ele agora estava vestido de cor-de-rosa, se o haviam vestido assim desde o nascimento ou mesmo antes.

Naquela noite de domingo, o dia mais triste da semana, o homem disse, na cozinha, enquanto remexia a xícara de café:

— Tanto terreno e não serve pra nada.

Ela espiou seu rosto ascético, seu diluído tormento incompreendido. Viu uma nova languidez maligna, um nascimento da vontade.

— Sempre pensei... — disse a mulher, compreendendo, ao falar, que na verdade estava mentindo, que não tinha tido tempo nem vontade de pensar nisso, compreendendo que a palavra *sempre* tinha perdido todo o sentido. — Sempre pensei em árvores frutíferas, em canteiros feitos a partir de um projeto, num jardim de verdade.

Embora ela tivesse nascido ali, na velha casa afastada da água das praias que havia batizado, sob um pretexto qualquer, o velho Petrus. Nascera e se criara ali. E, quando o mundo veio buscá-la, não compreendeu inteiramente, protegida e enganada pelos arbustos caprichosos e malcriados, pelo mistério — em luz e sombra — das velhas árvores tortas e intactas, pelo relvado singelo, alto, rústico. Teve uma mãe que comprou aquela máquina de cortar grama, um pai que soube prometer, depois de cada jantar, que o trabalho começaria na manhã seguinte. Jamais começou. Às vezes ficava lubrificando a máquina durante horas e a emprestava a um vizinho por meses.

Mas o jardim, o malfeito arremedo de selva, jamais foi tocado. Então a garotinha aprendeu que não há palavra comparável a amanhã: nunca, nada, permanência e paz.

Bem menina descobriu a brincadeira carinhosa dos arbustos, da grama, de qualquer árvore anônima e retorcida; descobriu tudo com risos que ameaçavam invadir a casa, para retroceder em poucos meses, encolhidos, satisfeitos.

O homem tomou o café e depois ficou movendo lentamente a cabeça, decidido. Fez uma pausa e a deixou chegar e estender-se.

— Pode deixar, perto dos vitrôs, um canto para se estender e beber uns refrescos quando o verão voltar. Mas todo o resto tem que ser nivelado com cimento. Quero fazer aquários. Espécimes raros, difíceis de criar. Tem gente que ganha muito dinheiro com isso.

A mulher sabia que o homem estava mentindo; não acreditou em seu interesse pelo dinheiro, não acreditou que alguém fosse capaz de derrubar velhas árvores inúteis e doentes, matar a relva abandonada, as flores sem nome conhecido, pálidas, fugazes, cabisbaixas.

Mas os homens, os pedreiros, três, aproximaram-se para conversar num domingo de manhã. Ela olhava para eles do andar de cima; dois estavam de pé, rodeando a espreguiçadeira quase horizontal do jardim de onde se elevavam as instruções, as perguntas sobre preço e tempo; o terceiro, agachado, de boina, enorme e tranqüilo, mascava um talo.

Lembrou-se disso até o final. O mais velho, o chefe, encurvado, com bastos cabelos brancos, as mãos pendentes, parou de costas para o portão gradeado por um momento. Contemplou sem espanto as árvores despojadas, a vasta superfície de ervas daninhas emaranhadas. Os outros dois avançaram, carregando inutilmente foices, pás, picaretas e o desconcerto que ia travando suas pernas. O mais jovem e maior, mais folgado, continuava mordiscando o talo rematado pela florzinha cor-de-rosa. Era manhã de domingo e a primavera tremulava as folhas do jardim; ela olhava para eles tentando se iludir, a boca do menino pendurada num peito.

Conhecia o rancor, a vontade do homem de feri-la. Mas, como tudo tinha sido exaustivamente conversado e compreendido até o limite em que se pode compreender e entender o outro, não acreditou na possibilidade de vingança, na destruição do jardim e de sua própria vida. Às vezes, quando ambos aceitavam o sonho do esquecimento, o homem a encontrava tricotando em algum lugar do jardim e reatava, sem prólogo:

— Está tudo certo, tudo tão morto como se nunca tivesse existido — o rosto magro e obsessivo se recusava a fitá-la. — Mas por que teve que nascer homem? Tantos meses comprando lãs cor-de-rosa e o resultado foi esse, um homem. Não estou louco. Sei que, no fundo, tanto faz. Mas uma menina poderia vir a ser sua, exclusivamente sua. Já esse animalzinho...

Ela ficou quieta por um instante, sossegou as mãos e por fim olhou-o. Mais magro, maiores os olhos claros, escarranchado a seu lado, aflito e brincalhão. Mentia, ambos sabiam que o homem estava mentindo; mas entendiam isso de maneira muito diferente.

— Já falamos tanto sobre isso — disse a mulher, chateada. — Tantas vezes fiquei ouvindo você...

— Pode ser. Menos vezes, contudo, que meus impulsos de voltar ao assunto. É um menino, tem o meu nome, eu o sustento e terei de educá-lo. Podemos nos distanciar, olhar de fora? Porque, nesse caso, eu sou um cavalheiro ou um pobre-diabo. E você, uma putinha esperta.

— Merda — disse ela suavemente, sem ódio, sem que se pudesse saber para quem estava falando.

O homem voltou a olhar o céu que se apagava, a primavera incontestável. Virou-se e saiu caminhando em direção à casa.

Talvez toda a história tenha nascido disso, tão simples e terrível; depende, a opção, de que se queira pensar nisso, ou de que se distraia: o homem só acreditava na desgraça e na fortuna, na boa ou na má sorte, em tudo o que é triste ou alegre e que pode nos atingir, quer o mereçamos ou não. Ela acreditava saber algo mais; pensava no destino, em erros e mistérios, aceitava a culpa, e — no fim — acabou admitindo que viver é culpa suficiente para que aceitemos o pagamento, recompensa ou castigo. A mesma coisa, no fim das contas.

Às vezes o homem a acordava para lhe falar de Mendel. Acendia o cachimbo ou um cigarro e esperava para certificar-se de que ela estava resignada e ouvindo. Talvez ele esperasse um milagre em sua alma ou na de sua mulher nua, qualquer coisa que pudesse ser exorcizada e lhes desse paz ou uma ilusão equivalente.

— Por que logo com o Mendel? Podia ter escolhido entre tantos melhores, tantos outros que me deixariam menos envergonhado.

Queria ouvir novamente o relato dos encontros da mulher com Mendel; mas, na verdade, sempre recuava, temeroso de saber tudo, definitivamente; decidido, no fundo, a salvar-se, a ignorar o porquê. Sua loucura era modesta e podia ser respeitada.

Mendel ou qualquer outro. Dava na mesma. Não tinha nada a ver com amor. Uma noite o homem tentou rir:

— E, no entanto, estava escrito que seria assim. Porque as coisas se enredaram, ou se harmonizaram de tal modo que hoje posso mandar Mendel para a prisão. Mendel, nenhum outro. Um papelzinho falsificado, uma assinatura rabiscada por ele. E não é o ciúme que me move. Ele tem uma mulher e três filhos inteiramente seus. Uma ou duas casas. Continua parecendo feliz. Não se trata de ciúme, mas de inveja. É difícil entender. Porque para mim, pessoalmente, de nada serve detonar tudo isso, acabar ou não com Mendel. Queria fazer isso muito antes da descoberta, antes de saber que era possível. Imagino, sabe?, a possibilidade da inveja pura, sem motivos concretos, sem rancor. Às vezes, muito poucas, acho que isso é possível.

Ela não respondeu. Aconchegada contra o primeiro frio do alvorecer, pensava no menino, esperava o primeiro choro de fome. Ele, por sua vez, esperava o milagre, a ressurreição da garota grávida que conhecera, a sua, a do amor que acreditaram ter, ou que foram construindo durante meses, com decisão, sem engano deliberado, abandonados tão perto da felicidade.

Os homens começaram a trabalhar numa segunda-feira, serrando sem pressa as árvores que carregavam, finda a jornada, num caminhão desconjuntado, rugindo de velho, sempre torto. Dias depois começaram a ceifar as ervas floridas, a relva que se tornara suculenta e reta. Não cumpriam nenhum horário regular, talvez tivessem acertado a empreita diretamente, deixado de lado a chatice das diárias, das faltas e das preguiças. No entanto, jamais demonstraram ter pressa.

O homem nunca lhe contava o que estava acontecendo no jardim. Continuava magro e calado, fumava e bebia. O cimento se estendia agora sobre a terra e suas lembranças, branco, logo acinzentado.

Então, no final de um café-da-manhã, rancoroso e incauto, o homem apagou o cigarro no fundo de uma xícara e, quase sorrindo, como se realmente compreendesse o destino de suas palavras, disse devagar, sem encará-la:

— Seria bom você ficar de olho no trabalho dos poceiros. Entre uma e outra mamadeira. Não estou vendo o cimento avançar.

Daquele momento em diante os três pedreiros se transformaram em poceiros. Agora traziam grandes chapas de vidro para fazer os aquários enormes, distribuídos com deliberada assimetria, desproporcionais para toda classe de fauna que se quisesse criar ali.

— Sim — disse ela. — Posso falar com o velho. Ir ao local onde era o jardim e ficar olhando o trabalho deles.

— O velho — caçoou o homem. — Ele sabe falar? Acho que os dirige movendo as mãos e as sobrancelhas.

Começou a descer diariamente até o cimento, de manhã e de tarde, aproveitando os horários caprichosos que eles escolhiam. Talvez se pudesse dizer que também ela estava rancorosa e incauta.

Caminhava devagar, mais alta agora sobre o piso duro e parelho, desconcertada, movendo-se de viés, restaurando os antigos desvios, os antigos atalhos que as árvores e os canteiros um dia haviam imposto. Olhava para os homens, via os enormes aquários sendo erguidos. Cheirava o ar, esperava a solidão das cinco da tarde, o rito diário, o absurdo conquistado, tornado quase um hábito.

Primeiro foi a incompreensível excitação pelo próprio poço, o buraco preto que afundava na terra. Seria suficiente para ela. Mas logo descobriu, no fundo, o par de homens trabalhando, com os torsos nus. Um, o da erva mascada, movendo distraído o bíceps enorme; o outro, alto e magro, mais lento, mais jovem, inspirando dó, o desejo de ajudá-lo e de passar um lenço em sua testa suada.

Não sabia como afastar-se e mentir para si mesma.

O velho fumava, mal acomodado num tronco. Olhava-a, impassível.

— Estão trabalhando? — perguntou ela, sem interesse.

— Sim, senhora, estão trabalhando. Exatamente o que devem fazer a cada dia, a cada jornada. Para isso estou aqui. Para isso, e para outras coisas que adivinho. Mas não sou Deus. Pressinto, apenas, e ajudo quando posso.

Os poceiros a cumprimentavam movendo uma só vez as cabeças cordiais e taciturnas. Pouquíssimas vezes conseguiam inventar um assunto para conversar, pretextos que repercutissem alguns minutos. Ela e a dupla de poceiros, o gigante tranqüilo, com a boina sempre posta e mascando uma erva que já não podia ter colhido no jardim ceifado, o outro, muito jovem e esguio, tonto de fome, doente. Porque o velho não falava e podia passar o dia inteiro imóvel, de pé ou sentado na terra, enrolando cigarros um atrás do outro.

Cavavam, mediam e suavam como se algo disso tudo pudesse importar a ela, como se estivesse viva e fosse capaz de participar. Como se tivesse sido dona, algum dia, das árvores desaparecidas e dos capins mortos. Falava de qualquer coisa, exagerando a cortesia e o respeito, essa forma da tristeza que ajuda a unir. Falava de qualquer coisa e deixava as frases sempre sem final, esperando as cinco da tarde, esperando que os homens fossem embora.

Cercava a casa uma sebe de espinhos-de-jerusalém. Já eram árvores, de quase três metros de altura, ainda que os troncos mantivessem certa magreza adolescente. Tinham sido plantados bem juntos, mas souberam crescer sem se estorvarem, encostando-se uns nos outros, emaranhando os espinhos.

Às cinco da tarde os poceiros pensavam ouvir um sino e o velho levantava o braço. Guardavam, jogavam as ferramentas na sombra fresca do galpão, despediam-se e partiam. O velho à frente, o animal da boina e o magro encurvado depois, para que as nuvens e o resto do sol tomassem conhecimento do respeito à hierarquia. Lentos, os três, fumando tranqüilos, sem vontade.

No andar de cima, de costas para a gritaria do berço, a mulher os espiava para certificar-se. Esperava, imóvel, dez ou quinze minutos. Então descia para o que um dia fora seu jardim, esquivando-se de obstáculos que já não existiam, batendo os saltos no cimento até chegar à cerca de espinhos-de-jerusalém. Não ensaiava sempre o mesmo lugar, claro. Podia ir pelo grande portão de ferro usado pelos poceiros e pelas visitas imaginárias; podia fugir pela porta da garagem, sempre aberta quando o carro estava fora.

Mas escolhia, sem convicção, sem verdadeiro desejo, o jogo inútil e sangrento dos espinhos-de-jerusalém, contra eles, arbustos ou árvores. Procurava a esmo, sem nenhum objetivo, abrir caminho entre troncos e espinhos. Ofegava por um tempo, abrindo as mãos. Sempre acabava em fracasso, aceitando-o, dizendo que sim com um ríctus, com um sorriso.

Depois cruzava o crepúsculo, lambendo as mãos, olhando o céu dessa primavera recém-nascida e o céu tenso, promissor, de primaveras futuras que talvez seu filho viesse a atravessar. Cozinhava, cuidava do menino, e com um livro sempre mal escolhido ficava esperando o homem, numa das duas poltronas floreadas ou deitada na cama. Escondia os relógios e esperava.

Toda noite, porém, os regressos do homem eram idênticos, confundíveis. Por volta de outubro, coube a ela ler: "Imaginem vocês o crescente sofrimento, a ânsia de fugir, a repugnância impotente, a submissão, o ódio". O homem escondeu o carro na garagem, cruzou o cimento e subiu. Era o mesmo de sempre, a frase recém-lida por ela não conseguiu transformá-lo. Passeava pelo quarto tilintando o chaveiro, contando histórias simples ou complexas da jornada, mentindo-lhe, às vezes inclinando, nas pausas, o rosto de pômulos salientes, os olhos crescentes. Tão triste como ela, talvez.

Naquela noite a mulher abandonou-se, exigiu, como havia muitos meses não fazia. Tudo o que os fizesse felizes ou os ajudasse a esquecer era bem-vindo, sagrado. Sob a pequena luz semi-oculta, o homem acabou dormindo, quase sorridente, aquietado. Insone, regressando, ela descobriu sem espanto, sem tristeza, que desde a infância não tivera outra felicidade verdadeira, sólida, além dos verdes arrebatados do jardim. Nada além disso, dessas coisas furta-cores, desses tons. E ficou pensando, até o primeiro choro do menino, que ele intuíra isso, que quis privá-la da única coisa que realmente lhe importava. Destruir o jardim, continuar a observá-la, manso, com os olhos claros e com olheiras, lançar um sorriso, indireto, ambíguo.

Aos primeiros ruídos da manhã, a mulher mostrava os dentes para o teto, pensando, uma e outra vez, na primeira parte da ave-maria. Mais nada, porque não podia admitir a palavra morte. Reconhecia nunca ter sido enganada, admitia ter acertado nos desconcertos, nos medos, nas dúvidas da infância: a vida era uma mescla de imprecisões, covardias, mentiras difusas, não forçosamente sempre intencionais.

Mas ela se lembrava, ainda agora e com mais força, da sensação de logro que teve início no final da infância, amenizada na adolescência graças a desejos e esperanças. Nunca pedira para nascer, nunca desejara que a união, talvez momentânea, fugaz, rotineira, de um casal na cama (mãe, pai, enfim, e para todo o sempre) a tivesse trazido ao mundo. E, principalmente, não fora consultada a respeito da vida que foi obrigada a conhecer e aceitar. Uma única pergunta, antes, e teria rejeitado, com horror equivalente, os intestinos e a morte, a necessidade da palavra para comunicar-se e para tentar ser compreendida pelos outros.

— Não — disse o homem quando ela trouxe da cozinha o café-da-manhã. — Não pretendo fazer nada contra Mendel. Nem mesmo ajudar.

Estava vestido com um esmero esquisito, não como se fosse ao escritório, e sim a uma festa. Diante do traje novo, da camisa branca, da gravata nunca usada, ela gastou minutos lembrando e acreditando em sua lembrança. Assim estivera para ela durante o noivado. Movia-se, deslumbrada e incrédula, aliviada de angústias e de anos.

O homem amoleceu um pedaço de pão no molho e afastou o prato. A mulher viu brilhar, tímido, sondando, o novo olhar que lhe chegava da mesa ou que ela teve de inventar.

— Vou queimar o cheque do Mendel. Ou posso dá-lo a você. De qualquer modo, é questão de dias. Coitado.

Ela teve de esperar um momento. Depois conseguiu se afastar da lareira e foi sentar-se diante do homem magro, sem sofrer e paciente, esperando que partisse.

Quando ouviu o ruído do carro se extinguir, subiu para o quarto; logo encontrou o pequeno, inútil revólver com coronha de nácar e ficou olhando para ele sem tocá-lo. Fora dela, tampouco havia chegado o verão, ainda que a primavera avançasse enfurecida e os dias, as pequenas coisas, não pudessem nem teriam desejado parar.

De tarde, depois do rito com os espinhos e das indolentes linhas de sangue nas mãos, a mulher aprendeu a assoviar com os pássaros e soube que Mendel tinha sumido junto com o homem magro. Era possível que nunca tivessem existido. Restava o menino no andar de cima, que de nada servia para amenizar sua solidão. Nunca estivera com Mendel, nunca o conhecera nem havia visto seu corpo baixo e musculoso; nunca soube de sua tenaz vontade masculina, de seu riso fácil, de sua despreocupada compenetração com a felicidade. O talho na testa pingava agora com lentidão ao longo do nariz.

O menino chorou e ela teve de subir. O velho fumava sentado numa pedra, tão quieto, tão nada, que parecia fazer parte do assento. Os outros dois estavam invisíveis no fundo de um poço. Lá em cima, consolou o menino e viu no chão o traje enrugado do homem. Escarafunchando, viu papéis cheios de números, moedas, um documento. Por fim, a carta.

Estava escrita com uma letra feminina, muito bonita e clara, impessoal. Não chegava a duas páginas e a assinatura ostentava um significado incompreensível: *Másam*. Mas o sentido da carta, o acúmulo de bobagens, de juras, de frases que aspiravam, simultaneamente, ao engenho e ao talento, era muito claro. "Deve ser muito jovem", pensou a mulher, sem pena nem inveja; "eu escrevia assim, eu lhe escrevia." Não encontrou fotografias.

Ao pé de *Másam* o homem escrevera, com tinta vermelha: "Terá dezesseis anos e virá nua por cima e debaixo da terra para ficar comigo o tempo que durar esta canção e esta esperança".

Jamais teve ciúme do homem nem conseguiu odiá-lo; talvez, um pouco, a vida, sua própria incompreensão, uma imprecisa peça que o mundo lhe pregara. Durante semanas continuaram vivendo como sempre. Mas ele não demorou a sentir a mudança, a perceber que as recusas e os perdões iam se transformando numa distância mansa, sem hostilidade.

Diziam coisas, mas na verdade já não conversavam. Ela ignorava, impassível, as chispas de súplica que às vezes saltavam dos olhos do homem. "É como se ele já estivesse morto há meses, como se nunca nos tivéssemos conhecido, como se não estivesse a meu lado." Nenhum dos dois tinha nada a esperar. A frase não viria, desviavam os olhos. O homem brincava com o cigarro e o cinzeiro; ela passava manteiga e geléia no pão.

Quando ele voltava à meia-noite, a mulher parava de ler, fingia dormir ou falava do trabalho no jardim, das camisas mal lavadas, do menino e do preço da comida. Ele a escutava sem fazer perguntas, sem curiosidade, sem trazer nada de verdadeiro para contar. Depois pegava uma garrafa no armário e bebia de madrugada, sozinho ou com um livro.

Ela, no ar noturno de verão, espiava seu perfil aguçado, a parte posterior da cabeça, onde tinham surgido imprevistos cabelos brancos dias antes, onde o cabelo começava a ralear. Deixou de ter pena de si mesma e a transferiu ao homem. Agora, em seus regressos, ele se recusava a comer. Ia até o armário e bebia, de noite, ao alvorecer. Deitado na cama, falava às vezes com uma voz alheia, sem dirigir-se a ela nem ao teto; contava coisas felizes e incríveis, inventava pessoas e ações, circunstâncias simples ou duvidosas.

Decidiu-se certa noite em que o homem chegou muito cedo, não quis ler nem tirar a roupa, ficou sorrindo antes de falar. "Quer ajudar a matar o tempo. Vai me contar uma mentira exatamente tão longa quanto lhe convier. Algo incrustado absurdamente em nossas vidas, na história mortiça que estamos vivendo." O homem trouxe uma taça com bebida pela metade e ofereceu-lhe outra cheia. Sabia, havia anos, que ela não ia tocá-la. Não lhe dera tempo para meter-se na cama, surpreendeu-a na grande poltrona enquanto ela olhava uma e outra vez o livro, as palavras que conhecia de memória: "Imaginem vocês o crescente sofrimento, a ânsia de fugir, a repugnância impotente, a submissão, o ódio".

O homem sentou-se diante dela, ouviu as novidades de sempre, assentindo em silêncio. Quando se aproximava da morte da pausa, disse, com outras palavras:

— O velho. Esse que fica cobrando, fumando, olhando despreocupado o trabalho dos pedreiros: estudou um ano no seminário, estudou arquitetura alguns meses. Fala de uma viagem a Roma. Com que dinheiro, o pobre-diabo? Não sei quanto tempo depois, vários anos, em todo caso, resolveu reaparecer por estas bandas, pela cidade. Estava disfarçado de padre. Mentia, sem alarde, confundindo e despistando. Não se sabe como, conseguiu viver dois dias e duas noites no seminário. Tentou conseguir ajuda para construir uma capela. Exibia, diligente, com uma obstinação semelhante ao furor, projetos azulados. Finalmente, voltaram a despachá-lo, apesar de ele ter-se oferecido para cuidar dos gastos, para juntar pessoalmente o dinheiro necessário.

— Talvez tenha sido naquela época, não antes, que se disfarçou com o hábito e andou batendo de porta em porta pedindo ajuda. Não para ele, para a capela. Parece que conseguia convencer, com seu fervor e com a vaga história de seu fracasso. Foi esperto de ir depositando em juízo o dinheiro que recebia. Assim, com a intervenção dos verdadeiros padres, não houve remédio senão conformar-se com uma multa, que não foi paga por ele, e com alguns dias na cadeia. Depois ninguém pôde impedi-lo de dedicar-se a fazer casas. Deu teto a tantos horrores que nos rodeiam, aqui, na Vila Petrus, que as pessoas costumam chamá-lo de "o construtor". Talvez alguém o chame de "senhor arquiteto". Não sei se é verdade ou mentira. Quem iria perder tempo investigando...

— E se fosse verdade? — murmurou ela sobre o copo.

— De qualquer modo, não é assunto nosso.

Ela se virou na cama. Pensou em qualquer um que estivesse vivo ou que tivesse cumprido o ritual incompreensível de viver, em qualquer um que estivesse vivendo ou que tivesse feito isso séculos atrás, com perguntas que só obtinham o consabido silêncio. Homem ou mulher, tanto faz. Pensou no poceiro gigantesco, em qualquer um, na compaixão.

— Enquanto ele cumprir... — começou a dizer ele; então o telefone tocou e o homem levantou-se, esguio e ágil, retardando os passos largos. Falou no corredor escuro e voltou ao quarto contrariado, quase com raiva.

— É Montero, do escritório. Tinha ficado lá para fazer o balanço, e agora... Agora me diz que tem alguma coisa estranha, que precisa me ver logo. Se você não se importar...

Ela não precisou sondar seu rosto para compreender, para lembrar que soubera desde o início o motivo do incongruente relato sobre o velho; que ele falara e ela ouvira só para esperarem juntos o telefonema, a confirmação do encontro.

— Más Am — pronunciou a mulher, sorrindo apenas, sentindo que a piedade crescia sem voltar-se para ela. Bebeu seu copo de um trago e levantou-se para pegar a garrafa e colocá-la na pequena mesa, a seu lado.

O homem não entendeu, manteve-se sem entender nem questionar.

— Mas se preferir que eu fique... — insistiu.

A mulher sorriu novamente olhando direto para a cortina que se movia, preguiçosa, na janela.

— Não — replicou. Encheu seu copo novamente e inclinou-se para beber sem derramar, sem a ajuda das mãos.

O homem permaneceu de pé por um instante, silencioso e imóvel. Depois voltou ao corredor para apanhar o chapéu e o casaco. Ela esperou, quieta, o ruído do carro; depois, quase feliz no centro exato da solidão e do silêncio, ficou sacudindo a cabeça atordoada e mais uma vez pôs conhaque no cálice. Estava decidida, certa de que era inevitável, desconfiando que sentira desejo por ele desde o instante em que viu o poço e, lá dentro, o tórax do homem que cavava, os braços enormes e brancos mantendo sem esforço o ritmo do trabalho. Mas não podia deixar de lado a desconfiança: não conseguia se convencer de que era ela quem estava escolhendo, pensava que alguém, outros ou algo, decidira por ela.

Foi fácil e ela sabia disso havia algum tempo. Esperou no jardim, no que restara dele, sem interesse, como sempre, até que o animal saiu da toca, bebeu uma caneca d'água e foi procurar a mangueira para se refrescar. Fez-lhe um sinal e o atraiu. Junto da garagem, aventurou perguntas tolas. Não se olhavam. Ela perguntou se ainda seria possível que ali trepassem flores e plantas, arbustos ou ervas, qualquer forma vegetal e verde.

O homem se agachou, ficou cavoucando com as unhas sujas e roídas o pedaço de terra arenosa que lhe ofereciam.

— Pode — disse ao levantar-se. — É só querer, ter um pouco de paciência e de cuidado.

Rápida e sussurrante e voluntariosa, sem tê-lo ouvido, com as mãos unidas nas costas, olhando o céu nublado e seus ameaços, a mulher ordenou:

— Depois que eles saírem. E ninguém pode ficar sabendo. Você jura?

Impassível, alheio, sem se dar conta, o homem tocou a têmpora e assentiu com a voz pesada.

— Volte às seis e entre pelo portão.

O gigante afastou-se sem despedidas, lento, balançando. O velho ficou à escuta dos anjos que anunciavam as cinco da tarde e ordenou o regresso. Naquela tarde ela deixou em paz os espinhos-de-jerusalém; lenta, sonâmbula, arrependida e incrédula, subiu a escada e cuidou do menino. Depois, da janela, ficou vigiando o caminho, olhando o crescente azul-anil do céu. "Estou louca, ou estive e continuo estando, e gosto disso", repetia para si com um invisível sorriso feliz. Não pensava em vingança, em desforra; apenas, levemente, na infância distante e incompreensível, num mundo de mentira e desobediência.

O homem chegou ao portão às seis, com a erva mascada enfeitando sua orelha. Ela o deixou caminhar um instante, vagaroso, sobre o cimento que cobria o jardim assassinado. Quando o gigante parou, desceu correndo — o tambor veloz e compassado dos degraus sob os saltos — e aproximou-se, encolhida, até tocar, quase, o corpo enorme. Sentiu o cheiro de seu suor, contemplando a estupidez e a desconfiança dos olhos pestanejantes. Ficou na ponta dos pés e, com um pequeno furor, tirou a língua para beijá-lo. O homem arfou e foi virando a cabeça para a esquerda.

— Ali no galpão — propôs.

Ela riu suave, brevemente; ficou olhando, serena, os espinhos-de-jerusalém, como se estivesse se despedindo. Segurava o homem pelo punho.

— No galpão não — replicou por fim e docemente. — Muito sujo, muito desconfortável. Ou lá em cima ou nada — guiou-o como a um cego até a porta, ajudou-o a subir a escada. O menino dormia. Misteriosamente, o quarto se conservava idêntico, invicto. Persistiam a cama larga e avermelhada, os móveis escassos, o armário das bebidas, as cortinas inquietas, os mesmos enfeites, floreiras, quadros, candelabro.

Surda, distante, deixou que ele falasse sobre o tempo, sobre jardins e colheitas. Quando o poceiro estava terminando o segundo copo, aproximou-o da cama e deu outras ordens. Nunca imaginara que um homem nu, real e seu pudesse ser tão admirável e temível. Reconheceu o desejo, a curiosidade, uma velha sensação de saúde adormecida pelos anos. Agora o via aproximar-se; e começou a tomar consciência do ódio à superioridade física do outro, do ódio ao masculino, àquele que manda, a quem não tem necessidade de fazer perguntas inúteis.

Chamou-o e teve o poceiro com ela, fedido e obediente. Mas não deu certo, nem uma vez nem outra, porque tinham sido criados de maneira definitiva, insuperável, caprichosamente diferente. O homem se afastou resmungando, com um nó na garganta cheia de ódio:

— É sempre assim. Sempre acontece comigo — falava com tristeza e lembrando, sem sinal de orgulho.

Ouviram o choro do menino. Sem palavras, sem violência, ela conseguiu fazer o homem se vestir, dizendo algumas mentiras enquanto afagava seu queixo barbudo:

— Outro dia — murmurou, em despedida e consolo.

O homem internou-se na noite, de regresso, talvez mordiscando uma erva, pisoteando a ira, o antigo, injusto fracasso.

(Quanto ao narrador, só está autorizado a tentar cálculos no tempo. Pode reiterar nas madrugadas, em vão, um nome proibido de mulher. Pode pedir explicações, tem permissão para fracassar e limpar, ao despertar, lágrimas, ranhos e blasfêmias.)

Talvez tenha acontecido no dia seguinte. Talvez o velho, o rosto magro, mais velho que ele, livre de expressão, tenha esperado mais um tempo. Vamos supor, meia semana. Até que a viu zanzar pelo que antes fora um jardim, entre a casa e o galpão, pendurando fraldas no varal.

Acendeu outro cigarro amassado e, antes de mover-se, sussurrou mal-humorado aos pedreiros:

— Vou ver se nos adiantam a quinzena.

Muito lento, quase gemendo, conseguiu soltar-se do assento e andou, capengando, até a mulher. Encontrou-a sem esperança, mais infantil do que nunca, quase tão livre do mundo e de suas promessas quanto ele mesmo. O seminarista arquiteto olhou-a com dó, fraternal.

— Escute, senhora — pediu. — Não preciso de resposta. Nem mesmo, com a senhora, de palavras.

Com dificuldade, extraiu do bolso um punhado de rosas desabrochadas, prodigiosamente pequenas, rústicas, com os talos quebrados. Ela apanhou-as sem titubear, envolveu-as num pano úmido e continuou esperando. Não desconfiava de nada; e os olhos cansados do velho só serviam para dar passagem a uma antiga vontade de chorar que não tinha mais relação com sua vida atual, com ela mesma. Não agradeceu.

— Escute, filha — voltou a pedir o velho. — Isso, as rosas, são para que você esqueça ou perdoe. Tanto faz. Não importa, não queremos saber do que estamos falando. Quando as flores morrerem e precisar jogá-las, pense que nós somos, gostando ou não, irmãos em Cristo. Devem ter-lhe falado muitas coisas de mim, ainda que você viva sozinha. Mas não estou louco. Olho e suporto.

Abaixou a cabeça, cumprimentando, e saiu. Fatigado pelo monólogo, começava a ouvir no ar quieto e tormentoso da tarde o prelúdio das cinco badaladas.

— Vamos — disse aos poceiros. — Não vai ter quinzena adiantada, parece.

Depois de várias noites entre a espera e uma esperança sem destino, uma, antes do tédio do livro e do sono indomável, ouviu o ruído do carro na garagem, o atenuado assovio que subia cuidadoso a escada. Ignorante, definitivamente inocente de tantas coisas, o homem assoviava "The man I love".

Ela o viu mover-se, fez-lhe um esgar de cumprimento, aceitou a taça que lhe ofereceu.

— Foi ao médico? — perguntou a mulher. — Você tinha prometido, ou tinha jurado?

O perfil ossudo sorriu sem se virar, feliz por dar-lhe algo.

— Sim. Fui. Não há nada. Um homem esquelético pelado diante de um gordo simpático. A rotina das chapas e dos exames. Um homem gordo de jaleco, talvez não exageradamente limpo, que não acreditava em seu martelinho, em seu estetoscópio, nas ordens que se pôs a escrever. Não; não há nada que eles possam compreender, curar.

Ela aceitou, pela primeira vez, outra taça transbordante. Moveu os dedos e conseguiu um cigarro. Ficou rindo e empertigou-se para suprimir a tosse. O homem a olhava, espantado, quase feliz. Deu um passo para sentar-se na cama, mas ela, lenta, foi-se afastando dos lençóis, da carícia paternal. Conservava meio cigarro aceso e continuou fumando, cautelosa.

Estava de costas quando disse:

— Por que se casou comigo?

O homem olhou por um momento suas formas magras, os cabelos embaraçados na nuca; depois caminhou para trás, rápido e seguro. A pergunta da mulher envelhecera, marcava rugas, estendia-se em desordem como uma hera agarrada a um muro com suas unhas. Mas precisou ganhar tempo; porque a mulher, embora eles nunca chegassem a saber, embora nunca ninguém viesse a saber, era mais inteligente e infeliz que o homem magro, seu marido.

— Você não tinha dinheiro, não foi por isso — tentou brincar o homem. — O dinheiro veio depois, não tive culpa. Sua mãe, seus irmãos.

— Andei pensando nisso. Ninguém podia adivinhar. E depois, dinheiro não lhe interessa. O que, às vezes penso, é pior. Então, insisto: por que se casou comigo?

O homem fumou em silêncio por um tempo, consentindo com a cabeça, dilatando os lábios exangues sobre a taça.

— Tudo? — perguntou, por fim; estava cheio de covardia e de dó.

— Tudo, claro — a mulher se levantou na cama e o viu esmorecer a cabeça rígida e decidida.

— Também não foi porque você estava esperando um filho do Mendel. Não foi por piedade, por nenhuma vontade de ajudar o próximo. Então, era muito simples. Eu amava você, estava apaixonado. Era amor.

— E se acabou — afirmou ela da cama, quase gritando. Mas, inevitavelmente, também perguntava.

— Com tanta astúcia e dissímulo e traição, acabou; não saberia dizer se escolheu semanas ou meses ou se preferiu esvaecer suavemente, numa hora qualquer. É muito difícil explicar. Supondo que eu saiba, que eu entenda. Aqui, no balneário que Petrus inventou, você era a garota. Com ou sem o feto se mexendo. A garota, a quase mulher que pode ser contemplada com melancolia, com a sensação espantosa de que já não é possível. O cabelo cai, os dentes apodrecem. E, principalmente, saber que para você a curiosidade estava nascendo e que eu começava a perdê-la. É possível que meu casamento com você tenha sido minha última curiosidade verdadeira.

Ela continuou esperando, em vão. Por fim levantou-se, vestiu um roupão e enfrentou o homem na mesa.

— Tudo? — perguntou. — Tem certeza? Estou pedindo por favor. Se for preciso eu me ajoelho... Por este breve passado sobre o qual, lado a lado, por razões de espaço, nós nos agachamos para aliviar-nos.

O homem, com o cigarro pendurado na boca afinada, virou-se para ela e suas vértebras soaram na nuca. Sem piedade nem surpresa, apagada pelo costume, ela ficou olhando o rosto de cadáver.

— Tudo? — caçoou o homem. — Mais tudo? — falava para a taça no alto, para momentos perdidos, para o que pensava ser. — Tudo? Talvez você não entenda. Acho que já lhe falei da garota.

— De mim.

— Da garota — teimou ele.

A voz, as confusões, a esmerada lentidão dos movimentos. Estava bêbado e a um passo da grosseria. Ela sorriu, invisível e feliz.

— Foi o que eu disse — continuou o homem, devagar, vigilante. — O que todo sujeito normal procura, inventa, encontra, ou que o fazem acreditar que encontrou. Não a que compreende, protege, mima, ajuda, orienta, corrige, melhora, apóia, aconselha, dirige e administra. Nada disso, obrigado.

— Eu?

— Sim; agora; e todo o maldito resto — apoiou-se na mesa para ir ao banheiro.

Ela tirou o roupão, a camisola de menina de orfanato, e ficou esperando. Esperou-o até vê-lo sair nu e limpo do banheiro, até que fez uma vaga carícia e, deitado a seu lado na cama, começou a respirar como uma criança, em paz, sem lembrança nem pecado, imerso no silêncio inconfundível em que uma mulher afoga seu pranto, sua exasperação domada, seu senso atávico de injustiça.

O segundo poceiro, o magro e lânguido, o que parecia não entender a vida e pedir-lhe um sentido, foi mais fácil, mais seu. Talvez pelo jeito de ser do homem, talvez porque o teve muitas vezes.

Depois das cinco se feria com os espinhos-de-jerusalém, fechando os olhos. Lambia lentamente as mãos e os pulsos. Desajeitado, vacilante, sem entender direito, o segundo poceiro chegava às seis e se deixava levar ao galpão com cheiro de curral e de ovelha.

Nu, tornava-se menino e temeroso, suplicante. A mulher usou todas as suas lembranças, suas repentinas inspirações. Acostumou-se a cuspir nele e a esbofeteá-lo, conseguiu descobrir, entre a parede de zinco e o telhado, um rebenque velho, resseco, abandonado.

Divertia-se chamando-o com assovios como se fosse um cão, estalando os dedos. Uma semana, duas semanas, ou três.

No entanto, cada golpe, cada humilhação, cada cobrança e alegria a introduziam na plenitude e no suor do verão, no ápice a que só se pode seguir o declínio. Fora feliz com o rapaz e às vezes choraram juntos, cada um ignorando o motivo do outro. Mas, fatal e lentamente, a mulher teve de regressar da sexualidade desesperada para a necessidade de amor. Era melhor, pensou, ficar sozinha e triste. Não viu mais os poceiros; descia com o crepúsculo, depois das seis, e aproximava-se, cautelosa, das árvores da sebe.

— Sangue — era acordada pelo homem que voltava de madrugada —, sangue nas mãos e no rosto.

— Não é nada — respondia ela, esperando o sono voltar. —. Ainda gosto de brincar com as árvores.

Uma noite o homem voltou para acordá-la; preparou um drinque enquanto afrouxava a gravata. Sentada na cama, a mulher ouviu sua risada e comparou-a com o ruído claro, fresco, incontido que escutara dele anos atrás.

— Mendel — disse, por fim. — Seu maravilhoso, irresistível amigo Mendel. E, conseqüentemente, meu amigo do peito. Está preso desde ontem. E não por causa dos meus papéis, dos documentos, mas porque era fatal que terminasse assim.

Ela pediu uma taça sem soda e bebeu-a de um trago.

— Mendel — disse com assombro, incapaz de entender, de adivinhar.

— E eu — murmurou o homem em tom de verdade — o dia inteiro sem saber se lhe faço um favor entregando ao juiz os papéis sujos ou queimando-os.

Até que, no meio do verão, chegou a tarde prevista muito tempo antes, quando possuía seu jardim selvagem e poceiros não tinham vindo destruí-lo.

Caminhou pelo jardim que o cimento esmagava e atirou-se, sorridente, com uma técnica muito antiga e conhecida, contra os espinhos e suas dores.

Aplacou-se em branduras e docilidades, como se as plantas de repente tivessem virado varas de borracha. Os espinhos já não tinham força para ferir e gotejavam, apenas, leite, uma água viscosa e lenta, esbranquiçada, preguiçosa. Provou outros troncos e eram todos iguais, dóceis, inofensivos, ressumantes.

Desesperou-se, de início, e acabou aceitando; como sempre. Já eram mais de cinco da tarde e os pedreiros tinham ido embora. Arrancando, ao passar, algumas flores e folhas, parou para rezar, de pé, sob uma araucária imortal. Alguém gritava, faminto ou assustado, no andar de cima. Com uma flor machucada na mão, começou a subir a escada.

Amamentou o menino até sentir que ele adormecera. Depois se benzeu e foi arrastando os passos até o quarto. Fuçou no guarda-roupa e conseguiu encontrar, quase em seguida, entre camisas e cuecas, o *Smith & Wesson*, inútil, impotente. Era tudo um jogo, um rito, um prólogo.

Mas voltou a rezar, olhando o brilho azulado da arma, duas primeiras metades da ave-maria; foi escorregando até cair na cama, reconstruiu a primeira vez e teve de abandonar-se, chorando, olhando novamente a lua daquela noite, entregue, como uma menina. O cano gelado do revólver morto atravessou seus dentes, encostando no céu da boca.

De volta ao quarto do menino, roubou-lhe a bolsa de água quente. No quarto, enrolou nela o *Smith & Wesson*, aguardando com paciência que o cano atingisse uma temperatura humana para a boca ansiosa.

Admitiu, sem pudor, a farsa que estava representando. Depois escutou, sem pressa, sem medo, os três golpes falhos do percussor. Escutou, por alguns segundos, o quarto tiro da bala que lhe estourou o cérebro. Sem entender, permaneceu um tempo na primeira noite e na lua, pensou que voltava a derramar-se em sua garganta o gosto do homem, tão parecido com a relva fresca, com a felicidade e o verão. Avançava, obstinada, em cada beco do sonho e do cérebro destruídos, em cada momento de cansaço enquanto subia a encosta interminável, seminua, inclinada pela mala. A lua continuava crescendo. Ela, perfurando a noite com seus pequenos seios resplandecentes e duros como o zinco, prosseguiu até afundar na lua desmesurada que tinha esperado por ela, firme, durante anos, não muitos.

(*Alfa*, Montevidéu, 1963)

Justo no dia trinta e um

Quando a cidade inteira soube que, por fim, já era meia-noite, lá estava eu, sozinho e quase às escuras, olhando do frescor da janela o rio e a luz do farol enquanto fumava, outra vez às voltas com a busca de uma lembrança que me emocionasse, de um motivo para me lamentar e criticar o mundo, para contemplar com um ódio excitante as luzes da cidade que avançavam pela minha esquerda.

Tinha terminado cedo o desenho dos dois meninos de pijama, que ficavam maravilhados de manhã com a invasão de cavalos, bonecos, carrinhos e rolimãs em suas botas e na lareira. Conforme o combinado, copiara a figura de um anúncio publicado no *Companion*. O mais difícil foi a cara de babões dos pais espiando detrás de uma cortina, e abrir mão de usar um carmim para cruzar o desenho com letras peludas, de pincel de marta: "Viva a felissidadi".

Em compensação, pude dedicar os quarenta minutos que me separavam do ano-novo, de meu aniversário e do prometido regresso de Frieda, pintando em letras verdes um novo cartazinho para o banheiro. O antigo estava desbotado, respingado, com manchas de sabonete e pasta de dente. Além disso, tinha sido feito com espantosas letras manuscritas, com aquela caligrafia utilizada nas tabuletas que os cretinos penduram nas paredes: casa pequena, coração grande; bem-vindos; barco jovem, capitão velho.

Tinha comprado um presente para Frieda, que esperava por ela embrulhado em papel azul-celeste, ao lado de seu copo, da garrafa de aguardante, do pratinho com frutas carameladas, torrone e nozes, no lugar da mesa que ela costumava ocupar. Também lhe comprara um vinho toscano e um estojo de lâminas de barbear para que cortasse o cabelo. Embora estivéssemos morando juntos havia poucos meses, esses presentes eram tradicionais nos aniversários que respeitávamos ou inventávamos. Ela agradecia com insultos terrivelmente obscenos, às vezes convincentes, prometia vinganças, mas sempre acabava aceitando minha boa vontade, meu afeto e minha distraída compreensão. Já seus presentes eram bicos, meios de ganhar pouco dinheiro, artimanhas para que eu me esquecesse de que estava vivendo à sua custa.

Nas noites de sábado, quando havia muita gente, quando começava a ficar bêbada, Frieda ia sentar-se no banheiro, e durante alguns minutos ou quartos de hora, até que alguém fosse buscá-la, ficava quase imóvel com as calcinhas nos joelhos, cortando com uma laminazinha de barbear, cuidadosa, o cabelo que lhe cobria a testa, mirando alerta com seus olhos de pássaro o cartazinho pregado entre a caixa de remédios e a pia, o mesmo que eu estava reformando para lhe fazer uma surpresa, com os versos de Baudelaire que dizem: "Obrigado, meu Deus, por não ter-me feito mulher, nem negro nem judeu nem cão nem petiço". Ninguém que usasse a privada poderia sair sem tê-los rezado.

Mas naquela véspera de ano-novo preferimos — ou nos envolvemos em mentiras até comprometer-nos — ficar sozinhos e tentar ser felizes. Ela tinha jurado deixar tudo, alunas de dança, clientes do ateliê de costura, propostas inesperadas, para estar sozinha comigo antes da meia-noite. Eu não precisava desistir de muitas coisas para concordar; na noite de fim de ano alguém, ou alguma, da tribo sinistra ficaria contemplando até o amanhecer as oscilações da cabeça do velho.

Não era a felicidade, mas era o menor esforço. Frieda deveria chegar, mas não chegou, antes do ano-novo. Comeríamos alguma coisa e nos dedicaríamos, experientes, demorando nas coisas para não estragá-las, a embriagar-nos; eu faria perguntas de fingido interesse para animá-la a repetir o monólogo sobre sua infância e adolescência em Santa María, a história de sua expulsão, as caprichosas, variáveis evocações do paraíso perdido.

Talvez no fim da noite fizéssemos amor na cama grande, no tapete do primeiro quarto ou na sacada. Para mim daria na mesma fazê-lo ou não; mas jamais conhecera uma mulher tão apta a seguir compreendendo, tão disposta a fazer confissões. Quando ela pensava em se deitar comigo e a bebedeira a obrigava a conversar, era como possuir dezenas de mulheres e conhecê-las. E, além do mais, talvez ela aceitasse festejar o ano-novo pondo-se de costas no piso ou no colchão.

Estava fumando e bebendo com muita água, na janela, quando começaram a soar as buzinas e os fogos. Eu não podia ocupar-me de mim mesmo; de modo que pensei em María Eugenia e em Seoane, meu filho, esforcei-me para sofrer e para me culpar, lembrei-me de histórias que não faziam o menor sentido.

Tudo, simplesmente, tinha sido ou era assim, desse jeito, embora talvez fosse de outro, embora cada pessoa imaginável pudesse dar uma versão diferente. E eu, definitivamente, não só não podia inspirar piedade como nem mesmo era digno de crédito. Os outros existiam e eu os via viver, e o amor que lhes dedicava não passava da devoção de meu amor pela vida.

Em Montevidéu a meia-noite já fora esquecida. As luzes para os lados de Ramírez começavam a ralear e logo surgiriam os pares de dança no Parque Hotel indo e vindo na areia, quando então o ano-novo realmente começou. Algum tamborim de negro voltou a ressoar, profundo, solitário, não vencido, nos arredores do quartel, confundindo as palavras.

Mas eu reconhecia a voz de Frieda, insegura, entregando-se, perdendo a energia. Gritou *Himmel* e eu cruzei o apartamento, desci sem fazer barulho alguns degraus da escada de tijolos, às escuras, que levava ao jardim e à entrada.

Ali só havia a luz que chegava, diluída, do Proa. Mas pude vê-la, bem-apessoada, entre dois canteiros secos, atlética, balançando seu vigor, enquanto um aborto de pais tuberculosos, anegralhado e de saia, com a cabeça fantasticamente aumentada por uma jornada de trabalho de um cabeleireiro barato, dizia-lhe: "comigo não, rameira, se estava pensando em me levar pra farra, porque se andar comigo você não anda com mais ninguém". Estapeava-lhe a cara e Frieda deixava; depois começou a lhe bater com a bolsa, metódica, sem trégua.

Sentei-me num degrau e acendi um cigarro. "Frieda pode esmagá-la com um só movimento do braço", pensei. "Frieda pode atirá-la no rio com um único pontapé."

Mas Frieda preferira começar o ano assim: com as mãos no traseiro, apanhando e gozando, respondendo às bolsadas com seus roucos *Himmel* que pareciam soar para pedir mais golpes.

Quando a porqueira se cansou de bater, as duas choraram e foram saindo, do jardim para a rua. Eu as vi parar, ofegantes, e depois caminhar abraçadas. Então subi para acender todas as luzes e oferecer a Frieda uma boa recepção de ano-novo.

Tive-a sob o luxo do abajur de pé, ou apenas ela ficou ali, na poltrona, com os cabelos loiros sobre a testa, a boca contorcida de vício e de amargura, a sobrancelha direita erguida como sempre e curvando-se, agora, sobre o olho roxo. Com os lábios partidos e sangrando, não quis se medicar, obrigou-me a entrar no ano-novo falando de Santa María. Sua família a expulsara de lá e lhe mandava dinheiro todos os meses porque desde os catorze anos ela se dedicara a embebedar-se e a fazer escândalo e amor com todos os sexos previstos pela sabedoria divina.

Digo isto em homenagem a ela, que se mostrava mais católica a cada domingo e que todos os sábados, todas as madrugadas de sábado me enchia o apartamento — pago por ela — de mulheres cada vez mais velhas, horrorosas e ordinárias. Falou de sua infância provinciana e de sua família de *junkers*, totalmente culpada de que agora, em Montevidéu, ela não tivesse outra saída senão embebedar-se e reiterar o escândalo e o amor devasso. Falou até de madrugada desse primeiro de janeiro de desencontros e culpas alheias, bêbada desde antes de chegar, acariciando o olho quase totalmente fechado, curtindo a dor dos lábios partidos e inchados.

— Tive a impressão — disse-me, sorrindo —, você não vai acreditar, mas tive a impressão de que Seoane estava na esquina.

— A essa hora? E, depois, teria subido para me ver.

— Talvez não tenha vindo para ver você.

— Sim, querida — disse eu.

— Não para visitá-lo. Talvez para espiar a casa, para ver se você saía, ou se entrava.

— Pode ser — concordei, porque não gostava de falar de Seoane com Frieda, e talvez com ninguém.

Falava, como todas as mulheres, de uma Frieda ideal, admirava-se do triunfo incessante da injustiça e da incompreensão, procurava, oferecia culpados, sem odiá-los.

Não falou nada daquela nojeira inexplicável que estivera batendo-lhe na cara com a bolsa. Eu já estava acostumado com sua necessidade de trazer amantes cada vez mais sórdidas e ordinárias. Como o tempo não importa, como a simultaneidade é um detalhe que depende dos caprichos da memória, era-me fácil evocar noites em que o apartamento onde Frieda permitia-me viver ficava povoado de inúmeras mulheres que ela trouxera da rua, de bares do porto, do Victoria Plaza. Houve as bonitas e bem-vestidas, com poucas jóias, com argolas e costumes escuros completados por pérolas.

Mas nos últimos tempos eram muitas as mestiças insolentes e sujas, os palavrões, os cigarros ardendo pendurados na boca. Não raro os diálogos rancorosos me impediam de dormir e eu pulava da cama e percorria o apartamento mordendo o cigarro como um raminho de oliveira, deslocando-me com dificuldade entre as mulheres de cócoras, sentadas na mesa, abertas no divã, ajoelhadas na cozinha, se trocando no banheiro, recebendo o sol ou a lua nos ladrilhos coloridos da sacada.

— Herrera pagou — disse Frieda. — Fez bem, assim começa o ano melhor e talvez isso lhe dê sorte.

As notas tinham caído do meu peito para a mesa. Levantei-as sem afrouxar o elástico que as rodeava; eram de cem pesos.

— Pagou tudo? — perguntei.

Frieda começou a rir e depois chupou o lábio partido.

— Me dê um trago e uma bituca. Coitada daquela vadia. Mas é jóia ir deixando e deixando que façam o que quiserem com a gente, sem que tenham a menor idéia de quem a gente é. Ir deixando, até que de repente alguém percebe que acabou-se o que era doce e então a gente deixa de agüentar e de ter prazer em deixar e acaba fazendo com toda a vontade e toda a felicidade do mundo a maior barbaridade. Dá o troco; e não por orgulho nem por vontade de se vingar, mas porque de repente o prazer está em bater e não em apanhar. Não é?

— Entendo — disse. Eu a ouvia, rodopiando sobre minha mão o cilindro de notas.

— Vai me ajudar? Quando chegar a hora, isto é, se chegar.

— Claro — guardei o dinheiro no bolso da calça, enchi um copo com pinga e dei-o a ela, pus um cigarro em sua boca e aproximei um fósforo. — Quando quiser. Pagou ou não? Quer dizer, já pagou tudo, de uma vez por todas?

Frieda se levantou com um ataque de riso e caiu de lado, salpicando o chão com a baba.

— Acho que aquela nojenta... — pressionou as costelas e depois vestiu uma cara infantil para ouvir o que restava da noite. — Que aquela cadela imunda me deu um joelhaço na barriga. Não é nada. Sim, pagou tudo. Eu lhe disse que era a última parcela. Não sei se está certo, não sei se daqui a uma semana, quando estiver brincando com os filhos e com os presentes do dia de Reis, eu não apareço por lá para lhe pedir mais dinheiro. Mas o dinheiro de Herrera não me interessa. Veja só, você já o guardou. O que me interessa é foder com ele, é essa a minha relação com ele e é assim que deve continuar.

— Frieda — disse-lhe em voz muito alta. Remexeu-se na poltrona e depois levantou a cabeça. Estava bêbada, tinha um sorriso de menina, as lágrimas começavam a cair. Pus o dinheiro sobre a mesa, cuidando para que não rolasse. — Assim não dá. É preciso pôr um ponto final nessa história do Herrera.

Ela deu de ombros e ficou me olhando como se me amasse, com um sorriso tão triste e assustado, enquanto movia, preguiçosa, a língua para tocar as lágrimas.

— Como quiser — disse. — Me dê outro trago, vamos comemorar o ano.

(*Marcha*, Montevidéu, 1964)

A noiva roubada

Em Santa María nada acontecia, era outono, a não ser a doçura brilhante de um sol moribundo, pontual, lentamente apagado. Para toda a gama de santa-marienses que olhavam para o céu e para a terra antes de aceitar o adequado *nonsense* do trabalho.

Sem consonâncias, naquele outono que padeci em Santa María nada acontecia até que um quinze de março começou sem violência, tão suave quanto o Kleenex que as mulheres levam e escondem nas bolsas, tão suaves quanto o papel, os papéis de seda, sedosos, arrastando-se entre nádegas.

Nada aconteceu em Santa María naquele outono até que chegou a hora — por que maldita ou fatal ou determinada e ineludível? —, até que chegou a hora feliz da mentira e o amarelo insinuou-se nas ourelas das rendas venezianas.

Contaram-me, Moncha, que esta história já tinha sido escrita e também, o que não importa tanto, vivida por outra Moncha no sul que os ianques libertaram e destruíram, em algum flutuante lugar do Brasil, com a Old Vic num condado de uma certa Inglaterra.

Eu disse, Moncha, que não importa, porque se trata, apenas, de uma carta de amor ou carinho ou respeito ou lealdade. Você sempre soube, acho, que eu a amava e que as palavras que precedem e seguem ficam frouxas porque nasceram da compaixão. Piedade, como você preferia. Digo isso, Moncha, apesar de tudo. Muitos serão convidados a lê-las, mas só você, e agora, foi eleita para ouvi-las.

Agora você é imortal e, passados tantos anos que você talvez recorde, conseguiu esquivar-se das rugas, dos caprichosos desenhos varicosos nas pernas inchadas, da lamentável lerdeza de seu pequeno cérebro, da velhice.

Faz apenas algumas horas que tomei café e anis cercado por bruxas que só deixavam de falar para olhar para você, Moncha, para ir ao banheiro ou para assoar o nariz num lenço. Mas eu sei mais e melhor, eu juro que Deus aprovou seu artifício e, também, que soube premiá-la.

Também me dizem que, se eu persistir, devo começar pelo fim, voltar às incompreensíveis engatinhadas da época em que você tinha um ano de idade, saltar sobre o susto de sua primeira menstruação, tocar outra vez com mistério e artifício o final, retornar aos seus vinte anos e à viagem, mover-me sem demora até seu primeiro, sinistro, desconsolado aborto.

Mas você e eu, Moncha, coincidimos tantas vezes na ignorância do escândalo que prefiro lhe contar da origem que importa até o aceno, a despedida. Você vai me agradecer, vai rir de minha memória, não vai mover a cabeça ao ouvir o que eu talvez não lhe deva dizer. Como se pudesse saber que as palavras são mais poderosas que os fatos.

Não, nunca, para você. Que nunca entendeu, no fundo, palavras que não anunciassem, afônicas, dinheiro, segurança, algo que lhe permitisse acomodar as grandes nádegas de seu corpo magro numa ampla, dócil poltrona de viúva recente.

Não é carta de amor, nem elegia; é carta de quem a amou e compreendeu, do imemorável começo até o beijo reiterado sobre seus pés amarelos, curiosamente sujos e sem cheiro.

Moncha, outra vez eu me lembro e sei que regimentos a viram e a usaram, nua. Que você se abriu sem outra violência que a sua, que andou beijando no meio da cama, que lhe fizeram quase o mesmo.

Agora chegam as senhoras para ver sua nova nudez definitiva; para limpá-la com as esponjas carcomidas e uma puritana, concentrada obstinação. Seus pés continuam consumidos e sujos.

Diante de sua boca, pela primeira vez suave e bondosa, nada do que eu possa lhe dizer, recordando, tem importância. Diante do cheiro que a invade e a rodeia, nada importa. Salvo eu, claro, entre todos, eu que começo a sentir o primeiro, tímido, quase grato avanço de sua podridão. Porque eu sempre fui velho para você, que não me inspirou outro desejo possível senão o de escrever-lhe em algum dia distante as maltraçadas linhas de uma carta de amor, uma carta rápida, apenas uma enfiada de palavras que dissessem tudo. A breve carta, insisto, que eu não podia antever quando a via passar, grotesca e dolorosa pelas ruas de Santa María, ou quando a encontrava, grotesca e dolorosa, impassível, com a firme resolução de seu disfarce entre a nunca revelada zombaria, num canto qualquer, e eu contribuía, sem palavras, para criar e impor um respeito que lhe era devido havia séculos por ser fêmea e transportar recatada e ineludível sua pessoa entre as pernas.

E é mentira, mas eu a vi desfilar diante da igreja, quando Santa María quis fechar o primeiro, tímido, quase inocente prostíbulo, jovem, vigorosa e desajeitada, pisando em falso, com sua expressão de prescindência e desafio, atrás do cartaz em que flamejavam com audácia e timidez as altas, estreitas letras pretas: "Queremos noivos castos e maridos sadios".

A carta, Moncha, imprevisível, mas que agora invento ter pressentido desde o início. A carta planejada numa ilha que não se chama Santa María, que tem um nome que se pronuncia com um *efe* gutural, embora talvez só se chame Bisinidem, sem *efe* possível; uma sociedade para nós, uma mania persistente de obcecado e enfeitiçado.

Por astúcia, recurso, humildade, amor ao certo, desejo de ser claro e de pôr ordem, deixo o eu e finjo perder-me no nós. Todos fizeram o mesmo.

Porque é fácil a preguiça do guarda-chuva de um pseudônimo, de assinaturas sem assinatura: J. C. O. Eu fiz isso muitas vezes.

É fácil escrever brincando; como dela nos disse o velho Lanza ou algum irresponsável informou: um olhar desafiante, uma boca sensual e desdenhosa, a força da mandíbula.

Já foi feito uma vez.

Mas a vasconcita Moncha Insurralde ou Insaurralde voltou a Santa María. Voltou, como voltaram, como voltam, em tantos anos, todos os que tiveram sua festa de adeus definitivo e hoje vagam, vegetam, tentam sobreviver apoiados em qualquer pequena coisa sólida, um metro quadrado de terra, tão longe e afastados da Europa, que se chama Paris, tão longe do sonho, do grande sonho. Poderia dizer que regressam, que retornam. Mas a verdade é que voltamos a tê-los em Santa María e ouvimos suas explicações sobre o esquecível, o — por que não? — injusto fracasso. Seus protestos vão da iracúndia, em voz de baixo, ao gemido de recém-nascidos. De qualquer modo, protestam, explicam, queixam-se, desdenham. Mas nos aborrecemos, sabemos que engolirão com prazer o fracasso e as enfeitadas memórias, falsificadas por necessidade, sem propósito deliberado. Sabemos que voltaram para ficar e, mais uma vez, ir levando a vida. De modo que a chave, para um narrador amável e patriótico, é, tem de ser, a incompreensão alheia e incompreensível, a má sorte, também alheia, igualmente incompreensível. Mas voltam, choram, revoltam-se, acomodam-se e ficam.

Por isso nesta Santa María de hoje, com vias elevadas, tão diferente, temos, sem necessidade de trâmites de desapropriação e a preço triste, mas baixo, o que pode e tem qualquer cidade grande. Reconhecemos a proporção adequada: de dez a cem, de cem a mil, do mil ao milhão. Mas há e sempre haverá em Santa María, com novas caras e boas bocas que substituem o último desaparecido, nosso Picasso, nosso Béla Bartok, nosso Picabia, nosso Lloyd Wright, nosso Ernest Hemingway, peso pesado, barbudo e abstêmio, tão saudável caçador de moscas paralisadas pelo frio.

Mais uns tantos fracassos, caricaturas que dão o que pensar, réplicas toscas e obstinadas. Dizemos sim, aceitamos, e é preciso, parece, seguir levando a vida.

Mas todos voltaram, ainda que nem todos tenham viajado. Díaz Grey veio sem nunca ter-nos deixado. A vasconcita Insurralde foi, mas depois nos caiu do céu e ainda não percebemos; por isso contamos.

Misteriosamente, Moncha Insurralde voltou da Europa e não falou com nenhum de nós, os notáveis. Fechou-se a chave em sua casa, não quis receber ninguém, e por três meses nós a esquecemos. Depois, sem procurá-las, as notícias chegaram ao Club e ao bar do Plaza. Era inevitável, Moncha, que ficássemos divididos. Alguns de nós não acreditaram e pediram outro drinque, um baralho, um tabuleiro de xadrez para encerrar o assunto. Outros de nós acreditavam, desapaixonados, e deixávamos as tardes já mortas do inverno se arrastarem para o outro lado dos vidros do hotel, jogando pôquer, esperando com o rosto imóvel uma confirmação esperada e incontestável. Outros sabiam que era verdade e flutuávamos entre a luxúria impossível de entender e um segredo selado.

As primeiras notícias nos deixaram incomodados, mas traziam esperança, voavam nascidas em outro mundo, tão à parte, tão alheio. Aquilo, o escândalo, não chegaria à cidade, não tocaria os templos, a paz das casas santa-marienses, especialmente a paz noturna das tertúlias, as horas perfeitas de paz, digestão e hipnotismo diante do mundo absurdamente letárgico, da imbelicidade crassa e jubilosamente compartilhada que piscava e falava gaguejante nos aparelhos de televisão.

Os muros ociosamente altos da casa do finado basco Insurralde nos protegiam do grito e da visão. O crime, o pecado, a verdade e a frágil loucura não podiam nos atingir, não se arrastavam entre nós deixando, para injúria ou lucidez, uma fina, trêmula baba de prata.

Moncha estava fechada em casa, excluída pelos quatro muros de tijolos de altura insólita. Moncha, guardada, além disso, por governanta, cozinheira, chofer imóvel, jardineiro, empregadas e empregados, era uma mentira distante, fácil de esquecer e de descrer, uma lenda tão remota, tão branca.

Sabíamos, soube-se, que dormia feito morta no casarão, que nas perigosas noites de lua percorria o jardim, o pomar, a grama abandonada, com seu vestido de noiva. Ia e vinha, lenta, altiva e solene, de um muro a outro, do anoitecer até a dissolução da lua na alvorada.

E nós a salvo, com licença da ignorância e do esquecimento, nós, Santa María toda, resguardados pelo quadrilátero de altas paredes, tranqüilos e irônicos, capazes de não acreditar na brancura distante, ausente, na branca raia errante sob a brancura sempre maior da lua redonda ou cornuda.

A mulher descendo da carruagem de quatro cavalos, do perfume de flores-de-laranjeira, do couro da Rússia. A mulher, no jardim que agora tornamos enorme e onde fazemos crescer plantas exóticas, avançando implacável e serena, sem necessidade de desviar seus passos entre rododendros e figueiras-brancas, sem sequer tocar as retas árvores com orquídeas, sem dissipar seu aroma inexistente, sempre enlaçada, sem peso, de braço dado com o padrinho. Até que este murmurava, sem lábios, línguas ou dentes, palavras rituais, insinceras e antigas para entregá-la, sem violência, apenas um inevitável e elegante rancor de macho, para entregá-la ao noivo nos jardins abandonados, brancos de lua e de vestido.

E depois, lentamente, a cada noite clara, a cerimônia da mão, agora infantil, estendida com seu leve, ressuscitado tremor, à espera do anel. Nesse outro parque solitário e gelado ela, de joelhos junto de seu fantasma, escutando as infindáveis palavras em latim que descendiam do céu. Amar e obedecer, na alegria e na tristeza, na saúde e na doença, até que a morte nos separe.

E tudo tão bonito e irreal, repetido sem cansaço ou verdadeira esperança em cada inexorável noite branca. Encerrado na insolente altura de quatro muros, além de nossa paz, de nossa rotina.

Havia, na época, outros tantos médicos novos e melhores em Santa María, mas a vasconcita, Moncha Insurralde, logo depois que voltou da Europa, antes da clausura entre muros, telefonou para o dr. Díaz Grey, marcou uma consulta, subiu na hora da sesta os dois lances de escada e sorriu aparvalhada, sem fôlego, a mão pressionando o peito para levantar a mama esquerda e encostá-la ali onde pensava ter o coração, perto demais do ombro.

Disse que ia morrer, disse que ia se casar. Estava, ou era, tão diferente. O inevitável Díaz Grey tentou lembrar-se dela, alguns anos antes, no tempo da fuga de Santa María, do falanstério, quando ela pensou que a Europa garantia, ao menos, uma troca de pele.

— Nada, não há sintomas — disse a moça. — Não sei por que vim visitá-lo. Se estivesse doente teria ido ver um médico de verdade. Me desculpe. Mas algum dia saberá que você é mais do que isso. Meu pai foi seu amigo. Talvez tenha vindo por isso.

Levantou-se, magra e pesada, balançando-se sem coquetismo, arrastando com resolução envelhecida o corpo desproporcional.

"Uma potranca linda, ainda, égua puro-sangue, com sobrecanas dolorosas", pensou o médico. "Se pudesse lavar seu rosto e auscultá-la, só isso, seu rosto invisível debaixo do violeta, do vermelho, do amarelo, as risquinhas pretas que alongam seus olhos sem intenção segura ou compreensível."

"Se pudesse vê-la outra vez desafiando a imbecilidade de Santa María, sem defesa, sem proteção, sem máscara, com o cabelo mal preso na nuca, com o exato ingrediente masculino que faz de uma mulher, sem incômodo, uma pessoa. Esse inapreensível, esse quarto ou quinto sexo a que damos o nome de muchacha."

"Outra louca, outra doce e trágica louquinha, outra Julita Malabia em tão pouco tempo e entre nós, também justamente no centro de nós, e nada podemos fazer além de tolerá-la e amá-la."

Avançou até a escrivaninha enquanto Díaz Grey desabotoava o jaleco e acendia um cigarro; virou a bolsa de boca para baixo para despejar tudo, e um que outro tubo, um que outro fetiche feminino rolou sem pressa. O médico não olhou: só via, só queria ver seu rosto.

Ela separou notas, embaralhou-as com um gesto de nojo e colocou-as junto ao cotovelo do médico.

"Louca, sem cura, sem possibilidade de perguntas."

— Eu pago — disse Moncha. — Pago para que me receite alguma coisa, para que me cure, para que repita comigo: vou me casar, vou morrer.

Sem tocar no dinheiro, sem recusá-lo, Díaz Grey levantou-se, tirou o jaleco, tão branco, tão engomado, e olhou o perfil crispado, a grosseira pintura que agora mudava, contra a luz do vitrô, suas assombrosas combinações de cor.

— Você vai se casar — recitou, dócil.

— E vou morrer.

— Não é diagnóstico.

Ela sorriu brevemente, recobrando a adolescência, enquanto voltava a encher a bolsa. Papéis, carnês, jóias, perfume, papel higiênico, uma caixa de pó-de-arroz dourada, balas, comprimidos, uma bolacha mordida, talvez algum envelopinho enrugado, murcho pelo tempo.

— Mas não dá, doutor. Precisa vir comigo. O carro está lá embaixo. É perto, estou morando, alguns dias ou para sempre, não se sabe qual vai ganhar, no hotel.

Díaz Grey foi e viu como um pai. Enquanto olhava o segredo, acariciou, distraído, a nuca inquieta de Moncha; tocou seus cotovelos, os gestos esbarrando em seu seio.

Viu, Díaz Grey, a décima parte do que uma mulher poderia ver e explicar. Sedas, rendas, espiguilhas, espuma sinuosa sobre a cama.

— Agora você entende? — disse a mulher sem perguntar. — São para meu vestido de noiva. Marcos Bergner e o Padre Bergner — riu olhando a brancura encrespada na colcha escura. — A família toda. O Padre Bergner vai me casar com Marquitos. Ainda não marcamos a data.

Díaz Grey acendeu um cigarro enquanto recuava. O padre morrera em sonhos dois anos antes; Marcos morrera seis meses atrás, depois de comida e álcool, em cima de uma mulher. Mas, pensou ele, nada disso tinha importância. A verdade era o que ainda podia ser ouvido, visto, talvez tocado. A verdade era que Moncha Insurralde voltara da Europa para se casar com Marcos Bergner na Catedral, com a bênção do padre Bergner.

Aceitou e disse, acariciando-lhe as costas:

— Sim. É verdade. Com certeza.

Moncha ajoelhou-se para beijar as rendas, suave e minuciosa.

— Lá eu não consegui ser feliz. Combinamos tudo por carta.

Era impossível que toda a cidade participasse do complô de mentira e silêncio. Mas Moncha estava cercada, mesmo antes do vestido, por um chumbo, uma casca, um silêncio que a impediam de compreender ou mesmo de ouvir as deformações de sua verdade, da que lhe havíamos feito, da que amassamos junto com ela. O Padre Bergner estava em Roma, sempre voltando de coloridos cartões-postais com o Vaticano ao fundo, sempre passando de uma câmara a outra, sempre dizendo adeus a cardeais, bispos, hábitos de seda, a uma teoria infinita de efebos com roupas de coroinhas, galhetas, velozes espirais da fumaça do incenso.

Marcos Bergner sempre estava voltando, em seu veleiro, de costas fabulosas, sempre amarrado ao mastro principal nas tempestades ineludíveis e sempre vencidas, a cada dia ou noite brincando com a roda do leme, um pouco bêbado, talvez, o rosto inesquecível entrando no regresso, no sal e no iodo que o faziam crescer e avermelhavam-lhe a barba como no final feliz de certa marca inglesa de cigarros.

Isso, a ignorância das datas dos retornos certos, o valor inegável, incontestável da palavra ou da promessa de um Insaurralde, palavra basca ou de basco que caía e pesava sem necessidade de ser dita e definitivamente na eternidade. Um pensamento, apenas, talvez nunca pensado por inteiro; uma ambição de promessa posta no mundo, posta ali, indestrutível, sempre desafiante, mais forte e contundente se a cobrisse o mau tempo, a chuva, o vento, o granizo, o musgo e o sol enfurecido, o tempo, só.

De modo que todos nós, nós a ajudamos, sem pressentimentos nem arrependimentos, a afundar na breve primeira parte, no prólogo que se escreve em favor dos ignorantes. Dissemos que sim, aceitamos que era urgente e necessário e é possível que tocássemos um ombro seu para que subisse no trem, é possível que esperássemos, que desejássemos não voltar a vê-la.

E assim, levada apenas por nossa boa vontade, por nossa bem medida hipocrisia, Moncha, Moncha Insaurralde ou Insurralde, desceu até a Capital — na Linguagem dos escribas do *El Liberal* — para que Mme. Caron transformasse sedas, rendas e espiguilhas num vestido de noiva digno dela, de Santa María, do finado Marcos Bergner, morto mas no veleiro, do finado Padre Bergner, morto mas despedindo-se sem parar no Vaticano, em Roma, na carcomida igreja de povoado que conseguíssemos sonhar.

Mas ela foi novamente à Capital e voltou para nós com um vestido de noiva que as decadentes cronistas das colunas sociais poderiam descrever em seu hermético, nostálgico estilo:

"No dia de seu casamento celebrado na basílica Santíssimo Sacramento, ostentou vestido de crepe com bordado de strass que marcava o talhe alto. Uma faixa de strass em forma de coifa enfeitava a cabeça e sustentava o véu de filó; na mão levou um buquê de *phalaenopsis* e na basílica de Nossa Senhora do Socorro seu casamento foi abençoado, vestindo a noiva traje realizado em organza bordada, de corte princesa. O penteado alto tinha motivos de pequenas flores ao redor do coque, de onde partia o véu de filó, e na mão levou um rosário. Enquanto em San Nicolás de Bari a noiva usou traje de corte inteiriço de tecido bordado, com sobressaia aberta que deixava entrever na barra um friso de camélias de cetim, detalhe que se repetia no toucado que prendia um manto de tule; e de novo na Igreja Matriz de Santa María ostentou um original vestido de corte inteiriço, véu longo de filó preso ao penteado com flores de nácar que se prolongavam sobre os lados formando mangas presas aos punhos, e na mão levou um buquê de tulipas e flores-de-laranjeira".

Foi, bateu, quicou, como uma bola de futebol notavelmente cheia de ar, não esmagada e morta, ainda. Foi e voltou para nós, para Santa María.

E então todos paramos para pensar; confrontamo-nos com a inverossímil culpa. Ela, Moncha, estava louca. Mas todos nós tínhamos contribuído, por amor, bondade, bons propósitos, por um frouxo deboche, pelo respeitável desejo de nos sentirmos cômodos e abrigados, o desejo de que ninguém, nem Moncha, louca, morta, viva, bem, admiravelmente bem-vestida, nos roubasse minutos de sonho ou de prazeres normais.

Nós a aceitamos, enfim, e a tivemos. Deus, Brausen, perdoe-nos.

Não nos falou de forros de hotel, nem de festejos campestres, nem de monumentos, ruínas, museus, nomes históricos que referissem batalhas, artistas ou despojos. Dava-nos, quando o vento ou a luz ou o capricho o impunham. Deu-nos, esteve nos dando sem perguntas, sem começos nem finais:

"Tinha chegado a Veneza ao alvorecer. Quase não consegui dormir a noite toda, a cabeça encostada na janela, vendo passar as luzes das cidades e dos povoados que via pela primeira e última vez, e quando fechava os olhos sentia um cheiro forte de madeira, de couro, dos assentos desconfortáveis e ouvia as vozes que vez por outra murmuravam frases que eu não entendia. Quando desci do trem e saí da estação com as luzes ainda acesas, deviam ser cinco e meia da manhã. Caminhei em sonhos pelas ruas vazias de San Marco, que estava absolutamente deserta, exceto pelas pombas e por alguns mendigos jogados contra as colunas. De longe, era tão idêntica às fotos dos cartões-postais que havia visto, tão perfeitas as cores, a intrincada silhueta dos telhados curvados contra o sol nascente, era tão irreal quanto o fato de que eu estivesse ali, de que eu fosse a única pessoa ali nesse momento. Caminhei devagar, como sonâmbula, e sentia que chorava e chorava — era como se a solidão, vê-la tão perfeita como esperava, a tornasse parte de mim para sempre, embora fosse o mais próximo que se pode ter de um sonho acordado. E depois — isso foi antes, uma noite em Barcelona —, o rapaz que dançou, vestido de toureiro, com calças justas vermelhas, no círculo formado pelas mesas. Lembro-me de quando fomos para cima, de uma mesa que dava sobre a pista de dança, quando quase não havia mais gente, dos dois rapazes dançando juntos, muito colados, da mesma altura, morenos, e do dono que me oferecia um par e do susto que eu levava, sem saber se ele me oferecia um homem ou uma mulher. E de uma rua, não sei onde, das velhas casas pintadas de vivas cores desbotadas, da roupa pendurada de um lado a outro da calçada estreita, dos meninos esfarrapados, dos pés descalços escorregando nos paralelepípedos molhados entre as barraquinhas de peixes e polvos de formas e cores esquisitas."

Na época, depois do indubitável suplício de meses que foram chamados, que nós, os notáveis, chamamos, para esquecer, de *Juntacadáveres*, o empregado ou empregada da farmácia de Barthé tinha crescido, ficara parrudo e forte e só dispunha da pronta brancura de seu sorriso para recordar sua timidez de anos atrás.

— Barthé brincou com fogo — disse uma vez sem data o mais imbecil de nós enquanto cortava o baralho na mesa do clube.

Nós. Nós sabíamos que sim, que o farmacêutico Barthé tinha brincado com fogo, que tinha brincado e que acabou se queimando.

Mas, entre parênteses, pode ser conveniente assinalar que o rosto, o sorriso do empregado da farmácia não tinham, nunca, o fulgor luzidio do cinismo. Exibia, mostrava, sem propósito, a bondade e a simples aceitação de estar situado, ou de moldar-se, à vida, ao mundo para ele ilimitado, a Santa María.

Um de nós, enquanto dava ou recebia cartas no jogo de pôquer, falou do feiticeiro ausente, do solitário aprendiz de feiticeiro. Não comentamos porque quando se trata de pôquer é proibido falar.

— Pago pra ver.

— Eu não. Eu passo.

— A sua e mais dez.

A crônica policial não disse nada e a coluna de fofocas do *El Liberal* nunca ficou sabendo. Mas todos sabíamos, reunidos na mesa de jogo ou de bebidas, que a vasconcita Insaurralde, tão distinta, fechava-se de noite na farmácia com Barthé — que tinha na moldura e à vista seu diploma de farmacêutico, incontestável e bem alto atrás do balcão — e com o empregado ou empregada que agora sorria distraidamente para todo mundo, e que era, nos fatos sem base conhecida, o dono da farmácia. Os três lá dentro e só restava para nossa curiosidade avelhantada, para adivinhações e calúnias, o botão azul sobre a pequena placa iluminada: Serviço de emergência.

Movíamos fichas e cartas, murmurávamos jogos e desafios, pensávamos sem voz: duas, e alguém olha, duas e olha o que disse mesa, eu passo, não pago pra ver, mas sempre de olho. Ou novamente os três e as drogas, líquidos, ou pós escondidos na farmácia do proprietário confuso, equívoco, intercambiável.

Tudo possível, até o fisicamente impossível, para nós, quatro velhos rodeando cartas, legítimas ciladas, bebidas várias.

Como diria Francisco, chefe dos garçons, nós quatro tínhamos aprendido, talvez antes de conhecer o jogo, a manter imóveis durante horas os músculos da face, a perpetuar um mortiço, invariável brilho nos olhos, a repetir com indiferença vozes arrastadas, monótonas e aborrecidas.

Mas, ao matar toda expressão que pudesse transmitir alegria, desencanto, riscos calculados, grandes ou pequenas astúcias, era-nos forçoso, inevitável mostrar nas caras outras coisas, as que estávamos resolvidos, acostumados a esconder diariamente, durante anos, todos os dias, desde o final do sono, todas as jornadas, até o princípio do sono.

Porque foi muito rapidamente que soubemos e rimos, discretos, meneando as cabeças com fingida piedade, com simulacro de compreensão, que Moncha se fechava na farmácia com Barthé e com o empregado; sempre ela, vestida de noiva, sempre o rapaz mostrando esquecido o torso nu, sempre o farmacêutico com gota, pantufas e o eterno, indefinível mau humor das solteironas.

Inclinados os três sobre cartas de tarô e feitiçaria, fingindo acreditar em retornos, golpes de sorte, mortes evitadas, traições previsíveis e aguardadas.

Apenas um momento, e só; a gordura fofa de Barthé, sua boca expectante e franzida; os músculos crescentes do rapaz que já não precisava levantar a voz para dar ordens; o inverossímil vestido de noiva que Moncha arrastava entre balcões e estantes, diante dos enormes frascos cor de caramelo e com etiquetas brancas, todas, ou quase todas, incompreensíveis.

Mas estavam sempre sobre a mesa as estranhas cartas do tarô e era irresistível voltar a isso, espantar-se, temer ou vacilar.

E é preciso assinalar, para benefício e desconcerto de futuros, tão prováveis, exegetas da vida e paixão de Santa María, que os dois homens tinham deixado de pertencer ao romance, à verdade indiscutível.

Barthé, gordo e asmático, em retirada histérica, com estouros tolerados e grotescos, já não era vereador, não era mais que o diploma de farmacêutico, sujo pelos anos e pelas moscas, que pendurava atrás do balcão, não era mais que o líder esporádico de um dos dez grupos de trotskistas, completado cada um por três ou quatro perigosos revolucionários que redigiam e assinavam, com ritmo menstrual, manifestos, declarações e protestos sobre temas exóticos e diversos.

O rapaz não era nem foi mais o exacerbado tímido cínico que se aproximou, certo inverno, ao cair da tarde, da cama de um Barthé aterrorizado pelo medo, pela gripe, pela consciência suja, pelo além, trinta e oito graus de febre, para recitar, claro e cauteloso:

— Duas coisas, senhor, e me desculpe. Você me faz seu sócio e já tenho o escrivão. Ou vou embora, fecho a farmácia. E o negócio acaba.

Firmaram o contrato e só restou a Barthé, em nome da sobrevivência, a tristeza de que as coisas não tivessem tido uma origem diferente, de que a sociedade na qual ele pensara havia muito, como um tardio presente de casamento, tivesse sido imposta pela extorsão e não pela harmoniosa maturidade do amor.

De modo que, dos três, Moncha, apesar da parcial loucura e da morte, que só se pode estimar como um detalhe, uma característica, um jeito de ser, foi a única que se manteve, Brausen saberá até quando, viva e atuante.

Como um inseto? Pode ser. Também se pode aceitar, por ser igualmente inovadora, a metáfora da sereia posta sem dó para fora d'água, suportando com paciência os solavancos e o "mal de terra" no antro da farmácia. Como um inseto, insista-se, capturado na meia-luz oleosa pelas estranhas cartas de baralho que destilavam o ontem e o hoje, que exibiam confusas, sem maior compromisso, o futuro inexorável. O inseto, com sua carapaça de brancura gasta, revoluteando sem forças ao redor da luz triste que caía sobre a mesa e as quatro mãos, afastando-se para bater-se contra garrafas e vitrines, arrastando sem pressa e com embaraço a cauda longa, silente, tão desmerecida, que num dia distante Mme. Caron em pessoa desenhou e fez.

E noite após noite, depois de fechada a farmácia e acesas na parede externa as luzes violetas que anunciavam o serviço noturno, o longo inseto esbranquiçado percorria os habituais grandes círculos e pequenos horizontes para voltar a imobilizar-se, esfregando ou apenas unindo as antenas, sobre as promessas sussurradas pelo tarô, sobre o balbucio das cartas de rostos hieráticos e ameaçadores que reiteravam felicidades alcançadas depois de exaustivos labirintos, que falavam de datas inevitáveis e imprecisas.

E, embora isso seja o de menos, deixou no rapaz seminu uma sensação não totalmente compreendida de fraternidade: e deixou ao resto de velhice de Barthé um problema insolúvel para mastigar sem dentes, afundado na poltrona para a qual se mudou para viver, girando os polegares sobre o abdômen jamais emagrecido:

— Pois se ela vivia aqui e a casa era como dela. Pois se andava por tudo e bisbilhotava e sempre remexendo. Pois se nós dois sempre gostamos dela, por que não roubou veneno, o que não seria, de maneira nenhuma, um roubo, e acabou com tudo mais rápido e sem tanta desgraça.

E então começou a acontecer conosco e continuou acontecendo até o final e um pouco além.

Porque, voltamos a insistir, assim como certa vez Moncha voltou do falanstério, bateu em Santa María e foi para a Europa, agora chegava da Europa para baixar na Capital e voltar para nós e ficar, conviver nesta Santa María que, como alguém já disse, não é mais a mesma.

Não podíamos, Moncha, ampará-la nos grandes espaços cinzentos e verdes das avenidas, não podíamos afugentar tantos milhares de corpos, não podíamos reduzir a altura dos incongruentes edifícios novos para que você ficasse mais cômoda, mais ligada ou em solidão conosco. Muito pouco, apenas o imprescindível, pudemos fazer contra o escândalo, contra a ironia, contra a indiferença.

Dentro da cidade que a cada dia levantava uma parede, tão superior e alheia a nós — os velhos —, de cimento ou de vidro, empenhávamo-nos em negar o tempo, em fingir, em acreditar na existência estática daquela Santa María que vimos, na qual passeamos; e Moncha nos bastou.

Houve outra coisa, sem importância. Com a mesma naturalidade, com o mesmo esforço e farsa que empregávamos para esquecer a nova cidade inegável, tentamos esquecer Moncha em cima das taças e das cartas, no bar do Plaza, no restaurante escolhido, no edifício novo do clube.

Talvez alguém tenha imposto respeito e silêncio com alguma frase ruim. Aceitamos, esquecemos Moncha, e falávamos novamente de colheitas, do preço do trigo, do rio imóvel e de seus barcos — e do que entrava e saía dos porões dos barcos —, do sobe-e-desce da moeda, da saúde da esposa do Governador, da senhora, da Senhora, Nossa Senhora.

Mas nada adiantava nem adiantou, nem artifícios infantis nem quedas no exorcismo. Cá estávamos, o mal de Moncha, a doença de setenta e cinco mil dólares da Senhora, primeira parcela.

De modo que tivemos de acordar e acreditar, dizer-nos que sim, que já estávamos vendo isso havia muitos meses e que Moncha estava em Santa María e daquele jeito.

Nós a tínhamos visto, sabíamos que passeava de táxi ou no arruinado Opel 1951, que fazia desgastadas visitas de cortesia, recordando — talvez com organizada maldade — datas mortas e irrecuperáveis de aniversários. Nascimentos, casamentos e óbitos. Possivelmente — exageram — no dia exato em que era aconselhável e bom esquecer um pecado, uma fuga, um engano, uma forma suja de adeus, uma covardia.

Não soubemos se tudo isso estava em sua memória e nunca encontramos uma caderneta, um simples almanaque com litografias otimistas que pudesse explicá-lo.

Santa María tem um rio, tem barcos. Se tem um rio, tem névoa. Os barcos usam buzinas, sirenes. Avisam, estão aí, pobre banhista e mirante de água doce. Com seu guarda-sol, seu roupão, seu traje de banho, cesta de comida, esposa e crianças, você, num instante logo esquecido, de imaginação ou de fraqueza, pode, pôde, poderia pensar no gemido terno e tosco do baleote chamando sua mãe, no tosco, temeroso chamado da baleia mãe. Certo; é isso, mais ou menos, que acontece em Santa María quando a névoa apaga o rio.

A verdade, se pudéssemos jurar que aquele fantasma esteve entre nós e perdurou por três meses, é que Moncha Insaurralde saía quase diariamente de sua casa, de táxi ou no Opel, sempre vestida com o cheiro e o aspecto de eternidade — tal como resultou —, com o vestido de noiva que lhe fizera na Capital Mme. Caron, costurando as sedas e as rendas que trouxera da Europa para a cerimônia de casamento com um dos Marcos Bergner que devia ter inventado na distância, com a bênção de um Padre Bergner imodificável, grisáceo e de pedra. Só faltava ela mesma morrer.

Todas as coisas são assim e não de outro modo; embora seja possível embaralhar quatro vezes treze depois que ocorreram e já não têm remédio.

Espantos vários, afirmações categóricas de anciãos avessos à entrega, confusões inevitáveis impedem que se determine com exatidão o dia, a noite do primeiro grande medo. Moncha chegou ao hotel do Plaza no carro bronquítico, fez o chofer desaparecer e avançou em sonhos até a mesa de dois talheres que havia reservado. O vestido de noiva cruzou, arrastando-se, os olhares e ficou horas, mais de uma hora, quase sossegado diante do vazio — pratos, garfos e facas — que sustentou diante de si. Ela, apenas contente e afável, perguntou ao nada e deteve no ar algum bocado, alguma taça, para escutar. Todos perceberam a raça, a ébria educação irrenunciável. Todos viram, de maneiras diferentes, o vestido de noiva amarelado, as rendas rasgadas, em parte penduradas. Foi protegida pela indiferença e pelo medo. Os melhores, se é que os houve, relacionaram o vestido a alguma lembrança feliz, também exaurida pelo tempo e pelo fracasso.

Nem muito cedo nem tarde, o *maître* em pessoa — Moncha se chama Insaurralde — trouxe a conta dobrada sobre um pratinho e a deixou exatamente entre ela e o outro ausente, invisível, afastado de nós, de Santa María, por uma incompreensível distância de milhas marítimas, pela fome dos peixes. Perguntou, esperou um pouco, inclinou a gorda, impassível cabeça sorridente. Parecia abençoar e consagrar, parecia habituado. O smoking de verão-outono também pôde ser entendido como uma sobrepeliz convincente.

Era necessário organizar secretas e solitárias peregrinações ao restaurante onde havia jantado com Marcos. Tarefa difícil e complexa, porque não se tratava de um simples translado físico. Requeria a criação prévia e duradoura de um estado de ânimo, que sentia, às vezes, perdido para sempre, de um espírito adequado para a espera do encontro e para saber que ia prolongar-se, gozoso, indeclinável, até o final da noite, até a hora exata em que se pode afirmar que em Santa María tudo está fechado. E além; o estado de ânimo devia se manter e atravessar a hora do fechamento geral, permanecer na solidão noturna e engendrar a doçura dos sonhos. Porque é preciso entender que todo o resto, o que nós, santa-marienses, insistimos em chamar de realidade, era para Moncha tão simples como um ato fisiológico cumprido com boa saúde. Chamar o *maître* do Plaza, pedir-lhe uma mesa "nem muito perto nem muito longe", anunciar-lhe o regresso de Marcos e o festejo correspondente, discutir, apetecendo, as possibilidades do cardápio, reclamar o vinho favorito de Marcos, vinho que já não existia, que já não nos traziam, vinho que fora vendido em garrafas alongadas que exibiam rótulos confusos.

Envelhecido e sem sorrisos, Francisco, o *maître*, mantinha calmo o jogo telefônico, não abandonava suas tão antigas convicções, reiterava que o vinho impossível devia ser servido, de acordo, sem dúvida, *chambré*, não muito longe nem muito perto do ponto de temperatura ideal, inalcançável.

A data consta ao pé e parece irrevogável. No entanto, alguém, qualquer um pode jurar que viu, quarenta anos depois de escrita esta história, Moncha Insaurralde na esquina do Plaza. Não interessam os detalhes da visão, os progressos edilícios de Santa María que o *El Liberal* festejaria. Só importa que todos contribuam para vê-la e saibam coincidir. Muito menor, com o vestido de noiva tingido de luto, com um chapéu, um *canotier* com faixas opacas excessivamente pequeno mesmo para a moda de quarenta anos depois, quase apoiada numa fina bengala de ébano, no forçoso cabo de prata, sozinha e decidida no começo de uma noite de outono — tão suave no ar, tão discretos os mugidos dos rebocadores no rio —, esperando com olhos pacientes e brincalhões que saíssem os ocupantes exatamente daquela mesa, situada nem muito perto nem muito longe da porta de entrada e da cozinha. E sempre, naquele tempo infinito que existirá quando se passarem quarenta anos, chegava o momento verdadeiro e prometido, o momento em que a mesa ficava desocupava e ela podia avançar, fingindo por coquetice ajudar-se com a bengala, cumprimentar Francisco ou o neto tão crescido de Francisco, avançar até a impaciência de Marcos e desculpar-se sem ênfase por ter-se atrasado. Deus estava nos céus e reinava sobre a terra, Marcos, já bêbado, imarcescível, perdoava-a entre piadas e palavrões aproximando-lhe sobre a toalha um raminho das primeiras violetas daquele outono quarentão.

Como estava disposto, nós, os velhos, nos separamos. Não houve necessidade de palavras para o respeito e a compreensão. Alguns se esqueceram enquanto foi necessário e poderiam ter continuado durante anos e dezenas de anos a construção de seu esquecimento. Esqueceram-se, não souberam que Moncha Insaurralde passeava pelas ruas de Santa María, entrava em lojas, visitava, meticulosa, casarões de ricos e ranchos que tentam descer até a costa, sempre com seu vestido de noiva que esperava o regresso de Marcos para levantar as proscritas flores brancas, frescas e duras.

Alguns pensaram no também finado basco Insaurralde, em lealdade a uma memória, na própria mulher alucinada que arrastava, que grudava a inevitável sujeira à cauda de seu vestido. E estes também escolheram cuidar do fantasma, fingir que acreditavam nele, usar a riqueza, o prestígio, os restos ainda não cobertos de cinzas da terna brutalidade adolescente.

Houve pouco, para uns e outros; em todo caso, viram e se inteiraram de muito menos. Viram, simplesmente.

Se há nardos e jasmins, se há cera ou velas, se há luz sobre uma mesa e papéis virgens na mesa, se há franjas de espuma no rio, se há dentaduras de garotas, se há uma brancura de amanhecer crescendo sobre a brancura do leite que cai quente e branco no frio do balde, se há mãos envelhecidas de mulheres, mãos que nunca trabalharam, se há uma breve nesga de anágua para o primeiro encontro com um rapaz, se há um absinto milagrosamente bem-feito, se há camisas penduradas ao sol, se há espuma de sabonete e creme de barbear ou pasta de dentes para a escova, se há escleróticas falsamente inocentes de crianças, se há, hoje, neve intacta, recém-caída, se o imperador do Sião mantém para o vice-rei ou governador uma manada de elefantes, se há botões de algodão roçando o peito de negros que suam e cortam, se há uma mulher em aflição e miséria capaz de dizer não e revelar-se, capaz de não contar moedas nem o futuro imediato para presentear uma coisa inútil.

Isso tudo, tão longo, na impossibilidade de contar a história do inadmissível vestido de noiva, corroído, retorcido e velho, numa única frase de três linhas. Mas foi assim, vestido, penhoar, camisola e mortalha. Para todos os que preferiram, prudentemente, refugiar-se na ignorância, para os que escolheram formar um deslocado guarda-corpo, reconhecer sua existência e proclamar que protegeríamos, na medida do possível, o vestido de noiva que envelhecia dia a dia, que se aproximava irremediavelmente de uma condição de trapo, proteger o vestido e o ignorado, imprevisível, que levava dentro.

As estéreis, silenciosas, opostas, nunca bélicas posições dos velhos que nos reuníamos no Plaza ou no edifício novo do clube duraram pouco. Menos de três meses, como já se disse.

Porque suave e subitamente, tão suavemente que nos pareceu repentino, depois, quando soubemos, ou quando começamos a esquecer, todas as imagináveis brancuras moribundas, cada dia mais amareladas e com o irreversível tom de cinza, cresceram, inexoráveis, e as tomamos como verdade.

Porque Moncha Insaurralde se encerrara no porão de sua casa, com alguns — mas não suficientes — barbitúricos, com seu vestido de noiva que podia servir-lhe, na placidez velada do sol do outono santa-mariense, como pele verdadeira para envolver seu corpo magro, seus ossos harmônicos. E começou a morrer, cansou-se de respirar.

E foi aí que o médico pôde olhar, cheirar, comprovar que o mundo que lhe foi oferecido e que ele seguia aceitando não se baseava em armadilhas nem em mentiras edulcoradas. O jogo, ao menos, era um jogo limpo e respeitado com dignidade por ambas as partes: Deusbrausen e ele.

Ficaram Insaurraldes distantes, fanáticos, ansiosos por colocar na morta uma síncope imprevisível. Em todo caso, conseguiram isso, não haveria autópsia. Por isso é possível que o médico tenha vacilado entre a verdade evidente e a hipocrisia da posteridade. Preferiu abandonar-se, sem delongas, ao amor absurdo, a uma lealdade inexplicável, a uma forma qualquer da lealdade capaz de gerar mal-entendidos. Quase sempre se escolhe assim. Não quis abrir as janelas, aceitou respirar em comunhão intempestiva o mesmo ar viciado, o mesmo cheiro de gordura rançosa, no final. E escreveu, por fim, depois de tantos anos, sem necessidade de demorar-se pensando.

Tremia de humildade e justiça, de um estranho orgulho incompreensível quando conseguiu, enfim, escrever a carta prometida, as poucas palavras que diziam tudo: nomes e sobrenomes do falecido: María Ramona Insaurralde Zamora. Local do óbito: Santa María, Segunda Seção Judicial. Sexo: feminino. Raça: branca. Nome do país em que nasceu: Santa María. Idade ao falecer: vinte e nove anos. O óbito que se atesta ocorreu no dia do mês do ano à hora e minutos. Estado ou enfermidade causadora da morte: Brausen, Santa María, todos vocês, eu mesmo.

(*Papeles*, Caracas, 1968)

Matías, o telegrafista

Quando, na casa de María Rosa, Jorge Michel contou novamente, na presença de várias testemunhas, a história ou o sucedido com Atilio Matías e María Pupo, percebi que o narrador tinha chegado a um ponto de perfeição admirável, mas ameaçado, sem dúvida, pela decadência e pela corrupção em previsíveis, futuras reiterações.

Por isso, sem maiores propósitos, tento transcrever sem demora a referida versão para preservá-la do tempo; de tertúlias futuras.

O sucedido, que não é conto nem beira a literatura, é mais ou menos este:

Para mim, como sabem, os fatos nus e crus não significam nada. O que importa é o que contêm ou o que acarretam; e depois verificar o que há por trás disso e por trás disso de novo até o fundo definitivo que nunca poderemos tocar. Se algum historiador se debruçasse sobre a viagem do telegrafista, ficaria satisfeito em consignar que durante o Governo de Iriarte Borda o vapor *Anchorena* partiu do porto de Santa María com um carregamento de trigo e de lã destinado a países do Leste da Europa.

Não estaria mentindo; mas a melhor verdade mora naquilo que vou contar, ainda que, tantas vezes, minha narrativa tenha sido menosprezada em razão de supostos anacronismos.

A viagem deve ter durado uns noventa dias e talvez eu possa, com algum trabalho, recitar o rol da tripulação; do nome dele, do telegrafista, eu me esqueci no começo, levado por um ódio supersticioso. Batizo-o de Aguilera nesta página para poder contar comodamente. Do nome dela, embora eu nem sequer a tenha visto, nunca me esquecerei: María Pupo, de Pujato, departamento de Salto.

— O que você quer? Chama-se apenas María Pupo — como dizia o telegrafista, Aguilera.

"À luz das estrelas é preciso navegar", começou a cantar alguém certa manhã, enquanto branqueva uma porta, e de imediato o contágio se alastrou, todos cantarolando a mesma coisa, usando a frase como cumprimento, resposta, zombaria e consolo. À luz das estrelas é preciso navegar. Misteriosamente, a melodia conseguia ser mais estúpida que a letra.

Você, alguém, quando chega seu turno, que é sempre ao amanhecer, sobe na prancha com um rolo necessariamente azul batendo, desafiante, nas costas, insone, faminto mas enjoado, ainda um pouco bêbado e vigiando os movimentos da cerveja morna no estômago, atento, também, ao lento desvanecimento da lembrança, rosto, cabelo, pernas, mão contraída e maternal da puta que lhe coube por sorte sob um teto de zinco ondulado. São os ritos, nada mais, uma tímida, inflada prepotência, tradição marinheira.

E você, alguém, sobrecarregado de prognósticos sobre o destino do cargueiro e sobre as úmidas peripécias, exibe documentos e saudações humildes enquanto examina, quase sem mover os olhos, os rostos novos e vai sondando o que eles podem lhe trazer de ajuda, doença ou desgraça.

Reunidos, hipócritas e propensos à paciência, ouvimos o capitão, que falou de pátria, sacrifícios e confiança. Homem discreto e entediado, levantou um braço, desejou-nos uma boa viagem e pediu-nos, sorrindo, que procurássemos proporcionar-lhe, também, uma boa viagem.

Estávamos tão agradecidos por ele não ter bobeado por mais de três minutos, que fizemos, firmes, a vênia militar num navio mercante e balimos um hurra.

Corri para garantir que o gringo Vast fosse meu companheiro de cabine. Mas era tarde, os lugares tinham sido distribuídos um dia antes e na porta de meu vomitório encontrei um cartão com dois nomes: Jorge Michel - Atilio Matías.

De banho tomado e revigorados, era inevitável que estivéssemos às sete e meia frente a frente, cada um sentado em sua cama, cada um com a inutilidade pesada das mãos quietas de homem entre os joelhos. De maneira que Matías, o telegrafista — "tenho que ir logo para meu posto" — tossiu seco e disse:

(Era, definitivamente, dez anos mais velho do que eu; tinha o nariz comprido, os olhos sem sossego, uma boca fina e torta de ladrão, de astucioso, de adepto da mentira, uma pele protegida do sol desde a puberdade, uma brancura conservada à sombra do chambergo. Mas, acima de tudo isso, como um abrigo permanente, fazia flutuar a tristeza, a desgraça, a encarniçada má sorte. Era pequeno, frágil, com bigodes caídos e suaves.)

— Preciso assumir meu turno — repetiu.

Mas faltava meia hora para aquela bobagem de ficar recebendo telegramas sem sentido e tínhamos uma garrafa de rum porto-riquenho entre nós.

Meu primeiro embarque não teve outra origem que a necessidade de movimento. Este terceiro embarque foi diferente: era a fuga por três meses de La Banda, do patronato inverossímil do Multi, das genuflexões precisas de gente que eu havia respeitado; e, em alguns casos, amado.

Sob a luz frouxa tínhamos o rum, os copos, os cigarros, minha âncora azul tatuada no antebraço.

Dentro de meia hora. De modo que Aguilera, Matías, o telegrafista, disse o começo da verdade que ele acreditava ser inegável, sem necessidade de pressões. Cautelosamente protegido por uma fantástica infelicidade empenhada em sua ruína, disse alguma coisa, fez uma confissão.

Faltavam vinte minutos para começar seu plantão quando balbuciou o cheiro de rum enquanto falava. Não era, ele mesmo soube, algo que pudesse ser classificado como mania de perseguição, deixar pra lá e partir pra outra. Porque, ouçam, Matías disse, aproximadamente, ou eu estive fitando seu rosto triste — com seu firme esgar de indignação infantil —, as palavras que o embargavam sem serem pronunciadas. Por exemplo:

— Você conhece Pujato — entre certeza e pergunta. — Você que conhece Pujato deve perceber a diferença e a confusão entre o cinza e o verde, pelo menos. Foi a Direção de Telecomunicações e aqui posso lhe mostrar os documentos, um por um, com a ordem das datas, que por algum motivo tive a idéia de guardar. Direção Nacional ou Geral de Telecomunicações. Primeiro edital: abre-se concurso para preencher vagas, novos postos, de radiotelegrafistas em âmbito nacional. Não nego que eu tinha um amigo que operava o morse, recebia e transmitia com tanta facilidade e quase sem perceber, como você respira ou caminha ou conta coisas. Também de Pujato o amigo e, por séculos e séculos, telegrafista da estação ferroviária. Com felicitações dos ingleses em cada inspeção. Pujato, não se esqueça, quase sem superior, como a própria Santa María. E o amigo queria se aposentar e me deixar o cargo como herança de amizade. Então, quando soube do primeiro edital, aqui está ele, me disse, o cargo é seu, começou a me treinar e muito antes do prazo regulamentar eu ouvia em morse e movia os dedos em morse. Não era piano, não importava que eu os tivesse estragado, os dedos, trabalhando na chácara.

— O que havia era um emprego de telegrafista na estação ferroviária de Pujato. O que havia era Pujato em paz até o fim da vida. Pujato e meu casamento com María, que nem lhe conto porque são coisas sagradas para um homem. Mas de Pujato sim, uma só palavra que diz tudo. Ponha o dedo onde quiser: qualquer manhã, qualquer tarde. Algum dia, quem sabe, na própria madrugada, Pujato verde e amarelo, os sitiantes mandando nos caminhões trigo e milho que alguns pegavam a granel, até os silos próximos da estação, solicitando dia, turno e vagões. Eu aqui, que resolvo o problema deles com o morse, metade entediado metade satisfeito, nunca verdadeiramente entediado. Eu, e me veja como eu me vi, telegrafista e dono do pedaço, casado com María, que pode morar na própria estação ou ficar a minha espera num chalé à beira da estrada.

— Você está vendo, pode nos ver, Pujato, minha esposa e eu. Agora veja o outro documento, que é o terceiro, e o quarto, onde está a cilada. No terceiro, entre mais de duzentos candidatos, eu sou classificado e viro dono do pedaço. E no quarto documento, dez meses depois, me mandam radiotelegrafar para um barco, este, tão longe de tudo que nem sei. Alemanha, Finlândia, Rússia, tantos nomes que tive de aprender, sempre acreditando que nada tinham a ver comigo, nem na escola nem depois.

— O que quer que eu faça? — desafiou Matías, o telegrafista. — Que fique contente?

Deixei-o ir, ficou com o rum, dormi desconfiando de enfermidades. Às seis da manhã fui acordado com as ordinárias palavras grosseiras e mortas: foguista ou fogueiro, desci até meu inferno sem ver Matías e quase esquecido.

Alguém determinou que nos dias subseqüentes nós ocupássemos os camarotes em horas diferentes e só nos víssemos separados pela mesa comprida do almoço. De modo que o destino vigiou, atento, a existência de Matías e obrigou-me a adiar minha réplica otimista e cristã, minha *Alborada del gracioso* até poucas horas antes de Hamburgo, calor, pequenas indisciplinas, ódios imprecisos, cusparadas em lugar de palavras.

Já disse ou pensei que era uma história de embarcados e que só eles podiam entendê-la de verdade. Digo mais, e não para me desculpar, que muitas vezes, em portos ou em verdadeira terra firme, tentei explicar que todos, cidadãos, montanheses e labregos de planura, somos embarcados. Muitas vezes e sempre fracassando.

Digo isso para que vocês tentem entender por que desde que o barco saiu de Santa María comecei a sentir a indiferença, a esquivança, o mal disfarçado desprezo dos tripulantes, de meus amigos de outras viagens.

Talvez exagere porque as palavras são sempre assim, nunca exatas, um pouco mais ou um pouco menos. Mas sim, estou certo, cumprimentos mais curtos, silêncios suportados com paciência, sorrisos sem olhos, conversas desviadas.

Porque eu, sem outra culpa que a de viver no camarote que me haviam imposto, era para eles o amigo de Matías, o telegrafista, o sócio do fracasso, a sombra do azar.

E de nada me adiantava zombar de Matías diante deles e do próprio Matías. A doença, o destino inimigo do homem de Pujato tinham-me contagiado — eles acreditavam nisso, ou suspeitavam-no — e era prudente impor-me o cordão sanitário, a quarentena. De modo que, injustamente, tive de sentir-me aparentado com Atilio Matías e navegar a seu lado num mar de hostilidade e perseguições. Ele, Matías, o telegrafista, de seu princípio até seu fim; eu, durante uma viagem de três meses.

— E veja bem para onde nos mandam — disse-me em algum encontro inevitável. — Eles nos mandam para o frio, um frio de matar, tão diferente do nosso, uma suposição, num inverno de Pujato. Pense na salinha do radiotelegrafista na estação ferroviária, com mate fervendo e o braseiro e algum amigo com assuntos de verdade para conversar, que trouxe, quem sabe, uma garrafa de grapa, embora eu não seja de beber.

E era inútil exagerar o número de vezes que eu fizera o mesmo itinerário, os mesmos portos, em idêntico mês do ano.

— Olhe que agora na própria Finlândia, em Hamburgo, em Baku, as pessoas andam em mangas de camisa e as mulheres nos balneários esperam a luz da lua para tomar banho nuas.

Ele simplesmente não acreditava; era-lhe proibido aceitar a bondade do verão e dava de ombros para espantar qualquer possibilidade de otimismo. Nem mesmo respondia; eu o adivinhava pensando: María Pupo, Pujato, ou vice-versa.

Lá em cima do incêndio das caldeiras alguém mantinha com esmero o dia, a hora, o diário de bordo. O meu era diferente, como sempre acontece em Hamburgo.

Quando na enseada, certa manhã, quase ao meio-dia de verão, caminhei energicamente em busca do ponto de bondes, ouvi os passos persecutórios, a voz decidida:

— Escute, Michel. Para onde você está indo?

— Para o outro lado. Estou doente de vontade de Sanpauli. Mulheres e alguma coisa mais forte que cerveja para esquecer que sou um embarcado e que, amanhã de noite, eu de novo nas caldeiras. Mas você, Matías, vai ao hotel Kaiser, eu o ouvi dizer. Tem que atravessar a rua, vai no sentido contrário, pega outro bonde.

Ficou bamboleando o sorriso que se opõe, aceitando, no entanto, o azar. Deve ser fácil se o sujeito se acostuma. Depois ele disse, e não chegava nenhum bonde:

— Me faça um favor.

— Não — respondi —, vou a Sanpauli, tenho fome de Sanpauli, se quiser venha também.

Foi inútil, porque ele não me ouviu, porque ele, Matías, já estava havia anos no exercício do desespero impuro.

— Você pode me fazer um favor e depois vai e toma todas. Não lhe disse isso durante toda a navegação, mas hoje é o aniversário de María. Se me ajudar, eu mando um telegrama para ela.

— Desculpe. Por que não manda um rádio do barco? Por que não volta e faz isso?

Ele nem sequer me olhou. Deu um sorriso enquanto caminhava e me falou, paciente, de pai para filho:

— Catorze. O artigo catorze proíbe toda comunicação de caráter pessoal, salvo em situações de gravidade manifesta, que devem contar com o visto por escrito do capitão ou do chefe de estação.

— Claro, desculpe — traduzi.

De onde estávamos não se podia ver a cidade; apenas umas torres quadradas metidas no sol. Mas eu a estava farejando, sentia o gosto na boca seca e posso jurar ou prometer que Sanpauli me chamava. Mas não; sua infelicidade, a de Matías, o telegrafista, foi mais poderosa que minha fome de fumaça e sabe-se lá do que mais em volta de uma enorme mesa redonda. Venceram Pujato e María Pupo.

— Telégrafos? — comecei, para ceder e encobrir a vergonha. — Sim, aqui perto, a duas quadras, temos um.

— Então, se você me acompanhar... É só um instante. Olhe, eu não falo o idioma e você sim, se defende.

De maneira que caminhamos até os Correios e Telégrafos, a cada passo mais longe de Sanpauli.

Consideremos, então, que a *fraulein* do balcão de Telégrafos nascera ali, quarenta ou cinqüenta anos atrás, e que os óculos, as rugas, a boca em branca meia-lua amargurada, a mesmíssima voz de um macho pederasta eram, como sua alma, um produto do solo miserável, do amor absurdo pelo trabalho e pela eficiência, de uma fé indestrutível acrescida do mistério que prometiam e vetavam as letras TT.

Assim, com rapidez satisfatória, do dialeto pujatense, passando por meu inglês de marinheiro, até o alemão perfeito da *fraulein*, a mensagem dizia, traduzida, algo como María Pupo. Pujato. Santa María. Felicidades deseja-lhe Matías.

Ela a escreveu com três carbonos, cobrou três marcos ou quatro e nos deu cópia e recibo.

Estávamos outra vez na rua e era hora da fome do almoço, e todos os bondes começaram a correr para Sanpauli e suas promessas. Agora a voz não estava saindo de Matías, o telegrafista, mas de minha fome, de minha fraqueza, de minha apaziguada nostalgia. A voz dizia:

— Escute, Michel. Você entende de grafologia?

— Numa época pensei que entendia. Mas nunca entendi de verdade.

— Mas, claro, você entende, ou pelo menos percebe. Pense na cara da mulher.

— Não.

— Também me dá nojo. Três marcos e quarenta e um é mais que um dólar. E nem mesmo passou o telegrama a máquina, escreveu-o com uma esferográfica e aqui temos a cópia. Olhe um pouco, mesmo que continue teimando que não entende.

Num cruzamento de ruas, no temor de que a tarde se inicie com os estômagos vazios. Quis bater nele e não consegui, falei uns palavrões e levei-o pelo braço.

Tudo, qualquer coisa; mas sempre em Hamburgo, na esquina mais inacreditável, haverá uma *delicatessen* esperando. Cerveja e aperitivos escandinavos. Ali, sobre a mesa, os polegares de Matías seguravam, aberta, a cópia do telegrama para María Pupo, Pujato.

— Observe com calma — disse Matías. — Primeiro, a mulher, a cara atravessada de má pessoa que você compartilha comigo.

Bebi cerveja, enchi a boca com mariscos de nome ignorado e me rendi a uma súbita, irresistível admiração pela inteligência sutil de Matías, revelada em troca de quarenta e seis dias queimando minhas mãos nas entranhas do barco, consciente de que na mesma casca, sobre a mesma onda, separado apenas por chapas finas de aço e de madeira, viajava a tristeza inconsolável do homem do rádio.

— A cara, para começar — continuou Matías —, e agora temos a grafologia e, embora você teime que não entende, as duas coisas se juntam e são inquestionáveis. O resultado, você me desculpe, é que essa gringa quer me foder. Falando claro: já me fodeu e ficou com o dinheiro, que não me importa, porque tenho muito, e não mandou nenhum telegrama. Pela cara, pela grafologia, e porque eu sou radiotelegrafista diplomado e entendo um pouco dessas coisas.

O inglês dos embarcados é um idioma universal; e eu sempre desconfiei que algo semelhante ocorre com o uísque em qualquer latitude e altitude, trate-se de alegria, de tristeza, de cansaço ou de tédio. Matías estava louco e eu não tinha ninguém por perto para dividir o espanto e o prazer da descoberta. De modo que concordei, balançando a cabeça, afastei a caneca de cerveja e pedi um uísque. Que era servido assim: uma garrafa, um balde com pedaços de gelo, um sifão.

E eu não tinha um amigo com quem falar à boca miúda sobre a deslumbrante loucura de Matías, que decidira calar-se por um tempo, engolindo frutos do mar e cerveja.

Continuava sendo quase o mesmo: dez anos mais velho que eu, o nariz comprido, os olhos inquietos, uma boca fina e torta de ladrão, de astucioso, de adepto da mentira, pequeno, frágil, com bigodes caídos e suaves. Mas agora tinha enlouquecido, ou agora mostrava sem pudor uma loucura antiga e encoberta.

Já era de tarde quando decidi interromper suas reiterações a respeito de caras, intuições, sinais de til sobre as letras.

— À luz das estrelas é preciso navegar — disse-lhe. — E, já que você tem tanto dinheiro, o melhor, a única coisa que pode fazer, caso você preze respeitosamente o aniversário de sua noiva, a única coisa que pode fazer é caminhar de volta para o monstro do TT e pedir comunicação telefônica com Pujato.

— De Hamburgo — perguntou, amargo, com a ironia sem graça dos perseguidos.

— De Hamburgo e por TT. Já fiz isso mil vezes. Você ouve melhor do que se estivesse falando da própria Santa María.

Sua luta era entre a esperança e a incredulidade atávica. Caçoando, bateu no maço de notas no bolso da calça e disse: "Bem, vamos lá", como se desafiasse uma criança.

Fomos, eu um pouco bêbado e ele com a resolução de que ficasse claro, de uma vez por todas e para ele mesmo, que toda máscara de felicidade lhe fora negada desde o princípio dos dias e que nada poderia atenuar aquela sua maldição particular, da qual sacava orgulho e distinção suficientes para continuar vivendo.

Os postos telefônicos funcionavam no mesmo prédio dos telégrafos, o da solteirona que lograra Matías em mais ou menos três marcos e quarenta, guardando, em revanche e por avareza, as palavras de feliz aniversário para María Pupo, Pujato.

Mas os telefones estavam na outra ala, à esquerda; um foi arrastando o outro até chegarem ao balcão, à loira magra, jovem, de sorriso fácil. Era uma TT.

Falei, traduzi, expliquei, e ela me fitava devagar e sem verdadeira fé. Falei outra vez, escandindo as sílabas, mostrando sinceridade e uma paciência adequada à passagem do tempo até o fim do mundo.

Ela hesitava, mas acabou aceitando, branqueando o rosto com um sorriso exagerado e, talvez, doloroso. É verdade que, todavia, vacilou um instante diante da crença e pediu-nos:

— Um momento, por favor — antes de fazer um cumprimento com a cabeça e abandonar-nos no balcão para desaparecer, ela também, tão jovem, atrás de portas e cortinas, além da grande TT.

Depois apareceu um TT mais velho, com óculos rodeados de ouro fino, e perguntou-nos se era verdade o que lhe parecia impossível:

— Que coincidência, senhores...

Eu soube. Não posso saber o que se passava dentro de Matías, de que modo ele ia acomodando os adiamentos rumo a seu destino pessoal preferido. Eu estava, como disse, um pouco bêbado e trêmulo. Suportando outros interrogatórios, outros TT progressivamente mais velhos. E repeti com simplicidade, sem dúvidas, as respostas corretas, porque finalmente tivemos, nós também, o privilégio de empurrar cortinas e atravessar portas até enfrentar o TT mais velho, o verdadeiro e definitivo.

Ele já estava em pé, atrás de uma escrivaninha anã, de madeira preta, em forma de meia ferradura. Ajudado pelo calor, pelo uísque de dois anos, pela loucura recém-chegada de Matías, acreditei por um momento que o homem estava-nos esperando desde que saímos de Santa María. Era alto e gordo, o homem que fora campeão nas canchas da Universidade de Greifswald e que abandonara o esporte dois anos antes.

Loiro, vermelho, sardento, simpático e repugnante.

— Senhores — disse. Eu fingi acreditar. — Disseram-me que desejam fazer uma ligação para a América do Sul.

— Sim — disse eu, e ele pediu que usássemos as cadeiras.

— Para a América do Sul — sorriu, repetindo para o teto.

— Pujato, senhor, em Santa María — disse eu, virando-me para olhar Matías e pedir-lhe apoio.

Mas não havia nada desse lado. A loucura do telegrafista preferira, com astúcia ou rebelião definitiva, uma expressão de ausência, uns olhos vazios, uns bigodes de seda, murchos e alheios, estremecidos pelo vento do ar-condicionado. Ele, Matías, não participava, era apenas uma testemunha atenta, zombeteira, certa da derrota, indiferente, distante.

O homem corpulento discursava, rodeado pela semiferradura de sua mesa. Era mais velho que nós, e logo a alegria fraternal de seu discurso foi-se transformando em decência e tédio.

Já estava cercado de funcionários com semblantes felizes e todos tomávamos café enquanto ele explicava que a TT Telefunken, da qual ele era uma simples engrenagem, acabava de instalar uma nova linha de comunicações entre a Europa e a Southamerica; e que esta ocasião, a estremecida nostalgia de Matías, devia ser comemorada porque a ligação de amor que pretendíamos fazer seria a primeira a ser realmente completada, além, é claro, dos inúmeros testes dos técnicos.

Quando ele se jogou para trás levantando um braço vimos que toda a parede a suas costas era um enorme planisfério no qual os rigores da geometria decorativa não respeitavam os caprichos das costas marítimas. E voltou a sorrir, dizendo que a comemoração estendia às xícaras de café seu caráter gratuito, não mais de três minutos.

Concordei com entusiasmo, disse palavras de agradecimento e congratulações, enquanto pensava que tudo aquilo era normal, que as inaugurações sempre tinham sido gratuitas para mim, enquanto observava o rosto furtivo do telegrafista, sua expectativa acusadora.

Houve uma pausa e o homem grande empurrou um dos telefones até Matías. Era branco, era preto, e era vermelho.

Matías continuou imóvel; e, se uma zombaria pode ser séria, havia zombaria em seu perfil mirrado e em sua voz.

— María não tem telefone — disse. — Ligue você, Michel. Ligue para o armazém e peça para alguém ir chamá-la, embora eu não saiba que horas são por lá. Pergunte, porque numa dessas é muito tarde e ela está dormindo.

Queria dizer Pujato dorme. Falei com o gerente, consultamos Greenwich e soubemos que o sol estava começando a se pôr em Santa María. Mugidos de terneiros nas bandas de Pujato, as cancelas da estação caindo com preguiça e guinchos para esperar o trem das 18h15 rumo ao interior, capital.

Então, demorado por premonições que agiam como artrite, pensando na liberdade e em Sanpauli, estiquei o braço e trouxe o telefone quase até o peito. Rígido, sem olhar para nada que estivesse no cômodo, Matías falou com as mãos.

— É o 314 de Pujato. O armazém. Você pede para alguém ir chamá-la.

Depois de ouvir as instruções do alemão encarregado, falei com a operadora. Com paciência e reiteração o problema não foi difícil.

Não sei durante quantos segundos e minutos a mulher ficou-me dizendo: "Queira aguardar; chamando", ou palavras equivalentes. E então o próprio Matías teve de erguer a vista e apreciar o milagre que se ia estendendo na parede que era um planisfério. Vimos acender-se, ali mesmo, em Hamburgo, a diminuta lâmpada avermelhada; vimos outra que iluminava Colônia; vimos sucessivamente, às vezes com piscadelas, outras novas com uma segura velocidade inverossímil; Paris, Bordeaux, Alicante, Argélia, Canárias, Dakar, Pernambuco, Bahia,

Rio, Buenos Aires, Santa María. Um tropeço, um vaivém, a voz de outra senhorita: "Queira aguardar, chamando Pujato, três um quatro".

E finalmente: Villanueva Hermanos, Pujato. Era uma voz tranqüila e grossa, de indiferença e primeiro vermute. Perguntei por María Pupo e o homem prometeu chamá-la. Esperei, suado, decidido a ignorar Matías até o fim da cerimônia, olhando o mundo iluminado por pontos de incêndio atrás do rosto largo, do sorriso feliz do gerente cercado, direita, esquerda, pelos sorrisos respeitosamente menores dos robôs da TT Telefunken.

Até que houve María Pupo ao telefone, dizendo: "Aqui é María Pupo, quem fala?".

Sou inocente. Falei amistosamente, nem um pouco atrevido, expliquei que seu noivo, Atilio Matías, desejava cumprimentá-la, de Hamburgo, Alemanha. Pausa, e a voz de contralto de María Pupo, cruzando o mundo e os ruídos trêmulos de seus oceanos:

— Por que você não vai foder sua madrinha, moleque de merda?

Desligou o telefone com raiva e as luzinhas vermelhas foram se apagando rapidamente, em ordem inversa à anterior, até que a parede do planisfério se incrustou novamente nas sombras e três continentes confirmaram em silêncio que Atilio Matías tinha razão.

(*Macedonio*, Buenos Aires, 1970)

As gêmeas

As gêmeas tinham nascido com meia hora de diferença e sempre discutiam em seu idioma suburbano sobre qual era a mais velha, qual a caçula. Eu escolhera uma, a mais magra, a mais carente de piedade. Não me lembro sequer de seu nome.

Deve ter-me assustado, como eu disse numa noite passada a minha mulher, quinze anos depois, pensando no que permanece em mim das gêmeas, ou daquela minha.

Ou repentinamente perdi o impulso, o amor à situação e a seus problemas, a alegria inquestionável que me dava estar metido no próprio centro daquela miséria perfeita que parecia, espantosamente, ter sido inventada para mim e por mim.

Foi um tempo em que todo mundo podia ser feliz apenas se propondo a isso, e os que não se propunham alcançavam, a despeito de si mesmos, outro tipo de felicidade, mais complexa e dissimulada, mais profunda e consciente.

O jornal em que eu trabalhava ficava sobre a Plaza Libertad, e a vida rodeava a praça com seus bares e quiosques, seu frenesi débil e provinciano, mas infalível. Era possível ouvi-la do fechamento da edição, de madrugada, até o regresso às oito da noite; e sempre havia provas de que estivera tinindo durante minha ausência, jubilosa e obstinada, acima e abaixo dos ruídos que homens e motores faziam. Talvez a vida vibrasse ali para todos e talvez todos pudessem ouvi-la e sorrir para ela.

Quanto a mim, prometera-me ao menos uma surpresa diária e o pacto foi cumprido com tanta exatidão quanto a entrega quinzenal do envelope com meu salário de revisor. Foi na época da última guerra.

De modo que o surgimento da Gêmea única para o resto de minha vida não me comoveu, então, como poderia comover hoje. Encontrei-a às três da manhã, no restaurante Metro, discutindo com o mais velho dos garçons.

— Não — dizia, rindo —, nunca consegui engolir a sopa, desde menininha, e por mais que me batessem. Quero frios com salada russa.

— Tem que ser sopa de verduras. Alimenta — teimava Castro. — Você está muito magra, e com essa vida...

Eu me sentara na mesa mais próxima, apesar de o restaurante estar vazio, e esperava o fim do diálogo para pedir um copo de aguardente a Castro, desejando que María Esther faltasse ao encontro, que não aparecesse por ali nenhum amigo, que ninguém do jornal tivesse a idéia de sentar-se a minha mesa para discutir se o discurso de Roosevelt protelava ou não a entrada dos ianques na guerra. Movia as páginas do jornal recém-impresso enquanto examinava a surpresa que me concediam para começar um dia ou terminá-lo.

Olhava os longos e pesados cabelos da mulher, castanhos, presos e meio desfeitos sobre a nuca, rodeando um rosto infantil e pálido, com um nariz reto e muito curto, com uma boca grande e mal pintada que penetrava a cada sorriso nas covinhas famintas das faces.

Olhava suas mãos sujas, magras e longas, a humilhação do vestido de verão, que não fora feito para ela, opaco e desbotado pelas lavagens, amplo demais para o peito chato, com aberturas excessivas para os braços magros de mocinha.

— Minha irmã paga. Não acredita? Já deve estar chegando. Minha irmã sempre tem dinheiro.

— Se você tomar sopa, sim — disse Castro, furioso.

Veio bater com seu guardanapo em minha mesa de vime, um pouco mais velho que de costume, mais sério e cansado. Pedi aguardente em voz alta e lhe disse, sem olhar para a garota, que se a irmã não viesse eu pagaria.

— Se a irmã não vier — disse Castro —, pago eu. Mais coisas, não. Já estou farto dessa história. Tudo isso já é triste e sujo demais para que ainda você pague. Acredite.

Castro nascera em Granada e não precisava das ridículas calças pretas ajustadas para se lembrar disso, nem dos cabelos brancos grudados e engordurados sobre a têmpora. Deve ter morrido de fígado, de pressão baixa, de mal do cobre ou, simplesmente, de Espanha.

Nos tempos daquela noite todos os imigrantes da Península que não tinham virado donos de armazéns ou de bares preferiam morrer na Espanha. Falo dos que estavam na cidade desde muito antes da guerra civil. Os recém-chegados, lá estavam as estatísticas, tornaram-se imortais, ainda que também para eles a Espanha doa um pouco.

— E faça-me o favor de não vir complicar as coisas. Deixe-a em paz, que é uma pobre infeliz. Quinze anos, apenas, e dando uma de puta, sem saber fazer isso, em vez de brincar com suas bonecas.

— Aguardente, gelo e soda — disse eu.

Virei o rosto para a garota e sorri. Ela respondia a todos os sorrisos, viessem eles dos homens ou das coisas, das dificuldades ou das breves lembranças.

— Não sou cliente, Castro. Se ela está com fome, esta noite posso pagar-lhe um jantar. Além do mais, é muito jovem, está muito magra. Não gosto delas assim.

A verdade é que começara a gostar dela assim. Não da garota comprida e desnutrida, não de seu rosto pequeno e inocente, nem mesmo de sua ingênua e desafiante maneira de fumar cigarros baratos do maço enrugado. Mas ela — podia imaginar com rigor a emocionante separação das coxas descarnadas sobre a palha do assento, a pendente escassez dos pentelhos —, ela e seu contraste com as ruas noturnas, com as astúcias da prostituição, com as técnicas e as pechinchas no desamparo dos hoteizinhos baratos.

Não mentia para impedir que Castro me afastasse dela, de minha surpresa cotidiana; mentia para evitar que tentasse deformá-la falando-me em voz alta da F.A.I.,* do pobre Blum e da inquestionável imundície do mundo em que nós três estávamos metidos. Mentia pelo medo de que a transformassem para mim numa mulher, numa pessoa, num sintoma de qualquer coisa.

* Federación Anarquista Ibérica, fundada na Espanha em 1927. (N. T.)

Ela estava de costas para a janela aberta, e no fim da noite de verão o vento levantava na praça um redemoinho de papéis e terra, entre as rodas dos enormes ônibus brancos que acabavam de chegar ou que estavam de partida.

Antes de levar o copo e o jornal para sua mesa, fiquei inventando, com erros, um passado e um futuro para ela; fiquei imaginando os detalhes da magreza de seu corpo, as marcas dos cansaços recentes e antigos, minha necessidade de ajudá-la.

E mesmo que tudo isso tenha sido certo, mesmo que eu fosse comprovando com superstição, orgulho e medo — como quando se joga um número, e o número sai, e sente-se que acaba de ser estabelecida uma relação precária com a sorte, um código gaguejado para dar e receber ordens —, que tudo o que eu estivera pressentindo enquanto olhava para ela e para o ar de feitiço, de fracasso e de injustiça que a rodeava, para as grossas fímbrias que a uniam e a separavam do mundo, mais notáveis nas têmporas, no pescoço e nos ombros decididamente caídos; enquanto olhava o sorriso sem causa que me exibia sem saber que era, para começar, minha própria dose de surpresa que a vida me estava pagando.

Mesmo que tudo aquilo tenha sido certo de um modo servil e, talvez, excessivo, jamais ouvira, antes, certezas do tipo das que andou contando a segunda Gêmea, recém-pintada e com sono, às quatro da manhã, com a voz lenta e uma prática persistente em moralizar, aceitando e cumprindo deveres pedagógicos, sob a fúria refreada da cabeça de Castro, que continuou trazendo aguardente até o primeiro desmaio da noite no vão da praça.

A segunda Gêmea — que nascera, como já disse, alguns minutos antes de sua irmã — era uma réplica duvidosa da outra: mais baixa e larga, mais loira e desenvolta, segura de si, sábia e protetora, quase com peitos e quadris. Eu tinha dez anos a mais do que elas e as via crescer, ouvia o balbucio com que tentavam aprender a manejar as palavras e velhas comprovações, com que tentavam ir criando as vulgaridades e os lugares-comuns indispensáveis para povoar, dar formas e paredes ao mundo inédito, gasto, sujo de marcas que iam construindo irremediavelmente, à medida que agiam e aceitavam respirar.

— Porque com esta aqui não adianta nada dar conselhos e eu até já pensei em deixar que ela se vire sozinha — disse a segunda Gêmea diante do sorriso envergonhado, zombeteiro da outra. — Você não vai acreditar se eu lhe disser que há noites em que ela trabalha mais do que eu, tem mais sorte, ou então só de vê-la já percebem, e, no entanto, três meus contra cinco dela, eu tenho meus trinta pesos na carteira e ela nada. E é mais alta; mais magra e, mesmo assim, mais bonita. E sabe que desde que resolvemos ser independentes precisamos trabalhar, mas também receber.

— Eu trabalho — disse, desafiante e enfarruscada a verdadeira Gêmea, e depois sorriu feito uma criança, pedindo meu apoio. — Nós duas combinamos de trabalhar, e eu trabalho, e você acabou de dizer que às vezes mais do que você.

— Está vendo? — disse-me, conformada e queixosa, a segunda Gêmea. — Foi o que eu acabei de dizer. Trabalhar e receber. Porque o senhor sabe que a gente não vive do que trabalha, mas do que recebe. É um negócio, uma coisa pela outra, e se a gente fizesse isso grátis, daí sim, seria imoral.

— E eu não tenho culpa.

— Comigo aconteceu a mesma coisa, mas só um par de vezes, no começo. E eu não precisei de mais do que isso para cobrar antes, e se não vinham primeiro os dez pesos, nada feito. Cheguei a dar meia-volta da própria porta.

— Eu não tenho culpa. Eu trabalho, e mais do que você, porque eles me chateiam ou me dão nojo, e não fico como esta aí, conversando horas quando eles me vêm sentar à mesa do café. Às vezes começo a rir e não consigo parar; mas não fico de papo. Não tenho culpa se me dizem "depois", se me olham como se fosse eu que estivesse tentando enganá-los. E, se depois dou uma de enérgica quando estão se vestindo, são eles que acham graça. Não consigo cobrar de ninguém, e acabo rindo também. Tenho culpa?

Todos os dias, por um momento de duração variável, a cidade retrocede cem anos e veste um ar aldeão e acanhado, deixa-se atravessar por cores gastas. Por detrás de todos os ruídos percebe-se o eco de uma inclinação de árvores, de mugidos e de galinheiros, de pedras pisadas modorrentamente na sesta. Naquele dia o momento chegou de madrugada e paralisou a paisagem da praça atrás da Gêmea verdadeira enquanto eu olhava a boca em movimento de sua irmã, o rosto arredondado e sereno que nos ia explicando, paciente e convencido, como é o mundo, como estamos condenados a ser.

Já tínhamos aprendido, sua irmã e eu, que a dura e sábia lei é a do dinheiro, a do trato honrado, e que aquele que não paga pelo que toma, humilha; tínhamos começado a ouvir um sermão sobre a importância da dignidade, sobre o dever de não transigir, sobre as imprevisíveis conseqüências de um ato isolado de concessão e tolerância, quando um rosto com chapéu apareceu e parou a poucos metros da janela. A segunda Gêmea parou e sorriu para a penumbra da praça.

— Não sei se vou voltar a tempo de pegar o último ônibus — disse. — Quem sabe eu vá de táxi, ou talvez amanhã.

De modo que fiquei sozinho com a verdadeira Gêmea e ela ficou me falando, com os sorrisos com que pedia a todos os demais que não caçoassem dela, de seu amor por Josesito, de seu ódio pelo padrasto, de como era bom e divertido pintar-se e percorrer as ruas do centro de salto alto.

Naquela época, lembro, eu não pensava em Deus nem como possibilidade nem como desafio; não sabia a quem agradecer a surpresa cotidiana que continuou se embebedando e rindo noite adentro até que o último 141 entrou na estação e apagou as luzes.

E naquele exato momento a verdadeira Gêmea e eu compreendemos, pela primeira vez, que ela não poderia mais voltar para casa, que só poderíamos tomar o último drinque no clube político acima do Tupí, que uma menor não pode ficar e dormir num hotel. Viramos o copo e fomos dormir num hotelzinho de encontros, sujo, de quartos enormes e tetos de gesso em relevo que impunham a solidão particular, que nos deixavam inermes e expostos, que proclamavam com prolongados ecos porosos toda tentativa de confissão e intimidade.

Era magra e gorda, como as fotografias de crianças índias desnutridas. Afaguei sua cabeça até sentir que adormecera, ouvia-a falar de Josesito, que tinha quinze anos e agora gostava mais dela que da mãe, uma vizinha. Empenhei-me em fechar-me ao mundo que ela representava, sonolenta e gaguejante, sem propósito nem orgulho.

Um mundo, uma débil mas persistente corrente migratória, uma repetida história de plantadores de batatas e de domadores envelhecidos que descem de qualquer canto até a capital. Primeiro para fazer biscates e cair na prostituição, depois quem sabe? A Gêmea estava na primeira etapa, estava nua, desnutrida e sem uso na ampla cama de barras douradas do enorme quarto do hotelzinho antigo. Estava adormecida e bêbada, contemplando carrancuda seus sonhos, com gotas de saliva nos cantos da boca grande e grossa. E, antes que fosse dia e o maiorquino viesse nos despachar, ela teve tempo de acordar três vezes e me abraçar, gritando: "A polícia, estão vindo, vão me levar. A polícia".

Desvelado, eu a levantava, sonolenta, remando contra a maré, contra o fofo inchaço do absurdo.

Três vezes por noite, todas as noites, perseguidos como insetos entre a sujeira, as sombras, o sórdido escândalo dessas pensões portuárias onde não pediam documentos, ela gritando "a polícia" ou murmurando ternuras para um Josesito desconhecido, matando repetidamente minhas esperanças, minha necessidade de sono, até que a piedade descamba para a resolução, quase ignorada em meio à insônia infinita, de tapar-lhe a boca, o rosto, o passado e o nunca com o travesseiro mais grosso que eu pudesse agarrar.

(*Crisis*, Buenos Aires, 1973)

A morte e a menina

I

O médico jogou-se para trás e ficou batendo, por um momento, no bloco de receitas já inútil — morto pelo ócio, pela velhice e pela riqueza não buscada — com o cabo de sua caneta-tinteiro verde.

Pensava, um instante, em si mesmo; pensava, fitando o rosto ascético do visitante imprevisto, imprevisível, no doente sadio e bem-vestido, rígido em seu assento depois da confissão.

"De modo que não há nada a fazer", refletiu com doçura. "De modo que este filho duma grande cadela e dos clássicos sete jorros de sêmen de sete cachorros também desconhecidos vai levando todos nós, um atrás do outro, e com menos pressa que um ano bissexto, vai nos levando na conversa. Caminha apático, contando ao mundo seu futuro crime, assassinato, homicídio, uxoricídio (algumas dessas palavras quando o Destacamento de Polícia se lembra de mim, quando precisa do médico-legista); passeia por esses restos de Santa María com uma carta pendurada que mal toca suas costas, porque seu andar é malicioso e lento, um cartaz que anuncia em cinza e vermelho: Eu matarei. Isso lhe basta. É sincero, não pode dizer que desejou a mulher do próximo, pois estaria mentindo. Seu único próximo é ele mesmo. E, assim, vai transformando todos nós em suas testemunhas de acusação e de defesa: o bispo e Jesus Cristo, Galeno, Galilei e eu, Santa María inteira. E é possível que noite após noite, chorando e de joelhos, reze para o Pai Brausen que está no Nada para torná-lo, forçosamente, cúmplice, para enredá-lo em sua trama, sem verdadeira necessidade, por um obscuro desejo de remate artístico."

— Isso é tudo, doutor — disse o visitante com sua voz habituada à resignação; acrescentou: — O que posso fazer? — Díaz Grey soltou a caneta-tinteiro e ficou olhando em silêncio a cilada, a hipocrisia, a dureza oculta, a astúcia inata.

— E ela? — perguntou, como se acreditasse estar ganhando tempo, um tempo intemporal e absolutamente inútil.

— Não estou entendendo, doutor — alto, ainda sentado, com as roupas caras e escuras, com seu ralo cabelo loiro emplastrado, ainda boa-pinta mas agressivo e ignóbil como seu nariz duro, que parecia sempre recém-levantado de duas páginas de enormes bíblias amareladas, trazidas à colônia suíça pelos primeiros imigrantes.

— Quero dizer, se ela sabe. Se os médicos disseram a ela, como a você, que outro parto traria risco de morte.

— Sim, ela sabe. Disseram-lhe aqui e na Capital. Disseram-lhe na Europa, no ano passado. Mas não lhe falaram que corria risco de morte. Garantiram-lhe a morte.

A cada vez, a cada frase, mais certeiro e decidido a convencer. Escalando sua confissão do crime, antecipando-o quase com júbilo, fatalista, de qualquer modo, tão ingenuamente habitado pelo desespero.

— Uma informação — pediu Díaz Grey. — O primeiro filho, único, imagino, quando nasceu, que idade tem?

— Um ano, treze meses.

— E desde então, desde o nascimento e a saudável quarentena...

— Desde então sofremos. Olhamos um para o outro, roemos as unhas, rezamos e choramos.

— Mas ela — disse Díaz Grey sem vontade, como se falasse com um adolescente que estivesse caçoando dele —, ela pode ajudá-lo. Pode, como se diz, prevenir, mas pode, também, se negar a isso.

O cliente moveu a cabeça, paciente, incompreendido, cansado com a incompreensão.

— Ela sabe, como eu, que toda prevenção seria pecado mortal. E — levantou a cabeça sem orgulho — tampouco se negaria. O conflito, repito, é só meu. Por isso marquei esta consulta.

Não é só por isso, seu filho-da-mãe; há frieza por trás disso, há cálculo. Sentia-se mais fraco que seu visitante, começava francamente a odiá-lo. Com lentidão deliberada e sem propósito visível, foi desabotoando o jaleco, rafado, sem sentido, que continuava usando por rotina e deferência.

— Bem — disse com indiferença, como se falasse de aspirinas e tônicos —, trata-se de você, escrivão, exclusivamente de você; que a ama e a deseja mais a cada dia, mais à medida que o amor vai enchendo seu coração, e o sêmen a vesícula; você que não pode pagar uma prostituta porque isso significaria pecar contra Brausen; que não pode derramar sua semente no lençol, que não pode se masturbar, que não tem salvação, a não ser matando-a.

O rosto magro do homem bem-vestido pareceu calcular em silêncio e quietude enquanto Díaz Grey falava. Depois se moveu para assentir.

O jaleco estava aberto, o médico o afastou dos ombros.

— Como você, não estou de acordo em matá-la. Se não há outra saída, destrua-se, e eu espero ajudá-lo. Não estou falando de uma destruição total, porque isso também seria um pecado mortal. E Brausen não perdoa as deserções. Tudo bem, nisso nós concordamos. Seria o caso, então, de receitar a você duchas geladas matinais, brometo e cânfora, caminhadas diárias de duas ou três horas, jejuns de sextas-feiras santas como único regime alimentar. Seria o caso de torná-lo impotente muitos anos antes do natural climatério. É triste, compreendo. Jazer junto da esposa amada sem esperança de que o desejo imortal possa ser satisfeito. Mas, assim, o desejo morrerá antes dela, e você ficará livre dos demônios e do remorso.

Agora o homem bem penteado sorria levemente, os pequenos dentes brancos submersos numa ironia de que só ele conhecia a chave.

— Aceito — disse sem emoção —, vou tentar tudo o que sua receita prescrever — e acrescentou suavemente: — Doutor.

Díaz Grey pegou com dois dedos o jaleco e o fez deslizar do encosto da poltrona até o tapete de grandes flores pisoteadas e murchas.

— Não — disse. — A receita não; não quero escrevê-la nem dá-la. Isso é suficiente, confio em sua memória. Acredito, principalmente, em sua inteligência.

Acredito nela e não me sinto feliz. Além do mais, seu padre confessor tampouco lhe escreve atestados.

Tinha certeza de ter falado num tom bem definitivo, quase como se estivesse empurrando o outro para fora da sala. Mas o homem alto, magro e loiro, emplastrado, brilhante, também se levantara e declarou com mesura, os olhos semicerrados:

— Ele também não, claro. Não ando atrás de documentos. Basta que me escutem.

— É claro, eu entendo. Já o escutou o senhor bispo auxiliar, ou como quer que se chame hoje. Para mim continua se chamando Padre Bergner. Agora é a minha vez. E é certo que pelo menos todos os habitantes maiores de idade da colônia conhecem o prólogo que acabo de ouvir de você.

— Pode ser — disse o cliente. — Mas falei disso com o senhor bispo e com você. Com o bispo, é verdade, não o fiz à guisa de confissão. Mas eu o conheço desde a infância — a minha, naturalmente —, e tenho certeza da discrição dele, como tenho certeza da sua.

Pela primeira vez na entrevista — embora Díaz Grey não pudesse afirmar, depois, que se tratasse realmente da primeira vez — o homem deixou escapar um sorriso cínico e quase divertido. E disse:

— Nem o Padre Bergner nem você. Mas não é impossível que ela, tão desesperada quanto eu, e além disso mulher, tenha falado com amigas ou parentes. Com as mulheres é diferente. Elas acreditam, como os doentes crônicos, você sabe disso melhor do que eu, que se espalharem seus problemas vão conseguindo ajuda ou, pelo menos, apoio em troca de cada confidência. Por ora decidimos por um adiamento. Pode chamá-lo de solução temporal. Talvez o Senhor queira nos ajudar. Estou pensando em ir para a Capital e para o Chile por alguns meses, fazer uns cursos. Eu sozinho, naturalmente.

Díaz Grey não podia contradizê-lo. Moveu lentamente a cabeça, confirmando sua convicção de estar encurralado, posto contra a parede, por uma armadilha, uma sutileza maior, um pressentimento indefinível, pegajoso e repulsivo.

O homem também cumprimentou com um meneio de cabeça. E, apesar de tudo o que foi escrito, alguém poderia dizer que, no fundo, se afastaram unidos e cordiais.

II

Díaz Grey conhecia a mulher condenada — Helga Hauser — e examinou-a três vezes, um ano antes, duas com a presença muda do marido que exagerava a vontade de não tomar conhecimento do assunto, a outra sem anúncio e quase furtiva. Nessa o médico enunciou o diagnóstico, a prevenção. Apalpou com borracha, desagrado e incompreensão a mulher aberta na maca.

— Não entendo. Se já lhe disseram isso na Capital e na Europa. Para mim é certo, indubitável, sem chance de erro. Não entendo por que consulta um médico ínfimo, um santa-mariense que nem mesmo é ginecologista.

— Não sei — murmurou ela enquanto se vestia. Uma esperança. Uma preferência por morrer aqui.

Depois de pagar, riu por um momento, zombando.

— Talvez eu queira complicá-lo. Não sei.

O amor partira da vida de Díaz Grey e às vezes, jogando paciência ou xadrez sozinho, pensava, confuso, se algum dia ele o tivera de verdade.

Apesar da filha ausente, conhecida apenas por fotografias, que agora, fatalmente, bamboleava-se na feliz adolescência suja e cujo nascimento não podia ter prescindido de um prólogo. Adolescência com erros e sujeira, iluminada sempre pela crença na eternidade das vivências, por uma fé inconsciente que as inevitáveis estações iriam carcomendo.

Todas as quintas-feiras, se não estivesse de lua, possuía ao crepúsculo uma mulher na maca rangente ou no tapete inadequadamente espesso que mesclava dezenas de odores indefiníveis ou que, pelo menos, era indefinível em seu conjunto.

A condenada estivera ali havia mais de um ano. O proclamado assassino um dia antes.

As mulheres não lhe importavam realmente: eram pessoas. Almoçou, faminto, e jogou-se de roupa na cama.

Pelo movimento do sol, Díaz Grey poderia imaginar ter estado mais de uma hora preso na meditação que lhe veio em vez da sesta perdida e da dispepsia costumeira. Não se lembrava do visitante assassino nem do futuro que prometia sua impassível confissão. Não lembrava para si, para ninguém, nem para um impossível vira-mundo que vagasse ou dormisse na praia próxima.

Duvidava, desinteressado, de seus anos. Brausen pode ter-me feito nascer em Santa María com trinta ou quarenta anos de passado inexplicável, para sempre ignorado. É obrigado, por respeito às grandes tradições que deseja imitar, a ir me matando, célula por célula, sintoma por sintoma.

Mas também deve seguir o monótono exemplo dos inumeráveis demiurgos anteriores e ordenar vida e reprodução. E aí vieram os desvanecidos adolescentes, seus namoros e acasalamentos, os partos aflitivos que tive de atender; e aí vieram as garotas, seus adjetivos, seus perfis, seus cabelos, seus seios duros e suas nádegas. Vieram e estão, sempre ausentes, risonhas ou melancólicas.

(O momento verdadeiro em que um dos amantes, quase nunca a mulher, porque se sabe, e isso é certo, imortal, ciosamente reproduzida desde o princípio, infindavelmente... O momento transitório, rapidamente esquecido, em que um dos dois consegue enxergar, sem querer, com um tênue desejo de pedir perdão, de desculpar-se, por trás da pele do rosto alheio, abrilhantado pelo amor e pelo vinho, através da pele do rosto que se ama. Quando um deles depara, transpassa sem querer a pele tão lastimosamente indefesa, tensa ou macia do rosto do outro. E vê durante um segundo, adivinha e mede a dureza e a audácia dos ossos, o candor das maçãs do rosto, a fragilidade e o inútil, flácido atrevimento do queixo. Quando um dos amantes pressente — uma faísca e o esquecimento — a caveira futura e já posta no mundo, em sua vida, do outro amante.)

Elas sempre distantes e intocáveis, afastadas de mim pela disparidade dos trinta ou quarenta anos que me impôs Juan María Brausen, maldita seja sua alma que oxalá se abrase durante um ou dois pares de eternidades no inferno adequado que já está pronto para um Brausen mais elevado, um pouco mais verdadeiro.

III

Augusto Goerdel fora gerado na Colônia suíça ou já estava no ventre da mãe na longa viagem de nossa balouçante *Flor de Mayo*. De qualquer modo, nasceu aqui, na Colônia recém-fundada. Se é que se pode chamar de fundação a um elenco caprichoso e assimétrico de baús, a demarcações com paus verdes, a uma busca metódica de bosta e de terra para fazer tijolos.

A terra é fácil; a vinte metros da costa, atravessada e cavoucada a areia, encontravam terra avermelhada e úmida que estendiam sob o sol e ao ar depois de arrastá-la até o mistério do que eles condenavam a ser colônia e assentamento. Para o esterco, distribuíam durante o dia patrulhas de meninos que já sabiam mover-se indiferentes, alertados para relinchos e mugidos. Depois, o roubo noturno, os grandes sacos fedendo a estábulo e abrigo. Depois, em manhãs consagradas, os grandes fogos separados, o cozimento lento, o medo das repentinas chuvas e neblinas, o medo do despedaçamento e a fragilidade.

Se é que se pode chamar de fundação a um sofrimento diário, que não pode ser medido por horas, empilhando tijolos, levantando paredes, enramando telhados, até o descanso bestial do exausto que pensa ter casa e consegue um domingo de paz e gratidão, ajoelhado sobre a enorme, de quase impossível manuseio, bíblia de capas pretas diante do trêmulo cerco de vozes latinas pronunciadas por um padre que saiu de algum lugar porque era imprescindível.

E depois, para Santa María e para mim, o desconcerto. Não se sabe, nem importa, quantos anos ou meses se passaram — ajudados, empurrados sem piedade por eles mesmos ou por ninguém —, até que as loiras, severas ratazanas desembarcadas com menos esperança do que raiva suicida, enriqueceram e foram engordadas, dominaram a cidade fundada por nosso Senhor Brausen sem necessidade de comprovação. Talvez a evidência lhes causasse nojo. Eram oblíquos, eram indiretos, eram recatados.

Que o tempo não existe por si só é demonstrável; é filho do movimento, e se este deixasse de mover-se não teríamos tempo nem desgaste de princípios nem finais. Em literatura tempo se escreve sempre com maiúscula.

Ninguém pode negar prováveis coincidências nas visitas do então Padre Bergner e do inevitável doutor Díaz Grey à Colônia Suíça. Um estava comprometido com Deus, com um batizado, um casamento de noivos previamente endurecidos para o tripé de Orloff, príncipe ou grão-duque, artista fotográfico, ou com um capricho de morte, filho de um velho sofisma aceito sem luta, às vezes também endurecido, outras vezes em vésperas de; e o outro, Díaz Grey, pondo talas numa perna quebrada ou puncionando uma hidropisia.

Repito que poderiam ter-se encontrado muitas vezes e, numa delas, por que não, ter estado juntos na casa dos Goerdel.

Vejo-os cumprimentando-se com a breve efusão que cabe a dois inimigos que teriam preferido não sê-lo, com o respeito profundo e frio dos pares.

Não importa o que o médico receitou para o resfriado de Augusto Goerdel, que tinha onze anos de idade na época do suposto encontro. Isso pode ser rastreado, se for o caso, nos livros de Barthé, farmacêutico, vereador e novamente farmacêutico. O que importa é ignorar de vez — e aqui há uma espécie de felicidade — o que conversou, o que soube, o que deduziu o Padre Bergner na possível visita que, parece-nos, foi crepuscular, lenta e tranqüila. Porque, não se deve esquecer, os pais de Bergner também chegaram em nossa *Flor de Mayo* à costa de Santa María, por vontade de Brausen. Irmanado com os Goerdel pela semelhança da história, também pela linguagem e, sobretudo, pelo estilo em que a tornavam coloquial.

Muito importante porque as visitas do Padre se tornaram freqüentes, e menos de um ano depois Augusto Goerdel foi a Santa María para continuar estudando na Catedral, com uma bolsa muito pobre e exata para os planos de Bergner.

Porque o Padre fingiu estar fabricando um pároco, sempre sabendo que não era esse o destino nem a utilidade de Augusto Goerdel; via mais longe. Muito mais longe que o Capítulo da Igreja, laicos e tonsurados, que se reunia e pensava decidir, uma vez por quinzena, na austeridade do refeitório alongado em sua deliberada penumbra.

Bergner não pertencia à Ordem dos jesuítas; desconfiava deles e admirava-os. Mas ouvira-os dizer, e mais de uma vez: dê-nos seu filho e o devolveremos com um diploma debaixo do braço.

Estudou com calma seu falso futuro sacerdote. Se a inspiração, o projeto, procediam realmente de Brausen e não eram ardis do demônio, o tempo não contava. Soube do rapaz inteligente, que nascera implacável pela ambição e pela necessidade germânica do triunfo, da revanche. Qualquer que fosse seu destino, agora, com Bergner ou sem ele, jamais voltaria à miséria de sua casa na Colônia; já não aceitaria o futuro previsível e camponês de criador de animais e lavrador.

Uma resolução que Bergner fortalecia, hábil e distraído. A sua foi, A.M.D.G.,* embora rejeitasse com violência as iniciais, uma paciente tarefa de refinamento e corrupção. Do rapaz tosco, do estudante e do coroinha, devia nascer seu instrumento, seu fanático servidor da Igreja.

Soube que o imaturo Goerdel, caído em suas mãos, era ambicioso, arguto na mentira e em suas cautas retrações, duro atrás do sorriso infantil, instintivo conhecedor daqueles prováveis futuros úteis, que devia adular sem excesso, indiferente, sem grosseria com os que não valeria a pena cultivar.

* *Ad maiorem Dei gloriam*: "Para maior glória de Deus". (N. T.)

Soube, além disso e desde o princípio, que o instrumento e o fanático seriam seus enquanto a Igreja lhe permitisse medrar e crescer.

Sem palavras, pelo menos até a aproximação do adeus hipócrita, Bergner também soube que não se enganara, que sua escolha fora boa e que não poderia ser melhor. Foi confirmando isso dia após dia, ano após ano: Augusto Goerdel era, dentre todos os habitantes de Santa María e da Colônia, o mais adequado a seu propósito; e a educação e a disciplina da Igreja, o melhor para a paciente e resoluta vontade de vencer do menino, do adolescente, do adulto. Bergner acreditou na inspiração divina; Goerdel acreditou na oportunidade e na boa sorte.

Bergner persistiu feliz até a separação, até sua morte. Mas muito antes foi necessária a grande farsa mútua.

Ou melhor, o final da farsa iniciada dez anos antes por Bergner e suspeitada, seguida implicitamente pelo menino doente na cama de seu quarto no casebre da Colônia, que sabia chorar em silêncio, deitado de costas, descobrindo no teto de taipa as aranhas imóveis do medo e do mistério.

No primeiro encontro, o rapaz, sozinho ou ajudado por sua mãe, conseguiu enredar as mãos num rosário; mover os dedos com uma desesperança delicada que beirava, com distância e desconsolo, a súplica jamais pronunciada.

Um par de anos depois, já na ala da igreja que haviam batizado de Seminário mesmo sendo Augusto Goerdel o único seminarista, Bergner sorriu entre as sombras para uma cena semelhante e aperfeiçoada.

Do quarto sempre pobre do adolescente — que só dispunha de estampas de santas e virgens várias para cumprir o rito do prólogo que lhe traria o sono — estendia-se um corredor de ladrilhos sempre frios até a escada em caracol que se retorcia descendo para o templo, as missas, as confissões.

A segunda cena foi contemplada por um Bergner oculto e cauteloso, acordado de madrugada por um ruído de porta que se abre e se fecha. Um ruído deliberado, pensou, sem apreensões e curioso. Saiu de seu quarto, descalço e lento como o ladrão que chega durante a noite.

No corredor, sempre recendendo a umidade e ausência, incrustado no muro, mal e mal iluminado por uma fosforescência esverdeada, protegido pela ajuda ambivalente de um vidro, havia um sangrante Jesus Cristo de cera pregado na cruz. Sob a luz de pirilampos também era possível ler um poema de autor anônimo. Quatro linhas sobre um papel ocre e ondulante:

Tendo, ao passares, me olhado
Ai, filho, tão mal me pagas.
Conta, se puder, minhas chagas,
O meu sangue derramado.

E ali, de pijama e ajoelhado, batendo no peito para acompanhar o pranto, Augusto Goerdel.

"Deve fazer isso todas as madrugadas", pensou Bergner; "suarento ou gelado, persistente e pontual, jogando com a lei das probabilidades, certo de que algum dia terei de vê-lo, surpreendê-lo em sua peça de bravura e acreditar nele. Meu pobre idiota hipócrita, meu irmão."

IV

Na anunciada grande farsa mútua — mas não última —, ambos mostraram uma inegável decisão e reconheceram sem palavras a força própria e a alheia.

Dentro do pequeno quarto do adolescente, invadido sem aviso e quase totalmente ocupado pelo corpo enorme de Bergner, a conversa fez rodeios sobre o tempo, a teologia primária, perguntas e respostas impressas no catecismo que os meninos liam, até que Bergner foi se afastando da opacidade cinzenta da janela e perguntou, sem levantar a voz:

— Deus, Brausen. Você acredita nele?

Goerdel contemplou-o desconcertado e disse, dócil, a mentira:

— Se eu não acreditasse nele não estaria aqui. Já são, Padre, cinco ou seis anos aqui.

— Oh, sim — assentiu com a cabeça Bergner. — Eu teria dado a mesma resposta se um imbecil me perguntasse isso — introduziu uma pausa, olhou por um breve tempo a umidade apoiada na janela. — Mas — continuou depois — nem você nem eu somos imbecis. Diga-me lentamente se você acredita que os pecados de pensamento e ação, lamentáveis e tíbios, que praticou, acumulando-os nesta cela fedorenta, bastam para que Brausen, sem julgamento, mande-o para o inferno, queime sem prazo sua alma imortal. Suposta alma imortal, supondo que você tenha ou padeça isso ou algo aproximado.

O rapaz, pulôver preto e sujas, rasgadas calças de vaqueiro, baixava agora os olhos para mirar os pés nas sandálias. Exceto nas missas, sempre se vestia assim, musculoso contra o inverno, indiferente aos suores da estação do calor. Mas agora, naquele final de manhã, da missa das onze, fraco e esperando o almoço, a vestimenta de Goerdel e o próprio Goerdel mostravam um esfarrapado desconsolo.

Replicou com voz tímida e surpresa, lenta, sem agressão:

— O senhor deve saber melhor do que eu, padre. Deveria saber e julgar, dar a sentença sem necessidade de perguntas e de ajuda. O senhor é meu confessor.

— É verdade — sorriu o pároco. — Há cinco anos. A armadilha sempre esteve preparada. Era tão simples. Você desejou a mulher do próximo, mas não o matou. Invocou o santo nome em vão, mas de brincadeira. Respeitou com desprezo, desprezo crescente, seu pai e sua mãe. Ordenei-lhe um castigo para cada bobagem sua, para cada mentira que sussurrou em sigilo de confissão. E você sabia gaguejar e empalidecer. Durante cinco anos eu o pressionava para que dissesse tudo. Para que me revelasse o fundo de seu cérebro. As almas sempre serão desconhecidas. Às vezes você se desesperava do outro lado da cortina, outras, mais ansioso, de imprevisto, em qualquer lugar da igreja onde eu me deixava encurralar. Você e eu nos respeitávamos, um pouco solenes. Você e eu nos divertíamos com seriedade e nos restringíamos — éramos dois cavalheiros — às leis do jogo, que talvez tenha durado demais, que termina agora — e repetiu lentamente: — Que termina agora. Ao meio-dia de um trinta e um de março, conforme o calendário gregoriano.

— Perdão, padre — disse o rapaz. — O que é que termina? E por que hoje, agora? Que foi que eu fiz...

Bergner levantou a mão amável e adiou seu sorriso. Apesar da fome e do mau tempo não havia hostilidade entre o jovem loiro, inquieto e carrancudo e o homem maduro, quase velho, com rugas que não se formaram em seu rosto para mostrar os anos. Mostravam, exibiam uma vontade que atravessaria, agora e para sempre, o forçoso e secreto ceticismo construído pela experiência. Tantos anos vendo e medindo.

Mediu outra vez e ficou contemplando o rosto juvenil, expectante; depois olhou a janela cega pela chuva e falou calmamente, como se dissesse um sermão que não podia ser interrompido.

— Você estudou, Augusto. Há uma semana os membros da cúria lhe deram o título de bacharel e, se bem me lembro, *cum laude*. Ontem, a universidade laica e reformista ratificou o título. Claro que eles não tinham *laude* para oferecer ou presentear. Quanto à teologia, suas notas são aceitáveis — voltou a fitar o rapaz, sorrindo apenas com os olhos. — Então chegou o momento, tão suplicado por você, às vezes de joelhos e com lágrimas, de continuar no Seminário, se podemos chamar isto de Seminário, de estudar, de prometer, de atravessar as mentiras ineludíveis, vestir o hábito e servir ao Senhor. Respondi-lhe com tapinhas nas costas, sem palavras, assentindo, talvez, com movimentos de cabeça. Foi assim, não é mesmo?

— Foi, padre.

Bergner levantou os anos de sua dura poltrona de madeira, contemplou o crucifixo de marfim, polido, morto, sem pregos nem feridas, sem sofrimento; deslizou os dedos pelas lombadas sombrias da biblioteca, demorou-se olhando os títulos e voltou a sentar-se lentamente, com um ríctus de dor.

Suspirou cansado e cruzou os dedos sobre o ventre. O rapaz não se movera; com as mãos vencidas sobre a mesa, deixava que o negrume do pulôver subisse, lento e persistente, escurecendo-lhe o rosto.

Bergner esperou os minutos que estavam determinados, minutos nem longos nem breves, mas que tinham sua vida marcada. Depois disse, mais entediado que cansado:

— Você e eu jogamos o mesmo jogo durante anos. Você e eu nos respeitamos, soubemos fingir; cada um aceitou na relação, como verdadeira, a atitude ardilosa e sempre egoísta do outro. Em suma, você e eu aceitamos mentir, aceitamos a mentira que amparava o silêncio. Mas agora...

O rapaz levantou a cabeça, o rosto imóvel inserido no anoitecer pertinente.

— Concordo — disse —, concordo com tudo. Aqui e agora. Ouço e obedeço.

Não disse isso com ironia. Estava decidido a ouvir e a falar. Esperou até que Bergner entrecerrou os olhos para ver, inseguro, sua própria alma, até que o padre-cura ergueu-se blasfemando:

— Malditas sejam suas almas. *Ora pro nobis*. Será que você algum dia acreditou que eu acreditava em suas farsas? Será que não soube desde o início que eu fingia acreditar nelas... e acreditar em minhas palavras de estímulo e de conforto? Conheci você assim que o vi, e o escolhi. Precisava de quatro anos de sua vida e de quatro da minha. Brausen deu-os a mim, bendito seja seu nome. Agora eu conheço você melhor do que a mãe que o pôs no mundo. A mãe que hoje o envergonha. E isso é bom; porque, mesmo sendo obrigado a respeitar pai e mãe, primeiro vem o dever de amar a Deus sobre todas as coisas.

— É o que faço — disse o rapaz com um esgar de resignação, com fraco, renovado cinismo.

Bergner notou um prólogo de sarcasmo e seu próprio cansaço. Abandonou-se então à comédia e ao pateticismo. Bateu com um rígido dedo indicador no peito do adolescente.

— Você não nasceu para servir ao Senhor dentro da Igreja. Tampouco o criei para isso. Eu o vejo, sempre o ambicionei inserido no mundo, em Santa María e na Colônia, não representando Nosso Deus, mas introduzindo, fortalecendo a fé no Senhor. Sem hábito, claro, porque você nunca quis, na verdade, tomá-lo. Mas útil, com qualquer título, para servir à Igreja e com o apoio dela. Quero você rico e vencedor na vida terrena; quero você hipócrita e sutil. Quero que nos sirva e me ofereço para servi-lo. Terá de ir à Capital, com uma bolsa suficiente só para salvá-lo da fome e com o apoio daqueles com quem ainda iremos falar. Serão cinco ou seis anos de ausência e vigilância. Se você fracassar, nós o deixaremos cair. Também os pardais, na imensa sabedoria, morrem de frio.

Bergner lembrou-se vagamente das centenas de vezes que dissera a última frase. Acomodou-se em sua cadeira rígida como um operário no fim de uma jornada embrutecedora, recebeu o sorriso do rapaz como uma aceitação sem reservas; depois, lentamente, mirando a janela preta, falou com calma de testamentos, de hipotecas e de compras, dos bens deste mundo, de heranças e cifras deslumbrantes. Nada disse de dízimos, porque considerava o tema precipitado e inoportuno e porque o estavam esperando no Club.

Assim ficou decidida a data da partida de Augusto Goerdel e também seu destino. E foi o Padre Bergner o primeiro a descobrir, depois de se benzer, à luz dos lampiões da praça, que o rosto do cavaleiro da estátua dedicada a Juan María Brausen começara a insinuar alguns traços bovinos.

Ninguém notou, ninguém me disse nada. Talvez os de antes não vissem a mudança pelo costume de olhar para a cabeça quase todos os dias; os de agora, porque sempre a viram assim, sem olhá-la. Talvez a pátina, a luz ruim, as pombas, meus olhos gastos, talvez uma brincadeira tortuosa do diabo. Olharei amanhã sob o sol.

A dureza do bronze não mostrava nenhum sinal de formação de chifres; só uma placidez de vaca solitária e ruminante.

V

Ouvi o cavalo chegar de madrugada e o assovio que Jorge Malabia costumava dar para anunciar-se. Deixei-o assoviar e esperar, acomodei-me na cama para perseguir um sonho feliz, inalcançável. Logo depois veio outro sonho, desconexo e melancólico, povoado de mortos já esquecidos.

Possivelmente foi entre sete e oito da manhã que Díaz Grey aceitou que estava acordado, exigiu da criada a xícara grande de café preto. Viu pela janela o potrinho ajaezado com toda prataria imaginável, viu Jorge Malabia sentado no pasto, servindo-se de mate com uma garrafa térmica. Achou-o mais pesado, mais paciente e maduro, talvez engordado pela invernada.

O cavalo vinha guiado por um velho hábito que lhe impôs ou que compartilhou com Marcos Bergner (perdido havia anos na neblina).

Em época remota os nacionalistas, os estancieiros, teimavam em dizer *"haiga"*,* em usar no inverno chapéus com a aba levantada, e preferiam ponchos a casacões. Era a pátria, ainda que tremessem de frio e tivessem em casa sobretudos trazidos de Manchester ou de Londres.

Em outra ordem, decrescente, Jorge estava aprendendo a ser imbecil. Agora tinha dois automóveis, mas insistia no uso do cavalo semi-árabe, na evidência do revólver, para transmitir as notícias que julgava importantes. Talvez assim se sentisse mais gaúcho e nacional.

Do ancião ao jovem, o carinho invariável, o devido respeito, foi agora, da janela ao pasto, invadido por receio e desconfiança.

Olhou-o por um momento até sair lúcido do sonho. Viu o potrinho e suas pratas; viu Jorge matear sem pausa, viu a camisa de lenhador canadense. Os cabelos loiros e desbotados caindo até os ombros. Naquele ano, lembrou, os cabelos compridos eram o símbolo, o santo-e-senha do machismo santa-mariense, popular entre os inseguros.

Duas heranças, pensou, que algum dia serviriam para nos unir ou nos separar. Angélica Inés, sua mulher, dormia babando no andar de cima. Jorge se estirava no chão, espreguiçando-se, tomado pela notícia que o empurrava até mim,

* Forma antiga do verbo *"haber"*, caída em desuso. (N. T.)

que o obrigava a esperar, entrar, colocar-se para sempre em algum canto do consultório ou da sala, dentro de mim, de qualquer modo.

Ele, Jorge Malabia, tinha mudado. Já não sofria por cunhadas suicidas nem por poemas impossíveis. Controlava meticulosamente o *El Liberal*, comprava terras e casas, vendia terras e casas. Agora era um homem abandonado pelos problemas metafísicos, pela necessidade de capturar a beleza com um poema ou um livro. Beleza tão eterna e definitiva quanto esmagar entre as mãos uma borboleta, uma traça, e observar, por um breve momento, o resplendor que sucede ao golpe e à morte.

Seu rosto e seu ventre estavam engordando e ninguém poderia saber com que destino, o que significariam dois ou três anos depois. Ninguém apostaria sem riscos no futuro quase imediato de Jorge Malabia.

Mas eu também me sentia mudado. Não só envelhecido pelos anos que Brausen me havia imposto, e que não podem ser contados conforme a passagem de trezentos e sessenta e cinco dias. Compreendi há tempos que uma das formas de sua incompreensível condenação era ter-me trazido ao mundo com uma idade invariável entre a ambição com o tempo limitado e a desesperança. Por fora, sempre igual, com alguns retoques de cãs, rugas, achaques passageiros para disfarçar seu propósito.

Eu também era outro: minha indiferença inicial se transformara numa falsa cordialidade, em lábios sempre abertos para o sorriso, num sorriso descarado e tranqüilizador que significava: Brausen está nos céus, o mundo é perfeito, você e eu temos de ser felizes.

Acreditavam em mim; quando não pude curar, consolei. Mas minha mudança tinha outro aspecto. Soube que era mais fácil e poderoso: ouvia as confidências sempre ajudando, absorvendo, sorridente. Depois recuava para mostrar numa penumbra preparada meu rosto vacilante entre a preocupação e o pensamento. Eu sofria a doença de meus doentes. Não se tratava de minha perícia de médico; por algum tempo, cada órgão meu suportava a dor e os transtornos do visitante. (Houve exceções, claro; mas ninguém ficou sabendo.)

Depois, de repente, voltei a situar meu sorriso, minha felicidade, minha compreensão na plenitude da luz. Tudo entendido, tudo curado. Fazia duas ou três perguntas, mostrava a dentadura a cada resposta e prescrevia — com estudados hieroglifos — receitas para a farmácia de Barthé.

Todos éramos felizes, exceto minha vaidade de ferro, encoberta do despertar até a madrugada, confusa e diferente nos sonhos, nunca mostrada, oculta até a morte por minha simpatia e bondade.

Eu o deixei esperando — o cavalinho, lá embaixo, inclinava a cabeça procurando comida de verdade no gramado. Barbeei-me, tomei banho, vesti-me com cuidado como se não soubesse quem era o visitante. O sol estava alto. Disse ao monstro de plantão, fantasiado de *nurse*, que mandasse Jorge entrar no consultório. Lá havia mais luz que na sala.

Ouvi o bater das botas nos degraus e pedi em silêncio que Angélica Inés não acordasse, que se passassem algumas horas antes do princípio do limbo e do purgatório cotidiano, aquele para ela, o segundo para mim.

Jorge entrou, espantosamente parecido com o homem descrito na página anterior. A camisa vermelha e cinza de lenhador, a barba intencionalmente descuidada, as grandes botas, o ridículo, enorme S. & W. movendo-se no quadril, um deliberado toque de suor que não me chegava de suas axilas, mas da totalidade de seu corpo desafiante, de pernas abertas, impositivo.

Eu olhava calmamente para ele, da poltrona. Sabia que o vazio de meus olhos, a quietude de minhas mãos apoiadas e imóveis, ponta dos dedos contra ponta dos dedos, o fariam explodir. Assim, deixamos de lado os cumprimentos.

— Matou-a — gritou Jorge. — Matou-a à meia-noite com uma menina. Ela sempre pensou numa femeazinha. Matou-a à meia-noite e nós o procuramos para matá-lo mas ele já se escondera. Vamos encontrá-lo, doutor, eu juro.

E não via — não se via — seu grotesco Abel morto, ressuscitado por camaradas, conhecidos no vilarejo? Não pensava em Deus e em Caim?

Porque Caim foi obrigado a fazer aquilo, foi obrigado por um mandamento não explícito, mas ineludível.

Nunca quis as ovelhas de Abel, renunciou às ferramentas de lavoura e tornou-se caçador sob o olhar incansável de Deus. Caim fez isso.

Mas Brausen cumpriu seu propósito inexplicável para sempre e para nós, agiu como um caudilho político. Amparou Caim diante do juiz de instrução, advertiu a polícia de que qualquer castigo para o homicídio acarretaria sete vezes a repetição de justiça e vingança. E colocou no matador um letreiro de prevenção e imunidade.

E em seu covil, na hora da caça e do sono, contemplava o olho triangular e esverdeado que o espreitava sem trégua. Duas ou três semanas sem palavras: "Tu estavas obrigado a saber que eu o faria, porque Tu mesmo me escolheste, entre tão poucos; Tu querias que eu o fizesse e eu o fiz. Não sei por que me ordenaste que fizesse isso. Não me importa a inquietação que me juraste. Caço e como, porque Tu fizeste assim os homens.

"Tu me olhas, olho e triângulo; me dás sono. Agora vem a treva, agora estou exausto e farto. Vou dormir. Amanhã conversaremos. Tu me conheces de cor; eu quero ver-Te."

Esperou semanas e meses no covil enfumaçado. Mas Nosso Senhor Brausen deixou passar os séculos; o encontro tornou-se impossível porque os caminhos de Brausen são insondáveis ou porque desejou instalar o crime na raça que inventou, ou porque quis instalar definitivamente a certeza de que o mais forte vencerá durante séculos enfrentando o fraco e manso.

Enquanto durou, o triângulo verde derrotava a insônia do fratricida, do caçador; ajudou a extinguir seu cansaço, sua memória.

Era feliz, jogado, musculoso, contemplando a luz suave do olho limpo que o mirava, agora insignificante, nunca amistoso mas já lânguido, talvez, também ele, sonolento.

VI

— Sim — disse Díaz Grey. — Era inevitável. Há alguns meses ele mesmo, Goerdel, veio anunciar-me seu crime. Um crime que tivera início duzentos e setenta dias antes. E não era possível impedi-lo. Não acontecera ainda, mas era impossível detê-lo. Só matando-a, detonando uma bala na cabeça da vítima.

— Palavras — disse o rapaz disfarçado e rígido, depois da incompreensão, da ira e do silêncio. — O filho de uma égua assassinou Helga e sabia o que estava fazendo. Vamos procurar até encontrá-lo.

Díaz Grey se conteve. Conteve sua pose de médico bem-vestido na abertura da consulta, recém-barbeado, a gravata nova, os limpos, longos dedos unidos para ferir a mandíbula lisa.

Depois abandonou-se a seu acumulado ódio à estupidez. Ergueu os olhos para medir a figura com camisa de Alasca, com botas altas, com um cinturão largo onde pendurava o revólver. Também mediu a inacreditável petulância.

E disse docemente:

— Sempre odiei os filhos-da-puta que hoje perseguem Goerdel, Augusto, acho. Sempre odiei, desde a infância, os sujeitos tristes quase mortos de fome, que batem — à paisana ou em farrapos —, que batem continência para um cabo, para um sargento, para um oficial ou meio. São dois necessitados, um, por sua fome, seus imaginados filhos, seus pequenos vícios. O outro quer um homem que não faça perguntas antes do tiro nem depois. Durante a mudança entre filho-da-mãe e filho-da-puta não há outra promessa a não ser uma ração semanal de biscoitos, a barrica mensal de erva. Além disso, claro, o soldo miserável, o uniforme aguado, rafado nos joelhos e nos sovacos.

— Não me interessa sua história policial. Não nos interessa a polícia. Vamos encontrá-lo hoje, onde quer que esteja escondido, e que se vire no inferno.

— O paraíso deve ser um inferno comum para nós. Não procure pecados porque, na realidade, eles não existem. Brausen nem sequer nos deu a oportunidade de inventá-los.

Fazia tempo que Jorge Malabia passara da idade de escutar frases com ruídos bíblicos.

— Patricio — era o nome do irmão da mulher morta — ficou longe, bêbado o dia inteiro e chorando.

— E vocês, o círculo de companheiros íntimos, embora não chorassem, também bêbados, por solidariedade.

— Também. Somos amigos de Patricio. E esse assassino judeu quis se meter no velório de sua mulher para mostrar alguma lágrima. E Patricio não se agüentou e quis matá-lo.

— Mas vocês o seguraram, certo? Patricio tinha voltado de muito longe, mas não da bebedeira, para despedir-se de sua irmã e, de quebra, vingar-se. Mas seu cunhado...

— Disparou. O sujo judeu assassino.

— Goerdel é mais ariano, provavelmente, do que você e eu. Não deve haver um só judeu procedente da Colônia. Arianos, suíços, católicos, alemães. Mas aqui, em Santa María, nenhuma dessas palavras serve para insultar. Então, o judeu Goerdel.

— Aquele assassino filho-da-mãe. E alguém disse que ele veio se refugiar aqui de madrugada. É verdade?

Díaz Grey sentiu que sua agressividade crescia enquanto Jorge passeava fazendo soar o piso com as botas estrangeiras e desproporcionais. Não era, pensou, inveja dos anos que os separavam, porque o rapaz ainda dispusesse de tempo e ele não. Doía-lhe que Jorge oferecesse seu futuro ao nada, a ganhar dinheiro sem esforço nem propósito. Doía-lhe que o outro engordasse, que se misturasse, tão inocente, com a estupidez e a gordura do porvir que a cidade lhe oferecia.

— Não — disse —, não bateu à porta me pedindo abrigo. Mas, se tivesse feito isso, estaria aqui, protegido, no que dependesse de mim, de valentões imbecis e fanfarrões. Por que não o mataram quando estava preso no velório? Porque Patricio não estava sofrendo o bastante, porque ainda não estava suficientemente bêbado ou porque estava demais. E vocês seguraram Patricio por razões de decência e deixaram o judeu assassino escapar.

Jorge tinha parado diante da escrivaninha e tentava olhar o médico nos olhos.

— Não — continuou Díaz Grey —, você nunca amou verdadeiramente o melodrama. Mas deitou e rolou na facilidade de esquivar-se por meio de farsas. É lamentável, como diria seu parente Bergner: que Brausen te perdoe.

Com um ríctus de sorriso implacável, Malabia disse, lento e ressentido:

— Penso em minha juventude e choro. Talvez, quando for velho como você. Pena que já não poderemos chorar juntos. A não ser que você me peça para viajar até os ciprestes. Mas, de qualquer modo, será um pranto solitário.

— É verdade — disse Díaz Grey. — Creio que será impossível. Mas posso imaginar a palhaçada. E, se chorasse, não o faria por mim. Não tenho Goerdel nesta casa. Mas tenho muitos espelhos altos para que você se olhe. Capricho de Angélica Inés, espelhos de corpo inteiro. Ela, dizem todos, não sabe nada de nada. Mas entende, ou se entende. Não importa; por aí, em cada aposento, vai encontrar um espelho conveniente para seu disfarce. Das botas às melenas. Sem falar da camisa e do cômico revólver. E, se Patricio quis matar Goerdel, não foi a tiros, aposto. Deve ter sido com um grande facão de mato, feito para esquartejar veados. E agora vão sair perseguindo o assassino com cães selvagens e cães policiais que vão emprestar do Destacamento.

— Mas, se Goerdel nem me pediu ajuda — continuou Díaz Grey —, a verdade é que falou comigo de Colón, de madrugada. Disse algo de um avião. Posso imaginar o percurso. A voz. A voz não era cínica nem assustada. Só estava se despedindo.

Malabia se deteve e começou a olhá-lo como se recordasse, como se pudesse isolar, dentro dos anos, cada vez que vira o médico. E essas lembranças se mantinham independentes, unidas apenas pelo nome.

— Uma curiosidade — disse Malabia. — Uma curiosidade muita antiga. Agora sinto que se foi estendendo, um processo de acumulação, como dizem as bulas dos remédios. Quem é você? Perdão; não me importa, não preciso disso porque posso vê-lo e julgar. Mas interessa-me conhecer seu passado, saber quem, o que você era, doutor, antes de se misturar aos habitantes de Santa María. Os fantasmas que inventou e impôs Juan María Brausen.

A coisa pareceu divertida e triste para Díaz Grey. Ao menos, esmorecia a tensão, a caçada, a incontornável imbecilidade das pessoas que povoavam seu mundo: a estupidez dos conformados, a estupidez dos que diziam acreditar na felicidade universal — ou santa-mariense — escrevendo nos jornais clandestinos ou falando nas mesas dos cafés da orla.

Claro; havia outras pessoas jovens, respeitáveis, que se deixavam matar nos bosques escassos, vítimas da sede, de insetos ignorados, de febres que pareciam descer do trópico distante, das selvas verdadeiras do Amazonas e do Orinoco, decididas e certeiras. Às vezes, para maior humilhação, acabavam mortas pelas metralhadoras do pessoal do Corpo de Pundonorosos que, supostamente, cumpriam ordens de Juan María Brausen.

— Meu passado? — disse lento, cismado, Díaz Grey.

VII

Díaz Grey levantou-se e trouxe até a escrivaninha dois jogos de baralho e um envelope repleto de fotografias e cartas.

— Há um passado — disse quase com assombro, como se não o entendesse completamente.

Jorge Malabia diz ou pensa: que é doce, ou que tem para mim a doçura do mistério, continuar chamando de mulher sem rosto àquela que mostravam as fotos. E de mulher sem rosto foi chamada, com intenção diversa, pelo próprio Díaz Grey naquela vez, talvez a primeira, em que aceitou falar dela, reconhecendo diante de outro sua existência, com voz invariável, recitativa, uma voz que também para ele beirava o teto do mistério: que não se referia ao passado e a sua dor distante, nem ao presente e a seu desconcerto, sua perplexidade. Um

Díaz Grey reumático, imaginou Malabia numa lembrança falseada, de roupão, chinelos de lã, cachecol e boina, apoiando o ombro esquerdo em qualquer concerto de Bach, à sua direita a garrafa de rum, o suco de limão, a grande jarra embaçada de água quente.

Díaz Grey e a implacável sobrevivência de seus olhos brilhantes, da quase totalmente desentendida expressão testemunhal de seu rosto magro, liso e roído. Díaz Grey quase imóvel na grande poltrona da enorme, absurda sala da casa construída por Jeremías Petrus, tantos anos antes, tantas vezes sustentada, mantida numa farsa de saúde por mestres e pedreiros, nunca diferente dos caprichosos, difíceis projetos originais ditados pelas frias resoluções e pela fúria do próprio Petrus. O casarão sobre pilares que agora era seu por direito de conquista contestada. Díaz Grey, dizendo-me:

— Deixei de vê-la quando ela tinha três anos e guardo todas as fotografias que consegui, quase desde seu nascimento até essa idade. Depois, muito espaçados, chegaram-me outros retratos, outros rostos que iam aumentando bruscamente as idades, não se sabia para onde, mas afastando-se do que eu havia visto e amado, do que me era possível recordar. Com a permissão de Brausen, naturalmente. E estes, os rostos novos, eram-me, a cada morosa chegada do correio, a cada ano, mais incompreensíveis, ao menos mais, muito mais afastados de algo que importava, sem dúvida, mais do que ela ou eu: meu amor pela menina de três anos. Sim. Os rostos novos separados de meu amor, ou de meu amor pela lembrança e pelo sofrimento dessa lembrança. Com uma regularidade cíclica substituía as cartas de baralho de meus jogos de paciência noturnos; os jogos com que atravessava lentamente e sem convicção a fatalidade da insônia e os rumores familiares do amanhecer. Claro, as fotografias viradas para baixo nunca foram tantas quanto as cartas. Era, é, a única armadilha que me permito. Era, é, sempre o chamado suave, irresistível, de uma necessidade viciosa. Mais tarde viriam as pílulas, às vezes a seringa, o sono até o meio-dia. Mas, antes, era forçoso que cedesse, que me jogasse para trás na cadeira, que pusesse o chaveiro sobre a mesa e o acariciasse com o indicador até tocar a chave da gaveta da escrivaninha. Tirava o envelope das fotos, empilhava as fotos, as cartas da nova paciência e continuava meu jogo, um jogo que sempre morria sem me deixar saber se tinha ganhado ou perdido. Depois esparramava as fotos, agora me olhando, as que eram minhas e as que iam acelerando sua fuga. Embora intemporal, embora sabendo-me escravo do sonho de um infeliz paranóico, respeitava a cronologia. Cada retrato traz no verso uma data diminuta, feita com meus números de míope. Eu os distribuía em cima da escrivaninha, em cima dos meses, à esquerda, em cima dos anos no final e à direita. Desde o bebê de meses e de fraldas até a recém-chegada. E então, Jorge Malabia, eu jogava a grande paciência; olhava os rostos atento e calmo, para sofrer melhor, para que o jogo valesse a pena: o rosto, os rostos, a evolução e a mudança, as pequenas e vingativas transformações. Acendia um cigarro, aproximava os olhos, afastava-os, compreendia as mudanças ou tentava entendê-las. Às vezes durante horas, sempre inúteis. Mas a paciência com as fotos tinha suas leis e eu as respeitava. Concluía amontoando as minhas, as que não passavam dos três anos de idade e depois me concentrava nas da fuga, realizada com saltos violentos. Agora surgiam as semelhanças duvidosas, o segredo, a impotência, doze ou vinte rostos de minha desgraça. Crescendo e me desafiando, cuidadosamente colocados em sua ordem temporal, os rostos iam se ausentando velozes, quase sem gradações, exibindo o despudor de suas mudanças, alterando os óvalos dos rostos, o formato dos lábios e os sentidos dos sorrisos, as linhas dos perfis, do pescoço e das faces; mudando incessante e egoisticamente o desenho dos olhos que, no entanto, continuavam atentos, grandes e separados. Até que soube, tanto durou o jogo, que ela não era ela, que eu estava vendo outra pessoa sem relação com o montinho de fotografias colecionadas durante os primeiros três anos, longe daqui, no outro mundo perdido.

E numa noite dessas, que não será mais triste que as outras, queimarei todas as fotos com idades acima dos três anos. Se me decidi a pensá-la mulher sem rosto não foi porque ela estivesse se transformando numa mulher diferente, ano após ano, um negligente correio após o outro. Fiz isso porque não tive forças para tolerar que ela fosse uma pessoa.

VIII

No princípio, Goerdel usou uma charrete, um veículo protegido dos caprichos históricos do tempo por uma capota preta, puxado por um cavalinho baio gordo e sem tosar. O conjunto adequava-se aos desígnios do Padre Bergner e aos caminhos de terra que iam se formando na Colônia pelo peso de carroças, bois, tílburis, caminhões, homens e mulheres que iam e vinham matando o capim com os pés.

Não é possível calcular seriamente a duração desse primeiro tempo em que Goerdel sentiu o ridículo e as mudanças das estações dentro da charretinha preta e da roupagem imposta, também preta. Testamentos, hipotecas, compras e vendas, empréstimos com os juros fixados pelo Padre Bergner, com o dinheiro proporcionado por Bergner ou pelo misterioso Capítulo que se reunia na igreja na segunda e na quarta segunda-feira de cada mês.

Muito depois soube-se que a tarefa preferida de Goerdel eram os litígios entre vizinhos da Colônia. Alambrados ou cercas que avançavam durante a noite, gado que se alimentava em campo alheio, riachos miúdos que, forçados, buscavam novos rumos.

Nesses casos Goerdel limitou-se a sua porcentagem. Mas era muito mais feliz ouvindo queixas e desabafos, investigando, fatigado em redigir papéis timbrados que sempre sustentavam, perante o juiz, a razão e a inocência do cliente que lhe pagava, imposto pelo acaso.

Para Goerdel os cansaços, as discussões arrevesadas, a diplomacia sorridente, os medidos tapinhas nas costas de seus clientes, os suspiros que confirmavam um despejo, transformaram-se em dinheiro, em milhares de pesetas espantosamente mais numerosas do que jamais cobiçou em seus primeiros percursos de mercador ou de intermediário. Desde o primeiro triunfo entregou o ganho total ao Padre Bergner, mas nunca deixou de lado, nunca aceitou negociar os rígidos cinco por cento que estabeleceu antes da primeira viagem tortuosa entre granjas, rancharias, ranchos que almejavam lojas de comércio, tijolo, alvenaria e luz elétrica.

— É melhor assim — dissera o Padre Bergner, aprovando a charrete torta e o cavalinho incansável e cabeludo. — Por ora desconfiam dos ricos; quando tiverem riqueza com suas vacas, seus leites, suas manteigas, vinhos e queijos, começarão a desconfiar dos pobres.

Bergner também disse: — Eu sei que a Colônia é católica. Mas não se deve esquecer que cada família trouxe sua Bíblia e que ali anotaram nascimentos, casamentos e mortes. Não se deve esquecer o peso físico, teutão, dos livrecos. E que preferem o Antigo Testamento aos Evangelhos. Não me preocupam os ateus, porque estes voltarão para nós com a desgraça, a instabilidade ou a velhice. Mas desconfio das incursões que estão fazendo os hereges do Sétimo Dia, as emparelhadas testemunhas-de-jeová, os mórmons, os coronéis do Exército da Salvação. Toda essa récua persistente e mais bem paga do que nós. Mas por enquanto não soube que nos tenham caído judeus. Temo, porém, que o terreno escolhido, a Colônia, possa, à custa de paciência, ser fértil para esses condenados. Por isso preciso de você, cada vez mais.

Goerdel desempenhava-se defendendo a Igreja Católica Apostólica Romana, sem necessidade de polêmica, tão seguro e tranqüilo como se mencionasse os pontos distantes em que o sol nasceria amanhã ou como cairia no fim da tarde.

Acreditava exageradamente nos temores do padre Bergner; persistia, firme em seus cinco por cento, em suas multiplicações.

De modo que Bergner chegou a pensar num aliado inseguro, num jovem loiro, forte, bom moço, que diariamente se perdia nos caminhos da Colônia, perseguindo seus cinco por cento, rogando a fé na verdadeira Igreja, em São Pedro e seus sucessores.

Então Bergner começou a pensar de outra maneira e convenceu-se de que um novo dever lhe havia sido imposto.

Era inteligente e arguto, suas opiniões continuavam sendo sagradas para muitas centenas de fiéis, sabia separar as mentiras das confissões sem nunca dar na vista, punindo sem zombaria com padre-nossos e ave-marias cujo número e pressa se adaptavam aos pecados que lhe murmuravam, entrecortados, antes de dúvidas fingidas, antes do sempre romântico "padre, eu pequei". E, além disso, a idade não o impediria de avaliar ou de intuir as qualidades das fêmeas ajoelhadas do outro lado da falsa cortina que separava Deus dos culpados que recitavam diariamente seu arrependimento.

Por outro lado, conhecia, pode-se dizer, toda Santa María, toda a Colônia. E as conversas com Goerdel o ajudavam a inteirar-se de fortunas aumentadas ou roídas, de outras que suportavam sem prejuízo os impostos sobre a herança, os impostos sobre o uso inconsciente do ar, sobre o direito de andar pelas ruas.

Lidou, pois, com cifras, belezas, reputações; pôde agir segura e lentamente, aproximou Goerdel dos Hauser — casa em Santa María, casas e terras na Colônia —, conspirou, disse palavras definitivas que podiam soar como observações justas, objetivas e sem peso.

Quando teve certeza de que tinha ganho, não quis se apressar; continuou falando e comentando, aludiu, para os Hauser, a uma guerra santa incruenta mas inevitável contra inimigos vagos e poderosos. Considerou gasta e antiga sua sobrepeliz e encomendou uma nova na Capital, detalhando seus gostos, pondo um grama de heterodoxia no corte e no comprimento.

Meses depois, na sexta-feira anterior à festa de Natal, casou Augusto Goerdel com Helga Hauser, balançando a cabeça a cada sim que provocava e ouvia. Já naquela época, testemunha do casamento, Patricio Hauser odiava Augusto Goerdel.

IX

Não nos era permitido envelhecer, apenas deformar-nos, mas ninguém impedia que os anos passassem, marcados com festejos, com o escândalo alegre e repugnante da imensa maioria ruidosa dos que ignoravam — às vezes podia-se pensar num esquecimento — que os burocratas de Brausen tinham-nos feito nascer com uma pena de morte unida a cada certidão de nascimento.

De maneira que arrancar folhas datadas das agendas que distribuíam, generosos, os laboratórios médicos, não passava de um hábito, mais ou menos simbólico que o de cortar pedaços de rolos de papel higiênico.

Isso deve, pode, tento explicar e convencer por que ninguém em Santa María soube com exatidão o ano, o mês, o número correspondente ao regresso de Goerdel. Tampouco pudemos — nem podemos agora — acreditar em qualquer resposta convincente sobre sua breve, desnecessária visita.

Nós o esquecemos; soltamos com abulia e rotina muitas páginas dos calendários, descartando persistentemente São Silvestre e São Luciano. De repente — São Maurílio — soubemos que estava entre nós, primeiro no Plaza, depois em qualquer uma das casas que eram suas, junto da praia, na Vila Petrus. Num lugar que poderia ter sido meu.

Veio, decadente, pálido, alto e ereto como sempre. O visto de aprovação de Brausen deve ter sido motivado por uma causa secreta, por um plano que não pudemos compreender até que tivemos netos. Nem entender, mesmo convictos. Os caminhos de Brausen sempre foram misteriosos para nós.

Goerdel chegou e ficou fechado por uma semana no edifício branqueado que o arcebispo auxiliar chama ou de Igreja ou de Seminário. Dependendo do auditor da vez. Mas para nós sempre foi igreja.

Até que, num dia chuvoso, Bergner marcou um encontro com Díaz Grey e conversaram sobre outros mistérios comparáveis ao quase igualmente ineludível e infinito que reunia festejos e desgraças habituais.

O cura continuava grande e alto mas parecia um pouco acanhado e mal-humorado.

Bergner disse:

— Não acredito nem deixo de acreditar, pondo de lado as penitências de Goerdel, as confissões e a quantidade de hóstias que continua engolindo. Há algum tempo quis perguntar se você notou que algumas vezes, ao entardecer, a cabeça do cavalo da estátua tem mais traços de vaca que de eqüino.

— Pode ser, nunca prestei atenção — disse Díaz Grey.

Foi até a janela do consultório; mas dali só podia julgar a anca úmida da besta inferior.

— Mas o cavaleiro... Sim, sempre achei que ele tinha erros. Quanto à montaria, acho que em algumas noites a cornadura parece despontar; tenho certeza de que posso ver seus brotos com a ajuda de um par de horas de contemplação. Mas não acho que valha a pena. Com seu perdão, Padre, creio que teremos tempo para nos divertir com o terremoto que levará ao mesmíssimo inferno o matungo e o cavaleiro ambíguo. Pena que Santa María fique longe dos Andes.

— Mas durante a inauguração e os discursos — continuou o médico — o cavalo parecia vaca mansa e a figura de cima tinha traços de potro, de animal indomável. Não voltei a olhá-los com atenção. Mas devem ter continuado o processo. A vaca mansa e o cavaleiro bigodudo. Não se esqueça, porém, de que a vaca dá leite mas também sabe chifrar.

Díaz Grey abriu um livro sobre a escrivaninha e ficou lendo em voz alta:

— E se volto ao cavaleiro, Padre, acho possível descobrir uma cabeça de cavalo, o focinho de um asno empacado, a testa achatada de um dogue, o focinho do porco, o perfil estúpido de um boi. Como verá, ontem de noite andei lendo Ibsen. Para aplacar a insônia.

— Uma alma equivocada: mas grande — comentou distraído o pároco.

Depois o Padre fez rapidamente o sinal-da-cruz e quis falar de coisas mais importantes, mais imediatas; embora não quisesse mostrar pressa, tivesse-a ou não. Ao menos falava como se estivesse mergulhado em meditações solitárias.

— Augusto Goerdel, doutor. Como já deve saber, posto que vive numa cidade onde só transcorrem em segredo as boas ações, o contador Goerdel voltou a Santa María e ficou uma semana, ou mais, fechado em meu Seminário.

Dormia no mesmo quarto que ocupou em seus anos de estudante. Pode-se quase dizer que, tirando os ritos litúrgicos, estivemos frente a frente por sete dias. Ele foi embora e deve ter conseguido descansar no hotel mais luxuoso de Colón. Faz tempo que Patricio Hauser desapareceu e Jorge Malabia tem coisas melhores para pensar e fazer do que recordar aquela vingança absurda. Além do mais, essa gente, os santa-marienses, é fraca para manter paixões. Em dois ou três meses, até sua curiosidade murcha. Por outro lado, Goerdel é rico, muito rico. E neste mundo os muito ricos sofrem um escândalo inicial e breve. Fogo de palha.

— Perdão, Padre. Goerdel teve uma mãe. Eu mesmo a vi, há anos, na casa mais pobre da Colônia. Tábuas e zinco e papelões.

— Sim. O filho de Goerdel — sempre pensamos no segundo —, os dois filhos de Goerdel estudam na Alemanha. Faz anos Goerdel deu a sua mãe uma boa casa na Colônia. Ela nunca pisou em Santa María. E morreu dois meses depois da mudança.

— Deve fazer muito tempo. Não me lembro de ter assinado o atestado. Então, nosso amigo Augusto Goerdel não tem herdeiros aqui. E, se excetuamos você, também não tem amigos.

— Não é meu amigo — disse Bergner secamente. — É meu filho em Deus.

— Compreendo. Nunca soube que você mentisse.

Numa pausa tática, num silêncio que se tornara tátil por vontade de ambos, ficaram se olhando e afastando os olhos. Por fim, Díaz Grey perdeu e disse:

— O senhor Escrivão Augusto Goerdel.

— Sim, é preciso voltar para nossas ovelhas — sorriu levemente o pároco; não parecia doente, seguro de si como sempre. — Claro, consultei outros. Nosso Senhor, todas as noites. Mas sua opinião me interessava, e não por você ser médico.

Díaz Grey assentiu com a cabeça; Bergner quis suprimir a pausa excessiva.

— Você deve conhecer os Insauberry. Um par de desocupados mais brutos que bota de potro, crentes, irrepreensíveis. Se as coisas se ajeitassem com exemplos que tais, esta cidade seria ouvida no Céu e eu poderia passar um cadeado no confessionário.

— Sim — disse o médico. — Um dia os Insauberry me chamaram por qualquer bobagem nos brônquios ou no fígado. Ela ou ele. Ou por alguma das pestes todas que as crianças padecem. Por sorte, nada grave. Creio, também, que têm milhões aqui, na Colônia, na Capital.

— Sim, léguas incalculáveis e muitas empresas. Mas continuam tão humildes e frugais como quando eram pobres, quando os casei. Não são ricos; são, materialmente, poderosos. Mas vão passar, sem dificuldade, tenho certeza, pelo buraco da agulha.

— Fio — disse Díaz Grey. — Não há camelos.

— Sim; um pobre animal remoto leu e escreveu camelo.

Depois o pároco levantou um rosto puro e torturado; tinha nos olhos a luz da tarde e o olhar agourento de Díaz Grey.

— E, além de toda essa sorte de bens, têm também uma filha de doze anos, a menor de seis anteriores, todas mulheres.

— E agora falemos — continuou o sacerdote — do que importa, do motivo desta visita. Como sabe, Augusto voltou ao Seminário há uns dez dias. Nesse tempo todo, sem que eu possa jurar que fosse sincero ou farsante, Augusto Goerdel esteve me contando um sonho. Fez isso tantas vezes, entre lágrimas e preces, que agora, para mim, é quase exatamente como se eu o tivesse sonhado. Fecho os olhos e o vejo, talvez o enfeite, talvez o misture com a lembrança de alguma estampa religiosa. Durante anos, pouco depois da morte de Helga Hauser, Goerdel sonhou todas as noites que sua esposa morta, vestida de branco até o chão, trazia pela mão a menina dos Insauberry e a empurrava levemente, para que se adiantasse e fosse inconfundível. Diria que no sonho, reiterado, crônico, a atitude da finada não era de ordem ou de oferta. Simplesmente mostrava a menina, queria que o sonhador não se esquecesse dela.

— Bem — disse o médico, zombando de seu pensamento mas respeitando o pároco —, agora o amigo Goerdel quer adotar uma menina de doze anos. É compreensível. Só teve filhos homens.

Bergner arquejou, entre a ofensa e a fúria.

— Perdão, doutor. Mas não acho graça em suas piadas. Brausen teve razão quando o colocou neste mundo.

— Concedido, Padre. Tampouco se enganou em seu caso. Santa María precisa de você. Eu diria, até, que esta cidade não é concebível sem você, nem você sem esta cidade. Acrescento, sem esforço, a Colônia.

O pároco meneou a cabeça e conseguiu alcançar uma voz mansa e equânime.

— Uma piada ruim. Você pressentia a verdade desde minha primeira referência ao sonho.

— Reiterativo, persistente e pontual. Eu não acredito em Goerdel. Nem em seus sonhos nem em suas vigílias. É má pessoa, respeitando sua opinião. Mas não sei o que você acha.

— Um momento. Se eu não tivesse dúvidas não estaria aqui. Conheceria meu caminho e chegaria ao final sem consultar ninguém mais a não ser Deus. Mas duvido. Há momentos em que o desespero de Goerdel me parece sincero. Sinto pena dele, piedade. Vejo-o perseguido por esse sonho, sinto-o condenado, creio que Helga lhe roga, noite após noite, que aceite a menina.

— Sim — cantarolou o médico. — Tomo esta por esposa, por esposa e por mulher. Em minha infância escutei e repeti em coro a mesma canção. Não a entendia totalmente, não podia entender o sentido carnal das palavras. Mas eram divertidas e emocionantes. Creio que Goerdel já sabe disso. Sem falar dos milhões, naturalmente. Você, padre, tem dúvidas, e eu nenhuma. De maneira que não posso ajudá-lo. Confie em Brausen. Algum dia, e de surpresa, vai iluminá-lo. Nada de milhões, claro. Pois sua mãe é uma rosa e seu pai é um cravo. Que curioso, não? *C'est toujours la même chanson*. Mas, enfim, trata-se de uma festa ou de uma dúvida infantil. Doze anos, você disse que tinha a pirralha? E sem prever a monstruosidade que a espera quando sangrar a camisola, servindo chá de água e bolinhos para as bonequinhas.

Bergner levantou-se e despediu-se apenas com um movimento de cabeça. Não bateu nenhuma das portas.

X

Arrastaram-se dois ou três meses de outono agradável e ocre pelas ruas desfolhadas de Santa María.

O médico, Díaz Grey, ficou andando de um lado para o outro da cidade, assinando receitas idênticas, dizendo gripe aos mais jovens, *influenza* aos mais velhos. Não matou nenhum de seus doentes, ou nenhum, apesar das diferenças de idade, aceitou morrer. Miramonte e Grimm mascavam sua decepção; mas continuavam cumprimentando o médico respeitosos e cordiais, confiando num futuro próximo e alegre.

Para Díaz Grey, ao menos, não foi segredo que Nosso Senhor Brausen concordara em dirigir sua Luz sobre o Padre Bergner. Tantos dias, noites, de súplica e rogo, tantos amanheceres suados com a finada empurrando a menina, quebrando o fim do silêncio para ordenar. Sempre vestida de branco.

Talvez Bergner precisasse de um novo teto para a Igreja-Seminário; ou ambicionasse trazer da Capital um órgão que não reproduzisse, intempestivo, a respiração de um ancião asmático ou os uivos de dez gatos no cio. Ao contrário de Juan María Brausen, não agiu, tenho certeza, por interesses pessoais.

Qualquer que fosse a causa, todas as quintas Bergner e Augusto Goerdel visitavam durante um par de horas o casarão dos Insauberry. Era sempre às cinco, na hora do chá; e enquanto os adultos conversavam na sala principal sobre colheitas futuras, sobre acasos do tempo, sobre escândalos (apenas aludidos), sobre a qualidade do pãozinho-de-ló, María Cristina, a predestinada, brincava com as bonecas em seu quarto. É possível que os quatro mais velhos, entediados, sem palavras, esperassem e acreditassem atrair, por magia e desejo, a primeira menstruação da menina feliz e inocente, para falar sem rodeios sobre dinheiro, dote e uma lua-de-mel que, à força de silêncio, crescia em paisagem e aumentava sua quimera.

XI

— Louco — disse Jorge Malabia.

É provável que naquele tempo tivesse renunciado aos poemas e só escrevesse os editoriais do *El Liberal*, ditados do além-túmulo por seu pai, timidamente enfeitados com frases populistas, quase demagógicas.

— Mas — continuou, embevecido — não o louco que se imagina. Você tem de entender isso, tem de saber. Não é um louco ameaçador, incoerente, que nos obriga a ficar em guarda. É outra coisa. Tranqüilo e orgulhoso, falando com a segurança de agente viajante sobre negócios e preços. Subindo pausadamente as ofertas para que o jornal publique as que ele chama de provas de uma injustiça que já não magoa ninguém, depois de tantos anos. Com segurança, tranqüilo, convencido de que o único problema é o preço. As provas de sua loucura e de sua esperteza imunda. Disse-lhe não sete vezes. Acho que o convenci, e também a fome. Deviam ser três horas quando apanhou as cópias e levantou-se.

Ainda falava em justiça póstuma, embora ele continue vivo, ao mesmo tempo insistente e despreocupado. Prometeu ver você. Não quer saber de nada com meu tio Bergner, moribundo ou são. É fácil de explicar; eu me reservava, para o final, a surpresa. Vive na Alemanha, sim; mas no lado comunista. E é sacerdote católico, papista. Continua tendo filhos. Já está no terceiro com a segunda mulher, Bock. Talvez uma bula especial, talvez ande disfarçado de pároco. Anda com um gorro de origem desconhecida, um gorro, tenho certeza, roubado de um cadáver de guerra. É de pano cinza, com quatro tiras de couro. Em cima do hábito de araque veste um grande paletó forrado, com colarinho e lapelas de pele. Agora não é mais Goerdel. Desceu, por modéstia, a Johannes Schmidt. Bate os saltos ao cumprimentar e curva as costas ao estender a mão. Mas continua sendo o ensebado filho-da-mãe de sempre e oferece incansável o sorriso bondoso do missionário católico ou o do comunista que distribui palavras de ordem como medalhinhas. Descobriu, não sei como, um livro de poemas muito ruins que eu escrevi e publiquei aos vinte anos. Também encontrou uma velha e tartamuda edição chilena de Ernesto Borges. Ensaios. Mandou tudo a seu patrão em Berlim. Como é um cavalheiro e zomba de nosso sentimentalismo latino-americano, opinou que era seu dever deixar-me uma cópia do que engendrou, desaforado, numa das máquinas de escrever do *El Liberal*. Trouxe-a para você. Não entendo por que fala das proezas conjugais de Juan María Brausen. Todos sabemos que continua nas nuvens, manejando-nos do céu.

Esta é minha lembrança, traduzida, das palavras excessivas de Malabia. Estávamos no meio da tarde, o chuvisco e o desconsolo ombreavam minhas janelas, o álcool mostrou-se inútil.

Então li a carta enviada por Goerdel Schmidt a Berlim, longa demais para ser copiada, mas com alguns detalhes curiosos:

"Senhor Diretor da

Biblioteca do Estado Alemão

Berlim.

República Democrática da Alemanha.

Ilustríssimo:

"Há algum tempo não tenho podido enviar-lhe obras. Creio que uma das últimas obras que pude enviar-lhe foi uma cópia de *Sokrates* com a assinatura de seu autor, Monsenhor Romano Guardini. Agora envio ao Senhor uma obra de

Jorge Malabia com a dedicatória do próprio autor a sua Biblioteca, e também uma obra de Ernesto Borges.

"Sobre a personalidade de Malabia, permito-me informar-lhe que é sofisticado, cético, nada amistoso. Não convida ninguém nem para um copo d'água. Mas posso dizer, contudo, que é quase o protótipo nacional do santa-mariense, porque fiquei muitos dias neste lugar, e posso dizer honestamente que dos quarenta e nove países de quatro continentes que conheço desde a Segunda Guerra Mundial, não conheço outro país menos hospitaleiro que este. As pessoas aqui são esquivas. E não acredito que isso se deva à situação interna política do país. Creio que isso é *personalidade nacional* já cristalizada historicamente. Porque não é somente de uma classe. É de todas.

"De maneira que depois de conhecer Santa María pessoalmente, já não derramo tantas lágrimas por este país como antes. Se quiserem ser egoístas e adotar a posição de que *nós somos melhores do que o Senhor e do que todos os outros do mundo inteiro*, pois então que resolvam seus próprios problemas, e que não peçam nada aos outros. Demonstram claramente a motivação subjetiva dos revolucionários: sexo e poder, destruir os que estão no poder porque estão no poder, porque esteticamente são feios, injustos, ricos etc. Mas isso obviamente não é idealismo puro, nem idealismo positivo, e sim destrutivo e negativo. Se não querem fazer uma sociedade de amor, que tipo de sociedade querem fazer? Obviamente, o que querem é apenas o poder, para se sentirem poderosos. Pura vaidade. Puro exercício de machismo, a doença *sui generis* da América Latina, tudo sexualmente arraigado, e muito primitivo. No nível das sociedades mais primitivas da selva.

"Os estudantes universitários são um asco. Têm inveja da Primeira Dama porque ela tem dezoito filhos.

"Mas, presumivelmente, todos tentam impressionar-nos com sua importância. Os médicos dizem que são tão bons que facilmente podem ir para outros países... tudo o que for santa-mariense é superior aos demais. E nem sequer existem na América Latina. Dizem que vão para a Austrália e para o Canadá e 'percebem como os Santa-marienses são culturalmente superiores a seus vizinhos'.

"Pois creio que este país, com toda sua presunção, não precisa da ajuda de ninguém. Parto na próxima semana. Sem ter feito nada. Que se pode fazer num país em que todos são gênios?

"Muitas saudações a todo seu *staff*. Até mais ver. Johannes Schmidt Estudante".

O anoitecer, sempre lento e enganoso quando o tempo está ruim, já começara. Pedi que acendessem as luzes, usei o estetoscópio como uma solene manobra de bruxo, preenchi receitas de futuro incerto, voltei a minha poltrona para refletir sobre a pequena parte do mundo que me era permitido acreditar ser compreensível.

Minhas notas em História, quando era estudante e ambicioso, sempre foram baixas. Não por falta de inteligência ou de atenção; soube disso muito depois e sem precisar de análise. A falha estava em que eu não era capaz de relacionar as datas de batalhas militares ou políticas com a visão que eu tinha da história que me ensinavam ou que eu tentava entender. Por exemplo: de Júlio César a Bolívar tudo era para mim um romance evidente mas irrealizável. Inúmeros dados, às vezes contraditórios, eram-me oferecidos nos livros e nas aulas. Mas eu era tão livre e tão lerdo que chegava a construir com tudo isso uma fábula, nunca totalmente crível, na qual heróis e sucessos uniam-se e separavam-se caprichosamente. Napoleão nos Andes, San Martín em Arcola.

Sempre sentia a reiteração: os heróis e os povos subiam e desciam. E o resultado que eu podia comprovar, sei disso agora, era uma centena ou milhares de Santas Marías, enormes em população e em território, ou pequenas e provincianas como esta que me coubera em sorte. Os dominadores dominavam, os dominados obedeciam. Sempre à espera da próxima revolução, que sempre seria a última.

Não era o melhor ânimo para receber, mesmo na noite exclusiva, santamariense, Goerdel.

Creio que tudo foi correto; apertamos as mãos e ninguém pensa detalhadamente no que fez nas últimas horas a mão que estreita. Ao menos, creio, nem ele nem eu. As mãos agiram sempre antes e em segredo.

Não deve estar louco, pensei; obstinação, desprezo, uma idéia fixa. O homem parecia decidido a cruzar como um demente todas as muralhas dos sensatos; a violar, lúcido, todos os obstáculos construídos por nós, herdeiros da loucura do bem-estar, do invariável ser na passividade.

Senti o velho medo do confronto a céu aberto.

Ofereci-lhe assento e bebida. Preferiu deixar no tapete o chapéu chuviscado.

Para usar palavras que não me agradam nem me servem, direi que o homem estava pacífico, sem tempo, expulso com violência de uma dúvida que foi crescendo até depositá-lo, outra vez, a última, na costa de Santa María.

Depois dos cumprimentos que nada significavam, gastos, murchos, Goerdel espalhou sobre minha mesa as seis ou dez fotocópias que usara com Malabia.

Não houve prólogo, não olhei as cópias lustrosas; olhei para ele e fiquei esperando. Nunca soube se estava improvisando o infortúnio ou se recitava um discurso sabido de memória. Talvez o mesmo que fracassou no *El Liberal*, o mesmo que estava disposto a repetir no ouvido de todos os santa-marienses excitados pelo escândalo recente. E não a todos, porque Goerdel planejara pontos de difusão respeitáveis e infalíveis. Creio que o pedido de publicar as cartas no jornal de Malabia nunca passou de um blefe.

Continuei esperando e ele falou. Estava quase careca, emplastrado com brilhantina o cabelo loiro e branco. Mais alto e magro, pensei, mais cômodo e quase flutuando nas roupas novas. Busquei diagnósticos, síndromes, seguro de não acertar. Ele me parecia mais velho e saudável, desenfreado e tímido no vaivém, quando o silêncio, minha quietude, impuseram-lhe que falasse. Disse apenas, como se recorresse a esquecimentos diversos, confuso e calmo.

— Aí estão as cartas, doutor, pelo menos as fotografias incontestáveis das cartas que Helga recebeu nos meses em que toda a cidade, seus amigos, parentes, os enlouquecidos por uma verdade inexistente, esporeavam-se para atribuir-me o crime. Que não era crime, não podia ser crime, embora eu fosse, tivesse sido, o responsável.

A voz apagada se colava ao discurso autômato que trouxera, também para mim, a voz cúmplice do crepúsculo que começava a devorar a luz de todos os dias que nos repetia Brausen, Juan María, quase Junta para os ateus.

— Leia as cartas, agora ou amanhã. Eu estava longe, na Capital e, depois, nos cursilhos católicos do Chile. Frei e Tomic. As cartas, você verá, são repugnantes. Mas as datas não mentem, são exatas. Você é médico e entende. Eu não estava em Santa María quando da concepção da filha assassina. Nem mesmo no caso de uma adestrada prematura de sete meses.

O desconcertante era que o homem falava sem ironia, sem um sorriso. Nem mesmo com tristeza. Continuava ereto e calmo, transformando a poltrona de couro num duro silhão de frade.

Depois entendi que ele não voltara apenas para lutar contra a calúnia ou contra a injustiça. Queria falar de si mesmo, queria se explicar, queria cobrir com desinteressado cinismo uma época de seu passado, a história de uma mulher morta, anos atrás, não por ele mas por uma menina, vontade insondável de Brausen. Não mencionou o pecado — a palavra, para mim, não fazia sentido; talvez tampouco para ele agora.

De modo que Goerdel falou, sem paixão, sempre recitativo e monocórdio.

— Desde os onze ou doze anos eu decidi vencer. A data do princípio é vaga, mas deve coincidir, mês a mais, mês a menos, com minha primeira polução em sonhos. Se você fosse tão inteligente quanto eu, entenderia que aquela vontade de vencer não tinha nada a ver com o que chamamos de sucesso, com certa cobiça, lucro, dinheiro. Muito dinheiro, no meu caso. O que obcecava o menino, eu, era uma necessidade de fugir da miséria e do fedor de vacas da Colônia recém-fundada. A Colônia foi construída segundo um projeto, edilício, se me permite, aprovado pelos mais velhos. Eles eram barbudos e conversavam, depois do trabalho, da comida escassa, quase sempre salada de rabanetes, acho, e depois do chocolate. Muito espesso; não sei como eles o conseguiam. Talvez o trouxessem no barco ou nos barcos, talvez o comprassem ou roubassem, justamente nesta terra onde só um louco pensaria em semear cacau. Mas eram felizes olhando a colherzinha imóvel cravada no coração da xícara. Sempre xícaras maiores que as comuns. Tínhamos chegado juntos, tínhamos, todos, saído do mesmo lugar. Mas eu os escutava sem entendê-los, só conseguia ver sorrisos breves ou cenhos que durariam até a manhã seguinte, um dia inteiro. O ruído dominado das vozes. Vinham os silêncios mas eu não compreendia; apenas via bocas escuras e dentes afundados na pelugem das barbas que subiam do loiro para deter-se muito antes dos bigodes que enegreciam a distância e a doçura do tempo santa-mariense. Como pode ouvir, doutor, estou usando a mesma linguagem que você usa para mentir. Sem ofensa. Todos mentimos, mesmo antes das palavras. Por exemplo: eu lhe digo mentiras e você mente escutando-as. Mas sempre resta algo das primeiras, das mais velhas lembranças, algo que se conserva à prova de toda tentativa de esquecimento, invulnerável, sem probabilidade, tampouco, de ser desgastado por qualquer das deliberadas tentativas de recordar que todos fazemos, sem propósito, com freqüência variável. E foi assim, permita-me explicar. Todos os imbecis que pisam em Santa María e na Colônia quiseram saber — às vezes francamente, quando acendem o cachimbo e fingem interesse nas cores do crepúsculo; outras vezes fumando havanas falsos no Plaza ou no Club. Todos perguntaram, diretos ou tortuosos, por minha lembrança envelhecida, primeira ou última que eu trouxera da Europa. Veja: eu sempre menti. Falei de gente fugindo pelas estradas, tentei dar-lhes cidades incendiadas, odores, colunas de fumaça. Enganei também o Padre Bergner. Ele só movia a cabeça numa aceitação que me parecia intolerante, sem me pedir pausas para rezar em latim.

— Mas minha lembrança verdadeira e, agora sei, eterna, não tem nada a ver com a bestialidade da guerra. Daquela e de qualquer outra.

— Voltei a Santa María para infamar e sentir-me absolvido. Um capricho, se preferir. Mas às vezes o que chamamos de capricho é o resultado de anos de vergonha, de sofrimento silencioso.

A voz do visitante continuava monótona, sem vales nem colinas, sem indícios de que pudesse parar antes de terminar a conferência sabida de memória.

Díaz Grey escutava, quase imóvel, tentando como de hábito reunir os sintomas e opinar em silêncio. Não podia dizer que Goerdel estivesse louco, não podia aceitar uma farsa tão perfeita. Disse:

— Perdão. Você vive na Europa.

— Alemanha.

— Você vive na Alemanha e penso que morrerá lá. Não compreendo que depois de tantos anos — já deve ter algum filho cadete na Prússia —, que passados tantos anos volte a este arremedo de cidade para distribuir infâmia e buscar absolvições de um delito fantástico.

— A Academia Militar não fica mais na Prússia.

— Perdão. Mas deve haver, numa ou noutra Alemanha, academias para ensinar artes de matar a qualquer garoto com mais de quinze anos.

— Entendo. É difícil, você acha estranho. Talvez, um pouco mais do que isso; anormal, absurdo. Mas minha resposta é: orgulho. Talvez eu queira me vingar. Mas isso pouco importa, não é o que me move. Só quero provar que a menina não poderia ser minha. Eu não matei Helga. Não tive nada a ver com a gravidez e o parto. É o orgulho de provar, depois de tantos anos, que sou ou que fui inocente. Meu orgulho é mais forte do que tudo o que possam reunir esses pobres-diabos. E quero provar isso, estou provando isso, com estas fotografias de cartas. Compare as datas. Um cornudo frio, muito nórdico, graças a Deus, e a cada dia mais, se preferir, mas jamais um assassino. Entenda: trata-se de uma fantasia, do sobrenome Goerdel que logo será esquecido, e para sempre, pelos toscos que sujam o que teimam em chamar de cidade, e que não passa de um povoado do século XVI, e pelos que talvez continuem destorroando na colônia que já não é suíça nem alemã. Ficarei menos de uma semana no hotel e, depois, o esquecimento, o adeus definitivo, que, por outro lado, não tem importância. Mas peço-lhe que leia as cartas e as dê a conhecer.

— O hotel é o Plaza?

— É possível. Mas não receberei ninguém e não pretendo atender a nenhum telefonema.

Logo depois levantou-se, alisou desnecessariamente suas roupas e, antes de bater salto com salto, disse, a cabeça erguida, quase olhando o teto, definhando a cada palavra:

— Não sei o nome nem me importa. Mas todos os homens deveriam ficar tristes e zangados pela vileza que se fez na cidade.

XII

Jorge Malabia ficou repentinamente de bom humor. O meu continuou inalterado, adulto e sereno e só mudou, muitos meses depois, quando minha filha chegou a Santa María e tentei reuni-los, sem objetivo definido, movido apenas pela curiosidade, quase científica, de vê-los, no que me fosse possível, reagir. Talvez esta não seja outra história.

Malabia chegava no início das noites e eu renunciava a meu xadrez, a minhas paciências, e a Bach. Mas nunca renunciava ao rito de ir ao quarto de Angélica Inés, insinuar-lhe um espelho alto e ouvi-la rir de felicidade quando fitava seu corpo mais magro que nu. Meu modo de ajudá-la era múltiplo. Às vezes lhe dizia, entusiasmado, que o mundo jamais vira uma puta como essa; outras, mostrava-me entristecido, não muito, por ela se exibir luxuriosa, perdida no despudor. Talvez nunca conseguisse entender-me. Mas ela sempre apertava os ossos dos braços contra as costelas, para rir ou para chorar. Sempre acabava feliz, deslizando para um de seus misteriosos sonhos enredados, que às vezes recordava, ou que voltava a sonhar enquanto me segurava tremendo para que eu a ouvisse.

Repito que, graças ao ressuscitado Jorge irônico e quase alegre, passamos várias madrugadas com uma garrafa de J.B., a ventura inseparável de todo paraíso de tontos.

E então, pouco a pouco, com fingidas impaciências, chegamos a acreditar que todas as cartas fotografadas tinham sido escritas por um homem; que sempre — os exemplares eram oito — foram escritas pelo mesmo homem;

que em seis das cartas aludia-se ou insistia-se no nascimento de uma menina;

que numa das cartas fora escrito, sem pudores, "fruto de nosso amor";

que dedicatórias variavam de "Helga querida" a "meu amor" ou "divina" ou "adorada";

que "agora nada poderá nos separar" era abundante;

que as datas coincidiam, sem exatidão indubitável, com a gestação e o nascimento da menina;

que todas estavam assinadas com um H em letra de forma;

que o desenhista das cartas tinha preferido tinta preta ou azul-escura e a vertera com mão assombrosa, de tão firme, e mantendo margens de tamanho variável;

que, não dispondo de outro papel a não ser o brilhante demais usado pelo fotógrafo, era-nos impossível determinar a verdadeira antiguidade das cartas.

Descobrimos também — e talvez este seja o único orgulho que as madrugadas nos deixaram — que todas as cartas tinham sido redigidas em idêntico estilo; começavam cafonas e platônicas, mantinham-se assim por dois parágrafos e depois caíam, espojavam-se numa enfurecida enumeração anatômica e na lembrança minuciosa dos mais curiosos modos de cópula. Aquilo não era apenas pornografia copiada dos livrinhos catalães que acompanharam as poucas horas solitárias que pudemos obter na puberdade; respirava-se a grosseria proposital, o ódio, a vontade de ofender.

Até que, certa noite, depois de perguntar à redação do *El Liberal*, perto da hora do fechamento, se tinham vindo notícias sobre os palestinos ou sobre a morte de um dos Kennedy, Jorge Malabia optou por ser óbvio, uma das tantas formas de erro oferecidas aos homens.

— Toda essa porcaria não vale uma ausência. A de uma única carta escrita por ela. Um bilhete que fosse, um "te ama tua".

— Sim. Como diria Goerdel, que os mortos enterrem seus mortos. E que os filhos-da-mãe se mantenham fiéis a seu destino. E também está escrito, creio, que aquele que mata condena-se à difamação e à mentira.

Já era de manhã quando largamos o jogo de xadrez. Levantei-me para abrir as janelas e silenciar o andante de Bach.

(*Corregidor*, Buenos Aires, 1973)

O cão terá seu dia

Para meu Mestre, Enrico Cicogna

O capataz, sem o chapéu em sinal de respeito, foi passando de mão em mão os pedaços de carne sangrenta para o homem de chapéu e sobrecasaca. No fim da tarde e em silêncio. O homem de sobrecasaca traçou um círculo com os braços sobre o canil e no mesmo instante levantou-se a rajada escura dos quatro dobermans, quase magros, ossos e tendões, e a cega ansiedade dos focinhos, dos inúmeros dentes.

O homem de sobrecasaca ficou um momento vendo-os comer, engolir, olhando-os depois pedir mais carne.

— Bom — disse ao capataz —, o que eu mandei. Toda a água que quiserem mas nada de comida. Hoje é quinta. Solte-os no sábado, mais ou menos, quando o sol cair. E que todo mundo vá dormir. No sábado, surdos, mesmo que escutem dos galpões.

— Patrão — assentiu o capataz.

Então o homem de sobrecasaca entregou algumas notas cor de carne para o outro sem ouvir suas palavras de gratidão. Baixou na testa o chapéu cinza e disse, olhando para os cães. Os quatro dobermans estavam separados por telas de arame; os quatro dobermans eram machos.

— Vou subir para casa dentro de meia hora. Que a carruagem esteja pronta. Vou para a capital. Uns assuntos. Não sei quantos dias ficarei lá. E não se esqueça. É preciso trocar toda a roupa dele, depois. Queime os documentos. A prata é sua e tudo o que lhe agradar, anéis, óculos, relógio. Mas não use nada antes de alguns meses. Eu lhe direi quando. O dinheiro é seu — reiterou. — Isso nunca falta aos almofadinhas. E as mãos; não se esqueça das mãos.

Na época era baixo e forte, vestido com bordados cinzentos, cinto largo pesado de esterlinas, poncho escuro e uma gravata preta cuja cor lhe fora imposta aos treze anos sem que ele se lembrasse por que e por quem. O facão de prata, às vezes, para alarde ou adorno, e o chapéu com a aba virada para trás. Seus olhos, como os bigodes, tinham a cor do arame novo, e a mesma rigidez.

Olhava sem verdadeiro ódio ou dor, imperturbável para os demais, como se estivesse certo de que a vida, a sua, acumularia rotinas plácidas até o fim. Mas estava mentindo. Apoiado na lareira via, mentindo, o quarto, as cadeiras de seda e douradura onde nunca aceitou sentar-se, os móveis de pés retorcidos, com portas de vidro, repletos de aparelhos de chá, café e chocolate que talvez nunca tivessem sido usados. O enorme viveiro de pássaros com seu temeroso alarido, as curvas da poltrona confidente, as baixas mesinhas frágeis sem uso conhecido. As grossas cortinas bordô suprimiam o sereno entardecer; só existia o bricabraque sufocante.

— Vou para Buenos Aires — repetiu o homem, como todas as sextas-feiras, com sua voz lenta e grave. — O barco sai às dez. Negócios; estão querendo passar-me a perna com seus campos do Norte.

Olhava os doces, as fatias de presunto, os pequenos queijos triangulares, a mulher servindo o chá: jovem, loira, sempre pálida, equivocada, agora, quanto a seu futuro imediato.

Olhava o menino de seis anos nervoso e emudecido, mais suave que sua mãe, sempre vestido por ela com roupas femininas, com excesso de veludos e rendas. Não disse nada porque tudo já fora dito muito tempo atrás. A repulsa da mulher, o ódio crescente do homem, nascidos na mesma extravagante noite de núpcias em que foi concebido o menino-menina que agora se apoiava, boquiaberto, na coxa de sua mãe, enquanto enrolava com dedos inquietos os grossos cachos amarelos que caíam até o pescoço, até o colar de pequenas medalhas bentas.

* * *

O cabriolé era preto e lustroso e brilhava, sempre, como recém-envernizado; tinha duas lanternas enormes que muitos anos depois a gente rica de Santa María disputaria para enfeitar vestíbulos com um foquinho em lugar de velas. Puxava-o um tordilho tirante a prata ou estanho. E o coche não tinha sido feito por Daglio; foi trazido da Inglaterra.

Às vezes media com inveja e quase com ódio o ímpeto, a juventude cega do animal; outras, imaginava contagiar-se com sua saúde, com sua ignorância do futuro.

Mas tampouco naquela sexta — e muito menos naquela sexta — ele foi a Buenos Aires. Na verdade, não esteve nem mesmo em Santa María; porque ao chegar à entrada de Enduro fez com que o jovem tordilho que puxava o cabriolé virasse para a esquerda e o arrastasse, fazendo voar torrões pelo caminho de barro seco que levava, atravessando paisagens de pasto queimado e algumas árvores solitárias e sempre distantes, até a praia suja que, muitos anos depois, transformada em balneário, povoada de chalés e de lojas, levaria seu nome, ajudaria, pelo menos um pouco, a realizar sua ambição.

Logo adiante, numa extensão exagerada, o cavalo trotou ladeado pela mansidão dos trigais, das chácaras que pareciam desertas, branqueando, tímidas, imersas no calor crescente da tarde.

Deixou o coche diante do maior rancho do arranchamento e, sem devolver cumprimentos, estendeu dez notas ao homem escuro que saíra para recebê-lo. Pagava o trato do animal, o alojamento no estábulo, o segredo, o silêncio que ambos sabiam ser mentira.

Depois caminhou até a casinha nova e caiada, cercada de mato e quase encostada num pinheiro reto e gigantesco, plantado por ninguém meio século atrás.

Por costume, imperioso e displicente, bateu três vezes na porta frágil com o cabo do rebenque. Talvez isso também fizesse parte implícita do rito: a mulher silenciosa, talvez ausente, demorando-se. O homem não voltou a bater. Esperava imóvel, bebendo no arquejo essa primeira cota de sofrimento semanal que ela, Josephine, servia-lhe, obediente e generosa.

Submissa, a moça abriu a porta, escondendo o desgosto e o nojo, que já fora piedade, abriu a camisola, deixou-a cair no chão e voltou nua para a cama.

Numa sexta-feira remota, inquieta porque temia outro homem, consultara o reloginho: soube assim que a operação completa durava duas horas. Ele tirou o paletó, reuniu-o ao rebenque e ao chapéu e foi colocando tudo, um pouco trêmulo, sobre uma cadeira. Depois se aproximou e, como sempre, começou pelos pés da moça, soluçando com sua voz rouca, pedindo perdão com urros incompreensíveis por uma culpa velhíssima e sem remissão, enquanto a baba caía molhando as unhas pintadas de vermelho.

Na quase totalidade dos três dias a moça o teve de costas, enrolando cigarros, silencioso, esvaziando sem pressa nem bebedeira as garrafas de gim, levantando-se para ir ao banheiro ou para aproximar-se, furioso e dócil, do suplício da cama.

Trazida pelas sementes envoltas em alvos cabelos de seda, voando apoiada no capricho do ar, a notícia chegou a Santa María, a Enduro, à casinha branca próxima da costa. Quando o homem a recebeu — o tratador do tordilho se animou a arranhar a porta e deu as novas desviando os olhos, a boina estrangulada nas grandes mãos escuras —, compreendeu que, inacreditavelmente, a mulher nua e prisioneira na cama já sabia.

De pé, lá fora, inclinado sobre o murmúrio servil e em decadência, o dono dos bigodes acerados, do cabriolé, do cavalinho de prata, de mais da metade das terras do povoado, falou lentamente, e falou demais:

— Ladrões de fruta. Para eles tenho os melhores cães, os cães mais assassinos. Não atacam. Defendem — olhou um instante para o céu impassível, sem sorriso nem tristeza; apanhou mais notas do cinto. — Mas eu não sei de nada, não se esqueça. Eu estou em Buenos Aires.

Era meio-dia de domingo; o homem, no entanto, não deixou a casinha até a manhã de segunda. Agora o cavalinho se sujeitava ao trote, sem necessidade de ser dirigido, rítmico, voltando à querência com algo de animal mecânico, de brinquedo de feira.

— Um milico — pensou despreocupado o homem, quando viu apoiado na parede, perto do grande portão preto de ferro, com o ostentoso entrevero preto de um jota com um pê, um policial jovem e entediado, com um uniforme que já fora azul e de um desaparecido mais corpulento e alto.

— O primeiro milico — pensou o homem quase sorrindo, deixando-se tomar, lentamente, por um entusiasmo, um princípio de diversão.

— Desculpe, senhor — disse o uniforme, cada vez mais jovem e tímido à medida que se aproximava, quase um menino, afinal. — O delegado Medina me mandou pedir-lhe para dar um pulo até o Destacamento. Quando o senhor quiser.

— Outro milico — murmurou o homem, enredado no bafo e no cheiro do cavalo. — Mas você não tem culpa. Diga a Medina que estou em casa. O dia todo. Se quiser me ver.

Puxou de leve as rédeas e o animal o levou, jubiloso, para além do jardim e da alameda, até a meia-lua de terra seca onde ficavam as cocheiras.

Cabisbaixos e hábeis, nenhum dos homens que se aproximaram para recebê-lo e desencilhar falou da noite do sábado nem da madrugada do domingo.

Petrus não sorria porque descarregara a graça anos antes, quem sabe para sempre, dos bigodes de volutas de aço. Lembrava-se, impreciso, de estar chegando ao cinqüentenário; sabia tudo o que lhe faltava fazer ou tentar naquele estranho lugar do mundo que ainda não figurava nos mapas; achava que nunca enfrentaria um obstáculo mais tenaz e viscoso do que a estupidez e a incompreensão dos demais, de todas as outras com as quais, forçosamente, acabaria topando.

E assim, de tarde, quando o mormaço começava a ceder sob as árvores, chegou Medina, o delegado, intemporal, pesado e indolente, dirigindo o primeiro carro modelo T que Henry Ford conseguiu vender em 1907.

O capataz cumprimentou-o fazendo uma reverência muito lenta e exagerada. Medina mediu-o com um sorriso brincalhão e lhe disse suavemente:

— Espero-o às sete no Destacamento, com Petrus ou sem Petrus. Convém você ir. Juro que não lhe será conveniente se me forçar a mandar buscá-lo.

O homem deixou cair o braço e aceitou, movendo a cabeça. Não estava intimidado.

— O patrão disse que se o senhor viesse ele estaria na casa.

Medina bateu os saltos sobre a terra ressecada e subiu a escada de granito, excessivamente comprida e larga. "Um palácio; o gringo pensa que vive num palácio, aqui, em Santa María."

Todas as portas estavam fechadas para o calor. Medina bateu palmas em advertência e entrou na grande sala das vitrines, dos leques e das flores. Com um traje diferente do da manhã, mas tão cuidado como se tivesse se vestido para um passeio iminente, de chapéu, fumando no único assento que parecia capaz de suportar o peso de um homem, Jeremías Petrus deixou no tapete o livro que estava lendo e levantou dois dedos à guisa de cumprimento e boas-vindas.

— Sente-se, delegado.

— Obrigado. Da última vez que nos vimos eu me chamava Medina.

— Mas hoje eu resolvi promovê-lo. Já sei o que o trouxe aqui.

Medina olhou, indeciso, a profusão de poltroninhas douradas.

— Sente-se em qualquer uma — insistiu Petrus. — Se quebrá-la você me faz um favor. E, antes de mais nada, o que bebemos? Estou por aqui de gim.

— Não vim para beber.

— Também não veio para me dizer que em horário de serviço nada de álcool. Faz meses que não me trazem garrafas da França. Algum milico deve estar tomando meu Moët Chandon em roda de chinas. Mas tenho um bitter Campari que me parece perfeito para esta hora.

Moveu uma sineta e veio o criado que estava escutando atrás de uma cortina. Jovem, moreno, o cabelo emplastrado e oleoso. Medina o conhecia como carne de reformatório, como mensageiro de putas clandestinas — e que mulher não o é? —, como descuidista. Lembrou-se, procurando sem sucesso seus olhos, da frase já clássica e deformada: "Te conheço, Mirabelles". Era cômico vê-lo com o paletó branco e a gravata de smoking. "Trouxe da Europa jogos de móveis, uma esposa, uma puta, um carrinho e um potrinho. Mas não conseguiu um criado exportável; teve de buscá-lo no lixo de Santa María."

Tinham desfilado lembranças de colheitas perdidas, de colheitas espantosas, de altas e quedas de preços de gado; tinham sido embaralhados verões e invernos distantes, gastos pelo tempo até ficarem irreais, quando a garrafa anunciou que só restavam dois copos do líquido vermelho, suave como uma água doce. Nenhum dos dois homens mudara, nenhum revelava a burla nem o domínio.

— A senhora e o menino foram a Santa María. Talvez vão mais longe ainda. Nunca se sabe. Quer dizer, com as mulheres nunca se sabe — disse Petrus.

— Peço-lhe desculpas, não lhe perguntei pela saúde da senhora — disse Medina.

— Não tem importância. Você não é médico, você veio porque meus cães comeram um ladrão de galinhas.

— Perdão, dom Jeremías. Vim incomodá-lo por duas coisas. Levamos o defunto disfarçado. Seus peões enlamearam seu rosto, suas mãos, vestiram-no com roupa de capataz, roubaram tudo o que tinha. Anéis; bastou olhar as marcas em seus dedos. Bastou lavá-lo para saber que veio limpinho, de banho tomado. Esqueceram-se do perfume, tão fino e maricas como o que usa sua senhora, Madame. Um embuste grosseiro feito pela peonada. Isso me basta, porque eu conheço o homem. É bem possível que o senhor não saiba quem ele é, e é possível que o situe quando eu quiser lher contar ou quando vir, se quiser dar-se ao trabalho, o boletim de ocorrência no Destacamento. Os cães comeram a garganta, as mãos, a metade do rosto dele. Mas o finado não veio roubar galinhas. Veio de Buenos Aires, e o senhor não foi a Buenos Aires na sexta.

Uma pausa mordida pelos dois, um medo compartilhado.

Petrus farejava um perigo, mas nenhum temor. Seus peões tinham sido uns sonsos e ele também por ter confiado neles e naquela farsa grotesca.

— Medina, ou delegado. Eu fui a Buenos Aires na sexta. Vou quase todas as sextas. Soltei dinheiro alto para que todos jurem isso.

— E todos juraram, dom Jeremías. Ninguém o enganou, nem num único peso. Juraram por medo, pela Bíblia e pelas cinzas de suas mães rameiras. Embora nem todos fossem órfãos. Mas, sem bajulação, eu senti que eles juravam comprometidos com outra coisa, com algo mais que o dinheiro.

— Obrigado — disse Petrus sem mover a cabeça, com um risco escarninho empurrando os duros bigodes. — Fim da história, caso encerrado, eu estava em Buenos Aires.

— Caso encerrado porque o morto estava dentro de sua casa, sua terra, a bendita propriedade particular. E o assassinato não foi cometido pelo senhor. Os cães fizeram isso. Eu tentei, dom Jeremías. Mas seus cães se negam a dar declarações.

— Doberman — assentiu Petrus. — Raça inteligente. Muito refinados. Não falam com cães policiais.

— Obrigado. Talvez não seja por desprezo. Simples discrição. Outra vez: assunto arquivado. Mas algumas coisas devem ser esclarecidas. O senhor não estava por aqui na noite de sábado. O senhor também não estava em Buenos Aires. O senhor não esteve, não viveu, não foi, de sexta a segunda. Curioso. Uma história sobre um fantasma desaparecido. Isso ninguém escreveu, nunca, e ninguém me contou.

Então Jeremías Petrus deixou o assento e ficou em pé, imóvel, olhando fixamente para o rosto de Medina, o látego inútil pendendo do antebraço.

— Tive paciência — disse lentamente, como se falasse sozinho, como se murmurasse diante do espelho de aumento que usava para fazer a barba de manhã. — Tudo isso me aborrece, me entorpece, me mata o tempo. Quero, tenho de fazer tantas coisas que talvez nem caibam na vida de um homem. Porque nessa tarefa estou sozinho — interrompeu-se, por minutos, na grande sala povoada de coisas, objetos, nascidos da nunca derrotada história feminina e impostos por ela; sua voz tinha soado, levemente, como prece e confissão. Então tornou-se fria, retornou à estupidez cotidiana para perguntar sem curiosidade, sem insulto: — Quanto?

Medina riu suavemente, matizou sua pobre alegria com o ambiente de insuportáveis vitrines, japonesices, leques, dourados, borboletas mortas e presas.

— Dinheiro? Nada para mim. Se quiser liquidar a hipoteca é coisa alheia, dom Jeremías. É do Banco ou de ninguém. Resta-me a cama do Destacamento.

— Feito — disse Petrus.

— Como queira. Em troca quero lhe dizer uma coisa que talvez o incomode a princípio, a partir desta noite ou de amanhã, digamos...

— Você nunca gostou de perder tempo. Nem eu. Talvez por isso agüentei-o tantos anos. Talvez por isso o escute agora. Fale.

— O senhor manda. Pensei que um pouco de prólogo, entre dois cavalheiros que têm as mãos limpas... O caso é que Madmosél Josefina não quis dizer nem ouvir uma só palavra. Perdão, disse, e uma única vez, algo assim como "Ce petígarsón". Chorou um pouco. Depois esparramou libras sobre a cama. Ainda estão lá no Destacamento, junto do sumário, esperando o juiz que foi a uma corrida de cavalos, e talvez dê uma volta por aqui, aproveitando o ensejo.

— É justo — disse Petrus. — Que a tenham ouvido, não importa. As libras, um pouco menos de cento e trinta e sete, tampouco importam e não têm relação com o assunto.

— Outra vez perdão — disse Medina, tentando adoçar a voz —, menos da metade de cem.

— Entendo, sempre há gastos.

— Claro. Principalmente nas viagens. Porque Madmosél esteve tirando informações, do telefone da ferroviária. Você conhece o pobre Masiota e sabe como o pobre Masiota trata todas as mulheres, desde que não seja a sua, claro, como todos sabemos, e basta ver seu olho esquerdo às segundas-feiras depois da bebedeira conjugal do sábado. Todas as mulheres menos a que suporta e a que teve a sorte de encontrá-lo semidesperto esta manhã de segunda na estação, quando reapareceu. Bastou-lhe uma moeda, um sorriso, um "messiê le chef", para que o sujeito lhe desse todas as linhas telefônicas, todos os vagões de sacos e vacas que esperavam no desvio, todos os infinitos trilhos que não sei para onde vão, os da esquerda e os da direita.

— E? — disse Petrus, interrompendo e apressando-o com um lategaço nas botas.

— Eu me demorava porque falei de cavalheiros. Desculpe. Já sei que não gostamos de perder tempo. Aí vai: Madmosél deve ter gasto as pilhas de nosso chefe de estação. Mas em uma ou duas horas conseguiu o que queria. Trem, hotel, barco para a Europa. Soube disso há alguns minutos, sempre tem um bêbado ou um vadio nos bancos da estação.

Petrus ficara mordendo a prata do cabo do chicote, meditativo, privado da vontade de bater, enquanto Medina, nem seguro nem surpreso, deslizava o polegar pela corda do relógio na cintura. Sem acordo prévio os dentes e o polegar, lentos, prolongaram a pausa; tanto, que não coube nesta história. Por fim, Petrus falou; com uma voz vagarosa e rouca, uma voz de mulher acossada pela menopausa. Tinha o orgulho de não perguntar.

— Josephine sabia o nome. Conhecia o nome do ladrão de galinhas e, tenho certeza, muito mais. Não vejo outra razão para ela partir.

— Pode ser, dom Jeremías — Medina escandiu as sílabas atento à verticalidade do rebenque. — Por que teria ido?

Fazia tanto tempo que Petrus não ria que sua boca aberta e preta começou com um mugido longo e foi se apagando como um terneiro extraviado.

— Para que explicar, delegado? Todas as mulheres são umas putas. Conheci algumas diante das quais me parecia correto tirar o chapéu. Eram damas, eram senhoras. Mas as de agora não passam de putinhas, pobres putinhas.

— Certo, dom Jeremías — recuou diante da lembrança distante da senhora Petrus oferecendo-lhe chá e tortas naquele mesmo aposento. — Quase todas. Coitadas, pois não nasceram para outra coisa. O senhor luta para fazer um estaleiro. Contra todo o mundo. Eu luto, aos sábados, para dormir bêbado, às vezes para saber quem era o dono das ovelhas roubadas. Também preciso de tempo para pintar. Pintar o rio, pintar vocês.

— Comprei dois quadros seus — disse Petrus. — Dois ou três.

— É verdade, dom Jeremías; e pagou bem por eles. Mas não estão nesta sala. Estão no galpão dos peões. Isso não importa. O senhor estava certo no que dizia. Elas não têm um pingo de cérebro para ser algo além do que o senhor disse.

O rebenque caiu entre as pernas, depois no chão, e Petrus, sentando-se, convidou:

— Que tal tomarmos mais um, delegado?

Ao sair, Medina viu que um dos animais dormia uma sesta longa, protegido do sol.

(*Lumen*, Barcelona, 1976)

Presencia

A Luis Rosales

Passara dias com o dinheiro sujo que me deram pela venda imposta do jornal. Para mim já não havia nem haveria Santa María reconstruída nem *El Liberal*. Tudo estava morto, incinerado e perdido sobre o rio, sobre o nada. Jantava com os amigos, me embriagava com eles, me isolava dias a fio em meu apartamento. Sempre o dinheiro sujo no bolso, sem nunca diminuir, sem que eu nunca gastasse uma suja peseta dele. Às vezes passava fome ou tinha preguiça de me mexer para comer; às vezes deixava as horas passarem, do bulício sem sentido das madrugadas até a noite, jogado na cama, repetindo meu nome sílaba por sílaba, olhando o retrato de María José que passava, regular, de um dos bolsos à mesinha-de-cabeceira, e voltava pelas manhãs. Só durante as insônias me permitia saber que não era feliz e que sentia saudades. Em meu planisfério, vinte centímetros separavam Santa María de Madri.

Às vezes recebia *Presencia*, um fascículo impresso numa multicopiadora sempre pobremente entintada. Chegava-me dos lugares mais ilógicos do mundo e eu imaginava o grupo desconhecido de santa-marienses revezando-se para redigi-lo e distribuí-lo. Sempre más notícias. A tirania do General Cot era selvagem, e só tendo vocação de mártir para fazer aquela tarefa. E eu me via obrigado a gastar dinheiro na expropriação de María José, e só nela.

* * *

O homem não é pequeno, mas foi diminuído pela vida, que ainda lhe conserva uma caveira excessiva, um brilho oleoso na testa, o fulgor fixo da ansiedade nos olhos turvos. Algo de aranha nas mãos peludas que pousa como coisas sobre a escrivaninha, que fecha para fingir resolução, para fazer-me saber que permanece vivo, ainda, e apesar dos castigos do passado que lhe imagino, apesar do retrocesso persistente da esperança. Pergunta e reflete, perfurando sem grande convicção a astúcia, o engano e o velho costume de mentir e de enfeitar. Não sorri, inclina-se, fita-me e desvia os olhos. Depois diz, sondando:

— Com cinco mil posso ir me organizando. Essas coisas sempre são difíceis. Agora mantenho desocupado o agente que me convém. Mas não posso mantê-lo inútil, na reserva. Preciso de cinco mil em dinheiro vivo. Depois, veremos.

Pensei que aquele era exatamente o companheiro de disparate, de jogo, que eu desejara. Olhei novamente o anúncio recortado de um jornal que lhe trouxera: *Detetive particular - A. Tubor - Castilla Vieja, 30 - Madri, Espanha - Discrição.*

Contei as notas enquanto deixava que ele visse meu sorriso crédulo, de pequeno entusiasmo. Deixou o dinheiro cair sobre a madeira e recolheu as mãos enquanto franzia o cenho. Ambos desconfiávamos. De repente disse, com voz de ameaça:

— Preciso preencher uma ficha.

Quando foi até o arquivo — e não havia no frio aposento de inícios de primavera nada mais que o móvel vertical, a escrivaninha e duas cadeiras —, descobri que tinha acertado, que o homem tinha as pernas muito curtas e fracas. Veio com uma pasta cor de laranja e voltou a sentar-se, apalpando o bolso em busca da última esferográfica. Escreveu a data num cartão e perguntou, inclinado:

— Nome?

— O meu ou o dela?

— As fichas e as pastas sempre levam o nome do cliente. O cliente é você.

— Malabia, Jorge Malabia — disse-lhe.

Acrescentei meu endereço, meu telefone; inventei uma casa para María José: Sancho Dávila, 37.

— O que quer?

— Tudo. Que a sigam, que me digam o que faz, com quem anda. Também trabalha. Numa biblioteca pública. Em Fernández de Oviedo. Não me lembro do número. Mas é a única nessa rua. Deve aparecer na lista.

— Se puder descrevê-la. E uma foto.

Entreguei-lhe a fotografia sem tristeza, com um sentimento absurdo e parcial de libertação.

— Bate aqui na minha boca — e levantei-me. — Não é totalmente loira, ponha cabelos castanhos. Os olhos, não sei; talvez sejam verdes. Mas não sempre. Quando tiver alguma coisa me ligue.

Fui-me embora e as notas continuavam sobre a mesa. Eu lhe dissera: María José Lemos, e o nome continuava parecendo tão justo, tão ela, como uma parte de seu corpo, como sua pele. O nome a envolvia e a delatava.

O homem, que dizia chamar-se Tubor, detetive particular, desceu até a bodega da esquina e pediu uma garrafa de vinho Rioja. O sujeito de trás do balcão não olhou para ele nem pareceu vê-lo: Tubor vacilou e depois pôs mil pesetas na umidade suja que os separava.

— E já cobre todo o atrasado — disse.

Sentado à mesa começou a beber, um primeiro trago para a angústia, o resto para o prazer, iniciando assim três dias de bebedeira. Quando conseguiu dormir e acordar em seu quartinho, molhou o rosto e a nuca na grande bacia floreada. Depois inspecionou os bolsos e saiu, caminhando no ar fresco da manhã até a igreja de San Blas. Comprou uma vela grossa na loja de artigos religiosos da frente, propriedade do padre, e cruzou o átrio, entrou na sombra, indo direto para a esquerda, para a virgem que nunca falhara com ele.

Era uma virgenzinha pequena, mal talhada em madeira, com grandes olhos: tão pobre, tão esquálida, que era obrigada a fazer milagres para ser perdoada, e Tubor se aproveitava. De joelhos, rezou muitas ave-marias tentando concentrar-se, tentando multiplicar sua fé. Tantas vezes dissera: não creio em Deus, mas sim na Virgem Santíssima.

Friorento e aborrecido, esperou nas sombras na janelinha suja diante de uma garrafa de vinho. Agora tinha uma meia dúzia no arquivo. Esperou a noite e o silêncio do edifício. Depois desceu dois andares e percorreu o corredor procurando o vigia noturno da Westinghouse Inc.

— A máquina — disse.

O outro acariciou o rosto áspero e pediu:

— Vinte e cinco pesetas. Agora são vinte e cinco pesetas. Andei pensando e é um compromisso que pode me sair mais caro.

— Vinte e cinco — disse o homem, e estendeu-lhe as moedas.

Agora tinha uma máquina de escrever elétrica, último tipo, nos anúncios dos jornais.

INFORME 3/2/78-859:

Depois de muitas tentativas consegui localizar M. J. L., que parece levar uma existência normal entre sua casa, seu trabalho e algumas amigas, cujos nomes me fogem até a presente data e, em minha opinião, este detalhe que acrescento, para melhor compreensão, não é importante. Viajando num ônibus 12 até Cristo Rey...

Assim, pagando mil pesetas diárias, tive María José fora da prisão santa-mariense; pude vê-la percorrendo ruas com amigas, descer até o bulevar — com névoa e sol murcho, com os botes dos pescadores, os mais frágeis do clube de remo —, não totalmente feliz, porque não estava comigo perguntando-se que intromissão da vida impedia que eu lhe escrevesse ou imaginando minha última carta de comedido otimismo que deslizava nas entrelinhas a promessa do reencontro.

Eu a via ágil e brincalhona, rejuvenescida, quase menina pelas mentiras persistentes que eu lhe escrevera. Eu a via livre, perfilada e veloz cruzando as paisagens que tínhamos percorrido, os recantos sombrios que procurávamos sem palavras para nossos beijos e carícias. E também a via andar com suas longas pernas e as gotas de garoa no rosto, indo, ignorante, até a esquina em que nos encontramos pela primeira vez.

Essa felicidade reiterada durou vinte dias. Tubor me ligou e marcamos encontro numa cafeteria a duas quadras do escritório dele. Estava sentado diante de um copo de vinho e eu não quis beber nada. Percebia que ele estava nervoso, excitado pela revelação próxima, e seus olhos sórdidos me olhavam com uma mescla repugnante de carinho e temor.

— Não eram coisas para lhe mandar pelo correio. Você me deu uma missão e eu sempre a cumpro. Sem ganhos, posso dizer. O que lhe estou cobrando é menos, praticamente, do que me custa o agente e os gastos. Mas palavra é palavra.

Esvaziou o copo e pediu outro com um sinal. Eu esperava sua história como um novo presente, ia abrindo uma brecha para virá-la pelo avesso e acomodá-la. Bebeu um trago e acendeu um cigarro.

— Rua Montera com Bécquer — disse. — Isso lhe diz algo?

— Não. Raras vezes ando por esses lados de Madri.

— Bem. Deve ser o único. Lá, do lado da Bécquer, há uma casa de encontros. A melhor ou a mais cara do bairro. Lá, não se altere, viram-na entrar no dia sete, segunda-feira, às dezessete e quinze da tarde. E, claro, não estava sozinha.

Desconcertado, aturdido, balbuciei:

— Mas ela trabalha na biblioteca até as seis...

— Faça-me o favor. Mulheres. Como se não achassem um pretexto. Me desculpe, mas nasceram para isso. Para inventar pretextos, digamos.

— Conseguiram ver o homem? — perguntei.

— Não da primeira vez. Foi como um relâmpago. Mas depois sim. Ele a espera todas as tardes na saída da biblioteca. Num Seat verde, quarenta vinte e dois *eme*. É um sujeito alto, mais velho que você, meio grisalho. Muito bem vestido, sem dúvida.

Pedi-lhe que averiguassem onde estavam indo agora, se o homem tinha um apartamento para levá-la, e adiantei-lhe dinheiro para mais uma semana.

Aquele era o primeiro dia de primavera digno do nome. E então começou o suplício. Comprei uma garrafa de uísque e subi até minha casa, devolvendo o sorriso do porteiro, confundindo os botões do elevador. Fechei todas as janelas, tirei a roupa sem olhar meu sexo e deitei-me na cama: desliguei a campainha e o telefone. Assim, bebendo e fumando, sem ânimo, fui vendo María José sair da biblioteca de Santa María e entrar no carro. Não se beijaram, trocaram apenas um sorriso turvo para prolongar as cenas iminentes no pequeno chalé da Vila Petrus que o homem, sem rosto, forte, incansável, alugara, ou que talvez fosse dele. Era um chalé em estilo suíço, com telhas vermelhas, tão fechado ao mundo como meu quarto agora. Talvez prolongassem com carícias a espera da grande cama. Talvez rolassem de imediato, abraçados. Em todo caso, María José não se deixava desvestir. Como quando esteve comigo, era ela mesma, de pé, que ia tirando as roupas, sorrindo oblíqua para o homem, medindo e desfrutando a excitação, a impaciência. A casinha ficava perto do rio buliçoso e as janelas deixavam entrar, agora, raios de sol em descenso. Eu sabia que a janela dava para o oeste porque o chalé onde estavam agora era idêntico ao de meus encontros com ela. E de repente começou a série de imagens, tudo o que se pode fazer entre quatro paredes, tudo o que nós tínhamos feito apalpando, explorando, perseguindo, tudo com que pensávamos inventar a felicidade do outro. Mas o que fora limpo, sagrado, era agora grotesco e bestial. E eles descobriam uniões impossíveis, cópulas sem sentido: o homem grisalho cada vez mais voraz; ela, María José, cada vez mais animal e aberta, as coxas enormes — desproporcionais para seu corpo de garota — quase mostrando as entranhas, pedindo, suplicando, tornando vulgares as palavras de amor que me havia gritado tantas vezes. No passado; agora, nunca mais.

Quando terminei de vomitar, consegui acabar a noite me arrastando pelas ruas com pouca gente, onde cada noite, cada semáforo, cada transeunte, era útil para distrair-me, para me dar algo fugaz de diversão e esquecimento.

Assim passou abril, e eu meio envergonhado de sentir que minha tristeza, perdendo o gume ao passar pelos dias, ia diminuindo. Depois da feira de Sevilha, em que me chateei e me cansei demais, sentindo-me logrado por amigos e cartazes, voltei a Madri e telefonei para Tubor tantas vezes que aprendi seu número de cor. Quando, uma semana depois, o telefone parou de tocar, fui até o escritório de Castilla Vieja e o encontrei vazio. Ninguém conseguiu me informar sobre o novo destino do detetive particular. Não calculei quantas pesetas me custara a farsa e voltei a minha vida de preguiça e sonambulismo.

Mas, no começo de maio, Tubor ligou-me e disse:

— Andei como um louco telefonando para você e não consegui encontrá-lo. Agora tenho algo muito grande, muito grande mesmo. Mudei de escritório porque aquilo era um barraco. Tinha vergonha de receber clientes e amigos. Ando com muita pressa. Espero-o na ala internacional do aeroporto de Barajas amanhã às cinco. De tarde, sim, na cafeteria. Mas você precisa trazer mais cinco mil, que já gastei quase tudo que tinha. Fazia tempo que não topava com um caso tão difícil. Não se esqueça; se falhar, está tudo acabado.

Não me foi fácil encontrá-lo, distingui-lo entre a multidão, o arroio antipático dos que chegavam depois de passar pela alfândega e meu diminuto carinho pelos que esperavam o destino, a voz dos megafones gaguejantes. Era a mesma cabeça nojenta e castigada, barbeada, limpa. As roupas não tinham relação com Tubor: eram novas, demais; a camisa branquíssima ressaltava uma gravata preta e prateada. Tinha descuidado dos sapatos, com pouco brilho, um pouco tortos. Sobre a mesa havia uma pequena maleta, castanha, quadrada, com iniciais douradas. Parecia uma caixa.

Apertamos as mãos em silêncio e eu lhe passei o cilindro de notas. Mal nos falamos porque seu avião estava para sair. Não me disse aonde ia e não me interessava. Só me lembro de algumas frases e do vaivém das mãos peludas do homem.

— Isso vai lhe parecer impossível, mas é verdade. Tudo comprovado. O maior abacaxi que já me deram na vida. Virou fumaça, evaporou. Não voltou à biblioteca; na casa não sabem nada da garota. Como se diz: desapareceu em pleno ar.

— A fotografia — disse-lhe suavemente.

— Claro — apanhou uma carteira nova, buscou e pôs sobre a mesa, com cuidado, a foto, agora envolta em celofane.

O homem ficava olhando para os lados, como se seu avião pudesse passar por ali e fugir. Levantei-me sem despedidas e saí para procurar um táxi.

Pouco depois, o verão caíra furioso sobre Madri. Três meses de inferno, repetiam as pessoas. Um dia, na entrega da tarde, chegou-me um exemplar de *Presencia* com selos da Suíça. Olhei-o sem entusiasmo, desdobrei-o e vi numa coluna:

María José Lemos, estudante, detida na ilha de Latorre desde o golpe militar, foi presa por efetivos da Guarda Nacional no dia 5 de abril, data na qual deixava o presídio e recuperava a liberdade. Desde então encontra-se desaparecida, sem que nenhuma autoridade militar ou policial se responsabilize por seu paradeiro.

(*Cuadernos hispanoamericanos*, Madri, 1978)

O gato

Pode-se dizer ou imaginar muitas coisas desagradáveis de John. Mas nunca o imaginei capaz de mentir; desprezava demais as pessoas para inventar qualquer fábula que lhe fosse favorável.

De modo que, quando me contou, alegre e bebendo *dry martinis*, a história — para mim, sobretudo — de um de seus casamentos malogrados, não tive dúvidas. Era, ou foi, como ver e ouvir um filme sem possibilidade de recomeço e sem temores acerca de sua credibilidade. Tampouco sobrou espaço para um sorriso.

Eu estava chegando, uma semana antes, de Paris e queria atualizar, confirmar e descartar os rumores que me haviam alcançado sobre amigos, mais ou menos comuns, durante minha ausência.

John era um inglês conversador e sabia caçoar de tudo com desenvoltura, às vezes com pena, jamais com maldade.

Bebemos e instalou-se um longo silêncio: John parecia meditar, indeciso, com o cenho franzido.

Deixou o copo sobre a mesa e disse-me, conservando a postura de pernas cruzadas e perfil decidido:

— Era francesa e você a conhece. Talvez você saiba porque estávamos praticamente casados. Só nos faltava o padre, o juiz, e a chegada de uns móveis velhos e caros dos quais ela não queria se desfazer. Bisavós e avós e pais, quase toda a história da França. Para mim só ela, Marie, importava. Agora você pode procurar entre todas as Marie de que puder se lembrar. Estava louco e cheguei a pensar que era uma loucura sexual. Vê-la me bastava; cheirar um lenço esquecido me bastava; entrar no banheiro depois que ela tinha saído me bastava. Nós nos víamos todas as semanas, aqui ou em Paris. Dois ou três dias seguidos. Íamos e voltávamos. E meu desejo aumentava a cada dia e eu me entregava a ele, revolvia-me nele; queria mais e mais. E a cada dia era como um degrau que me impelia a pisar no outro. Sempre descendo, pois eu sabia que estava perdendo a saúde e o cérebro.

Sem deixar de oferecer-me um ombro, fez um sinal para Jeeves e vieram dois copos: *dry martini* para ele e gim-tônica para mim. Acendeu o cachimbo (ele sabia que fumar apressaria minha morte) e ficou um momento pensando, quase sorrindo, com lábios que a alegria não edulcorava. Como sempre acontece nesse tipo de história, fiquei em silêncio, esperando; fui recompensado. Johnny disse, sem me olhar:

— Batizei o gato de Edgar. E não porque fosse um gato preto, com símbolos de horror, brancos, no peito.

— Uma noite em que Marie, conforme o combinado, chegou ao aeroporto. Recebi-a, bebemos coquetéis, com a alegria de sempre. Brindamos à felicidade matrimonial. Isso não é para rir, mas é cômico. Fomos jantar e depois seguimos para meu apartamento. Não lhe disse, por que não sei e talvez não me importe, que a porteira e meio proprietária estava cismada comigo ou, simplesmente, odiava-me sem trégua. Algo assim.

Entramos e acendi a luz. Ela nunca estivera lá. Olhou ao redor com um sorriso que era de aprovação incondicional. E viu, vimos, no meio da grande cama com sua colcha branca de senhorita, um gato preto, grande, gordo. Um gato que eu via pela primeira vez e que parecia acostumado a ronronar por ali. Com as patas dobradas sob o peito, fitou-nos com olhos curiosos e voltou a fechá-los. Até hoje não sei como conseguiu entrar. Só desconfio. Adiantei-me para acariciar-lhe o dorso e o pescoço e então ela explodiu. Que tirasse dali o gato imundo, que ele iria encher a cama de pulgas. Aos gritos e batendo o pé no chão. Eu acendi um cigarro e abri a porta. Disse-lhe que eu tinha ficado feliz com a surpresa de encontrar alguém que nos dava as boas-vindas. Ela me chamou de estúpido e bateu as mãos até que o gato correu para a porta e para a sombra do corredor. Bem, vamos tomar outro drinque porque já basta de prólogo. O que aconteceu é simples e para mim muito difícil de explicar. Naquele momento decidi que jamais poderia me casar com aquela mulher; que era impossível viver com ela, ser feliz com ela. Não lhe disse na hora, e no resto da noite, até o cansaço da madrugada, tudo correu como pressentíamos e desejávamos.

Virou o copo, acendeu novamente o cachimbo e sorriu, alegre e desafiante. Então virou-se para olhar-me nos olhos e disse:

— O que explica para qualquer sujeito inteligente por que, desde então, só tive aventuras e decidi que devem durar pouco.

(*Liminar*, Tenerife, 1980)

O mercado

Por excesso de festejos Martha acordou no meio da noite, andou de um lado para o outro e não quis chorar como costumava fazer para conquistar os mimos de Helena. Tentou recobrar o sonho de felicidade e fracassou. Daí sim, chorou, mas com o rosto dolorido contra o travesseiro, tão sozinha e desventurada na noite negra.

Mas Helena soube, pressentiu sem ouvir e veio do outro quarto. Paciente, ficou escutando a tragédia.

— Pois me roubaram a metade de um sonho feliz com uma praia e um mar com seus cabelos de giz.

A outra menina, Judith, somou-se ao desconsolo.

— Eu tive um sonho bom, estranho, mas quando me acordaram ele sumiu, eu o perdi, não me lembro de nada.

De modo que, de manhã, Helena vestiu as meninas e foram ao mercado.

A entrada era ampla, mas em poucos passos topava-se com grossas colunas de mármore jaspeadas de cores intensas como na mesquita de Córdoba, e que obrigavam, ao avançar, a desfilar e a ombrear-se e tentar caminhos tortuosos até alcançar o grande pátio de azulejos com uma fonte de água incessante. Junto ao teto revoluteavam lentas marmotas aladas e modorrentas. Uma delas desceu e, sem olhar para Helena, mordiscou suavemente as cabeças das meninas e as foi levando através de um novo bosque de colunas até um pequeno altar onde um serafim as recebeu, sorridente, e não precisou perguntar nada para saber o que queriam.

Helena, ainda na porta, quem sabe, esquecida, e impedida por colunas que se elevavam, enormes e grossos cilindros jaspeados, surgindo a cada passo, ordenando-se para obrigá-la a seguir uma senda serpeante, que se transformou em labirinto imperioso e desembocou, guiando-a sem violência até a porta sem folhas, até a calçada onde já a esperavam as meninas com as conhecidas pétalas de amapola que garantem o sonho e seu intocável absurdo.

(*Revista de Bellas Artes*, México, 1982)

O porquinho

A senhora estava sempre vestida de preto e arrastava sorridente o reumatismo do quarto para a sala. Outros aposentos não havia; mas sim uma janela que dava para um pequeno jardim pardacento. Olhou o relógio que lhe pendia do peito e viu que faltava mais de uma hora para os meninos chegarem. Não eram seus. Às vezes dois, às vezes três que chegavam das casas em ruínas, além da pracinha, atravessando a ponte de madeira sobre a valeta agora seca, enfurecida de água nos temporais de inverno.

Embora os meninos tivessem começado a freqüentar a escola, sempre conseguiam fugir de suas casas ou das aulas na hora de preguiça e calma da sesta. Todos, os dois ou três; eram sujos, famintos e fisicamente muito diferentes. Mas a anciã sempre conseguia reconhecer neles algum traço do neto perdido; às vezes Juan tinha dele os olhos ou a franqueza dos olhos e do sorriso; outras, ela os descobria em Emilio ou Guido. Mas não se passava uma tarde sem que se houvesse reproduzido algum gesto, algum trejeito do neto.

Foi sem pressa até a cozinha para preparar as três canecas de café-com-leite e as panquecas que envolviam a marmelada.

Naquela tarde os garotos não tocaram a campainha da grade; bateram com os nós dos dedos no vidro da porta de entrada. A anciã demorou a ouvi-los, mas os golpes continuaram, insistentes, e sem aumentar sua força. Finalmente, quando foi para a sala arrumar a mesa, a anciã percebeu o ruído e divisou as três silhuetas que tinham subido nos degraus.

Sentados em redor da mesa, com as bochechas inchadas pela doçura da guloseima, os meninos repetiram as mesmas bobagens, acusaram-se mutuamente de fracassos e traições. A anciã não os compreendia mas olhava-os comer com um sorriso imóvel; naquela tarde, depois de observar bastante para não se enganar, decidiu que Emilio lembrava-lhe muito mais o neto que os outros dois. Principalmente o movimento de suas mãos.

Enquanto lavava a louça na cozinha ouviu o coro de risadas, as vozes apagadas dos cochichos e depois o silêncio. Um deles caminhou furtivo e ela não pôde ouvir o ruído surdo do ferro na cabeça. Não ouviu mais nada, balançou o corpo e depois ficou quieta no chão da cozinha.

Remexeram em todos os móveis do quarto, procuraram debaixo do colchão. Dividiram notas e moedas e Juan propôs a Emilio:

— Dê mais uma pancada nela. Por via das dúvidas.

Caminharam devagar sob o sol e ao chegar ao tabuão da valeta cada qual voltou sozinho ao bairro miserável. Cada qual para seu barraco, e Guido, quando chegou ao seu, vazio como sempre durante a tarde, levantou roupas, sucata, restos da gaveta que tinha junto da cama e apanhou o cofrinho branco e manchado para guardar seu dinheiro; um cofrinho de gesso em forma de porquinho com uma fenda no lombo.

(*Revista de Bellas Artes*, México, 1982)

Lua cheia

Chamava-se Carmencita e devia ter cinqüenta anos, se muito. Virou-se pela terceira vez na cama, tirou o lençol do rosto e soube que não ia dormir. Ainda ouvia os ruídos da noite sabática de Buenos Aires.

Acariciou os seios cansados e ficou um momento pensando em sua última menstruação, definitivamente última. O rapaz que a visitava quase todos os sábados porque não lhe custava nada nem era ameaça de encrenca nada sabia daquele fim. Era um final para ela, exclusivo, e ninguém podia suspeitar, porque ela continuava magra e sabia se pintar.

Derrotada, acendeu a luz e um cigarro. Depois empurrou a cortina da janela e chegou a pensar que sua testa batia contra a redonda luz amarela suspensa no negrume do céu como a rodela de um tambor. Lembrou:

Outono amarelece agora sua pele
como um velho tambor de romaria.

A língua se movia dentro da boca repetindo os versos. Sempre em silêncio. Lembrou-se do susto dos treze anos, sua primeira vez. Depois, em breves instantâneos, dos rostos e dos corpos, dos movimentos, gestos e, quase, das vozes dos homens, não todos, que tinham misturado suas peles com a sua. Mas só um permaneceu, o mais imbecil, um bom provedor, como soube quando se casaram. Dois anos e meio o homem lendo com um sorriso de aprovação os poemas, os contos que ela escrevia. Mas aquilo não era de todo sério e cada leitura terminava com uma carícia na cabeça, nos cabelos embaraçados. Dois anos e meio, sessenta meses, e ela mudou-se para um apartamento pequeno e aberto para a luz, na rua Ayacucho, o mesmo em que agora fumava triste e com raiva e via outras coisas passadas, o primeiro livro pago por ela, seus outros livros, elogiados por seus amigos, os prêmios com que lhe pagaram bondades. E ela sempre sabendo que tudo o que escrevera podia desaparecer sem que ninguém tomasse conhecimento, sabendo que tudo era medíocre e pretensioso. Sabendo e odiando os homens que usava e que a usavam. Tantos anos.

Começou a procurar, como se o encontro fosse possível, o momento, a linha que tinha separado a juventude da velhice. De qualquer modo, já se passara muito tempo desde o início da infelicidade do corpo. Pois, ainda que recordasse permanentemente o anel de rugas que lhe marcavam o pescoço — sempre coberto com lenços de seda, brilhantes, de cores raivosas e adolescentes —, ela ainda se sentia jovem, saudável, e seu cérebro, tinha certeza disso, não acompanhara a infelicidade do corpo, sua espantosa, voluntariosa, incontrolável, inegável inclinação para a decadência, o desânimo e a morte.

Também conseguiu — e vivia dessa fonte de vingança — que um jornal pouquíssimo lido lhe permitisse dirigir um quarto de página para fazer crítica literária. E como todos, quase todos os homens que tinham vindo e ido embora pertenciam à fauna intelectual e vez por outra publicavam livros, ali ela podia descarregar sua bílis e seu riso de escárnio, tão gasto agora, tão longe de sininhos e guizos.

Ouviu a sirene de um carro de polícia que se afastava do bairro Norte e a batida da porta de algum carro. Alguma que volta de uma cama, pensou sem dor. Lembrou-se de sua conversa com Mario, no verão passado, na areia de uma praia escondida, quase particular, em Mar del Plata. Era ela falando enquanto a mão de Mario brincava com a areia. Ela falava em como Deus é injusto, ou a natureza, que torna ridícula uma mulher de cinqüenta anos envolvida com um rapaz de vinte, mas se for o contrário todo mundo acha normal.

A madrugada clareando, apagou o último cigarro e ficou revirando as gavetas da mesinha até achar as pílulas anticoncepcionais e o frasco de soníferos.

Levantou a persiana e jogou na luz suave da manhã as pílulas já há tempos tão desnecessárias. Engoliu os soníferos com a ajuda de xerez tomado no gargalo.

O que restava da noite, o negrume em torno dela, tentando convencê-la de uma necessidade de descenso, de um afundamento lento e sem tropeços. Rebelava-se, sem forças, e conseguia ver-se no centro de uma quermesse de cidade pequena, onde o vinho dourado só dava alegria e ninguém estava embriagado e o círculo de bailarinos girava entrando nas canções, envolvendo-se com elas, o que fora seu, com um vestido de estampa de ramos, movendo-se sem cansaço, feliz, sem pressentimentos de rugas nem dores suaves nas articulações, tão limpa, tão tensa a pele de seu rosto agora rosado pelo cansaço feliz, e um cravo nos cabelos, um cravo no peito, um cravo na boca. Tão feliz, tão temerosa de deixar de sê-lo que apalpou na sombra para apanhar mais soníferos, mais xerez; e então não quis voltar a alegria de sua dança sem pausa para a luz das lanternas, das velas cobertas por cilindros enrugados de papéis coloridos, um azul, um verde, um vermelho; e a sucção da cama redobrou-se sábia e sem violência e dona e escrava do negrume aceitou afundar respirando pela última vez o esvaído perfume de lavanda do lençol que lhe cobria o queixo.

(*Nueva Estafeta*, Madri, 1983)

Os amigos

Desde que a viu sair com a mãe da Catedral, ele desapareceu da reunião das sextas-feiras no Tupinambá. Se fazíamos perguntas a sua vizinha, ela nos respondia que não estava doente, que o ouvia movimentando-se no porão que habitava e que, agora que estava chegando a boa estação, ele voltava a sair depois da sesta com o cavalete e a caixa suja de cores à procura de ruelas inéditas no chamado bairro Sur.

Duas vezes antes da última visitei o porão. Não passava disso, uma privada num canto e algumas grades que descansavam na altura da calçada, uma janela e um buraco de pedrada num vidro e uma cortina feita com um saco de estopa tingido de vermelho-escuro, de forma tão desigual que me fazia pensar num vigoroso, quase impossível vômito horizontal de vinho tinto; a cama afundada, um grande caixote como mesa, uma luminária suja e nua pendurada no teto. Todo o resto era seu: o pó já transformado em sebo duro pelas chuvas que entraram pelo buraco no vidro, os cartões pintados ou virgens, todos curvados pelos verões, as roupas sujas e velhas espalhadas sobre o piso de lajotas que um dia foram vermelhas. E, sobretudo, o que era verdadeiramente seu, o que não podiam tirar-lhe no Salão Nacional nem no Municipal, o cheiro acre, o cheiro de seu corpo doente e envelhecido, o cheiro repugnante que vão formando, como camadas superpostas, os suores nunca lavados, a mescla de axilas e de pés cansados.

Assim e ali vivia Simón. Até que um dia fui incumbido pelos pseudo-artistas que se reuniam comigo no café para quebrantar a frase da vizinha, "não quer ver ninguém, nem mesmo eu", e enfrentá-lo no cubículo, exigindo uma explicação para suas ausências.

Na noite da decisão, para aplacar a misoginia do pintor, nós, os poetas cabeludos sem editor para seus sonetos, suas elegias e seu verso-livrismo, os picassos sem salões, resolvemos que era imprescindível juntar dinheiro e copiar Zeus com Dânae. Os mais generosos foram os autores de *plaquettes* lidas com arroubos e beijos por suas famílias, namoradas e pelos que rodeavam nossa mesa do café. Eu entre eles.

Falamos com o encarregado da meia-noite e conseguimos fazer com que todas as nossas notas fossem transformadas em moedas de prata, no valor de cinqüenta cêntimos cada. Antes da arribação da chusma insolente e verduga as moedas eram assim, insisto, cinqüenta cêntimos de prata. Hoje se usam moedas de cinco milhões com o mesmo diâmetro, uns trocados, tão cinzentas de chumbo quanto um entardecer chuvoso numa segunda-feira de inverno.

Cabíamos cinco em meu carro e o resto saiu antes e foi andando. Rua Gonzalo Ramírez, entre a Médanos e a Ejido. Cafiani, lembro-me, levava e defendia o saco de papel com os quilos de *argent*. Esperamos até estarmos todos reunidos; lá embaixo havia uma luz de vela. Simón devia estar lendo ou se esquecera de apagá-la. A janela quebrada estava aberta e as mãos, os punhos cheios de prata podiam atravessar os vitrôs pretos e ásperos.

Quando Hernández sussurrou "agora", todos nós metemos os punhos entre as grades e os abrimos. Assustamo-nos com o barulho tanto quanto, ou quase, deve ter se assustado Simón, leitor ou dorminhoco. Depois corremos até a Ejido como se tivéssemos acabado de roubar alguma coisa. Quem sabe...

Quem sabe porque, duas noites mais tarde, quando o tribunal do Tupí decidiu que já era hora de exigir de Simón explicações para sua ausência, eu é que tive de ir, de responder a uma grosseria da mulher do "não quer ver ninguém" e de descer, afastando o fedor com os ombros, até o cubículo onde Simón lia um livro à luz de uma lâmpada de querosene de grosso alumínio abaulado. Eu estava levando uma garrafa de grapa para ele, mas ele tinha outra, quase cheia, no aposento, junto do braço endurecido.

E dessa vez foi novamente sua a beleza do sonho de olhos abertos, o presente e o futuro do conto incrível, nascido da esclerose e das finadas garrafas que encordoavam o porão.

O relato, enunciado por ele da conservada sujeira da cama, esparramada sobre um travesseiro furado sua juba grisalha e endurecida por antipatia ao sabão, levantando vez por outra com lerdeza a garrafa ladeira, pareceu-me uma montanha-russa que começava pela imagem dele mesmo mancando pelo bulevar entre as ruínas desertas da fábrica de gás e da forma pesada do Templo inglês. Ele mesmo arrastando a perna para sempre doente, o atril, a caixa de madeira, a curiosidade inquieta e às vezes travessa das crianças de diversas cores que sobreviviam no bairro Sur. Assim o vi muitas vezes, e é assim que prefiro lembrá-lo.

— Eu — disse ele, com a língua travada —, eu parei de ir embebedar-me com vocês lá no Tupí porque uma bebedeira no café era muito cara e eu precisava economizar um pouco dos oitenta miseráveis pesos que a Bellas Artes me paga de pensão e ainda como se estivesse fazendo caridade depois de todos esses anos me devendo, eu ensinando há anos desenho e pintura a garotos teimosos que jamais vão aprender, porque os que importam não precisam de professores para descobrir como são e o que querem fazer. Claro que nasci na Itália e pude ver muitas coisas antes de vir para a América. Precisava economizar e era muito mais barato eu comprar as garrafas e me embriagar sozinho no porão para poder pagar o buquê de flores que lhe mando todo fim de mês, quando recebo a pensão. Amor. Ninguém, nem você, que pula de uma para outra, ninguém pode entender. Pega-o traiçoeiramente, como algumas mortes. E nada mais pode ser feito, nem espernear, nem tentar destruir. Porque não se sabe se é uma coisa que o acertou de fora ou se já a levava adormecida dentro de você, que chegou a pensar que estava morta para sempre. E então o que acontece? Pois você a levava dentro de si e sem nenhum aviso num minuto ela salta e se derrama por todo seu corpo e é preciso aceitar e, o que é pior, alimentá-la e fazer com que suas forças cresçam a cada dia, e obrigá-la a fazê-lo sofrer ainda mais. E ela não dá a mínima quando você diz que é impossível, pois responde que pode ser que sim, mas que você é obrigado a não perder essa dor e a continuar esperando, ainda mais ao saber que a esperança é vã. E desse jeito e muitas vezes, quando se está *sborniato*, a gente chora e é como se estivesse se inclinando sobre a cama para ter pena de si mesmo, tão velho, doente e pobre. E depois vem a vergonha. Eu a vi na Catedral. Mas antes ela tinha estado numa exposição de meus quadros e escolheu um que os pais não a deixaram comprar, embora tenham milhões que poderiam jogar fora para que Deus os perdoe por terem gerado esse perfil, esse cabelo, esse corpo. Mas ela deixou seu nome e endereço e então eu consegui, rastreando, encontrá-la. Sou grato a eles pelo dinheiro que jogaram fora como granizo forte porque agora vou guardar para o casamento.

Eu pensava em seus quadros, na geometria dos tons apagados como uma lembrança e naquelas casinhas em ruínas de cores tão inimigas que só se mantinham em pé pela vontade de óleos e de espátulas.

— Até que um dia saiu da igreja sem a mãe e atravessando a garoa eu lhe disse: As flores; e ela seguiu em frente sem me ouvir e virou-se e perguntou sem me olhar ou me olhando com fastio: Como é que você sabe? Eu só soube dizer: Eu, e talvez ela tenha entendido e desde então é como se fôssemos amigos.

Cafiani o vira, noites e noites, claras ou de chuva, rígido, um pouco engolfado na sombra, defronte das luzes da casa da garota. O rosto, abatido e imóvel, sempre meio prateado pela água ou pela lua, e nos dizia no café: "Assim como a estátua de zinco de sua desgraça". Cafiani escrevia poemas.

(*Nueva Estafeta*, Madri, 1983)

Sabonete

Não fez nenhum sinal para que Saad parasse o carro. A figura estava quieta e paciente, talvez entediada, à beira do caminho, junto de uma árvore onde a primavera ia despontando como pequenas lanças de um verde ainda indeciso.

Saad parou o carro diante da árvore e viu a grande mala preta, viu que a pessoa que lhe sorriu tinha uma cabeça de mulher, jovem, extraordinariamente bela, um suéter vermelho que cobria um peito sem a menor suspeita de seios; um peito liso de rapaz; calças pretas que não insinuavam o volume do sexo. Homem, mulher, efebo, hermafrodita, de repente Saad precisou dele, com força e ofegando. Precisou que subisse no carro, precisou daquilo com medo, começou a acreditar que estivera esperando por ele desde a primeira juventude e quase chegou a acreditar que precisaria da presença ou da proximidade d'Ele — o corte de cabelo era masculino e não havia pintura no rosto — até o fim de seus dias.

Ao entrar, Ele disse "obrigado" e Saad notou que a voz não revelara nada. Era de alguém que devia ter bebido ou fumado muito na noite anterior, homem ou mulher.

— Aonde quer ir? — perguntou Saad, virando a cabeça para examinar a pele do rosto do passageiro: nenhum sinal de barba, mas o peito continuava hostil e achatado.

— Um pouco longe. Eu lhe aviso. Seguindo reto. Quais eram seus planos?

Tampouco havia pomo-de-adão no pescoço branco. "Eram", pensou Saad, "como se Ele tivesse resolvido mudar a viagem planejada." E como se pudesse fazê-la, como se quisesse fazê-la, como se estivesse certo, certa de impor sem violência seus próprios planos. A grande mala apoiada no assento traseiro propunha uma mudança, um ansiado desarraigamento. E dentro da mala estava a chave do sexo d'Ele, se é que tinha algum. Porque não havia sinais da adulterada feminilidade de um rapaz invertido; nada da soterrada virilidade de uma lésbica. Se fosse possível xeretar na mala...

— Não há planos rígidos de minha parte. Tenho um mês de férias, para não fazer, se Deus quiser, nada que me desagrade. Estava pensando em parar em San Sebastián para almoçar. Depois seguir até Pau, onde aluguei uma casinha que não sei se vou encontrar. Se quiser pode me acompanhar para almoçar e para nos perdermos entre os pinheiros enormes procurando a casinha. Só sei que se chama *Pourquoi pas* e fica perto da parada do Jabalí.

Ele não respondeu; foi se reclinando no assento, o rosto novamente iluminado pelo sorriso, e apoiou a nuca no encosto como quem se prepara para uma longa viagem.

Em poucos dias, o desejo de Saad cresceu e teve momentos de silêncio e de dor oculta junto da querida, da plácida presença d'Ele. Porque aquela criatura adorada lhe oferecia — ou insinuava, apenas — sua dupla face, seus dois corpos, e logo o homem sentiu o impulso angustiante de avançar e de pressionar, não importando se os seus imaginados abraços rodeassem um corpo de mulher ou de homem.

Mas queria saber. E quando Ele descia com a cesta de compras pelo caminhozinho sinuoso e imposto aos grandes espaços de grama verde pela insistência de tantos passos perdidos, entrava como um ladrão no quarto do monstro ansiado e escrutava a cama, as duas mesas, os pequenos frascos de remédio. O que de nada lhe servia, não revelava o segredo. A grande mala preta sempre debaixo da cama, fechada a chave.

E quando ele tomava sol de short e com o peito nu, Ele se acocorava, calças pretas e suéter vermelho, na sombra do alpendre da casinha ou sob as grandes árvores para sorrir em paz para a beleza das construções brancas distribuídas sem ordem pelas pequenas e suaves colinas.

Teve a absurda esperança, e acreditou nela por um tempo, de acabar com a dúvida entrando no banheiro quando Ele estivesse terminando de tomar banho no chuveiro. Mas cheirando, apenas, encontrou o perfume de sabonete de pinho que Ele espumara por todo seu corpo, pelo peito, na entreperna que desvelava o mistério, sempre sozinho, e selado para ele.

Até que, quase de um dia para o outro, Saad começou a aceitar. A desejar, mais do que a posse física d'Ele, a permanência do segredo, da dúvida. E agora o vigiava, ciumento, temendo que uma imprudência, uma frase d'Ele, revelasse a verdade cuja ignorância lhe dava agora o gozo de continuar sofrendo.

Viu-o subir a trilha, ágil e rápido, o corpo um pouco inclinado pelo peso da cesta. Sentiu frio e velhice, entrou na casinha pensando vagamente no que Ele teria comprado para o jantar desta noite.

(*Almarabu*, Madri, 1986)

A árvore

Quando, naquela manhã de céu feliz, a garota, violino na mão, bateu à porta da casinha de campo dos Fide, um homem à paisana, meio mulato, abriu-a de um golpe e obrigou-a a entrar.

— Fique contra a parede e se apóie nas mãos.

Enquanto obedecia, a garota teve tempo de dar uma olhada no rosto da empregada dos Fide, que estava branca, movendo as mãos sobre o ventre, emparedada por outros dois meganhas que se revezavam para apressar perguntas ou que misturavam as interrogações com a velha técnica tão aprendida, tão posta à prova. Os três homens em mangas de camisa e suando, fingindo pressa e importância.

O porteiro revistou a garota e deteve a insolência inata das mãos nos seios e nas nádegas.

— Limpa — disse. — Agora abra o violino.

— O estojo.

— Sim, doutora. O estojo do violino.

Ela escondera os papeizinhos azul-celeste, que a mulher de Fide lhe entregara na noite anterior, entre um si bemol e um *pizzicato*. Mas eles finalmente apareceram.

Era uma lista de nomes, de condenados à morte que talvez continuem vivos.

— E isto? — perguntou o primeiro, com petulância, procurando impor à luz atenuada da manhã uma expressão de ameaça inteligente.

A empregada dos Fide repetia:

— Não, eu já disse. Trouxe-o ontem aqui pra casa. Não sei onde está. Já disse. Não avisou por telefone e também não o vi. Já disse. Não sei onde está. Já disse.

— Agora você vai até o jardim com o pirralho — disse o homem à garota. — E não vá fazer bobagem que nós ainda nem começamos.

Então ela abriu a porta envidraçada e respirou, no pequeno jardim, o cheiro da terra recém-molhada e o cheiro do verão, agrupados na grande árvore solitária. Bob estava escarranchado lá em cima, nos galhos mais altos.

— Traga a bola que está lá nos fundos — disse Bob.

A bola estava a dois metros, encostada no muro cinza da divisa. Era de borracha, grande, e parecia estar pintada com galhos de todas as cores.

A garota jogou a bola para o menino e o menino para ela e assim continuaram, os dois rindo. Agora dava para ouvir a empregada dos Fide; às vezes ela gritava, às vezes chorava. As vozes grossas dos homens se confundiam, levantavam-se e afastavam-se.

— Não sei. Já disse. Não sei de nada.

O golpe de uma bofetada e um insulto. O menino continuou ignorando e rindo; ela sorria, olhando para ele. Mostrando-lhe o rosto, a bola ia e vinha, rolava brilhante e alegre sobre a terra interrompida por alguns trechos de grama.

Jogavam e a garota tinha certeza de não estar ali, de estar sonhando o sobe-e-desce da bola. Não havia homens dentro da casa perseguindo a empregada dos Fide, não havia a ameaça da prisão imediata, do interrogatório, da tortura. Olhava para o muro úmido que cercava o jardim, pensava na possibilidade de pulá-lo, de fugir do sonho, de acabar com o pesadelo.

Não havia mais nada no mundo a não ser o jardim esquálido, o vaivém da bola, a alegria do menino cujos pais estavam sendo mortos em outro distante, inimaginável lugar, país, continente, planeta.

Era preciso continuar brincando com o menino, sentir a bola batendo em sua barriga, atirá-la de volta.

O menino, tão menino, tão perto da casa e do horror; o menino, única coisa que perdurava dos pais naquele momento, e ela tinha de ser pai e mãe enquanto durasse o pesadelo infinito, as vozes rudes na casa, a risada nervosa do garoto na árvore.

Pois se prolongasse, sem descanso, o monótono jogo, os dois ficariam afastados do tempo, jamais tocados pela sujeira do mundo.

(*Cuadernos de Marcha*, Montevidéu, 1986)

Montaigne

Todos nós tínhamos recebido a mesma mensagem, a mesma inacreditável oferta. E lá estávamos; éramos seis, e ele, claro, porque a reunião era em seu apartamento. Os convites de Charlie, epistolares ou telefônicos, diziam-nos que na sexta-feira, às sete da tarde — não quero estragar-lhes o domingo —, começarei a suicidar-me. Maldito seja o que me faltar, pois não terá oportunidade de emendar-se. Há comida farta, bebidas.

Éramos seis os presentes àquilo que pensávamos ser uma brincadeira exibicionista. Soube que outros convidados tinham achado graça da piada. O tempo estava bom e úmido e teriam preferido fugir da cidade.

Eu cheguei um pouco mais tarde, e cumprimentei com a cabeça e algum sorriso. Talvez tenha beijado a face de Marta porque ela era a mais bonita e eu sempre a desejara mansamente. Além do mais, o cheiro, o perfume que seu decote confessava era uma provocação da qual ela é consciente e que a diverte.

Charlie estava sentado no divã, com duas mulheres dos lados. Cumprimentou-me sorridente, levantando a mão. A suas costas, preso à parede, havia um grande espelho.

Os convidados, quatro garotas e dois homens, Brausen e eu, acomodamo-nos em qualquer assento, as duas do divã, duas em curiosas cadeiras brancas de jardim. Ele mobiliara o apartamento com seu gosto desconcertante. Distingui-as pelos nomes, mas também pelas cores. Minha tarefa, minha atuação eram difíceis e penosas.

Nenhuma tinha mais de trinta anos. A do vestido verde e curto armou um risinho quase convincente e disse:

— Charlie. Por que esta loucura? O farsante de sempre.

— Há uma semana — respondeu ele — você não me chamava de Charlie nem de farsante. Mas às vezes, certamente, de palhaço. Foi no sábado, não é mesmo? Aí você ficou me dando outros nomezinhos. Talvez os mesmos que as outras três gastaram, em tempos mais felizes. Nomezinhos que não repito para não deixá-la corada.

A garota corou. María del Carmen, a do vestido azul-celeste, levantou-se alçando a bolsa que deixara no chão, saiu devagar do quarto, fechou a porta sem ruído.

Agora restavam três mulheres. Enriqueta, a corada. Isabel, costume cor de tabaco e gravata. Sempre desconfiei. Aurora, com calças de operário, uma jaqueta de couro e os cabelos minuciosamente despenteados. Aurora, ou seu pai, tinha muitos milhões que nunca foram exibidos, nem mesmo expostos. Gente bem.

Todos éramos amigos desde uma excursão e de uma longa visita que fizemos à casa de praia de Aurora. Amigos permutáveis mas, escrevo isso com tristeza, ninguém se apaixonou por ninguém, embora Charlie tenha se casado com Natalia, que se recusara a contemplar o lento suicídio prometido.

Charlie manteve o sorriso por um minuto. Estava contando quantos éramos. Às vezes usava bigode, que, depois de raspado, retornava, e as mudanças afetavam, não muito, a expressão de seu rosto.

— De modo — disse com voz resignada — que Natalí não veio. Sempre disposta a cumprir os deveres conjugais. Mas este, definitivo e diferente, não.

Ele dizia seu nome com um forte acento na última letra. A meu lado, de pé, Brausen abriu um tubinho de dropes de menta e pôs um na boca. Gaguejando um pouco, perguntou:

— De repente você percebeu que estava sobrando no mundo? Ou está simplesmente fugindo? Suicidar-se é recomendável em certas situações, mas, eu gostaria de saber, por que cargas d'água você quer tirar o corpo fora? Se é por doença, ou pelos olhos de alguma mulher cruel e perversa. De qualquer modo, é precipitado. Ela virá sozinha encontrá-lo daqui a alguns anos. E quem sabe então você esperneie, se negando.

— Sim, Brau — disse Charlie. — Sempre com a razão e a gozação. Mas se eu for lhe explicar, foi-se este tempo. Que é meu e, pensando bem, é o único que tenho e com o qual posso lidar. A verdade é que ao cabo de cem anos todos seremos calvos. Peço-lhes perdão pela conversa. Gosto ou gostei de todos vocês, em graus diversos, claro.

Isabel fingiu um bocejo e apalpou os bolsos. Procurava, mostrava que procurava, um maço de cigarros. Acendi um dos meus e enfiei-o entre seus lábios.

— Obrigada — disse, mais grosseira que eu.

— De nada. Lamento que não seja da sua marca.

— Mas Charlie, querido — insistiu Isabel —, qual o motivo do espetáculo? Por que você não se dá um tiro sem ajuda? Talvez, imagino, esteja procurando um público de amantes e um homem e meio que o impeçam de se matar. Conheço você.

Charlie tirou um lenço do bolso do peito e abafou um soluço. Observei sem maiores invejas que ele se vestira muito bem para a cerimônia. Camisa branca coberta por um formidável colete de mil cores com quatro grandes bolsos. Gravata pintada à mão. Os sapatos lustrosos demais. Quanto ao terno, de casimira inglesa, acho.

Costumávamos vê-lo fantasiado de artista. Calças velhas, acinzentadas, uma camisa grossa em estilo canadense, suspenso dos dentes um cachimbo, poucas vezes fumegante. No inverno usava um casaco de veludo, nunca um sobretudo, e lenço de cores vivas em lugar de gravata. Andava sem chapéu e não usava boina, pois sabia que isso teria sido *bohème* demais. Não mostrava os quadros. "Ainda não", cortava. No cavalete, uma tela virgem; os cartões voltados para as paredes.

Charlie disse:

— Estou com gripe. Mas isso não conta. Não vou permitir que interfira em meu tempo, no tempinho absolutamente meu que escolhi. Mas não quero ser egoísta. Vocês também devem ter delimitado seu tempo desta tarde — olhou o relógio de pulso. — Como todos sabem, sou tão rico que tenho dois quartos, cozinha e banheiro. Ali no outro há *delicatessen* e boa comida. Peço-lhes, como último ou penúltimo favor, que vão até lá, comam, bebam, comemorem. Prometo esperar. Por razões óbvias eu não posso comer. Não faço isso há muito tempo.

Esticou, suspirando, as longas pernas no divã e fechou os olhos. Estava pálido, insolentemente alinhado, como sempre.

Fomo-nos afastando rumo ao outro cômodo, quase em fila indiana. Mas uma das mulheres atrasou-se e pude ouvir-lhe um responso já clássico, que soou pela primeira vez e inútil para os ouvidos já mortos de Scott Fitzgerald:

— Coitado desse filho-da-puta. — Também ouvi o ponto final, o som do escarro.

No entanto, ao contrário daquela história, Charlie ainda estava vivo.

Encontramos uma mesa muito grande, daquelas próprias para famílias numerosas, coberta com um lençol branquíssimo que fazia de toalha, com garrafas de vinho branco e rosé, uísque Edinburgh de quinze anos e diversas iguarias, capazes de nos alimentar durante uma semana.

Comemos, bebemos e festejamos piadas tão ruins que não conseguiam manter a graça nem por um segundo, porque tacitamente combinamos que estávamos vivendo uma brincadeira, que Charlie era imortal e que era bom que quase toda a turma estivesse ali reunida. Todos os que tinham chegado estavam na maior camaradagem e muito divertidos, erguendo brindes.

Tínhamos sido tão promíscuos, com variações curiosas, que agora as mulheres eram velhas amigas e conversavam sem veneno nem alfinetadas. Brausen me incomodava um pouco, movendo cabeça e olhos para escrutar, furtivo, rostos e expressões.

De vez um quando uma cabeça apontava para espiar Charlie e tudo o que conseguia ver era um curioso movimento de mão indo do colete à garrafa. Depois parecia tranqüilo e folheava seu livro. Ninguém fazia perguntas.

Mas nossos tempinhos também estavam passando e, num silêncio, alcançaram-nos as badaladas de San Cristobalón Desnudo, igreja enorme e quase em ruínas que dominava com sua altura aquela parte da cidade.

Quando voltamos, com os estômagos satisfeitos com os comes e bebes, mas nervosos, tentamos não encarar o divã nem o espelho. Uma pausa sem palavras até que olhamos francamente para Charlie. Agora estava sentado, acendera a lâmpada da mesinha onde se destacava outra garrafa de Edinburgh 15. Fingia ler um livro e bebia lentamente de um copo de inequívoco cristal. E também fingiu, durante um momento, não ter notado o pequeno tumulto de nosso regresso.

Charlie deixou o livro sobre o divã e mostrou-nos seu sorriso branco, os olhos por demais abertos, tão azuis quanto o vestido de María del Carmen. Eu conhecia aquele olhar havia anos.

— Desculpem-me — disse. — Eu me esqueci de contratar um garçom. Não sei a quantas andam. Quer dizer, quanto custam. Acabou sendo um reles *self-service*. Mas vocês me parecem contentes, não?, ainda que um pouco hesitantes diante do destino.

Eu conhecia a cara de Charlie e me lembrava dela exibindo mau humor, paz e aquele dom para a frase irônica, sempre dita com desdém, criadora de inimigos. Mas agora via um rosto sutilmente diferente. Os olhos, cândidos, estavam mirando algo nunca visto por ele e invisível para nós. De repente, compreendi; vi-o levar a mão a um dos quatro bolsos do colete floreado e depois até a boca e ajudar-se com um gole de uísque. Drogas, sem dúvida.

Talvez alguém, quase ao mesmo tempo que eu, também tivesse compreendido. Esse alguém, com um coro confuso atrás de si, gritou, com súplica e raiva:

— Mas, Charlie, você está louco!

A agora inegável lésbica dominava com carícias os ombros da sabida ninfomaníaca. Quem sabe aquele momento fosse o início de uma amizade tão íntima quanto insólita.

— Todos vocês loucos — disse Charlie, tropeçando levemente nas consoantes. — Esquecem de meu amigo, da tumba que aguarda com seus ramos fúnebres. Não para mim, vão me cremar. Mas das garotas, tão amigas, penso que um dia recitaram, digo, que recitou o soneto na Associação Cultural de Villa Mongo. Não liguem. Estou mentindo — outra drágea, outro gole. — Nenhuma de vocês. Mas vocês estão pensando que eu não podia contratar um garçom. Todos loucos e esquecem que os ramos fúnebres esperam por vocês. Cada vez mais cansado, mas ainda com forças. Poderia pagar muitos garçons, um para cada um. Agora que estou partindo é que fiquei rico.

No grupo flutuavam, e feriam, a piedade e a repugnância. Às vezes juntas, outras, renhidas.

Outra drágea e gole e Charlie disse, agora vagarosamente:

— Rico, e morrendo. Porque convidei-os para me ver morrendo. No entanto, os ricos como eu não teriam que se suicidar. Mas vocês, que às vezes me acompanharam na felicidade. Corrijo: felicidades, porque a outra, a de verdade, não existe — gole e drágea e eu esperando. — Porque finalmente recebi os terrenos de meu pai lá no Sur. Sou rico, e tudo para Natalí, sem testamento — pílula, engoliu e caiu no divã para sempre com os olhos grandes, azuis, surpresos, olhando e vendo.

— Não por amor nem por cinzas de amor — ele agora balbuciava, afundava perseguindo cada palavra, uma a uma. — Porque ela soube me respeitar e ficou a meu lado em momentos ruins que já não vão se repetir. Entenderam? — perguntou, indiferente e fraco.

Movendo desajeitadamente os braços como se fossem alheios, conquistou um punhado de drágeas no ostentoso colete e bebeu da garrafa. Esticou-se, tão longo, no divã, fechou as pálpebras e começou a respirar sonoramente até chegar a um ronco que foi abrindo sua boca. Um filete de saliva deslizava, lento, pelo lado direito da boca, que ia se ausentando, a que havia beijado e sido beijada tantas vezes naquele mesmo divã, fortalecidas sua fúria animal, suas lentas carícias pelas imagens que o espelho ampliava.

Aproximei-me dele para observar o processo. Minhas costas me separavam do grupo e ouvi os gritos, palavras pressentidas e inevitáveis:

— Ambulância médico polícia lavagem talvez.

Tomei o pulso de nosso Charlie. Muito fraco, muito espaçado.

— Caros amigos — disse eu. — Este coração vai parar em dois minutos. Talvez devido à última dose de drágeas. Foi uma coisa brutal. De minha parte, vou-me embora. A empregada não vem até segunda-feira. Se ficarmos, voltaremos a nos reunir na delegacia para ficar respondendo a perguntas estúpidas sabe-se lá até quando.

— Mas vamos deixá-lo assim?

— Já está deixado — disse. — Adeus. Façam o que quiserem. Só peço que esqueçam que eu também estive aqui.

Desci no mesmo elevador que fora usado por María del Carmen. O edifício onde Charlie vivera ficava no bairro Sur, que começava a reviver, conservando, por sorte, grandes casarões com pátios andaluzes. O café era confortável, sem luzes fluorescentes, e de minha mesa eu podia espiar e contá-los tranqüilamente enquanto iam saindo ou fugindo. Brausen foi o último a sair e tive a impressão de que gesticulava chamando um táxi.

Esperei durante um uísque repugnante, nacional, e dois cigarros fumados sem pressa, cinza comprida. Acertei com o garçom e saí. Tinha as duas chaves, de modo que subi no tremor da máquina e entrei no apartamento. Charlie estava esfriando e a boca, sem uma boa mulher que lhe ajeitasse uma atadura no queixo, continuava aberta e grotesca.

Tampouco houve um bom homem. Natalia me dissera na cama, durante a sesta daquela tarde, que Charlie lhe deixava o dinheiro dos campos paternos entre as páginas do segundo tomo dos *Essais* de Montaigne, na desordem da biblioteca. Era um envelope grande e pesado cheio de notas também grandes que custei a acomodar no bolso.

Antes de sair não tive mais curiosidade pelo defunto. Mas agachei-me para virar um dos cartões apoiados na parede. Era um quadro, muito ruim para o meu gosto, onde as cores violentas pareciam lutar entre si. É provável que Charlie tivesse pensado o mesmo que eu.

(*El País*, Madri, 1986)

Ki no Tsurayuki

Conheci os Andrade há um par de anos e os freqüentei durante esse tempo. Hoje conto a parte mais interessante de suas vidas, e o que ignoro posso, certamente, imaginar.

Como todo meio-dia, quando Andrade acordou, Marisol já não estava na cama. O quarto recendia suavemente a suores atenuados pela cosmética e um aroma de café fresco vinha da cozinha.

Bebeu de um trago o resto de uísque, agora morno, que a noite anterior lhes havia deixado, e acendeu um cigarro. A fumaça subia em espiral com a mesma cor cinzenta da luz da persiana. Pensou, entristecido, que a primavera ainda não viera e ninguém sabia por quê.

Marisol dirigia a coluna social publicada por seu jornal, sempre o mais importante em todos os governos que foram ou vieram, civis ou militares, a pequena bíblia feroz da oligarquia e da Igreja.

Depois do banho — já limpo, barbeado e envolto num roupão luxuoso — ficou numa pequena copa tomando um copioso café-da-manhã diante de Marisol. Abriu o jornal para que ela esquecesse que ele a olhara com reprovação. Seus olhos brilhantes, as pequenas partículas brancas nas bordas do nariz. Sua simpática alegria nervosa. Oh, sim, acima do mundo.

Quantas vezes a ouvira jurar: "Nunca mais, juro". Ou variava: "Se não vou às festas eu me queimo e fico sem trabalho. E quando vou, não posso recusar as carreirinhas como se fosse uma jeca. E sem jornal e sem reuniões não posso ajudá-lo".

— Tem alguma coisa? — perguntou Andrade.

— Nem vontade nem tempo para olhar.

Andrade foi virando as folhas até encontrar a alentada página de obituários. Via a mulher, ouvia a colherinha sendo cravada na metade de um *grapefruit*. Um outro silêncio e depois ela lhe ofereceu mais café numa xícara pançuda. Aceitou-a, quieto, afastou o jornal e observou-a rir, silenciosa.

— Não fique aborrecido ou se fazendo de. Por que consulta a página se não consegue interpretar? Eu tenho a chave e depois lhe digo, como sempre. Mas primeiro um perdão e depois uma risadinha para a mamãe.

Agora, pela janela grande da sala de jantar-living, a primavera aparecia por minutos para retroceder como se estivesse arrependida, negada por nuvens e vento.

Ela disse:

— Bem, preciso me mexer para o almoço no Country. Não perca tempo examinando o jornal porque não saberá nada de viúvas. Eu tenho em vista dois moribundos que prometem. Tomara que você tenha sorte. E com as minhas bênçãos. Não se esqueça da agenda do dia. Você falhou com Camarosa.

Fez-lhe uma afetuosa careta de galhofa e foi para o quarto se vestir, se arrumar.

Marisol, educada numa universidade ianque, havia imposto no apartamento um regime alimentar ao qual Andrade demorou a acostumar-se: um forte café-da-manhã, qualquer bobagem no almoço e, freqüentemente, o jantar fora de casa.

De tarde ficou trabalhando um pouco com as agendas, uma deste ano e outra do próximo, porque nem todos morrem antes de primeiro de julho. Dez de setembro, página em branco. Avançou folheando e comprovou que até meados de outubro não havia nenhuma visita anotada.

Andrade vivia sem preocupações porque um avô ou bisavô havia cercado campos sem dono no século passado. Por sucessivas e complicadas heranças, aquela imensidão de pasto, agora reduzida, enfeitada de gado e de cavalos, era sua perante a lei. Pontualmente, o capataz administrador o tapeava nos depósitos e prestações de contas. Mas o que vinha dava com folga para as necessidades de Andrade. Marisol, de uma família tradicional mas cada vez com menos dinheiro — e esse menos continuava sendo invejável —, com o salário do jornal e as comissões por incluir qual estilista tinha feito o vestido de noiva ou o da menina apresentada à sociedade, rendia ao casal dinheiro suficiente para equiparar-se, quase, às rendas de Andrade. E a tudo isso se somava, além de companhia e cama, o fato de ambos serem generosos, despreocupados e imprevisíveis.

Além disso, Andrade escrevia um romance havia anos. Ninguém nunca viu uma página, talvez nem ele. A única pista, tênue, de criação literária podia ser rastreada num cartaz envelhecido pregado na parede, sobre sua escrivaninha. Dizia: "Uma literatura tal que, comparado, tudo o que foi escrito até agora pareceria simples prosa de colegial". A consonância não era deliberada.

Andrade mentiu ao dizer que o telefonema de Marisol o surpreendera quando estava iniciando o muito difícil capítulo quatro do romance interminável. É quase certo que fazia a sesta com a ajuda do sempre último copo de conhaque e um pouco de bicarbonato. Suponho que Marisol disse:

— É preciso se mexer, docinho. Hoje de manhã morreu Estévez, Ramón, quando estava no hospital para fazer duas operações. Um repente, o coração. Era seu amigo, não tem filhos e era louco por pára-quedismo, lá no polígono de Morón. Nada de luto, idiota, roupas austeras, cuidado com a gravata e o rosto, esse sim, desolado.

Andrade, em poucas horas, foi aumentando sua amizade com Estévez, inflando pequenas lembranças, convencendo-se de que existira entre eles uma relação freqüente que beirava a intimidade. Colégio, serviço militar, saltos audazes nos quais os dois se lançavam de aviões e atravessavam o ar pendurados nos pára-quedas, aterrissando gloriosos e com ventrais precários em terrenos muitas vezes hostis. Amizade profunda de bebedeiras e confidências.

Já não me importava saber nem intuir como fora fisicamente o velho amigo doutor Estévez, seu rosto nunca visto. A morte vai emparelhando rostos e lhes impõe (vai nos impor) ou constrói uma expressão comum que pergunta, desinteressada e sarcástica: eu? eu cumpro fielmente meu contrato.

Ao amanhecer vestiu um terno azul-escuro com leves riscas finas e muito brancas. Caminhou algumas quadras até o bairro Norte, bem perto de onde eles viviam. Depois de assinar o álbum com uma letra muito clara e aberta para que pudesse ser reconhecida sem dificuldade, entrou no aposento dos sussurros e evitou, sem grosseria, o caixão negro dourado. Muita gente rodeava em proteção e consolo a jovem viúva e, ao fazer isso, assinalavam-na. Estava imóvel e sem lágrimas e era muito bela com os cabelos negros penteados em bandós. Tão desejável promessa para dali a meio ano.

Esta viúva: rosto tão pálido como parede recém-caiada, impassível, padecendo sem total consciência um golpe brutal, inesperado; vindo para partir sua vida em dois, abolir a felicidade que agora seria apenas um conjunto de lembranças, cada dia mais equívocas, menos dolorosas.

Ele já levava estúpidas palavras preparadas, mas trocou-as, murmurando, por outras parecidas:

— Não dá pra acreditar. Ramón, o amigo tão querido. Que Deus o tenha.

Depois recuou como se fazendo esquecer, como se escondendo, e sentado num canto recusou o café e o porto que um criado lhe ofereceu. Passada uma hora de lamentos, parentes, amigos e renovados prantos, conseguiu deslizar com discrição e voltou a seu apartamento para escrever — mentira — o romance interminável que, embora nunca tenha existido, teve o respeito de não chamar de genial. A verdade deve ter sido que voltou para beber conhaque, fumar cachimbo e ler aventuras policiais dessas sem nome nem título nem lembrança, esperando Marisol chegar.

O certo é que, depois de sua breve passagem pelo velório de Estévez, Andrade pôs mãos à obra. Apanhou as agendas e, como aquele dia de setembro era 21, calculou seis meses e escreveu: "No dia 20 de março do próximo ano: Senhora Estévez. Mais ou menos hoje".

Descobriu que estava com vontade de trabalhar e, fortalecendo-a com o conhaque, fez um rápido balanço, com o resultado muito satisfatório de doze visitas, telefonemas semestrais — às vezes dissimulados —, que só mostravam dois fracassos. Ou chegara tarde ou seu desejado lugar já estava ocupado havia mais de um ano, desde antes de sua primeira visita de luto.

E tudo isso, que tinha algo de antipoético, de burocrata marcando relógios-ponto em escritórios, dentro da enorme poesia que construíam os resultados felizes.

E essa tarefa, pouco exaustiva, tinha-se iniciado um par de anos antes por um conto-poema do poeta japonês Ki no Tsurayuki publicado em 905 e traduzido para línguas bárbaras no século XX.

O poeta mentia ter visitado um cemitério no qual viu uma linda japonesinha ajoelhada agitando, incansável, um grande leque sobre a terra de um sepulcro. Levado pela curiosidade, mãe do saber e da poesia, Ki no aproximou-se da jovem e, depois de fazer as três reverências de praxe, atreveu-se a interrogá-la. Talvez sem necessidade de palavras, apenas com a expressão inquisitiva de seu rosto. A menina, todas as mulheres bonitas atravessam adolescentes os anos, deteve o vaivém do punho, levantou os olhos enquanto oferecia um hesitante e imóvel sorriso nipônico. Depois disse com tristeza: "Meu marido, em seu leito de morte, fez-me jurar que eu lhe permaneceria fiel enquanto estivesse úmida a terra de sua tumba. E este outono foi tão chuvoso".

Depois dessa beleza que muito o impressionou, Andrade lembrou-se, curioso, de mexericos e de alguma experiência. Fez os cálculos e resolveu que seis meses de solidão por viúva estabeleciam um estado psíquico vulnerável na carapaça da mulher abandonada que tornava possível apoiar-se em ânsias e espantar lembranças. Ignoro — estive viajando a negócios — quanto tempo se passou, quão exata resultava ou resultou a contabilidade de Andrade, sempre ajudado pela sabedoria cúmplice de Marisol. Desconfiei que sua amante seguramente o orientava para o cumprimento de uma exigência: a de que os alvos que a morte ia oferecendo fossem jovens, bonitos e com uma qualidade indefinível a que eles e eu chamamos de classe.

Quando terminei por assentar-me, de regresso, na cidade mais querida do mundo, nem Romas, nem Vienas, nem Parises, como disse um poeta mexicano, e depois de ter prestado contas um pouco ao estilo do grande capitão diante do senhor ministro da vez, fui me inteirando, sem querer, de várias desgraças. Deixo de lado as familiares e me lembro da morte de Marisol e do anterior acidente de carro de Andrade. Soube que ele acabara por casar-se, louco de amor, com uma de suas viúvas semestrais. Chamava-se, e se chama, Hortensia. Mais forte do que ele em escarcéus eróticos, mais convincente com jogos de cama, bela e *allumeuse* de nascença, levou-o sem violências nem discussões até juízes e sacerdotes.

Escreveu o prólogo com maestria lingüística, com saias fendidas para insinuar, no verão, as coxas tão brancas e poderosas; e, no inverno, usava calças tão justas que tornavam possível ver, adivinhar e querer as oferecidas nádegas azuis.

Tudo isso sussurrado, às vezes dito com palavras diferentes, por amigas da boa alma que acrescentaram passados e presentes, talvez caluniosos.

Nada disso lhe importava porque, embora fosse certo, no dia seguinte a excitação sexual é esquecida e nunca existiu.

Depois de uma viagem de núpcias, retornara à cidade. A estrada era traiçoeira e então Andrade, que viajava sozinho procurando praias e sol, bateu num caminhão e foi salvo num sanatório, quase moribundo, ficando impotente e sem pernas úteis.

Agora, despertando de uma das horas diárias de sopor, Andrade tentava reconquistar o mundo, o quarto, sentado incomodamente na cadeira de rodas que quase aprendera a dirigir com desenvoltura.

Agora escutava a voz de Hortensia, que aplacava o murmúrio de uma voz masculina, e dizia: "Não se preocupe, ele não acorda até de noite". E os silêncios, mais cruéis que qualquer palavra, vinham visitar, prolongando-se, seu quarto de doente paralítico, incurável.

Sem necessidade de agendas, Andrade calculou que se tinham completado seis meses desde o acidente, quase mortal, que o separou dos vivos, dos saudáveis e ansiosos.

(*El País*, Madri, 1987)

Ela

Quando Ela morreu, depois de longas semanas de agonia e morfina, de esperanças, anúncios tristes desmentidos com violência, o bairro Norte fechou suas portas e janelas, impôs silêncio a sua alegria festejada com champanhe. O mais inteligente deles aventurou: "O que querem que eu diga? Para mim, e não costumo me enganar, isto é como o começo do fim".

Tantas coisas, pobres milionários, Ela os fizera engolir. E o triste era que Ela tinha sido infinitamente mais bonita que as senhoras gordas, suas esposas, ainda com cheiro de bosta, como disse um argentino. Agora também podiam engolir os sorrisos cordiais com que haviam acatado as ordens e as humilhações. Porque todos sentiam, sem mais provas que discursos vociferados na Plaza Mayor, que Ela era, na incrível realidade, mais perigosa que as oscilações políticas, econômicas e turvas, d'Ele, o mandatário mandante, aquele que mandava em todos nós.

Quando finalmente Ela morreu, rematando esperanças e desejos, estávamos em fins de julho; numa data pródiga em crueldades, em frio, em vento, em aguaceiro. Dos céus negros de nuvens e noite caía uma chuva lenta, implacável, em agulhas que ameaçavam ser eternas. Desinteressavam-se de abrigos e peles humanas para encharcar sem delongas ossos e medulas.

A umidade aumentava o mau cheiro das gastas roupas de luto improvisado: quase imóveis, sem palavras porque seu infortúnio tinha um único culpado, e este não podia ser nomeado mesmo sendo dono do frio, da chuva, do vento e da desgraça.

Segundo a pequena história, tantas vezes mais próxima da verdade que as escritas e publicadas com H maiúsculo, cinco médicos rodeavam a cama da moribunda. E os cinco estavam de acordo em que a ciência tem seus limites.

E no térreo, impaciente, passeando, atendendo às perguntas telefônicas que lhe faziam os jornalistas amigos ou dadivosos, havia outro homem, talvez também médico, embora isso não tenha a menor importância.

Era um catalão, embalsamador de profissão conhecida e chamado por Ele havia um mês para evitar que o corpo da doente seguisse o destino de toda carne.

E havia uma luta silenciosa mas tenaz entre os cinco de cima e o solitário de baixo. Porque, se este sozinho acreditava com distração na Virgem de Montserrat, os de cima estavam divididos entre a de Luján, a de La Rioja, a das Sete Chagas, entre a de Santelmo e a do Socorro. Mas concordavam no fundamental, na Santa Igreja Apostólica Romana. E acreditavam nos arrotos dominicais dos padres.

Para cumprir o contratado com Ele, o embalsamador catalão devia aplicar uma primeira injeção no cadáver meia hora depois de ter sido decretado como tal. Os obstinados crentes do andar superior se opunham a toda intenção de embalsamar, apesar de o contratado catalão ter dado, generoso, provas indiscutíveis de seu talento. Lembro-me da foto, num folheto, de um menino morto aos doze anos, placidamente colocado numa poltrona e exibindo uma roupa de marinheiro impecável. Exibiam-no cada vez que a múmia tivesse que ter feito aniversário — ele caçoava, o tempo não existia, suas faces continuavam rosadas e seus olhos de vidro brilhavam com malícia —, quando, inexoravelmente, completava mais um ano de falecimento. Duas vezes por ano ocupava o lugar de honra e os parentes que lhe iam restando — o tempo existia — o rodeavam, tomando chá com bolinhos e um que outro calicezinho de anis.

Opunham-se à primeira e imprescindível injeção. Porque a Santa Fé que os unia dividia almas para que escutassem eternamente música de anjos que jamais mudariam de pentagrama — ou talvez suas cabecinhas equívocas as tivessem gravado — ou para desfrutar suplícios nunca imaginados por um policial terreno.

De modo que, quando aqueles litros de morfina deixaram de respirar, olharam-se assentindo e consultaram relógios. Eram oito da noite em ponto. Um deles acendeu um cigarro, outros renderam sua fadiga às poltronas.

Agora esperavam que a putrefação crescesse, que alguma mosca-varejeira, apesar da estação, descesse para descansar nos lábios abertos. Porque a Santa Igreja lhes ordenava respirar cadaverina, hediondez quase em seguida, e adivinhar a exaustiva tarefa de sete gerações de vermes. Tudo isso adequado aos gostos de Deus, que respeitavam e temiam. Os minutos passam rápido quando um diplomado vela por sua fé.

Emilio, o mais obediente às manifestações indubitáveis da Divindade, disse:

— Chê, aumente a calefação.

Mais tarde, resolveram descer para dar a notícia, triste e esperada.

Ele estava jantando e assentiu com a cabeça. Depois agradeceu os serviços prestados e rogou que lhe fossem enviados os honorários. Depois apontou com o dedo um dos uniformizados e ordenou-lhe que ordenasse às rádios, dando o furo para a sua, que divulgassem a notícia.

E ficou assim, refeita, corrigida, discutida: "O Ministro da Informação e Propaganda cumpre com o doloroso dever de anunciar que às vinte e vinte e cinco Ela passou para a imortalidade".

O médico catalão subiu os degraus de dois em dois, incomodado por sua pequena mala. Preparou a injeção e ficou consternado apalpando a frieza do corpo.

As portas não se abriam e a multidão começou a altercar e se movimentar. Os policiais deixaram de oferecer copinhos de café frio e de imediato apareceram vendedores de chouriços, de doces, de refrescos mornos, de amendoim, de frutas secas, de chocolates. Pouco ganharam, porque o primeiro contingente começou a chegar às nove da noite e provinha de bairros desconhecidos dos habitantes da Grande Aldeia, de favelas, de covis, da própria terra, agora barro. Sujavam a cidade silenciosos e sem inibições, acendiam velas em toda concavidade que oferecessem as paredes da avenida, nos mármores de ascenso a portais clausurados. Algumas chamas eram respeitadas pela chuva e pelo vento; outras não. Ali fixavam estampas ou recortes de revistas e jornais que reproduziam infiéis a beleza extraordinária da finada, agora para sempre perdida.

Às dez da manhã lhes permitiram avançar, dois metros a cada meia hora, e puderam atravessar a porta do ministério, em grupos de cinco, empurrados e golpeados; os golpes preferidos dos milicos eram os joelhaços procurando os ovários, santo remédio para a histeria.

Ao meio-dia correu a voz de quadra em quadra, metros e metros de fila de lento avanço: "Está com a testa verde. Vão fechar para pintá-la".

E foi o rumor mais aceito porque, embora mentiroso, encaixava-se à perfeição para os milhares e milhares de necrófilos murmurantes e enlutados.

(1993, inédito)

A araucária

O padre Larsen apeou da mula quando esta se negou a subir pela rua empinada do vilarejo. Vestia um hábito que já fora preto e agora tendia, resoluto, para um verde-garrafa, filho dos anos e da indiferença. Continuou a pé, parando a cada meia quadra para respirar com a boca entreaberta e dizendo a si mesmo que devia parar de fumar. Com a pequena mala preta, que continha o necessário para salvar as almas que estavam prestes a afastar-se do corpo e fugir do sofrimento e da imediata podridão. Não era precedido por um coroinha com uma sineta, ninguém agitava uma galheta, ninguém rezava, a não ser ele, durante cada descanso.

A pequena casa pintada de um branco sujo estava emparedada por outras duas, quase iguais, e as três se abriam para o caminho de terra dura por estreitas portas hostis.

Abriu-a para ele um homem de anos indiscerníveis, de alpargatas e bombachas brancas. Persignou-se e disse:

— Por aqui, padre.

Larsen sentiu o frescor da peça caiada e quase esqueceu o sol agressivo das ruas malfeitas.

Agora estava num quarto pobre de móveis; numa cama de casal uma mulher se contorcia e variava do choro ao riso desafiante. Depois vieram palavras, frases incompreensíveis que varavam o silêncio, a momentânea quietude do sol, procurando chegar às sombras que se tinham aproximado.

Um silêncio, um mau cheiro persistente, e de repente a mulher agonizante tentou levantar a cabeça; chorava e ria. Aquietou-se e disse:

— Quero saber se é padre.

Larsen passeou as mãos pelo hábito, para mostrá-lo, para ele mesmo saber que continuava enfronhado nele. Mostrou para o ar — porque ela tinha os olhos muito abertos e só mirava a parede branca oposta a sua morte —, mostrou estampas de bruscas cores deslustradas, pequenas medalhas de chumbo, achatadas pelos anos, umas serenas, outras trágicas, com corações nus assomando exagerados em peitos abertos.

E de repente a mulher gritou o princípio da confissão salvadora. O padre Larsen assim a recorda:

— Com meu irmão desde os treze anos, ele era mais velho, fodíamos toda tarde de primavera e de verão ao lado do açude debaixo da araucária e só Deus sabe quem começou ou se tivemos a inspiração juntos. E fodíamos e fodíamos porque, embora ele tenha cara de santo, acaba e volta e não se cansa nunca e me diga o que mais eu iria querer.

O irmão se afastou da parede, disse não com a cabeça e adiantou a mão para a boca de sua irmã, mas o padre o deteve e sussurrou:

— Deixe-a mentir, deixe que desabafe. Deus escuta e julga.

Aquelas palavras tinham acrescentado muito pouco a sua coleção. Já possuía vários incestos, inevitáveis no povoadinho despojado de homens levados pela guerra ou pela miséria; mas talvez nenhum tão tenaz e reiterado, quase conjugal. Queria saber mais e murmurou convincente: "É a vida, o mundo, a carne, minha filha".

Agora ela dilatava novamente os olhos perdendo-se na pausa protetora da parede caiada. Voltou a rir e a chorar sem lágrimas como se o choro e o riso fossem sons de palavras e graves confidências. Larsen soube que não estava moribunda e que não caçoava. Estava louca e o irmão, se é que era irmão, vigiava sua loucura com uma rígida cara de madeira.

Equivocando-se, ordenou pais-nossos e ave-marias e, como no passado, vacilou com o velho asco enquanto se inclinava para benzer a cabeça de cabelos úmidos e embaraçados; não conseguiu nem quis beijar sua testa.

Enquanto saía, guiado pelo impassível irmão, ouviu:

— Quando eu for morrer outra vez, eu o chamo e lhe conto a história do cavalo e da banqueta de ordenha. Ele me ajudou, e nada.

Na rua, sob a brancura obstinada do sol, a mula esfregava o focinho nas pedras procurando, em vão, mordiscar.

Na volta, retornando ao estábulo, o animal trotou dócil e apressado enquanto o padre Larsen, sem abrir a sombrinha vermelha, fazia um balanço do obtido e aguardava, esperançoso, que chegasse a segunda agonia da mulher.

O padre Larsen procurou sem encontrar nenhuma araucária.

(1993, inédito)

Amanhã será outro dia

A chuva deixara os bulevares quase vazios e só restava gente agrupada no café envidraçado onde, havia meses, não a deixavam entrar.

Sonia, de pé no vestíbulo da casa vazia, viu que a chuva passava, fatigada, a manso chuvisco, viu-a cessar enquanto aumentava o frio do vento, e pensou que aquilo era sinal de boa sorte. Um pouco mais longe, do outro lado do amplo passeio, as luzes da cidade começavam a se acender. A noite tinha início, e, respirando o aroma tristonho de seu casaco molhado, Sonia pensou que também a esperança tinha início. Sorriu, sem realmente acreditar, como uma menina para a qual recitaram uma história já ouvida e inverossímil.

Apalpou novamente a crespa peruca loira e com grande cuidado — tinha as unhas muito compridas — foi esticando as meias ensopadas presas pelas ligas.

Sentiu fome de novo e lembrou que tinha um sanduíche de presunto no bolso. Mas não podia estragar o desenho da boca que fizera com batom e com tanto cuidado. Também lembrou que até o fim do mês estava em ordem com a polícia e obrigou-se a caminhar, aproximando-se da beira das calçadas para sorrir para os carros, rebolar e parar, fingindo procurar alguma coisa na bolsa enorme. Mas nada, ninguém, e sem dinheiro para tentar a sorte em bares onde ainda a deixavam entrar.

Era noite e depois madrugada no bairro sujo da grande cidade. E Sonia, já sem fome, quase sem esperanças, continuava caminhando sobre a dor dos sapatos de salto agulha.

Repetiram-se os breves diálogos com os homens que passavam.

— Vamos. Você vem?

— Vá tomar no cu.

— Gosto disso. Eu também posso botar se quiser experimentar.

Homens e homens e seu asco por eles. A luz limpa ameaçava chegar do porto e as outras iam se apagando. Subiu as escadas pisando com as meias de seda caras. Abriu a porta manchada e acendeu a luz do teto. O rapaz, que sentou-se na cama, perguntou com medo:

— Como foi?

— Uma merda, boneca. Estou faminta. Acho que tínhamos uma lata de sardinha e sobrou pão do café-da-manhã.

O menino, moreno e magro, levantou-se da cama e começou a remexer no armário; disse com voz de mimo e queixa:

— Você ainda não me beijou.

— Agora.

Diante do espelho Sonia tirou a peruca e acariciou as faces.

— Outra vez barbuda.

Depois tirou a roupa e ficou olhando os peitos inchados com silicone e o sexo que penderia trêmulo e inútil mesmo depois das sardinhas.

(*Brecha*, Montevidéu, 1985)

A espingarda

Não era noite fechada quando estiquei o braço para acender a lâmpada sobre a mesa. Eu precisava terminar de escrever meu artigo antes que amanhecesse e correr para jogá-lo na caixa de correio e depois esperar acocorado que o carteiro voltasse em meio à bruma que o amanhecer ia castigando com um látego da cor exata do sangue fresco e brilhante. Voltava muito gordo e tranqüilo trazendo para mim o cheque mensal e era preciso ter pressa e foi só acender a luz para ouvir os ruídos de alguém tentando forçar a fechadura e à minha volta a solidão da aldeia deserta, imobilizada pela lua vertical justo no centro geométrico do mundo tão imenso com tantos milhões de camas onde balbuciavam seus sonhos pessoas diversas e adormecidas, cada uma com um fio de baba tocando a face e estirando-se com desenhos estranhos na brancura dos travesseiros. Até que pulei e me posicionei do lado da porta perguntando muitas vezes com um ritmo invariável que é, o que quer, o que está procurando? E um silêncio, e o forcejo circundou a casinha e continuou trabalhando numa das janelas, não me lembro qual, impelindo-me em dois movimentos sucessivos, quase sem pausas, a apagar com a palma da mão a luz da mesa e a abrir o armário para pegar a espingarda e depois caminhar de uma janela a outra e da janela até a porta, conforme variavam os ruídos do ladrão, sempre perguntando até ficar rouco o que está procurando, girando a espingarda, sentindo crescer no peito e nas axilas o cheiro tenebroso do medo e da fatalidade.

Depois de uma pausa e de um pequeno rumor de papéis, o homem do roupão branco falou atrás de minha nuca. Sua voz era átona:

— Este sim é moleza. Um sonho elementar. Até uma criança poderia interpretá-lo. Eu sou o ladrão que procura conhecer, entrar em seu ego. Por que tanto medo?

(inédito)

Três da manhã

O último pontapé jogou-o contra a parede cinza da cela. Bateu a cabeça e talvez tenha tido tempo, um segundo, para agradecer o desmaio, a inconsciência, o esquecimento das torturas.

O milico fechou a porta, suspendeu verticalmente a metralhadora na mão esquerda enquanto inspecionava com a outra em busca de um lenço para enxugar o rosto. Era jovem e exibira, até que o proibiram, um pequeno bigode que não queria crescer.

A cela só tinha um catre com uma tábua por colchão, um balde já fétido de velhos excrementos e urinas, muito alto, um quadrilongo protegido por arame.

Quando sentiu que estava acordando, noite ou manhã, frio e suado, não soube quem era. Foi se acomodando a essa personalidade que os fazia feliz, que era feliz e estava desligado não só de todo o passado, mas também do tempo.

Era o outro, com passado e destino indiferentes, com feridas, com dor, lembranças e esperas. Ele estava livre da vida, livre de tantos milhares de homens de merda empenhados em fazer da vida imundície e espinhos. Ele estava livre e lúcido, despojado de tudo, como um recém-nascido.

Eram três da manhã, embora ele nada soubesse de horários. Três da manhã, hora em que trazem para a Delegacia o caminhão preto abarrotado de prostitutas, choros, risadas e palavrões que esbarram no teto baixo e caem sem sentido ou destino, sem machucar, sem sequer tocar alguém. Palavras mortas de tão velhas, de vôo lento e curto. Nada além, agora, de palavras, o nada.

Eram três da manhã e era possível sentir e criar a invisível presença do outro a seu lado; imóvel e talvez com sua lembrança de sufocações numa tina onde flutuava a merda; de indizíveis correntes elétricas do pênis ao nariz e vice-versa, alternadas ou permanentes. Sem lembrança das porradas do primeiro merda, carícias esquecidas.

Compreendia sem interesse que na Casa Grande havia um excesso de bestinhas com figura humana. Mas ele queria reter, com as unhas que lhe restavam, a felicidade titilante e o nada que nunca teve início nem fim. Simplesmente estava. Não importava que o outro, em virtude da tristeza a seu lado, sua metade perdida, construísse o poema imortal erroneamente atribuído a Pavese, tão distante de seu estilo e preocupação.

(inédito)

O impostor

Estava cansada de esperar, mas o homem chegou pontualmente e o vi sorrir para mim, timidamente, o primeiro nome. Disse-me que era Ele e repetiu em voz baixa, como se desenhasse ou moldasse, o monte de circunstâncias que nos tinham separado. Eu queria acreditar nele, mas ele não era Ele. Gêmeos, irmãos gêmeos, obriguei-me a pensar. Mas Jesus nunca tivera irmãos, este meu Jesus.

Beijou-me carinhoso e sem pressão e o braço nas costas me fez acreditar por um momento. Comecei a sondar:

— Como foi lá em Londres?

— Bem; pelo menos acho que sim. Com essas coisas nunca dá para ter certeza — olhou-me sorrindo.

— Mais importante — disse eu — é saber se você se lembra da festa de despedida. Quer dizer, do epílogo.

Olhava-me zombeteiro, e disse:

— É uma pergunta? Você sabe muito bem, e saberá de novo esta noite, que eu não podia me esquecer. Eu me lembro de suas palavras sujas e maravilhosas. Posso repeti-las, mas...

— Não, pelo amor de Deus — quase gritei, e meu rosto se acendeu.

— Não sou tão bruto. Era um jogo, uma ameaça carinhosa.

Diante das duas garrafas sorriu, gozando. Uma era de vinho tinto, outra de branco.

— A essa hora, e como sempre, um cálice de vinho branco.

Ele preferia assim, Ele teria dito as mesmas palavras.

Bebemos e depois caminhamos, percorrendo a casa. Este ele andava lento, quase sem olhar para os lados, e parou na porta do quarto.

Olhava para a cama, sorria, colocou um braço em meus ombros, beliscou-me a nuca e, como sempre, fiquei quente e úmida.

Entre lençóis, vendo-o nu, sentindo o que sentia, soube que ele não era Ele, que não era Jesus. Na cama nenhum homem consegue enganar uma mulher. Mas, depois dos ofegos e do cigarro, disse:

— Bem. Vamos olhar o *van gogh*. Continuo acreditando que é falso, que você fez uma compra ruim para a galeria.

Tudo igual, as mesmas palavras, Jesus me havia dito antes de viajar para Londres. E só Ele e eu estávamos sabendo da compra clandestina do *van gogh*.

(inédito)

Os beijos

Conhecera-os e sentira saudades dos de sua mãe. Beijava nas duas faces ou na mão toda mulher indiferente que lhe apresentassem, respeitava o rito prostibular que proibia unir as bocas; namoradas, mulheres o haviam beijado com as línguas na garganta, detendo-se, sábias e meticulosas, para beijar-lhe o membro. Saliva, calor e deslizamentos, como deve ser.

Depois a imprevista entrada da mulher, desconhecida, atravessando a ferradura de parentes lutuosos, esposa e filhos, amigos chorosos suspirantes.

Aproximou-se, impávida, a putíssima, a atrevidíssima, para beijar-lhe a frieza da testa, por cima da borda do caixão, deixando, entre a horizontalidade das três rugas, uma pequena mancha de batom vermelho.

(inédito)

A mão

Poucos dias depois de entrar na fábrica, quando passava para ir ao banheiro, ouviu que algumas companheiras cochichavam e do cochicho restou-lhe o desprezo:

— A leprosa.

Por sua mão enluvada, a que durante anos a luva soube esconder nas costas ou na saia ou na nuca de algum par de dança.

Não era lepra, nenhum dedo tinha caído e a coceira intermitente logo desaparecia com o ungüento receitado. Mas era sua mão doente, às vezes vermelha, outras com escamas brancas, era sua mão e já era costume gostar dela e mimá-la como um filho frágil, desvalido, que exigia um excesso de carinho.

Dermatite, dissera o médico do Seguro. Era um homem tranqüilo, com óculos de lentes muito grossas. "Vão lhe dizer muitas palavras e vão lhe receitar nomes estranhos. Mas ninguém sabe nada sobre isso para curá-la. Para mim, não é contagioso. Eu diria, até, que é psíquico."

E ela pensou que o velho tinha razão porque, mesmo sem ser anã, sua altura não correspondia a sua idade; e seu rosto não chegava a ser feio, ficava no vulgar, chato, redondo, olhos tão pequenos que sua cor desbotada não conseguia se mostrar.

De modo que, para o baile de fim de ano oferecido pelo dono da fábrica para que os assalariados esquecessem por um tempo seus salários, comprou um par de luvas que escondiam as mãos e subiam até os cotovelos.

Mas por medo ou desinteresse ninguém se aproximou para convidá-la a dançar e ela passou a noite sentada e olhando.

Ao amanhecer, já em casa, jogou as longas luvas num canto e tirou a roupa, lavou diversas vezes a mão doente e na cama, antes de apagar a luz, ficou sorrindo para ela e beijando-a. E é possível que dissesse em voz baixa as ternuras e os apelidos carinhosos em que esteve pensando.

Acomodou-se para o sono e a mão, obediente e agradecida, foi deslizando por seu ventre, acariciou os pentelhos e depois avançou dois dedos para espantar a desgraça e acompanhar e provocar a alegria que lhe estavam dando.

(inédito)

Ida e volta

Viu-se sozinho na sala de espera e ficou olhando o jornal que levara debaixo do braço. Suas mãos tremiam levemente. Pegou um cigarro e antes de acendê-lo acariciou o bigode ralo cujo crescimento vigiara durante semanas. Jamais suportara a fumaça do tabaco e tossiu, lacrimejando; mas devia continuar fumando como um homem até que chegasse o momento de levantar-se. Não podia se lembrar, para imitá-la, de como era a expressão de um homem cínico, um homem maduro e já aqui de volta.

Tinha três portas pela frente e foi passeando o olhar de uma a outra enquanto sentia seu coração bater. A porta do meio se abriu justamente quando estava de olho nela e apareceu uma mulher loira, grande, cômoda, plácida e gorda; de seus ombros pendia uma camisola solta, e sorriu-lhe de longe, amistosa e alegre como se o tivesse reconhecido.

— Entre, neguinho — disse, e ele tinha cabelos castanhos.

Levantou-se do banco e avançou sem mostrar sua repulsa, sem conseguir devolver o sorriso alto e imóvel. O quarto tinha uma cama grande, coberta por um lençol mal esticado, uma cômoda com uma grande jarra verde, folhas em relevo, sobre uma bacia trincada. Havia um perfume perdido no cheiro inesquecível do fogareiro a querosene.

A mulher sorrindo da cama, agora sem a camisola, começou a lhe parecer enorme à medida que ia tirando a roupa. Acolheu-se no calor do fogo inquieto para terminar de desvestir-se. Depois a gorda se encarregou dele com experiente paciência, bondosa e maternal.

Até que conseguiu, triunfante, iniciar sua viagem de ida e volta no túnel invisível, úmido e sombrio, ida e volta até conseguir ver a face de Deus pela primeira vez na vida.

Já na rua, pensou que o que comprara não podia substituir a palavra amor, nem seus sonhos, nem suas intuições. Mas ele não podia estar enganado, estava escrito que nalgum dia não distante seu corpo e sua alma iam fundir-se na verdade venturosa e pressentida.

(inédito)

Tu me dai la cosa me, io te do la cosa te

Os muros de tijolo dos galpões intermináveis e de um pequeno e cuidado cemitério judeu era toda a Paris que lhes permitia a mesquinhez da janela.

Um sol apático por volta do meio-dia e depois o frio, a garoa fraca e o vento lacrimejando nos olhos.

Norberto Coriani, "El canario de los pueblos", dedilhava seu violão na cama estreita. "O garoto metralhadora", apelido gratuito, passeava, ida e volta, porta e janela, pelo corredor formado pela outra caminha.

— Então, estamos indo embora? Mortos de fome, repatriados no porão de uma casca de noz.

— Quem foi que começou? — perguntou ou disse para o violão Norberto, enfurecido agora com o bordão, nunca satisfeito com a vibração rouca que repetia, retificava, nunca totalmente satisfeito, como todo artista.

O Garoto, ferido demais para uma luta estéril frente a frente, continuou se movendo e repetiu os falhos argumentos dos últimos dias.

— Quando eu o convenci eu tinha razão e estava seguro. Gardel no Olimpia, Arolas se enchendo de grana. Consegui dois concertos para você no El Garrón e você falhou comigo.

— Estava sem voz, irmão. O frio, os nervos. Você sabe que, se eu me sinto em forma, adeus Gardel.

— Se eu fosse você, mandava uma carta pedindo desculpas. Depois lhe faria uma reza em desagravo na notredame.

— Bobagem, já lhe disse. Eu não falhei com você, minha voz falhou.

— Sim, mas eu segurei as pontas, pois afinal de contas sou o empresário. Quer dizer, era o empresário.

— Bom, já chega. Furamos e fim de papo. Os pacotes de francos, as minas que você sonhou, ou foi tudo pra me tapear?

— Gardel teve todas que quis. Aqui todas são putas e sabem como é que se faz. Mas, claro; com Gardel. Não com qualquer um. Não com um gago afônico.

— Estou dizendo pra parar com isso. E não vou repetir.

Norberto deixou o violão em paz em cima da cama e se enrolou na coberta como se fosse um poncho.

— Tem algum *tabac*?

O Garoto parou e ofereceu-lhe o Gauloise que sobressaía do maço. Fumaram um momento em silêncio fazendo com que a fumaça algodoasse o fracasso, a miséria, a crueldade implacável de Paris.

Depois, em meio à fumaça, o Garoto ficou novamente preocupado.

— Não pode ser, poxa. Dois meses e nenhuma mulher. Agora, nem pagando nós podemos. Eu, que tinha todas num estalar de dedos.

— Desculpe — disse Norberto levantando um sorriso. — É verdade, mas é diferente. Sempre lhe apresentei mulheres da vida. Você era muito amigo de Larsen. Já eu não dava conta das admiradoras.

A cor da janela ia passando com rapidez do cinza ao preto e o Garoto podia ver, insituáveis, distantes luzes de ruas ou janelas.

Agora o violão, invisível como se estivesse incrustado na cama ou na parede, repetia um agudo *si* insistente, quase metálico, que ecoava ao bater na madeira.

O Garoto agüentou em silêncio. Por fim, sem levantar a voz:

— Dois meses em Paris e nenhuma fêmea. Veja só, voltar sem ter trepado. Nem que fosse uma só vez.

O violão continuava insistente, sem chamar, firme e seguro. Não houve nenhuma palavra indecente, nem ninguém fingiu um falso vislumbre de carinho. O Garoto reboleou alto no ar uma moeda prateada de cinco francos que teve força suficiente para brilhar na penumbra e dispor a ordem em que ia desenrolar-se a humilhante, mas vitoriosa, única orgia em Paris.

(inédito)

Maldita primavera

Naquela manhã, cedo, Aránzuru abriu a grande janela sobre os perfumes do jardim e um vento leve e caprichoso tocou seu rosto e agitou seus cabelos.

Enquanto se barbeava, meio doente de sono por ter dormido pouco, interrompeu-se para olhar fixamente o espelho. O rosto sem rugas mas com a carne flácida sob o queixo; as têmporas com os cabelos grisalhos e mal cortados, os olhos sem brilho onde a curiosidade estava morrendo; os lábios ainda vermelhos terminando bruscamente em quedas amargas. Não encontrava rastros do álcool da noite anterior.

Foi para baixo da ducha morna e depois gelada, esfregando o sabonete com uma fúria maníaca.

Helga prometera, no telefone, chegar de manhã, chegar antes do meio-dia e preparar o almoço. Quando a viu pela primeira vez ela tinha dezesseis anos e ele estava sendo empurrado para a casa dos quarenta. Foram amantes esporádicos durante dois anos. Depois a mandaram para fora do país e agora ela voltava, cinco anos depois do adeus.

Não sabia se Helga, que agora era uma mulher, ligara para lhe dizer que o parêntese estava terminado. Não queria saber por que havia soado aquela voz reconhecível, mas diferente da de suas lembranças, alegre, pesada, segura.

Enquanto caía um pé-d'água, depois dos uivos e semidesmaios na cama, ela dedicou-se a fazer o almoço e se meteu com um velho roupão de Aránzuru na pequena cozinha. Ele sempre cozinhava ao meio-dia e não comia nada de noite.

Fumando na cama ouviu o ruído dos ovos sendo fritos e aspirou com a fumaça do cigarro um tênue aroma de coisa queimando. Então, de repente, e sem motivo definido, começou a desconfiar. E essa desconfiança se estendia ao passado, enquanto sentia as leves queimaduras da cinza nos pêlos do peito. A suspeita retrocedia até os prólogos com Helga, até a felicidade e a fé das primeiras noites clandestinas, quando Helga avisava a família de que passaria a noite com sua melhor amiga. Cobria também um depois, quando ela não precisava pedir licença a ninguém e era ele, talvez exclusivamente, o destino das mentiras. Assim, até que a suspeita chegou a suas pernas — depois de resvalar sem resposta sobre o trio masculino, murcho agora, enrugado em sua petição de descanso — e obrigou-o a pular nu da cama e afundar a cabeça na abertura da janela, ver e respirar a primavera e pensar num verso anônimo, numa imprecação: "Por que terás voltado, maldita primavera".

Durante a refeição sem graça, Aránzuru via sol e chuvisco na janela, ouvindo-a mastigar. Depois soube que não estava enganado. Um rápido amor na beira da cama, uma porção reiterada e consciente de carícias na testa e no queixo. Depois o olhar, os olhos desamparados antes da súplica úmida:

— Quero ir a Ibiza, preciso ir. E não tenho dinheiro. Ai, amor, se você pudesse me ajudar.

— Ibiza? — perguntou ele, sabendo que estava trapaceando. — Ibiza. Vamos juntos.

— É que eu... Na verdade, tenho um compromisso.

Aránzuru deixou a cama, tanto sêmen perdido, e foi sentar-se na escrivaninha.

Os dois nus, quase ridículos. Ela começou a se vestir.

— Você sempre foi uma puta e eu fui louco por você, porque nunca topei com uma puta tão puta. Me diga quanto você quer ou quanto quer seu novo macho. Eu faço o cheque.

Agora o céu estava limpo, o sol intenso e lá fora as plantas erguiam novamente seus talos floridos.

(inédito)

Bichicome

Ela devia ter cinco ou seis anos quando comecei realmente a perceber sua existência. Até então era a primeira filha dos Torres, uma criança tão bonita que parecia feita com mãos de artista, mas não da maneira usual. Uma anãzinha chata que estava aprendendo a falar e ouvia as conversas sem entender, já com um olhar fixo nos rostos falantes dos mais velhos.

Claro, minhas visitas noturnas aos Torres, com bebidas sem outro limite que as rejeições do fígado e do estômago, sempre ou quase sempre reduzidas a temas literários, conversados quase sem discussões com a admirável inteligência de Rodrigo e sua infalível intuição poética e com algum escritor que passava com seu par, repetiram-se durante alguns anos. Alicia tricotava as horas, incansável, com lãs de cores variadas.

Muito em breve chegou a meia dúzia de anos para a menina e produziu-se e reproduziu-se no início da madrugada uma mudança de ambiente sutil e memorável. Seu nome era Beatriz, chamavam-na de Bichi, eu a chamava — talvez ainda — de Bichicome.* Malvestido pente-fino de praias, resignado com a pobre colheita diária.

* *Bichicome* (voz lunfarda) designa o indivíduo que leva vida errante, catando restos, sobrevivendo de sobras. (N. T.)

Produziu-se uma mudança. Alicia interrompia muito de vez em quando sua faina para pronunciar, cabeça inclinada, alguma frase breve e venenosa que se encaixava com suavidade e destreza na conversa e que muitas vezes era dirigida a mim. O sorriso era de pura diversão; jamais acompanhava a pequena maldade das palavras.

Como eu estava dizendo, impôs-se um ritual. Foi como se uma noite, de repente, ela tivesse deixado de molhar a cama, e nós todos a olhamos com surpresa, certos de que só para ela os anos tinham passado, dois ou três, e irrompesse em nossa conversa interminável, talvez a mesma com que a havíamos entediado quando era uma criança de colo balbuciante.

Assim, uma noite, quando eu era o único interlocutor que continuava falando de livros e contando lorotas, quando ficara sozinho com seus pais, ela, Bichicome, apareceu envolta num penhoar da mãe, enfeitado nas bordas com plumas de marabu tingidas de violeta, que arrastou pelo tapete, fingiu bocejar e espreguiçar-se, caminhou ao redor da mesa tomando todos os restos de bebidas que tinham sido esquecidos nos copos. Depois se aproximou com a boca franzida e mal-humorada, os olhos brilhantes pela risada, e se acomodou diante de nós, no grande sofá agora vazio, brincando com os enfeites do penhoar. Os cabelos muitos longos e loiros. Sorriu para nós, para os anjos, para os pequenos diabos, seus amigos. De vez em quando uma pergunta inútil, uma curiosidade mentirosa pronunciada com voz queixosa, que era desnecessário responder.

E assim uma noite e outra e todas as noites de minhas visitas. Era menina demais para que eu a olhasse com outros olhos que os do homem que tem uma filha quase da mesma idade que vive noutra cidade e que foi ensinada a me odiar. Mas nenhum sentimento nostálgico impedia-me de olhar meu Bichicome e de pensar, melancólico, que quando ela tivesse quinze anos eu seria irremediavelmente velho.

Depois, sem anúncios visíveis, como costumam chegar essas coisas, a Graça desceu sobre Alicia e ela se batizou e se confessou e, cheia de temor, como se a menina estivesse doente, decidiu batizá-la sem demora.

Bichicome tinha um tio milionário que vivia num veleiro e navegava, na época, por águas canadenses. Católico, como convinha a um latino com fortuna, aceitou entusiasmado o convite para ser padrinho e telegrafou a data em que, entre vento e motores, poderia estar em Monte.

Mas então o coração de Bichi já era meu, presenteado sem que eu o pedisse. Era tudo o que podia me dar; mas já fizera isso em silêncio e nada se emendara.

E ninguém conseguiu mudar seu veto ao padrinho de ouro. Nem sermões, nem argumentos, nem teimosas insistências. Eu seria o padrinho ou não haveria batismo. Não poderia ter escolhido pior.

E assim veio a manhã em que, atravessando a ressaca, entrei na igreja, ou capela, agüentei o latim do padre, vi como ele molhava a testa de Bichi com os santos óleos, como punha sal em sua língua e entrava com Rodrigo na sacristia para receber pela manufatura de um anjo. Bichi fantasiada de noiva impossível; somente o Senhor podia dar-lhe abrigo em seu leito.

Já nas ruas vi meus óculos se embaçarem; estava confundindo a filha ausente com minha única afilhada. E lembrei-me de que ambas iam crescer e perder para sempre o paraíso da infância.

(inédito)

Sobre o autor

Juan Carlos Onetti nasceu em Montevidéu, Uruguai, em 1909, filho de brasileira. Abandonou os estudos secundários e passou a trabalhar como porteiro. Foi também garçom, auxiliar de escritório e vendedor, enquanto, autodidata, avançava as noites lendo à luz de velas, depois que sua mãe apagava a luz do quarto.

Publicou seus primeiros contos no início dos anos 30, ao se mudar para Buenos Aires. Voltou em 1939 a Montevidéu, onde trabalhou como redator-chefe do semanário *Marcha* e lançou seu romance *El pozo*, em que já se mostram os traços inconfundíveis do escritor que viria a revelar-se um dos principais narradores latino-americanos do século XX.

Enquanto trabalhava como jornalista da agência *Reuters* em Montevidéu e Buenos Aires, escreveu vários contos e romances, além de traduzir autores norte-americanos, em especial William Faulkner, uma de suas principais referências. Entre 1957 e o início dos anos 70, foi diretor das bibliotecas públicas de Montevidéu. Exilou-se em Madri em 1975, após ser preso pelo regime militar do Uruguai.

É autor dos romances *A vida breve* (1950), *Junta-cadáveres* (1964) e *Deixemos falar o vento* (1976). Publicou ainda *Tierra de nadie* (1941), *Los adioses* (1954), *El astillero* (1961), *Cuando entonces* (1987) e *Cuando ya no importe* (1993), entre outros.

Seus contos, publicados de início em periódicos latino-americanos e europeus, ganhariam posteriormente diversas edições.

Marco da modernidade literária latino-americana, a obra de Onetti, ganhadora do Prêmio Cervantes de 1980 — mesmo ano em que o Pen Club Latino-americano da Espanha indicou à Academia Sueca sua candidatura ao Nobel de Literatura —, já foi traduzida para mais de vinte idiomas.

Juan Carlos Onetti faleceu em Madri em 1994.

ESTA OBRA FOI COMPOSTA EM DANTE PELO ESTÚDIO O.L.M. E IMPRESSA
EM OFSETE PELA GEOGRÁFICA SOBRE PAPEL PÓLEN SOFT DA SUZANO PAPEL
E CELULOSE PARA A EDITORA SCHWARCZ EM DEZEMBRO DE 2006